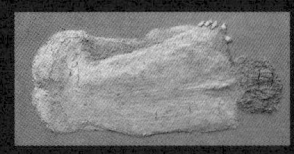

열세 걸음

十三步
by Mo Yan

Copyright © Mo Yan, 2003
Korean translation copyright © Munhakdongne Publishing Corp., 2012
All rights reserved.

Korean translation rights arranged with Mo Yan through Imprima Korea.

이 책의 한국어판 저작권은 Imprima Korea를 통해 Mo Yan과 독점 계약한
(주)문학동네에 있습니다. 저작권법에 의하여 한국 내에서 보호를 받는 저작물이므로
무단 전재 및 무단 복제를 금합니다.

이 도서의 국립중앙도서관 출판예정도서목록(CIP)은 서지정보유통지원시스템 홈페이지(http://seoji.nl.go.kr)와
국가자료공동목록시스템(http://www.nl.go.kr/kolisnet)에서 이용하실 수 있습니다.
(CIP제어번호: CIP2012005075)

莫言:十三步

열세 걸음

모옌 장편소설
임홍빈 옮김

문학동네

차례

한 걸음	9
두 걸음	49
세 걸음	95
네 걸음	137
다섯 걸음	209
여섯 걸음	263
일곱 걸음	315
여덟 걸음	365
아홉 걸음	433
열 걸음	463
열한 걸음	491
열두 걸음	521
열세 걸음	537
해설	억압적 현실에 내몰린 인간들의 비극적 변형기(이욱연)	555
모옌 연보	563

살아 있는 자뿐 아니라,
죽은 자도 우리를 고통스럽게 하고 있다.
죽은 자가 산 자를 사로잡고 있구나!
―마르크스, 『자본론 1』 서문에서

한 걸음

一步

1

"마르크스도 신은 아니지!" 너는 쇠우리 안을 가로지른 노란 횃대 위에 앉아 깡마르고 기다란 두 다리를 늘어뜨리고 말라빠진 기다란 두 팔도 축 늘어뜨린 채—부연 연무 속에서 네 벌거벗은 몸뚱이와 얼굴이 나타났다 사라졌다 했고, 쇠창살의 어두운 그림자가 그물처럼 네 몸을 뒤덮고 있었으며, 굶주림에 지칠 대로 지쳤음에도 너는 정신만은 여전히 또렷한 늙은 매 같았다—추호도 망설임 없이 우리에게 말했다. "마르크스는 이미 우리에게 숱한 고통을 안겨줬어!"

대역무도한 그의 언사에 우리는 공포를 느꼈다. 그가 고개를 들자, 밝은 빛이 목울대 위에 가로걸려, 우리는 그가 번뜩이는 날카로운 칼날로 자기 목을 긋지나 않을까 의심을 품었다—진리란 것은 나처럼 실오리 하나 걸치지 않은 적나라한 거야. 속담에 '사실대로 한 말은 해가 되는 법'이라든가, '진실이란 말하기는 쉽지만 듣기는 언짢은 법'이라고 했지. 마르크스를 비판하지 않으면 우리 모두 굶어죽을 거야! 마르크스를 비판하지 않으면 마르크스주의자가 아니니!―우리는 너의 터무니없는 헛소리에 흥미가 없어. 우리가 벌써 며칠째 쇠우리 밖에서 하품이나 하고 있는 게 너는 보이지 않는가? 빽빽하게 우거진 자죽(紫竹)의 억센 잎들이 철망의 네모난 구멍으로 비집고 들어간 모양새가 영락없이 한 무더기의 예리한 칼날들 같았다. 우리는 네게 분필을 먹으라고 던져주었다. 야생 열매를 던져주었으나 네가 먹지 않았으니까. 분필을 던져준 건 원래 장난이었다. 신선한 과일조차 먹으려 하지 않는 너의 심보가 우리를 매우 분노하게 만들었기 때문이다. 엄청나게 커다란 동물원 내부, 무수히 많은 쇠우리에 갇힌 동물들은 포유류든 파충류든 신선한 과일을 먹지 않는 놈이 없는데, 너는 먹지 않았다. 너는 잽싸게 손을 내밀어 우리가 던진 분필을 낚아채고 시꺼먼 이빨이 다 보이도록 입을 쩍 벌리더니 분필 한 토막을 깨물었다. 그러고는 다시 이야기를 계속했다. 너는 새장 안에 갇힌 서술자. 너는 분필 토막을 천천히 씹으며 담뱃불처럼 새빨간 눈동자로 우리를 노려보면서 쉬지 않고 이야기를 이어갔다.

　월요일 오전, 시내 제8중학* 고3 교실에서 물리교사 꽝푸구이는 원자설과 인류가 원자폭탄을 처음 만들었을 당시의 숨은 에피소드를 이야기하고 있었다. 학생들은 모두 넋을 잃은 채 귀를 기울이고 있었다. 교탁 위에는 여러 가지 색분필이 든 상자 하나가 놓여 있었다. 네가 우리에게 말하길, 그의 입이 끊임없이 말하는 동안 분필을 쥔 그의 손이 칠판 위에 구불구불 그림을 그리는 모습이 마치 철사로 새장을 엮

───────────────

* 우리나라의 중고등과정에 해당.

는 것 같았다고 했다. 그의 콧마루에는 큼지막한 안경이 걸려 있었는데, 안경다리에는 흰 반창고가 둘둘 감겨 있었다. 그는 착한 사람이었다. 위아래를 막론하고 학교에서 그를 나쁘게 말하는 사람이 없었다. 그의 아내도 아주 착한 사람이었다. 그녀는 학교에서 직영하는 토끼고기 통조림 공장에서 임시직으로 일하는데, 토끼들의 '도포와 감투 벗기기' 작업을 했다. 그는 1남 1녀를 두었는데, 사내아이는 팡룽, 계집아이는 팡후라고 했다. 두 아이 모두 생김새가 빼어난데다 공부도 잘하고 예의도 발라서 착한 아이들이라고 칭찬이 자자했다—그애들은 일단 한쪽으로 제쳐두고! 하고 너는 말했다. 팡푸구이가 온 교실 안에 버섯구름을 피워올리는 바람에 오십 명이 넘는 학생들은 눈이 풀리고 멍해졌다. 그는 나의 막역한 전우였다, 한때는. 우리는 네 입에 어울리지 않게 거짓말이 새빨간 루주처럼 잔뜩 칠해져 있는 것을 발견했다.

"원자폭탄이 폭발했을 때, 강철은 모조리 기화되어 날아가버리고, 사막의 모래는 죄다 유리로 바뀌었지!" 그가 말했다—물론, 네가 우리에게 말해준 것이다. 학생들 머리가 그가 묘사하는 버섯구름 사이로 사라졌다 나타났다 했다. 머리 하나, 머리 하나, 또 머리 하나…… 얼굴 셋, 얼굴 다섯, 얼굴 일곱…… 정수리 머리털들이 하나같이 빳빳하게 서 있었다. 마치 작은 불꽃이 이는 것처럼…… 마치 내 오른쪽 쇠우리 안에 있는 거만한 알파카 녀석처럼…… 그는 멍해진 느낌이 들었다. 머리를 흔들었더니 더 멍해졌다. 요 녀석들이 모두 괴상해지기 시작한 모양인데, 저 녀석들이 지금 무슨 생각을 하고 있는 거지? 네가 분필을 씹는 소리가 네 이야기 속에서 분필 토막이 칠판 위

한 걸음 13

를 북북 그어대는 소리와 뒤섞여, 우리를 소름 끼치게 했다. 너는 말했다. 모두들 생각 좀 해봐. 학생들이 무슨 생각을 하고 있을까? 너는 우리더러 팡푸구이 대신 생각하라는 건가?

학생들 중 한 열 명은 대학에 진학해서 석사학위와 박사학위까지 딴 다음, 원자폭탄 제조공장에 들어가 원자탄을 만들 생각을 하고 있을지도 모르지. 또 한 열 명은 대학시험에서 떨어지면 새끼 고양이를 팔까 비둘기 장사를 할까 생각하고 있을지도 모르고. 또 한 열 명은 어차피 대학시험에 떨어질 거 자포자기하고 연애소설이나 생각하고 있을지도 모르지. 또 한 열 명은 뇌가 마비되어서 겉보기에는 두 눈을 뜨고 있어도 사실은 졸고 있는지도 모르고. 고3이 되면 수면 부족은 보편적 현상이지, 너는 말했다. 그때 교단에서 뭔가 이상한 일이 벌어졌어.

팡푸구이는 일단 교단에만 오르면 무대에 선 듯 얼굴색이 환하게 피어나던 뛰어난 물리교사였다. 분필 가루가 잔뜩 묻은 그의 깡마른 얼굴에 갑자기 식은땀이 나더니, 두 눈은 초점을 잃고 입술은 시퍼렇게 질리고 목구멍에서는 새 울음소리 같은 괴상야릇한 소리가 터져나왔다. 두 팔을 마구 휘젓는 모습이 날개를 푸드덕거리며 홰치는 수탉처럼 보였다. 학생들이 환호성을 지르려고 막 입을 여는데, 큰일이 터졌다! 팡 선생이 교단 바닥으로 고꾸라지더니 두 다리를 쭉 뻗은 채 꼼짝하지 않았다. 마치 썩은 나무토막처럼. 그가 썩은 나무토막이 된 지 삼십 초쯤 지났을 때, 한 떼의 참새들이 유리창을 힘껏 들이받아 깨뜨리고 교실 안으로 쏟아져들어왔다. 참새들은 박치기로 머리털이 절반 넘게 뽑혀나가 마치 일찍 머리가 벗어진 겉늙은이 같았다. 참새 떼는 교실 안을 날아다니면서 찍찍 쩍쩍 시끄럽게 우짖어댔다.

학생들은 모두 얼이 빠졌다. 한참을 멍하니 있었다…… 이 이야기를 하는 너의 목소리가 착 가라앉았다. 네 얼굴에도 아주 슬픈 기색이 떠올랐다. 우리는 기린 우리 근처로 달려가 길바닥에서 짓밟혀 부서진 색분필 한 줌을 주워와 인심 좋게 네게 건네주었다. 너더러 먹으라고. 세상에 맛있는 음식이 얼마나 많은데 너는 어째서 분필만 먹겠다는 건가? 우리는 답답했다. 네가 탐욕스럽게 분필을 씹는 동안, 반쯤 젖은 분필 가루가 네 잇새로 흘러나와 아래턱에 묻었다. 너는 혀로 아래턱에 묻은 분필 가루를 핥은 다음 말했다. 팡푸구이가 생생한 말로 엮어낸 버섯구름이 흩날려 사라졌다고. 모두들 꿈을 꾸는 것 같았다. 교단 가까이에 있던 학생 몇몇이 자리에서 일어나 목을 쑥 빼고, 대머리 참새들이 눈알을 쪼아댈까 두려워 양손으로 얼굴을 가린 채 손가락 사이로 팡 선생을 살펴보았다. 팡 선생은 몸에 경련을 일으키며 교단 위에 엎어져 있었다.

"선생님, 주무세요?"

더 많은 학생들이 일어나 목을 쑥 빼고 앞을 내다보았다. 우리도 쇠우리 바깥에서 목을 빼고 너를 쳐다보았다.

대담한 여학생 하나가 자리에서 일어나 교단 옆으로 가서 몸을 숙여 자세히 살펴보더니 "꺅!" 하고 비명을 질렀다. 그리고 외쳤다. "얘들아, 선생님이 죽었어!" 참새떼가 푸드덕 교실 밖으로 날아가자, 새들이 대들보 위에서 쓸어낸 먼지가 온 교실에 뿌옇게 날렸다. 먼지가 학생들 콧속으로 들어가는 바람에 재채기 소리가 총소리처럼 연달아 터져나왔다.

너는 사람인가 짐승인가? 사람이면 어째서 새장 안에 들어앉아 있는가? 짐승이라면 어떻게 사람의 말을 할 수 있는가? 사람이라면 어째서 분필을 먹는가?

2

팡 선생이 죽었다. 제8중학은 슬픔에 잠겼다. 길가의 은사시나무들조차 비통함을 이기지 못하고 저마다 잎사귀들을 우수수우수수 흔들어, 멀리서 들으면 맑고 깨끗한 곡소리처럼 들렸다. 교장은 이 사건을 매우 심각하게 여겨 시 교육국에 전화를 걸었다. 다음날이 바로 스승의 날이었기 때문에 시 교육국 국장은 이 사건에 큰 관심을 보였다. 시 정부에 전화를 걸었더니 시장도 이 사건에 큰 관심을 보였다. 시장은 전화기 너머에서 코를 팽 풀며 매우 비통한 일이라고 말했다.

이마가 깨지고 참새떼의 부리에 쪼여 얼굴이 만신창이가 된 팡 선생은 장례식장으로 실려가 특급 장례미용사 리위찬에게 성형 시술을 받게 되었다. 리위찬은 팡 선생의 망가진 얼굴을 보고 무척 안타까운 마음이 들었다. 그녀의 남편 장츠추 역시 제8중학 물리교사로 팡 선생의 동료였고, 게다가 두 집이 벽 하나를 사이에 두고 이웃해 날마다 마주치던 사이였기 때문이다. 두 사람의 인연은 아주 특별했다. 그도 그럴 것이 팡 선생과 장츠추의 얼굴 생김새가 여러모로 닮은 데가 많았기 때문이다. 학교 수위실에서 신문을 나눠주고 종을 치던 왕씨 영감은 그들과 수십 년을 알고 지내왔으면서도 장츠추에게 이렇게 말하기 일쑤였다. 팡 선생, 등기 한 통이 왔소!

팡 선생이 죽자 동료 교사들은 모두 중병에라도 걸린 듯 기운을 잃었다.
우리는 학교 일에는 흥미 없어. 우리는 누가 널 쇠우리 속에 집어넣었는지, 또 누가 네게 분필을 먹으라고 윽박질렀는지 알고 싶을 따름이야. 설마 배 속에 회충이 있는 건 아니겠지?
말 끊지 마!
아니면 십이지장충?
말 좀 끊지 마!
그럼 다시 생각 좀 해봐. 누가 널 새장에 집어넣었지?
말 끊지 말라고!
그렇다면 너 스스로 원해서 이 새장 안에 들어온 건가? 미국에서 이와 비슷한 일이 있었다는 소문을 들었거든. 한 철학자가 어느 날 문득 동물원의 전시 동물 가운데 인간이 없으면 완벽할 수 없다는 생각을 했다더군. 그래서 동물원 원장에게 편지 한 통을 보내 자신이 동물원의 전시 동물이 되겠다고 자청했다는 거야. 동물원 측은 그에게 우리를 하나 마련해주고 밖에 팻말을 하나 걸어놓았지. 거기에는 이렇게 쓰여 있었어. '인간, 영장류, 포유동물. 세계 각처에서 태어나며 백인종, 황인종, 흑인종, 아메리칸인디언으로 분류됨…… 이 전시 동물은 아메리칸인디언과 백인의 혼혈종……'
제발 내 말 좀 끊지 않을 수 없나? 네가 화가 나 줄곧 가늘게 뜨고 있던 눈을 부릅뜨는 바람에 우리는 깜짝 놀랐다. 너는 다시 실눈을 뜨고 하던 이야기를 계속했다. 너는 교장이 장츠추에게 팡 선생의 수업을 맡으라고 했다고 말했다. 팡 선생은 죽었지만 물리학은 죽지 않는

한 걸음 17

법이고 더구나 물리 수업을 중단할 수는 없었으니까.

3

그토록 오랜 시간이 지났지만 우리는 그가 쇠우리 안에 엎드려서 분필을 씹어 먹으며 우리에게 이야기를 들려주던 광경을 잊지 못한다. 색색의 분필 가루가 그의 깨진 이빨들 틈새로 우수수 떨어졌다. 아래턱에도 떨어지고, 쇠 횃대 위에도 떨어지고, 얼룩덜룩 녹슨 쇠우리 바닥에도 떨어졌다. 그는 횃대 위에서 사지를 한가롭게 늘어뜨리고 있었다. 그 모양새가 마치 전차를 타고 가다가 또는 사다리로 성벽을 기어오르다가 날카로운 화살에 맞아 죽은 병사 같아 보였다. 그때 그는 우리가 무엇을 상상하든 신경쓰지 않고 너의 이야기만 늘어놓을 따름이었다.

수요일 저녁, 집에 있던 제8중학 고3 물리교사 장츠추는 담배를 한 대 피우고 싶어 미칠 지경이었다. 네가 사방을 뒤져보았지만 담배꽁초 하나 찾아내지 못했다고 그는 말했다. 담배중독증은 다리가 백 개 달린 벌레처럼 너의 마음을 스멀스멀 기어다녔다. 너는 부엌 옆 작은 쪽방으로 가 담배를 찾기 시작했다. 작은 쪽방에는 나무 침대 하나가 놓여 있고 그 위에 장모가 누워 있었다. 장모는 중풍에 걸려 반신불수 상태로 말도 못하고 괴성만 질러댔다. 사람이 몹쓸 병에 걸리면 사람답지 못한 법이다. 장모의 눈은 깊은 물속의 물고기처럼 흐리멍덩했다. 너는 장모에게 웃어 보이고 나서 작은 쪽방에서 물러나왔다. 쪽빛 천으로 만든 휘장이 폭포수가 쏟아지듯 자동으로 드리워졌지. 나는 팡푸구이와 막역한 전우였지. 장츠추와도 막역한 전우였고. 나는 한때 모든 중학 교사들의 막역한 전우였어. 너는 납작한 뱃가죽을 자랑스레 내밀고 뻔뻔하게 흰소리를 늘어놓았지.

탁자 위에는 모의고사 시험지 한 묶음이 놓여 있었다. 너는 시험지를 한 장 뽑아 붉은 펜으로 채점했다. 시험지 위의 채점 표시가 동그란 담배연기처럼, 새장을 엮는 철사처럼 꼬불꼬불했다.

서랍 세 개짜리 탁자의 한 서랍에는 자물쇠가 채워져 있고, 안에 돈이 들어 있었다. 너는 생각했다. 이 돈만 손에 넣으면 문을 열고 나가서 동쪽으로 꺾은 다음, 일 년 내내 구정물이 고여 모기와 파리 떼가 들끓는 도랑을 건너뛰어야지─일 년 내내 모기와 파리를 길러내는 그 시궁창 냄새가 코를 찔러 악취와 향기를 구별할 도리가 없는데도 도랑 옆에선 싱그러운 풀이 무성하게 자라고 붉은 꽃들이 아름답게 피어 있었다. 도랑을 뛰어넘기 전에 관성력을 증가시키기 위해 몇 발 도움닫기를 하더라도 차라리 도랑을 건너뛰고 말지, 다 썩어빠진 나무다리를 건너고 싶지는 않았다. 도랑을 건너면 50미터를 더 가야 할 텐데, 쾌속으로 50미터를 갈 때와 저속으로 50미터를 갈 때 소모되는 열량과 품은 같은 값일까? 이론상으로 말이다. 차이점은 시간이다. 시간은 돈이고, 시간은 곧 생명이다. 따라서 쾌속운동을 해야 한다. 그는 우리에게 다음과 같이 말했다. 나는 장츠추에게 일러주었지. 원하든 원하지 않든 너는 이미 구멍가게 계산대 앞에 서 있다고. 얼굴에 가득 미소를 머금은 여주인이 조개오일로 손등을 문지르며 마중 나왔다. 안녕하세요, 장 선생님. 오랜만이에요. 수척해지셨네. 그 집 아주머니한테 구박받을 얼굴인데. 선생질하는 당신네 교사들은 마누라 앞에서 왜 그리 벌벌 떠는지 몰라. 돈벌이가 시원치 않아 그런가? 그렇지, 여자들이란 역시 돈이 있어야 고분고분하게 길들일 수 있는 법이거든. 그는 생각했다. 그녀의 얼굴색이 어땠더라? 자작나무는 눈부시게 하얬다. 작은 양철집 앞에는 버드나무 숲도 있었다. 햇볕이 따가웠다. 그녀의 쉰 듯한 목소리는 상당히 매력적이라 듣는 사람에게 그렇고 그런 상상을 하게 했다. 한참 만에야 너는 그녀의 앞가슴에 달린 붉은 털방울을 보았다. 토끼털 스웨터에는 시위를 당긴 활 모양의 기하학무늬가 있었다. 지지직, 라디오라도 고장난 모양이었다. 장 선생님, 언제 텔레비전 좀 고쳐주지 않을래요? 그녀의 눈이 초승달 모양으로 가늘어졌다. 기름을 발라 반들거리는 붉은 입술은 꼭 장미꽃잎처럼 보였다. 도와주기만 하면 섭섭지 않게 해드린다니까! 장 선생님! 나하고 사귄 남자들 중에 이익을 보면 봤지 손해 본 사람은 하나도 없어요. 당신 혹시 내가 수완이 너무 뛰어나서 무서워하는 거야? 미인계에 걸려들까봐 걱정되는 거지. 뭘 사려고? 담배! 어떤 상표? 위냐오. 한 갑에 4마오 7펀짜리, 제일 싼 거. 또 값이 올랐어. 너는 고개를 저었다. 그녀는 다중주 한 보루를 꺼내 너의 품속에 던져주었다. 난 필요 없소, 너무 비싸다니까. 외상으로 주는 거예요. 그녀가 표독스럽게 너를 흘겨보며 말했다. 당신 처지가 너무 불쌍해. 그때만 해도 정말 신수가 훤했는데. 너는 살짝 몸을 떨었다. 옛일에 대한 감회가 가슴속에 솟구쳤다.

"으어어어……." 반신불수로 침상에 누워 있는 장모가 오줌을 싸려는 모양이었다. 장모의 목소리는 아주 무서웠다. 늑대가 울부짖는 것

하고는 다르지만 늑대가 울부짖는 소리보다 더해서 그 소리를 들을 때마다 너는 두려웠다.

그는 너를 장츠추라고 불렀다.

너는 우리에게 그가 장츠추라고 말했다.

이 이야기는 모두 그가 우리 안 횃대에 매달린 채 우리에게 말해준 것이다.

이 이야기는 모두 네가 우리 안 횃대에 매달린 채 우리에게 말해준 것이다.

4

너의 이야기를 듣기 위해 우리는 동물들에게 적대시당하는 위험을 무릅쓰고 친아버지를 봉양하듯, 머리에 흰 털 한 줌이 소용돌이 모양으로 난 알파카 우리 옆에서 분필을 가져와 네게 먹였다. 알파카 우리 밖에는 얕은 담장이 있고, 담장에는 칠판이 걸려 있었다. 그 칠판에는 크고 삐뚤빼뚤한 글씨로 다음과 같이 적혀 있었다.

　밀기울 백 근, 볏짚 열 단, 3호 아시아당나귀와 귀가 없는 변종의 교배에 성공

칠판 받침대에는 색색의 짧고 긴 색분필 토막들이 수북이 쌓여 있었다. 분필에 대한 너의 감정은 그토록 깊고 두터웠다. 분필을 바라볼

때면 네 눈에서 광채가 번뜩일 정도였다. 네 목울대가 위아래로 움직이고, 분필 토막을 깨물어 먹는 소리가 네 입에서 오도독오도독 맑게 울려나왔다. 네가 분필 토막을 깨물어 먹을 때 네 눈에서 흘러나온 탁한 눈물이 파충류관의 악어를 떠올리게 했다. 너는 말을 이었다.

유리창에 난 구멍으로 한 줄기 노란 빛이 비쳐들었지. 여섯 명이 사용하는 물리교사 사무실은 면적이 12제곱미터로 무척 비좁았다. 석탄재, 파리똥, 파리 주검 들이 하얀 회벽을 온통 도배하고 있었다. 파리들의 핏자국과 내장은 팡푸구이 선생의 수업 교안 노트에도 부스럼 딱지처럼 말라붙어 있었다. 사실 그는 수업 준비를 할 필요가 없었다. 그 정도 지식쯤은 머릿속에 완벽히 들어 있었다. 장츠추의 자리는 팡푸구이의 맞은편이었다. 두 사람은 살짝 다른 일란성쌍둥이처럼 쏙 빼닮았다. 그의 아내는 너의 아내와 아주 친했다. 다추와 샤오추도 팡룽, 팡후와 아주 친했다. 두 집이 겨우 벽 하나를 사이에 두고 있는데다 닭이나 개를 기르지 않았기 때문에 서로의 말소리가 들릴 정도였다. 종종 왕래하기도 했다. 햇빛. 흰 회벽 위에는 온통 파리와 석탄재, 가래침 자국. 사랑이여, 그대는 어디 있는가? 사범학교에서 갓 부임해온 젊은 교사 샤오궈는 두 눈이 풀리도록 벽을 응시하다가 시 한 구절을 힘차게 낭송했다. 사랑이여, 그대는 어디 있는가?

핏빛처럼 붉은 유약을 칠한 커다란 항아리에 물이 담겨 있었다. 물이 여섯 양동이까지 들어갔다. 수압이 높아져도 항아리는 깨지지 않았다. 힘, 압력, 단위면적당 압력 같은 공식. 언젠가는 깨질 날이 올 것이다. 어쩌면 외부의 힘에 의해 깨질지도 모른다. 압력 임계점. 공식 따위. 햇빛이 항아리 속의 수면을 비추자 천장에 물의 그림자가 어른거렸다. 광학 따위. 공식. 입사각과 반사각 따위. 물리학의 눈으로는 무엇을 봐도 모두 물리학이고, 수학의 눈으로는 무엇을 봐도 모두 수학이다. 화학교사의 안구는 플라스틱인데, 귀도 플라스틱, 입도 플라스틱, 팔도 플라스틱, 다리도 플라스틱이어서 걸을 때마다 삐거덕 삐거덕 소리가 난다. 국어교사는 한자 소변을 누고 작문 대변을 싸고, 신문지로 밑을 닦는다. 휴지 살 돈을 아껴서, 그 돈으로 담배도 사고 간장과 기름도 산다. 항문이 납에 중독되더라도.

사무실에 어째서 유약 칠한 커다란 항아리를 둔 것일까? 방화수로 쓰려고? 아니, 2층 수도에서 물이 나오지 않기 때문이었다. 급수탑이 너무 낮은 데 있어 수압이 충분치 못했다. 유체역학, 공식. 수학교사 위화후는 이 기회를 틈타 식수실을 재빨리 독차지한 다음, 붉고 큼지막한 '희(喜)'* 자를 붙이고 처녀 하나를 끌어들인 후 폭죽 한 꾸러미를 터뜨렸다. 그때부터 식수실은 신방이 되었고 처녀는 신부가 되고 얄미운 녀석은 신랑이 되었다.

"샤오궈, 샤오위가 결혼해서 샘나나?"

"전 아내를 구할 처지가 아니에요. 여기서 받는 월급 몇 푼으로는 저 혼자 쓰기에도 빠듯하니까요. 물가가 오르고 있어요, 동지들. 물가가 오르고 있다고요, 동지들. 물가가 오르고 있잖습니까. 물가가 미쳐 날뛰는 야생마 같아요. 아니, 끓는 물 속에 집어넣은 온도계 같습니다. 내일 사표를 쓰고 새우젓이나 팔러 다녀야겠습니다!"

"사람이면 사실 누구나 체면을 따지지 않을 수 없지!" 덕망 높은 고

---

* 혼사 같은 집안의 경사가 있을 때 붙이는 글자.

한 걸음 23

참 교사 멍셴더가 수염을 쓸어내리며 말했다. 그는 팡푸구이를 가르친 스승이었고, 팡푸구이는 샤오궈를 가르친 스승이었다. 그는 염소수염을 점잖게 쓸어내리면서 말했다. "사실 새우젓을 팔러 다닐 수만 있다면야 그것도 좋겠지…… 사실…… 사실……"

"사실은 무슨 얼어죽을 놈의 사실이오? 맹자 어르신! 제가 재수가 없어서 선생님 꾀임에 넘어갔으니 제가 죽일 놈이죠. 선생님이 사범학교에 응시해라 응시해라 들볶고, 교사직이 조만간 남들 부러움을 사는 직업이 될 거라고 하셨잖습니까! 사범학교에 덜컥 붙어 진학했더니 액운이 친척하자고 들러붙었단 말입니다. 그때 떨어졌어야 하는 건데. 나하고 같이 졸업한 마훙싱을 좀 보세요. 훙싱 녀석은 운수가 대통해서 마씨 통닭집을 내더니, 벌써 10만 위안을 가진 부자가 되었단 말입니다. 그런데 저는 한 달을 죽어라 고생해도 겨우 68위안 2마오밖에 못 벌죠. 마훙싱의 하루 수입도 안 되는 거죠……"

곧이어 교사들 입에서 불평불만이 봇물 터지듯 쏟아져나왔다. 관료주의, 탈세, 세금포탈, 뇌물수수, 접대, 산해진미, 암거래, 낙타발굽, 곰발바닥, 원숭이뇌, 제비집, 외출할 때는 죄다 크라운을 몰고, 에어컨, 양탄자, 가짜 술에 가짜 담배, 사기, 유괴, 인구폭발, 어쩌고저쩌고…… 됐네, 단수나 정전은 어떻고. 악덕 전력 기관이나 수돗물 공급 기관의 횡포, 기차 강도나 노상강도, 물이 끊기면 목마르고, 전기가 끊기면 암흑 세상이고…… 이런 놈들은 모조리 우파로 몰아야 한다고…… 청소할 물도 없고 당번 학생들도 건성건성이어서, 화장실은 늪이 되어버렸고 지독한 구린내가 도도하게 흘러나와 포근한 봄바람에 섞여 온 복도를 떠다녔다. 구린내는 물리적이고 화학적인 과정을 거쳐 분해되고 핵분열을 일으킨 끝에 마침내 수평아리를 튀기는 듯한 냄새로 바뀌었다. 그 냄새는 살그머니 고1 교실에 스며들고 고2 교실에도 스며들고 고3 교실에도 스며들고 위 선생의 신방까지 스며든 다음, 학생들의 영혼을 촉촉이 적셔주고, 교사들의 육체에 그리고 위 선생 아내의 배 속에 있는 태아에게도 영양분을 보태주었다.

"아이고 아이고……!"

"누가 울고 있는 거지?"

"도대체 견딜 수가 없어…… 여긴 정말 이상해. 어딜 가나 온통 똥오줌 지린내 천지니……"

"저런, 위 선생의 색시로군."

"이혼한다던데?"

"그럼 그렇지. 요즘 젊은 것들 하는 짓이 그렇지!"

"요즘 젊은 것들이 어때서요? 똥은 먹었지만 구리다는 말은 하지 말라는 겁니까?"

"할 수 있으면 교장을 찾아가 따져보라고!"

"구린내를 해결할 수만 있다면, 교장이 아니라 내 성장(省長)이라도 찾아가겠습니다!"

"우리가 식물이면 좋겠어. 장담하는데 저 구린내만 맡아도 아주 쑥쑥 자랄걸."

너는 분필 한 토막을 꼭꼭 씹어 삼키면서 목멘 소리로 계속 말했다.

"우리는 정원사야. 학생은 꽃이나 새싹이고. 그런데 정원사가 구린내를 무서워한다고? 설마 새싹과 꽃이 구린내를 싫어한다는 말인가?"

"사람들 말이 제8중학 졸업생들은 머리카락에서조차 화장실 냄새가 난다더군!"

"그게 얼마나 멋진 일인가!"

그때 다른 교사 하나가 살금살금 발끝으로 들어왔다. 교사들 가운데는 '맹자 어르신'만이 목에 힘을 주고 팔자걸음으로 으스대며 복도를 걸어다녔다. 그는 목이 긴 장화를 신고 다녔다. 샤오궈는 말했다. 맹자 어르신, 어르신은 역시 늙어빠진 간사한 당나귀에 교활하기 짝이 없는 늙다리 토끼라 노련한 매도 어르신을 잡기 어려울걸요. 맹자 어르신은 조금도 화내지 않고 대꾸했다. 샤오궈, 자네 입이 억울한 일을 많이 당했나보군. 말은 적게 하고 행동을 많이 하는 것이야말로 레닌의 품격이니, 말수를 좀더 줄인다 해도 아무도 자네를 벙어리로 여기지 않을 걸세. 노인네 하나와 젊은이 하나가 매일 쉴새없이 벌이는 입씨름은 그 사무실의 선생들에게 무궁무진한 즐거움을 주곤 했다. 이 이야기는 잠시 제쳐두고—우리는 네가 "제쳐두고"라는 말을 한 뒤 몸을 일으켰던 걸 기억한다. 너의 비쩍 마른 등뼈가 구부러져 교량 모양이 되었다. 그러고 나서 너는 두 손으로 횃대를 움켜잡고 앉았는데, 그 자세가 커다란 앵무새를 판에 박은 듯 빼닮았었다. 앵무새라기에 부족한 것이라곤 알록달록한 깃털뿐이었다.

분필이 더 필요한가?

우리 가운데 하나가 너에게 물었다.

필요해!

종소리가 요란하게 울렸고 수업이 시작되었다. 휘파람 소리가 울리자, 아시아당나귀관에 갇힌 아시아당나귀, 얼룩말관에 갇힌 얼룩말, 큰뿔야생양관에 갇힌 큰뿔야생양떼가 전부 벌떡 일어서서 달려오더니 주둥이를 쇠창살 사이로 비죽 내밀고 사육사들이 먹이를 줄 때까지 기다렸다. 너는 우리에게 말했다. 분필 좀 갖다달라니까!

5

그는 우리에게 이렇게 말했다. 너는 온몸에 잡초의 풋내를 묻히고, 깨물어주고 싶을 만큼 아리따운 구멍가게 여주인이 상으로 준 애매한 미소와 포근함을 온몸에 묻힌 채, 다중주 담배 한 보루를 옆구리에 끼고 쾌속운동으로 작은 방에 돌아와 담배 한 개비에 불을 붙여 물고 방금 요소비료를 뿌린 미나리처럼 즉시 정신을 차린 다음 책상 앞에 몸을 구부리고 앉아 모의고사 시험지를 채점하고 싶었겠지…… 하지만 담배가 없었어. 그는 횃대 아래 축 늘어뜨린 기다란 다리를 흔들면서 강인해 보이는 입가에 살짝 조소를 머금었다. 그는 마치 너를 마주하고 조소하듯 우리에게 자신의 조소를 드러내 보였다. 그의 서술을 통해, 우리는 네가 담배를 피우지 못한 것은 너에게 돈도 없고 권력도 없기 때문이었음을 알게 되었다. 돈과 권력은 죄다 네 아내의 손에 있었으니까. 그녀가 집안의 돈줄을 쥐고 있었다. 그녀의 이름은 리위찬. 장의사(葬儀社) 일류 장례미용사로, 그녀의 손을 거치고 나면 누구나 살아 있을 때보다 더 아름다워졌다.

장츠추, 그 재수 옴 붙은 친구. 그는 우리에게 말했다. 너는 안절부절못하고 책상 앞에 앉아 있었다. 담배중독인데도 담배를 사서 피울 돈이 없으니, 멍하니 서랍 세 개짜리 탁자의 중간 서랍이나 바라볼 수밖에 없었으니까. 그 서랍에는 자물쇠가 채워져 있고, 열쇠는 리위찬의 허리띠에 묶여 있었다. 그녀의 머리카락에서는 항상 장의사 특유의 냄새가 풍겼다.

너는 입술에 묻은 분필 가루를 훔치면서 다음과 같이 말했다.

물리교사가 일어서자, 구멍가게 여주인의 희고 둥근 얼굴이 연기처럼 그의 눈앞에서 사라졌다. 그는 커다란 구리 자물쇠를 툭툭 쳐보다가 이내 어쩔 수 없다는 듯 고개를 절레절레 저었다. 두어 걸음 앞으로 가서 벽에 쳐놓은 낡아빠진 잿빛 담요를 들추었다. 그러자 위는 둥글고 아래는 각진 커다란 벽장이 나타났다. 벽장 속에서 8와트짜리 형광등 하나가 희미하게 푸른 불빛을 비추고 있었다. 박박 깎은 머리통 두 개가 작고 네모난 탁자에 엎드려 공부하고 있었다. 모양은 똑같고 크기만 다른 머리통 두 개가 동시에 고개를 들었다. 얼굴빛이 영락없는 도깨비 새끼들처럼 창백했다.

"아빠!"

"내가 존경하고 사랑하는 우리 아빠!"

이 벽장은 두 아이의 침실이기도 했다. 벽장 속은 갖가지 색의 스펀지 조각으로 채워져 있었다. 스펀지 조각은 소파 공장에서 얻어온 것으로, 리위찬이 소파 공장장의 모친을 장례미용해준 적이 있었다. 이불 두 채와 요 두 채도 있었다. 아치형 벽장 벽은 새와 짐승, 벌레, 물고기, 늑대, 이리, 호랑이, 표범, 비행기, 대포 그림으로 온통 도배되어 있었다. 벽장 안은 아주 조용했다. 형광등이 지지직대는 소리만이 날카롭고 가는 은실처럼 고막을 간질이고 있었다. 너는, 두 아이 모두 똑똑하고 성적이 뛰어나 걱정할 것이 없다며 물리교사가 자랑스러워했다고 말했다. 세상에 똑똑한 자식보다 아빠를 자랑스럽게 해줄 수 있는 것이 있겠는가? 없다. 너는, 그가 명민하기 그지없는 두 아이의 머리를 툭툭 치면서 가슴 뿌듯한 기쁨을 느꼈다고 말했다.

"다추, 샤오추, 너희, 돈 좀 있니?"

다추와 샤오추가 서로 마주보더니, 이구동성으로 딱 부러지게 말했다.

"없어요, 우린 돈 없어요!"

"아빠가 너희한테 좀 빌리려는 거야. 다음달에 바로 돌려줄게…… 아빠가 과학 보급에 관한 글을 한 편 발표하면 원고료가 많이 들어올 거야. 그럼 이자를 높게 쳐서 갚아주마!"

"지난달에 빌려간 3마오도 아직 안 갚았잖아요!"

"나한테도 4마오 빚졌으면서!"

"아빠가 사실 담배중독이거든. 엄마한테 받은 용돈은 벌써 다 써버렸고…… 너희 이 불쌍한 아빠가 담배 한 갑 사 피우게 돈 좀 빌려주렴……"

샤오추는 그래도 마음이 여린 편이었지만 다추는 끄떡없었다. "단념하세요! 아빠는 이미 오래전에 신용을 완전히 잃었다구요!"

"그래도 우리는 부자지간 아니냐?"

"부자는 부자고 돈은 돈이죠. 아빠, 공부 방해하지 말고 아빠 자리로 돌아가세요. 설마 우리가 명문대에 떨어지고 가난뱅이 교사나 길러내는 구닥다리 사범학교에 가길 바라시는 건 아니죠?"

그가 바보같이 웃으면서 벽장에서 물러나자, 휘장처럼 쳐놓은 담요

자락이 재빠르게 드리워지고, 다추와 샤오추는 순식간에 그의 시야에서 사라졌다.

이때 리위찬이 집에 들어섰다.

그는 우리에게 이렇게 말했다. 내가 팡푸구이와 장츠추의 막역한 전우였고, '같은 참호' 속에서 변소 구린내를 들이마셨다고 말한 적이 있었지. 그 말을 듣고 우리 가운데 호기심 많은 하나가 그에게 제8중학 물리교사 노릇을 한 적이 있느냐고 묻자, 부끄러움과 노여움이 한꺼번에 치미는지 그의 코끝이 마치 숯불처럼 새빨갛게 달아올랐다. 그는 송곳처럼 날카로운 목소리로 외쳤다. 잡놈들이나 제8중학 물리교사 노릇을 하지! 개잡놈들이나 말이야! 우리는 또 엄청난 양의 분필을 주고 나서야 성난 그를 달래 리위찬에 관한 이야기를 계속 들을 수 있었다.

6

리위찬은 알뜰하게 살림을 꾸려나가는, 경제 감각이 있는 여자였다. 그녀는 집에 발을 들여놓자마자 이맛살을 찌푸리더니 마치 경찰견처럼 여기저기 냄새부터 맡았다. 그리고 우렁차게 재채기를 했다. 큰길가의 화려한 가로등이 일제히 불을 밝혔고, 집 안에도 노란 전등이 켜졌다.

"당신, 밥했어?"

"아니, 안 했어." 그는 고분고분 말했다. "일분일초를 아껴 모의고

사 시험지 채점을 마쳐야 해서. 조만간 직무평가를 한다는 소문이 돌던데, 대충대충 건성으로 할 수야 없지."

"개소리!" 리위찬이 물리교사의 귀를 잡고 죽어라 비틀어댔고, 고통을 이기지 못한 물리교사는 입이 있는 대로 벌어졌다. 너는 우리에게 말했다. 그가 육체적으로는 고통스러워했을지 몰라도 마음속으로는 기뻐했을 거라고. 그의 경험상 귀에 그런 고통이 가해진다는 건 아내에게 뭔가 기분 좋은 일이 있다는 뜻이었다. 그래서 그는 부드럽고 상냥한 리위찬은 독사나 전갈이나 맹수를 보듯 무서워했지만, 험상궂은 얼굴로 포달을 떠는 리위찬은 전혀 무서워하지 않았다.

그는 아파죽겠다고 비명을 내질렀으나, 그녀는 다른 손으로 그의 나머지 귀까지 잡아 비틀었다. 양손으로 힘껏 비트는 바람에 그의 입이 있는 대로 쫙 벌어졌다.

귀와 머리 가죽이 연결된 부분이 찢어져 오렌지빛 진물이 나오고 나서야 그녀는 손을 풀었다.

물리교사는 눈물을 흘렸다.

그녀가 남편을 발로 툭 걷어차며 욕을 했다.

"훌쩍거리며 눈물이나 훔치다니, 창피한 줄도 몰라! 이런 걸 사내랍시고."

그는 말했다. "귀가 찢어졌는데, 날더러 내일 어떻게 수업하러 가라는 거야?"

"제발 덕분에 영영 수업하러 가지 않는다면 오죽이나 좋아?" 리위찬이 이를 갈며 말했다. 그리고 '아름다운 세상'이란 글자가 찍힌 흰색 가운을 홱 벗더니 셔츠와 바지마저 벗어버렸다. 순식간에 그녀는 삼각팬티와 새빨간 브래지어만 걸친 차림이 되었다. 그녀의 봉긋한 가슴을 보는 물리교사의 눈이 가늘어졌다.

"뭘 봐? 건달 같으니!" 리위찬이 말했다.

물리교사는 입속으로 웅얼웅얼댔다.

"여보, 내 귀를 이 모양으로 찢어놓고 아무렇지도 않아?"

"아무렇지도 않다니, 내가 신경쓰지 않으면 누가 신경쓰겠어? 말해 봐, 내가 아니면 누가 신경이나 쓰겠냐고?" 리위찬은 이렇게 말하면서 흰 가운 호주머니에서 장례미용사가 전문적으로 사용하는 피부색과 똑같은 빛깔의 투명한 접착테이프를 꺼내더니 익숙한 솜씨로 물리교사의 찢어진 귀에 붙여주었다. 실로 꿰맨 것처럼 착 달라붙은 모양새가 마치 셰퍼드 새끼가 경계심을 품고 두 귀를 쫑긋 세운 것 같아, 원래보다 훨씬 멋있고 활기 있어 보였다.

일류 장례미용사는 만족스러운 표정으로 자기 손이 만들어낸 작품을 요모조모 훑어보았다.

그는 그녀의 몸뚱이를 뒤덮은 황금빛 솜털 한 겹과, 얼마 전부터 지방이 쌓이기 시작한 배에 잡힌 두 가닥 주름을 보았다. 그녀의 배는 마치 거대한 이마 같았다.

그는 입술을 부루퉁 내밀고 엄살을 부렸다.

"붙긴 잘 붙었는데, 좀 아프네……"

"좋은 수가 있어!" 그녀는 상대방이 아프든 말든 아랑곳 않고 바짝 다가왔다. 장의사 냄새가 여지없이 그의 콧속으로 파고들었다. "아주 좋은 수가 있어!" 그녀가 그의 코를 꽉 쥐고 잽싸게 비틀었다. 콧구멍이 하늘로 치켜들리면서 시큰한 고통이 고막까지 뒤흔들었다. 코에서 하얀 피지가 나오고, 쪽빛 눈물이 주룩주룩 흘러내렸다.

"아야, 아야, 아야얏……"

"아직도 아파?" 그녀가 냉랭하게 물었다.

"아파……"

"어디가?"

"코……"

"귀는?"

"안 아파……"

"그게 바로 고통이 옮겨다닌다는 거야!" 그녀는 잘 아는 척 말했다. 그녀의 표정은 마치 사람 가죽을 산 채로 천 장쯤 벗겨본 외과의사 같았다. "사람의 몸에는 어쨌거나 고통이 조금은 있게 마련이야. 고통이 없으면 죽은 거니까. 그러니 귀가 아프거든 곧바로 코를 비틀어. 코가 아플 때는 눈알을 후비고, 눈알이 아프면 발가락 하나를 끊어버리고……"

그는 덜덜 떨면서, 따스한 불빛 아래 온몸에 솜털이 난 아내를 쳐다보았다. 뭔지 모를 엄청나게 낯선 느낌이 순간 그를 놀라게 했다. 그는 여전히 화끈거리는 코를 손바닥으로 가렸다. 눈물이 나서 시야가 흐릿해지고 숨이 가늘어졌다. 너는 말했다. 그녀가 돌아섰을 때 그녀의 투명한 삼각팬티에 검정 반창고 두 개가 붙어 있는 것을 그가 보았다고. 그것은 마치 정숙한 미인의 두 눈처럼, 바람을 맞아 눈물이 어린 두 눈처럼 보였다고. 그제야 그는 한숨 돌렸으나, 그녀가 사슴처럼 갑자기 뒤돌아보는 바람에 다시 한번 기겁하고 말았다.

아내가 부엌으로 사라지고 수채에서 요란한 물소리가 들려왔다. 그는 서둘러 생각했다. 내가 한창 젊었을 때만 해도 털북숭이 강아지처럼 새까만 머리털이 빽빽했는데. '사범대학' 마크가 찍힌 러닝셔츠에 99번이 찍힌 트레이닝 바지를 입었었지. 짧은 스포츠머리를 하고, 한창 연애할 무렵에는 보리싹처럼 파르스름하게 면도도 하고, 당시 인기 있던 노래를 흥얼댔지. 보리싹은 푸르고 유채꽃은 노랗고…… 가사를 잊어버리면 "라라라, 라랄라"로 대신했지. 매일 아침 일찍 큰길을 따라 달리기를 했어. 봄날이면 온갖 꽃이 만발하고, 공원에선 보랏빛 정향꽃 향기가 독하고 알싸해서 사람들이 재채기를 하곤 했지. 길가에 늘어선 은사시나무 가지마다 커피색 꽃들이 장식용 술처럼 주렁주렁 달려서 바스락바스락 소리를 냈고. 며칠 후 꽃들이 떨어지면 길바닥이 거의 보이지 않을 정도였어. 또 며칠이 지나면 교외에서 무더기로 날아온 버들개지가 데굴데굴 구르다가 하나로 뭉치고 은사시나무 꽃들과 뒤섞였지. 보드라운 은사시나무 꽃과 버들개지를 밟으며 달리노라면 내 마음은 온화한 느낌으로 충만해지고, 바람에선 알싸한 은사시나무 꽃향기가 났지.

너는 말했다. 그가 옛 생각에 잠겨 있는데 장례미용사가 뛰어들어왔다고. 팔뚝에 맺힌 물방울들이 반짝이며 보드라운 솜털 위에서 또르르 굴렀다고. 그 자식 몸에는 물이 묻지 않았어, 라고 너는 우리에게 말했다— 우리는 괴상망측해진 서술자의 얼굴을 바라보았다—그녀는 성난 목소리로 욕설을 퍼부었다. "이 자식, 도둑놈처럼 눈을 희번덕거리며 내 서랍을 노려보고 있었지! 내가 채운 자물쇠를 비틀어 열고 내 돈을 훔치려 했지? 지난번에 준 용돈은 벌써 다 쓴 거야? 개자식, 분명히 말하는데 담배 끊어. 내 꼭 담배를 끊게 만들겠어! 몇 푼 벌어오지도 못하는 주제에 담배 피울 자격이나 있다고 생각하는 거야? 담배가 너희같이 분필 가루나 마시는 것들을 위해 있는 줄 알아? 이 꼴사나운 몰골 좀 보라고! 빨간 잉크 파란 잉크에 낯빛은 칙칙해가지고! 그때 내가 눈이 멀었지. 그놈의 사범대학 운동복에 찍힌 글자 몇 개에 홀딱 반해서⋯⋯"

너의 마음은 온화한 느낌으로 충만해졌다. 99번! 너는 포근한 봄 공기 속에 녹아든 은사시나무 향기를 처음 맡았을 때를 떠올렸다. 창자는 꿈틀꿈틀 연동운동을 하고, 사랑에 대한 갈망은 돌연 머리 꼭대기까지 용솟음치고, 입술은 근질거렸다. 너는 아가씨와 입맞춤을 하고 싶었다. 의심할 것 없이 은사시나무의 알싸한 냄새가 네 사랑을 성숙시키는 촉매가 되었던 것이다⋯⋯ 너의 아름다운 회상이 중간에 끊겼다. 그는 우리에게, 네 마누라가 사납게 으르렁대기 시작했노라고 말했다.

"너 같은 작자에게 시집오다니, 정말 재수 옴 붙었지!" 장례미용사가 카랑카랑한 목소리로 소리쳤다.

입 닥쳐! 너는 우리에게, 그도 같이 고함쳤다고 말했다. 존엄성 같은 것을 지키려는 듯. 그의 감정과 창자가 동시에 음울하게 울부짖고, 그 울부짖는 소리가 목구멍까지 치밀어올라, 세상 사람이 전부 들을 수 있을 정도로 우렁차고 불길한 딸꾹질로 바뀌었을 거라고 너는 말했다. 물리교사는 마누라에게 욕을 했다. 너, 이 더러운 년—딸꾹—인민의 교사를 모욕하지 마—딸꾹—너 이 시체와 입 맞추고 시체에 덕지덕지 분칠하고 입술연지나 칠해주는 마귀 같은 년—딸꾹—네년은 야차야—딸꾹—

리위찬은 물리교사의 등을 한 대 치면서 걱정스러운 듯 말했다.

"딸꾹질 좀 멈춰! 잘 들어! 두 번 다시 딸꾹질하지 마! 누가 들으면 위궤양에 걸렸다고 오해하겠어. 학교에서 위궤양 걸린 사람을 교도주임으로 발탁할 것 같아?"

그녀는 밖에서 비닐봉지를 하나 들고 들어왔다. 봉지를 열자 텁텁한 쉰내가 훅 끼쳤다. 꿈틀꿈틀 살아 움직이는 것 같은 돼지 창자 한 꾸러미가 모습을 드러냈다.

간장 양념에 볶은 돼지 창자를 먹을 때나 푹 삶은 돼지 창자를 먹을 때 그녀는 나에 대한 애정을 대놓고 표현했지—햇대 위에 쭈그려 앉은 채 너는 그가 그렇게 말한 적이 있다고 우리에게 말했다. 그녀는 다추와 샤오추한테 명령했다. 너희는 국물만 마시고 창자는 아빠가 잡숫게 돼. 큰창자는 돼지 항문이니 반드시 너희 아빠가 먹어야 해. 아빠는 기가 허하고 밑구멍이 빠져나오는 병이 있어. 돼지 큰창자는 항문을 끌어올려주고 기를 보양해준대. 너희 셋째 이모가 여기저기 수소문해서 알아온 민간요법이야. 병이 생기면 아무 의사나 닥치는 대로 찾는 법이잖니. 민간요법도 큰 병을 치료할 수 있거든. 먹으면 바로 효험을 본다는구나. 당신은 역시 운이 좋은 남자야. 더우면 더울세라 추우면 추울세라 알뜰살뜰 보살펴주고 당신을 끔찍이 사랑해주는 나 같은 현모양처를 얻었잖아. 그랬으니 망정이지, 내가 곰살궂게 돌봐주지 않았다면, 당신은 진작 우리 '아름다운 세상' 화장터 소각로에 들어가 하늘로 모락모락 피어오르는 검정 연기 신세가 됐을 거야……

"딸꾹질 좀 그만하라니까. 일이나 좀 도와줘. 머리도 좀 식힐 겸,

돼지 창자나 깨끗이 씻어놔!"

"당신 무슨 자격으로 날더러 돼지 창자를 씻어라 마라 하는 거야?" 물리교사가 투덜거렸다. "이 지엄한 인민의 교사를 돼지 창자 씻는 데 부려먹겠다는 거야?"

"개소리!" 리위찬의 한쪽 발이 날아왔고, 물리교사는 하마터면 등을 걷어차일 뻔했다. "당신, 정말 안 씻을 거야?"

"그래, 내가 씻어주고 만다!" 그는 울컥해서 말했다. 그리고 돼지 창자 끄트머리를 잡고는 바닥에 끌면서 바깥으로 뛰쳐나갔다. 꼭 소방 호스를 끌고 가는 소방수 같았다.

돼지 창자를 씻고 있자니 딸꾹질이 멈추었다. 미끌미끌한 돼지 창자가 질방구리 속에서 헤엄치듯 활발하게 움직이는 것이 연못물에서 자맥질하는 드렁허리 같았다. 너는 우리에게 말했다. 그가 느닷없이 메기로 둔갑한 저팔계가 요정들 넓적다리 사이로 요리조리 헤엄쳐 다닌 이야기를 떠올리고 피식 웃었다가 리위찬의 성미를 건드렸다고.

소다 가루를 손에 좀 묻혀서 잡아! 이 멍청이! 책벌레! 숙맥 같으니! 너는 리위찬의 말을 이렇게 전했다.

리위찬의 말은 구구절절 옳은 이야기이고 진리이긴 하지만 한마디도 믿을 것이 못 된다고 너는 말했다. 그는 우리에게 말했다. 네가 다음과 같이 생각했다고. '천리 인연은 한 가닥 실오리에 매여 있다'는 옛사람의 말이야말로 확실히 옳은 말이요, 물리학 법칙보다 더 참된 진리지. 그때 송충이 모양의 꽃무더기를 갓 떨군 은사시나무가 경쾌하게 흔들리는 모양새는 사랑에 빠진 여인 같았고, 은사시나무 향기는 사랑의 향기가 되어 날카로운 화살처럼 내 심장을 꿰뚫었지.

"뒤집어 씻어야지! 창자를 까뒤집지도 않고 씻었다가 돼지 똥을 먹고 싶어? 소다 가루를 좀더 치라니까!"

소다 가루를 더 묻혀 문지르자 돼지 창자는 더욱 교활해졌다. 뜀박질로 전진! 황금빛 태양이 행복하게 웃는 인민대중의 얼굴을 눈부시게 비추었다. 큰길가에 있는 주택의 자그마한 안뜰에 해바라기가 활짝 피어 있었다. 만물의 생장은 태양에 의존하고, 시간은 강물처럼 하염없이 흐르고, 대항해는 키잡이의 손에 의존한다네. 이 노래는 모든 사람이 부를 줄 알지, 너는 말했다, 벙어리는 마음으로 노래 부르지. 작은 도시의 아침은 아름다운 아침, 포근하고 향기롭고 꿀처럼 달콤한 가운데 다소 쓸쓸한 추억을 일깨우는 아침. 빗물과 이슬은 볏모를 촉촉이 적셔 잘 자라게 해주네. 고음의 확성기. 동방이 붉어지네, 태양이 떠오르네. 이른 아침은 이슬이 잔뜩 맺힌 월계꽃. 달려, 달려, 달려, 씽씽 달려라, 휙 지나가고, 휙 지나가고, 내가 움직이니 새로 페인트칠한 인민공원 철제 난간이 빙글빙글 돌아가는 바퀴살처럼 보였다. 외로운 호랑이는 빙글빙글 돌아가는 듯도 하고 빙글빙글 돌아가지 않는 듯도 한 쇠우리 속에서 포효하고 있었다. 우유 배달 삼륜차는 삐거덕삐거덕 흐느끼고 있었다. 신선하고 생기로운 젖내. 송아지는 누린내를 풍기며 막 잠에서 깨어났다. 발그레하니 상기된 그녀의 얼굴이 번뜩 스쳐지나갔다. 하지만 그녀의 강렬하고 선명한 인상은 삶과 죽음조차 두렵지 않다는 듯한 기세로 너의 가슴 한복판에 새겨졌다. 살짝 내민 그녀의 윗입술 바로 위에는 콧수염이 파르스름하게 나 있었다. 그 콧수염이 너를 깜짝 놀라게 했고, 거대한 심벌즈를 마주 쳐 울리듯 너의 간 두 쪽이 '쿵, 닥!' 하고 굉음을 냈고, 그 여음(餘音)이 가늘고 길게 이어지면서 횡격막을 진동시켰다. 입술 위에 콧수염이 파르스름하고 볼이 발갛게 상기된 그녀가 세상에서 가장 아름다운 여인이라고 너는 생각했다. 더구나 목에 풋사괏빛 실크 스카프까지 둘렀으니…… 미끌미끌…… 주물럭주물럭……

"물을 갈아야지!"

주물럭주물럭…… 주물럭주물럭…… 붉은 태양빛이 내 눈을 환히 비춰주었다…… 이제야 깨달았다. 아니, 결혼하기 전에 이미 깨달았지. 입술 위에 콧수염이 파르스름하게 난 여자치고 착한 여자는 하나도 없다는 사실을…… 너는 날아가는 듯한 그녀의 자전거를 뒤쫓아 달렸다. 강아지처럼 그녀의 향기를 맡으며 달렸다…… 헐레벌떡 헐레벌떡…… 진위샹 13번지까지……

"매미야, 매미야!" 늙은 장모가 뭔가 낌새라도 챈 듯 고함치고 있었다.

"다추야, 외할머니가 뭘 달라는지 가서 좀 볼래?"

똑똑똑! 진위샹 13번지 집 대문에는 황금빛 문고리 두 개가 볼록하게 달려 있었다. 젊은 처녀의 가슴처럼…… 어머니는 너에게 가라고 했고, 너는 왜 나보고 가라는 거야 했지…… 두 사람은 함께 갔다. 크고 새빨간 손안의 크고 새빨간 칼이 새빨갛게 익은 마른 고추를 잘게 다졌다. 탁탁탁탁탁! 매운 냄새가 미쳐 날뛰는 사랑처럼 퍼져나갔다. 그때만 해도 장모님은 젊었지…… 너는 매운 냄새의 광적인 사랑 때문에 눈물이 줄줄 흐르던 두 눈을 비비고 싶었지만, 구린내 나는 돼지 창자 기름만 얼굴에 온통 처바르고 말았다…… 똑똑똑! 삐거덕! 진위샹 13번지 집 대문이 안쪽으로 열렸다. 그때만 해도 장모는 젊었고,

등허리도 꼿꼿했으며, 앞머리를 오리 꼬리 모양으로 빗어넘긴데다 귀밑머리에 자그마한 붉은 꽃 한 송이를 꽂아 옛 소설 속 주막집 여주인을 닮았었는데, 이십 년 후 그녀가 반신불수가 되어 병상 신세를 질 줄 누가 꿈이나 꾸었겠는가…… 아주머니, 저, 물 한 모금 얻어 마시고 싶은데요…… 위찬아, 이 동지한테 시원한 냉차 한 대접 내주려무나…… 자네 8중학 선생이지? 스물여섯? 아직 미혼이라고?…… 탁탁탁! 매운 고추 잘게 다지는 소리……

"엄마, 외할머니가 침대에 똥 쌌어!" 다추와 샤오추가 좋아라 환호성을 지르며 날뛰었다. 나는 너희에게 이렇게 말했지. 그후 한동안 매운 고추 다지는 탁탁 소리가 뜸해진 탓에 제8중학 물리교사의 지나간 사랑에 대한 회상이 차츰 시들해졌다고. 미끌미끌한 돼지 창자는 어딘지 모르게 백수건달의 불량기 같은 못된 습성이 있었다. 시원한 냉차를 받아들던 순간, 아니, 여전히 김이 모락모락 피어오르는 뜨거운 차를 그녀가 두 손으로 받쳐들고 네게 건네주던 순간에도 네 손의 떨림은 멈추지 않았다. 마치 똥 마려울 때처럼 가슴 졸이는 초조감에 너는 한쪽 다리를 들어올렸다. 뜨거운 찻물이 네 손에 쏟아졌다. 나는 그녀의 파르스름한 콧수염을 쳐다보느라 정신이 팔려 있었지. 앗, 그녀가 외마디 비명을 질렀다. 얼음같이 시원한 행복감이 온몸을 관통해서 너는 바지에 똥을 지릴 뻔했다…… 장 선생님, 안색이 별로 좋지 않아요. 어서 방에 들어가 좀 누웠다 가세요…… 그녀의 베개는 크고 푹신푹신했고 이상야릇한 냄새가 배어 있었다…… 그러고 말이지, 일요일이 되었어. 아주머니는 너에게 삼선(三鮮) 만두를 빚어주었다. 마늘을 곱게 다져 넣고, 간장과 식초 그리고 참기름도 조금 넣고. 당신은 어디에서 일하세요? '아름다운 세상'이오! 그녀가 미소를 띠며 대답했다. 입술 위의 콧수염이 갓 돋아난 협죽도 떡잎처럼 반들반들 윤이 났다…… 그녀는 입술을 비죽 내밀고 말했다. 엄마는 큰이모 댁에 놀러가셨어요…… 그것이 올가미인 줄 나는 어째서 알아차리지 못했을까? 공산주의청년단의 선홍색 배지가 젖꼭지 윗부분 체크무늬 천에 달려 있었고…… 나에게 파르스름한 콧수염의 맛을 보여주었고…… 아니, 아니지…… 사실 그녀는 나를 떠미는 척하면서 내게 바짝 다가와 있었지…… '아름다운 세상'이라니, 그게 어디요?…… 아이, 참!…… 한 줄기 뜨거운 열기가 너의 심장을 달구었고…… 나를 어루만지던 그 두 손은 죽은 자를 어루만지던 손이었다…… 우리는 작업할 때 장갑을 껴요…… 자네, 내 귀한 딸을 버릴 생각인가? 내 당장 제8중학에 달려가 자넬 고발하겠네!…… 너는 인민해방군에게 사로잡힌 괴뢰군 병사처럼 고개를 푹 숙였다…… 까만 잉크 냄새가 나는 신문에는 대학 졸업생과 장례미용사 아가씨가 경사스럽게 백년가약을 맺어 새로운 사람, 새로운 일, 새로운 사회를 건설하게 되었다고 실리고…… 나는 당신의 파르스름한 콧수염을 몽땅 뽑아버리지 못하는 게 한스러울 뿐이야! 어딜 감히! 밥 빌어먹는 거지가 궁상떠는 제 꼬락서니나 탓해야지! 내 콧수염을 한 올이라도 뽑아봐, 내 당신을 깃대처럼 세워 두고두고 기념비로 삼을 테니까!

간장 양념에 볶은 돼지 창자나 푹 삶은 돼지 창자를 먹을 때면 물리교사의 아들들은 물리교사의 아내에게 강하게 항의했다.

"엄마, 엄마는 너무 편파적이야! 왜 아빠만 창자를 먹고 우린 국물만 마셔야 해?"

"네 아빠는 밑구멍이 빠졌단 말이야!"
"나도 밑구멍이 빠졌다고!"
"나는 아빠보다 더 많이 빠졌어!"
"요 녀석들, 밑구멍 빠지는 게 유전이란 말이냐?"

7

밤 열시 반, 하루 종일 시끄럽던 작은 도시가 안정을 되찾고 조용해지면서, 멀리 건설공사 현장의 기계 소리가 또렷이 들려오기 시작했다. 너는 우리에게, 다추와 샤오추는 그들의 벽장에서 코를 골고 물리교사는 책상 위 전기스탠드 불빛 아래 엎드려 바쁘게 시험지 채점에 몰두하고 있었노라고 말했다. 교사 직무평가가 아니더라도 열심히 일해야 했다. 그가 목덜미에 간지러운 느낌을 받고 고개를 돌리자 장례미용사가 브래지어를 벗어 던지는 게 보였다고 너는 말했다. 너는 차분한 목소리로 우리에게 말했다. 장례미용사의 딱딱해진 젖꼭지가 책상에 엎드려 일하는 물리교사의 목을 문지르고 있었지! 전에 없던 그 상냥함에 그의 온몸은 차가워지고 두 눈은 이글이글 타올랐다. 덜 씹은 채 넘겨버린 돼지 창자가 위장 속에서 이리 꿈틀 저리 꿈틀 했다. 너는 장례미용사의 두 젖꼭지가 선명한 붉은 빛깔이었으며 남들보다 훨씬 육감적이었다고 특별히 강조했다. 네가 여인의 젖꼭지를 언급하던 그 순간 우리는 보았다. 너의 눈동자가 어슴푸레한 쇠우리 안에서 초록빛 광채를 내뿜는 것을. 그 초록빛 두 점은 허공을 날아다니는 반

덧불 같았고, 싱그러운 석고 냄새가 어두컴컴한 동굴 같은 네 입속에서 풍겨져나와 사람의 눈물을 자아냈다. 노동자들은 손으로 석고를 반죽해 분필을 만들어내고 너는 위액으로 분필을 녹여 다시 석고로 환원시켰다. 너는 다음과 같이 말했다.

나이를 먹어갈수록 무성해지는 파르스름한 콧수염을 보자 그의 경계심이 되살아났다. 비록 입안 가득 남아 있는 돼지 창자의 구수한 맛이 그녀에게도 좋은 점이 있다는 걸 잊어서는 안 된다고 일깨워주기는 했지만, 그럼에도 그는 이렇게 말하고 말았다.

"당신, 좀 정숙해질 수 없어? 지분거리지 좀 마!"

장례미용사가 부끄러움에 얼굴을 붉히면서 분노에 찬 목소리로 대꾸했다.

"내가 당신한테 뭐하러 시집왔겠어? 내게도 성욕이 있단 말이야!"

너는 무감각하게 그 장면을 서술했다.

물리교사는 정수리가 한 차례 땅하고 크게 울리는 걸 느꼈다—나는 그가 잘못 느꼈을 수도 있다고 생각하네—그는 손을 뻗어 그녀의 입을 틀어막으려 했으나, 오히려 그녀에게 손목을 깨물리고 말았다.

그리고 그들은 함께 침대 위에 올랐다. 그는 치밀어오르는 구역질을 억지로 참아가며 그녀의 입술에 입을 맞추었다. 장의사 특유의 냄새가 그의 의식 가장 깊은 곳까지 파고들었다. 그는 자신이 신경과민이라는 걸 알고 있었다. 언젠가 한번 장례미용사는 그가 보는 앞에서 고급 비누로 온몸 구석구석 솜털 하나 놓치지 않고 말끔히 씻어 보인 적이 있었다. 그런데도 그는 숨 막히게 짙고 강렬한 그 냄새, 도저히 형용하기 어려운 그 냄새를 맡고 말았다. 그래서 이런 일이 닥칠 때마다 그는 사내구실을 못했던 것이다.
 장례미용사의 눈에 어린 눈물이 그를 자책하게 만들었다. 전기스탠드의 노란 불빛이 그녀의 몸을 비추었다. 중년에 접어들었는데도 금빛 솜털이 난 그녀의 살갗은 여전히 눈부시게 반짝거렸다. 그는 고통스럽게 말했다.
 "추 엄마, 내가 하고 싶지 않은 게 아니라 당신 몸에서 나는 냄새에 기분이 잡쳐서……"
 장례미용사가 물속에서 잉어가 펄떡거리듯 발딱 일어나더니 투덜거렸다.
 "내 몸에서 무슨 냄새가 난다고, 아무 냄새도 안 나는데…… 여보…… 다 알아…… 학교 일에 너무 치여서 몸을 못 쓰게 된 거야…… 영양 보충도 못하고…… 정말 내 몸에서 냄새가 나서 그런 거라면, 그럼 몇 년 전에는 냄새가 안 났다는 거야? 당신, 지금 혁명 사업에 영향을 끼칠까봐 두려워하는 거지, 그렇지?"
 너는 우리에게 다음 장면을 보여주었다.
 마치 공기를 채운 장난감 망치로 그의 갈빗대를 두드리는 것처럼 그녀의 묵직한 가슴은 그의 심장을 덮은 근육까지 진동하게 만들었다. 곧 그녀의 젖꼭지가 담뱃불처럼 뜨겁게 달아올라 살갗을 데는 느낌이 들어 그는 몸을 일으키려 했다. 하지만 리위찬이 가슴팍을 내밀면서 그를 다시 찍어눌렀다. 대나무로 짠 침대가 그들의 몸 밑에서 삐거덕삐거덕 신음소리를 냈다. 그가 리위찬의 육탄 공격을 참고 견뎌내는데 갑자기 벽장에서 반질반질한 머리통 두 개가 쑥 나와 있는 게 보였다고 너는 말했다. 그는 한창 달아오른 리위찬의 몸을 밀어 간신히 뒤로 쓰러뜨렸다. 그녀는 부끄럽고 분한 나머지 발끈 성을 내며 방바닥에서 엉금엉금 기더니 일어나기가 무섭게 손에 닿는 대로 빗자루 하나를 집어들었다. 그러고는 머리 위로 치켜들고 물리교사의 머리를 겨냥했다. 하지만 그녀의 손은 공중에서 얼어붙은 듯 내려올 줄 몰랐다. 그녀 역시 벽장에서 비죽 나온 머리통 두 개를 발견했던 것이다. 그들 부부는 서로 마주보고 웃으며 거의 이구동성으로 말했다.

"요 녀석들, 짓궂기는."

그녀가 빗자루를 아들들에게 던지자 머리통 두 개가 번갯불처럼 사라졌다.

그녀가 숨을 거칠게 몰아쉬었다. 보아하니 작심한 듯했다. 그러더니 마치 암호랑이처럼 물리교사를 덮쳤다.

"여보, 나 좀 봐줘!" 여인의 부드러운 살덩어리가 그의 몸 위에 포개져 그를 분노하게 만들지만 그는 아무 말 못하고 울분을 꾹 참는 버릇이 든 터라 기분이 몹시 상했는데도 좋은 말로 사정했다.

리위찬이 일어나 앉았다. 입술을 비죽 내민 채 그녀는 뼈마디가 앙상하게 튀어나온 장츠추의 몸을 한 손으로 안타깝게 어루만졌다.

"팡 선생도 당신처럼 깡말랐던데……" 그녀가 말했다.

"당신이 어떻게 알아?" 그는 예민하게 반응하며 물었다.

"그 사람, 지금 내 작업대 위에 누워 있어……"

그가 무척 애석한 말투로 이렇게 대꾸했다고 너는 말했다.

"좋은 사람 하나 죽었군……"

제법 멀리 떨어진 마을에서 수탉이 때아니게 홰를 치고 울어대기 시작했다.

"저 염병할 놈의 수탉이 또 미쳤네!" 그녀는 침대 위에 벌렁 누워 알아듣지 못할 말을 중얼거렸다.

장츠추는 그 틈을 타서 조용히 숨을 고르고, 아내의 배를 툭툭 쳐주었다. 그리고 한마디 했다.

"당신, 잠 좀 자둬. 나는 시험지를 마저 채점할 테니까."

리위찬이 몸을 뒤챘다. 너는 그가 의자로 뛰어올랐다고 말했다.

닭이 다시 한번 홰를 쳤을 때, 밤은 몹시 고요했고, 벽 하나를 사이에 둔 이웃집에서는 팡 선생의 미망인이 나직이 흐느끼는 울음소리가 들려왔다.

리위찬은 침대 가장자리에 걸터앉아 두 다리를 축 늘어뜨렸다. 발끝이 바닥에 닿을 듯 말 듯 했다.

그는 하품을 하면서 주눅든 기색으로 그녀의 어깨를 토닥이며 말했다.

"잠 좀 자둬."

"잠은 무슨 얼어죽을 잠이야!" 그녀는 크게 한 번 고함을 지르더니 이내 쥐 죽은 듯 아무 소리도 없었다.

곤히 잠든 여인의 입에서 소나 양의 주둥이에서 후텁지근하게 풍겨나오는 풀 냄새가 났다. 장의사 특유의 냄새가 그 속에 뒤섞여 있었다. 결코 참을 수 없는 냄새는 아니었으나, 그렇다고 참을 수 있는 냄새도 아니었다. 참을 수도 있고 참을 수도 없는 그 중간에 놓인 리위찬의 입김이 광대뼈가 불거진 물리교사의 얼굴에 훅 끼쳐왔다.

"꿈을 꿨어…… 꿈에서 팡 선생을 봤어……" 그녀의 입가에서 침 한 방울이 주르륵 흘러내렸다. 입술 위 파르스름한 콧수염이 아주 사랑스러워 보였다. "그 사람이 내 작업대 위에서 벌떡 일어나는데, 온몸에 실오리 하나 걸치지 않은 모습이 꼭 털 뽑힌 수탉 같았어. 그 사람이 나한테 이렇게 말하는 거야. '형수님, 전 죽고 싶지 않아요. 지금도 마누라하고 애들이 걱정돼요…… 내 심장은 아직도 이렇게 뛰고 있는데……' 하고 말이야."

리위찬이 이야기하면서 훌쩍거리기 시작했다. 그것도 아주 가슴 아프게 우는 바람에 장츠추는 약간 심통이 나서 말했다.

"당신 남편이 죽은 것도 아닌데, 울기는 왜 울어?"

"내 남편이 죽으면 나는 울지 않을 거야." 그녀가 말했다. 그리고 눈을 부릅뜨며 이렇게 말했다. "내가 눈물 한 방울이라도 흘릴 줄 알고!"

"어째서 눈물 한 방울도 흘리지 않겠다는 거야?" 그가 흠칫 놀라 의아하게 물었다.

"어째서 눈물 한 방울도 흘리지 않느냐고?" 그녀도 놀라서 되물었다.

곧이어 죽음과도 같은 정적이 흘렀다. 투명한 진초록빛 벌레 한 마리가 그와 그녀 사이에서 아무 무게 없는 듯 나풀나풀 춤추며 날아다니며 두 사람의 생각을 연결시키고 두 사람의 적대감을 증폭시켰고, 또한 그들 두 사람과 너, 너와 우리 사이에 연결고리를 만들었다. 남자가 육체적 갈망을 채워주지 못하면 여인이 미쳐 날뛸 수도 있다는 사실이야말로 놀라운 발견이었다. 물리교사의 심장이 구리종처럼 '댕댕' 울렸다. 물론, 그는 말했다. 너희가 보기에는 그것이 그렇게 '놀라운 발견'은 아니겠지. 너희같이 젊은 것들은 사랑을 위해 살고 섹스를 위해 죽기도 할 테니까.

이때 문을 두드리는 소리가 들렸지. 너는 겉으로는 평온하게 말했지만 너의 열 손가락은 긴장한 나머지 횃대를 꽉 움켜쥐었다. 부엉이 발톱처럼. 광푸구이 선생이 교단 위에서 쓰러져 죽었을 때부터 나는 분필을 먹고 싶은 강렬한 욕망에 시달렸지. 분필 냄새가 내 마음을 온통 사로잡았어. 남들은 나보고 미쳤다고 말했지만, 누가 뭐래도 나는 분필을 먹고 싶다고. 나는 오직 분필만 먹을 거야. 너는 두 눈에 눈물을 글썽이며 우리에게 너의 느낌을 피력했다. 심지어 너는 우리가 오랜 세월 잊고 있던 분필에 대한 우리의 감정마저 일깨웠다. 우리가 빛깔이 무척 고운 색분필을 한 묶음 쳐들었을 때 우리 입에서도 군침이 돌았고 우리 위장도 꼬르륵꼬르륵 소리를 내며 울었다. 이제 남은 문제는, 이 분필을 너에게 먹으라고 줄 것인지, 아니면 우리가 먹게 남겨둘 것인지였다.

두 걸음

二步

1

 새날이 밝아오고 있었지만, 진정 밝은 것은 아니었다. 하늘빛은 동트기 전이 가장 어둡다. 이것이야말로 무서운 진리다. 멀리서 또 한 차례 수탉이 홰치는 소리가 들려왔다. 문 두드리는 소리는 시계추 소리처럼 맑고 규칙적이었다.
 그녀는 조금 두려워졌다. 마음속에 잡념이 없으면 귀신이 문을 두드려도 무서울 것이 없지만, 그렇지 않으면 두려운 법이다. 너는 말했다. 그녀가 어제 낮잠 잘 시간에 장례미용실에서 일어난 일을 떠올리며 부끄러워했다고. 그녀가 또 오래전 청년 물리교사 장츠추가 여인의 가슴처럼 생긴 대문 고리를 두드리던 광경을 떠올렸다고.
 나는 무엇보다 물리교사가 대문을 두드렸던 일부터 얘기하는 것이 타당하다고 생각해, 너는 말했다, 왜냐하면 시간이란 생각하는 사람의 심경에 따라 바뀌고 끊임없이 그 빛깔이 변하며 그 흐름도 바뀌게 마련이니까.

리위찬의 어머니는 비록 지금은 병상에 누워 죽은 사람이나 다름없이 지내지만, 한창때는 온 도시를 주름잡던 풍류미인이었다. 그런데 이제는 엉덩이에 커다란 욕창이 두 개나 생겨 피고름을 흘리고 악취를 풍기고, 회백색 머릿니들이 우공이산(愚公移山)의 정신으로 그녀의 육신을 야금야금 갉아먹고 있었다. 여기서 한 가지 짚고 넘어갈 것은 어떤 여인들은 중년이 되면 젊었을 때보다 더 매혹적이라는 사실이다. 그런 여인은 귀한 찻잎과 같아서, 그 첫맛은 씁쓸하고 떫어 누가 마시든 그 혀와 목이 불운하다 할 수밖에 없지만, 한 모금 한 모금 마시다보면 그 아름다운 향기와 달콤한 뒷맛을 음미할 수 있다. 그녀가 바로 그런 여인이었고, 갓 돋은 싹을 따서 만든 명차(名茶)였다. 그녀의 첫 모금을 마신 사람이 행동거지가 바른 젊은이였다면, 그녀의 씁쓸하고 떫은 맛이 그 젊은이를 독살했을 것이다. 한 가지 더 짚고 넘어갈 것이 있는데, 어떤 사내들은 전문적으로 수확만 하지 처녀지를 개간하는 데 땀을 흘리지 않는다는 사실이다. 시 노동국에 소속된 과장 한 명이 바로 그런 사내였다. 성은 왕(王)가이고, 몸매도 얼굴도 네모반듯한 사내였다. 소문에 따르면, 산둥 지방 출신으로 고향집이 『수호전』의 양산박 호걸 흑선풍 이규의 고향에서 그리 멀지 않다고 했다. 그의 손은 엄청나게 커서, 리위찬은 그의 손을 볼 때마다 흑선풍 이규가 휘두르던 날이 넓고 납작한 도끼 두 자루를 떠올렸다. 그녀는 왕 과장의 쌍도끼가 돼지기름처럼 보드랍고 풍만한 어머니의 가슴을 내리찍던 광경을 두 눈으로 직접 목격한 적이 있었다. 어느 여름 오후였다. 동물원 오동나무 위에서는 매미떼가 초조한 듯 울고 있었고, 왕 과장은 두 손바닥으로 젖가슴 두 개를 어루만지고 있었다. 너는 나에게 말했었다. 분홍빛 젖꼭지가 흥분한 듯 중지와 무명지 틈새로 고개를 내밀었고, 파르르 떨리는 모양새가 이름 모를 작은 짐승의 뾰족한 주둥이 같았다고.

그 순간 내 안에서 그 유두를 빨고 싶은 강렬한 욕망이 생겨났지, 그녀는 멍하니 생각했다―그는 우리에게 이렇게 말했다―문을 두드리는 소리가 시계추처럼 정확하게 계속 들렸다. 동트기 직전의 어둠이 묵직하게 세상을 짓누르고 있었으나, 그녀의 마음속에는 한 줄기 빛이 비쳤다―그는 여전히 우리에게 분필을 내놓으라고 강요했다. 그의 위장이 다각형의 기괴한 형태로 부풀어오르기 시작했다. 그 위장을 만족시키는 건 영원히 불가능할 것 같았다. 기린과 들소는 이제 떼강도처럼 분필을 약탈해가는 우리를 향해 고리눈을 하고 노려보았다―목에 붉은 삼각건을 두른 리위찬은 통통한 계집아이였다. 그녀의 입이 바짝 말랐다. 입안이 말라서 젖꼭지를 빨고 싶은 생각이 들었던 걸까? 아니면 젖꼭지를 빨고 싶은 생각 때문에 입이 말랐던 걸까? 그녀는 혼란스러웠다. 그녀는 기억해냈다. 그 순간 그녀는 더욱 혼란스러워졌다. 머릿속 질서가 걷잡을 수 없이 무너졌다. 붉은 대추 같은 두 젖꼭지가 눈처럼 하얀 그녀의 뇌수에 깊이 박혔다. 그녀는 멍하니 앞뜰의 물항아리 위로 고개를 숙였다. 물항아리 속에 계집아이의 발갛게 달아오른 얼굴이 비쳤다. 이리 비뚤 저리 비뚤 일그러져 보이는 입술이 먹이를 새김질하는 낙타 같았다. 석류꽃 그림자도 물 위에 비쳤다. 일고여덟 송이는 곧 꽃망울이 터질 듯하고 일고여덟 송이는 흐드러지게 활짝 피었는데 모두 불덩이처럼 맹렬하고 독한 술처럼 자극적이었다. 그러니 엄마 입이 늘 민요 가락을 흥얼거릴 수밖에 없었던 것이다.

　　석류꽃이 불덩이처럼 새빨갛게 필 때면
　　나는 그대를 사랑하고, 그대는 나를 사랑하네
　　성내에 젊은 아가씨들 고운 모래처럼 많기도 한데
　　어쩌자고 중년이 다 된 나를 찾아와 들볶을까
　　에헤야데야, 내 사랑

왕 과장은 호금(胡琴)도 곧잘 탔다. 이호(二胡)를 켜면서 노래를 부르면 마치 영화 속에서 본 두이거(對歌)* 같았다.

　　석류꽃 송이송이 피어나는데
　　한 떨기만 불덩이처럼 붉구나
　　젊은 아가씨들 나이 어리고 수다스러워
　　재미야 중년이 더하지
　　내 사랑아 말해보오
　　그대를 들볶지 않으면 누구를 들볶을까

그가 불쑥 우리에게 선언했다. 나는 저속한 노랫가락을 글 속에 넣

---

* 남녀가 노래를 주고받으며 서로의 마음을 표현하는, 중국 소수민족의 풍습.

는 짓을 줄곧 혐오해왔어. "석류꽃이 불덩이처럼 새빨갛게 필 때면"이나 "석류꽃 송이송이 피어나는데"가 저속한 노랫가락일 수는 없지. 내가 너희에게 세번째로 정중히 선언하는데, 나는 제8중학 물리교사가 아니야. 애송이나 중학 선생 노릇을 하겠지! 당시 그 노랫가락이 리위찬에게 준 자극은 붉은 젖꼭지 두 개에 버금가는 것이었지. 아니지, 리위찬은 내게 말했었어, 붉은 젖꼭지, 붉은 석류꽃, 엄마와 왕 과장의 몸이 하나가 되었을 때 터져나오던 신음소리와 냄새 등등 그 모든 게 저속하지 않은 노래 〈석류꽃 필 무렵〉의 선율과 한데 어우러져, 소리도 있고 빛깔도 있고 향기도 있는 혼합체가 되었다고. 그야말로 예술이었지!

그 무렵은 정치가 진보하고 경제도 발전하고 물가도 안정되고 시장도 번성하던 황금시대였다. 바닷가에서 멀리 떨어진 이 작은 도시에서도 언제든지 두 마리가 반 근이나 나가는 대하, 한 마리가 반 근이나 되는 바닷게를 살 수 있었다. 살이 두툼한 갈치 한 근도 고작 3마오였다. 맛 좋은 참죽나물이 시장에 나오는 계절이면 도시 북쪽의 어시장은 온통 은빛 일색이었는데, 눈부신 햇빛 아래 갈치가 반짝였다. 어시장이 파하고 나면 길바닥은 온통 생선 비늘로 뒤덮여 붉은 석양 아래서도 반짝이고 하얀 보름달 아래서도 반짝였다. 저녁 무렵 비라도 내리면, 비가 긋고 난 뒤의 몽롱한 달빛과 연기처럼 깔린 옅은 안개 속에서 저 멀리 강 위에 걸린 아치형 돌다리는 영락없는 백룡처럼 보였다. 축축한 공기중에는 신선한 생선의 비린내가 떠돌았다. 어시장에서 돌아온 계집아이는 물항아리에 기대선 채 불덩이처럼 붉은 석류꽃 그림자가 어른거리는 수면을 물끄러미 바라보았다. 물항아리에는 방게 두 마리가 있었다. 해산물이 시장에 넘쳐나는 반면, 민물 방게는 유달리 귀했다. 그래서 풍류미인도 방게를 두 마리 사들여 물항아리에 기르면서 감상하고 있었던 거지.

푸르스름한 털이 부숭부숭 나 있는 방게의 큼지막한 집게발……쑥 내밀었다가 이내 등딱지 안으로 감추는 두 눈…… 석류꽃과 석류 노래가 만들어낸 나긋나긋한 잔상 속에서 보면 마치 이 도시의 공예품 공장에서 만든 공예품 같았던 방게의 청록색 등딱지…… 침대 밖으로 늘어뜨린 그녀의 관능적인 두 다리에는 금빛 솜털이 반짝였고, 다리를 살랑살랑 흔드는 모양새는 무료함을 이기지 못한 아이가 장난을 치는 것처럼 보였다. 성숙한 여인이 무의식중에 내보인 동심과 장난기, 즉 어린아이 같은 행동은 격세유전*만큼 이목을 끌었지―그는 아주 그럴듯하게 말했다―언젠가 중국 어느 성(省)의 한 촌부가 온몸이 털로 뒤덮인 아이를 낳았는데, 정부가 그 일에 관심을 보여서 나와 제8중학 물리교사들이 토론을 한 적이 있었지. 무엇이든 희소할수록 귀하다 여기는 맹자 어르신은 그 아이가 정부 당국으로부터 큰 관심을 받은 건 단지 격세유전 때문만은 아니라고 보았어. 이를테면 사람 머리에 뿔이 돋았다든가, 한배에서 사내아이가 아홉이나 태어났다든가, 팔십 먹은 노파가 새 이빨이 났다든가 하는 현상들도 마찬가지로 정부 당국의 관심을 끌었으니까. 중국에서뿐 아니라 외국에서도 그런 괴현상을 매우 중시하는 걸 보면 그것이 계급을 초월하고 사회제도를 초월한 현상이라는 사실을 알 수 있지. 이것이 뜻하는 바는 무

---

* 생물의 성질이나 체질의 열성 형질이 다음 대에 바로 나타나지 않고 1대나 몇 대 걸러서 나타나는 현상.

엇일까? 당시 다른 물리교사들은 한창 변소 냄새 문제로 골머리를 앓느라 그런 토론에 별 흥미를 느끼지 못했어. 그때는 꽝푸구이 선생도 죽지 않고 건재했는데, 그 역시 이 문제에 별 흥미를 느끼지 못했지. 그때 꽝 선생 낯빛이 창백하고 머리에는 하얀 가루가 앉아 있었는데. 지금 생각해보면 그때 이미 그의 얼굴에 죽음의 그림자, 급사할 것 같은 전형적인 조짐이 보였던 거지. 우리는 털북숭이 아기 같은 시시한 화제로는 입에 침이 마르도록 떠들었으면서 어째서 곧 죽어갈 꽝 선생에게는 관심을 두지 않았을까? 맹자 어르신만이 입에 거품을 물고 나하고 얘기했지. 사람은 이상야릇한 것을 좋아하는 동물이네, 라고 맹자 어르신은 말했지. 사람들의 그런 심리를 만족시키기 위해 정부 당국은 적극적으로 기이한 일들을 찾아다니고 선전하는 게야. 답답한 일상에 자극을 주기 위해서, 또 그 자극을 통해 쾌감을 느끼게 하기 위해서라는 거지. 어느 사회에든 예술이 없을 수는 있네. 하지만 기이한 일들은 없을 수가 없는 법이야. 가령 예술이 없어지잖나, 그럼 자연히 기이한 일들이 시대의 요구에 따라 나타난다네⋯⋯ 샤오귀가 신문지 한 장을 우리 앞에 들이밀더군. 1면에 실린 기사 하나가 눈에 확 들어왔지. 고딕체 2호로 기사 제목이 박혀 있었어. '털북숭이 아이 초등학교 입학, 지능지수는 보통 어린아이보다 높아'라고 말이야. 그리고 트럼프 카드 크기의 사진도 한 장 실렸는데, 짙은 눈썹에 큰 눈망울, 얼굴 전체가 고운 털로 뒤덮인 아이가 흑백사진이라 검정색으로 보이는 붉은 삼각건을 목에 두른 채 나를 보며 미소 짓고 있었지.

문 두드리는 소리가 영원히 그치지 않을 것처럼 계속 이어졌다. 그때 그 어린 계집아이는 자기 몸에 난 금빛 솜털을 주목하지 않았을까? 물항아리 수면에 비친 자기 입술 위에 콧수염이 파르스름하게 난 걸 보면서 계집아이는 무슨 생각을 했을까? 그런 내밀한 문제들을 리위찬 본인에게 직접 물어볼 수는 없었지. 아무리 내 아내라 해도, 내가 아무리 그녀를 죽도록 사랑하지는 않는다 해도 그런 걸 물어볼 수는 없었지. 청춘은 신비롭고 고통스러운 것, 불안한 나날이 끝없이 이어지는 것, 어느 순간 눈앞에 닥쳐와 있는 것, 그런 것이지—너는 마치 정신과 전문의라도 된 것처럼 쉴새없이 떠들어댔다—살다보면 종종 그런 느낌을 받곤 하지. 어제만 해도 코흘리개 같던 계집아이가 하룻밤 사이에 꽃다운 처녀로 바뀐 듯한 느낌 말이야. 그리고 한 가지 더 짚고 가자면 세간의 비난을 사는 말들, 이를테면 액모(腋毛)나 음모(陰毛) 같은 말들은 왜 수치심이나 더럽다는 느낌이 들게 할까? 고급 샴푸로 수천 번 씻고 명품 향수까지 뿌려서 분명 보드랍고 탄력도 있고 코를 찌르는 향기도 나고 실제로 보면 아름답기까지 한데, 어째서 문자로 보면 불경하고 치욕스러운 느낌이 드는 걸까? 그가 말했다. 이건 병이야! 아주 보편적인 병이지.

이와 같은 복잡한 이유 때문에 물리교사는 리위찬의 콧수염이 처음 살갗을 뚫고 나온 게 언제였는지 결코 물어본 적이 없었다. 리위찬의 콧수염, 겨드랑이 털 따위가 이 길고 지루한 이야기와 무슨 상관이란 말인가? 관계가 있다. 그것도 아주 밀접하고 애절한 관계가. 그러나 세월이 지나면서 아프던 가슴도 이미 무뎌져버렸다.

2

우리는 네가 우리에게 묘사해준 이십여 년 전 풍류미인의 모습을 아직도 세세히 기억하고 있다. 그 시절 그녀는 한창 젊을 때라 등허리도 꼿꼿하고 얼굴에서 유쾌한 표정이 떠날 새가 없었다고 너는 말했다. 앞머리를 오리 꼬리 모양으로 빗어넘긴데다 귀밑머리에 자그마한 붉은 꽃 한 송이를 꽂아 옛 소설 속 주막집 여주인을 닮았었다고도 했다. 너는 싫증도 내지 않고 우리에게 그녀의 아름다운 용모를 거듭 묘사하다가 결국 확신하듯 이렇게 말했다.

그녀의 귀밑머리에 꽂은 자그마한 붉은 꽃은 정원의 석류나무에서 딴 것이었지. 봉오리가 반쯤 벌어진 석류꽃만 골라 머리에 꽂았어. 당시만 해도 고급 린스 같은 사치품이 없었으니 그녀는 대팻밥을 우린 물로 머리를 감고, 술에 담가두었던 돼지 췌장으로 얼굴을 문질렀지. 민간에 전해오는 이런 방식은 환경도 오염시키지 않고 몸에도 해롭지 않으면서 자연경제 상태에서의 소박한 아름다움을 구현했던 셈이지.

문학에서 나체를 묘사한다고 해서 터부를 건드리는 건 아니야. 문제는 나체를 묘사할 때 작가의 눈앞에 벌거벗은 몸이 어른거리느냐 아니냐, 유혹적인 체취를 맡느냐 아니냐이지. 한 걸음 더 나아가 부끄러움 없이 말하자면, 성적 분비물 냄새를 맡느냐 맡지 않느냐의 문제지. 만일 전자라면 그거야말로 '정신적인 섹스' 아닌가? 만일 후자라면, 그러고도 통속적이거나 상투적이지 않게 알몸을 묘사하는 게 가능하단 말인가?

네가 이렇게 중간중간 사설을 늘어놓아도 우리는 막을 수가 없었다. 우리는 계속 너의 이야기를 들었고, 너는 계속 이야기했다. 너는 말했다.

지금 반드시 기억해둘 것이 하나 있어. '한 걸음' 마지막 부분에서 시작된 문 두드리는 소리가 여전히 계속되고 있다는 것, 박자도 그대로고 크기도 바뀌지 않은 채 시계추 운동처럼 정확하게 계속되고 있다는 사실이야. 도대체 누가 동트기 전 가장 어두운 이 시간에 물리 교사의 집 대문을 두드리고 있는 걸까? 대문을 열어봐야만 알 수 있겠지.

리위찬은 어머니가 벌거벗은 채 안뜰을 거닐던 모습을 잊을 수 없었다. 아름다운 어머니는 두 발을 더럽히지 않기 위해 꽃수를 놓은 붉은 비단 신발을 신고 귀밑머리에는 막 봉오리가 벌어진 석류꽃 한 송이를 비스듬히 꽂고 있었다—리위찬이 내게 자기 어머니의 눈부신 모습을 설명해주는 순간, 내 머릿속에는 소설『금병매』의 주인공 반금련의 미끈한 몸매가 저절로 떠올랐지. 물론 내가 반금련을 본 적은 없었지만—어머니는 자신의 알몸을 소중하게 어루만지고 있었다. 5월의 따뜻한 바람이 거리를 쓸고 지나갔다. 바람이 시 정부가 자리한 아담한 녹둣빛 서양식 건물을 훑고 갈 때마다 화려한 오성홍기(五星紅旗)가 나부끼다 이내 축 처지곤 했다. 따뜻한 바람이 은사시나무 가지를 흔들면 크기가 동전만하고 뒷면에 하얀 솜털이 있는 잎사귀들이 사락사락 소리를 냈다. 5월의 따뜻한 바람은 어느 집 뜰 안에 모여들었고, 그러자 모든 것이 한 폭의 그림처럼 싱그럽고 아름다웠다. 리위찬은 멍하니 문턱에 주저앉아, 눈앞을 오가는 어머니를 바라보았다. 제비가 처마 밑에 하얀 둥지를 틀기 시작했다. 대나무 마디를 베어낸 듯 말쑥하게 두 귀를 세운 셰퍼드 강아지 한 마리가 벌거벗은 여인의 살짝 치켜든 엉덩이 뒤에서 냄새를 맡으며 따라다니다가 괴상한 소리를 내며 연거푸 재채기를 터뜨렸다.

청춘의 수줍음은 어떻게 사라진 걸까? 설마 중지와 무명지 사이로 고개를 내민 붉은 젖꼭지를 본 것만으로 한 소녀의 수줍음이 아주 말끔히 사라질 수 있을까?―그는 쇠우리의 횃대에 매달린 채 몸을 꺼떡꺼떡 흔들고 목을 한번 길게 내뻗었다. 이것은 그가 의견을 말하기 시작할 때 하는 습관적인 동작이었다―왕 과장에게는 아주 예쁘고 상냥한 아내와 천진난만하고 활발한 아이가 있었지. 그러니 풍류미인은 왕 과장의 애인에 불과했던 셈이야. 아무리 암담한 시절이라 해도 애인은 있는 법이니까. '애인'의 동의어는 '간통한 남녀' '정부(情夫)와 정부(情婦)', 심지어 '간부(姦夫)와 간부(姦婦)'처럼 부정적 의미가 포함된 말들뿐인데, 왜 사람들은 애인을 찾지 못해 안달일까? '도덕이 문란해졌다'는 말 한마디로 명확한 답변이 될까? 지금 너희들 앞에서 왕 과장을 비판하겠다는 게 아니야. 난 그저 리위찬의 관점에 동의할 뿐이라네. 그녀가 내게 아주 진지하게 말한 적이 있거든. 그 사람은 아주 좋은 사람이야! 그 사람이 우리 모녀를 얼마나 많이 보살펴 줬는데!

그 집안에서 성(性)은 결코 신비스러운 것이 아니었고, 성애(性愛)는 아름다움을 거리낌 없이 진실되게 드러내는 것이었다. 어머니는 열다섯 살 난 리위찬에게 옷을 벗고 같이 뜰을 걷자고 했다. 건강에 좋은 일광욕을 하자며. 모녀가 실오리 하나 걸치지 않은 채 고개를 치켜들고 거리낌 없이 활보했다. 마음이 통했던 것이다.

바로 그날 오전이었다. 그녀는 무심코 고개를 숙였다가 자신의 몸에서 가장 자랑할 만한 곳에 금빛 솜털이 난 것을 발견했다. 그녀는 놀라서 소리쳤다. "엄마, 내 아랫도리에 수염이 났어!"

어머니는 허리를 잡고 깔깔대느라 숨이 찬 목소리로 말했다.

"바보, 그건 수염이 아니야. 그건…… 눈썹이야!"

훗날 왕 과장은 시 정부 부국장으로 승진했다.

리위찬은 내게 솔직히 말해주었지, 마치 배추나 무에 대해 이야기하듯 아주 태연하게. 왕 부국장과 어머니는 사랑을 나누었어. 나는 두 사람이 쾌락에 들떠 내지르는 소리를 듣고 무척 샘이 났어. 어느 날 어머니가 없을 때 왕 부국장이 왔어. 그는 나한테 주려고 당시에는 무척이나 귀했던 나일론 양말을 한 켤레 사왔는데, 알록달록한 색에 무늬가 예뻐서 한동안 나는 아까워 신지도 못했다니까! 그는 눈을 가늘게 뜨고 웃으면서 말했어.

"요것아, 고맙다는 인사도 할 줄 모르느냐?"

나는 윗옷을 벗고 바지를 벗고 팬티도 벗고 브래지어도 벗어버리고 석류꽃 한 송이를 따서 머리에 꽂은 다음, 어머니의 비단 꽃신을 두 발에 꿰고 질질 끌면서 뜰을 걷기 시작했어. 왕 부국장의 얼굴이 온통 땀범벅이 되었지. 내가 웃으면서 한 발 한 발 다가가니까 그가 눈물을 줄줄 흘렸어. 그러더니 말했어.

"넌 아직 어려……"

"퉤!" 나는 그에게 침을 뱉으며 욕했어. 그는 굼뜬 선머슴처럼 허둥거렸지. 나는 그의 등에 올라타고, 그는 나를 등에 태운 채 뜰 안을 엉금엉금 기어다녔어. 어머니가 한걸음에 뛰어들어오더니 물항아리에서 물을 한 바가지 떠서 우리에게 물벼락을 퍼부었어. 셋이 함께 웃음을 터뜨렸지. 어머니도 옷을 다 벗었고, 우리는 다 같이 흙탕에서 뒹굴었어. 왕 부국장은 돼지의 동작과 목소리를 흉내내며 꿀꿀거렸고. 점심때 우리는 물항아리에서 방게를 건져내 마늘 찧는 절구에 넣고 짓이긴 다음 달걀을 깨뜨려 넣고 싱싱한 부추도 넣고 볶았어. 얼마나 신선하던지 기막히게 맛있었어……

이 모든 게 얼마나 아름다워! 나는 감정이 고조되어 말했었지.

내 마음속에는 내내 풀리지 않는 의문이 하나 있어. 네가 왕 부국장과 그토록 가까운 사이였다면 왜 그에게 좋은 일이나 자리를 부탁하지 않았지? 그 사람은 노동국의 부국장이었잖아? 그런데 왜 하필이면 장의사에 배속되었느냐 말이야.

그녀가 경멸스럽다는 듯 나를 쳐다보는 바람에 나는 내 영혼이 무척 타락한 듯한 느낌이 들었지. 투명할 정도로 맑디맑은 그녀의 눈빛에 나는 너무 부끄러워서 쥐구멍에라도 들어가고 싶은 심정이었어. 분필, 분필 가져와! 우리는 조금씩 알아차렸다. 네가 분필을 먹는 건 배가 고파서가 아니라, 마음속 긴장감이나 두려움, 당혹감을 감추기 위해서라는 것을.

3

양쪽 귀밑머리에 희끗희끗 서리가 앉은 왕 부시장은 매일 점심식사를 마친 후 삼십 분씩 휴식을 취하곤 했다. 이 삼십 분은 한마디로 신성불가침한 것이어서, 가족이나 부하 직원 모두 그 신성한 권리를 존중했다. 사실 그 삼십 분 동안 잠을 잘 수는 없었다. 그는 몽롱한 정신으로 자신의 충실한 위장이 규칙적으로 꾸르륵대는 소리를 찬찬히 들으며 누워 있었는데, 그 모습이 꼭 소파 위에 웅크린 채 코를 골며 잠든 살쾡이 같았다. 그리고 그는 배 속에 들어앉은 쥐와 쥐구멍 속에 들어앉은 쥐, 담장을 따라 살금살금 걸어가는 쥐 세 마리가 쥐잡이와 격렬하게 겨루는 장면을 상상했다. 사람들 말에 따르면, 정이 아주 깊은 여인과 수천 번 사랑을 나누어도 결국 기억에 남는 것은 한두 번의 사랑뿐이라고 한다. 섹스 습관도 생활 습관의 중요한 일부를 이룬다. 만약 우리가 벌거벗고 교류한다면—우리는 절대로 못하지! 너는 강조했다—내 말은 만약 그렇게 할 수 있다면, 너희는 섹스가 우리의 삶이란 건물을 떠받쳐주는 매우 중요한 기둥 중 하나이고, 그 빛깔은 살처럼 붉은빛이고 오색 꽃으로 장식한 넝쿨에 휘감긴 채 휘황찬란하게 빛난다는 걸 알게 될 것이다. 너희는 비유를 좋아하는가? 남성의 생식기를 생명선(生命船)의 돛대라 한다면, 여성의 생식기는 생명선 그 자체라 하지 않을 수 없다. 생명선 갑판 한가운데 우뚝 솟은 돛대는 섹스에 대한 생생한 상징이 될 수 있을 것이다. 모든 비유가 헛된 것이지만, 또 비유 없이는 이 세계를 형상화할 수 없다. 모든 성생활은 반복일 뿐이다. 아무리 독창적인 방식을 생각해낸다 해도 그 본질은 달라지지 않는다. 하지만 성생활이 없다면 인류가 번식할 방법도 없다. 그렇다고 성생활이 단지 인류의 번식 때문에 존재하는 것도 아니다. 그렇기 때문에 왕 부시장이 삼십 분의 휴식 동안 반복해서 되새김질하는 것은 그가 리위찬과 처음 사랑을 나누었던 정경일 수밖에 없었다. 그 긴 섹스 과정에 대한 상세한 묘사는 견딜 수 없을 것이기에, 나는 너희에게 그와 그녀 사이에 오간 몇 마디만 말하겠다.

당신이 내 아빠야?

아니, 나는 네 아빠가 아니야.

당신 털은 까만데, 왜 내 털은 노랄까?

너는 노란 털이 난 계집애니까!

나는 공부하기 싫어.

훌륭하구나. 기백 있는 혁명 청년이라면 당연히 계급투쟁, 생산투쟁, 과학적 실험의 3대 혁명 실천 과정 속에서 자신을 단련하고 실제적이고 단순한 혁명 과업에 일찌감치 몸을 던져야 옳지.

……고 계집애는 잡기 힘든 괴물 같았지…… 왕 부시장은 생각했다. 그의 습관이 삼십 분간의 달콤한 회상이 곧 끝날 것이라고 일러주었지만, 그는 편안한 소파에서 감당할 수 없을 만큼 비대한 몸을 일으키고 싶지 않았다. 피하에 축적된 다량의 지방질이 산둥 출신의 이 호걸의 체형을 완전히 바꾸어놓았다. 비만증은 생선과 고기를 많이 먹는 것만으로 생길 수 있는 걸까? 너는 우리에게 질문을 던진 것 같았지만 우리가 대답하는 걸 허락하지 않았고, 너 스스로도 그 질문 하나만 슬쩍 던져놓은 채 서둘러 다음 이야기로 옮겨갔다. 그는 시계보다 더 정확한 비서가 깨울 때까지 기다렸다. 오후에는 제8중학의 어느 물리교사의 추도회에 참석하기로 되어 있었다. '제8중학'과 '물리교사', 이 말들은 그의 입안에 달콤한 맛과 씁쓸한 맛을 동시에 들게 했다. 이런 생리적 반응의 근원은 의심할 나위 없이 섹스 사건, 즉 몇십 년 전 노란 솜털이 막 나기 시작한 아름다운 소녀 리위찬과의 로맨스

에 있었다—그는 쇠우리의 횃대 위에서 목을 길게 뺐다. 그리고 혀를 내밀어 말라서 튼 입술을 핥았다.

우리 소설은 흔히 고위 간부들을 상당히 이지적인 인물로 그리곤 하지. 그들 가운데 로맨티스트는 하나도 없는 것처럼 말이야. 이건 현실주의적 태도가 아니지. 정치 무대에서 남성 정치인의 정부(情婦)는 얼마나 대단한 힘을 가질까? 국토의 절반만큼? 아니면 행주 한 장 크기? 중용의 방법으로 공정하게 판단해보면 그 두 가지 상황 모두 가능하지. 정치가가 있으면 필연적으로 정부(情婦)가 있기 마련이지. 정부가 있는 한 국토의 절반만큼이든 행주만큼이든 힘이 생기기 마련이라는 건 모두가 아는 공공연한 비밀이지. 그건 우리가 눈을 감는다고 해서 우리 눈앞에 존재하는 하늘과 길이 없어지지 않는 것과 마찬가지 이치지.

최근 수십 년 동안 여론은 하나같이 '애인'의 존재를 강렬히 규탄하고 공격해왔지만 결과는 어땠는가? 너희가 대답해보라고! 그는 고함을 질렀다. 우리는 우물쭈물했고, 그 바람에 우리가 말주변이 없다는 사실이 드러나고 말았다.

여기서 허위의 힘과 진실의 힘은 어떻게 비교할 수 있을까? 너희는 어째서 대답을 하지 않는 거지? 우리는 영리하게 분필 한 줌을 건네주었다. 분필로 내 입을 틀어막으려고?

과연 우리는 정치인의 성욕을, 정치가들에게 애인이 존재하는 것의 합리성을, 그리고 정치가의 애인이 역사 발전에 끼치는 영향을 인정해야 하는가 말아야 하는가?

그는 쇠우리 안에서 덩실덩실 춤을 추었다. 몸이 유연해 횃대를 단단히 휘감고 있었기 때문에, 춤을 추다 우리 바닥에 떨어져 머리가 깨질 염려는 없었다. 우리는 그가 왜 쇠우리에 갇혀 분필만 먹으려 하는지 알 것 같았다. 그를 우리에서 끌어내야겠다는 생각이 우리 머릿속에서 꿈틀대자마자 그는 우리 생각을 꿰뚫어보기라도 한 듯 고함을 질러댔다. 난 절대로 안 나가! 날 억지로 끌어내기만 해봐. 당장 목숨을 끊어버릴 테니!

4

이 작은 도시에는 비밀이 없었다.
문교 정책을 주관하는 왕 부시장은 교장들의 전체 회의에 참석해 학교 기초시설 공사에 관해 설명했다.
학교마다 교실이 부족하고 교사들 숙소도 부족했다.
죽 그릇은 적은데 스님은 많으니 쟁탈전이 격렬할 수밖에 없었다.
휴회시간에 제8중학 교장은 경솔하게도 휴게실 문을 두드렸다.
눈을 번쩍 뜬 왕 부시장은 별로 반갑지 않은 기색을 내비치면서도 친절하게 말했다.
"마 교장이시군, 이리 앉으시오."
마 교장은 장신의 마른 체구에 두 귀가 손바닥만큼 커다랬다. 그 역시 언짢아하는 왕 부시장의 속내를 알아차렸으나, 속셈이 있었기 때문에 미소를 띠면서 교활해 보이는 누런 앞니 두 개를 드러낸 채 허리를 숙여 인사하고 조심스럽게 소파에 걸터앉았다.

"무슨 일이오, 마 교장?"

이 말은 쓸데없는 소리지. 나도 잘 알아. 그냥 이해해줘.

마 교장이 말했다. "부시장님, 우리 제8중학이 가장 어렵습니다. 우리 제8중학보다 더 어려운 학교는 없어요…… 한 가지 예로, 장츠추는 60년대 초에 명문대학을 졸업한 물리교사입니다. 중등교육에 종사한 지 이십여 년이 됐고, 그 사람 아내는 장의사에 소속된 특급 장례미용사로 성은 리, 이름은 위찬이라고 합니다. 원래 진위샹 13번지에 살았지요. 장 선생 말로는 마당에 석류나무가 한 그루 있었다고 하더군요." 왕 부시장의 머릿속에 갑자기 불덩이처럼 새빨간 석류꽃이 활짝 피어났다…… "불도저가 진위샹 골목을 밀어버린 후로 리위찬은 남편을 따라 제8중학에 들어와 살고 있습니다. 리위찬에게는 중풍으로 병상에 누운 친정어머니와 아들 둘이 있습니다. 하나는 고등학교에 다니고 하나는 초등학교에 다닙니다. 일가족 다섯 명이 한 칸 반짜리 방에서 함께 사는데, 차마 눈뜨고 보기 어려울 정도로 비참합니다! 부시장님, 두 아이는 벽장에서 자고, 노인은 반 칸짜리 부엌에서 자고 있으니…… 교장 된 몸으로 무척 괴롭습니다……"

마 교장이 코를 풀었다. 눈자위가 온통 벌게진 것이 조금만 더 노력하면 눈물이라도 쏟을 것 같았다. 그러나 사람의 마음을 가장 감동시키는 눈물은 흐를 듯 말 듯 글썽이는 눈물이다. 선을 넘지 않기 위해 문명인의 절제력이라는 게 존재하는 법. 정치가의 면전에서 눈물 콧물 짜내며 우는 것은 구제불능의 바보나 하는 짓이다.

왕 부시장의 눈이 가늘어졌다. 표정은 침착하고 평온했다. 단지 입술만 살짝 하얗게 질렸을 뿐.

마 교장은 허리를 굽실거리며 휴게실에서 물러났다.

5

그녀는 여전히 사랑스럽게 무의식적으로 아이처럼 다리를 흔들거렸다. 이 동작은 끊임없이 문을 두드리는 소리와 함께 운명처럼 불가항력적인 생활의 일부가 되었다.

물리교사는 자신의 무능력함이 몹시 부끄러웠다. 그는 감히 그녀의 알몸을 바라보지 못하고 수치심에 얼굴을 베개에 묻었다. 장의사 냄새가 계속 스멀스멀 풍겨왔다—어디서나 장의사 냄새를 맡을 수 있는 것 역시 운명처럼 불가항력적이었다.

그녀는 생각에 잠겼다. 모든 게 운명처럼 불가항력적이야. 이 세상에 태어난 것 자체가 가장 큰 불행이지. 더이상 자책할 필요 없어. 처녀성을 왕 부국장에게 바쳤다고 나보고 음탕하다 할 수 있어? 그때 핀 석류꽃 때문에 혹은 어시장에서 바람결에 실려온 생선 비린내 때문에 생겨난 내 욕정을 억눌렀다고 해서 고결하다 했을까? 욕망 앞에서 이성(理性)은 무력하지. 어차피 그렇다면 어제 낮에 장의사 건물 안에서 생긴 일 때문에 양심의 가책을 느낄 필요가 있을까? 처녀막은 한 겹 섬유조직일 뿐이야. 오리 물갈퀴보다도 얇아서 자전거를 타다가도 파열될 수 있는 거라고. 그 밉살스러운 중위나 그딴 걸 중시하지.

과거의 일들이 문 두드리는 소리처럼 그녀의 마음을 툭툭툭 때렸다. 마치 수년간 녹슬어 있던 철판을 두드리자 녹이 한 겹 한 겹 벗겨지는 것처럼 그녀는 점점 얇아져, 정신과 육체 모두 투명한 매미 날개 같아졌다.

노동국의 부국장은 그녀가 그럴듯한 일을 하도록 배려할 수도 있었다. 하지만 그는 나를 '아름다운 세상'으로 보내 장례미용직에 배치했지. 그곳은 이 도시의 모든 사람이 가게 될 종착점이었다. 지체 높은 사람이든 지체 낮은 사람이든 이 작은 도시의 모두가 거쳐야 할 관문이었다. 그녀는 왕 부시장에게 말했다. 당신이 죽으면 꼭 내가 미용해줄게. 풀솜을 더운물에 적셔서 당신 몸의 더러운 때를 밀어주고 항문이랑 배꼽까지 깨끗이 닦아줄게. 면도칼로 구레나룻도 말끔히 깎아주고, 콧구멍 밖으로 까만 털이 삐져나왔으면 그것도 절대 놓치지 않고 작은 가위를 콧구멍 속에 집어넣어 아주 깔끔하게 잘라낼게. 내 일은 화장품을 사용해 죽은 사람의 더러운 것들을 지워 없애서 그 아름다운 겉모습을 보고 살아 있는 사람들이 위안을 받도록 해주는 거니까. 하느님도 물론 당신의 오장육부가 이미 썩었다는 걸 아시겠지만, 하느님도 멍청이라서 겉포장만 보고 내용물은 안 보시지. 그건 내 알 바 아니야. 내 작업대 위에서는 빈부귀천이 따로 없어. 당신은 장의사에서 일하는 정부를 하나 두었으니 운이 좋은 거지. 속담에서 말하는 것 그대로네. 당신이 태어나기도 전에 당신이 죽을 일을 생각하는 거고, 왼손으로는 당신의 후터우세*를 꿰매면서 오른손으로는 당신의 관 뚜껑을 두드리는 것이지.

말한 대로 실행하느냐 아니냐가 친구를 검증하는 구체적인 기준이

---

* 호랑이 머리 모양의 아플리케를 붙인, 남자아이가 신은 액막이 헝겊신.

되기도 한다. 비만으로 세상을 떠난 왕 부시장이 커다란 배를 불룩 내밀고 자신의 작업대 위에 누워 있는 광경을 떠올리자 리위찬은 혀끝에 가벼운 구역질을 느끼고 몸을 떨었다. 그가 눈을 감지 않은 채 한 가닥 미련이 남은 듯한 눈빛을 차갑게 내쏘아서 나를 장탄식하게 만들었어, 라고 그녀는 말했다.

영결식은 내일 오전 아홉시에 시작되는데, 거물급 간부들, 유명 인사들, 각계각층의 지도자들, 망자가 생전에 친하게 지냈던 친구들까지 모두 참석할 것이다. 다들 하나같이 팔뚝에 일등급 비단으로 만든 검은 완장을 두를 것이고, 천장에 감추어진 스피커에서는 천편일률적인 장송곡이 지지직지지직 흘러나올 것이다. 사람들은 꼭 쥐가 지붕 널빤지를 쏠아먹는 소리 같은 그 장송곡을 듣고는 웃음을 터뜨릴 것이다. 중국 사람들 말에 "머리 위로 석 자 높이는 푸른 하늘이고, 푸른 하늘이 곧 하느님이다"라고 했다. 장의사 건물 안에서는 늙은 쥐가 하느님이었다. 인간들이 왕 부시장의 별세를 안타까워하고 슬픔에 잠겨 있을 때, 하느님은 지붕 꼭대기에서 갉작갉작 널빤지를 쏠고 있을 것이다.

사람들이 왕 부시장을 그녀의 작업대 위에 떠메다놓았다. 장작개비처럼 비쩍 마른 그의 아내가 아들딸의 부축을 받으며 그녀의 코앞에 왔다.

그녀의 손발이 차가워졌다. 분노한 쥐가 발톱과 바람같이 빠른 이빨로 인정사정없이 그녀의 맹장을 찢어발기고 물어뜯었다. 사랑은 사람을 처절하고 비참하게 만든다. 하지만 그녀는 곧바로 따져 물었다. 맹렬하게 몰아세웠다. 네가 왕 부시장을 사랑한 적 있어? 섹스와 사랑이 같아?―이 문제는 너희도 한번 생각해봐. 하지만 우리는 따분해서 별로 생각하고 싶지 않았다.

　오래전, 상고머리를 한 물리교사가 그녀의 뒤를 밟던 시절, 그녀는 강변에서 아내와 아들딸을 데리고 산책하는 왕 부국장을 본 적이 있었다. 위렌 산 상류에서 흘러내려온 쪽빛 작은 강은 탁 트인 드넓은 벌판을 지나면서 벼와 보리의 그윽한 향내, 바람결에 흔들리는 나무 그림자를 싣고 세상에 둘도 없는 이 작은 도시를 관통했다. 작은 강은 시내의 중심인 인민공원에서 한 굽이 돌며 은빛 껍질로 덮인 은사시나무 숲을 품에 안았는데, 이러한 조경은 전례 없는 시도였다. 파릇파릇한 잔디, 활짝 핀 꽃, 줄줄이 늘어선 벤치에서 수많은 아기들이 잉태되고 자라났다. 매일 아침 일찍 청소부 여자가 이 일대를 청소하면서 투명한 라텍스 콘돔을 쓰레받기 하나 가득 쓸어담기 일쑤였다. 성미가 괴팍한 이 청소부 여자는 쓸어담은 콘돔을 가까이 있는 쓰레기통에 버리지 않고, 일부러 은사시나무 숲을 가로지르고 축축한 모래사장을 밟고 강변까지 나갔다. 모래사장에 찍힌 그녀의 발자국은 조금씩 물이 고이면서 얕은 웅덩이가 되었다. 그러거나 말거나 그녀는 쓰레받기에 담긴 콘돔 더미를 쪽빛 강물 속에 쏟아붓곤 했다. 그녀가 콘돔을 버리는 몸짓은 육상선수가 원반을 던지는 동작과 비슷했다. 어쩌면 제8중학을 다닐 때 체육교사 리창취안의 지도를 받았는지도 몰랐다. 그녀는 두 다리를 팔자 모양으로 넓게 벌린 다음 땅바닥에 못을 박듯 단단히 디딘 채 윗몸을 뒤로 165도 돌렸다. 분명 온몸의 근육이 잔뜩 수축되었을 것이다. 그런 다음 그녀는 번개 같은 눈초리로 평화롭고 아름다운 경치를 훑어보았다. 그리고 '쏴르르!' 하는 소리가 울렸다. 마치 거센 돌개바람에 폭포수가 흩날리거나, 강변에 홀로 선고기잡이 노인이 은빛 실로 엮은 커다란 그물을 던지는 듯했다. 콘돔은 쪽빛 강물 위를 떠다니다가 천천히 동쪽 하류로 떠내려갔다. 물고기 부레 같은 라텍스 콘돔들은 무척 아름다웠다. 청소부 여자는 멍하니 거기 서 있었다. 그 모습이 성당에서 울리는 종소리를 경건한 마음으로 들으며 조용히 기도하는 여신도 같았다.

작은 강은 인류의 하룻밤 사랑 이야기를 물결에 싣고 망망대해로 흘러갔다. 운 나쁜 정자들은 단백질과 수분으로 분해되었다. 세상에 인류의 배설 통로 역할을 하지 않는 강이 어디 있을까.

그 청소부 여자는 누굴까? 리위찬은 새벽에 이런 생각을 하고 있었다. 황금빛 햇살 한 줄기가 쪽빛 강물 위에 길게 누운 해질녘, 그녀는 맞은편에서 걸어오는 왕 부국장을 보았었다. 왕 부국장은 한 손에는 몸이 야윈 아내의 손을, 다른 손에는 딸의 손을 잡고 있었고, 그의 아내는 아들 손을 잡고 있었는데, 일가족 넷이 일렬로 걸어오는 모습이 꼭 큼지막한 게가 강물 속에서 거침없이 휘적휘적 걷는 것 같았다. 물 항아리에 기르던 방게, 석류꽃 빛깔 그리고 왕 부국장의 입김 냄새가 한꺼번에 그녀의 감각을 덮쳐왔다. 어시장 좌판에 널려 있던 각가지 색깔의 물고기가 떠올랐다. 그야말로 원수가 외나무다리에서 만난 것이었다.

왕 부국장이 대장간 모루처럼 네모난 머리를 일부러 돌리지만 않았어도, 강물 위에 앉은 물새를 보는 척하면서 그녀의 눈을 피하지만 않았어도, 자연스럽고 태연하게 아내와 딸의 손을 놓고 다가와 그녀에게 악수만 청했어도, 그녀와 악수할 때 새끼손가락으로 그녀의 손바닥을 간질이며 은근슬쩍 장난만 쳐주었어도, 그러기만 했어도 그 모든 일은 일어나지 않았을 거야. 그는 연애 고수라도 되는 것처럼 우리에게 말했다.

동쪽에서 서쪽으로 걸어가던 그녀의 얼굴이 붉은 저녁노을을 받아 눈부시게 빛났다. 몸이 야윈 여인이 먹물처럼 새까만 눈으로 그녀를 쳐다보았다.

왕 부국장의 아들 역시 로맨티스트가 될 소질이 다분한 아이라 몸이 야윈 여인의 손을 흔들어대면서 보챘다.

"엄마, 엄마! 저기 좀 보세요! 저 아줌마 진짜 예뻐요. 빨리 저 아줌마 얼굴 좀 보라니까!"

리위찬은 내게 말했지. 당시 그녀의 머릿속 톱니바퀴가 이가 단단히 맞물려 아무 생각도 나지 않았다고. 견딜 수 없을 정도로 조바심이 났다고. 저 높은 곳에서 위엄 있는 목소리가 그녀에게 명령했다고.

"벗어라! 네 몸에 걸친 옷가지를 전부 벗어!"

그녀는 저 높은 허공에서 울려오는 명령을 도저히 거역할 수 없었노라고 말했지. 그녀는 일이 벌어진 후에야 그 목소리가 바로 그녀의 어머니 자궁 속에 정액을 쏟은, 그녀의 육신을 만든 남자의 목소리였다는 사실을 깨달았노라고 했어. 그녀는 그 남자의 얼굴은 본 적 없었지만, 고집스럽게 그것이 아버지의 목소리였다고 단정했지. 누가 감히 하늘에 계신 아버지의 명령을 거역할 수 있겠어? 그녀가 내게 말했지. 그리고 말이야 내가 왜 그분의 명령을 거역해야 하는데?

그녀가 당시 유행하던 꽃무늬 반팔 실크 블라우스를 재빨리 찢어서 팔을 휙 흔들자, 블라우스가 커다란 나비처럼 팔랑팔랑 날아가 숙명처럼 왕 부국장의 머리 위에 내려앉았다.

아줌마 진짜 예뻐요! 왕 부국장의 아들이 환호하기 시작했다.

왕 부국장 아들의 '아줌마'는 허리를 구부리더니 곧바로 다리를 하나씩 들며 바지를 벗어내리고, 그 바지까지 왕 부국장의 가슴팍에 내던졌다.

아줌마 몸에 털이 났어!

금빛 솜털로 뒤덮인 그녀의 몸은 넋을 잃을 만큼 아름다웠다. 왕 부국장의 아내는 너무 놀라 옷에 소변을 지리고 말았다. 왕 부국장은 알록달록한 옷가지를 가슴에 품은 채 그저 멍하니 서 있었다.

그녀는 한 바퀴 또 한 바퀴 제자리를 돌면서 그들이 앞뒤 좌우에서 실컷 감상할 수 있게 했다. 그녀는 비닐 구두만 신은 채 느릿느릿 두어 걸음 걷더니 마치 새처럼 강물로 뛰어들었다. 그녀의 몸이 강물 속에 꽂히자, 물 위로 무지개가 반짝 걸렸다 사라졌다. 무지개의 찬란함이 마치 불꽃처럼 봉오리를 터뜨리기 시작한 석류꽃 같았다.

그녀의 배가 수면을 치는 소리가 묵직하고 매끄럽게 은사시나무 줄기를 휘감았다.

왕 부국장은 외마디 탄식을 터뜨리고는 리위찬이 던져준 옷가지를 아내에게 안긴 다음 강으로 걸어갔다. 그러더니 강제로 격리당한 병자가 병균으로 오염된 환자복을 벗어버리듯 조심스레 옷을 벗었다. 그는 리위찬만큼 철저하지 못했다. 리위찬은 강물에 뛰어들 때 비닐 구두 한 켤레만 신었으나, 왕 부국장은 번쩍번쩍 광이 나는 검정 소가죽 구두를 신고 비대한 몸만큼 큼지막한 팬티를 입고 있었다.

그는 탐색하듯 발을 강물 속에 넣어보았다. 강물은 따뜻하고 부드러웠다. 강물이 구두 안으로 들어왔다. 쉽게 땀이 차는 왕 부국장의 발은 후텁지근하고 컴컴한 구두 속에서 땀을 흘리며 부어가던 중 강물을 만나자 신이 나서 메기처럼 철벅거렸다. 그의 두 발이 모두 강물 속에 들어갔다. 그는 흙탕물을 일으키며 앞으로 나아갔다. 종아리도 잠기고 허벅지도 잠겼다. 커다란 팬티는 부풀어오르다가 엉덩이에 찰싹 달라붙었다. 그의 야윈 아내와 아들은 강변 풀밭에 서서 사람 살려, 하고 고함을 지르고 있었다.

커다란 물고기 한 마리가 맹렬한 기세로 그의 넓적다리에 부딪쳐왔고, 그는 두 다리에 힘을 주고 엎드린 채 물살을 헤치고 나아갔다.

리위찬은 내게 말했어. 강물에 뛰어들자마자 입을 크게 벌리고 물을 들이켰노라고. 강물은 시원하고 감미로웠다. 햇빛이 닿지 않는 곳의 물, 더욱 시원하고 감미로운 물을 마시기 위해 강바닥까지 자맥질해 들어갔노라고. 그녀는 말했지. 강바닥의 물은 쪽빛 얼음조각처럼 투명했다고. 자줏빛 붕어 새끼들이 서로 물어뜯고 싸우는 바람에 뜯겨나온 비늘이 물살에 어지러이 춤추고 비린내가 코를 찔렀다고. 그녀는 왕 부국장의 몸을 보았어. 그녀는 왕 부국장이 자신을 껴안았을 때 하늘에서 아버지가 소리를 지르라고 명령하는 걸 들었다더군. 그래서 곧장 크게 외쳤다고 했어. 그 순간 사랑을 나눌 때와 같은 쾌감이 덮쳐왔지. 전에 없이 강렬하게. 그녀는 말했어. 아마 난 정신을 잃었던 것 같아. 첫날밤 침대에서 죽는 신부보다 더 복 받은 사람은 없을걸. 하지만 옛 애인의 품에 안겨 죽는 건 첫날밤 침대에서 죽는 것보다 더 행복할 거야.

바싹 야윈 여자의 먹물처럼 새까만 눈은 이제 빛을 잃었다. 리위찬은 그녀가 못생기고 늙은 여자가 됐다는 걸 깨달았다. 입이 엄청 크고 광대뼈도 툭 튀어나왔으며 벌어진 잇새로 서늘한 숨결이 새어나왔다. 어떤 여자의 입을 지옥이라고 한다면, 분명 왕 부시장의 아내의 입을 가리키는 말일 것이다. 그때 "아줌마, 아줌마 정말 예뻐요!"라고 외쳤던 그 어린 사내아이는 키가 훤칠하고, 위대한 과학자 뉴턴처럼 장발이 덥수룩한 청년으로 자라났다. 왕 부시장을 빼닮은 거무스름한 네모난 얼굴은 여드름투성이였다. 그 어린 계집아이도 자랐다. 결혼을 했는지 배가 남산만하게 불러 있었다. 물론 결혼하지 않고도 배가 남산만할 수 있지만. 그녀의 호흡은 거칠고 움직임은 느렸다. 윤기가 도는 까만 얼굴에는 기미가 끼었는데 꼭 녹슨 쇠그릇처럼 보였다.

바싹 야윈 그 여자가 딸의 부축을 받으며 리위찬 앞으로 다가왔다.

장의사의 젊은 신임 관장이 말했다. "부인, 이 사람은 우리 장의사의 특급 장례미용사로 시의 모범 노동자이며 '삼팔홍기(三八紅旗)*의 기수입니다. 우리는 이 사람에게 왕 부시장의 유해를 맡겼습니다."

리위찬은 입술로 마스크를 건드려 이로 꽉 물었다. 마스크 위에는 그녀가 '눈'이라 부르는 시각기관이 달렸는데, 그녀는 넋을 잃고 왕 부시장을 바라보았던 그 눈으로 죽은 애인과 살아 있는 그의 아내를 경멸스럽게 쳐다보았다. 승리자의 조롱 섞인 미소가 커다란 마스크에 가려 안타깝게도 낭비되었다. 그녀는 살짝 고개를 끄덕였다.

리위찬은 아들과 딸의 부축을 받으며 영결식장 로비를 떠나는 왕 부시장의 아내를 눈으로 배웅했다.

시의 고위 간부 한 사람과 신임 관장이 그녀의 등에 무거운 짐을 내

---

* 중화인민공화국의 전국 부녀연합회가 '4대 현대화'에 이바지한 여성에게 수여하는 명예로운 칭호.

려놓듯 한 사람은 왼쪽에서 다른 한 사람은 오른쪽에서 리위찬의 팔짱을 끼었다.

고위 간부가 말했다. "리 선생, 선생이야말로 전심전력으로 인민을 위해 봉사하는 모범 노동자요! 지금까지 몇십 년간 죽은 사람을 한결같이 가족처럼 대해준 덕에 산 사람들이 안심할 수 있었소."

고위 간부의 말이 끝나자마자 그녀는 엄청나게 큰 영예의 무게 아래 유기적으로 나타나는 변화를 체험했다. 가슴이라고 부르는 신체 부위에 소름이 돋고 두 개의 젖꼭지가 딱딱해지는 게 느껴졌다. 어머니의 붉은 젖꼭지가 왕 과장의 중지와 무명지 사이로 고개를 내밀던 광경이 그녀의 머릿속에 떠올랐다. 마치 담뱃불이 어둠 속에서 빛을 발하듯 빨갛고 뜨겁게 달아올랐지……

고위 간부가 말했다. "현재 시민들 사이에서 전염병이 유행하고 있소. 이 병의 증세는 주로 소파에 앉아 필터 담배를 피우며 컬러텔레비전이나 보면서 시의 간부들을 욕하는 것이지. 제8중학 국어교사들은 시 고위 간부들을 싸잡아 '배불뚝이'라고 부르고 있소. 그들은 우리 간부들이 인민의 고혈로 배를 채우는 줄 아는 모양이오."

"그건 순전히 중상모략입니다!" 관장이 분개해 말했다.

"왕 부시장님은 살아생전에 불철주야로 일하느라 노심초사하신 분이오. 하루에 열네 시간이나 일하실 정도였소. 생활도 검소해서 변변치 못한 음식으로 끼니를 때우셨소. 그분의 비만은 일종의 병이지. 그런 몸은 수돗물만 마셔도 살이 찌거든."

"병이지요!" 관장이 맞장구쳤다.

"내일 저녁 텔레비전 뉴스에 왕 부시장님의 유해를 떠나보내는 장면이 나올 텐데, 리 선생 당신은 특급 미용사니……"

그녀는 시의 고위 간부를 바라본 다음 관장을 바라보았다. 그리고 주저하며 말했다.

"그분을 좀 수척하게 보이게 하라는 말씀이신지……"

고위 간부가 리위찬의 손을 덥석 쥐고 힘껏 흔들었다.

"리위찬 동지, 당신은 과연 우리 시의 모범 노동자요. 인민들의 반감을 감소시키기 위해, 혹은 불필요한 오해를 피하기 위해, 우리는 왕 부시장님을 본래의 모습으로 회복시킬 책임이 있소. 그분은 우리 시의 원로 지도자요. 당신은 그분의 본래 모습을 알고 있지 않소? 더구나 이것은 유가족의 뜻이기도 하오. 우리는 그들의 요구를 들어주어 가족을 잃은 그들의 막대한 심적 고통을 덜어주어야만 하오……"

"저는 다른 사람들이 제 작업을 지켜보는 걸 좋아하지 않습니다." 리위찬이 말했다.

건장한 청년 넷이 왕 부시장의 유해를 리위찬의 작업실로 떠메고 들어왔다.

장송곡이 꺼졌다. 장의사 건물 전체가 정적에 잠겼다.

문 두드리는 소리가 앞서 말한 것처럼 계속되고 있어. 그가 새삼 일깨워주었고 우리는 잊지 않고 있었다.

6

"동지들, 카악." 왕 부시장, 너는 작년에 비해 올해 몸이 눈에 띄게 불어나고 움직임이 더 둔해진 것을 느꼈을 거야. 호흡이 갈수록 가빠져 부인과 사랑을 나누는 횟수가 일주일에 다섯 번쯤 되던 것이 이제는 두 번으로 줄어들었지. 그걸 두고 당신만 탓할 수는 없지. 바싹 야윈 그의 부인은 날이 갈수록 그 탱크 같은 무게를 감당하기 어려워 남편과의 잠자리를 피했지. 너는 오늘 시의 건축 계획을 보고하기로 되어 있었지. 모두들 너의 크고 시뻘건 얼굴에서 사신의 날개에서 떨어진 차갑고 납작한 검정 깃털을 발견했어. 목에서 계속 가래가 끓어 너는 한마디 하고 나면 이내 "카악" 하고 목청을 가다듬고 차가운 차를 한 모금 들이켰지. 최근에는 뜨거운 차도 마시지 못하게 되었지. 너한테는 뭐랄까 '차가운 음료를 좋아하는' 이상한 증세가 생겼어. 마치 너의 배 속에서 불이 활활 타오르고, 작은 꼬리 같은 맹장을 포함해 오장육부가 불길에 타들어가는 것 같았지. 너는 아이스크림을 먹고 얼음을 가득 채운 사이다를 마시고 냉동육을 먹고 냉동 배추를 먹었어. 한마디로 너는 찬 음식이 아니면 모두 거부했지.

왕 부시장이 보인 괴이한 증상 앞에서 시 소속 최고 의사들조차 어찌할 바를 몰라했지. 진단을 내리지 못하니 치료법도 찾아내지 못했다. 누가 그에게 중의사(中醫師)를 찾아가보라고 권했다. 그 도시에서 가장 고결한 늙은 중의사가 손가락 세 개를 왕 부시장의 손목에 얹어보더니 바로 뜸을 한 차례 놓았다. 그러고는 허무맹랑한 천문지리를 한바탕 늘어놓더니, 해열제로 쓰인다는 갈대 뿌리, 말린 귤껍질, 수박 속껍질 따위의 몇 가지 약재를 처방해주는 것으로 얼렁뚱땅 진료를 끝냈다.

그는 차가운 차를 한 모금 마신 뒤 벽에 걸린 푸른 실크 커튼을 걷었다. 그러자 도시의 청사진을 그린 설계도가 나타났다. 강은 파란색, 도로는 흰색, 공원은 녹색, 빌딩은 노란색이었다.

잠시 후 회의에 참석한 사람들은 왕 부시장을 따라 에어컨 바람이 시원하고 꽃향기가 나는 넓은 로비에 들어섰다. 로비 한복판에는 거대한 전시대 하나가 유리로 덮여 있었다. 왕 부시장이 버튼을 누르자, 조개가 움츠러들듯 유리판들이 소리 없이 천천히 가장자리로 사라졌다. 그리고 이 작은 도시의 그림같이 아름다운 전경이 눈앞에 나타났다.

쪽빛 샛강 한 줄기가 작은 도시를 관통하고 있었다. 강변에는 은사시나무가 숲을 이루고 있었다. 너도 거기서 사진을 찍은 적 있지? 사랑을 속삭인 적 있지?

이것은 대외무역 빌딩으로 1990년에 준공될 것이다. 빌딩 높이는 89미터, 윗면적은 넓고 아랫면적은 좁게 설계되었는데 마치 날개를 펼치고 막 날아가려는 박쥐의 형상을 닮았다. 색깔 역시 박쥐 날개 빛깔이었다.

그 박쥐 날개 그림자가 제8중학을 가리고 있었다.

은사시나무 숲 외곽의 인민공원은 초록빛이었다.

또다른 아름다운 빌딩 아래에는 현재의 '아름다운 세상'의 기억이 자리하게 될 것이다.

"이 빌딩은 우리 결혼소개소가 들어갈 건물입니다. 1990년에 착공해 2000년에 입주 예정입니다. 주(主) 건물의 높이는 99미터로, 세상에는 완전무결한 결혼이 없음을 상징합니다. 결혼하고 싶다면 99퍼센트의 노력을 기울여 1퍼센트의 행복을 얻겠다는 정신이 필요하다는 거죠. 예리한 칼로 심장을 찌르는 모습을 연상시키는 주 건물과 부속 건물의 형태는 사랑의 잔혹성과 공포를 상징합니다. 주 건물의 외관은 검푸른색으로 여인의 얼굴을 상징하고, 부속 건물의 색은 모두 진홍색으로 통일했습니다. 피가 흐르는 심장을 상징하는 것이지요!" 왕부시장은 유기유리 지시봉으로 결혼소개소 빌딩을 탁탁 두드리면서 몹시 분개한 기색으로 말했다. "하지만 나는 이 빌딩을 건설하는 데 반대합니다. 사랑은 감미로운 것이고, 결혼은 행복한 것이니까. 사랑과 결혼을 전문적으로 생산하는 빌딩이라면 이런 색깔, 이런 모양이어서는 안 되지요. 그러나 이 도시는 많은 사람의 지혜와 뜻을 모아 이루어진 곳이고 인민의 뜻을 어길 수는 없겠지요. 모든 건축물 중에서 유독 이 빌딩 모형만 많은 시민들, 특히 청년들에게서 열렬한 환영을 받았으니 말이오."

이제 곧 착공될 결혼소개소 빌딩은 소시지같이 생겼다. 둥그런 끝은 생명을 상징한다고 했다. 유리봉으로 흰색의 '아름다운 세상'을 찍는 순간, 심장과 폐에 한기가 느껴지면서 안에 아무것도 입지 않은 채 눈처럼 하얀 가운을 걸친 리위찬이 생글생글 웃으며 그의 눈앞에 나타났다. '아름다운 세상'의 살맛이 너의 마음속에 꿀처럼 달콤하게 번져나가기 시작했다. 우리는 너의 얼굴빛이 창백해지고 열량이라곤 털끝만큼도 없는 땀방울이 너의 몸에 송글송글 맺히는 듯한 느낌을 받았다.

지시봉이 바닥에 떨어졌다. 지시봉은 쨍그랑 소리를 내며 인조 대리석 바닥 위에 떨어졌다 튕겨오르더니, 지면에서 20센티미터쯤 떨어진 공중에서 두 토막으로 부러지고 말았다. 이 이야기를 듣고 물리교사 장츠추는 생각했다. 어떤 힘이 유기유리로 만들어진 지시봉을 부러지게 한 걸까? 왕 부시장의 몸이 앞으로 고꾸라지더니, 이 아름다운 도시의 2000년도를 모래로 형상화한 아름다운 모형을 덮쳤다. 그의 퉁퉁하고 큼지막한 손 하나가 결혼소개소 빌딩과 '아름다운 세상' 사이를 찍어누르면서 추하지만 아주 조화로운 이미지를 만들어냈다. 물질이 자신의 견고함으로 자신의 유약함을 정복하여 너희 머릿속에 영원히 사라지지 않을 인상을 남긴 거지. 그렇지 않은가?

왕 부시장이 죽었다.

운전기사는 핸들 위에 엎어져서, 병사는 전장의 참호 속에서, 교사는 교단에서, 판매원은 계산대 위에서, 마르크스는 책상 위에서 죽었고, 왕 부시장은 모래로 만든 모형 위에 엎어져 죽었다.

왕 부시장은 건장한 청년들의 손에 들려 이제 곧 불도저로 파헤쳐질 '아름다운 세상'으로 옮겨졌다. 그리고 특급 장례미용사이자 시의 일급 모범 노동자로 꼽히는 리위찬의 작업대 위에 올랐다. 시간은 아침 여덟시 혹은 저녁 여덟시. 이 두 가지 언술은 모두 옳다. 왜냐하면 이 두 언술은 공존 가능하기 때문이다.

7

문 두드리는 소리는 여전히 계속되고 있다. 나중에 기적처럼 병상에서 벌떡 일어나 말하는 능력을 회복하게 될 장츠추의 장모, 지난날 한시절을 풍미했던 과부는 말했다. 반신불수의 몸으로 병상에 누워 있을 때 그녀도 우리와 함께 시계추처럼 정확한 문 두드리는 소리를 들었노라고. 그녀는 조바심이 나서 죽을 것 같았다. 딸과 사위, 심지어 까까머리 외손자 두 녀석까지 사무치게 미웠다. 자신의 경험에 비추어볼 때 이처럼 참을성 있게, 거칠거나 난폭하지 않게 인민의 집 문을 두드릴 수 있는 것은 인민군대 아니면 인민군대를 사칭한 간첩이라야 가능하다고 그녀는 말했다. 만일 다른 군대였다면 진작 발길질로 문을 부숴버렸을 거라고 했다. 풍류미인의 모습도 많이 변해 있었다. 예전에는 발가벗은 채 붉은 비단 꽃신을 신고 귀밑머리에 붉은 석류꽃을 꽂고 한가로이 뜰을 거니는 걸 좋아했지만, 지금은 중풍이 들어 침대에 누운 채 한때 솜처럼 보드랍고 비단결처럼 매끄러웠던 몸에 이와 서캐를 잔뜩 키우고 있었다. 머지않아 그녀는 기적처럼 일어설 것이다. 일어설 뿐만 아니라 돌아간 입도 원상회복되고, 잃었던 언어능력도 완전히 되찾을 것이다. 병들어 있던 동안 하지 못한 말들을 보충이라도 하듯 그녀는 끊임없이 떠들어댈 것이다. 사람이 있을 때는 사람을 상대로, 사람이 없을 때는 강아지한테, 사람도 강아지도 없을 때에는 담장이나 벽을 보고 떠들어댈 것이다.

　지금 우리는 그녀를 신경쓸 시간이 없어. 네가 말했다. 우선은 그녀가 침상에 누워 있도록 내버려두자고. 우리는 그녀가 왕 과장과 함께했던 낭만적인 시절을 추억하면서 눈앞의 고통스러운 삶을 이겨내기를 기원했다. 그때 리위찬은 아직 어린 아가씨였는데.

　리위찬은 왕 부시장이 죽으면 그 유해를 자신이 매만질 수 있게 해달라고 소원을 빈 적이 있었다. 그때 쪽빛 강물 속에 몸을 던졌을 때 자신을 구해준 은혜에 보답하기 위해서였다. 그 소원을 빌 무렵 그녀는 '아름다운 세상'의 업무에 재미를 느끼고 있었다.

왕 부시장은 얼굴을 들고 천장을 바라보는 자세로 그녀의 작업대 위에 누워 있었다. 이 작업대는 높이 100센티미터, 너비 100센티미터였고, 길이는 100센티미터에 또 100센티미터를 덧붙였다. 그 위에 시신이 놓이지 않았다면, 우리는 작업대에 눈처럼 하얀 커버가 덮여 있고 그 위에 플라스틱 조화 화분이 놓여 있는 것을 보았을 것이다. 작업대의 네 다리에는 각각 조그만 바퀴가 달려 있어, 시신 정리가 끝나면 로비까지 밀고 나가 고인의 일가친척이나 동료 같은 조문객들이 유해를 참배할 수 있게 했다. 그러고 나서 소각로 옆으로 밀고 간 후, 철제 기구로 시신을 집어서 발사 기구가 장착된 스테인리스판 위에 옮겨놓는다. 이때 고인의 친족과 친구들은 그 자리를 떠나야 한다. 시체 소각 담당자가 스위치를 누르면, 시신이 포탄처럼 발사되어 소각로 내부로 들어간다.

너의 작업실은 매우 컸고, 흰색으로 칠한 작업대가 작업실 한복판에 놓여 있었지. 작업대 주변에는 봄 여름 가을 겨울 어느 계절에나 꽃을 피우는 화분 수십 개가 있었고. 너는 노란 꽃을 피우는 선인장을 제일 아꼈어. 작업실 꽃들은 하나같이 아름답고 싱싱하게 자랐지.

한밤중, 장의사 건물의 문이 닫히면 '아름다운 세상'은 길거리를 산책하는 연인들을 부르듯 화려한 네온등을 번쩍였지. 너의 작업실 문도 닫혔지. 너는 내부 첩자들의 염탐을 방지하기 위해 교활하게도 비눗조각으로 열쇠 구멍을 막아버렸어. 심장이 두근두근 뛰는 게 몰래 간통할 때보다 더 긴장되었을 거야. 그는 분필을 씹어 삼키면서 우리에게 말했다.

너는 전등을 끄고 나무 의자에 걸터앉아 깊게 심호흡했지. 심장박

두 걸음 85

동이 정상 속도로 회복될 때까지. 왕 부시장의 냄새는 유별나게 짙었어. 화분에서 풍기는 꽃향기도 그 냄새에 비하면 옅게 느껴질 정도였지. 그때 그곳의 정경이야말로 '온 세상의 꽃향기를 압도한다'는 말을 확실하게 증명하고 있었어. 불빛이 없으니, 작업실 안은 마치 선경(仙境) 같았어. 오색 꽃잎들이 어둠 속에서 소곤소곤 밀어를 나누고, 창유리는 미세하게 흔들렸지. 야간작업을 하는 레미콘의 굉음이 창틀의 갈라진 틈을 비집고 들어왔어. 제8중학 교사들을 위한 새 숙사가 건설중이었지. 왕 부시장 당신은 죽었어도 제8중학에 대한 당신의 관심을 우리는 영원히 잊지 않을 거야.

심장박동이 정상 속도로 회복되자 리위찬은 다시 전등을 켰다. 갑자기 밝아지자 눈이 부셔서 현기증이 났다. 그녀는 지금껏 시신의 얼굴을 매만지면서 이렇게 망설여본 적이 없었다. 작업대 위에 누워 있는 시신이 부시장이기 때문이 아니었다. 그렇다면 네가 과거 내 애인이었고, 또 내 어머니의 애인이었기 때문이겠지.

네가 아무리 능력이 뛰어나다 해도 결국에는 내 작업대 위에 누워 내가 하는 대로 손질을 받아야 할 거라고 내가 말한 적 있지. 너는 죽은 뒤 유해를 매만지지 않고 그대로 소각로 속으로 들어가겠다고 했지. 하지만 죽고 나면 네 뜻대로 되지 않는 법.

그녀는 벽에 달린 찬장 서랍을 열고 라텍스 장갑을 꺼내 손에 끼었다. 장갑은 얇고 매끄러워 마치 아무것도 끼지 않은 것처럼 보였다. 너는 또한 햇빛보다 반짝이고 창호지보다 얇은 메스 한 자루를 꺼내 들었지. 달콤한 미소를 지으면서 너는 작업대 앞에 다가섰어.

왕 부시장의 비대한 얼굴은 놀라움과 두려움이 뒤섞인 표정으로 굳어 있었다. 내 어린 입술에 키스했던 산둥 사나이의 억센 입술이 파르르 떨리는 것 같네. 떨 게 뭐 있어? 설마 너 무서운 거야? 공산당원은 죽음도 무서워하지 않는데, 조그만 메스 따위를 두려워한단 말이야? 이게 네 혀를 달라고 나를 윽박지르는데. 욕심꾸러기 새끼 돼지처럼 말이야. 리위찬은 핀셋으로 왕 부시장의 윗입술을 집고 들추었다. 왕 부시장의 이가 드러나면서 잇새로 전날 밤에 먹은 마늘 냄새가 풍겼다. 그해에도 네 입에서는 마늘 냄새가 났었지. 하지만 그때는 마늘 냄새가 신선했어. 이번에는 핀셋으로 그의 아랫입술을 끌어내렸다. 그리고 다시 다른 핀셋을 들어 그의 윗입술을 위로 들추었다. 왕 부시장의 입이 마름모꼴이 되었다. 그는 양팔을 들어올리지 못하는 게 한스러웠다. 핀셋 두 개를 집어던져버리고 입을 원상태로 되돌릴 수 있다면 얼마나 좋을까…… 그런 일이 일어나는 게 전혀 불가능한 것은 아니었다. 그래서 그녀는 그의 입을 마름모꼴로 당겨놓았을 때 얼핏 그의 양팔이 움직일지도 모른다고 생각했다. 그의 입속에서 금빛 광채가 번뜩였다. 그녀는 깜짝 놀랐다. 난 너의 몸에 털이 몇 가닥 났는지까지 똑똑히 알고 있는데, 이 금빛은 대체 어디서 나는 거지? 사람의 입이 어떻게 금빛 광채를 낼 수 있는 거지? 그녀의 가슴이 또다시 쿵쿵 뛰기 시작했다. 입술을 벌려놓은 핀셋 두 개마저 심장박동을 따라 떨렸다. 우리는 너의 얼굴이 창백하게 질리는 걸 보았다. 너는 독수리처럼 쇠우리 안 횃대 위에 쪼그려 앉은 서술자이고, 너는 '아름다운 세상'의 장례미용사이며, 너는 남의 손에 들린 핀셋 두 개에 위아래 입술이 당겨져 입 모양이 다각형으로 변한 망자였다. 주요 사건에서 너의 얼굴이 창백해지는 게 가능했고, 너의 얼굴이 창백해질 가능성이 있었으며, 너의 얼굴이 창백해지는 게 완전히 가능했으니까. 우리는 너의 얼굴을 직접 볼 수 있었고, 우리는 너의 서술을 통해 간접적으로 너의 다른 얼굴도 볼 수 있었으며 너의 또다른 얼굴까지 볼 수 있었다. 세 명의 너는 세 명의 독립적인 개체였지만, 특별한 의미에서 또 그 셋은 하나로 합쳐질 수도 있었다.

물리교사는 장례미용사의 아름다운 얼굴에 몽롱한 표정이 떠오르는 것을 보았다. 이 표정은 미녀의 중요한 특징이었다. 너의 몸을 덮은 솜털이 금빛으로 빛나면서, 동트기 직전 가장 어둡고 추운 시간을 따뜻하고 밝게 만들어놓았지. 번거롭지만 반드시 거듭 강조할 것은, 문 두드리는 소리가 여전히 계속되면서 그 진위를 의심하게 만들고 있다는 사실이야.

너, 언제 금니를 세 개씩이나 해넣었지? 그녀는 다시 전등을 끄고 어둠 속에 앉아서 생각에 잠겼다. 네가 부시장이 되면서 나는 텔레비전에서만 겨우 널 볼 수 있었어. 네가 입을 열어 말하면 목소리조차 금빛으로 빛났지. 난 그게 텔레비전이나 카메라에서 나오는 빛인 줄로만 알았지, 네가 금니를 한 줄은 까맣게 모르고 있었어. 나는 네 애인이었어. 다른 여자였다면 네가 부시장이 된 걸 보고 끊임없이 귀찮게 굴었을 거야. 난 그렇게 하지 않았어. 난 네가 날마다 날 그리워한다는 걸 알았으니까. 깡마른 그 여자보다 나를 훨씬 더 많이. 그렇지? 활짝 피어난 꽃이 어둠 속에서 소곤소곤 속삭였다. 꽃잎은 사람의 혀를 닮았다. 사실 꽃술은 식물의 성기야. 꽃송이를 찬미하는 것 그 자체가 음경과 질을 찬미하는 거라고. 이걸 내가 발견한 건 결코 아니야. 우리도 알고 있었다.

왕 부시장이 작업대 위에서 낄낄대며 비웃었다. 그거 진짜야?

너는 화가 나서 전등을 켜고 핀셋으로 옛 애인의 이마를 찔렀지. 나쁜 놈, 왜 웃는 거야?

네 엄마가 알면 우리를 질투할 거야.

너는 탐욕스러운 돼지야!

늙은 소는 보드랍고 여린 풀을 즐겨 먹지!

우리는 기회를 놓칠세라 아시아당나귀 근처에서 빼앗아온 분필 한 움큼을 서둘러 너의 입언저리에 갖다댔다.

너의 이를 뽑아버릴 거야!

장례미용사의 얼굴이 뾰로통해졌다. 창백한 형광등 불빛 아래, 수줍고 사랑스러운 얼굴이 마치 단오 무렵 부슬비 속에서 피어난 복사꽃 같았다. 나쁜 놈! 너는 보드라운 풀을 먹어. 난 너의 이를 뽑아버릴 거야!

너는 핀셋으로 왕 부시장의 입을 벌려놓고 다른 핀셋으로 금니 세 개를 차례차례 뽑아냈다. 한 개 또 한 개, 뽑혀나오는 대로 금니를 알코올 접시에 던져두었다. 너는 금니를 담그고, 금니를 씻었다. 너는 금니를 코에 대고 냄새를 맡았다. 금니에서 지난밤 먹은 마늘 냄새가 났다. 너는 벽에 달린 찬장 서랍에서 성냥을 꺼내 접시에 담긴 알코올에 불을 붙였다. 파란 불꽃이 활활 타올랐고, 너는 파란 불꽃으로 금니를 달구었다. '진짜 금은 불길의 단련을 두려워하지 않는다'는 속담이 떠올랐다. 너는 금니가 불꽃 속에서 반짝이는 걸 보았다. 다시 금니를 알코올에 담가 씻은 다음, 또 냄새를 맡아보았다. 달콤한 바나나 향기가 났다. 그 향기야말로 금니의 진짜 냄새였다.

1950년대 우리 작은 도시에 동요 하나가 유행했었지. 그때 너희는 모두 어린애였어. 그 노래는 60년대까지 유행했고, 그 무렵엔 너희도 좀 컸을 때라 그 동요를 부른 적이 있을 거야. 그 노래 가사는—아직도 기억하고 있지?

엄마는 크고 아빠는 작아,
아빠는 쫓겨나서
타이완 섬으로 달아났어요
아빠가 돌아왔어요
가죽 구두 신고, 손목시계 차고,
설익어 파란 바나나 한 꾸러미 들고
......

순수하고 맑은 이 동요는 쓸쓸한 봄바람이 이 거리 저 골목을 쓸고 지나가듯 그해 온 거리에 유행했다. 가사에 타이완 섬이 나오는데다 '가죽 구두 신고, 손목시계 차고, 설익어 파란 바나나 한 꾸러미 들고'라는 반동적인 이미지까지 더해져 당과 정부기관으로부터 주목받을 수밖에 없었다. 시 공안이 정보기관원을 다수 파견했다. 그중에는 우편배달원으로 변장한 사람, 넝마주이로 변장한 사람, 칼이나 가위를 갈아주는 떠돌이 행상으로 변장한 사람 등등 없는 직업이 없을 정도였다. 그들은 잔뜩 경계심을 품고 두 귀를 곤두세운 채 곳곳을 헤맸다. 나중에 이 동요가 새로운 동요로 대체되기는 했지만, 그 노래의 인상은 너의 기억 속에 여전히 남아 있었다. 마치 바나나 맛이 너의 기억 속에 남아 있는 것처럼.

그녀는 서랍을 열고 거즈를 한 조각 찾아내 금니 세 개를 싼 다음 일단 서랍에 넣고 자물쇠를 채웠다. 그러나 다시 호주머니에 옮겨넣고 호주머니 덮개에 안전핀을 세 개나 꽂았다. 너는 투시력을 가진 눈이 엿보고 있는 듯한 느낌을 받았지. 그 사람은 잠시 벽을 꿰뚫어보고, 잠시 문을 꿰뚫어보고, 잠시 유리창을 꿰뚫어보았어. 그래서 너는 허둥지둥 전등을 껐지. 갑자기 캄캄한 어둠이 내리고, 꽃들은 다시 몸을 펴고 소곤소곤 속삭이기 시작했다. 어둑한 가운데 검은 박쥐 같은 커다란 나비 두 마리가 작업실 안을 날아다니고, 죽은 남자는 장례미용 작업대 위에 누워 차갑게 웃었다. 빠드득빠드득 이를 가는 소리도 들렸다. 죽은 왕 부시장이 이를 갈고 있거나, 아니면 인민공원에 갇힌 호랑이 새끼가 이를 갈고 있는 것이겠지. 창문 밖에는—그제야 우리는 창밖 그리 멀지 않은 곳에 그가 묘사한 적이 있는 그 강물이 흐르고, 물 위에는 물고기 부레 같은 콘돔이 둥실둥실 떠 있다는 걸 알아차렸다. 도시의 가로등 불빛이 푸른 강물을 비추고, 강물은 그 가로등 불빛을 유리창에 반사했다. 제8중학 교사들의 숙사가 건설되고 있었다. 유리창의 미세한 떨림은 레미콘이 굉음을 울리면서 작업하고 있다는 사실을 말해주었다.

그날 밤, 특급 장례미용사는 왕 부시장이 "늙은 소는 보드랍고 여린 풀을 즐겨 먹지" 하며 떠들어댄 것 때문에 그의 금니 세 개를 뽑아버린 후, 심란한 마음으로 전등을 끄고 창문 앞에 우두커니 섰다. 심지어 빗장을 뽑고 창문을 열기까지 했다. 강바람이 부드럽게 밀려들어왔다. 너는 강가에 노출된, 마치 대지의 수염처럼 꼬불꼬불한 무언가를 강물이 씻어내리며 내는, 거문고를 퉁기는 듯한 소리를 들었다. 인민공원 한복판에는 오래된 회화나무 네 그루가 서 있었고, 나무 아래에는 초록색 쇠우리가 있었다. 굶주린 호랑이가 포효하는 소리가 너의 고막을 울렸다. 호랑이는 별빛 아래서 우리 안을 이리저리 배회하고 있었다. 호랑이의 위풍당당하고 거대한 그림자가 미끄러지듯 덮쳐왔다. 너의 머리가 갑작스레 부풀어오르기 시작하더니, 호랑이 그림자가 베틀에 북 드나들듯 쉴새없이 왔다갔다했다. 콧구멍으로 들어갔다 입으로 나오고, 왼쪽 귀로 들어가 오른쪽 귀로 나왔다. 항문으로 들어가 배꼽으로 나오기도 했다. 너는 늘 하던 대로 실오리 하나 남김없이 벗은 다음 희고 깨끗한 작업복을 걸쳤다. 이 차림새는 편집증적인 망상을 불러일으켰다. 나는 순결한 천사처럼 팬티조차 입지 않았어(천사는 팬티를 입지 않으니까). 포근하기는 했지만 강바람이 그녀의 몸속으로 스며들었고, 묵직한 금니 세 개가 얼음같이 차가운 혹이 되어 염증이라도 생긴 것처럼 아픈 그녀의 맹장 근처에 달라붙었다. 습기를 머금은 축축한 밤바람이 풀어놓은 옷깃 속으로 파고들면서, 너는 젖꼭지가 고욤처럼 단단해지는 걸 느꼈다.

 엿보는 사람은 없었던 것으로 판명났다. 사람들은 저마다 바빠서 이미 죽은 왕 부시장을 돌아볼 겨를이 없었다. 뿐만 아니라 죽은 왕 부시장의 금니가 일류 장례미용사의 손에 뽑혀나갔다는 것에 관심을 둘 사람 역시 없었다.

 너는 창문을 닫고 다시 전등을 켠 다음 작업을 시작했다. 털끝만큼도 사정을 봐주지 않고 왕 부시장의 옷을 모조리 벗겨냈다. 한창때 그랬던 것처럼, 또한 마지막 날, 그가 강물에 뛰어들어 너를 구해내고 얼마 지나지 않은 어느 무더운 날 정오 푸른 강물이 흐르는 강변 은사시나무 숲 깊은 곳에서 그가 조급한 젊은이처럼 서둘러 너의 옷을 모조리 벗겼을 때처럼.

세 걸음

三步

1

의학박사 어우양산볜은 최근 이 아름다운 소도시의 일간지 〈가정생활〉 1면에 실린 칼럼을 통해 슬픔이나 기쁨 같은 감정으로는 설명할 수 없는 소식을 시민들에게 알렸어. 우선 신문이 발행되는 상황부터 소개하지. 거의 모든 소도시에서 이런 종류의 일간지가 발행되는데, 분량은 4쪽이고 판형은 정부가 공식 발행하는 〈찬카오샤오시〉*와 똑같고 지질도 매우 좋아서 살짝 문지르기만 해도 화선지처럼 물을 빨아들이고 더러운 기름때도 벗겨냈어. 이런 특성 덕분에 그 일간지가 화장실과 밀접한 관계를 맺게 된 거야. 시는 해마다 〈가정생활〉에 50만 위안의 보조금을 지불했어. 그렇다고 해서 우리가 이 신문이 존

---

* 중국 신화사(新華社)가 편집, 발행하는 공산당 간부와 당원 들 전용 일간지.

재해야 할 이유를 토론할 필요는 없다. 존재 자체만으로도 타당하니까. 우리는 문득 이런 생각을 했다. 모든 소도시에 일간지가 하나씩은 있는데 유독 우리 시에만 없다면 체면이 뭐가 되겠는가?

지난해, 맛 좋은 라오주*라면 사족을 못 쓰는 시 정치협상회의 소속 원로 간부 한 명이 시에서 직접 발행하는 신문을 없애버리자고 제안해서 이천여 명이나 되는 시민들이 분노했다. 시 당위원회 서기 사무실에는 분노한 사람들이 끊임없이 찾아왔고, 어떤 사람은 그 고주망태 늙은이가 사는 쥐차이샹 19번지를 폭파시켜버리겠다고 으름장을 놓기도 했다.

신문사 편집장과 편집차장이 함께 왕 부시장을 방문했다.

편집장은 정교하게 만든 인조 소가죽 서류가방에서 빛바랜 신문 한 부를 꺼냈다. 신문에는 이런 제목의 기사가 실려 있었다.

강가에서 젊은 여성이 실족, 부국장이 용감하게 구출……

어제 저녁 무렵, 시 노동국 부국장 왕궈중은 아내와 아들딸을 데리고 바이양 강 옆에 있는 은사시나무 숲 오솔길을 산책하던 중, 갑자기 미모의 젊은 여성이 실족해 강물에 빠지는 장면을 목격했다. 이 여성은 급류에 휩쓸려 생명이 위급한 상황이었다. 위기일발의 순간, 왕 부국장은 자신의 안전을 생각하지 않고 쏜살같이 강물에 뛰어들어 조난당한 젊은 여성을 구해냈다……

왕 부시장은 새삼 감회에 젖어 누렇게 바랜 신문을 쓰다듬었다. 마치 풍만하고 보드라운, 금빛 솜털이 난 애인의 팔을 어루만지듯……

어우양산번 박사는 권위적인 필치와 확고한 논조로 그 도시의 인민

---

* 찹쌀, 조, 수수, 옥수수 등으로 빚은 중국 술. 오래된 것일수록 술맛이 좋다는 데서 붙여진 이름.

들에게 선언했다…… 질병으로 죽은 사람도 다시 살아날 가능성이 있다…… '목숨은 하나뿐이다'라는 엄숙한 거짓말은 그의 주장에 의해 산산조각 났다.

박사는 수많은 자료를 인용해 많은 사실을 열거했으며, 아울러 고등수학의 다변함수와 제차방정식을 이용해 복잡한 추론을 전개했다. 사실 추론 과정은 불필요했다. 사람들은 그의 말을 믿어 의심치 않았기 때문에, 그 수학식을 눈여겨본 사람은 거의 없었으니까.

수요만 있으면 우리는 어떤 기적이라도 창조해낼 수 있다. 인간이 없으면 인간도 만들어내고, 총이 없으면 총도 만들어내고, 원자폭탄이 없으면 원자폭탄도 만들어낼 수 있다……

2

……원자폭탄이 폭발했을 때, 강철은 모조리 기화되어 날아가버리고, 사막의 모래는 죄다 유리로 바뀌었지. 눈앞에 돌연 버섯구름이 피어오르고 알 수 없는 방향으로 몸이 휙 떠올랐다. 그저 오른손이 단단히 부여잡고 있는 것만이 어딘지 알 수 없는 곳으로 날려가지 않게 해주었다―그는 부활하고 나서 죽음의 감각이 어떤 것인지 여러 번 이야기한 적이 있었다. 죽음은 가벼운 연기처럼 허공을 정처 없이 떠도는 것이라고―너는 한 점밖에 안 되는 그 단단한 것을 움켜잡으려 노력했고, 그 단단함을 더 키우기 위해 온 힘을 쏟아부었다. 효과는 확실했다. 너는 너 자신을 느낄 수 있었고, 크게 깨달은 듯 한 가지 사실

에 생각이 미쳤다. 네가 안개처럼 산산이 흩어지지 않게 해준 그 단단한 물체, 그것은 황금이나 다이아몬드가 아니라 죽기 직전까지 손에 쥐고 있었던 부러진 분필 한 토막이라는 사실.

그는 두 눈을 번쩍 떴다. 눈을 뜨기 무섭게 얼음장 같은 손가락 두 개가 그의 눈꺼풀을 눌렀다. 눌렀을 뿐 아니라 비벼댔다. 그와 동시에 너는 수학공식을 이용해, 주절주절 이야기를 쏟아내는 입이 너의 눈에서 어림잡아 100하고도 2센티미터 더 떨어진 거리에 있다는 사실을 추리해냈다. 그 입은 주절주절 쉬지 않고 너에게 이야기하고 있었다. 팡 선생, 제발 눈을 감고 편히 쉬게…… 선생은 원래 자격이 안 되지만, 우리가 장의사 측에 줄을 대어 '아름다운 세상'의 특급 장례미용사 리위찬이 선생의 유해를 잘 매만지게 해놓았네…… 내일 오후, 왕 부시장님이 우리 학교에 와서 선생 추모식에 참석할 예정이네……

너는 교장의 차가운 손가락이 너를 박해하고 있는 게 틀림없다고 생각했다. 손가락들이 원을 그리면서 너의 눈알을 짓누르고 있었다. 그 손가락들이 너에게 명령했다. 너 눈 감아!

너는 깨달았다. 산 사람의 세계가 너를 받아들이기를 이미 거부하고 있다는 사실을. 교장은 위엄 있는 손가락으로 너에게 눈을 감으라고 명령했다. 죽은 사람은 눈을 떠선 안 돼!

너는 입을 벌려 교장에게 말하고 싶었다. 나는 살아 있단 말입니다! 어우양산번 박사의 이론에 따르면, 죽은 사람도 부활할 수 있다고요!

3

팡푸구이는 영예로운 죽음으로—교단에서 과로사했으니까—제8중학뿐 아니라 도시의 모든 인민교사들에게 동정과 존경을 받았다. 시영(市營) 일간지는 주요 면의 눈에 잘 띄는 자리에 기사를 실어 온 도시의 인민에게 그의 죽음을 알렸는데, 이는 예전 같으면 생각도 할 수 없는 일이었다. 수많은 인민의 외침이 집집마다 쏟아져나오더니 하나의 운동으로 이어졌다. 인민들은 "교사들의 생활에 관심을 가져라! 중년 교사들의 봉급을 인상하라!"고 외쳤고, 돈 잘 버는 기업과 부유한 개인 들에게서 의연금을 걷어 '중년 교사를 위한 건강기금'을 설립하자는 운동을 펼쳤다.

이러한 목소리는 날로 높아졌고, 운동 역시 활발하게 전개되었으며, 거리에 붉은 삼각건들이 보이기 시작했다.

팡푸구이의 죽음은 팡푸구이의 삶보다 더욱 값진 것이었지—그는 피곤한 줄도 모르고 목을 길게 뺀 채 주장했다.

아직 죽지 않은 또는 죽었다가 다시 살아난 팡푸구이를 '아름다운 세상'으로 보내 죽은 사람으로 처리하는 것이 비인도적인 처사라 하더라도, 더 큰 인도주의적 결과를 얻을 수만 있다면 인도주의를 조금 희생하는 건 아무것도 아니야. 역사적으로 이런 선례는 무수하게 많지. 조조는 군대의 사기를 높이기 위해 성실하고 충직한 군량감독관 왕후의 목을 쳤고, 이세민은 황제가 되어 어진 정치를 펴기 위해 친형제들의 목을 베지 않았던가? 세상의 모든 혁명이 작은 비인도주의와 큰 인도주의를 맞바꾸었지. '1가정 1자녀' 정책 역시 작은 비인도주의와 큰 인도주의를 맞바꾼 사례라 할 수 있겠지.

그 도시 교사들의 생활 조건을 개선해 그들이 오래 살게 할 수 있는데, 팡푸구이가 다시 살아난다면 그건 반동이고, 팡푸구이가 산 채로 장의사에 들어간다면 그건 큰 인도주의인 것이지—이렇게 주장한 뒤 너는 목을 다시 움츠렸다. 너는 먹이를 되새김질하듯 다시 서술자로 돌아갔다. 끈적끈적한 풀이 너의 목구멍으로 흘러넘어가는 듯 그르렁그르렁 소리가 났다.

너는 입 밖으로 목소리가 나가지 않게 어금니를 꽉 깨물었다. 도시의 모든 교사들이 네가 죽기를 바랐고 네가 살아 있을까봐 두려워했으니까. 모금 활동에 부응하기 위해 시의 일간지는 '목숨은 단 하나가 아니다'라는 의학박사의 논점을 철학적 관점에서 비판하고 반박하는 철학박사의 논문을 게재했다. 멀쩡히 살아 있는 사람들만으로도 골치가 지끈거리는 판에, 죽은 사람들까지 다시 살아나서 가세하다니. 인구가 폭발적으로 늘어나 생활공간은 날로 좁아지는데, 죽은 사람들마저 다시 살아난다면 어쩌란 말인가?

온 도시의 인민들이 분노하여 일제히 외쳤다. 팡푸구이는 다시 살아날 수 없어! 죽었으면 죽은 거지, 삶과 죽음의 경계를 무너뜨리면 안 돼!

너의 아내 투샤오잉이 꺼이꺼이 통곡해도, 아들 팡룽과 딸 팡후가 울부짖어도, 너는 눈을 뜰 엄두를 내지 못했다. 그저 속눈썹 사이로 아내와 자식들의 눈물 젖은 얼굴만 볼 수 있을 뿐이었다. 꽃과 영예가 빗방울처럼 네 몸을 후려쳤다. 마치 부서진 벽돌 조각이나 깨진 기왓장처럼, 진흙 덩어리와 모래자갈처럼 너의 가슴을 짓눌렀다. 죽은 자는 다시 살아나면 안 되는 법이다. 이것은 불변의 정리(定理)다.

제8중학에서 직영하는 토끼고기 통조림 공장의 육중한 트럭이, 아무리 보아도 죽은 게 틀림없지만 사실은 살아 있는 너를 '아름다운 세상'으로 실어갔다. 화물칸에선 토끼털 뭉치가 봄날의 버들개지처럼 바람결에 이리저리 굴러다녔다.

봄날의 경박한 냄새가 너를 희롱하는 동안, 집토끼를 산 채로 운반하던 트럭은 강변을 따라 시멘트 도로 위를 천천히 달렸다. 강에는 잔물결이 비늘처럼 가볍게 일고, 물고기와 자라, 새우, 방게 들이 모두 수면 위로 떠올라 헤엄쳤다. 억지로 눈을 뜨지 않는 것은 억지로 입을 닫는 것보다 열 배는 더 어렵다. 눈꺼풀이 입술보다 더 날렵하고 쉽사리 움직이기 때문에, 눈을 뜨기가 입을 열어 말하기보다 훨씬 더 쉽기 때문이다. 그래서 벙어리 흉내를 내기는 쉬워도 장님 행세를 하기는 몹시 어렵다고 하는 것이다.

달콤한 사랑이 넘쳐흐르는 거리라는 이름의 텐아이 로(路), 규정상 트럭이나 가축 수레의 통행이 금지된 그 도로 위를, 토끼 운반 트럭이 교단 위에서 죽었다는 영예를 구실로 팡푸구이의 시신을 싣고 거들먹거리듯 경적을 울리며 천천히 달리고 있었다. 도롯가로 밀려난 연인들이 은사시나무를 잡으며 트럭을 흘겨보았다. 너는 남몰래 실눈을 뜨고 그 사이로 사랑스러울 만큼 짙푸른 하늘을 훔쳐보았다. 버섯 모양의 커다란 흰 구름이 떠 있고, 제트전투기가 은백색 실 같은 연기를 허공에 남기며 특수 비행술을 뽐내고 있었다. 실낱같던 연기구름이 점점 부풀어오르더니 온 세상을 깜짝 놀라게 한 물리학 공식 $E=MC^2$으로 바뀌었다. $E=MC^2$ 공식이 인류의 삶을 대대적으로 변화시키고는 있지만, 우주의 오묘한 신비를 끝까지 파헤치지는 못했다. 그래, 끝까지 파헤치지 못했어. 끝까지 파헤치기는커녕 구우일모(九牛一毛) 만큼도 건드리지 못했지. 제아무리 대단하고 큰 업적을 세워 그 이름이 역사에 길이 남을 사람이라 해도 한낱 구우일모에 지나지 않아! 내 제자들 가운데 아인슈타인을 능가하는 인물이 몇 명 나오는 게 내 소원인데!

그가 막 입을 열어 아인슈타인을 능가할 제자를 배출하고 싶다고 호소하려는 순간, 불완전한 음절을 미처 토해내기도 전에 큼지막한 손바닥 하나가 감히 목소리를 내려는 구멍을 꽉 틀어막았다.

"팡 선생, 자넨 이미 죽었다고!" 그의 머리에서 1미터하고도 20밀리미터 위쪽에서 착 가라앉은 목소리가 위엄 있게 말했다. "죽은 사람에게는 말할 권리가 없어!"

저도 선생님 관점에 동의합니다. 죽은 사람에게는 말할 권리가 없죠. 만일 죽은 자들이 쉬지 않고 떠들어댄다면, 평온한 세계는 시끄럽고 불안한 양계장 같아질 거예요. 만일 죽은 자들이 죽은 즉시 입을 다물지 않는다면, 살아 있는 사람들은 하나같이 변비에 걸려 손발이 차가워지고 혓바닥에 동전만한 두께의 녹색 설태가 낄 겁니다. 하지만 교장 선생님, 저는 학생들이 마음에 걸립니다. 그 녀석들 가운데 아인슈타인을 능가하고, 퀴리 부인을 능가하고, 양전닝을 능가하고, 리정다오*를 능가하고, 마르크스를 능가하고, 레닌을 능가하는 학생이 나오기를 바라고 있는 겁니다.

---

* 양전닝과 리정다오 모두 중국계 미국인 물리학자. '패리티에 의한 비보존 이론'을 발표해 1957년 노벨물리학상을 공동 수상했다.

교장의 굵고 억센 엄지와 검지가 바닷게의 커다란 집게발이나 대형 강철 펜치처럼, 계속 주절대는 물리교사의 양볼을 쥐었다. 마침 딱 그 자리에 타원형 보조개 두 개가 있었다. 원래 보조개는 아름다움의 상징이지만, 지금은 입을 틀어막기 편리한 홈이 되고 말았다.

팡푸구이는 어쩔 수 없이 격정을 누르고 목구멍 밖으로 나가려던 말을 다시 삼켰다. 분노의 말은 뛰어난 재능을 가지고도 때를 못 만난 불우한 인재처럼 계속 밑으로 내려가 겹겹이 놓인 장애물을 뚫고 우여곡절을 겪다, 결국 맥 빠진 방귀로 새어나갔다.

그는 우리에게 교장의 속마음을 보여주었다. 언젠가 한번 길거리에서 산둥 지방의 콰이수*를 들은 적이 있지. 이야기꾼은 뚱뚱한 늙은이였는데, 『무이랑』이라는 훌륭한 작품을 손에 들고 줄줄 읽어내렸어. 트럭 화물칸 덜컹대는 소리가 꼭 이야기꾼이 원앙판을 두드리는 소리 같군. 땡그랑 땅, 땡그랑 땅, 목청아 열려라. 오늘은 딴 얘기는 그만두고 산둥 출신 호걸 양산박 무이랑 얘기나 한번 늘어놓읍시다. 각설하고, 행자로 변장한 무송이 손이랑과 딱 마주쳤는데, 일부러 술 취한 척하고 십자파 고갯마루에 벌렁 나자빠졌단 말씀이야⋯⋯ 무송은 꺽다리인데 손이랑은 키가 작달막하니 등에 업지 못하고 무송을 질질 끌고 가기 시작했지. 무송의 바지가 입을 벌렸군. 손이랑의 바지는 원래 터져 있었고⋯⋯ 질질 끌고 가다보니, 엉덩이뼈에 딱딱한 것이 들썩들썩하는 느낌이 들지 뭔가. 손이랑은 가면서 생각했다네. 자고로 벌은 죽어도 꼬리에 달린 독침이란 놈은 죽지 않는다지만, 사람이 죽어서도 그놈의 물건이 살아 있단 말은 들어본 적이 없는데! 무송의 그 물건이 실한 줄 진

---

* 중국 민간예능의 일종. 길거리 장터에서 죽판과 절자판이라는 두 가지 리듬악기를 치면서 간혹 대사를 섞어 노래한다.

작 알았더라면. 무송, 나한테 귀띔이나 좀 해주지……

교장은 묘한 대목에 생각이 미치자, 참지 못하고 자신도 모르게 피식 웃었다. 유해를 호송하던 사람들이 모두 돌아보았다. 교장은 다시 씁쓸하게 웃은 다음 긴 탄식을 내뱉었다.

교장의 생각은 계속 이어졌다. 내 일찍이 옴두꺼비는 껍질을 벗겨도 그 마음은 죽지 않는다는 말을 들었는데, 팡푸구이 역시 몸은 죽었어도 주둥이는 살아 있구나! 땡그랑 땅, 땡그랑 땅! 산 사람도 말이 많으면 화근이 되는 법인데, 죽은 자네한테까지 말할 기회를 줄 수 있겠는가! 내가 하라는 대로 하지 않으면, 자네 주둥이에 무명실 한 타래를 콱 박아버리겠네!

트럭은 심하게 요동쳤다. 노면에 깔아놓은 알록달록한 자갈 탓이었다. 하트 모양. 꽃 모양. 판다 모양. 아름다운 자갈들이 트럭을 덜컹거리게 만들었다. 너는 너를 요동치게 하는 역학과 운동학의 원리를 알고 있었을 것이다.

트럭의 흔들림에 맞춰 죽은 자의 항문에서 방귀가 새어나왔다. 냄새는 전혀 나지 않았지만 시신을 호송하는 사람들은 하나같이 눈썹을 잔뜩 찌푸렸고 코를 찌르는 듯한 구린내를 느꼈다.

교장의 생각이 이어졌다. 팡푸구이, 자넨 평소 거만하지도 않았고 비굴하지도 않았지. 그저 머리를 파묻고 열심히 일했네. 그래서 혁명의 수레를 끄는 우직한 황소라고 불렸지. 외바퀴 수레를 쓰러뜨리지 않기 위해 계속 앞으로 밀고 나가듯 일에만 몰두했고, 쌀겨에서조차 기름을 짜내려고 했지. 내 본래 자네를 공산당원으로 추천할 생각이었네만, 류 서기의 의견은 달랐네. 류 서기는 자네 뒤통수에 반골 기질이 보인다고 했지. 그 사람은 골상학을 연구한 적이 있다고 하더군. 그래서 경험적으로 자네와 같은 골격을 가진 사람은 모두 야심이 크다는 걸 안다고 하지 뭔가. 하나같이 십 년쯤 가만히 있다가 하루아침에 반동분자가 된다는 거야. 그저 나오느니 긴 탄식뿐일세. 류 서기 안목에 정말 탄복했네. 공산당 업무 전문가답게 인사관리에 탁월했어. 자넨 죽어서도 오매불망 마르크스를 능가하고 레닌을 능가할 학생을 길러낼 생각만 하고 있으니! 또 한숨이 나오는군. 만일 자네가 죽지 않았다면, 그 몇 마디 말만 가지고도 자넬 18층 지옥에 떨어뜨려 영원히 이 세상에 발을 들이지 못하게 했을 걸세. 죽은 사람은 그저 산 사람에게 폐를 끼치지 말아야 하네. 산 사람은 무릇 자네같이 죽은 사람과는 사귀고 싶어하지 않거든.

교장은 자신을 억제하지 못하고 나직이 속삭이기 시작했다. 마치 자기 마음을 알아주는 벗에게 속내를 털어놓듯. "꽝 선생, 조심해야 하네. 자네 생전에 과오가 없었던 점을 고려하지 않았다면, 내 당장 상급 기관에 보고해서 자네 시신이 특급 장례미용사의 손질을 받을 수 있는 자격을 누리지 못하게 취소해버렸을 거야."

그는 트럭 화물칸의 철제 바닥에 반듯하게 놓인 두개골—반골 기질을 나타내는 뒤통수의 불거진 뼈 탓에 중심을 잡지 못하고 좌우로 흔들리는 머리통, 토끼털이 수염처럼 입술에 붙은 머리통—을 주시하면서 의미심장하게 말했다. "이보시게 아우님, 시신을 다루는 관리들 역시 자기 일에 열심이고 입이 무거운 사람들일세. 그래도 자네는 챙이 좀 넓은 모자라도 써서 뒤통수에 불거진 뼈를 가리도록 해야 하네. 시신을 관리하는 간부가 류 서기처럼 기인이어서 골상을 볼지도 모르니까. 하기야 그런 게 희한할 것도 없지. 나무숲이 우거지면 온갖

새가 다 몰려들게 마련이니. 그들도 자네의 사랑스러운(여기까지 말한 교장의 입술에는 마치 불탄 나무토막 냄새 같은 조롱기가 살짝 떠올랐다) 뼈를 좋아하지 않을 걸세. 이보시게 아우님, 자네 앞길이 구만리니 잘 생각해서 처신하게!"

교장의 진솔한 이야기에 팡푸구이는 감동받았다. 구두 뒤축에 밟힌 것처럼 코가 유난히 시큰거리고 가려웠다. 햇빛이 따갑게 내리비치고, 그의 눈에서 흘러나온 눈물이 두 뺨을 뒤덮었다. 얼마나 한이 깊으면 죽은 사람이 뜨거운 눈물을 흘릴까? 너는 우리에게 묻는 건가? 눈물이 얼굴에서 증발했고 수증기는 위로 모락모락 피어올랐다. $E=MC^2$은 옅은 흰 구름으로 바뀌었고, 제비는 베틀에 북 드나들듯 오락가락 날아다녔다. 그는 한숨을 내쉬고, 더이상 교장에게 폐를 끼치지 않으려 다시는 말하지 않기로 결심했다. 한숨을 내쉬는데 양볼이 시큰시큰 쑤셨다. 굳어진 얼굴 근육을 풀려고 그가 입을 딱 벌리는 순간, 뜨끈뜨끈하고 멀건 제비똥 한 덩이가 빗나가지도 않고 정확하게 입속에 뚝 떨어졌다.

4

우리 같은 소도시 사람들은 입버릇처럼 "어서 빨리 '아름다운 세상'에 들어가야지!"라고 말하는 데 반해, 혁명의 원로 간부들은 "어서 빨리 마르크스를 뵈러 가야지!"라고 말한다.

마오쩌둥은 미국 기자 스노*에게 말했다. "나는 빨리 하느님을 만나고 싶소!"

이 세 가지 표현법은 본질적으로 차이가 없다. 아름다운 소도시에 사는 사람은 아내와 말다툼하고 세상만사가 다 귀찮아지면 독한 술을 한두 잔 마시고 두 뺨에 눈물을 매단 채 긴 탄식을 하고 나서 소리를 지른다. 하루빨리 '아름다운 세상'에 들어가야겠어!

이런 말은 쉽게 나오는 만큼 무책임하기도 하다. 죽어보지 않고는 모르는 일이고, 죽고 나서야 비로소 '아름다운 세상'에 들어가기가 결코 쉽지 않다는 것을 알 수 있으니까. 보통 사람은, 아니, 아니지! 모든 사람이 다 마찬가지다. 사는 것도 쉽지 않지만 죽은 뒤에도 수월하지 않다.

팡푸구이는 키가 175센티미터에, 몸무게는 47킬로그램이었다. 남자 다섯이 그를 떠메고 '아름다운 세상' 로비로 행진했다. 중년의 교직원 두 명이 그의 두 다리를 떠받치고, 지방 사범학교를 이제 갓 졸업한 젊은 교사 둘이 그의 양팔을 들었으며, 교장은 맨 뒤에서 그의 머리를 받쳐들었다. 너는 제비똥 맛을 음미하고 있었다. 기본적으로 시큼털털한 맛에 메뚜기와 귀뚜라미 맛이 뒤섞여 있었다.

남자 한 사람당 고작 10킬로그램 정도의 무게만을 나누어 졌는데도, 그들 모두 헐떡거리고 등줄기에 땀을 흘렸다. 죽은 사람이 산 사람보다 더 무거운 건 아닐까?

너의 머리를 받쳐들고 있던 교장은 남몰래 오른손 엄지로 보통 사람보다 더 불룩한 너의 뒤통수 뼈를 꾹 눌렀다.

---

* 에드거 스노. 『중국의 붉은 별』의 저자. 1928년 처음 중국을 방문한 이후, 중국 사정에 정통한 기자로 명성을 얻었다.

교장의 생각이 이어졌다. 팡 선생, 자네의 반동적인 뼈를 조금이라도 넣어보려고 이러는 거라네. 그래야 자네 앞길에 좋은 일이 있을 테니까. 마취 주사도 놓지 않고 뼈를 누르는 게 잔인하기는 해도 달리 방법이 없다네. 길거리에서 얼어죽거나 굶어죽은 부랑자를 보면 동정심이란 걸 품는 게 당연하지 않은가? 얼어죽을 사람은 반드시 얼어죽고, 굶어죽을 사람은 반드시 굶어죽지. 하느님도 사람의 얼굴 모양은 뜯어고칠 수 있겠지만, 사람의 운명은 뜯어고칠 수가 없네. 아프더라도 자네가 좀 참게나, 팡 선생.

불룩 튀어나온 뼈는 교장의 엄지가 가하는 강한 압박을 이기지 못하고 안으로 움츠러들었다. 견디기 어려운 아픔에 소뇌가 흔들리고 척추에 전류처럼 열기가 찌르르 퍼졌다. 너는 교장이 노파심으로 당부하는 말에 보답하기 위해 어금니를 꽉 깨물고 목구멍까지 솟구쳐오른 말을 억눌렀다. 비릿하고 짭짤한 제비똥 맛에 위장이 반항했다. 고통이 배가되었다. 억지로 목구멍 아래로 밀어내린 말이 위장 속에서 들끓고, 억지로 삼킨 제비똥마저 위장 속에서 들끓었다. 들끓는 데 또 들끓어서 이중으로 들끓었고, 고통에 고통이 더해져 이중의 고통이 되었다. 죽은 사람에 산 사람이 더해졌으니 그야말로 죽지도 살지도 않은 사람이었다. 말과 제비똥이 한데 뒤섞이면서 효모와 밀가루를 섞어 반죽한 것처럼 덩어리지고 부풀어올라 대량의 가스를 만들어냈다. 가스는 탈출구를 찾기에 급급했다. 말과 방귀가 한데 뒤섞였는데, 이른바 '방귀 같은 헛소리'란 말은 이렇게 해서 생겨난 것이지. 너는 횃대 위에 쭈그려 앉은 자세를 바꾸고, 능글맞은 건지 비장한 건지 모를 말투로 우리에게 이야기했다.

방귀가 너무 잦았는지, 앞쪽에서 두 다리를 떠메고 가던 두 교직원의 얼굴에 불만의 기색이 드러났다.

교직원 '갑'의 속마음은 이러했다. 과연 머리에 든 게 많으니 다르군. 죽은 지 한참 지났는데도 구린내 나는 방귀를 뿡, 뿡, 뿡 뀌어대고 있으니!

교직원 '갑'은 5척 단신으로, 왼쪽 팔뚝에 커다란 옷핀으로 붉은 완장을 달고 있었다. 완장에는 노란색 두 글자가 큼지막하게 쓰여 있었다. 당직. 교직원 '을'은 깡마른 키다리로 교직원 '갑'과 외형상 분명한 대조를 이루고 있었다. 그도 오른쪽 팔뚝에 커다란 옷핀으로 붉은 완장을 매달고 있었는데, 역시 노란색 두 글자가 쓰여 있었다. 경계!

제8중학에 소속된 두 교직원은 중국 전통소설에 등장하는 죄수 압송 관원이나 만담가와 어딘지 모르게 닮은 데가 있었다. 이것은 불행히도 우연의 일치였을 뿐, 너와 그와 나와 제8중학의 고위 인사들 누구와도 상관없는 일이었다.

교직원 '을'의 속마음은 이러했다. 이 죽은 교사의 발목에 맥박이 뛰고 있잖아. 이건 이 사람 피가 아직 흐르고 있고 심장이 뛰고 있다는 뜻인데…… 아무래도 이 사람 지금 죽은 척하고 있는 모양이군…… 우리가 이 사람을 장의사 건물 안으로 떠메고 들어갔다가는…… 한밤중에……

교직원 '을'의 눈앞에 환상이 나타났다. 뼈만 앙상한 시체가 영안실에서 슬그머니 일어난다. 시체는 장의사 건물 안의 크고 작은 전구와 굵고 가는 형광등을 하나하나 돌려 끈 다음 마대에 쓸어담는다…… 장의사 건물은 삽시간에 칠흑같이 어두워지고…… 문이 소리 없이 열린다…… 전구 도둑은 마대를 짊어지고…… 강변 은사시나무 숲 속으로 사라진다……

지방 사범학교를 갓 졸업한 수습교사 두 명은 쌍둥이였다. 둘을 낳은 친어머니조차 누가 형이고 누가 동생인지 잘 구별하지 못했다. 그들은 꽝푸구이 선생의 시범수업을 들은 적이 있었다. 사실 지방 사범학교에 들어가기 전 그들은 꽝푸구이 선생이 아끼던 제자들이었다. 안타깝게도 이들 쌍둥이 형제는 어학에 소질이 없어 일부 과목을 소홀히 했다가 어문 과목에서 합격 기준에 못 미친데다 정치 시험에서도 늘 반동적인 구호를 답안지에 써내기 일쑤였다. 그렇게 어영부영하다 결국 지방 사범학교에 들어갔던 것이다.

그들은 슬픔을 꾹 참고 은사의 시신을 메고 걸었다. 눈물이 앞을 가려 제대로 보이지 않았다. 그들은 스승의 얼굴에서 자신들의 얼굴을 보았다. 스승의 시신에서 풍기는 냄새에서 자신들의 냄새를 맡았다. 그들은 은사 때문에 고통스러워한다기보다 자신들 때문에 고통스러워하고 있었다.

쌍둥이 형제는 마음속으로 말했다. 선생님, 선생님, 지금 저희는 살아 숨 쉬던 선생님의 시신을 떠메고 장송곡이 웅웅 울려퍼지는 곳으로 들어가고 있습니다. 마치 영원히 굴복할 줄 모르는 커다란 새우를 떠멘 것처럼 말입니다. 선생님, 선생님은 배 속에 꽉 들어찬 물리학 지식을 쏟아낼 데가 없어 항문으로 연속해서 발사하고 계시군요. 선생님의 맥 빠진 방귀 소리를 듣고 있으려니, 선생님이 칠판에 줄줄 적으시던 물리학 공식과 짙은 안개처럼 뽀얗게 날리던 색분필 가루가 눈앞에 떠오릅니다. 역겹기는 하지만, 저희는 여전히 그것들을 좋아합니다······

꽝푸구이는 사랑하는 두 제자가 흘리는 뜨거운 눈물이 묵직하게 얼굴을 때리는 느낌을 받았다. 그는 그들의 손을 힘차게 쥐어 가슴속에 넘치는 애정을 표현했다. 죽은 사람이 산 사람을 잡다니! 한 사람의 교사로서 평생 동안 훌륭한 제자를 하나만 길러내도 만족할 텐데, 훌륭한 제자들을 이렇게 많이 가르치고 길러냈다니. 너는 울컥했다. 네 입술이 살찐 두 마리 벌레처럼 꿈틀거리려 했다. 언제든 네가 입을 열어 말을 할 위험이 있었다.

그러나 이런 것들이 모든 인류의 영혼을 통찰할 수 있는 교장의 눈에 띄지 않을 리 없었다. 그는 팡푸구이의 뒤통수에 있는 반골을 계속 누르는 동안에도 틈틈이 쌍둥이 형제를 좌우로 살피며 감시하는 일을 게을리하지 않았다. 교장은 그런 식으로 남을 못살게 구는 데 이골이 난 사람은 아니었으나, 혁명의 이익을 수호해야 한다는 자각이 있었다. 그는 몇 분 안 되는 짧은 시간 동안에도 정치 시험 답안지에 생각이 미쳤다—반골을 압박하는 동작은 무의식적으로 이루어졌다—물론 너와 우리들이 치렀던 정치 시험 답안지일 리는 없었다—우리는 잠시나마 정치 시험의 늪에서 벗어났던 목숨들이니까—그것은 당연히 쌍둥이 형제의 정치 시험 답안지였다—정치 과목 시험을 치르기 전날 밤 그들은 똑같이 괴상한 꿈을 꾸었다. 교장과 교도주임이 경찰들이 사용하는 전기 곤봉을 각각 한 자루씩 들고, 손에 철장갑을 끼고, 두 다리에는 목이 긴 승마부츠를 신고 시험장 입구 양쪽에 서서, 학생들이 시험장에 들어설 때마다 전류가 통하는지 시험해보는 것이었다. 전류 테스트를 당할 때마다 학생들 정수리에는 눈부신 초록빛 불꽃이 튀었다—그날 밤 쌍둥이 형제는 요와 이불을 적시고 말았다—1번 문제. 빈칸을 채우시오(빈칸 하나 채우는 데 1점, 빈칸 하나 잘못 채우면 2점 감점). '사인방(四人幇)'*은 ___, ___, ___, ___를(을) 가리키며, 4인으로 구성된 반공산당 집단이다.

쌍둥이 형제의 답안지에는 다음과 같이 적혀 있었다. 교장, 서기, 교도주임, 자오다쭈이라고 불리던 메기입(식당의 취사원이었다).

이런 학생들이 어떻게 제적을 당하지 않을 수 있겠는가? 학교 당국은 그들을 제적시키려 했으나, 팡푸구이 자네가 반발했지. 자네는 동료 교사와 학생 들을 선동해 연판장을 돌리고 상부에 하소연했어. 내 진작부터 그놈의 뒤통수에 반골 기질이 있는 줄 알아봤지! 류 서기가 화가 나 말했다. 그래도 당신은 그자를 입당시킬 작정인가! 당신은 자신의 두툼한 엄지 살이 얼얼해질 정도로 힘껏 그의 뒤통수 반골을 짓눌렀다.

이런 학생들이라니, 무슨 말씀입니까! 제적시키지 않은 게 옳았습니다. 두 형제는 모두 전문대학에 합격해 우리 학교 진학률을 4퍼센트나 높여, 시 전체에서 우리 학교가 진학률 순위 2위에 오르는 데 일조했습니다. 만일 그 4퍼센트가 없었다면 4위가 되었을 겁니다. 1위 학교에는 금메달이, 2위에는 은메달이 수여되었죠. 3위는 동메달, 4위한테는 메달은 개뿔……

"정지!" '아름다운 세상'의 화려한 로비 입구에서 챙이 넓은 검정 모자에 검정 양복을 입고 검정 나귀가죽 구두를 신은 젊은 여자가 소리쳤다. "정지!" 검정 모자에 붉은 테를 두르고, 목에는 새빨간 넥타이를 매고, 분을 덕지덕지 바른 얼굴에 입술은 새빨갛게 칠한 채 긴 머리를 찰랑대는 젊은 여자가 언짢은 기색으로 다시 한번 소리쳤다. "거기 서! 당신들, 증명서 있어?"

---

* 문화대혁명 당시 마오쩌둥의 세력을 등에 업은 급진파 지도자들로 훗날 숙청되었다. 마오쩌둥의 부인 장칭, 장춘차오, 왕훙원, 야오원위안.

쌍둥이 형제는 검정 아가씨의 화려한 외양에 격분해서 눈물 젖은 얼굴을 소맷자락으로 쓱쓱 닦은 후 도발하듯 말했다. "여기가 무슨 1급 보안 기관이오? 장의사에서도 증명서가 필요하오? 죽은 사람이 바로 산 증명서 아닌가! 죽음 앞에서는 모든 사람이 평등한 거요! '사람이 어디서 태어나고 살았든 마지막으로 풍기는 냄새는 매한가지'라고 했소! '살아 있어도 오래전에 죽은 것이나 다를 바 없고, 죽었어도 영원히 살아 있다'고 했소! 당신, 그 행색이 뭐요? 영락없이 검정 깃털에 붉은 모가지 달린 까마귀 새끼 아닌가!"

"닥쳐요!" 그녀는 화가 나서 발을 굴렀다. 얼굴에 분홍빛 노여움이 떠올랐다. 그녀는 새하얀 이를 반짝이며 수시로 코를 찡그렸다. 그녀가 말했다. "여기야말로 증명서가 필요한 곳이에요!"

교장이 나서야 할 순간이었다. 그는 지옥문을 지키는 이 아름다운 저승사자가 어딘지 모르게 제8중학 아마추어 여자 배구팀에서 '이랑신'이라는 별명으로 불렸던 선수를 닮았다는 걸 어렴풋이 기억해냈던 것이다.

그는 양손으로 죽은 자의 두개골을 감싸안은 다음 커다란 엄지로 뒤통수의 반골을 대형 폭탄의 기폭장치를 어루만지듯 찍어눌렀다. 죽은 자의 꿈틀거리는 입술이 마치 이렇게 말하는 것처럼 보였다. "당신 그 손 놓기만 해봐, 내가 바로 폭발해버릴 테니까!" 죽은 사람이 입을 열고 말을 한다면 그 결과는 분명 폭탄이 터지는 것 못지않으리라.

교장은 이랑신이 마침 시 일간지 소속의 워싱진을 즐겨 입는 기자와 연애중(이미 성관계도 여러 차례 가졌다)이라는 사실을 몰랐다. 그 기자는 성(省) 소속 작가협회 회원으로 죽음과 섹스 그리고 그 둘의 관계를 집중적으로 다루는 소설을 쓰고 있었다. 이랑신은 그에게 소재를 제공하고 또 '아름다운 세상'에 들어가 실제로 체험해볼 수 있도록 편의를 봐주고 있었다.

"나는 제8중학 교장이오!" 그는 너의 두개골을 단단히 누르면서 한마디 한마디 끊어 말했다.

아름다운 아가씨의 입가에 천상에서나 볼 수 있는 미소가 살짝 떠올랐다.

"우리가 데려온 사람은 이 도시에서 이름난 물리교사일세. 우리를 들여보내주게!" 교장이 말했다.

"증명서를 보여주세요!" 그녀가 차갑게 비웃으며 말했다.

"자네, 제8중학 학생이었지? 내 기억으로는 그래. 배구를 했던가? 그랬을 거야." 그는 팡푸구이의 머리를 더 높이 들면서 말했다. "이 사람은 팡 선생이야. 자네도 팡 선생한테 배운 적이 있지 않나?"

"증명서나 내놓으세요!"

"설마 자네 선생이 장의사에 들어가는데도 증명서가 필요하단 말인가?"

"쓸데없는 소린 그만하세요!"

"우린 팡 선생한테 장례미용을 해주려고 온 거야. 시 당위원회 간부의 비준도 이미 받았단 말일세!"

"헛소리!"

"여기 책임자 데려와!"

"왜 자꾸 이러시는 거예요? 교장 선생님!" 그녀가 말했다. "여기는 '아름다운 세상'이지 제8중학이 아니에요!"

"우리는 여기 책임자하고 벌써 약속이 되어 있어! 팡 선생은 한평생 고생만 하다 교단에서 과로사했다고! '아름다운 세상'의 특급 장례 미용사가 팡 선생의 시신을 미용해주는 것은 인민교사에 대한 당과 정부의 관심 때문이란 말이야! 정문이나 지키는 너 같은 게 무슨 자격으로 가로막겠다는 게냐!"

"증명서 주세요!"

"너, 도대체 무슨 증명서를 내놓으란 거냐?" 교장이 남은 한 손을 휘둘렀다.

"죽은 사람이 고위 간부였다는 증거가 필요하다고요!"

"팡 선생은 특별 비준을 받았다고!"

"그럼 우리 책임자라는 분이 준 비공식 쪽지라도 주세요!"

"전화로 연락해놓았어!"

"저는 아무 말도 듣지 못했거든요."

"전화 어디 있나?"

그녀는 입술을 비죽 내밀어 벽을 가리켰다.

교장은 벽에 걸린 붉은색 전화기로 득달같이 달려갔다.

"날 돌려보내줘…… 날 돌려보내줘……"

수습 물리교사 두 명이 제일 먼저 죽은 자의 나지막한 부르짖음을 들었다. 이어 교직원 두 명도 죽은 자의 집요한 애원을 들었다. 마지막으로 아름다운 여성 안내원마저 죽은 자의 분노에 찬 부르짖음을 들었다.

"날 돌려보내줘……"

죽은 자의 신음소리를 들은 쌍둥이 형제는 늙은 말이 한평생 지나

다닌 길을 그리워하듯, 스승도 오랜 세월을 보낸 학교로 돌아가고 싶어한다고 생각했다. 그 익숙한 교실, 겉늙은이 같은 남녀 학생들의 친근한 얼굴을 하나하나 전부 보고 싶어한다고 생각했다. 그들의 눈에 다시 눈물이 글썽였다. 슬픔은 이내 분노로 바뀌었다. "너 '이랑신'! 너, 이 암낙타 같은 것! 지옥문이나 지키는 요물! 네가 죽은 사람까지 윽박질러 입을 열게 하는구나! 살아생전에 고생만 하던 우리 스승님이 죽어서까지 이런 수모를 당해야 하다니! 스승님, 스승님! 이렇게 사나운 팔자를 타고나시다니요!" 분노는 다시 슬픔으로 바뀌었다.

"날 돌려보내줘……"

죽은 사람이 애걸하는 소리에 교직원 두 명은 돌연 제8중학 정문 밖에서 들어오지 못하던 학생들을 떠올렸다. 그들도 애걸했었다. "들여보내주세요……"

두 명의 교직원은 여자 안내원에게 말했다. "이 늙은이들 체면을 봐서라도 좀 들여보내주시오."

"날 돌려보내줘……"

죽은 사람이 울부짖기 시작했구나! 여자 안내원은 비명을 질렀다. 다리가 후들거리는지 곧 주저앉을 듯하더니 이내 몸을 곧추세웠다…… 아가씨는 벽에 걸린 빨간 전화기를 향해 돌진해 교장을 잡아끌었다. 마침 교장은 전화기 앞에 서서 다이얼을 돌리고 있던 중이었다. 전화기 쟁탈전이 벌어졌다. 결국 아마추어 배구팀에서 강스매싱을 자랑하던 왕년의 선수가 강력한 완력을 발휘해 승리를 거두었다.

여자 안내원이 시 일간지에서 일하는 애인에게 전화를 거는 사이, 교장이 눈짓을 보냈고 다섯 사람은 죽은 자를 떠메고 쏜살같이 '아름다운 세상'으로 뛰어들었다.
너의 목소리가 뚝 그쳤다.

5

살다보면 늘 돌발적인 사건 때문에 계획이 완전히 틀어지기 십상이지. 이렇게 틀어진 계획은 운명의 변화를 야기하고. 역사적인 변화를 불러일으키는 상황이 날마다 모든 개인의 신상에, 모든 가정에, 모든 나라에 일어나고 있어. 마르크스주의자는 우연성과 필연성으로 이런 현상들을 해석하지. 마르크스주의자가 아닌 사람은 운명과 하늘의 뜻으로 이런 현상들을 해석하고. 그는 따분하게 우리에게 설교를 늘어놓았다. 그가 계속 말했다.

오늘 오전, 리위찬은 팡푸구이의 시신을 미용할 계획이었다.

오늘 오후, 왕 부시장은 제8중학을 방문해 방금 전 '우수 교사'라는 영광스러운 칭호를 수여받은 동시에 중국공산당의 정식 당원으로 추인된 팡푸구이 선생의 추도회에 참석할 계획이었다.

오늘 오전, 왕 부시장은 도시 건축 청사진 설계와 관련된 회의 석상에서 불행히도 순직했다.

오늘 오후, 특급 장례미용사 리위찬의 작업대 위에 누워 미용을 받기로 예정되었던 팡푸구이는 원래 모습 그대로 내려져, 작업실 벽에 설치된 거대한 냉동고에 들어간 채 잠시 보존되었다.

오늘 오후, 팡푸구이 선생의 추도 대회에 참석해 연설을 할 계획이 있던 왕 부시장은 특급 장례미용사 리위찬의 미용 작업대 위에 누워 있었다.

시간의 순서는 소설가를 위해 안배된 것이다.

먼저 죽은 사람이 나중에 죽은 사람을 위해 자리를 내주었다.

6

학교 당국을 난처하게 만들지 않기 위해 팡푸구이는 아무 말도 하지 않기로 결정했다. 냉동고에 들어가서도 그는 아무 말도 하지 않았다.

냉동고 안에는 주황색 전구 하나가 켜져 있었다. 불빛이 부드럽고 따뜻해 보였다. 그는 냉동고 안벽과 격자 틀에 성에가 푹신하게 끼어 있기는 해도, 온도만큼은 서늘하고 쾌적하다고 생각했다. 요 며칠 동안, 아니, 몇십 년 동안 계속 어수선하고 불안정하게 살다보니 정서가 메마른 나머지 고목의 잎들이 바람결에 뒤채듯 버석거렸다. 그는 자신의 육체를 이루는 부품들이 마찰하면서 과도한 열량을 방출해 대변이 딱딱해지고, 부어오른 잇몸이 입안 가득 악취를 풍긴다고 생각했다. 인체의 모든 구멍은 몸속으로 윤활유를 주유하는 입구나 다름없다. 살아 있을 때 그는 고압 주유기 몇 대로 몸속에 기름을 부어넣는 상상을 한 적이 있었다. 왼쪽 귀로 주입하면—황금빛 윤활유가 왼쪽 귀로 꿀렁꿀렁 흘러들어간다—오른쪽 귀로 완전한 황금빛은 아닌 윤활유가 끈쩍끈쩍 쏟아져나온다—윤활유를 항문으로 주입하면—마치 빠르게 허리를 비틀어대는 뱀처럼—입에서 꾸역꾸역 쏟아져나온다—주유기를 고속으로 운전하면 시커멓게 더러워진 윤활유가 부품들 틈새로 새어나온다. 그러나 이것은 환상일 뿐이었다. 냉동고 내부는 세상과 격리되어 고요했다. 기계가 작동되고 있어서 쏴쏴 전류 소리만 들렸다. 그 소리는 마치 모래 폭포처럼 너의 영혼을 어루만져주었다. 너는 한 번도 느껴보지 못했던 홀가분함과 유쾌함, 거칠 것 없는 자유와 해방감을 느꼈다. 비로소 너는 진정한 죽음을 맛볼 수 있었고, 시체가 냉동될 때 느끼는 행복을 느끼기에 이르렀다.

영원한 행복은 없다. 너의 육체는 밉살스럽도록 나쁜 근성을 갖고 있었다. 불만족! 극도로 피곤해지자 너는 휴식을 갈망했다. 휴식이 끝나자 운동을 갈망했다. 배불리 먹지 못했을 때는 맛있는 음식을 갈망했고, 배불리 먹고 난 후에는 다시 이성(異性)을 갈망했다. 냉동고 안에서 너의 희열과 행복의 온도가 점점 높아지면서 육체의 나쁜 근성이 너의 정신적 평화를 깨뜨리기 시작했다. 쏴쏴 전류가 흐르는 소리가 고막을 자극했고 너는 일어나 앉았다. 그리고 조금도 망설임 없이 두 눈을 뜨고 주변 환경을 연구했다.

이보다 앞서, 그러니까 광푸구이가 일어나 앉아 냉동고의 구조, 그 안에 있는 물건 따위를 연구하기 전에, 그는 아주 길고 지루한 가수면 상태에 있었다. 그때 그는 자신의 일생을 두서없이 회상했다. 어린 시절, 소년 시절(초등학교 시기), 청년 시절(중학과 대학 시기), 죽음의 시기(중학 교사 시기).

어린 시절 추억의 단편은 이랬다.

……황금빛 풀밭에 목이 가늘고 눈망울이 큰 사내아이가 누워 있

다. 바로 나다. 나는 놀라울 정도로 짙푸른 가을 하늘을 본다. 국공내전(國共內戰)의 총탄이 공중에 어지러이 날면서 작은 새처럼 지저귄다…… 대포가 쿵쿵 굉음을 울리고, 포구에서 나온 강렬한 백색광이 번갯불처럼 저 멀리 노랗게 단풍이 든 숲을 하얗게 비춘다. 백색광 아래 온몸이 피투성이인 사람들이 달리고 있다…… 번뜻 나타났다가 번뜻 사라진다…… 허리 높이까지 웃자란 쑥 덤불이 파도처럼 서로 쫓고 쫓기고…… 나는 풀숲에 누워 통통하게 살찐 기러기가 새된 소리로 울며 곤두박질치는 광경을 본다…… 국공내전의 유탄(流彈)이 허공에서 미끄러지고, 기러기 한 마리가 수직으로 추락하여 내 뺨 옆에 떨어지고, 기러기 부리에서 흩뿌려진 핏물이 내 눈에 튄다…… 그 장면 때문에 기러기의 피 맛이 다시 떠올랐다. 아득히 먼 옛날 일인데도 눈앞에서 벌어지는 일 같았다. 내가 괴로워서 눈물을 흘리고 싶어지자, 내 눈은 갑자기 기러기 피의 색깔, 기러기 피의 온도, 기러기 피의 냄새를 떠올렸다. 붉은 기러기, 뜨거운 기러기, 향기로운 기러기. 기러기의 붉은 피가 누렇게 마른 풀밭에 동글동글한 이슬방울처럼 맺혔다. 총탄에 맞은 기러기가 눈을 뜬 채 작고 까만 눈으로 나를 가만히 바라본다. 애처로운 기러기의 눈. 내 눈물에 기러기 피가 섞인다. 대지가 부르르 떨리고, 마른 풀밭이 불타기 시작한다. 기러기떼가 뚝뚝 떨어져내리고, 벌겋게 달궈진 총탄 파편이 피웅 하고 날아와 그의 한쪽 다리를 맞힌다. 산토끼 한 마리가 송아지 키만큼 펄쩍 뛰어오르다가 포탄 파편에 십여 조각으로 찢겨나간다. 산토끼는 숨이 끊어지기 전 깩 하고 운다. 나는 기러기 한 마리를 가슴에 품고 벌떡 일어난다…… 엄마, 엄마……

자신이 내지른 고함소리에 감정이 격해진 팡푸구이의 두 눈에 뜨거운 눈물이 차올랐다. 냉동고 안에 맺힌 성에꽃들도 그 옛날 포화의 불빛을 받아 무지개 빛깔을 띠었다. 그는 자기 눈으로 직접 목격했던 전투를 회상했다. 때는 1948년, 장소는 도시 북쪽 다황뎬쯔, 양쪽 진영이 동원한 무기는 비행기, 유탄포, 박격포, 척탄통, 수압식 중기관총, 체코제를 모방한 92식 경기관총, 소련제 돌격소총(속칭 '꽃 기관총'), 미제 톰슨 기관단총, 38식 보병총, 보병총인 라오한양, 즈어창(팔로군이 즈뉘 동굴의 병기 공창에서 제조한 위력이 뛰어난 보병총). 그리고 독일에서 제조된 커다란 조준경이 달린 모제르총, '난봉꾼'이란 별명이 붙은 일본식 모제르총, 닭다리 모양의 받침대가 있는 사제 모제르총, 마파이 권총, 창파이 권총, 영국제 순금으로 무늬를 새기고 상아가 박힌 호화스러운 여성용 포켓형 피스톨······ 전투는 사십팔 시간 지속되고, 전투가 끝났을 때 들판에는 온통 시체가 널렸으며, 핏물이 황량한 들판을 뒤덮어 억새풀만 살찌웠다.

······너는 어린 시절의 너를 본다. 뼈만 앙상한 어린애가 죽은 기러기 한 마리를 품에 안은 채 마른 수풀 속에 서서 입을 크게 벌려 엄마를 부르며 울부짖는다. 너의 머리 위에서는 유탄이 메뚜기떼처럼 날아가고, 사방에는 화약 연기가 자욱하다. 말쑥하게 생긴 해방군 병사 하나가 너를 채뜨려 숲속으로 들어간다. 밤이 되자 화톳불 앞에 앉아 기러기를 구워먹는다. 향기로운 기러기, 달콤한 연기. 말쑥하게 생긴 해방군 병사는 중대 통신병으로, 모두들 그를 '샤오왕'이라고 부른다.

이 '샤오왕'이 바로 장례미용사의 작업대 위에 누워 있는 왕 부시장이었다.

팡푸구이의 기나긴 회상은 뒤에 이어질 이야기에서 귀신 그림자처럼 반복해서 나타날 것이다. 아무튼 지금 그는 허리를 굽히며 일어서서 그 일본제 대형 냉동고의 구조를 관찰하고 연구하기 시작했다. 그는 냉동고의 성에 제거 성능이 불만스러웠다. 그는 한 칸 위에 대형 검정 비닐 자루가 하나 있는 것을 발견했다. 비닐 자루 입구는 흰 끈으로 단단히 묶어 잿빛 납봉까지 해놓았다. 그는 비닐 자루를 살짝 찢어 손가락을 넣어보았다. 손가락 끝이 섬뜩할 정도로 차갑고 물컹물컹한 물체에 닿았다…… 아이쿠, 이게 뭐야? 이게 뭐지? ……손톱 밑에 하얀 비계가 묻어나왔다. 비닐 자루 옆에는 살점들, 헝클어진 머리카락, 길이가 들쭉날쭉한 뼈, 크고 작은 눈알, 그리고 콩팥, 염통, 내장 등이 놓여 있었다. 자신도 모르게 너는 몸서리를 쳤다. 뼛속까지 시릴 만큼 차가운 냉기가 사방에서 너를 에워쌌다. 곧 냉기가 너를 꽁꽁 얼어붙게 만들기 시작했다. 작은 주황색 전구가 쏟아내는 빛줄기마저 차가웠다.

처음에 너는 냉동고를 지옥으로 상상하고 위안 삼아 이런 생각을 했었다. 지옥에도 빛이 있고 따뜻하니, 여기 영영 있을 수만 있다면 죽은 뒤에도 무척 행복하겠지라고. 그러나 지금은 냉기 덕분에 정신이 번쩍 들었다. 그 냉기로 인해 평생 한 번도 느껴본 적 없는 아내 투샤오잉에 대한 그리움도 깨어났다. 차가움은 사랑의 촉매제다. 냉동고 안에 갇혀 너는 깨달았다. 남자란 여인의 육체에 단단히 들러붙어 있어야 함을.

그는 머리로 냉동고의 커다란 문짝을 들이받았다. 냉동고 문이 열리면서 그는 관성의 법칙에 따라 5미터쯤 굴렀다. 인간 세상의 따뜻한 공기가 그를 에워싸며 몸을 녹여주었다. 머리카락과 눈썹에 맺혔던 하얀 성에가 물방울로 바뀌었다. 물방울 두 개가 날렵하게 손등으로 뛰어내렸다. 퍼런 힘줄이 툭 불거졌다. 잉크 얼룩. 손등이 무척 지저분했다. 손톱은 형편없었다. 영양부족이 심한 탓이었다. 손톱에 백반이 있었다. 너의 배 속에 문제가 있다는 증거였다. 대학 시절 너는 수업을 여러 개 들었고 책을 많이 읽었고 안경알도 큼지막했다. 어수룩하게 걸어가던 너는 뭔지 모를 부드러운 물체에 머리를 들이받고 말았다. 이렇게 부드럽고 따뜻한 물리적 속성을 가진 물체는 대체 뭘까? 그것은 러시아어과 여학생 투샤오잉의 가슴이었다. 너의 뇌가 윙윙 울부짖으면서 급속도로 부풀어올랐다. 한여름 무더위가 극성을 부리던 때였다. 투샤오잉은 녹두색 얇은 포플린 셔츠를 입고, 옷깃을 활짝 젖혀 쇄골을 드러내고 있었다. 양쪽 젖가슴이 작은 풋사과처럼 포플린 셔츠 안에서 그녀의 가슴팍 위아래로 팔딱팔딱 움직였다. 그녀는 180센티미터 키에 몸매는 깡마르고 얼굴 피부는 팽팽했다. 키가 큰 그녀는 잔뜩 화가 나 위에서 아래로 팡푸구이를 노려보았다.

그녀가 말했다. "미안해요, 내가 그쪽 머리에 부딪쳐서."

팡푸구이가 말했다. "당신 앞가슴이 무척 부드러워서 부딪쳤는데도 아프지 않네요……"

그녀의 눈꺼풀이 파르르 떨리더니 눈물 두 방울이 손등에 떨어졌고, 손등의 핏줄은 보라색으로 바뀌었다……

너는 우리에게 말했다. 수정처럼 맑고 눈부시게 빛나는 눈물 두 방울을 본 순간 너무 놀란 나머지 그의 가슴속에 사랑이 움트기 시작했다고. 바보가 감정을 느끼기 시작하면 호랑이보다 더 무서워지는 법이다. 그는 자신보다 키가 머리 절반은 더 큰 러시아어과 우등생을 도서관 바닥에 눕혔다. 투샤오잉의 입에서는 러시아의 위대한 언어의 맛이 났다…… 그는 순수한 중국인의 입으로 탐욕스럽게 러시아의 사랑의 언어를 삼키고 또 삼켰다. 독특하고, 미칠 것 같고, 뜨겁고, 잘 삶은 감자와 배추를 한데 뒤섞은 듯한 맛이 났다. 결국 너는 하얼빈에서 온 그녀, 절반은 러시아인인 그녀와 결혼했다. 그렇게 너의 좋은 시절은 끝나고 말았다.

  풋사과만하던 투샤오잉의 유방은 결혼 한 달 만에 작은 축구공만해졌다. 기적처럼, 공기를 불어넣은 애드벌룬처럼 커진 것이다.

  우렁찬 구호 소리. 가슴 큰 소런 여간첩을 타도하자!

  너는 거대한 냉동고에서 5미터 떨어진 땅바닥에 주저앉아 투샤오잉의 아름답고 풍만한 가슴을 그리워했다. 마치 "여름이 되어야 눈꽃의 아름다움을 알게 된다"는 옛말처럼, 마치 중국 전통극에서 "이 매정한 사내야! 눈이 달렸어도 보물을 알아보지 못하고, 진주를 흙덩어리로 잘못 보다니!"라고 노래하는 것처럼.

  활짝 열린 냉동고 문 안쪽에 지옥의 도깨비불처럼 빛나는 주황색 전등이 보이고, 인간의 뜯긴 살갗과 문드러진 살덩어리, 내장들이 푸르죽죽한 광택을 띠고 있었다. 지옥문이 너를 위해 열려 있었다. 투샤오잉의 백옥 같은 커다란 가슴이 두 개의 태양처럼 천장에서 어른거리고 빛과 그림자가 일렁였다. 그야말로 천상의 광채였다.

  너는 삶과 죽음의 갈림길에 처해 있었지—쇠우리 안에서 분필을 먹는 자가 말했다.

  그는 천당과 지옥의 갈림길에 서 있었지—우리가 맞장구쳤다.

팡푸구이의 입에서 날카로운 비명이 터져나왔다—장의사 건물에서 숙직을 하던 늙은 노동자는 밤새 귀신의 통곡소리를 들었다고 했다—울부짖는 순간 그는 양볼이 시큰하고 저리는 걸 느꼈다—어렸을 때 트럼펫 연주를 배우면서 정확한 호흡법을 터득하지 못했을 때에도 지금처럼 양볼이 시큰거리고 저렸었다—너는 교장이 손가락 두 개로 너의 입을 막았던 걸 떠올렸지. 너는 울부짖고 싶지 않았지만 울부짖을 수밖에 없었어. 사람은 때때로 체내의 기관을 통제하는 능력을 상실할 수도 있으니까—그는 울부짖으면서 땅바닥에서 뛰어올랐다. 인간이 아닌 것 같을 정도로 민첩했다. 너는 냉동고의 철문을 힘껏 밀어붙였지. 지옥문이 닫히고 실내에는 인간의 숨결과 비현실적인 천상의 빛만 남았다.

냉동고가 닫히자마자 그는 무언가를 잃어버린 듯한 느낌을 받았다. 무엇을 잃어버린 것인지 분명하게 말할 수 없었다. 투샤오잉의 가슴이 발하던 휘황찬란한 빛이 삽시간에 반으로 줄었다. 그는 손으로 그것을 어루만졌다. 마치 구두를 꿰맬 때 쓰는 돼지가죽 조각을 만지듯.

왕 부시장은 장례미용사의 작업대 위에 똑바로 누워 있었다. 그의 모습은 야위었고, 복부는 강철판을 팽팽하게 고정해놓은 것처럼 판판했다. 왕 부시장이 원래 이렇게 생겼던가?

왕 부시장은 아닐지 몰라도, 그 옛날 왕 부국장, 아니면 왕 부처장일 수는 있었다. 너는 그가 화약 연기 자욱한 포화 속에서, 불타오르는 수풀 속에서, 피로 물든 대지 위에서 구출해낸 아이였다.

너는 죽은 기러기를 품에 안고 울면서 엄마를 불렀다. 남자 하나가 벌떡 일어섰다. 맨머리에 낡아빠진 솜옷을 입은 그는 너의 아빠였다.

탄피가 그를 거의 두 동강 냈다. 선혈이 흩뿌려지는 소리가 났다. 너는 네 두 눈으로 직접 보았다. 허리가 꺾여버린 고목 같은 엄마 아빠를. 샤오왕 아저씨는 너를 등에 업고 나무숲으로 뛰어들었다. 그의 등에 업힌 채 너는 그가 너의 젊은 아버지라고 생각했다.

이런 추억들이 끊임없이 그의 나약한 감정을 일깨웠다. 아내의 모습이 떠올라 그는 나약해졌었다. 이제는 아들딸의 모습이 떠올라 꼼짝도 할 수 없었다.

열여섯 살 난 아들 팡룽은 벌써 울대뼈가 튀어나왔다.

열다섯 살 난 딸 팡후는 울대뼈가 튀어나오지 않았다.

혼혈 2세인 그들은 체형이나 생김새, 지능 어느 면에서든 우월함을 보여주고 있었다. 둘 다 훤칠했다. 또래에 비해 키가 크고 피부도 하얗고 깨끗하고 코도 오똑하며 커다란 눈매에 속눈썹이 길었다. 딸아이의 입은 크고 매력적이었다. 생글생글 웃을 때는 요염해 보이기까지 했다. 두 아이 다 인기가 많았다.

생각이 여기에 미치자, 싱그러운 꽃과 향기로운 풀이 가득한 그 작업실이 삽시간에 마귀 소굴로 바뀌었다. 창밖을 내다보니, 강물 위로 그리고 오수가 흐르는 도랑물 위로 화려한 네온사인 불빛이 거꾸로 비치고 있었다. 밤길을 달리는 버스들은 우주에서 운석이 떨어지듯 빌딩 숲을 뚫고 지나가고 있고, 공사장 크레인의 거대한 팔이 방을 한 칸씩 들어올려 소리 없이 빌딩을 조립하고 있었다…… 나는 살아 있는 사람인데 왜 죽은 사람들 곁에 있어야 하지? 그는 갑자기 무언가를 깨달은 듯 생각했다. 교장 선생, 당신이 무슨 권리로 내게 명령하는 거지? 사람이 한번 죽으면 다시 살아나지 못한다고? 영예를 안고 죽는 게 무명으로나 악명을 떨치며 살아 있는 것보다 낫다는 말인가?

그는 자신이 누워 있어야 할 작업대 위를 차지하고 있는 그 사람, 여러 번 너의 목숨을 구해준 은인의 얼음같이 차가운 손을 부드럽게 잡아주었다. 그리고 묵념했다. 은인이시여, 먼저 가십시오. 저는 집으로 돌아가 아내와 아이들을 만나야겠습니다……

왕 부시장의 손이 너를 붙잡아두려는 듯 쇠갈고리처럼 오그라들었다. 그는 너를 잡고 놓아주지 않았다. 죽은 자가 산 자를 잡고 놓아주지 않는 것이다. 너는 죽음의 사슬을 있는 힘껏 떨쳐버리고 두려움에 떨며 작업실 문을 잡아당겨 연 다음 로비로 뛰쳐나갔다. 등뒤에서 쾅 닫히는 문이 이렇게 말하는 것 같았다. 후회하지 마!

장의사 건물 로비는 여느 건물 로비처럼 밤낮을 가리지 않고 환하게 밝혀져 있었다. 네온사인 불빛이 네모난 대형 수족관 바닥에 배를 깔고 있는 뚱뚱한 검정 금붕어를 비추었다. 로비에는 망자에게 조의를 표하는 화환이 빙 둘러 놓여 있었다. 낮 동안 무수한 발길에 짓밟혔던 화학섬유 카펫은 밤이 되자 고슴도치 가시처럼, 온통 초록빛인 풀밭처럼, 죽었다가 살아난 이끼처럼 털들이 다시 살아났다.

냉혹한 표정이 깔린 그 거대한 카펫 때문에 불안해진 너는 망설였다. 카펫은 분명 너를 향한 복수심을 드러내고 있었다. 너는 카펫 가장자리를 따라 네모난 대리석 바닥을 배회하다가 우연히 검정 금붕어가 지느러미를 움직이는 것을 보았다. 그 굼뜨고 두루뭉술하게 생긴 못난 동물은 금붕어라기보다 크게 확대시켜놓은 올챙이 같았다. 제8중학 물리교사 사무실에서 동료들과 주고받았던 대화가 불현듯 떠올랐다—다음의 말은 네가 아니라 샤오궈가 한 말이었다. 시 정부 청사 대연회장 귀빈들에게는 아홉 가지 요리가 오른답니다. 첫번째 요리는 간장 양념으로 조리한 도마뱀 볶음, 두번째 요리는 메뚜기 튀김, 세번째 요리는 날로 먹는 잠자리, 네번째 요리는 올챙이 백숙, 다섯번째 요리는 소금물에 절인 사마귀, 여섯번째 요리는 설탕과 크림으로 버무린 꿀벌, 일곱번째 요리는 끓는 기름에 튀긴 태반⋯⋯ 맹자 어르신은 믿을 수 없다는 듯 절레절레 고개를 저었다. 장츠추 선생은 놀라워했다. 리 선생은 다음과 같이 말했다. 요새는 뭐든 다 먹을 수 있어요. 모두들 최선을 다해 먹을 수 있는 것의 범위를 개척해나가고 있잖아요. 하늘을 나는 것부터 땅 위를 뛰어다니는 것, 물속에서 헤엄치는 것까지, 잡히는 대로 뭐든 먹죠. 전갈 한 마리는 8마오, 참새 한 마리는 5위안, 지렁이 한 마리는 5마오면 먹을 수 있고⋯⋯ 구더기하고 말똥구리만 빼고 다 먹는군⋯⋯ 그것도 불가능한 건 아니에요⋯⋯ 설마 사람까지 먹을 수 있다는 건가? 하긴 그것도 불가능한 건 아니지⋯⋯ 태반을 먹는 게 사람 고기를 먹는 것보다 한 수 위 아닌가요⋯⋯ 좀 기다려들 보라고⋯⋯ 안심하게나. 중학 선생들 머리통까지는 먹을 수 없을 테니. 하나같이 말라비틀어지고 딱딱하게 굳었는데 누가 먹겠어?⋯⋯ 난 비계가 없는 살코기 타입인데⋯⋯ 장 선생의 한마디에 폭소가 터졌다. 박장대소 뒤에는 즐거움이, 즐거움 뒤에는 미칠 것 같은 기쁨이, 미칠 것 같은 기쁨 뒤에는 서글픔이 따랐다. 우리는 뭘 먹지? 아, 뭘 먹지? 우리는 분필을 먹을 수 있지, 분필 토막을 먹는 거지⋯⋯ 너는 조금 전 냉동고에서 보았던 까만 비닐 자루에 담긴 하얀 비곗덩어리가 생각났다⋯⋯ 누가 너의 팔뚝을 잡았다. 너는 고개를 돌려 그 사람을 위아래로 훑어보았다. 허리춤에 권총을 찬

무장경찰 하나가 너를 차갑게 노려보았다.

"당신은 팡 선생님……" 경찰이 얼굴 가득 의심스러운 기색을 띠고 물었다.

"네, 맞습니다. 팡푸구이입니다……" 너는 고분고분 말했다. "그런데 당신은……"

"학생 때 선생님께 배웠습니다. 이랑신하고 같은 반이었죠." 그가 말했다.

너는 거짓으로 알은척했다. "아, 기억나는군, 기억나."

"그런데 이랑신 말로는 선생님께서 돌아가셨다고 했는데!" 그가 말했다.

"내가 죽었다고?" 너는 말했다. "나도 내가 죽었는지 살았는지 잘 모르겠네. 잘 있게. 난 집에 돌아가야겠어."

너는 경찰이 된 학생에게 손을 흔든 다음 팔자걸음으로 카펫 위를 걸어갔다. 손가락 끝에서 전류가 잇따라 쏟아져 날아갔다. 장의사 건물 안에 있던 무장경찰은 자신을 가르쳤던 물리교사의 몸에서 초록색 전기 불꽃이 번쩍번쩍 튀는 걸 보았다. 그는 이런 신기한 방전 현상이 일어나는 과학적 근거가 무엇인지 스승에게 가르침을 청하고 싶었다. 그러나 기회는 눈 깜짝할 사이에 사라졌다. 팡푸구이는 유리 회전문을 미는가 싶더니 어느새 사라지고 없었다.

그는 경찰이 된 학생이 로비에서 무얼 하고 있었는지 알 수 없었다. 그는 이제 길게 뻗은 좁은 거리를 자유롭게 걷고 있었다. 장의사 건물의 회전문은 삶과 죽음의 경계선이었다. 들어가기는 쉬워도 나오기는 어렵다. 하지만 그 규칙은 그에게 이르러 뒤집히고 말았다. 들어가기는 어려워도 나오기는 쉬웠다.

고급 승용차 한 대가 소리 없이 미끄러지듯 다가왔다. 그러더니 나쁜 일이라도 꾸미는지 수상하게 주위를 두리번거렸다. 그는 놀라서 연석 위로 뛰어오르다가 발을 헛디며 "앗!" 외마디 비명을 지르며 그 자리에 주저앉았다. 손으로 다친 데를 주무르는데, 갑자기 눈앞이 온통 핏빛으로 붉어지더니 그 빛 속에서 듬성듬성 초록색 빛이 터져나왔다. 그는 벌떡 일어섰다. 두 발로 땅을 딛고는 기세등등하게 찻길로 돌아갔다. 승용차의 가느다란 미등이 사나운 짐승의 핏발 선 눈알처럼 시뻘겠다. 얼른 뒤를 돌아보니, 한때는 학생이었고 지금은 경찰인 그가 허리춤에 꽂힌 69년식 경찰 전용 권총 위에 한 손을 올린 채, 이제 곧 등불이 꺼질 '아름다운 세상' 로비 문턱에 우뚝 서서 너를 향해 정중히 목례를 했다.

한밤중에 길거리를 청소하는 청소부 여자들은 행인들에게 자신들의 얼굴은 물론이고 피부조차 보여주고 싶어하지 않았다. 그들은 하나같이 미황색 범포로 지은 작업복을 입고, 범포로 만든 장갑을 끼고, 머리에도 범포 모자를 쓰고, 입마저 유별나게 큰 범포 마스크로 가린 채, 언제든 한번 붙을 준비가 되어 있다는 신호를 두 눈으로 내쏘고 있었다. 네 눈에는 그들이 유령처럼 보였다(그들의 눈에는 네가 유령처럼 보였다). "이런 데까지 와서 사랑을 찾다니, 정말이지 허망한 꿈…… 쓱싹쓱싹." 그녀는 아이스크림 포장지를 철제 쓰레받기에 쓸어담으면서 중얼거렸다. "사생아들은 하나같이 똑똑해……"

길바닥을 쓰는 날렵하고 힘찬 동작으로 보아 서른 살은 넘지 않은 듯한 청소부 여자에게 너는 끌렸다—쉰 목소리로 흥얼흥얼 사랑을 모독하는 그녀의 외설스러운 사랑가에는 발효 두부 같은 매력이 있었다. 그녀는 우아한 걸음걸이로 이 도시의 관광지들을 가로질렀다. 강변의 은사시나무 숲 속. 사랑의 신비로운 색채를 내기 위해 이 오솔길의 가로등은 빛이 흐릿했다. 파릇파릇한 잔디 카펫과 우리가 앞에서 들었던 그 울퉁불퉁한 자갈밭 길 위로 은사시나무 그림자들이 어수선하게 드리워져 있었다. 가로등 불빛이 흐릿한 탓에 별빛이 유난히 밝았다. 강물 위에서는 북두칠성이 반짝이고, 청개구리가 개굴개굴 울었다. 무척 낭만적인 남녀들은 숲속에서 노숙했다. 피임기술의 보급과 손쉽게 구할 수 있는 피임약과 피임도구 들은 젊은이들에게 복음과 같았다. 그것은 인류의 진보였다.

너는 은사시나무 숲에서 쭈그리고 소변을 보는 젊은 여성과 마주쳤다. 그녀의 머리카락이 곤두선 모습은 "노기등등한 머리털이 모자도 들어올린다"는 옛말 그대로였다. 너는 소변이 쏟아지는 소리를 들었고 뜨끈한 지린내를 맡았다. 그녀는 졸린 눈으로 너를 향해 애매모호하게 한번 웃었다. 그러고 나서 느릿느릿 바지를 추어올렸다. 바지통이 좁아 엉덩이를 억지로 바지 속에 쑤셔넣어야 했다. 그 모습을 보며 너는 조금 전 그녀가 바지를 끌어내릴 때는 엉덩이가 껍질이 벗겨지듯 쓸렸을 거라고 상상했다. 네가 아무리 그녀의 엉덩이를 보지 않았다고 강하게 부인한다 해도, 네가 그녀의 엉덩이를 본 것은 사실이었다.

너는 황급히 왔던 길을 찾아다녔다. 한 사람의 점잖은 아버지로서, 모든 사람에게 본보기가 되는 모범적인 한 명의 남편으로서, 여자의 뒤를 밟고, 여자가 소변보는 소리를 듣고 암컷의 오줌 냄새를 맡으며, 아내가 아닌 다른 여자의 엉덩이를 보다니…… 너는 자아비판의 손바닥을 높이 쳐들고, 모질고 침착하게 너의 얼굴을 후려쳤다.

"때려! 모질게 때려!"

"아들에게 얻어맞는 셈 치라고!"

이 말들은 어디서 많이 들어본 듯 귀에 익었다. 욕하는 사람의 목소리도 무척이나 귀에 익었다.

아들에게 욕먹은 셈 치라고.

네 눈앞에는 껍질이 벗겨진 은사시나무들이 줄지어 서 있었다. 나무는 매끈하고 크고 꼿꼿했다. 나무들이 잎과 가지를 흔들며 소리 내어 웃었다. 너는 혼혈 2세에 대해 생각했다. 훤칠하고 꼿꼿하며 매끈한 알몸의 젊은이가 화가 나서 머리털이 곤두선 젊은 여자를 껴안고 입맞춤을 하고 있었다. 젊은 여성은 신음하면서 손바닥으로 너의 아들과 닮은 그놈의 엉덩이를 때리고 있었다.

팡푸구이는 크게 충격받았다. 동트기 직전 가장 어둡고 추운 시간, 그는 쏜살같이 은사시나무 숲을 뛰쳐나와 81대로를 건너뛰고 51광장을 가로지른 다음, 아이민제 거리로 꺾어들어가 췬중샹 골목을 비스듬히 질러서 훙싱 지하도로 들어가 길을 건넜다. 시 정부 청사 옆에서 너는 낡은 건물이 조용히 지상에 웅크리고 있는 것을 보았다(공병대 소속의 전문가들이 예정된 폭파 작업을 진행중이었다). 너는 불안한 기색으로 멍하니 서서 역학적인 의문은 한가로울 때 생각해보기로 했다. 구부정하게 공사장을 지나가는데 온 사방이 부서진 벽돌 조각, 깨진 기왓장 천지라 발을 내디딜 때마다 하얀 석회 먼지가 풀썩풀썩 일었다. 훌쩍 건너뛰는 순간, 발을 헛디디는 바람에 생석회 반죽을 해놓은 커다란 구덩이에 빠졌다. 너는 마치 천길만길 깊은 심연에 빠진 기분이었다. 그것은 엄청난 재앙이나 다름없었다. 너는 천신만고 끝에 가까스로 기어올라와 풀이 돋은 토담을 엉금엉금 기어 지나쳤다. 그런 다음 한참을 걸었다. 도착했다⋯⋯ 나무를 깎아 만든 팻말이 보였다. '제8중학 교사 숙사 구역'. 부서진 울타리. 그 틈을 비집고 들어갔다. 문을 두드렸다.

온몸이 하얀 남편이 창문 앞에 서 있는 것을 본 투샤오잉이 큰 소리로 외쳤다.

"귀신이야!"

너는 몹시 슬펐다.

너는 '아름다운 세상'으로 돌아가고 싶었다.

너는 '아름다운 세상'으로 돌아갈 수 없었다.

너는 동료 교사의 집 문을 두드렸다. 동료 교사의 아내는 시의 모범 노동자이며 장의사의 특급 장례미용사로, 이름은 리위찬이었다.

네 걸음

四步

1

 특급 장례미용사는 푸른빛이 살짝 도는 메스 한 자루를 두 손가락으로 쥐고 옷가지를 전부 벗긴 왕 부시장 앞에 서 있었다. 그가 말했다. 우리는 그 메스가 까마귀 깃털처럼 평온하게 법랑 접시 위에 조용히 놓여 있는 걸 볼 수 있어. 너는 칼을 쓰기 전에 삼 분 동안 고개를 숙인 채 묵묵히 서 있었다. 참관인들은 네가 죽은 자를 위해 묵념하는 것이라고 생각했다—하지만 그것은 너의 습관도 아니고 장의사 규칙도 아니었다. 너는 늘 순식간에 옷을 벗어던지고 알몸 위에 하얀 가운을 걸쳤다. 그리고 일분일초도 지체하지 않고 메스로 죽은 자의 얼굴을 그었다. 숙련된 구두 수선공이 너덜너덜해진 구두 가죽을 제거하듯 아주 깔끔한 솜씨로.
 너에게 부여된 임무는 망자의 가족과 친척들을 속여넘기는 것, 또 시체의 일부를 접수하는 것이었다. 그 시체의 일부를 천당이라 부를 수도 있고 지옥이라고 부를 수도 있었다. 네가 생산한 것들은 하나같이 겉만 번드르르했다.

너는 말했다. 그렇게 삼 분을 서 있는 동안 겨드랑이에 땀이 배어나오고 사타구니가 과거의 일을 떠올리는 듯한 느낌이 들어 그녀는 몹시 심란해졌다고. 메스를 잡은 손 역시 축축해지기 시작했다. 그 난처한 상황을 되도록 빨리 끝내기 위해 그녀는 왼손으로 죽은 자의 아래턱을 들어올려 목의 피부가 팽팽히 당겨지도록 했다. 그리고 그는 우리에게 말했다. 네가 정확하면서도 매서운 기세로 죽은 자의 울대뼈 부위를 길게 가르자마자 하얀 지방이 뒤집혀 나왔다고. 그 모습은 비옥한 토지를 보습으로 갈아엎은 모습과 대체로 같았다고.

시 당위원회 간부는 왕 부시장의 미용을 일종의 정치적 임무로 만들어 너에게 넘겼다. 너는 장의사의 관장을 신뢰하지 않았고, 관장이 뒤를 봐주겠다는 듯 은근하게 보내는 눈빛도 못 본 척했다. 만일 죽은 왕 부시장의 미용 작업에서 정치적 의미를 배제한다면, 우리 앞에 남는 것은 바로 순수한 기술적 문제일 것이다. 그것은 특급 장례미용사에게는 아무것도 아닌 일이었다.

장례미용 기술은 의학의 범주에서 떨어져나오자마자 단번에 미학의 범주로 들어섰다. 그리고 나중에는 의학과 하나가 되어 미학적 의학을 이루었다.

장례미용사의 임무는 미화 작업으로, 추하고 망가진 시신의 사지를 손질하는 것이다. 그 소도시에는 산 사람을 성형해 큰돈을 벌려는 젊은이가 열 명쯤 있었다. 그들은 의과대학과 미술대학 조소과에 드나

들며 수업을 받았는데, 그중 몇몇은 고급술과 고급 담배를 마련해 '아름다운 세상'의 문을 넘으려 하고 있었다. 죽은 자의 몸으로 실습할 기회를 노리는 것이었다.

리위찬은 달랑 사진 한 장에 의지해 교통사고로 머리가 으깨진 시신의 생전 모습을 고스란히 되살려, 살아 있을 때의 영준하고 멋진 모습을 생생하게 재현해준 적이 있었다. 망자의 부친은 시영 인민공원 맹수관 소속 사육사였는데 호랑이 두 마리와 사자 세 마리, 표범 다섯 마리 그리고 또 사나운 이리 한 떼를 돌보았다. 너는 그 아들의 시신을 미용해준 인연으로 맹수 사육사와 친분을 맺게 되었다. 임금이 낮아 수입만으로는 지출을 감당할 수 없고, 육류가 부족해 고깃값이 무섭게 오르던 1987년, 사육사와 너는 고기를 먹을 수 있는 좋은 방법을 찾아냈다.

왕 부시장의 시신을 미용하는 일에서 정치적 의미를 배제하고 나면, 리위찬의 일은 단순하고 쉬웠다. 너는 다만 왕 부시장의 체내에 축적된 지방질을 깨끗이 처리하고 살갗의 일부를 잘라내기만 하면 되었으니까. 그러고 나서 너의 기억에 의존해 셀로판테이프, 스펀지 충전물, 채색 안료—색분필로 대체할 수도 있다—를 사용해 젊은 시절의 모습을 되살리기만 하면 대성공인 셈이었다. 너는 젊은 시절 그의 모습을 지금도 생생히 기억했기에, 눈을 감고도 그의 얼굴을 그릴 수 있었다. 가슴을 가르고 지방을 긁어내는 일쯤이야 솜씨가 거친 백정들도 할 수 있는 일이었다—이렇게 분석해보면 너는 수월하게 상부의 환심을 살 수 있는 임무를 받았다고 말할 수 있었다. 더구나 그 사람은 너의 옛 애인이 아닌가?

2

지난해 가을 어느 저녁, 맹수 사육사는 수심에 찬 얼굴로 금세라도 부서질 듯 흔들리고 삐거덕대는 등나무 의자에 앉아 있었다. 그는 이제 쉰 살쯤 되었는데, 머리가 희끗희끗 세기 시작하고 눈은 침침한데다 등도 구부정한 늙은이였다. 그때 너는 생각했었다. 자동차 바퀴에 두개골이 으깨진 그의 아들이 얼마나 영민하고 준수하게 생겼었는지, 추하게 생긴 늙은 아버지와 얼마나 대조적이었는지.

그 시간, 장츠추 선생은 고3 교실에서 학생들의 야간 자율학습을 감독하고 있었다. 다추와 샤오추는 배부르게 먹고 나서 그들만의 벽장 속에 틀어박혀 복습중이었다. 한때 풍류미인이었던 여인은 병상에 누워 이가 몸을 깨무는 소리, 쥐들이 솥뚜껑을 갉작거리는 소리에 귀를 기울이고 있었다. 그녀는 딸이 어떤 사내와 무엇인가 소곤소곤 의논하는 소리를 들었다. 잠깐 돼지고기 가격 얘기가 나오더니, 포상금과 벌금 이야기가 나왔고, 암호랑이가 한배에 새끼 두 마리를 낳았다는 얘기가 이어졌다. 딸은 어머니의 잠재적인 연적이었다. 석류꽃 빛깔이 그녀를 덮쳐왔다…… 그녀는 휘장 틈새로 황금빛 솜털이 난 두 다리가 유쾌하게 흔들거리는 것을 보았다…… 그녀는 이를 악물었고 잇새로 냉랭한 소리가 새어나왔다.

"어느 집에나 곤란한 사정이 있는 법이지요!" 장례미용사가 깊은 동정을 표하면서 말했다. "다들 살기 어려워요. 이렇게라도 하지 않으면 대체 어쩌겠어요? 속담처럼 '하늘은 바람을 일으키고 비를 내려야 하고, 사람은 고통받고 고난을 겪어야 하는 법'이죠."

시원하고 상쾌한 밤이었다. 어젯밤에도 그랬듯 달빛이 물 흐르듯 방 안으로 쏟아져들어와 불빛을 물리쳤다. 그녀는 자신의 팔을 어루만지다가, 갑자기 사랑하는 자식을 잃은 이 맹수 사육사에게 연민을 느꼈다. 연민의 정이 새우 주둥이에 길게 자란 수염처럼 가볍게 나부꼈다.

 맹수 사육사가 일어서더니 삼 한 뿌리를 꺼냈다. 그가 말했다.

 "리 선생, 누가 나한테 이 오래된 삼 한 뿌리를 보내왔는데, 선생네 노친 몸보신하게 두고 가리다."

 너는 삼십 초쯤 사양하다가 일어나 그를 배웅했다. 너는 그와 함께 한동안 걸었다. 길가의 나뭇잎들은 말이 없었다. 노인이 고개를 들고 희망 섞인 목소리로 말했다.

 "리 선생, 선생과 거래를 좀 했으면 하오."

 두 사람은 인민공원의 초록색 울타리를 따라 천천히 걸었다. 울타리와 회양목, 감탕나무 들이 서로 얽혀 만들어낸 그림자를 밟으며 걸어가는 모습이 꼭 늙은 연인 한 쌍이 한가롭게 산책하는 것처럼 보였다. 공원 깊숙한 구석에 자리한, 맹수들의 산에서 퀴퀴한 호랑이똥 냄새가 간간이 바람결에 실려왔다. 굶주린 호랑이 새끼들이 처량하게 울부짖는 소리도 들렸다.

 너는 양손으로 어깨를 감싸안으며 몸서리를 쳤다. 알 수 없는 거대한 공포가 어두운 잠재의식 속에서 튀어나와 감탕나무 숲 속에 서서 끊임없이 너를 향해 포효했다.

 맹수 사육사가 늙은 아비처럼 너를 안았다. 들짐승의 날카로운 앞발톱 같은 그 작고 다부진 손으로 네 어깨를 어루만지자 사락사락 소리가 났다. 너는 노인의 몸에서 호랑이와 표범, 승냥이와 이리 냄새를 맡았다. 그의 두 눈이 빛났다. 찬란한 별바다 속에서 제일 빛나는 두 개의 별처럼.

그는 새로 태어난 호랑이 새끼 두 마리에 대해 시시콜콜 설명했다. 녀석들이 귀엽고 사랑스럽게 네 머릿속에서 뒹굴고 물구나무도 섰다. 서술자의 어조는 처량했고, 사이사이 아비의 애틋한 정이 넘쳐흘렀다. 그가 말했다.

"……두 놈은 라이거요. 왜 라이거라 부르는지 아시오? 아비는 아프리카에서 온 수사잔데…… 나귀와 말을 교배시키듯 사자와 호랑이를 교배시킨 거지. 고난도 기술이 필요했지만, '정성이 지극하면 무쇠 봉을 갈아 바늘도 만든다'고 하잖소…… 사자란 놈이 호랑이 등에 올라타 허허벌판에 벼락 때리듯 일성을 터뜨리니 그 진동에 나뭇잎이 우수수 떨어져내리더군…… 그 잡종 두 마리는 먹성이 별로 좋지 않아 쇠고기, 양고기, 냉동 토끼, 닭구이를 줘도 냄새조차 맡지 않는다오…… 어젯밤에 꿈을 꾸었는데, 그놈의 라이거 두 마리가 나타나서는, 늙은이, 사람 고기가 먹고 싶어! 그러지 않겠소…… 그래서 생각했지. 선생은 날마다 죽은 사람을 매만지니 부산물이 좀 생기는 경우가 없지 않을 거고…… 그런 부산물을 낭비하다니 얼마나 아까운 일이오……"

별처럼 빛나는 그의 두 눈이 자상하게 너를 바라보았고, 억센 두 손이 네 가슴을 움켜쥐었다. 너는 그가 네 가슴을 잡아뜯어 아비 사자와 어미 호랑이가 낳은 잡종들에게 먹일지 모른다고 생각했다. 그는 네 몸에서 분리된 새하얀 가슴을 들어 사람 고기를 먹고 싶어하는 어린 것들에게 자상하게 던져주었다. 그것들이 네 가슴을 물어뜯자 그것들 목구멍에서 포식자의 게걸스러운 소리가 흘러나왔다. 그의 자상한 얼굴에 늙은 아비같이 자애로운 미소가 번졌다. 그가 다정하고 능숙한 손길로 네 가슴을 만졌다. 너는 날카롭게 비명을 질렀다—왕 부시장의 몸 밑에서 네가 날카로운 비명을 지르자 그는 놀란 나머지 얼굴이 하얗게 질려 허리를 펴며 일어났다. 영락없이 닭서리를 하다 들킨 좀도둑 같았다—너는 그 억센 손아귀에서 있는 힘을 다해 가슴을 빼냈다. 아주 잠시—너는 공허함과 두려움을 느꼈다—그것들은 능욕을 원하고 있었다—너는 스스로 다시 앞을 향해 불룩 내밀었다.

"안 돼, 난 못해……" 장례미용사가 큰 소리로 외쳤다. "난 그렇게 못해요……"

"말해봐, 뭐가 두렵지?" 맹수 사육사의 트럼펫 같은 목소리가 유장하게 웅변을 토해내기 시작했다. "사람 고기란 얘기에 산 사람을 생각했군. 그래서 혼자 곤란해하는 거지. 바로 네 수중에 죽은 사람이 있어. 진흙 덩어리가 신상(神像)을 빚어내는 조각가의 손에 있는 것처럼, 돼지고기가 푸줏간 도마 위에 놓인 것처럼 말이야. 주무르든 비벼대든, 쥐어짜든 매만지든, 깎아내든 저며내든, 전부 너 하기 나름 아닌가? 사람이 죽으면 뭐가 되지? 네 입으로 말해봐, 사람이 죽으면 뭐가 남느냐고? 정부의 저 높은 간부들도 죽은 뒤에는 자기 몸을 병원에 기증해 해부용으로 쓰게 하지—부산물 조금이 뭐 대수라고—정부 고위 간부들은 인민의 행복을 위해 태어나서 죽어서도 인민을 위해 봉사하는데—부산물 따위가 무슨 대수란 말인가? 라이거는 모든 인민들이 구경하고 싶어하는 진귀한 동물이야. 판다가 새끼를 낳으면 온 신문과 텔레비전에서 떠들어댈 정도로 큰 뉴스가 되는데, 그것들을 위해서 부산물 좀 떼어내기로 뭐가 어떻겠나?"

"양심에 찔려서……"

"말도 안 되는 소리! 양심을 입에 달고 다니는 사람치고 양심 있는 작자는 하나도 없어. 라이거들이 굶어죽으면 나라에 큰 손실이야. 붉은 삼각건을 목에 두른 귀여운 아이들, 조국의 꽃송이들을 슬픔에 빠뜨리면서 너는 양심을 찾겠다고?" 맹수 사육사는 너의 가슴을 꽉 쥔 채 엄숙하고 공정한 법관처럼, 세상에 더없이 높은 권력을 잡은 것처럼 너의 양심에 대한 심판을 계속했다. "그런 양심 따위는 집어치우라고! 너는 스펀지, 코르크, 풀, 봉합사 그리고 시체 부산물 따위로 내 아들의 가짜 머리통을 만들어 붙여놓고 날 속였지. 그런 네가 양심이 있다고? 양심은 서로를 기만하는 거야. 너의 이 가슴처럼. 이 가슴은 남자의 애무를 갈망하고 있어. 심지어 물어뜯어주길 바라지. 하지만 네 남편은 아무 관심도 없겠지. 너는 양심 때문에 너의 육체를 홀대하고 정상적인 욕망을 억누르며 너 자신을 학대하고 있을 뿐이야. 그런 네가 양심이라고? 너나 나나 양심을 만들어내는 사람들이야. 너는 죽은 자와 친하게 지내고 나는 맹수들과 친하게 지내니까."

그가 너를 품에 안았다. 곱사등이처럼 왜소하고 깡마른 몸에 그렇게 강한 힘이 있을 줄은 상상도 못했다. 그의 입술은 경험 많은 강도처럼 능숙했다. 그의 억센 입맞춤에 너는 거의 정신을 잃을 뻔했다. 눈물과 콧물이 흘렀고, 소변마저 지렸다.

그가 너를 풀어주자 너는 잔디밭 위에 털썩 주저앉았다. 잔디밭에는 흰 페인트를 칠한 나무판이 꽂혀 있었고, 거기에는 '잔디를 사랑합시다. 잔디밭에 들어가지 마시오'라고 적혀 있었다(뒷면에는 '위반시 벌금'이라고 적혀 있었다). 너는 잔디밭에 누워 다리를 벌렸다. 너는 그가 야수처럼 너를 덮쳐와 이빨과 발톱으로 네 옷을 발기발기 찢어버리기를, 그리고 무자비하게 강간해주기를 애타게 갈망했다.

맹수 사육사가 차갑게 웃었다. 서늘한 달빛 속에서 그의 이가 번뜩이고, 추한 얼굴은 붉은빛을 띠었다. 싸늘한 밤이었다. 나뭇잎 끝에 달린 진주 같은 이슬방울이 반짝였다.

그는 계속 비웃기만 했다. 애초부터 너를 강간할 의사가 없었던 것이다.

뒤틀린 욕망이 뒤틀린 분노로 바뀌었다. 장례미용사는 일어나 앉더니 땅에 난 풀을 거칠게 뽑아 그의 얼굴에 던졌다.

"이 악마, 추악한 악귀!" 그녀가 그에게 욕설을 퍼부었다.

오줌에 젖은 바지가 축축하게 허벅지에 달라붙었다. 붉은 왕개미들이 냄새를 맡고 너의 다리를 기어올랐다.

"내가 왜 이러는지 알아?" 그는 네 앞에 쭈그려 앉더니, 생쥐를 놀리는 고양이 같은 표정과 말투로 말했다. "실 양끝에 묶인 메뚜기 두 마리가 어떻게 움직이는지 아나?"

한순간 그의 시선이 너를 휩쓸어 쓰러뜨렸다. 그는 강철 같은 앞발을 내밀어 너의 턱을 들어올렸다(너는 불덩이처럼 뜨거운 앞발에 데어 또다시 소변을 지렸다). 그의 입에서 너의 얼굴로 양파 냄새가 훅 끼쳤고, 너는 매운 냄새에 눈물을 흘렸다. 그는 중앙방송국 아나운서보다 더 정확한 표준어로 한마디 한마디 끊어가며 명령했다.

"명심해. 앞으로, 매주 토요일 저녁, 여기서, 일주일 동안 모은 부산물을 내게 넘기는 거야!"

장례미용사는 울며 고개를 끄덕였다.

맹수 사육사가 고개를 들고 달을 바라보더니 잠긴 목소리로 말했다. "집에 돌아가. 네 남편도 벌써 교실에서 나왔으니까."

그가 떠나려고 돌아섰다. 그의 등에 대고 너는 떨리는 목소리로 물었다.

"도대체 왜 이러는 거예요?"

그는 돌아서지 않고 대답했다.

"나는 복수에 미친 놈이야! 하지만 너한테는 내 복수가 달콤할 거야. 너는 나를, 그저 부산물을 좋은 음식과 바꿔주는 장사꾼쯤으로 생각하면 돼. 나는 너에게 실질적인 혜택을 가져다주게 될 거야."

그는 잔디밭에서 뛰어나갔다—동작은 어설펐지만 대신 민첩했다. 강인함과 연약함, 사나움과 부드러움, 소탈함과 옹졸함이 그의 몸에서 하나가 되었다—저 사람은 악마 아니면 천사야. 너는 그대로 주저앉아 어쩔 줄 몰라하며 뜨거운 배뇨감을 느끼고 있었다. 교교한 달빛 아래 왜소한 그림자가 아주 조심스럽게 초록색 철제 울타리에 바짝 붙어 걸어갔다. 그 왜소한 그림자가 울타리 모퉁이를 돌아 자취를 감출 때까지 너는 바라보았다.

밤이 깊었다. 공원 구석 으슥한 곳에서 호랑이가 으르렁대고 사자가 포효하고 사나운 이리가 울부짖었다. 달빛 아래 밀집한, 그리고 달빛 아래 서 있는 얼룩말 무리가 원을 이루고 있었다. 얼룩말들은 아프리카를 그리워하며, 짓물러 갈라진 발굽으로 나무 울타리를 찼다. 그렇게 정든 고향을 떠나온 서글픔과 속박당한 신세에 대한 분노를 발산했다.

너는 우리에게 말했다. 그날 밤, 특급 장례미용사는 악몽을 꾸었다고. 인민공원 맹수 우리에 갇힌 사나운 맹수들이 우리를 탈출해 광장으로 뛰쳐나와 상점으로, 영화관으로 뛰어드는 무서운 꿈을…… 맹수들 대오를 거느린 것은 바로 사자의 정자와 호랑이의 난자로 만들어낸, '아름다운 세상'에서 밀반출한 부산물을 먹인 라이거 두 마리였다! 놈들의 몸집은 거대했다. 한 놈은 사자 머리에 호랑이 몸통, 다른 한 놈은 사자 몸통에 호랑이 머리를 하고 있었다. 둘 다 호랑이처럼 사납고 흉포하면서 사자처럼 잔인하고 거만했다. 두 놈은 맹수들을 이끌고 지위 고하에 관계없이 시민들을 닥치는 대로 뒤쫓았다…… 온 도시가 혼란의 소용돌이에 빠졌다…… 장례미용사는 나무 위로 뛰어올라 가장귀 하나를 끌어안았다…… 맹수들이 겹겹으로 나무를 에워싸고 웅크려 앉더니 핏발 선 눈을 번뜩이며 그녀의 엉덩이를 뚫어져라 노려보았다…… 어느 쪽을 봐도 헐떡이는 숨소리…… 혼란스러운 가운데 들려오는 맹수들의 울부짖음…… 드디어 맹수들이 나무줄기를 갉아뜯기 시작했다…… 으지직으지직…… 커다란 나무가 휘청거렸다……

물리교사는 가위에 눌려 몸부림치는 장례미용사를 흔들어 깨웠다. 당신, 왜 그래? 그가 물었다. 그녀는 간신히 놀란 마음을 가라앉혔다. 얼굴이 땀에 흠뻑 젖어 있었다. 일어나 앉은 뒤에도 한참을 말 한마디 하지 않더니, 침대에서 내려가 수도로 가서 세수를 했다. 물리교사가 놀란 한편으로 재미있어하며 소리쳤다.

"추 엄마! 당신 침대에 오줌 쌌어!"

3

여러 해 전 일이다. 처음으로 너 혼자 메스를 잡고 일했을 때, 그리고 죽은 자의 흉측한 모습을 마주했을 때, 너는 두 다리에 힘이 풀리고 손목이 시큰거려 깃털처럼 가벼운 메스를 제대로 들지도 못했다. 그때 맡은 시신은 샹슈리*와 같은 영웅이었다. 하지만 그 시신은 제약회사의 공원이 아니라 시영 방직공장의 공원이었다. 누군가의 실수로 방직공장에 불이 나자, 그녀는 국가 재산을 구하기 위해 애쓰다가 장렬하게 죽어갔다. 그녀의 남편은 해방군 중위였는데, 네가 작업대 앞에서 넋을 잃고 있을 때, 그는 쏜살같이 달리는 열차를 타고 이 여성 영웅을 만나러 오고 있었다.

화재로 죽은 그 여공은 장례미용사의 작업대 위에 누워 있었고, 그녀의 결혼사진도 너의 작업대 위에 놓였다. 싱그러운 꽃다발을 안은 아리따운 신부는 행복한 미소를 짓고 있었고, 그녀 곁에는 역시 미소를 지은 채 부동자세로 서 있는 해방군 중위가 있었다. 사진 속 한 쌍의 젊은이들은 세상을 다 가진 듯한 미소를 지은 채 화마에 불탄 방직공장의 여공—아무도 일 분 후 자신이 어떤 모습으로 변하게 될지 확신할 수 없는 것이다—을 바라보고 있었다. 그 순간 네 마음속에서는 해방군 중위에 대한 연민이 싹트기 시작했다. 공포와 긴장을 잊어버린 네 마음은 사악한 복수심에 불타기 시작했다. 마치 이 용맹한 중위가 너의 옛 애인이었는데 너를 배신하고 방직공장 여공의 품에 안기

---

* 1950년대 중반, 제약회사 공장에서 알코올 화재가 발생했을 때 자기 몸으로 가연성 높은 금속 나트륨을 덮쳐 대형 폭발사고를 막아내고 27세의 나이로 사망한 여성 노동자.

기라도 한 것처럼. 너는 언젠가 맹수 사육사에게 이렇게 말한 적이 있다. 아름다운 죽음을 봐야 애처로운 생각이 들어요. 흉측한 죽음을 보면 오히려 신나죠. 나는 그들이 살아 있었을 때보다 더 아름답게 만들어주지만, 그 아름다움은 가짜예요.

너는 영웅적으로 죽어간 여공의 얼굴에서 망가진 피부와 뭉그러진 살점을 말끔히 정리했다. 두꺼운 거즈 마스크를 쓰고 있었지만 그 여성 영웅한테서 짙게 풍기는 살 탄 냄새는 거즈를 뚫고 네 콧속으로 파고들었고, 심지어 네 위장에서 꼬르륵꼬르륵 소리—집비둘기가 교미할 때 내는 소리 같았다—가 나게 만들었다. 너는 향유, 녹두가루, 석고가루, 방부제를 배합해 만든 일종의 페인트를 여성 영웅의 얼굴에 익숙한 솜씨로 한 겹 한 겹 발랐다. 그리고 나서 시신의 엉덩이에서 떼어내 정교하게 가공한 고운 피부를 그 위에 씌웠다. 그리고 속눈썹을 심고 눈썹을 그리고 빨간 루주를 칠하고 분을 발라주었다…… 그 여성 영웅의 몸은 싱그러운 생화로 덮였다. 꽃의 바다 속에서 얼굴만 보였다. 꿈처럼 아름답게……

너는 해방군 중위를 향해 차갑게 말했다. 그녀는 정말 무척 아름다웠어요. 그런데 죽다니 안타까워요! 이런 미인은 세상에서 다시 볼 수 없을 거예요. 정말 안타까워요!

중위는 눈물도 흘리지 못하고 외마디 비명만 지르더니 입에 거품을 물고 바닥에 까무러쳤다.

……앞서 말한 것처럼, 동트기 직전 가장 어둡고 추운 시간, 누군가가 물리교사의 집 문을 두드리고 있었다. 장례미용사의 다리는 침대 밑으로 축 늘어진 채 규칙적으로 울리는 그 소리에 취한 듯했다.

네 걸음

문을 두드리는 소리는 여전히 계속되고 있었다······

너는 문 두드리는 소리의 반주 아래, '까닥까닥' 사라져간 영예를 회상했다······ 죽었지만 여전히 인간인 육체를 네가 다시 죽이던 첫 순간, 마음은 이루 말할 수 없이 요동쳤고, 얼굴은 빨갛게 물들었고, 입안에는 침이 잔뜩 고였다. 그러나 이제는 (애인의 시신을 절개하는 것 같은) 특별한 상황을 제외하면, 너는 도살대 앞에 선 백정처럼 메스를 든다. 백정은 돼지가 아무리 날카로운 비명을 질러도 아무 동요 없이 습관과 순서에 따라 무감각하고 무관심하고 민첩하고 정확하게 몽둥이를 들고 돼지의 귀 뒤쪽 연골을 가격한다. '으직!' 하는 소리와 함께 돼지의 몸뚱이는 바짝 오그라들고 사지는 뻣뻣해지고 살갗은 부들부들 떨린다······ 백정은 50센티미터 길이의 쇠칼을 골라잡고 돼지 목에 쑤셔넣는다. 뾰족한 칼끝은 염통을 찌르고 들어가 찢어발기고······ 붉다 못해 푸른빛이 도는 돼지 피가 곧장 커다란 질그릇으로 쏟아지고, 오 분이 지나면 굳는다······ 백정은 돼지 머리를 잘라내고 돼지의 네 발굽을 베어내고······ 백정은 우이첨도*로 바꿔 잡고 돼지의 뱃가죽을 그어 활짝 벌리고······ 백정은 돼지가죽을 복부에서 등뼈까지 벗겨내고······ 백정은 돼지 사체를 거꾸로 매달아놓고 배를 가른 다음, 염통, 간, 허파, 창자─오장육부─를 척척 뜯어내 거둬들이고······ 백정은 호스를 잡은 다음 머리도 없고 다리도 없고 내장도 없고 게다가 영혼도 없는 돼지고기에 물을 뿌려 씻는다······ 개가 걸대 곁에 쭈그리고 앉으면, 백정은 돼지의 생식기를 베어내 개한테 던

---

* 날이 쇠귀처럼 넓으면서 끝은 짧고 뾰족한 칼.

져주고…… 백정은 돼지 뼈를 살에서 발라내고…… 백정의 임무는 거의 끝난다…… 이 일련의 과정에서 백정은 돼지에 대해 털끝만큼도 연민을 품지 않는다. 그는 곁에서 구경하는 사람들과 시장의 시세나 사상과 도덕 따위를 이야기하면서도 한 치의 오차 없이 작업해나간다…… 어린 시절, 너는 시 교외에서 돼지 한 마리가 도살되고 분해되는 과정을 처음부터 끝까지 구경한 적이 있었다. 그 장면에 너는 깊은 인상을 받았고, 그래서 그 일을 평생 음미하며 지금까지도 때때로 추억할 수 있었다. 돼지고기를 먹을 때면 너는 신기하게도 그 돼지의 생김새가 머릿속에 그려졌다. 돼지고기 맛은 대체로 비슷했지만 돼지의 생김새는 제각각이었다. 이와 같은 이치로, 죽은 사람의 냄새는 기본적으로 같았다. 하지만 그들의 얼굴 표정, 그들의 가치는 각기 달랐다…… 어린 시절에 보았던 그 백정은 대머리에 얼굴이 불콰한 늙은이였다. 그는 안짱다리라서 발끝이 안쪽으로 휘어 있었다. 양팔은 길고 튼튼하며 혈기가 왕성했다. 백정은 너의 여섯째 아저씨였다. 네 어머니의 사촌형제 중 여섯째였으니까.

여섯째 아저씨는 돼지를 규칙에 따라 조립해놓은 한 무더기의 살코기, 뼈, 가죽으로 보았다. 돼지를 잡은 지 몇 해가 지나자 여섯째 아저씨의 눈에는 산 돼지는 존재하지 않았다(이런 느낌은 장자의 〈양생주〉 가운데 '포정해우庖丁解牛' 고사[*]를 참조할 수 있을 것이다). 똑같은 이치로 나는 죽은 사람을 훼손된 기구(器具)로 보았으며, 내 일은 겉모습을 고쳐놓는 일이었다(내부 수리는 내과의사가 할 일이니

---

* 소를 잡아 살과 뼈를 발라내는 솜씨가 아주 뛰어났던 요리사 포정이 소를 잡은 지 삼 년이 지나자 소의 온전한 모습이 눈에 보이지 않게 되었다고 함.

까). 여러 해 죽은 사람의 겉모습을 고치다보니, 내게 완벽한 인간은 존재하지 않았다. 기회만 주어진다면 나는 저팔계도 미남으로 고쳐놓을 수 있으니까(이 생각은 그녀가 십 년 후 살아 있는 사람을 위한 성형술의 대가가 될 거라는 복선을 깐 것이다)!

처음으로 혼자 한 장례미용 작업은 엄청난 성공을 거두었다. 여론은 조금도 물러서지 않고 끝까지 진실을 추적하거나 공격을 퍼붓는 습성이 있다—떠받들 때는 있는 대로 떠받들다가 때릴 일이 생기면 인정사정없이 때리는 것이다. 따라서 영예는 사람을 천천히 죽이는 독약이다. 적에게 대처하는 최선의 방법은 단 하나, 상대방을 치켜세우는 것이다! 장례미용사의 마음속에서 맹수 사육사의 선율이 재현되었다. 신문이나 텔레비전에서 방직공장에서 방추를 건져내려다 불에 타죽은 여공을 하늘 꼭대기까지 치켜세웠을 때, "목숨을 던져 국가자산을 구한 영웅적인 여성"과 가까운 사람들 역시 신문과 텔레비전 기자들의 취재 대상이 되었다. 누구보다 먼저 주목받은 것은 물론 남편인 해방군 중위였다.

죽은 아름다운 아내를 회상하며 중위가 쓴 글은 천만 시민의 눈과 귀를 사로잡았다. 그는 사람들에게 영예로운 슬픔을 토로했다. 강변에서 처음 만났을 때, 그녀는 제게 이런 말을 했습니다. 당과 인민의 이익이 위협받으면, 우리는 공산주의 혁명전사 장쉐친처럼 맞서 나가야 해요. 얼굴빛 하나 변치 않고 마음의 동요 없이 대처해야죠······ 신혼 첫날밤, 그녀는 날이 밝을 때까지 저와 함께 등불 아래서 마오 주석의 빛나는 저작 『인민을 위한 복무』를 학습했습니다. 그녀는 저에게 『베순*을 기리며』를 외우게 했습니다. 한 글자라도 잘못 외우면

침대에 올라가지 못하게 했습니다…… 그녀는 여러 번 재물을 주웠지만 매번 주인을 찾아주었습니다…… 두 번이나 강물에 뛰어들어 물에 빠진 어린아이를 구하기도 했습니다……

영웅의 남편은 거짓말을 할 줄 모른다. 그는 강철처럼 견고한 사실로 시민들에게 만고불변의 진리를 설명했다. 영웅이란 날 때부터 영웅이니까.

이렇게 해서 영웅의 남편도 영웅이 되었다. 그는 빳빳하게 다림질한 군복을 입고, 질 좋은 석탄 두 덩어리처럼 잘 닦은 구두를 신고, 손에는 푸른빛이 돌 정도로 새하얀 장갑을 꼈다. 그는 대학, 공장, 기관, 유치원을 돌며 아내의 영웅적인 행적을 알렸다. 연설이 반복될수록 영웅은 점점 완벽해졌다. 이제 모든 기관이 영웅의 남편을 초빙해 연설을 듣지 않는 걸 치욕스러워하고 부담을 느꼈다. 그러나 실제로는 영웅의 남편을 초빙해서 연설을 들으라고 기관들을 압박한 사람은 아무도 없었다.

영웅의 남편은 '아름다운 세상' 로비에 서서 장의사 전 직원을 위해 연설을 했다. 그는 말할 때 뇌를 쓰지 않아도 되었다. 오랜 훈련 덕택에 입이 습관적으로 해야 할 말을 했기 때문이다. 눈물을 흘려야 할 때에는 눈이 스스로 눈물 흘릴 때를 알았다. 오열해야 할 때에는 목에서 자연스럽게 울음소리가 나왔다.

사람들은 영웅을 숭배하고 싶어한다. 영웅이 없는 국가는 더이상 국가가 아니며, 영웅을 숭배하지 않는 사람은 더이상 사람이 아닌 것

---

* 노먼 베순. 캐나다 출신의 저명한 흉부외과의사. 1938년 중일전쟁 때 의료진을 이끌고 중국으로 와 마오쩌둥의 홍군을 따라 종군하면서 군의관 양성에 힘썼다.

이다. 리위찬을 제외한 장의사의 여인들은 모두 영웅의 남편을 향해 찬미하는 눈빛을 보냈다. 그러나 리위찬의 눈앞에는 불에 새카맣게 탄 여성 영웅이 불가항력적인 운명처럼 누워 있었다. 로비에는 소각로에서 시체를 태우는 냄새가 진동했다. 냄새가 너무 짙고 강렬해 너는 현기증을 느꼈고, 귀에는 이명이 들렸고, 배 속에는 그 자극적인 기체가 가득 찼다. 영웅이 남긴 공백을 메우고 영웅이 잠들었던 이불 속으로 파고들어 영웅에게 안겼던 육체로부터 영웅의 기백에 물드는 환상을 품은 여인들이 분분히 눈물을 흘리고 있을 때, 너는 쪽지 한 장을 영웅의 남편에게 건넸다. 쪽지에는 이렇게 쓰여 있었다. 진짜 영웅은 불에 타서 피부가 눌어붙고 살점이 뭉개졌죠. 싱싱한 꽃다발 속에 안긴 영웅은 내가 손에 기름때를 묻혀가며 빚어낸 것이랍니다!

쪽지를 다 읽고 난 영웅의 남편의 얼굴이 더욱 환히 빛났다. 그는 뇌를 써서 입을 놀려 말했다.

"아메이는 살아 있을 때 여러 번 내게 말했습니다. 혁명 사업에는 지위 고하가 없고 귀천이 없다, 어떤 일을 하든 모두가 인민을 위해 봉사하는 것이다. 여기서 나는 공산주의 사업을 위해 영광스럽게 몸 바친 아메이를 대신해 장의사의 전 동지들에게 경의를 표하고 싶습니다!(열렬한 박수 소리) 특히 아메이에게 장례미용을 해주신 선생님께 숭고한 경의를 표하고자 합니다!(우레 같은 박수갈채)"

똑, 똑, 똑, 똑, 문 두드리는 소리 속에서 너는 회상을 이어나갔다. 장의사의 당위원회 서기가 너를 단상으로 불러올려 영웅의 남편에게 소개했다. 연단 아래에서 들려오던 박수 소리가 돌연 작아졌다. 젊고 영준하며 온몸으로 영웅적인 기운을 발산하는 해방군 중위가 네 손을 단단히 잡고 까만 밤톨같이 부리부리한 두 눈에 은근한 정을 담아 바라보는 순간, 너는 온몸이 달아올랐고 예사롭지 않은 흥분을 느꼈으며 뭔지 모를 불안감에 안절부절못했다. 그에 대한 질투나 원망이 순식간에 눈 녹듯 스러졌다. 그런 건전하지 못한 감정 따위는 애당초 너의 마음속에 싹튼 적이 없었던 듯, 또 그 메모를 써서 건네준 당사자가 네가 아닌 듯, 사악한 마음을 품고 아름다운 여인의 머리를 빚어냈던 손도 너의 것이 아닌 듯……

그 사진을 너는 아주 오랫동안 보관했다. 중위가 아름다운 아가씨의 양손을 꼭 잡고 있었다. 연단 뒤편에 놓인 종이꽃들도 카메라 렌즈에 잡혔다. 너는 고개를 살짝 숙인 채 수줍은 태도를 보이고 있었다. 마치 반쯤 핀 한 송이 석류꽃처럼.

기자들은 제각기 다른 각도와 고도에서 제각기 다른 카메라를 들고 제각기 다른 자세를 하고서는, 장례미용사와 해방군 중위가 악수하는 장면을 앞다투어 촬영했다. 폭죽이 터지듯 여기저기서 꽉꽉 소리를 내며 플래시가 번쩍였다. 그 영원한 순간을 회상하면 너는 가슴이 쓰라렸다. 기자들의 카메라가 모두 너에게 집중된 그 순간, 장내의 박수 소리가 돌연 시들해졌으니까. 수많은 눈빛이 전갈 꼬리처럼 너의 등을 쏘아보는 듯한 기분이 들었다. 가장 날카롭고 악랄한 전갈 꼬리는 여인들의 눈빛이었다.

이튿날, 시 일간지에는 너와 중위가 악수하는 사진이 큼지막하게 실렸다. 열정과 재치가 흘러넘치는 기사 또한 곁들여 있었다.

영예는 고스란히 너의 머리 위로 쏟아졌다. 장의사 여직원들은 너를 죽도록 미워했다.

동트기 직전의 어둠과 추위가 막 끝나갈 무렵, 문 두드리는 소리도 인내심이 바닥나기 시작했는지, 박자가 어그러지면서 바로 소음으로 바뀌었다. 그와 동시에 인민공원의 맹수들이 으르렁대는 소리, 교외 농가에서 홰치는 수탉들의 울음소리, 풍류미인이 꿈결에 이를 가는 소리가 한데 뒤섞여 거센 파도처럼 그 작은 집 안으로 쏟아져들어왔다. 회상의 사슬이 뚝 끊기고, 중위는 밤도둑처럼 소리 없이 방을 나가더니 어둠 속으로 사라졌다. 제8중학의 어리숙한 물리교사 장츠추가 변소에서 걸어나왔다. 그는 투덜거렸다. 오늘 월요일이네, 왜 또 월요일이지?

"누가 문을 두드리는 거야?" 장례미용사가 옷을 입으면서 남편에게 물었다.

"누가 문을 두드린다고?" 장츠추가 되물었다.

"당신은 안 들려?"

"난 안 들리는데!"

"귀가 먹었어?"

그녀는 신발을 질질 끌고 문간으로 가 문을 잡아당겨 열었다. 생석회 냄새와 함께 짙은 새벽안개가 밀려들었다. 곧이어 온몸이 새하얀 사람이 부고를 알리러 온 효자처럼 너의 품 안으로 쓰러졌다. 너는 그를 부축하면서 장츠추를 소리쳐 불렀다. 너는 그의 양손이 생석회의 독에 화상을 입은 걸 깨닫고 이내 공사장에 파놓은 생석회 구덩이를 떠올렸다. 누구세요? 응……? 아, 어떻게 된 거예요?

그가 땅바닥에 무릎을 꿇고 엎드리더니 수척한 얼굴을 들었다. 새하얀 얼굴에 보이는 검은 점 두 개는 눈동자였다. 석회 범벅에서 삐져나온 수염이 진흙 속의 마른풀 같았다. 턱수염 위쪽에 뻥 뚫린 구멍이 입이라는 건 우리도 알아볼 수 있었다.
"장 선생…… 위찬 형수님…… 날 좀 도와줘요……"
"세상에! 팡 선생님, 당신 죽은 거 아니었어요?"

4

장례미용사는 왕 부시장의 얼굴과 목덜미의 지방을 말끔히 제거한 뒤 허리를 죽 펴면서, 만감이 교차하는 눈빛으로 냉담하게 옛 애인의 무너진 얼굴을 훑어보았다. 그런 다음 왕 부시장의 움푹 들어간 배꼽을 중점 삼아 아랫배 쪽으로 반 자 남짓 절개했다. 피는 한 방울도 흐르지 않았고, 피비린내도 나지 않았다. 그저 허연 지방이 절개선을 따라 꿀렁꿀렁 솟구쳐나올 뿐이었다. 왕 부시장의 배 위에 엄청나게 커다란 흰 국화꽃이 활짝 피어났다.

한 사람의 배 속에 그렇게 많은 지방이 있을 수 있다니! 이 사실은 그를 놀라게 만들었고, 그녀는 우리를 놀라게 만들었다.

너는 지방을 모조리 걷어냈다. 은백색 형광등 불빛 아래서 왕 부시장의 지방 덩어리는 희미하게 푸른색을 띠었다. 그것은 따뜻했고, 딱딱하지도 물컹하지도 않았다. 감촉이 좋고 가소성(可塑性)이 뛰어났다. 너는 지방 한 덩어리를 아무렇게나 주물러 양초 한 개를 빚었다. 너는 왕 부시장의 창자에서도 지방을 걷어내 작업대 아래 놓인 검정 비닐 자루에 담았다. 푸르스름한 창자를 꺼내는 순간, 장례미용사의 아랫배에 언

짧은 느낌이 들었다. 그녀는 돌아서서 창가로 가 커튼을 걷고 우울하고 서글픈 마음으로, 동화 속 정경처럼 가로등 불빛과 달빛이 쏟아지는 푸른 강물, 은사시나무의 들쭉날쭉한 수관(樹冠), 구름의 불그스름한 언저리를 바라보았다. 강물 흐르는 소리가 들리는 것 같았다.

너는 그의 창자가 찢어질까봐 무척 걱정됐다. 창자가 찢어졌을 때의 뒤탈은 상상조차 하기 싫었다. 여섯째 아저씨는 돼지를 물로 씻어낼 때 대담하게 내장의 지방을 위에서 아래로 뜯어냈지만, 그럼에도 창자가 터지는 건 본 적이 없었다. 창자벽이 워낙 질기고 튼튼해 걱정할 필요가 없다는 뜻이었다. 창자에서 지방을 벗겨내는 순간, 그녀는 무거운 짐을 전부 떨쳐버린 듯한 쾌감을 느꼈다. 뿌드득뿌드득 벗겨져나오는 소리마저 유쾌하게 들렸다. 살아생전 왕 부시장의 짐이 무거웠던 걸 생각하면 탄식할 일이었고, 죽고 나서 왕 부시장이 짐을 내려놓게 된 걸 생각하면 축하할 일이었다.

맹수 사육사는 토요일마다 공원 밖 잔디밭에서 장례미용사가 넘겨주는 부산물을 건네받았고, 답례로 쇠고기나 돼지고기, 냉동 토끼고기, 닭 내장을 가져다주었다. 그날 저녁에는 돼지 창자를 한 꾸러미나 갖다주었다. 그는 장례미용사의 모든 비밀을 귀신처럼 파악하고 있었는데, 그녀의 남편이 탈항증(脫肛症)을 앓는다는 사실마저 알고 있었던 것이다. 그녀가 부산물을 담는 주머니―검정 비닐 자루―는 맹수 사육사가 선물한 것이었다.

왕 부시장의 배 속에서 지방을 전부 걷어내느라 숨이 찼다. 그녀는 등허리를 두드리며 작업대 아래 나란히 놓인 비닐 자루 세 개를 내려다보았다. 자루 한 개에 지방 열다섯 근을 담을 수 있으니, 왕 부시장은 몸무게를 마흔다섯 근이나 줄인 셈이었다. 그녀는 걱정스러웠다. 토요일 오후에 이 무거운 자루들을 어떻게 약속 장소까지 운반하지?

장례미용사는 정밀한 기술로 왕 부시장의 얼굴을 뜯어고쳤다. 그의 팔과 복부에서 뜯어낸 피부는 지나치게 부드럽고 하얘서 얼굴에 붙이면 원래의 얼굴 피부와 어울리지 않아, 시의 인민들에게 불필요한 오해를 살 수도 있었다. 하지만 특급 장례미용사의 정밀한 기술 앞에서는 해결 불가능한 어려움은 없었다. 그녀는 왕 부시장의 얼굴에 도란* 을 칠해 피부색을 고르게 만들었다. 어차피 모직물로 지은 중산복(中山服)**으로 가릴 것이기 때문에, 복부에 커다랗게 절개한 자국은 굵은 바늘로 대충 꿰매어놓았다. 죽은 사람의 옷자락을 들추고 뱃가죽을 조사할 얼간이는 없을 테니.

내일 오전이면 왕 부시장은 수척한 얼굴에 아랫배가 판판한 모습으로 장의사 로비 한복판에 반듯하게 누워 있을 것이다. 그는 두 눈을 꼭 감고 입술도 굳게 다문 채 죽어서도 의연하고 위엄 있어 보일 것이다. 그의 시신 주변은 단아하고 청초한 백련 십여 다발로 꾸며질 것이다. 시신과 작별하러 찾아온 시 당위원회, 시 정부 간부들, 일가친척과 친구들은 맑고 그윽한 백련 향기 속에서 영구(靈柩) 둘레를 천천히 한 바퀴 돌 것이다. 사람들은 모두 곁눈질로 관 안을 들여다보면서 예외 없이 비통한 표정을 지을 것이다. 시영 텔레비전 방송국 촬영기사들과 시 일간지 기자들이 이 모든 광경을 화면과 지면에 옮겨놓을 것이다.

---

* 주로 배우들이 무대 화장할 때 쓰는 기름기 있는 분의 하나.
** 인민복.

시민들의 칭송은 비애보다 컸다. 우리는 텔레비전 화면에서 젊고 혈기 왕성하고 신체 건장한 부시장이 영구에 누워 있는 것을 보았다. 아나운서는 우리에게 말했다. 왕 부시장님은 죽음을 앞둔 순간에도 업무에 몰두하셨습니다, 라고.

만약 너의 노력이 없었더라면……

시민들의 분노가 비애보다 컸을 것이다. 우리는 텔레비전 화면에서 양볼이 투실투실하고 목덜미가 두툼하고 아랫배가 펑퍼짐한 왕 부시장이 영구에 누워 있는 모습을 보았을 것이다. 그래도 텔레비전 아나운서는 우리에게 이렇게 말했을 것이다. 왕 부시장님은 죽음을 앞둔 순간에도 업무에 몰두하셨습니다, 라고.

텔레비전 아나운서의 말을 믿는 사람은 아무도 없었을 것이다. 우리는 현역에서 은퇴한 늙은 노동자의 큰 배는 이해하고 용서해줄 수 있지만, 배불뚝이 부시장은 이해할 수도 용서할 수도 없으니까. 이런 견해가 불공평하다 해도 말이다.

특급 장례미용사의 임금은 한 등급 인상되었다.

여러 해 전 해방군 중위가 너의 손을 잡고 난 뒤, 너는 장의사 당위원회에 정식 당원으로 받아들여졌다.

산 자는 죽은 자의 시체를 딛고 위로 올라갔다.

너는 그를 대신해서 좋은 옷을 입었다.

너는 그의 배 속에서 걷어낸 지방으로 꽉 찬 검정 비닐 자루를 잘 묶어놓고, 작업대 서랍에서 납봉 기구를 꺼내 자루 아가리를 비끄러맨 노끈 매듭에 납봉을 했다.

임무를 완수하고 나자 통쾌했다. 장례미용사는 의자 등받이에 기대

앉아 작업대 위에 누운 망자에게 찬미의 눈빛을 보냈다. 통쾌함은 금방 사라졌다. 그의 모습은 이십여 년 전과 거의 똑같았다. 그때만 해도 나는 갓 스무 살이었는데……

……중위도 지금쯤 배가 나오지 않았을까? 그가 연단 위에서 내 손을 잡았었지. 이튿날 시 일간지에 그가 내 손을 잡은 사진이 실렸고, 그로부터 엿샛날 신문사 기자가 우브 지(紙)에 인화한 사진 한 장을 내게 보냈어. 기자는 교활하게 윙크를 하며 사진이 아주 잘 나왔다고 했지. 자기 생애 최고의 걸작이라고. 꼭 결혼사진 같다면서…… 그와 그 여자의 결혼사진이 내 작업대 위에 있었지. 영웅의 모습을 꾸밀 때 참조하라고 여자의 시어머니가 장의사에 준 것이었어. 여자의 시어머니는 결혼사진 속에서 웃고 있는 여자의 모습이 제일 아름답다고 말했지…… 부끄러워서 나는 얼굴이 붉어졌고.

기자는 마흔이 넘은 중년으로 눈이 작고 가늘었다. 이 때문에 표정이 교활해 보였다. 진위상 13번지 집의 석류꽃이 활짝 핀 뜰에서 그 기자는 왼손에는 인터뷰 노트를 들고, 오른손에는 '박사'라는 브랜드의 만년필을 잡고 너에게 다그쳤다.

"말해봐요. '아름다운 세상'에서 하는 일을 좋아하게 된 이유는? 말해봐요!"

나는 할말이 없었어. 달콤새콤한 석류꽃 향기—다른 사람들은 석류꽃에 향기가 없다고 하지만—를 탐욕스럽게 들이마시기만 했지.

기자는 '박사' 브랜드의 굵은 만년필로 노트에 몇 줄 썼다. 그리고 다시 질문을 던졌다.

"당신이 보기에는 우리의 장렬한 사회주의 혁명과 사회주의 건설

사업이 여기에 활짝 핀 붉은 석류꽃을 닮은 것 같지 않소? 혁명의 임무가 여기 송이송이 피어 있는 석류꽃 같다고 생각되지 않으시오?"
"석류꽃이라고요?" 그녀의 마음은 석류꽃에 가 있었다. 온 감각이 석류꽃 빛깔과 석류꽃 향기 속에 잠겨 있었다. 그녀는 잠꼬대처럼 같은 말을 거듭했다. "석류꽃이라고요?"
기자는 흥분한 기색으로 펜을 질풍같이 놀렸다.
다시 기자가 다그쳤다. "당신 아저씨 한 분이 시 노동국의 부국장이라는 소문이 있던데요? 그분이 당신의 일을 바꿔주겠다고 했는데, 당신이 거절했다고……"
'아저씨'도 석류꽃 빛깔과 갈수록 짙어져가는 향기 속에 파묻혔다.
……
이렛날, 시 일간지 1면에 그 신문사 소속 기자가 쓴 인터뷰가 전면 기사로 실렸다. 제목은 '한 떨기 아름다운 석류꽃'이었다.
'한 떨기 아름다운 석류꽃'에서 기자는, 네가 장의사에 피어난 한 떨기 붉은 석류꽃이라고, 붉은 석류꽃은 혁명의 상징이요 공산주의 정신의 꽃이라고 말했다. 기자는 너를 찬미하는 동시에 시 노동국의 부국장—공평무사한 아저씨를 찬미했다. 기자는 영웅적으로 죽은 여공을 위해 그 시신을 미용해준 너를 찬미했으며, 내친김에 방방곡곡에 강연을 다니는 미녀 영웅의 남편도 찬미했다—기자는 살아 있는 사람을 찬미할 때 죽은 자를 잊지 않고 찬미했다. 그는 죽음을 묘사하면서 사랑의 씨앗을 뿌리는 것도 잊지 않았다—그는 석류꽃을 중위의 앞가슴에 꽂아주었다.
여드렛날, 왕 부국장이 '아름다운 세상'에 왔다.

당위원회의 서기가 말했다. "리위찬 동지, 동지의 아저씨가 동지를 보러 왔소."

'아저씨'를 사칭한 사람이 당위원회 서기의 사무실 소파에 앉아 스탈린이 피우던 것과 같은 파이프를 뻐끔거리고 있었어. 아저씨는 다소 부유한 티가 났고, 손등에 하얀 주름이 있었지.

그는 내 어깨를 두드리며 말했어.

"위찬아, 잘했어! 너같이 훌륭한 조카딸이 있으니, 아저씨 체면도 서는구나……"

당위원회 서기가 말했어. "위찬 동지는 장의사에 들어온 뒤로 '마오쩌둥 주석의 저작'을 열심히 학습하고, 적극적으로 진보를 추구하였으며, 업무에 대해서도 열심히 연구하는 레이펑* 같은 훌륭한 젊은이입니다……"

아저씨가 당위원회 서기에게 말했지. "젊은이에겐 엄격하게 요구할 필요가 있소. 사상적으로 느슨해져도 안 되오……"

너는 내게 엄숙하게 말했지.

"위찬아, 네가 어느 정도 성과를 거두기는 했다만, 이 아저씨는 네가 '겸양은 사람을 더 나아지게 하고, 교만은 사람을 뒤처지게 한다'는 마오 주석의 가르침과 지도를 명심했으면 좋겠구나."

그의 얼굴에는 꾸며낸 기색이라곤 털끝만큼도 보이지 않았어. 그가 나의 아저씨가 되지 않는 건 불가능했어. 엄마의 앵두같이 붉은 젖꼭지가 그의 시커멓고 커다란 손가락 사이로 고개를 내밀던 문란한 광

---

* 중국 인민해방군의 모범 병사. 마오쩌둥이 '레이펑 동지를 보고 배우자'고 말하면서 정책적으로 '레이펑 학습운동'이 전개되었다.

경이 눈앞에 어른거렸어…… 그냥 꿈이었을 수도 있겠지. 나이 어린 계집아이들은 이상야릇한 꿈을 곧잘 꾸니까…… 갑자기 내 다리 사이가 그 사람의 감촉을 기억해냈어…… 그 사람이 한창 나를 교육시키고 있었으니까…… 그것도 착각이었을지 몰라. 별난 꿈을 잘 꾸는 계집아이는 착각도 곧잘 하는 법이니까…… 너는 평온하고 차분한 마음으로 공기를 가득 채운 가죽 공 같은 왕 부시장의 뱃가죽을 메스로 그었다. 살짝 푸르스름한 빛을 띤 구불구불한 지방 덩어리가 걷잡을 수 없이 솟구쳐나왔다. 마치 국화 꽃송이가 벌어지듯. 그 국화는 크고 기품 있는 명품종이었다…… 아저씨는 내 결혼 문제에 관심을 보였어…… 그 명품 국화를 마주하자 너는 조금 겁이 났다…… 다리 사이에서 느껴지던 감각이 가슴으로 솟아올라왔어…… '아저씨'를 사칭한 그 사람은 내게 중매를 서주겠다고 장담했어. 영웅적으로 죽은 여공이 남긴 공백을 나보고 메우라는 얘기였지.

특급 장례미용사는 달빛 아래 잔디밭에 앉아 몽롱하게 생각에 잠겨 있었다. 맹수 사육사는 이미 울타리를 돌아 사라졌고, 낙타 등처럼 구부정하고 커다란 그림자 역시 사라진 지 오래였다. 맹수들은 공원에서 울부짖고, 돼지 창자는 검정 비닐 자루 속에 똬리를 틀고 앉아 있었다. 달빛은 교교하게—달빛은 늘 교교하니까—하늘 아래 삼라만상을 비추어 장례미용사의 온몸을 하얗게 만들어놓았다. 그 모습이 어딘가 모르게 공사장 생석회 구덩이에서 간신히 기어올라온 팡푸구이 선생과 비슷했다.

신문기자는 '한 떨기 아름다운 석류꽃'을 인터뷰한 기사 덕분에 시 당위원회 선전부의 장려상을 받았으며, 기자처 부처장으로 승진했다. 그는 끝까지 추적하고 맹렬하게 공격하기로 결심했다. 그는 리위찬의 신변에서 황금을 캐내기로 마음먹었다.

너는 서늘한 잔디밭에 앉아 생각했다. 그 기자 녀석, 파리처럼 내게 달라붙었어…… 장례미용사가 된 뒤로는 걸핏하면 파리가 나한테 달라붙어. 엄마도 그렇게 말했고…… 장츠추 그 죽일 인간도 걸핏하면 내 몸에서 시체 냄새가 난다고 투덜대고…… 예전에 내 꽁무니를 쫓아다닐 때는 내 몸에서 시체 냄새가 나지 않았다는 거야?……

야간 순찰을 돌던 경찰이 잔디밭에 앉아 있는 검은 옷을 입은 여인을 주시했다.

그날, 너는 검정 치파오를 입고 달빛 아래 잔디밭에 앉아 있었지. 유령처럼.

경찰은 생각했다. 안나 카레니나 같은 여인이군(그즈음 시영 텔레비전 방송국에서 연속극 〈안나 카레니나〉를 한창 방영하고 있었다). 안나 카레니나는 검정 옷을 입은 채 달리는 열차에 뛰어들었지. 저 여인도 검정 치파오를 입었으니 강물에 뛰어들 가능성이 아주 농후하단 말이야.

기자처 부처장은 사랑의 냄새를 맡았다…… 꿈속에서 당신이 적의 총부리 앞으로 뛰어드는 걸 봤어요…… 너는 중위에게 말했다. 날마다 꿈속에서 당신이 적의 총부리 앞으로 뛰어드는 걸 봐요. 당신의 온몸에 불이 붙어요. 군복도 불타고 머리카락도 불타고 살갗도 불타고 있어요. 당신 온몸에 노란 불씨가 탁탁 튀어올라요…… 중위는 조용히 앉아 있었다. 꼭 영웅상처럼…… 날 좋아하지 않나요? 그녀는 불안한 얼굴로 물었다. 수치심이 너를 짓눌러와 너는 숨을 쉴 수 없었다…… 아저씨의 뜻인데…… 난 결코 이럴 생각이 없었는데…… 중위의 눈 속에 당혹감과 서글픔, 괴로움이 드러났다. 그가 말했다. 내일 결정해도 되겠소?

장례미용사 아가씨 리위찬의 머리카락이 저녁 바람에 나부꼈다. 그녀의 몸에 난 솜털까지 흩날리는 듯했다. 기자처 부처장이 히죽히죽 웃으며 진위샹 13번지에서 걸어나오고 있었다. 그는 너의 손을 꼭 잡더니 흥분한 기색으로 말했다. "축하하오. 진심으로 축하하오. 난 이미 기사 한 편을 썼소. '불같이 뜨거운 사랑'…… 어떻소?" 기자는 원고 묶음을 흔들어 보였다. "내가 몇 대목 읽어주지. 아니, 역시 이야기식이 낫겠어. 당신과 중위의 사랑은 새 시대의 새로운 풍조를 반영하고 있지. 당신은 장의사 일과 공산주의 풍격을 선택했고 그 친구는 당신을 선택했어. 당신은 그 친구의 아내, 그러니까 여성 영웅의 용모를 다듬어주었고, 그 영웅을 통해 당신네 두 사람은 혁명의 반려자로 맺어진 거야. 이 얼마나 극적이고 아름다운 일인가……"

너는 기자처 부처장을 그냥 지나쳤다. 그리고 말없이 진위샹 13번지 집으로 들어갔다. 기자처 부처장은 문밖에서 얼어붙었다. 그의 가슴속에 두려움이 차올랐다.

젊고 잘생긴 야간 풍기 단속 경찰 두 사람이 하얀 페인트를 칠한 낮은 철제 울타리를 뛰어넘더니 달빛 아래 잔디밭에 섰다. 중위는 "위찬 동지, 나는 당신과 결혼하는 데 동의하오"라고 말했었다. "아가씨, 거기 앉아서 뭘 하는 거요?" 경찰이 물었다.

행복이 엄습해올 때마다 너는 온몸이 차가워졌다. 중위 앞에 선 너는 진짜 처녀보다 더 수줍고 불안했다. 왕 부국장과 미친 듯이 사랑을 나누었던 그 소녀가 허물을 벗고 성충이 되었다. 낡은 허물은 버리고 새로 태어난 '옥 매미'*가 되어 나무 위에 오른 것이다. 그가 너를 껴안았고, 너는 눈물을 흘렸다.

"아가씨, 지금 우는 거야?" 너의 얼굴에 눈물이 맺혔다. 교교한 달빛 아래 반짝이는 눈물방울에 마음이 흔들렸다. "강물에 뛰어들고 싶은 거야?"

젊은 경찰이 자기들이 날조해낸 용의자, 곧 강물에 몸을 던지려는 젊은 여인을 짓궂게 가로막았다.

"실연했나?"

"우리 둘은 연애라곤 한 번도 해본 적이 없는데!"

그들의 콧수염은 아직 솜털 같았다. 장례미용사는 두 젊은이의 얼굴에서 대입예비고사에서 떨어진 제8중학 학생들이 짓던 짓궂은 표정을 보았다.

그녀는 아무 말 않고 가만히 기다렸다. 중위는 잠시 망설이더니 결심을 한 듯했다. 풋내기 경찰 둘이 너의 팔을 한쪽씩 잡아 너를 일으켜세웠다. 그가 맹렬한 기세로 너를 덮쳤을 때, 너는 고개를 돌리며 그의 입술을 피했다. 그때 너의 대장에서 피식―피식―피식―하는 소리가 울렸다. 지혜로운 사람이 비웃는 소리 같기도 하고, 밸브에서 가스가 새어나오는 소리 같기도 했다. 네가 저항할수록 그는 더 이성을 잃어갔다. 중위는 해방군 정찰대가 상대를 제압할 때 쓰는 권법 제

---

* '玉蟬'을 중국어로 음독하면 '위찬'이다.

네 걸음

8동작으로 너를 자기 침대 위에 쓰러뜨렸다. 이 동작의 속칭은 '다페이룬', 정식 명칭은 '라덩베이데'였다. 구체적인 공격법은 이렇다. 양손으로 상대의 손목을 잡아 자신의 가슴 앞으로 힘껏 끌어당긴 다음, 갑자기 꿇어앉으며 엉덩이와 등을 즉시 땅에 붙인다. 양손으로 계속 상대의 손목을 세게 잡아당겨 상대의 몸이 내 몸 위로 쓰러지게 한다. 양발로 상대의 아랫배를 받쳐올리면서 손발에 동시에 힘을 주어 상대를 허공으로 들어올린 다음, 내 머리 뒤로 내던진다. 이 모든 동작이 단숨에 정확하게 이루어져야 효과를 발휘할 수 있다. 사랑이라는 독주에 취해 어쩔 줄 몰라하는 여인을 다루는 데 이 동작은 단숨에 이루어지든 두 번에 걸쳐 이루어지든 결과는 마찬가지였다. 너의 몸은 공중에서 180도 회전했다. 네가 정신을 차렸을 때는 이미 영웅의 자리에 누워 있었다. 비단 이부자리에는 아직 영웅의 몸 냄새가 배어 있었다…… 누님, 왜 강물에 뛰어들려 하는 거요? 인생이란 꿀보다 달콤한데…… 솜털이 보송보송한 두 아이의 입술이 너의 양볼에 닿았다. 너는 왼손을 번쩍 들어 오른편 경찰의 따귀를 때리고, 오른손을 번쩍 들어 왼편 경찰의 따귀를 때렸다(짐짓 성난 척했지만 아주 가볍게, 85퍼센트쯤은 장난으로 때린 것이었다). 망할 자식들! 눈에 뵈는 게 없구나. 법을 집행한다는 것들이 범법을 저지르다니! 부녀자를 희롱하다 못해 네놈들의 사모(師母)까지 희롱해?

햇병아리 경찰 둘은 바보같이 입을 가리고 웃었다.

"사모님, 우리도 이미 알고 있었어요!"

"사모님, 우린 사모님이 강물에 뛰어들까봐 걱정돼서 그런 거라구요!"

"제기랄, 놀고 있네!" 장례미용사가 말했다. "내가 강물에 뛰어들었을 때 네놈들은 아직 세상에 태어나지도 않았어!"

"사모님, 댁에 일찍 돌아가시는 게 좋아요. 건달 녀석들 눈에 띄었다가는 그냥 장난으로 끝나진 않을 테니까요."

"이 사모는 여기서 바람 좀 쐬어야겠다."

햇병아리 경찰 둘은 휘파람을 불며 다시 순찰을 돌러 갔다.

두 눈에서 눈물이 뚝뚝 떨어졌다. 영웅의 이불 속에 누운 너는 이유 없이 눈물이 났다. 그때 중위가 한 번이라도 너를 부드럽게 어루만져 주었다면 너는 미친 개처럼 그의 품에 달려들어 그에게 입 맞추고 그를 깨물면서 왕 부국장에게 배운 재주를 전부 펼쳐 보였을 것이다. 그런데……

그는 견장과 훈장이 잔뜩 달린 군복 상의를 입고, 허리에 무장띠를 채웠다. 바지만 입지 않은 채 두 발에 목이 긴 가죽군화를 꺾어 신고 침대에서 내려섰다. 그의 시선이 칼끝처럼 날카롭게 너의 아랫배에 박혔다. 너는 그가 하는 말을 들었다.

"넌 처녀가 아니야!"

그는 허리를 굽혀 바지를 입었다. 너는 다시 그가 하는 말을 들었다.

"분명 넌 처녀가 아니야!"

그는 완전무장을 하고 네 앞에 서서 너에게 옷을 입으라고 명령했다.

네가 옷을 입도록 도와주면서 그는 말했다.

"네 비밀은 지켜주지. 단 조건이 하나 있어. 네 아저씨와 네가 근무하는 기관의 서기에게 분명히 말해. 너는 나를 사랑하지 않는다고."

5

　강물에 뛰어들었을 때 너는 용감하고 비장했으며 하늘도 땅도 두려워하지 않았는데 수치심 따위가 있었겠는가? 너는 아주 침착하게 옷을 하나씩 벗어 석양을 등지고 서 있던 왕 부국장에게 하나씩 던져주었다. 바람결에 활짝 펼쳐진 블라우스가 커다란 나비처럼 팔랑팔랑 그의 어깨에 내려앉았다.
　그때 너는 수치심에 어쩔 줄 몰라하고 있었다. 네 귓가에는 해방군 중위의 책망이 맴돌았다. 넌 처녀가 아니야!
　공교롭게도 바로 그때 너의 처녀막을 집어삼키고 너를 해방군 중위에게 떠민 '아저씨'가 가족들 손을 잡고 맞은편에서 걸어왔던 것이다. 그렇게 해서 너는 구름 속에서 들려오는 명령을 듣기에 이른 것이다.
　"네 몸에 걸친 옷가지를 전부 벗어던져라!"
　왜 나보고 옷을 입으라는 거지?
　넌 처녀가 아니야!
　왜 나보고 옷을 벗으라는 거지?
　분명 넌 처녀가 아니야!
　옷을 전부 벗어던지고 강물에 뛰어든 것은 순리를 따른 자연스러운 일이었다.
　강물에 뛰어들었을 때 네가 용감하고 비장할 수 있었던 것은 죽을 작정이었기 때문이다. 강물에서 구출되어 나왔을 때 너는 당혹스러웠다. 죽음의 시험대에 올랐을 때 영원불변의 진리를 체험했기 때문이다. 깨끗하게 죽는 것이 구차하게 사느니만 못했다.

너의 몸은 온통 흙탕물에 젖었고, 머리카락에는 푸른 물이끼가 달라붙었고, 푸른 물이끼 속에는 푸른 잔새우 몇 마리가 팔딱거리고 있었다. 잔새우들은 강물로 돌아가길 간절히 바랐고, 너는 풀밭에 누워 물을 토했다. 왕 부국장의 아들이 그 아빠도 흥미로워하는 신체 부위를 흥미로운 눈빛으로 쳐다보았다.

왕 부국장의 아내가 아들의 뺨을 때렸다. 찰싹, 그 소리가 너의 얼굴을 때리는 것 같았다.

너는 이루 말할 수 없는 수치심을 느꼈다.

"어서 가. 부끄러운 줄도 모르는 것들!" 왕 부국장의 아내가 아들과 딸을 손으로 때리고 발로 걷어찼다. 왕 부국장의 아들과 딸은 은사시나무 숲으로 달아났다.

아이들은 과장되게 소리 내어 울면서 바싹 야윈 여인과 함께 은사시나무 숲 속에서 술래잡기를 했다.

왕 부국장의 얼굴은 네 손톱에 할퀴여 피투성이였다.

신기하게도 수치심이 분노로 바뀌었다. 핏빛처럼 붉은 저녁노을. 눈부시게 반짝이는 강가 풍경. 우아한 은사시나무. 악을 쓰고 울면서도 기를 쓰고 이쪽으로 달려오고 싶어하는 사내아이. 고래고래 욕을 퍼부으며 한사코 사내아이의 앞을 가로막는 바싹 야윈 여인. 그와 그녀와 그녀, 셋이서 은사시나무 숲 속에서 쫓고 쫓겼다. 그 모든 것들이 수치심을 분노로 바꾸어놓았다. 왕 부국장 부인의 장작개비처럼 마른 몸을 차갑게 훑어보던 너는 미친 듯이 웃어댔다.

왕 부국장은 허둥지둥 너의 옷을 들고 와서 네 몸에 걸쳐주었다. 너는 그 멋진 옷을 거절하고 몸을 이리저리 흔들었다. 언젠가 남자의 손길 아래 놓였던 탐스러운 황금빛 가슴이 저녁노을 아래 미친 듯이 날뛰었다. 너는 풍만한 가슴으로 깡마른 여인을 단번에 꺾어버렸다. 너는 그녀가 나무를 붙잡고 헛구역질을 하다 천천히 무너져내려 결국 꿈결같이 뒤죽박죽 얽힌 나무들 그림자 속에 주저앉는 것을 보았다. 그제야 너의 가슴도 멈추고 숨을 돌렸다. 너는 깡마른 여인의 옷자락 너머로 갈비뼈에 붙은 홀쭉한 주머니 같은 가슴을 꿰뚫어볼 수 있었다.

네가 왕 부국장의 두 귀를 찢어버리자 ('한 걸음'에서 그녀는 장츠추의 귀를 찢은 적이 있었다) 그는 이가 드러날 정도로 입을 일그러뜨렸다. 그때 보인 그의 치아는 완전무결했다. 다음날 나는 다시 한번 그의 치아가 완전무결한 걸 보았어. 그후로 나는 두 번 다시 그를 가까이하지 않았어. 나는 회사의 공용 텔레비전에서만 너를 볼 수 있었지. 솔직히 말해 그 일이 있은 뒤로는 나도 너를 두 번 다시 가까이하고 싶지 않았어. 너는 나를 두려워했지. 네 아내가 두려워서 나를 두려워했고, 여론이 두려워서 그렇게 바로 사라져버렸지. 하지만 너의 입은 텔레비전 화면에서 금빛으로 번쩍거리더군. 너는 언제 금니를 세 개씩이나 해넣었지? '아름다운 세상'에서 너를 내 '아저씨'로 알고 있던 사람들은 모두 죽었거나 다른 기관으로 가고 없어. 참 멋진 '아저씨'였어! 조카딸의 어머니를 먼저 농락하고 또 조카딸마저 농락한 '아저씨'잖아! 황금은 희소금속이지. 내 남편 말로는 황금은 강산(强酸)에도 부식되지 않는댔어. 순금은 불길에 달구는 것도 두려워하지 않지. 너는 죽었어, '아저씨'. 이 금니 세 개는 너한테 이제 아무 의미 없어. 난 너의 금니를 뽑아버릴 거야. 너는 우리 엄마를 건드리고 나도 건드렸어…… 그리고 돌아가신 우리 아버지에게는 오쟁이진 사내라는 오명을 씌웠어. 내 남편에게도. 물론 처녀막은 한낱 섬유조직에 지나지 않고 사랑과 섹스는 별개의 것이기는 하지만…… 에이즈는 부자들의 병이고, 우리는 피똥을 싸고 밑이 빠질 만큼 가난하거든…… (그녀는 문으로 걸어가 바깥 상황을 살폈다. 앞에서 말한 것처럼, 핀셋으로 왕 부시장의 입을 벌려놓은 다음 다른 핀셋으로 금니를 집었다.) 이 이는 팔아서 엄마 치료비로 쓸게! 이 이는 내가 받은 치욕의 대가야! 이 이는 내 남편 담뱃값으로 쓸 거야! 네가 아무리 눈을 부릅떠도 난 무섭지 않아. 내가 돈이 욕심나서 이런다고 생각해? 개소리! 내가 돈을 생각했다면, 네가 살아 있을 때 왜 너와 나의 관계를 이용해 너를 협박하지 않았겠어? 네가 위풍당당한 부시장일 때 네가 맞은편에서 걸어오면 나는 길을 돌아갔어! 나는 복수하려는 거야! 너는 돌아가신 우리 아버지한테도 금니 한 개는 빚진 거야! 차를 타면 차비를 내야 해! 배를 타면 뱃삯을 내야 하지! 말을 타려면 말에게 먹이를 줘야 한다고! 하물며…… 그는 고통에 겨워 끙끙 신음했고, 너는 거만하게 웃었다.

저녁노을에 하늘은 온통 불바다였고, 은사시나무 숲은 활활 타오르는 횃불 같았다. 왕 부국장의 아내는 불 그림자 속에 쭈그려 앉은 채 고통에 몸부림쳤다. 너는 알몸으로 옷을 들고 휘휘 흔들면서—축제 때 나부끼는 색색의 깃발 같았다—쏜살같이 그녀 앞으로 달려갔다. 너는 흙 속에 파묻힌 그녀의 두 손을 보았다. 그녀는 검정 분필을 우물우물 씹고 있었는데 어쩌면 분필 토막처럼 생긴 마른 나뭇가지였을지도 모르지만 나는 차라리 그것이 검정 분필이었기를 바랐지—세상에! 저쪽은 뜨거운 불길과 격렬하게 싸운 여인이었고—이쪽은 분필을 먹는 사람이라니, 우리는 감탄해 마지않았다—유감스럽게도 너는 이제 뜨거운 불길에 타죽은 영웅을 숭배하지 않았지! 너는 이를 악물고 웃었다. 너는 네 몸에 뚫린 생리기관을 가리키며 가장 외설적이고 퇴폐적인 용어로 불을 붙였고, 그 불길에 기름을 끼얹었다.

리위찬을 미행하며 따라다니던 기자처 부처장이 강변에 나타났다. 그는 마치 하늘에서 내려온 신처럼, 성적인 관계의 여파로 고통받고 있던 그들을 구제해주었다.

기자처 부처장은 분명 이 절(節)의 대미를 장식하는 인물이다. 그는 두 가지 일을 해냈다.

(1) 왕 부국장을 거들어, 물에 빠졌던 젊은 여성이 옷을 입는 걸 도왔다.

(2) 사건의 경위를 자세하게 파악하고 돌아가, 왕 부국장이 물에 빠진 젊은 여성을 용감하게 구했다고 속보를 썼다.

6

언제나처럼 교교한 달빛이 특별히 인민공원을 눈부시게 비춰 은백의 세계로 만들었다. 시원하고 부드러운 저녁 바람이 식물의 잎사귀와 가지 들을 흔들었다. 정말 멋진 밤이었다. 맹수 사육사 덕분에 장례미용사는 동물원에 들어와 맹수들을 구경할 수 있었다.

동물원 안에는 그와 그녀 두 사람만 있었지—쇠우리에 갇힌, 입맛이 괴상한 서술자가 잘못된 결론을 내렸다. 우리는 판다 사육장 옆 관

음죽 숲 속에, 우이첨도를 품고 손에 비닐 자루를 든 강도가 잠복해 있다는 사실을 알고 있었다. 강도는 두 남녀가 구불구불한 오솔길을 따라 원숭이 산으로 가는 모습을 지켜보고 있었다.

원숭이 오줌의 지린내 때문에 공기가 무척 나빴다. 원숭이 산에는 부처를 닮은 바윗돌 하나가 우뚝 서 있고, 원숭이 한 무리가 '부처님 머리' 위에 바글바글 모여 자고 있었다. 다른 원숭이 한 무리는 달빛 아래 서로 쫓아다니고 팔짝팔짝 뛰며 장난치고 있었다. 원숭이의 연노랑 털이 푸르스름한 달빛을 받아 번갯불처럼 번쩍 빛났다.

그는 너를 이끌고 원숭이 산으로 가까이 다가갔다. 기분이 좋은 원숭이들이 네 몸의 빛깔을 보고 끽끽대더니 우르르 몰려들어 너를 향해 입을 쩍 벌리고 이빨을 드러냈다.

"너는 살아 있는 진짜 원숭이를 처음 보겠지!" 그가 확신하듯 말했다.

장례미용사는 아무 말 않고 그의 말을 인정했다. 그녀의 머릿속에 엉뚱한 생각이 떠올랐다. 암컷 원숭이도 인간 여자처럼 한 달에 한 번 월경을 하지 않을까?

"동물원은 아주 교육적인 곳이지." 두 손으로 울타리를 잡은 맹수사육사의 모습은 울타리 안의 동물들과 놀라울 정도로 비슷했다. 그는 냉담하게 말했다. "인간은 동물한테서 사는 법을 배울 필요가 있어. 저들의 얼굴을 잘 보라고. 깊고 낭만적인 정취가 풍부하게 깃든 저놈들의 눈을 잘 보란 말이야……"

울타리 안의 원숭이들이 돌연 조용해졌다. 녀석들은 뒷다리로 간신히 섰다. 마치 그의 말을 귀담아들으려는 듯.

"엥겔스가 말했지. '원숭이의 해부는 인간의 해부를 위한 열쇠'라고."*그가 계속 말했다. "원숭이는 하나같이 지혜로운 이마를 가졌어. 우리는 원숭이들보다 뛰어나다고 자부하지만 너는 저놈들이 지금 이 순간 뭘 생각하는지 알 수 있어?"

원숭이들은 꿈쩍하지 않고 눈만 빠르게 깜빡거렸다. 눈이 맑아서 꼭 눈물이 반짝이는 것 같았다. 장례미용사는 너무 놀라서 슬그머니 세 걸음 뒤로 물러났다. 그 순간 원숭이떼가 한꺼번에 시야에 들어왔다. 울타리를 짚고 원숭이들에게 설교하는 맹수 사육사도 눈에 들어왔다. 그와 원숭이들이 하나로 뒤섞여 누가 누구인지 분간할 수 없었다. 너는 생각했다. 사자와 호랑이가 교배해서 사자 같기도 하고 호랑이 같기도 한 괴수를 낳았다고 했지? 그럼 인간 남자와 암컷 원숭이가 교배하면 어떤 것이 태어날까? 유인원? 그 유인원이 인류의 총명함과 지혜를 이어받고, 원숭이의 활기차고 민첩한 성질을 발휘한다면, 이 세상의 모습도 바뀌지 않을까?

이때 우리는 대나무 숲 속에 숨어 있던 악당이 살금살금 빠져나오는 것을 보았다. 그는 키가 작고 몸놀림이 민첩하여 꼭 커다랗고 까만 새처럼 이 숲 그늘에서 저 숲 그늘로, 이 괴석 뒤에서 저 괴석 뒤로 건너뛰며 옮겨다녔다.

맹수 사육사가 말했다. "나의 형제자매들아, 환락(歡樂)이 다하고 나면 광희(狂喜)가 오고, 눈물이 흐르고 나면 콧물이 흐르는 법. 내일 밤에 다시 너희들을 보러 오마."

---

* 실제로는 마르크스가 『정치경제학 비판 요강』에서 '인간의 해부는 원숭이의 해부를 위한 열쇠'라고 말했다.

장례미용사는 원숭이 무리가 조용히 자리를 뜨는 모습을 지켜보았다. 원숭이들은 수심이 가득한 듯한 표정으로 원숭이 산의 어두컴컴한 동굴 속으로 들어갔다. 그때 그가 손바닥으로 울타리를 치면서 날카롭게 외쳤다. 장례미용사는 한마디도 알아들을 수 없는 괴상한 언어였다. 그녀는 맹수 사육사의 얼굴에 흐르는 눈물을 보았다. 그의 머리가 리드미컬하게 움직이고 있었다. 너는 다시 한번 온몸이 차가워지는 느낌을 받으며 생각했다. 내가 마귀를 가까이하고 있었구나.

원숭이 산에서 깊은 잠에 빠져 있던 원숭이들이 갑자기 흩어졌다. 바위틈과 동굴 속에 있던 원숭이들도 그 소리를 듣기가 무섭게 뛰쳐나왔다. 온 산의 원숭이들이 환호성을 지르며 미친 듯이 춤을 추었다. 몸집이 유별나게 큰 늙은 원숭이 몇 마리는 앞발로 엉덩이를 팡팡 두드렸다.

너는 깊은 감동을 받았다. 너와 원숭이 사이에 신비하고 아름다운 연결고리가 생겼음을 느꼈다. 너는 쇠우리를 뚫고 원숭이 산 위로 뛰어올라가 원숭이들의 춤판에 끼고 싶은 욕망에 사로잡혔다. 너의 눈이 흐릿해졌다. 아주 짧은 순간, 흐릿해진 눈앞에 두 눈이 화끈거릴 정도로 새빨간 빛깔이 나타났다. 꼭 새벽안개가 자욱한 바다 위로 붉은 해가 떠오르는 것 같았다. 분명 그것은 바다의 일출 장면이었다. 그 빨간색은 유연하면서도 힘차게 영역을 넓혀갔고, 점점 찬란함을 더해가는 황금빛으로 바뀌어갔다. 처음으로 마음속에 해가 떠오르는 경험을 한 것이다. 새빨간 점이 더없이 찬란한 색으로 바뀌었다고 생각한 것은 너의 마음이었다. 또한 너는 그 새빨간 점이 단순한 음표(音標)라고, 그리고 새빨간 점이 찬란한 황금빛으로 확장되는 것은 단순한 음표가 장엄하고 화려한 악장으로 발전해가는 것이라고 생각했다. 찬란한 빛이 냉기를 몰아내면서 너의 온몸이 불덩이처럼 달아오르기 시작했다. 너는 거리낌 없이 소리치고 싶은 욕망을 느꼈고, 얼굴은 땀범벅이고 눈에는 눈물이 그렁그렁한 원숭이들의 열광적인 무도회에 뛰어들고 싶은 욕망을 느꼈다. 열광은 광희의 어머니이고, 어머니는 그의 정부였다. 태곳적의 태양이 유구한 대지를 두루 비추는 가운데, 원숭이 산 꼭대기는 환희로 들끓었다. 이마에 손을 얹고 멀리 내다보니 수년간 타향을 떠돌던 자식이 고향에 돌아오고 있었다. 철제 울타리는 바람에 가볍게 나부끼는 등나무 덩굴로 바뀌어 있었다. 너는 원숭이들의 부축을 받으며 아득히 높은 산으로 뛰어올랐다가 까마득히 깊은 골짜기로 뛰어내렸으며, 원숭이들을 흉내내어 등나무 덩굴을 붙잡고 그네를 타기도 했다. 너는 격렬하게 움직이고 큰 소리로 부르짖었다. 너는 부르짖음이야말로 진정한 배설이라고 느꼈다. 진정한 배설은 진정한 광희에 이르게 해준다. 진정한 배설은 진정한 광희의 어머니다. 어머니의 뒤를 이어 너는 그의 정부가 되었다.

  그 광희의 춤사위는 계속 발전해갔다. 우리는 능력이 비범한 그 강도가 벌써 맹수 우리 옆 커다란 떡갈나무 위에 오른 걸 보았다. 그는 쇠우리에 갇힌 위풍당당한 시베리아 호랑이를 위에서 내려다보았다. 거기서는 원숭이 산의 시끌벅적한 춤판도 내려다볼 수 있었다. 원숭이들이 왁자지껄 떠드는 소리는 온 도시 사람들 중 절반은 들을 수 있을 정도로 컸다.

  맹수 사육사는 뒤로 세 걸음 물러나면서 계속 낮은 목소리로 노래했다. 차가운 두 눈은 원숭이들과 함께 울타리를 부여잡은 채 온몸을 흔들어대고 있는 특급 장례미용사를 주시했다.
　잠시 후 그는 노래를 멈추고 기진맥진한 듯 태호석(太湖石)에 걸터앉았다. 그리고 아스피린 두 알을 꺼내 입에 털어넣었다. 원숭이들도 조금씩 진정되더니 일부는 산 위로 기어올라가 잠들고, 일부는 울타리 쪽으로 와서 울짱대를 잡고 멍하니 있었다. 장례미용사는 무너지듯 바닥에 주저앉았다.
　그녀는 기나긴 꿈에서 헤어나온 듯 멍했다. 그 순간 그녀를 똑바로 쳐다보고 있는 원숭이떼가 보였다. 그가 말한 대로 원숭이들의 눈빛에는 깊고 낭만적인 정취가 풍부하게 깃들어 있었다. 그 눈빛들이 너에게 아득히 먼 곳의 소식을 전해주자 그것들이 너의 몸속으로 깊숙이 쏟아져들어왔다. 한편으로 그녀는 원숭이들의 생각이 신성한 부름으로 응집되어 하늘에 있는 아버지의 음성처럼 들려오는 걸 느꼈다. 몇 해 전 들었던 그 목소리와 아주 비슷했다. 그때 목소리는 너에게 옷을 전부 벗어던지라고 명령했지만, 지금은 원숭이를 포옹하라고 명령하고 있었다.
　목소리가 너를 굽어보며 명령했다.
　"가서 원숭이를 껴안아라!"
　너는 잠시 머뭇거렸다. 만일 암컷 원숭이가 인간 여자들처럼 월경을 한다면, 수컷 원숭이는…… 포옹한 다음 입을 맞출 텐데……
　목소리는 구름 속에서 너에게 집요하게 명령했다.
　"가서 원숭이와 입을 맞추어라!"
　입을 맞추고 나서는 한 발만 더 가면 교합이었다.
　목소리는 너에게 잔인하게 명령했다.

네 걸음　181

"가서 원숭이와 교합하라!"

장례미용사의 눈앞에 원숭이 산 꼭대기로 올라가는 금빛 찬란한 큰길이 열렸다. 거기 화려한 신혼 침대가 놓여 있었다. 너는 그곳으로 가기로 거의 마음을 먹고는 이미 왼발을 들어올렸다. 너희가 본 순간에는 이미 그녀가 왼발을 들고 있었지. 그 순간 너는 아랫배에 극심한 통증을 느꼈다. 처음에 너는 옆구리가 결리는 거라고 생각했다. 그러다 위통인가 생각했고, 마지막에야 분명히 깨달았다. 너의 자궁이 극심한 통증을 일으킨 것임을.

그 순간, 달빛 아래 깊이 잠들어 있던 시베리아 호랑이도 높은 데서 내려오는 명령을 들었다.

"일어나라! 일어나라!"

호랑이가 일어서서 기지개를 켜며 하품을 했다. 그리고 큰 걸음으로 우리 안을 어슬렁어슬렁 맴돌기 시작했다. 보드라운 물체 하나가 호랑이의 머리통을 때렸다. 호랑이는 자기 머리통을 때린 것이 맛 좋은 냄새를 풍기는 고깃덩이라는 것을 깨달았다. 호랑이는 사양하지 않고 먹어치웠다. 고기를 다 먹고 난 다음에는 다시 우리를 맴돌기 시작했다. 왼쪽 앞다리를 내딛기 무섭게 배 속에서 극심한 통증이 일었다―이 순간 장례미용사의 배 속에서도 엄청난 통증이 일었다―호랑이는 사납게 포효하며 펄쩍 뛰어올랐다. 엄청난 고통이 호랑이를 찢어발겨 땅바닥으로 쓰러뜨렸다.

맹수 사육사는 아스피린 두 알을 꺼내 장례미용사의 입에 넣어주고는 그녀에게 약을 씹어 삼키면 곧 통증이 누그러질 거라고 말했다. 그녀는 시키는 대로 약을 씹어 삼켰다. 정말로 통증이 누그러졌다.

억센 앞발이 너의 보드라운 손을 잡아끌었다. 너는 마음대로 걸을 수가 없었다. 자궁 속에 털이 덥수룩하고 이빨이 날카로운 작은 짐승이 숨어 있어, 네가 걸음을 크게 내디디면 그 짐승이 너의 자궁벽을 물어뜯고 찢어버릴 것만 같았다. 너는 늙은 원숭이의 손에 끌려 걸어가는 기분이 들었다.

"자신을 망치지 마!" 푸르스름하게 빛나는 그의 눈동자가 사랑스러웠다. 그가 계속 말했다. "현대 과학은 수태와 성교를 분리시킬 수 있지. 네가 원한다면 세상을 놀라게 할 어머니가 되게 해줄 수도 있어."

너의 자궁이 엄청난 공포에 경련을 일으켰고, 그 속에 잠복해 있던 작은 짐승이 울부짖었다.

"나는 사자의 정자와 호랑이의 난자로 사랑스러운 신종 동물을 창조해냈어. 그런 건 신만이 할 수 있는 일이란 거 아냐? 사람들은 신성한 창조에 환호했지. 시 일간지는 '라이거'의 탄생에 환호했고, 텔레비전은 내 창조물을 보여주었지. 너도 분명 새로운 세계의 서광을 잉태하고 길러낼 수 있어."

"아냐, 안 돼……!" 너는 필사적으로 맹수 사육사의 손에서 벗어나려고 몸부림쳤다. "싫어, 난 안 할 거야!"

그가 관대하게 웃었다. 이 순간 너희는 기린 우리 옆을 지나쳤고, 나무 울타리 안에 갇힌 기린들이 일제히 기다란 목을 높이 쳐들었다. 그 모습이 꼭 아름다운 거목들이 한 그루 한 그루 서 있는 숲 같았다.

"네놈들은 반드시 내 칼에 맞아 죽을 거야! 창 안쪽에서 야수들이 울부짖는 소리가 들려…… 번화한 도시는 황량한 폐허가 될 거고, 맹수만이 거기 살게 되겠지……" 그가 말했다. "신은 사람들이 그의 비밀을 지키는 걸 용납하지 않아. 네가 왕 부국장과 은사시나무 숲에서 사랑을 나눌 때도 카메라 렌즈 하나가 너희를 노려보고 있었지."

장례미용사는 외마디 신음을 내뱉었다. 자궁 속의 이상야릇한 감각도 잠시 잊었다. 그녀는 말할 수 없는 분노에 손을 치켜들었다. 그 손이 날카로운 발톱으로 바뀌어 맹수 사육사의 얼굴을 할퀼 수 있기를 바랐다. 하지만 맹수 사육사의 억센 앞발에 손을 잡히고 말았다.

"화내지 말라고." 그가 말했다. "난 절대 너를 난처하게 하지 않을 거야. 우선 가서 저것들을 보기로 하지."

너는 순순히 그의 뒤를 따라 걸었다. 그것이 벗어날 수 없는 너의 운명인 것처럼.

왜 다음날 저녁에도 은사시나무 숲 주변을 배회하고 싶어졌을까? 그것 역시 운명으로 정해져 있던 일이라고 너는 생각했다. 강물은 오늘도 어제와 다름없이 유유히 흘러가고, 저녁노을은 여전히 불바다를 이루고 있었다.

설마 내가 그 사람이 오기를 기다리고 있었다고?

"그래, 너는 그 사람이 오기를 기다리고 있었어." 맹수 사육사가 말했다. "저건 백조야. 음탕한 새지." 그는 앞쪽의 거울같이 맑은 호수를 가리켰다. 물 위에는 백옥처럼 하얀 커다란 새 몇 마리가 한참을 꼼짝 않고 떠 있었다. 어쩌다 움직이기라도 하면 수면에 파문이 겹겹으로 일면서 바깥쪽으로 퍼져나갔고, 찰랑찰랑 물결치는 소리가 꼭 유리 조각이 서로 부딪치는 소리처럼 희미하게 들렸다.

호랑이는 바닥에 웅크린 채 경련하고 있었다. 떡갈나무 위에서 뛰어내리는 시커먼 그림자를 봤지만, 그리고 엄청난 재앙이 닥쳤다는 걸 알아차렸지만 어떻게 할 수가 없었다. 호랑이는 갑자기 깊은 산속, 하늘을 찌를 듯한 나무들로 울창한 삼림지대를 떠올렸다. 오래된 기억 속에 깊이 묻혀 있던 삼림의 이끼와 썩은 초목의 친근한 냄새도 맡았다. 비록 우리에서 태어나 우리에서 자란 시베리아 호랑이이긴 했지만.

너는 물비린내를 맡았다. 기억은 친근한 석류꽃 향기를 떠올렸다. 그는 저녁노을을 온몸에 걸치고 은사시나무 숲에서 불쑥 뛰쳐나왔지. 앞길을 가로막은 노상강도처럼.

"너는 바로 그걸 기다렸던 거야. 나는 네가 그자의 품에 뛰어들 거라고 생각했지." 맹수 사육사가 객관적이고 공평한 어조로 말했다. "그자는 너를 껴안고 숲속으로 들어갔지⋯⋯ 으슥하고 조용한 장소를 찾기 위해 너희는 숲속 한가운데로 걸어들어갔어⋯⋯ 아주 길고 먼 길이었지만 네가 그자에게서 벗어나려고 발버둥친 흔적은 하나도 없었어."

그 사람을 보자마자 현기증이 났어. 어제 받은 모욕, 전날 느낀 치욕은 온데간데없었지. 그는 노상강도처럼 무작정 나를 껴안았어.

"너는 그의 품에 안겨 누웠어. 온순한 새끼 양처럼 말이야."

장작개비처럼 야윈 그의 아내가 생각났어. 나는 이겼어. 완승을 거두었지. 나는 그 사람과 하고 싶었어. 혼이 나갈 정도로 황홀하게. 나는 그 여자가 나무 뒤에 숨어서 나무껍질을 잘근잘근 씹으며 자기 남편이 나와 하는 짓을 보길 바랐지.

"그자가 네 옷을 벗길 때, 너는 심지어 협조까지 했어. 그날 너는 팬티조차 입지 않았지. 너희는 풀밭에서 뒹굴었어. 너의 엉덩이는 그날 발행된 신문 위에 놓여 있었고. 그 신문에는 속보가 한 줄 실려 있었지. 그 속보는 도시의 모든 인민에게 알렸지. 노동국 부국장이 자신의 목숨도 돌보지 않고 용감하게 강물에 뛰어들어 젊은 여성을 구해냈다고. 너는 분비물로 그 기사를 축축하게 적셔놓았지."

어쩌면 시작하자마자 절정에 이르렀는지도 몰라. 나는 아득히 먼 곳에서 맹수가 포효하는 소리를 들었어. 모퉁이만 돌면 이내 맹수 우리가 나타나니까. 그는 우리에게, 우선 너의 옛 애인의 지방으로 만든 고급 사료부터 보라고 했어. 우리는 그가 쇠꼬챙이 하나로 쇠우리 문에 채워놓은 자물쇠를 거뜬히 비틀어 여는 걸 보았다. 우리는 독이 퍼져 죽음을 눈앞에 둔 호랑이의 비통함과 분노, 두려움을 짐작할 수 있었다. 그가 내 몸에 들어오자마자 나는 소리를 지르기 시작했고, 그는 입술로 내 소리를 틀어막았어. 그가 나를 깨물었어…… 분명히 말하지만 그때 그는 금니가 없었어……

"너희가 내는 소리는 무척 듣기 거북했지. 사랑을 나눈다는 말은 낭만적이고 아름답지만, 사랑을 나누는 몸짓이나 소리는 추해. 내 카메라가 너희의 몸짓을 수십 장이나 기록해두었지. 덕분에 내 견문도 넓어졌고. 난 너희 관계에 대해 알게 됐어."

내가 그의 전부를 요구하자 그는 움츠러들었어. 꼭 죽은 개 같았어. 그 순간 그가 혐오스러워졌어. 그 무렵 이런 말이 유행했지. 무릇 반동파란 모두 종이호랑이에 지나지 않는다.

호랑이는 마지막 숨을 내쉬고 있었다. 그가 쇠꼬챙이로 놈을 찔렀다. 놈은 꿈쩍도 하지 않았다. 우리는 호랑이의 고통을 짐작할 수 있었다. 껍질을 벗기는 솜씨가 비상할 정도로 능숙했다. 백정이 아니면 절대로 그렇게 깔끔하게 처리할 수 없었다.

벌써부터 맹수 우리에서 피비린내가 진동했다. 맹수 사육사는 쇠우리 쪽에 외롭게 서 있는 작은 흰색 집 문을 열고 장례미용사의 손을 잡아끌었다. 그가 전등을 켜자, 달빛이 집 밖으로 물러나고, 집 안은 대낮처럼 밝아졌다. 그가 장례미용사에게 다정하게 물었다.

"어디 불편한가?"

장례미용사가 대답했다. "아니, 아주 편해요."

"너희 둘은 아주 오랜 시간 훈련해온 게 틀림없어. 그렇지 않고서야 그렇게 멋있고 근사한 것이 나올 수 없지. 정말 자극적이었어. 오죽하면 내 카메라가 미끄러워졌겠나. 기계도 땀을 흘리더군."

그는 죽은 개처럼 누워 있었어. 내가 바란 것은 죽은 개도, 종이호랑이도 아니었는데. 내가 바란 것은 진짜 호랑이, 날 잡아먹을 수 있는 사나운 호랑이였는데. 그래서 나는 그를 들볶았지. 그는 히죽 웃으며 내게 물었어.

"어때, 몸은 괜찮아?"

나는 말했어. "아니, 괜찮지 않아요."

맹수 사육사는 바닥에 세워놓은 목이 긴 고무장화와, 옷걸이에 걸린 하얀 가운을 가리키며 말했다. '아름다운 세상'에도 작업복이 있겠지만 우리한테도 작업복이 있어. 우리가 작업복을 입으면 모두 성스러운 천사처럼 보이지. 매일 이른 아침, 나는 고무장화를 신고 하얀 가운을 걸치고 여기를 걸어나가—그가 작은 문을 밀어 열었다—사나운 짐승들의 아침밥을 준비하지. 전국의 인민들은 채소를 먹고 살지만, 우리는 여기서 고기를 먹지. 그가 냉장고를 열었다. 장례미용사는 붉은 쇠고기, 하얀 돼지고기, 엉덩이 털이 뽑힌 닭과 토끼 들을 보았다. 우리는 가끔 산 닭과 산 토끼를 우리 안에 던져넣어 맹수들이 사냥하게 해주기도 하지. 안 그랬다가는 놈들의 야성이 퇴화해서 가축이 되고 마니까. 지난 몇십 년 동안 나는 날이면 날마다 고기를 먹었어. '새옹지마'라고나 할까, 아무튼 재앙이 복이 된 셈이지. 그는 벽장을 열고 전기풍로, 무쇠솥 따위의 취사도구와 술병, 소금 단지, 양념가루 따위를 가리키면서 말했다. 국가주석은 배추를 먹어도 나는 예전처럼 고기를 먹지.

그래, 몸이 불편해. 그의 고기 이야기가 괴로워. 그의 피가 나를 미치게 해서 나는 그를 자극하려고 음담패설을 계속 지껄이며 치근댔지. 그의 얼굴에 오줌도 누었고.

"나는 여자의 입은 노래만 부를 줄 안다고 생각했지."

내가 그의 얼굴에 오줌을 누자 그는 발광했어.

"당신이 무슨 말을 하는지 모르겠지만 남자 얼굴은 요강이 아니에요."

"카메라가 땀을 흠씬 흘리긴 했어도, 나는 그 카메라로 너의 오줌이 그자의 얼굴에 떨어지는 놀라운 장면을 기록해뒀어."

맹수 사육사는 벽에 붙은 수십 장의 사진을 가리켰다. 이게 바로 그놈들이야. 이 호랑이는 '안안'이라는 시베리아 수호랑이야. 1959년생인데 1964년에 심장과 폐질환 합병증을 앓다가 죽었어. 놈의 사체는 표본으로 만들었는데, 지금은 둥베이에 있는 어느 대학 동물표본실에 있어. 놈의 뼈는 대부분 발라내져서 어디론가 없어졌고…… 이 새끼 호랑이는 '툰툰'인데 '안안'의 새끼야…… 저건 그놈의 누나로 이름을 '단냥'이라고 붙였지—여성 영웅의 이름인데, 너도 알지? 그 단냥은 지금 할머니가 되어 톄촨 시립동물원에서 보살핌을 받으며 천수를 누리고 있지…… 저 수사자는 아프리카에서 기증한 거야. 옆에 있는 건 그놈의 새끼이고…… 이게 바로 우리의 보배 두 마리지! 왼쪽은 '위안위안', 오른쪽은 '팡팡'이야. 저 시베리아 호랑이는 저놈들 어미로 '캉캉'이고, 저 콩고 사자가 저놈들 아비야. 이 사진은 놈들이 갓 태어났을 때 기념으로 찍은 거야…… 나한테 녀석들 앨범이 있는데…… 네가 적어도 세 번은 진지하게 봤으면 해. 일간지에 실렸던 사진을 봐도 되겠지만 그건 놈들이 생후 1개월이 되었을 때 찍은 기념사진이었어…… 이쯤에 놀라운 변화를 볼 수 있을 거야. 놈들의 털 빛이 하루아침에 눈부시게 윤기가 흐르고, 놈들의 온순하던 성질이 난폭하고 고집스러워졌지. 그리고 점차 영민하고 용맹한 맹수의 진정한 풍모를 보여주기 시작했어…… 어떻게 이런 변화가 일어났는지 알고 싶지 않아? 너와 내가 계약을 맺었을 때부터 시작된 일이야. 네가 넘겨준 부산물이 엄청난 힘을 발휘한 거야! 쇠우리에서 진정한 맹수를 길러내다니, 너에게 고마움을 표하고 싶어. 너와 나는 인연이 깊은데, 설마 내가 누군지 못 알아보는 건가? 정말 내가 누군지 모른다고? 최근에 찍은 이 사진 몇 장을 잘 봐! 놈들의 눈빛은 이미 살기등등해졌어. 놈들의 사진을 보면 두려움에 몸을 부들부들 떨어야 옳지! 어린애들은 이제 놈들의 우리 앞에 얼씬도 하지 않아. 이런 맹수들 앞에서 인간은 하나같이 나약한 겁쟁이의 본색을 드러내게 마련이지. 이렇게 변할 수 있었던 건 온전히 네가 준 세 자루 부산물 덕분이라고! 허연 지방덩어리 세 자루, 은덩어리 세 자루……

장례미용사는 그 두 마리의 괴수가 자신을 곁눈질하고 있다는 사실을 깨달았다. 한 마리는 호랑이 머리에 사자 몸뚱이, 다른 한 마리는 사자 머리에 호랑이 몸뚱이를 하고 있었다. 꿈속의 괴수들과 완전히 똑같았다. 다시 한번 운명 같은 광경이 재현되고 있었다. 지난번은 역사의 재현이었고, 이번은 미래에 대한 예감 같았다. 공포에 질린 손이 사진첩을 덮었다. 너는 다시는 그 사진첩을 들춰보고 싶지 않았다.

당신, 도대체 누구죠?

나는 너를 사랑하는 원수야. 널 미워하는 친구이기도 하고.

장례미용사는 깔끔한 편인 마룻바닥에 눈길을 한번 던진 다음 금세라도 울음을 터뜨릴 것 같은 목소리로 말했다.

"당신이 누우라고 요구한다면 거절하지 않을게요."

맹수 사육사는 그 말에 감동받은 듯했다. 그가 말했다.

"내 평생 다시는 인간의 암컷과 사랑을 나누지 않을 거야. 그러면 내가 기르는 맹수들 속이 뒤집어질 테니까!"

"내가 당신 얼굴에 오줌 쌀까봐 겁나요?" 장례미용사가 표독하게 웃으며 말했다.

"네가 남자 얼굴에 오줌을 싸던 사진을 난 아직도 보관하고 있어." 맹수 사육사가 누렇게 바랜 사진첩 한 권을 턱짓으로 가리키며 유감스럽다는 듯 말했다. "아쉽게도 그때는 컬러필름이 없었어."

"알았어요."

"네가 가져도 돼. 내 아들이 너한테 선물한 셈 치지."

장례미용사는 손가락으로 사진첩의 실크 커버를 눌렀다. 점점 얼굴에 웃음기가 피어났다.

강도는 이미 호랑이 가죽을 벗겨냈다. 호랑이 머리 가죽과 꼬리를 손상시키지 않기 위해 시간을 들이지만 않았어도 진작 끝마쳤을 것이다. 이제 우리는 그를 눈으로 배웅했다. 등에 걸머진 호랑이 가죽 때문에 눈에 띄게 둔해진 시커먼 그림자가 구름뭉치 같은 관목 숲 속으로 사라질 때까지 마냥 지켜보았다.

밤이 이미 깊었다. 교외 농가의 수탉들이 벌써 두 번이나 홰를 쳤다.

7

……그가 땅바닥에 무릎을 꿇고 엎드리더니 수척한 얼굴을 들었다. 새하얀 얼굴에 보이는 검은 점 두 개는 눈동자였다. 석회 범벅에서 삐져나온 수염이 진흙 속의 마른풀 같았다. 턱수염 위쪽에 뻥 뚫린 구멍이 입이라는 건 우리도 알아볼 수 있었다.

"장 선생…… 위찬 형수님…… 날 좀 도와줘요……"

"세상에! 팡 선생님, 당신 죽은 거 아니었어요?" 장례미용사가 놀라서 물었다. "내가 선생님을 냉동고에 들여놓았잖아요?"

장츠추는 벽 모퉁이에 숨었다. 혀가 굳고 입술이 하얗게 질려 자신도 모르게 장례미용사의 말을 반복했다.

"세상에, 팡 선생, 자네 죽은 거 아니었어?"

너는 그가 멋쩍게 뒤로 몸을 움츠리다 문틀에 부딪히는 것을 보았다. 온몸을 뒤덮은 석회도 그의 궁색한 몰골을 가려주지는 못했다. 불안에 떠는 기색이 석회 사이로 배어나왔다. 그 순간 인간이 눈이라고 부르는 신체기관에서 두 줄기 눈물이 흘러나왔다. 석회 색깔과 대비되어 눈물이 누렇게 보였다. 장례미용사는 탄식할 수밖에 없었다. 죽고 나서도 억울한 일을 당하면 참을 수 없고, 죽은 사람도 억울한 일을 당하면 눈물을 흘리는구나.

"팡 선생님, 원래 어제 오전에 선생님부터 미용을 해드렸어야 하는데, 공교롭게도 왕 부시장님의 시신이 들어왔지 뭐예요. 그건 선생님도 아실 거예요. 시 당위원회 지도자 동지께서 직접 내게 명령을 내린 일이었어요. 그래서 할 수 없이 선생님을 냉동고에 안치했던 거예요. 정말 미안해요. 우리 두 집이 오랜 이웃이니까, 선생님이 이해 좀 해주세요……"

"형수님." 죽은 자가 석회와 진흙 범벅인 양손을 흔들면서 말했다. "그런 뜻이 아니에요…… 그런 뜻이 아니라……"

장례미용사는 기분이 조금 언짢아졌다. 연일 밤낮으로 기막힌 불운에 맞닥뜨린데다 번거로운 중노동에 시달릴 대로 시달려 머릿가죽에 덮인 그곳이 여느 때보다 혼란스러워서 아침 늦게 일어날 작정이었는데, 꼭두새벽부터 귀신과 맞닥뜨리게 되다니! 그녀는 생각했다. 옛말에 '먼 친척이 가까운 이웃보다 못하고, 삼대를 이어 도를 닦아야 이웃이 될 수 있다'고 했는데. 옛말에 '남을 용서할 구석이 있거든 용서해주라'고 했지. '남의 사정을 봐주면 남이 내 사정을 봐줄 때가 생긴다'는 옛말도 있고. '좋은 말 한마디 건네면 동지섣달에도 따뜻하고, 악담으로 남의 마음을 아프게 하면 오뉴월에도 서리가 내린다'는 말도 있지……

주옥같은 말들이 그녀의 머릿속에 줄줄이 떠올랐다. 그녀는 상냥한 얼굴로 표정을 바꾸며 말했다.

"팡 선생님, 너무 조급해하지 말고, 내가 천천히 설명할 테니 들어보세요. 속담에도 '찬물도 위아래가 있다'고 하잖아요? 더구나 시신을 수습하는 일은 평생 한 번밖에 없는 중요한 일이잖아요. 선생님이 왕 부시장님보다 먼저 도착했으니 당연히 선생님부터 수습해드려야 옳죠. 하지만 왜 선생님 먼저 수습하지 않고 부시장님부터 수습해야 했을까요? 내가 굳이 얘기하지 않아도 선생님도 잘 아실 거예요!"

그가 말했다. "압니다, 나도 잘 알아요. 먼저 수습하나 뒤에 수습하나 마찬가지죠. 나 같은 가난뱅이 교사는 때려죽인다 해도 왕 부시장님과 선후를 다툴 배짱은 없습니다. 게다가 그분이 내 목숨을 구해준 은인이라는 건 일간지에도 보도된 적이 있습니다. 차 안에서 교장 선생님이 내게 말했어요. 형수님 같은 분께 내 시신을 매만져달라고 한 것만 해도 파격적인 일이라고요. 아마 어제가 스승의 날이었기 때문인지도 모르죠……"

"스승의 날은 그저께였어!" 줄곧 벽 모퉁이에 숨어서 벌벌 떨던 장츠추가 끼어들었다. "원래는 선생을 위해 추도회를 열려고 했는데, 아이고, 선생은 죽은 사람이라고!"

"죽은 사람이 뭐가 무섭다고 그래?" 장례미용사가 남편을 타박했다. "어우양산번 박사 말이 '삶과 죽음 사이에는 명확한 경계가 없다' 잖아! 그렇다면 당신이 살아 있는 것처럼 보여도, 어쩌면 벌써 죽었는지도 모르는 거지. 사람들이 모두 팡 선생님이 죽었다고 생각하지만, 어쩌면 다시 살아났을지도 모르는 일이고. 당신 왜 그렇게 긴장하는 거야?"

장츠추의 공포가 다소 누그러졌다. 우리는 그의 굳었던 얼굴 근육이 풀리고, 입에서도 더이상 침이 흘러나오지 않는 것을 보았다.

"팡 선생님, 일단 돌아가세요. 오늘 출근하면 선생님부터 먼저 수습해드릴게요." 장례미용사가 말했다. "아니면 댁에 돌아가서 투샤오잉과 아이들을 보시지 그러세요? 미용을 하고 나면 그럴 기회가 없을 거예요."

"아니, 아닙니다……" 팡푸구이가 비명을 지르다시피 했다. "아내는 만날 수가 없어요…… 날 무서워해요……"

"그건 지극히 정상이에요." 네가 말했다. "중국 속담에 '사람은 죽으면 호랑이 같고, 호랑이는 죽으면 양과 같다'고 했으니까요."

"내가 자넬 무서워한 것도 바로 그래서야." 장츠추가 벽 모퉁이에서 걸어나왔다. 그의 어조가 이유 없이 높아졌다. 말투에서 죽은 사람에 대한 산 사람의 멸시가 묻어나오는 듯했다.

"당신, 의자 좀 가져와 팡 선생님께 드리지그래!" 장례미용사가 장츠추에게 말했다.

"괜찮습니다! 그럴 것 없어요." 팡푸구이가 손사래를 쳤다. "석회 때문에 온몸이 더러워진데다, 내가 맡아도 내 몸에서 죽은 사람의 악취가 나는걸요."

장츠추는 리위찬의 눈치를 살피면서 말했다.

"팡 선생, 사양할 것 없네! 우리 둘은 같은 교무실에서 십 년 넘게 함께 앉았었지 않은가. 그런 사이에 누가 누굴 꺼리고 싫어하겠나?"

"냉동고 안에 있을 때 온몸에 시체 악취가 배어서……"

"우리 집은 벽에도 그 냄새가 배어 있네." 장츠추는 시험지를 채점할 때 앉았던 의자를 가져와 팡푸구이를 앉혔다.
그가 조심스럽게 엉덩이를 의자 귀퉁이에 걸쳤다. 그리고 장츠추가 풍로를 켜고 죽을 쑤는 모습을 바라보았다. 리위찬이 중풍 환자의 대소변이 담긴 요강을 두 손으로 들고 멀리 떨어진 화장실에 가져가 쏟아버리는 것도 보았다. 벽장 속에서 아이들이 중얼중얼 책 읽는 소리도 들었다. 벽 너머에서 여인이 숨죽여 우는 소리도 들었다. 울음소리를 듣는 순간 그는 가슴이 아팠다. 가슴속 고통을 풀기 위해 그는 의자에서 일어나 조심스럽게—이제 막 굳어져 갈라지기 시작한 석회 조각이 몸에서 떨어지는 터라 남의 집에 폐를 끼쳐 미움을 사고 싶지 않았으니까—작은 탁자 곁으로 걸어가서는 시험 답안지 더미에서 한 장을 뽑아냈다. 왕둥훙의 답안지였다. 동글동글한 얼굴에 눈이 가늘고 긴 여학생의 모습이 떠올랐다…… 얼굴은 못생겼지만, 시내 중학생 물리경시대회에서 2등을 했지……

달의 중력가속도는 지구의 6분의 1이다. 붉은 밧줄 하나가 지구에서 최대 2000그램을 들어올릴 수 있다면 달에서는 최대한 ____그램을 들어올릴 수 있다. 이 붉은 밧줄로 달에서 수평 방향으로 질량 2000그램을 끌어당길 때 도달할 수 있는 최대 가속도는 (마찰력은 계산하지 않을 때) ____이다.

이런 간단한 주관식 문제를 왕둥훙이 풀지 못했다니! 어떻게 된 거지? 이런 식으로 가다가는 대학은커녕 전문대 문턱도 넘지 못할 거야! 물리교사는 갑자기 분노하기 시작했다. 눈앞에 왕둥훙이 서 있기라도 하듯. 하지만 그는 곧 생각했다. 자신은 이미 죽은 사람, 죽은 자에게는 분노할 권리가 없지 않은가…… 너는 다시 답안지 한 장을 더

들어 뽑아냈다…… 답안지를 훑어보고 있으려니 눈물이 왈칵 솟았다. 얼굴에 눈물이 흐르자 석회가 굳어 만들어진 얼굴 껍데기 위에 작은 도랑이 생겼다. 너는 더이상 참지 못하고 목 놓아 울기 시작했다.

장츠추가 너의 어깨를 다독이며 동정하듯 말했다.

"팡 선생, 자넨 이미 죽은 사람일세. 산 사람들 일로 마음 쓰지 말게나."

팡푸구이는 고개를 저었다. 그러자 눈에 고인 눈물이 양옆으로 흩뿌려졌다. 그가 말했다. "장 선생, 역시 살아 있는 게 좋다는 생각이 드는군."

"이러나저러나 마찬가지니 그만 괴로워하게. 자넨 죽었어. 자네가 하던 두 반의 물리 수업은 내가 맡았네. 자넨 죽어서 벗어나기라도 했지만, 살아 있는 사람은 여전히 벌을 받아야 한다네. 언젠가 내가 사직하고 장사꾼이 되지 않는다면 분명 자네처럼 교단 바닥에 머리를 박고 죽을 걸세."

장례미용사는 대소변을 쏟아버리고 돌아오다가 팡푸구이가 악쓰는 소리를 들었다.

"난 안 죽었어! 교장이 나한테 살아 있지 말라고 했을 뿐이야! 난 아직 쉰 살도 안 됐다고! 내겐 처자식도 있어. 학교에 숙사를 짓고 있으니까 난 새집에 가서 살 거야! 평생 돼지 간 한번 배불리 먹어본 적 없어! 마오타이주 한 방울도 마셔본 적 없고! 해삼 한번 먹어본 적이 없다고!"

그는 의자에 걸터앉아 입을 비죽거렸다. 더이상 눈물은 나오지 않았고 그저 메마른 웃음만 흘러나왔다. 말라붙은 석회 몇 조각이 떨어지면서 누르께하면서 푸르죽죽한 얼굴 가죽이 드러났다. 그는 서둘러 석회 조각을 주워 손바닥에 조용히 올리면서 말했다. "미안하네, 미안해……"

장례미용사가 이해한다는 듯 말했다. "아, 교사들은 정말 불쌍해. 하지만 불쌍하지 않은 사람이 어디 있겠어?"

불현듯 너는 설움이 복받쳐 요강을 던져버리고 침대 위에 엎어져 울기 시작했다.

팡푸구이가 말했다. "형수님, 울지 마세요. 다 내 잘못입니다. 살아 있을 때 성가시게 군 건 그렇다 쳐도, 죽은 뒤에도 번거롭게 해드리고 있으니. 형수님, 속담에 '남을 도우려거든 끝까지 돕고, 사람을 배웅하려거든 집까지 데려다주어라'라는 말이 있지 않습니까. 내가 '아름다운 세상'에서 뛰쳐나오기는 했지만 돌아가지는 못하네요. 이제 날이 밝기 시작했으니 길에 사람이 없을 때 형수님이 날 거기로 들여보내주세요. 열쇠를 갖고 계실 테니까요."

그녀가 몸을 일으키더니 눈물을 훔쳤다.

"팡 선생, 남자들은 그래도 괜찮은 편이에요. 여자들은 얼마나 힘든지 몰라요."

그 순간 투샤오잉이 울지만 않았어도 장례미용사는 이른 아침 거리에 인적이 드물 때 팡푸구이를 장의사로 돌려보냈을지도 모른다. 그리고 낮에 그의 얼굴을 씻기고 수염도 깎고 안료도 좀 발라서 관련 기관의 지도자 동지와 가족 들에게 보여준 다음, 커다란 시체 소각로에 밀어넣어 태워버렸을지도 모른다—일부는 재가 되어 유골함에 담기고, 일부는 연기가 되어 굴뚝을 타고 올라가 까마득히 높은 하늘로 떠

네 걸음 197

올랐을 것이다—그리고 다시 끝없는 물질 순환과정에 들어갔을지도 모른다—만일 투샤오잉이 울지만 않았다면 일이 그렇게 마무리되었을 것이다—만일 투샤오잉이 울기는 했어도 그 흐느껴 우는 소리가 벽을 뚫고 들려오지 않았다면—만일 투샤오잉의 울음소리가 벽을 뚫고 들려오기는 했어도 팡푸구이의 귀에 들어가지만 않았다면, 일은 그렇게 마무리되었을 것이다.

투샤오잉의 때맞춘 울음소리가 벽을 뚫고 석회로 막히지 않은 팡푸구이의 귀에 들어갔고, 우리는 서술자가 결코 풀어낼 수 없는 노끈을 목에 맨 채 분필을 먹으며 계속 서술하는 모습을 보았고, 우리는 이야기가 발전되어가는 과정을 주시했다. 목에 끈을 맨 채 우리 안의 횃대 위에 쭈그려 앉은 서술자는 끊임없이 숨을 헐떡이고 기침을 했다.

너희는 내 고충을 몰라……

"당신들은 여자들의 고충을 몰라요……" 장례미용사가 말했다.

솥에서는 물이 노래하듯 끓고 있고, 투샤오잉은 목 놓아 통곡하고 있었다.

"난 알아요……" 팡푸구이가 머리를 감싸쥐며 말했다. "그녀가 울고 있어요…… 그녀는 평생 새집에 살아본 적이 없어요…… 마오타이주도 마셔본 적 없고요! 돼지 간 한번 배불리 먹어본 적 없어요! 해삼 한번 먹어본 적 없다고요! 늘 쇠고기 만두를 먹고 싶어했는데…… 난 죽을 수 없어요…… 죽을 수 없단 말이에요…… 그녀가 마오타이주를 취하도록 마시게 해줄 거예요! 돼지 간도 실컷 먹게 해줄 거예요!! 해삼을 한 근이나 먹게 해줄 거예요!!! 쇠고기 만두를 한 솥이나 먹게 해줄 거예요!!!! 새집에서 살게 해줄 거라고요!!!!!"

그는 거의 고함을 지르다시피 말했다. 장츠추는 너무 놀라 귀를 틀어막았다.

그가 기진맥진한 목소리로 말을 이었다.

"교장을 찾아가겠어. 가서 나는 죽지 않았다고 말할 거야. 더 열심히 해서 봉급 인상을 쟁취하고, 특급 교사로 평가받아 그녀한테……"

장례미용사는 한숨을 내쉬고는 팡푸구이에게 뜨거운 죽 한 그릇을 가져다주며 달랬다.

"팡 선생님, 배고플 텐데 좀 먹고 얘기해요."

그릇을 받아드는 팡푸구이의 마음이 착잡해졌다.

"당신이 죽었대도 좋고, 죽지 않았대도 좋아요. 죽었다가 다시 살아났대도 좋고, 처음부터 죽은 게 아니었대도 좋아요." 그녀가 말했다. "어차피 선생님 사정이니까. 하지만 시에서는 선생님이 죽은 줄 알아요. 장의사에서도 선생님을 죽은 사람으로 취급하고, 학교에서도 죽었다고 생각하고, 투샤오잉과 팡룽, 팡후도 선생님이 죽었다고 생각해요. 그러니 선생님은 살아 있을 수 없어요."

"아니에요. 지금 당장 학교에 가서……"

"절대 가지 말게." 장츠추도 거들고 나섰다. "자네가 나타나면 학교에 난리가 날 걸세. 학생들 수업에도 영향을 줄 테고. 지금 학교에서는 학생들에게 슬픔을 힘으로 승화시켜 높은 점수를 받아서 자네의 영혼을 위로하라고 당부하고 있네. 교장이 학생들에게 말했어. 대학에 한 명이라도 더 합격하는 것이 팡 선생한테 하나라도 더 많은 화환을 바치는 거라고. 그것도 가장 아름다운 화환으로 말일세. 학교에서는 지금 자네의 죽음을 계기로 발표문을 작성하고 있네. 자네의 죽음을 명분 삼아 사회에 호소하고 살아 있는 교사들의 삶의 질을 높이려고……"

"선생님이 죽지 않고 다시 살아난다면 얼마나 많은 사람들이 고통받고 힘들어질지 알 수 없어요……" 그녀가 말했다.

"자네가 다시 살아나고 죽지 않는다면 교사들의 숙사 신축은 물거품이 되고 말 걸세." 장츠추가 말했다.

투샤오잉의 통곡소리에 주의해주게.

팡 선생은 생사의 갈림길에서 선택을 해야 하는 상황에 부딪혔지.

어떤 사람이 위대한 물리학자 아인슈타인에게 상대성이론이란 어떤 거냐고 물은 적이 있다더군—너는 우리에게 말했다—아인슈타인은 이렇게 대답했대. 만일 당신이 기차역에서 기차를 기다린다면 두 시간이 아주 길게 느껴지겠지만, 당신이 사랑하는 여성과 함께 있다면 그 두 시간이 무척 짧게 느껴질 겁니다.

아인슈타인의 원리에 근거해서, 우리는 이 아침이 하염없이 길고 지루하게 느껴졌다.

이 하염없이 길고 괴로운 아침, 장례미용사는 문득 맹수 사육사가 언젠가 들려준 옛날이야기를 떠올렸다.

아주 먼 옛날, 한 사내가 바다에서 조난을 당해 무인도에 표류했다. 섬은 매우 크고 숲이 울창했는데, 숲속에는 독사와 맹수 들이 있었다. 사내가 근심에 싸여 있는데, 난데없이 커다란 암컷 원숭이 한 마리가 나타났다. 원숭이는 그의 주위를 세 바퀴 돌았다. 사내는 너무 낙심한 나머지 아무것도 두려운 것이 없었다. 그래서 원숭이에게 물었다. 날 잡아먹고 싶으냐? 어디 네 마음대로 하려무나! 하지만 원숭이는 도리질을 하더니 그를 떠메고 어디론가 갔다. 사내도 반항하지 않고 그 원숭이를 따랐다. 원숭이는 어느 커다란 동굴 속으로 사내를 데려갔다. 동굴 속에는 마른풀이 깔려 있고 들꽃이 꽂혀 있어 매우 쾌적했다. 지칠 대로 지쳐 있던 사내는 그대로 쓰러져 잠들었다. 얼마나 잤을까. 깨어나보니 원숭이가 자기를 똑바로 바라보고 있었다. 사내가 말했다. 날 잡아먹고 싶으냐? 그럼 어서 잡아먹으렴. 원숭이는 도리질을 하더니 동굴 밖으로 나가 신선한 야생 과일을 한 아름 가져왔다. 돌배, 산포도, 붉은 대추, 노란 바나나…… 원숭이는 눈빛과 몸짓으로 사내에게 말했다. 나는 당신을 잡아먹으려는 게 아니야. 내가 어떻게 당신을 잡아먹겠어? 당신을 위해 내가 모아온 이 맛있는 과일을 먹어주면 좋겠어. 사내는 배가 고파 죽을 지경이었기 때문에, 더 생각할 것도 없이 달고 시고 쓰고 아린 것들로 배를 가득 채웠다. 그가 목마른 기색을 보이자 원숭이는 커다란 조가비에 물을 떠다주었다. 물맛이 설탕물처럼 달았다. 산골짜기에 솟는 샘물인 게 분명했다. 원숭이는 낮이면 먹을거리를 구하러 나갔다. 사내는 동굴에서 나가려다 동굴 입구가 커다란 바윗돌로 막혀 있다는 것을 알게 됐다. 아무리 힘껏 떠밀어도 바윗돌은 꼼짝달싹하지 않았다. 사내는 생각했다. 이 늙은 원숭이의 힘이 범상치 않구나. 맹수 사육사가 말했다. 간단히 말해, 그후부터 암컷 원숭이는 사내에게 먹을 것을 마련해주고 밤이면 사내와 함께 동굴에서 지냈지, 라고. 얼마 후 원숭이는 임신을 했고, 곧 살결이 뽀얗고 통통한 사내아이를 낳았다. 아기를 낳은 직후에도 원숭이는 쉬지 않고 전과 다름없이 산에 올라 먹을 것을 구해왔다. 아이가 생기고 나자 원숭이는 사내에 대한 감시를 늦추어 더는 낮에 바윗돌로 동굴을 막아놓지 않았다. 사내는 아이를 안고 산과 들로 놀러 다니며 자유로이 살았다. 어느 날, 원숭이가 먹이를 구하러 나가고 아이는 잠이 들자, 사내는 동굴 밖으로 놀러 나갔다. 그때 작은 배 한 척이 바닷가에 정박하는 것이 보였다. 배를 발견한 사내는 갑자기 정신이 번쩍 들었다. 인간 세상으로 돌아갈 기회가 온 것이다. 그는 바닷가로 달려가 선장에게 그간의 사정을 털어놓았다. 선장은 착한 사람이라, 그를 데려가주겠노라고 약속했다. 사내는 몰래 동굴로 되돌아갔다. 그리고 깊이 잠든 아이를 안아들고 달려가 배에 올랐다. 아이가 울기 시작했다. 사내는 선장에게 빨리 출발하라고 재촉했다. 바로 그때 섬 쪽에서 소름 끼치도록 처절한 비명이 들려오더니 원숭이가 쏜살같이 바닷가로 달려왔다. 아이가 원숭이를 향해 팔을 내밀었다. 사내는 선장에게 어서 빨리 배를 출항하라고 재촉했다. 작은 배가 천천히 움직이기 시작하는 순간, 원숭이가 굵은 팔을 뻗어 뱃고물을 잡았다. 사내는 아이를 꼭 끌어안고 있었고, 아이는 팔을 내밀고 계속 울부짖었다. Ma—Ma—Ma—원숭이는 두 눈을 부릅뜨고 사내를 노려보았다. 그 눈빛은 이렇게 말했다. 이 모진 사람! 몇 년이나 내가 산에 올라가 물을 떠다주고, 숲속에 들어가 과일을 따다 먹이고, 당신이 병들면 약초를 캐다 낫게 해주고, 당신이 똥오줌을 싸면 내 손으로 받아다 버리고, 내 정조를 바쳐 건강하고 통통한 아이까지 낳아주었는데, 그런데 당신은…… 매정한 남자! 정말 너무해……

    그대 혼자 이 무인도에 떠내려왔을 때
    온몸은 상처투성이, 굶주림과 추위에 목숨을 부지하기 어려웠네

이 몸은 잘생긴 그대가 안쓰러워 차마 해치지 못하고

그대를 안고 내 집에 돌아와 정성을 다해 보살펴주었네

이 몸 그대 위해 등나무 덩굴 타고 나무에 올라 신선한 과일 따고

이 몸 그대 위해 보배 같은 처녀를 바쳤네

한없는 다정함으로 그대 섬기고 온갖 아양으로 그대 경박스러움에 응대했네

그대 역시 베갯머리에서 온갖 맹세를 했지

바다가 마르고 바윗돌이 닳도록 밤낮으로 이 몸과 함께하겠노라고

이 세상 밖 별천지에서도 반려자 되어 서로 사랑하겠노라고

베개 위에 흘린 침이 채 마르지도 않았는데

그대의 맹세가 아직도 귓가에 생생한데

그대, 그대, 그대는…… 그대는 내 아기를 훔치고 이 몸을 저버리다니

양심 없는 도둑놈이 되고 배은망덕한 짐승이 되어 저 혼자 몰래 인간 세상으로 돌아가는구나

그대에게 묻나니 인간 세상이 뭐 그리 좋다고

그대 마음 모질게 만들고 이 몸 버리게 한단 말인가

절에 스님이 없으면 여우들이 기왓장 희롱하는 꼴을 그대는 보지 못했나

관아에 할 일이 없으면 쥐들이 아전 노릇 하는 꼴을 그대는 보지 못했나

숲에 큰불 나면 불꽃이 하늘을 찌르고

강과 호수를 더럽히면 물고기, 새우가 놀지 못하네

정녕 가려거든 그대 혼자 떠나고

내 아이 남겨두어 이 몸 여생에 길동무나 되게 해주어

아아…… 괴롭고 슬프구나……

노래 한 곡조를 다 읊고 났을 때 맹수 사육사의 얼굴은 눈물범벅이 되어 달빛 아래 번들거렸다. 맹수들은 달빛 아래 헐떡이고, 봉황의 꼬리들은 바람결에 스산하게 흔들렸다. 온 세상이 구슬픈 소리로 가득했다.

"그래서 어떻게 됐어요?" 장례미용사가 조바심을 내며 물었다.

맹수 사육사는 소매로 눈물을 훔치더니 큰 소리로 노래를 불러서 갈라진 목소리로—갈라지기는 했지만 여전히 고음이었다—마치 천극*에서 장단을 맞출 때 쓰는 꽹과리처럼 호소력 짙은 목소리로 말했다. "암컷 원숭이가 부른 비통과 분노에 찬 노래에 사내는 진퇴양난에 빠졌어."

원숭이가 말했다. "내 눈이 멀었던 거지. 당신의 진짜 모습을 보지 못하다니. 일이 이렇게 됐으니 떠나고 싶으면 떠나. 옛말에 '억지로 꼭지를 비틀어 딴 참외는 달지 않다' '잡아 묶어놓는다고 부부가 될 수는 없다' 하니, 다만 내 아기만 돌려주면 돼."

아이는 원숭이의 불룩한 젖가슴을 보자 탐욕스럽게 울부짖었다. MA—MA—MA—

사내가 말했다. 안 돼, 난 아이를 버릴 수 없어.

암컷 원숭이가 말했다. 당신이 버리지 못하는데 나는 버릴 수 있을 것 같아? 옛말에 '자식이 천리 길을 떠나면 그 어미는 걱정으로 말라 죽는다'고 했어!

사내가 말했다. 아이의 앞날을 위해 우리가 떠날 수 있게 손을 놔

---

* 쓰촨 지방의 전통 창극.

줘.

원숭이가 말했다. 안 돼, 떠날 거면 나도 데려가. 아이한테는 내가 필요해.

사내가 말했다. 절대 그럴 수 없어! 내가 짐승하고 몸을 섞은 걸 사람들한테 보여주라고? 천만에! 절대 그럴 수 없어.

선장이 도끼를 걷어차 보내면서 말했다.

"손님, 아무래도 손님이 배에서 내려야겠소."

사내는 할 수 없이 한 손으로 아이를 안고 한 손으로 도끼를 잡아, 뱃고물을 움켜잡은 원숭이의 손목을 끊어버렸다. 선혈이 솟구치더니 엄청나게 큰 원숭이의 앞발이 갑판 위에 떨어졌다. 원숭이는 처절한 비명을 지르며 팔을 움츠렸다.

그 틈을 타 배는 섬을 벗어나 대륙으로 내달렸다.

얼마 후 사내는 어린 아들을 안고 고향으로 돌아왔다. 그러나 양심의 가책 때문에 다시는 아내를 얻지 않겠다고 맹세했다. 아들이 다섯 살이 되자 사내는 스승을 모셔다 아이를 교육시켰다. 아이는 비상할 정도로 똑똑하여 눈으로 한번 훑어보기만 해도 줄줄 외웠고, 한 가지 문제를 내면 세 가지 답변을 할 수 있어, 약관이 되기도 전에 수재(秀才)에서 거인(擧人)으로, 거인에서 진사(進士)로, 그리고 국가 과거시험 전시(殿試)에서 단 한 사람만 뽑히는 일갑(一甲)으로 임금의 낙점을 받아 장원급제자가 되었다. 금의환향을 했으니 비범하게 명성을 떨칠 수밖에 없었다. 그는 간단히 이야기하겠다고 말했다. 장원급제한 소년은 아버지에게 어머니를 찾아달라고 했다. 아버지는 이런저런 핑계를 대어 거절했지만 결국 끈질긴 추궁을 이기지 못하고 사실을 고백했다. 아들은 배를 한 척 빌려 타고 바다 건너 그 무인도의 산골짜기 동굴을 찾아갔다. 그리고 동굴 안에서 앞발이 하나 없는 짐승의 해골을 발견했다. 아들은 목 놓아 울며 머리 조아려 제사를 올렸다. 그리고 제사를 마치자마자 바위에 머리를 부딪고 죽었다……

이렇듯 길고 지루한 아침에, 팡푸구이가 직면한 선택도 어린 아들을 품에 안고 도끼를 든 채 뱃고물에 서 있던 사내, 원숭이의 앞발을 품에 안은 채 어미의 시신을 마주한 아들과 똑같았다. 논리학에서 말하는 양도논법의 상황인 것이다. 양쪽을 모두 만족시키기란 애초에 불가능했다. 옛날 성현이 말한 '고기와 곰발바닥을 둘 다 맛볼 수는 없는 격'이었던 것이다.

너는 암컷 원숭이와 자식 간의 신성한 감정을 소중히 여기지 않을 수 없었고, 너와 자식 간의 감정 역시 신성했다. 감정에 충실하기 위해서는 세상의 윤리를 저버려야 했다. 명성을 온전히 지키고 아들을 버리지 않기 위해서는 원숭이의 앞발을 도끼로 찍어낼 수밖에 없었다. 실제의 사상투쟁은 이보다 몇 배 더 복잡하다.

그녀는 너의 모친이었지만, 암컷 원숭이였다. 장원급제한 소년은 고생 끝에 어머니를 찾았지만 결국 얻은 것은 한 마리의 암컷 원숭이였다. 장원급제는 행복한 일로 크나큰 명예를 안겨주었지만, 원숭이에게서 태어난 장원급제자를 여론이 용납할 수 있을까? 부친이 모친의 손을 자른 일은 끔찍하지만, 부친이 어미 원숭이의 앞발을 자르지 않았다면 달리 무슨 방법이 있었겠는가? 장원급제자로 살아가는 것은 영광스럽겠지만, 사람과 원숭이 사이에서 태어난 존재로 살아가는 것은 지독하게 치욕스러울 것이다. 그래서 어미를 찾지 못했을 때는 고통스러워했지만, 찾아내고 난 뒤에는 바위에 머리를 들이받고 죽을 수밖에 없었던 것이다—사상투쟁은 이보다 만 배는 더 복잡하다.

너는 죽어야 할 몸이었지만, 아내와 자식을 버릴 수 없었고 맛 좋은 술과 안주를 잊을 수 없었다. 하지만 네가 살아 있으면 교장과 동료 교사들에게 피해를 주게 된다. 죽을 수도 없고 살아 있어서도 안 되는 것이다. 너는 죽 그릇을 든 채 멍하니 앉아 있었다.

장츠추가 팡푸구이의 얼굴을 똑바로 쳐다보며 말했다.

"내게 좋은 방법이 하나 있으니 자네한테 알려주지."

이렇게 해서 그 길고 지루한 아침에 그들은 일종의 신사협정을 맺기에 이르렀다.

1. 장례미용사는 원래 장츠추와 비슷하게 생긴 팡푸구이의 얼굴을 약간 매만져 장츠추와 똑같게 성형한 후 제8중학 물리교사로 돌려보낸다.

2. 장츠추는 원래 모습을 유지한 채 바깥으로 나가 장사꾼이 되어 돈을 번다.

3. 팡푸구이가 장츠추를 대신해 번 월급과 장츠추가 장사해서 번 돈을 합한 다음 둘로 나누어 두 집안의 생활비로 쓴다.

4. 부엌에 팡푸구이를 위해 침대를 하나 놓는다. 팡푸구이는 투샤오잉과 계속 동거할 수 있는 자유가 있다.

협정이 완료되었을 때, 벽장 속에서 이런 목소리가 들렸다.

"beef, beef broth, steak."

장츠추의 아들들이 영어 공부를 하면서 머릿속으로 만찬을 즐기고 있었다.

다섯 걸음

五步

1

　옛날이야기 속의 그 사내는 날카로운 도끼를 휘둘러 암컷 원숭이의 앞발을 잘라버렸다. 앞발이 갑판 위에 떨어지는 광경은 차마 눈뜨고 볼 수 없을 만큼 참혹했다. 한 가지 덧붙일 것이 있다. 뱃고물을 꽉 잡고 있던 거대한 원숭이의 앞발이 도끼날에 잘리자, 원숭이는 바닷가에서 처절하게 울부짖었고, 사내의 두 눈에서도 눈물이 흘렀다. 어찌되었든 그 암컷 원숭이와 너는 여러 해를 같이 살았고, 그녀는 너에게 장차 뛰어난 인재가 될 아들을 낳아주었으니까. 배가 돛을 활짝 펼치고 대륙을 향해 내달리는 사이, 원숭이의 통곡소리는 철썩이는 파도소리에 묻혔고, 무인도 역시 하늘까지 길길이 솟구치는 물결 뒤로 사라졌다. 그러나 원숭이의 앞발만은 여전히 갑판 위에서 경련을 일으키고 있었다. 선장이 말했다. 손님, 그건 바닷속에 던져버리시구려.

바다에는 상어떼가 작은 배의 뒤를 따라오고 있었다. 사내는 말했다. 안 돼요, 안 돼! 사내는 누더기 옷을 벗어 원숭이의 앞발을 싸서 고향으로 가지고 돌아왔다. 십수 년 후 아들이 장원급제를 하고 어머니의 행방을 묻자, 사내는 노란 비단을 씌우고 붉은 비단 띠를 두른 나무 상자를 하나 가져와 보여주었다. 나무 상자 안에는 말라비틀어진 원숭이 앞발이 하나 담겨 있었다. 장원급제한 아들은 그 나무 상자를 들고 망망대해 한복판에 있는 무인도에 올라 어머니를 찾았다. 아들이 목숨을 끊기 전, 아버지가 먼저 목을 매어 자살했다. 이 이야기 속에서 죽음은 모든 것을 원만히 해결하는 수단이자 상징이었다.

두번째로 보충할 내용은 이렇다. 얼굴을 성형하기로 신사협정을 맺기 전, 리위찬은 쌀죽 한 그릇을 팡푸구이에게 건넸다. 그는 부들부들 떨리는 손으로 그릇을 받아들었다. 쌀죽의 구수한 냄새가 그의 코를 찌르자, 여러 날 동안 물 한 방울 쌀 한 톨 입에 넣지 못하다가 갑자기 인간 세상의 음식 냄새를 맡게 된 그는 순식간에 허기와 갈증의 바다에 빠져들었다. 이제 그에게는 생사의 문제보다 쌀죽을 먹는 게 급선무였다. 사흘 굶은 맹수처럼 게걸스럽게 들이켜는 너의 끔찍한 모습이 장례미용사와 그 남편에게 아주 깊은 인상을 남겼다. 쌀죽이 너무 뜨거워서 너는 입안이 벗겨질 정도로 데고 말았다. 첫 모금이 목을 지나 배 속까지 내려갔을 때, 너의 위장은 견디기 어려울 만큼 심한 통증을 느꼈다. 머리카락 사이로 땀이 줄줄 흐르고, 얼굴에 붙어 있던 석회가 조각조각 떨어져내렸다. 일부는 죽 그릇에 떨어져 네가 마시는 대로 배 속에 들어갔고, 일부는 바닥에 떨어져 리위찬의 비질에 쓸려나갔다.

세번째로 보충할 내용은 이렇다. '상대성이론'에서 아인슈타인은 시간은 일차원적인 것이 아니며, 미래로 갈 수도 있고 과거로 돌아갈 수도 있고, 짧게 압축할 수도 있고 길게 늘일 수도 있다고 생각했다—그는 그릇을 받쳐들고 후루룩후루룩 소리가 나도록 쌀죽을 들이켰다. 쌀죽이라곤 하지만 쌀 몇 톨에 채소 몇 줌으로 쑨 멀건 죽이었다. 그 위로 열일고여덟 살쯤 된 깡마른 소년의 얼굴이 비쳤다. 해방군이 포화 속에서 구출해낸 그 소년은 이제 고등학생이 되었다. 비록 배불리 먹지 못하고 따뜻하게 입지는 못했지만 정신만은 유쾌함으로 충만했다. 멀건 쌀죽을 마시는 그의 눈앞에 소련 아가씨의 통통한 얼굴이 떠올랐다. 그녀의 머리카락은 아맛빛이었고, 목덜미는 깨끗하고 곧았으며, 풍만한 가슴은 언제나 묵직해 보였다—이 백일몽은 훗날 기적처럼 적중했다. 사람은 나이 서른이 지난 뒤에도 바뀐다더니, 투샤오잉은 머리카락이 점점 아맛빛으로 변하고, 검은 목덜미는 깨끗하고 곧아졌다. 투샤오잉의 작은 가슴은 러시아식 발육으로 크고 무거워졌다. 남편의 마음속 우상을 따라 자신의 용모와 몸매를 바꿀 수 있었던 아내를 그리워하는 것은 당연한 일이었다. 벽 너머에서 투샤오잉의 울음소리가 들려왔을 때, 살아야겠다는 욕망이 우세해지기 시작했다.

네번째로 보충할 내용은 이렇다. 벽에는 누렇게 바랜 신문 한 장이 붙어 있었는데, 거기에는 어우양산번 박사가 죽음과 삶의 전환 문제를 재론하는 글과 두 가지 토픽이 실려 있었다. 토픽 가운데 하나는, 중국 어느 성(省)의 한 남자 이야기였다. 남자의 아내가 자식을 낳은 후, 갑자기 남자에게 여성의 징후가 나타났다. 의사가 검사한 결과 이 남자는 남녀 양성의 생식기관을 가졌다는 사실이 밝혀졌다. 간단한 수술 후 이 남자는 아내와 이혼하고 어느 중년 남자와 결혼해 딸 하나를 낳았다. 결국 이 사람은 아들에게는 친아버지이고 딸에게는 친어머니가 되었다. 또다른 토픽은 미국의 많은 남자들이 온갖 방법을 써서 여자가 되고 싶어했는데, 역시 간단한 성전환수술을 거쳐 아름다운 여성으로 바뀌었다는 내용이었다(기사와 함께 사진 두 장이 실렸는데, 수술 전에는 얼굴이 구레나룻으로 뒤덮이고 울대뼈가 튀어나와 있지만, 수술 후에는 얼굴이 예쁘장하고 가슴이 풍만해졌으며 울대뼈가 사라지고 없었다).

다섯번째로 보충할 내용은 이렇다. 장례미용사는 팡푸구이와 장츠추의 얼굴형을 연구하면서 두 사람 다 광대뼈가 튀어나오고 아래턱은 뾰족하며 큼지막한 안경을 쓴다는 공통점을 찾아냈다. 차이점은 팡은 외까풀이지만 장은 쌍까풀이라는 점, 장의 콧마루에는 희미한 흉터가 하나 있지만 팡에게는 없다는 점이었다. 장례미용사는 유쾌한 기분으로 말했다. 외까풀을 쌍까풀로 만드는 게 쌍까풀을 외까풀로 고치는 것보다 얼마나 더 쉬운지 몰라요. 콧마루에 흉터를 하나 보태는 게 콧마루에 난 흉터를 없애는 것보다 몇 배는 더 쉽고요. 분석 결과, 팡을 장으로 바꾸는 수술은 맹장절제수술보다도 간단했다. 굳이 장의사까지 갈 필요도 없이 집에서 해도 되었던 것이다.

여섯번째로 보충할 내용은 이렇다. 더욱 똑같이 만들기 위해 장례미용사는 아침식사를 마치고 출근하기 전에 장과 팡 두 사람의 머리를 박박 밀어버리고 팡에게는 목욕까지 시켜주었다. 목욕할 때 팡이 다소 부끄러워하자, 장례미용사는 농담 반 진담 반으로 핀잔을 주었다. 이제 곧 내 남편으로 바뀔 텐데, 부끄러워할 게 뭐 있어요?

일곱번째로 보충할 내용은 이렇다. 장례미용사는 상점에 가서 초록색 제복을 두 벌 샀다. 판매원이 물었다. 손님이 노부인이었다면 쌍둥이 아들에게 생일선물을 사다주는 줄로 알았을 거예요. 장례미용사는 이렇게 대꾸했다. 맞는 말씀이네요.

여덟번째로 보충할 내용은 이렇다. 장례미용사는 출근 후 잘 고쳐진 왕 부시장을 관련 기관 직원에게 넘겨주었다. 그들이 영결식이 열리는 로비로 왕 부시장을 옮길 때, 그녀는 시신이 훼손되지 않도록 살짝 들었다가 살짝 내려놓아야 한다고 주의를 줬다.

아홉번째로 보충할 내용은 이렇다. 제8중학에서 장의사로 전화가 왔다. 될 수 있는 대로 빨리 팡 선생의 시신을 매만져달라고, 그들이 학생대표단을 조직하여 은사의 영결식을 거행할 수 있게 해달라는 것이었다.

열번째로 보충할 내용은 이렇다. 그날 저녁, 리위찬과 장례미용 작업대에서 사랑을 나누었던 장의사 부관장이 리위찬에게 말했다. 누님, 오늘 저녁에 특근을 해서라도 제8중학의 궁상맞은 교사도 마저 수습해줘요. 그쪽 사람들이 내일 학생대표단을 조직해 조문하러 온대요. 장례미용사는 그 말을 듣고 멍해져 아무 말도 못했다. 내 생각 하는 거요? 부관장이 은근하게 물었다. 장례미용사는 질문의 뜻을 제대로 알아듣지 못했다. 그녀는 이미 점심시간에 집으로 가서 팡푸구이의 얼굴을 장츠추와 똑같이 뜯어고쳐놨기 때문이다. 내가 싫어요? 부관장이 은근슬쩍 물었다. 이 질문의 뜻 역시 그녀는 제대로 알아듣지 못했다. 이유는 같았다.

2

　얼굴 성형수술은 부엌에서 진행되었다. 길고 지루한 오후는 수술을 위해 비워두었다. 수술 전 부엌을 청소하고 간이침대를 하나 들여놓았다. 다추와 샤오추는 점심때 각자 학교에서 점심을 먹었다. 장츠추는 몇 가지 일을 거들어준 다음 서둘러 제8중학으로 돌아가 일직을 섰다. 장례미용사의 작업에는 조수가 필요 없었다—장츠추는 휴가를 신청해서 도와줄 생각이었지만 장례미용사는 필요 없다고 했다. 혼자 일하는 것이 익숙하다며.
　부엌에 모든 준비가 갖추어졌다. 어머니의 입에서 괴성이라도 터져 나와 수술에 영향을 끼칠까봐 장례미용사는 어머니에게 수면제를 세 알이나 먹였다—잠시 후 풍류미인의 굴속에서 묵직하게 코를 고는 소리가 들리기 시작했다.
　장례미용사는 너를 부엌으로 불렀다. 너는 그녀가 암갈색 손가방에서 하얀 법랑 쟁반을 하나 꺼내 고기 다지는 도마 위에 놓는 것을 보았다. 그리고 연푸른색 알코올 병을 꺼내 고무마개를 뽑고 쟁반에 알코올을 붓는 것을 보았다. 알코올은 쟁반에서 연두색으로 변했다. 그리고 새하얀 수술 도구들, 가위와 핀셋과 겸자와 큰 바늘, 작은 바늘…… 모두 쟁반의 알코올에 담갔다. 수술 도구들이 알코올 속에서 선명한 남색으로 바뀌었다. 오직 하나만 금빛을 쏟아냈다—바로 버들잎처럼 생긴 칼이었다. 쟁반에 누워 알코올에 잠겨 있는데도 그 칼이 얼마나 날카로운지 알 수 있었다. 너의 눈에는 장례미용사의 암갈색 손가방이 요술주머니 같았기 때문에, 그 안에서 돼지 간볶음이 한 접시 나와도 놀라지 않았을 것이다. 그녀는 암갈색 손가방에서 반창고, 거즈, 탈지면, 봉합사, 투명 접착테이프, 연고, 가루약, 주사기를 꺼냈다…… 마지막으로 그녀는 부엌 밖으로 나가더니 몸에 걸치고 있던 것을 전부 벗었다. 그녀는 무엇 하나 덮어 가리려 하지 않았다. 결코 너를 살아 있는 사람으로 여기지 않았다. 그녀는 서두르는 기색 하나 없이 침착하게, 질서 정연하게 겉옷부터 벗은 다음 속옷을 마저 벗었다. 실오리 하나 남지 않을 때까지. 너 역시 얼굴에 아무 감정도 드러내지 않고 침착하게 그녀의 모든 신체 부위를 바라보았다. 너는 냉정하게 그녀를 관찰했다. 그녀의 입 위에 파르스름하게 난 콧수염을 본 순간 너는 투샤오잉의 유럽인스러운 커다란 입과 도톰한 입술을 잊었다. 약간 위로 들린 그녀의 암홍색 젖꼭지를 보았을 때, 너는 투샤오잉의 러시아인스러운 묵직한 가슴을 잊었다…… 비교 대상이 있어야 가치를 알 수 있는 것이다. '아이는 내 아이가 좋아 보이고, 마누라는 남의 마누라가 좋아 보인다'는 말 그대로였다.

그녀는 옷을 전부 벗은 다음 부엌으로 걸어들어오더니, 암갈색 손가방에서 새하얀 가운을 꺼냈다. 가운 자락을 툭툭 털어 펼치는 순간, 너는 인간의 신경을 상쾌하게 해주는 비누 냄새를 맡았다. 허리를 구부려 암갈색 손가방에서 가운을 꺼낼 때, 그녀의 둔부가 불가피하게 위로 불쑥 들렸다―단거리경주 선수들이 출발선 앞에서 몸을 숙인 채 조용히 출발 신호를 기다릴 때 다들 이렇게 엉덩이를 높이 치켜들지―언제라도 쏜살같이 달려나갈 수 있게―그녀의 몸 어떤 곳은 불가피하게 너에게서 멀어졌지만 그곳은 너와 가까워졌다―이런 것은 물리학의 위대한 보존법칙과 연결시켜 생각할 수 있다―얻은 만큼 그

다섯 걸음 217

대가를 지불해야 하는 것이다—그녀의 머리가 너에게서 멀어질수록 그녀의 엉덩이는 그만큼 너에게 가까워진다. 그 역(逆)도 성립한다.

이상한 것은, 그녀가 네 눈앞에 똑바로 서 있었을 때는 네가 거의 냉정을 잃지 않았는데, 그녀가 이 평형을 깨뜨리고 활시위를 떠난 화살 같은 자세를 취했을 때—겨우 일 분밖에 안 되는 잠깐이었지만—너의 냉정은 즉시 흙더미가 무너져내리듯 와해되고 말았다는 것이다. 장례미용사의 눈부신 엉덩이는 세상 무엇이라도 아낌없이 지불해 삶을 쟁취하겠다는 생각을 굳혔다. 그 눈부시게 찬란한 빛은 인간 세상을 살아가는 기쁨을 보여주었다.

그녀는 하얀 가운을 몸에 걸치면서 너를 향해 교태스럽게 웃었다. 그 웃음이 네 얼굴에 치명타를 가했고 너는 쩔쩔맸다. 얼굴로 피가 몰리면서, 석회에 상한 살갗이 아파왔다.

마지막으로 그녀는 암갈색 손가방에서 파리 날개처럼 얇고 투명한 라텍스 장갑을 한 켤레 꺼내더니 찔꺽찔꺽 소리 나게 손에 끼었다. 두 발에는 꽃수를 놓은 낡은 비단신을 신고 있었다. 봉황 한 쌍이 모란꽃을 희롱하는 무늬였다. 좌우가 똑같았다. 그녀는 왼손으로 오른손에 낀 장갑을 폈고, 오른손으로 왼손에 낀 장갑을 폈다. 모든 준비가 끝났다. 그녀는 하느작거리며 네 눈앞에 섰다. 얼굴에 미소를 띤 채. 순간이 영원 같았다. 너는 경극 배우의 등장 포즈와 치질 좌약 광고 포스터를 떠올렸다. 과학이 초자연현상에 의해 궁지에 몰리면 방패를 꺼내든다. 그 방패에는 전서체로 큼지막하게 이렇게 적혀 있다. '장(場)'.

그녀의 '장'이 너의 '장'을 강하게 교란해 너의 '장'에 혼란을 발생시켰다. 너는 아랫배에 강력한 설사기를 느꼈다.

생각해보면 그해 물리교사의 모친은 전쟁통에 너무 놀란 나머지, 총소리나 대포 쏘는 소리를 듣기만 해도 이내 설사를 했었다.

"긴장돼요?" 장례미용사가 미소를 띤 채 물었다. "날 믿고 두려워하지 마요. 산 사람을 성형하는 것과 죽은 사람을 성형하는 것은 본질적으로 같으니까요. 차이가 있다면, 산 사람에게는 무균소독을 해야 하고, 죽은 사람에게는 분을 바르고 루즈를 칠한다는 거죠. 내 솜씨를 믿어요."

그녀는 (치질약을 들지 않은) 양손을 높이 들고 미소를 띠며 말했다. "내 손을 믿어요."

너는 '장'의 질서가 정상으로 회복되는 느낌을 받았다. 그녀의 미소가 시원한 약물이 섞인 좌약의 효과를 발휘한 게 틀림없었다.

"화장실에 한 번 다녀오세요." 그녀가 함축적으로 말했다.

이제 그녀는 커다란 연푸른색 마스크로 입을 가리고 있었다. 그녀는 거울을 하나 가져왔다. 그리고 말했다.

"보세요. 곧 딴 모습으로 바뀔 테니까요. 내가 아무리 팡 선생님을 더 멋지게 바꿔놓는다 해도 옛말에 '태어난 곳이 가난해도 개의치 않는다'거나 '자식들은 어머니가 못생겼어도 꺼려하지 않고, 개는 집주인이 가난뱅이라도 싫어하지 않는다'라거나 '몽당비도 자기 집 것은 귀하다'고 하잖아요. 그러니 선생님도 마지막으로 원래 모습을 한번 봐두세요."

물리교사는 장례미용사에게 호감을 품고 있었기 때문에 기꺼이 그녀의 말을 따랐다. 화장실에 다녀오라면 다녀오고, 거울에 얼굴을 비춰보라면 비춰보았다.

다섯 걸음 219

너는 거울 속에서 길고 가는 눈을 보았다. 툭 불거지고 아래로 축 처진 눈꺼풀이 미웠다. 깔끔하게 오뚝 솟은 콧날을 보았다. 코에 대한 미움이 가득한 너는 그녀가 거기에 흠집을 내주길 간절히 바랐다. 석회 때문에 상해서 윤기를 잃고 누레진 얼굴도 거울에 비춰보았다. 이제 막 탈피를 한 매미가 풀잎에 남겨놓은 허물을 관찰하듯……

네가 거울을 들고 거울 속에 비친 얼굴을 요모조모 뜯어보는데, 두 개의 반짝이는 눈이 누런 빛깔의 얼굴을 짓누르듯 다가왔다―그녀가 너의 뒤통수 위로 몸을 숙이고 있었던 것이다. 기이한 냄새가 그녀의 머리카락에서 풍겼다. 사람을 두려움에 떨게 만드는 그 냄새에 도취된 네 몸의 세포들이 전부 약동했다. 그녀의 흐트러진 머리카락이 너의 목덜미에 닿을 듯 말 듯 하다가 순식간에―어쩌면 머리카락을 모조리 밀어버려 몹시 민감해진 너의 머리가 스스로 그쪽으로 향했기 때문일지도 몰랐다―그녀의 묵직한 머리채가 네 머리 위로 늘어졌다. 너는 네 머리카락의 존재를 느낄 때보다 훨씬 강렬하고 미묘하게 그녀의 머리카락의 존재를 느꼈다. 너의 두피는 민감하고 감수성이 풍부했다. 그래서 그녀의 머리카락이 부드럽게 스치자 정전기를 발생시켰다. 이런 것이 물리학이다! 모세혈관이 팽창하면서 두피가 충혈되었다. 모든 환락과 광희는 충혈에 동반되거나 충혈을 동반한다. 너는 울고 싶어졌다.

그녀가 말했다. 목소리가 연푸른색 마스크를 뚫고 나오는 동안 무겁고 탁해져 더욱 깊이 있게 들렸다. "이 얼굴은 그저 그런 편이고, 솔직히 나도 별로 좋아하지 않아요. 그래도 버리는 건 신중해야 하니 심사숙고해주세요. 옛말에 '일을 당해서 삼세번 생각하면 지나고 난 뒤에 이득을 얻는다'고 하잖아요."

너는 대꾸했다. "난 후회하지 않을 겁니다."

거울 속 그녀의 눈이 반짝이면서 뒤쪽에 있는 너의 얼굴이 그녀의 눈동자에 어둡게 비쳤다.

그녀가 거울을 내려놓으라고 눈짓했다. 너는 거울을 내려놓았다. 그녀는 너에게 간이침대 삼아 조금 전에 놓아둔 널판 위에 누우라고 했다. 너는 널판 위에 누웠다. 널판이 끼익끼익 소리를 냈다. 두려워하지 마요. 소리가 나지 않는 침대는 없으니 무서워할 것 없어요. 이 침대는 두 사람의 몸무게도 너끈히 감당할 수 있으니까요.

"눈을 감으세요." 그녀가 말했다. 너는 그녀의 목덜미를 흘깃 쳐다보았다. "선생님 고통을 줄이기 위해," 그녀의 목덜미에 주름이 두 줄 깊게 파였다. "마취제를 한 대 놓을 거예요." 네게는 그 주름살이 살짝 처량하게 느껴졌다. "내 주사 놓는 솜씨가 미심쩍을 수도 있겠지만 걱정 마세요." 그녀는 무색투명한 약물이 담긴 주사기를 집어들어 한 손으로 능숙하게 다루었다. 열몇 방울 정도의 약물이 은빛 주삿바늘 끝에서 솟구쳤다. "의과대학에서 공부한 적이 있거든요. 의사—기술이 뛰어난 외과의사라고 할 수 있죠." 그녀가 핀셋으로 알코올에 흠뻑 적신 소독용 솜을 하나 집었다. "사람의 얼굴은 진흙 덩어리나 마찬가지예요. 어떤 모양으로든 마음대로 빚어낼 수 있어요. 날 보고 싶으세요? 나중에 실컷 보여드릴게요." 알코올 한 방울이 너의 코끝에 차갑게 떨어졌고 너는 놀라서 숨을 멈췄다. "눈을 감으시라니까요!" 너는 고분고분 두 눈을 감았다.

너는 어머니의 젖을 빨다가 막 잠들려는 행복한 갓난아기가 된 기분이었다. 오랫동안 깊이 잠들어 있던 기억이 머릿속 깊은 곳에서 어렴풋하게 소곤소곤 이야기를 늘어놓기 시작했다.

독한 알코올 냄새가 네 기분을 언짢게 했지만, 피부에 느껴지는 알코올의 서늘한 감촉은 모험을 하고 난 뒤의 시원스러운 희열과 같았다—모험과 섹스는 밀접한 관계가 있지. 처음으로 낙하산을 타고 뛰어내리는 남자들 중에는 자기도 모르게 사정을 하는 경우가 있다더군. 너는 우리에게 주절주절 이야기를 늘어놓았다.

"두려워할 것 없어요. 두려워하지 말라니까……" 그녀의 목소리가 아득히 높은 허공에서 어렴풋하고 신비하게 울리면서 최면 효과를 냈다. "두려워하지 말라……" 너의 입술이 무의식중에 달싹거리고, 너의 성대가 무의식중에 살짝 떨렸다. 너는 무의식중에 '으아아앙……' 하고 울음소리를 냈다—그것은 젖을 빨고 있는 아이가 내는 소리였다.

돌연, 날카롭고 뾰족한 자극이 달콤한 몽롱함을 끊어버리고, 날카로운 주둥이를 가진 무수한 벌레들이 너의 피부와 살 속으로 파고들었다. 마취가 시작된 것이다.

"아픈가요……" 그녀가 물었다.

너는 아무 소리도 내지 못했다. 얼굴이 마비되었으니까. 너의 뇌는 너의 얼굴이 너에게서 떠나버렸다고 느꼈다.

"다 됐어요!" 그녀가 말했다. 벌써 수술이 끝난 것이다.

마취는 아직 깨지 않았다. 입은 말을 하지 못했다. 너의 뇌는 아직 수술이 시작되지 않았다고 느끼는데, 너의 귀에는 그녀가 하는 말이 들렸다.

"다 됐어요! 수술이 끝났어요."

3

사흘 뒤 정오, 장례미용사가 너에게 말했다. 이제 얼굴에 감은 붕대를 풀어줄 테니까 절대 놀라지 마요. 난 자신 있어요. 수술이 성공했다는 걸 의심치 않아요. 설사 성공하지 못했다 해도 별문제 아니에요. 잘못된 곳은 다시 고치면 되니까.

어둠에 갇힌 너는 기분이 좋지 않았다. 수술이 끝난 후 장례미용사는 너의 얼굴을 엄청나게 많은 붕대로 감아버렸다. 숨 쉴 수 있게 코와 밥을 먹을 수 있게 입만 남겨두고. 밥을 먹는다는 것은 일종의 향락이었다. 갓난아기가 된 것 같은 달콤한 기분이 식사 과정 전체에 희미하게 깔렸다. 너는 가슴팍에 부드러운 수건을 두른 채 어색하게 앉아 있었다. 너는 그 수건이 순면이라고 짐작했다. 밥 먹기 전마다 그녀는 그 수건을 네 목에 둘러주었는데, 밥과 반찬 냄새조차도 그녀의 머리카락에서 풍기는 그 야릇한 냄새를 물리치지 못했다. 너는 호기심을 누르지 못하고 더듬더듬 물었다. "형수님, 머리에 무슨 향수를 쓰십니까?"

너는 그녀가 차갑게 웃는 소리를 들었다. 눈앞이 온통 오렌지빛이었지만 붕대 너머로 그녀의 표정을 읽기 위해 안간힘을 썼다. 그녀가 말했다. "눈을 뜨면 안 돼요. 말했잖아요. 나중에 실컷 보게 해주겠다고."

붕대 속에서 너는 눈을 감았다. 눈을 감았는데도 오렌지빛이 눈앞에 조각구름처럼 흘러갔다.

"나 같은 중년 여자가 머리에 무슨 향수를 쓰겠어요. 투샤오잉은 아직도 향수를 뿌리는 모양이죠? 그 러시아인 미녀는요."

그녀의 말투가 어딘지 예사롭지 않았다. 너는 계속 그 의도를 추측해보았다. "입 벌리세요!" 그녀가 야단치듯 말했다. "닭 국물을 마셔요." 사기로 된 숟가락이 너의 입술을 건드렸다. 국물은 맛있었다. 두 번째로 닭 국물을 마셨을 때는 저녁이었다. 붕대에 감겨 있었지만 너는 눈부시게 밝은 형광등 불빛을 느낄 수 있었다. 그녀가 숟가락을 네 입술에 넣었을 때, 너는 바득바득 이를 가는 소리, 헐떡헐떡 숨을 몰아쉬는 소리, 호랑이와 사자들의 노린내 섞인 울부짖음을 들었다.

너는 식사시간을 간절히 기다렸다. 조금은 우울한 그 달콤한 시간을 애타게 기다렸다. 그 시간은 짧았고, 나머지 시간은 하염없이 길고 지루했다. 리위찬의 어머니는 침상에서 쉴새없이 괴성을 질러댔다. 마치 너를 겨냥해 지르는 소리 같았다. 간혹 투샤오잉이 흐느끼는 소리도 들렸다. 그 흐느낌은 물론 너만을 위한 울음소리였다. 어제 오전, 너는 제8중학 교장과 당 지부 서기, 노동조합장이 네 가족을 위문하러 오는 기척을 들었다. 너를 위한 추도회를 거행하는 일로 그들이 그녀와 상의하는 소리가 드문드문 들렸다. 투샤오잉이 악을 썼다. "어찌 됐든 나한테 그 사람 얼굴을 한 번은 보여줘야 하는 거 아니에요!"

장례미용사는 너에게 일어나 앉으라고 했고, 너는 침대 위에 단정하고 꼿꼿하게 앉았다. 주변은 쥐 죽은 듯 고요했다. 리위찬의 어머니가 고르게 코를 고는 소리만 가늘게 들려올 뿐, 장례미용사의 숨소리조차 들리지 않았다. 하지만 그녀의 체취만큼은 짙게 풍겼다. 곧이어 그녀의 부드러운 손길이 너의 뒤통수 쪽으로 갔다. 붕대 매듭이 거기 있었던 것이다. 우리는 이미 보았다. 붕대를 풀기 직전 장례미용사가 질투가 버릇이 된 어머니에게 효과가 뛰어나다는 수면제를 세 알이나 먹이는 것을. 새로운 얼굴이 탄생하는 신성한 순간을 위해, 종교의식에 버금가는 장엄한 시간을 방해받지 않고 절대적인 엄숙함을 지키기 위해, 격렬하게 뛰는 심장박동 소리와 혈액이 혈관을 흐르며 내는 소리를 유일하고 필수적인 배경음악으로 삼기 위해서였다—만약 수면제를 세 알 더 먹였다면 고의로 살인을 꾀했다는 혐의를 받았을 것이다. 세심하고 민첩한 손가락이 붕대 매듭을 풀더니 눈앞으로 돌아와서 턱 밑으로 한 바퀴 돈 다음 정수리 쪽으로 올라갔다—붕대를 풀어나가는 장례미용사의 민첩하고 교묘한 손놀림은 리드미컬하면서도 우아했다—너는 어머니가 베를 짤 때 누에고치의 실을 뽑아내던 게 생각났다—머리가 점점 작아졌고, 너는 그녀의 심장이 세차게 뛰는 소리를 들었다. 혈액이 그녀의 몸속에서 빠르게 돌고 있었다. 그녀는 내 심장이 뛰는 소리를 들었고, 내 심장이 수압펌프처럼 털털거리더니 오그라드는 것을 보았다. 막 베일이 걷히려는 순간, 나는 그녀의 머릿속에서 회백색 뇌수가 끓어오르는 것을 분명히 보았다. 그 미색 물질 안에 깊숙이 감춰진 성냥갑 크기의 푸른 화면에 문장이 한 줄씩 나타났다 사라졌다.

　나는 너의 생각을 보았어!
　너의 푸른 화면에 '하느님 제발'이라는 구절이 팔딱팔딱 뛰고 '성공하게만 해주세요'라는 구절이 반짝반짝 빛났으며, '하느님, 하느님! 한 번 실수는 병가의 상사!'라는 문장이 반복해서 소용돌이치고 있었다.

네 손이 떨리고, 강렬한 빛줄기가 마지막 붕대 한 겹과 눈꺼풀을 뚫고 들어왔을 때, 나는 너의 풍만한 암홍색 몸을 보았어. 반대로 너의 오장육부는 흐릿해졌지.

마지막 동작은 숨조차 죽여야 할 만큼 조심스럽게 이루어졌다. 들리는 소리라고는 풍류미인의 코 고는 소리, 사자와 호랑이 들이 으르렁대는 소리, 제8중학 운동장 은사시나무에서 매미가 그악스럽게 울어대는 소리뿐이었다.

마지막 붕대가 벗겨지자 너는 얼굴에 확 끼쳐드는 서늘한 바람을 느꼈다. 상쾌하고 놀라운 느낌. 그녀의 머릿속 푸른 모니터에 환락, 광희 같은 글자들이 아주 빠르게 소용돌이치는 것이 보였다.

너는 그녀의 감정이 좀 지나치다고 생각했다.

너는 자신의 얼굴이 무척 보드랍고 여리다는 느낌을 받았다. 이제 막 허물을 벗은 담황색 매미가 된 듯한 느낌이었다.

"자…… 이제 눈을 떠봐요……" 장례미용사가 아주 작은 목소리로 말했다. 두 귀로 애걸에 가까운 그녀의 명령을 들었다기보다는 부드럽고 예민한 피부로 그녀의 숨결을 느꼈다는 것이 더 정확했다. 숨결에서 글자를 읽을 수 있다는 것은 새로 태어난 얼굴이 매우 민감하며 예사롭지 않다는 사실을 말해주고 있었다. 그것은 크나큰 축복이었고, 그 축복을 지켜나가는 것은 네가 죽을 때까지 버릴 수 없는 임무였다.

그녀의 마음이 나에게 눈을 뜨라고 이야기하고 있어. 거즈를 벗겨내자 그녀의 오장육부와 혈액순환에 가슴 설레던 현상은 슬며시 물러나고, 너의 눈앞에 나타난 것은 그녀의 몸, 파르스름한 콧수염 아래로 보이는 그녀의 입술, 그녀의 온몸을 덮은 황금빛 솜털, 그녀가 네 얼굴 앞에서 치켜들었던 눈부신 엉덩이였다. 얼마 전 나는 학생들에게 원자폭탄이 폭발할 때 나타나는 현상을 묘사한 적이 있었지. 그때 나는 이런 표현을 썼다. 엄청나게 크고 밝은 빛을 발하는 불덩어리가 천천히 떠오른다. 하지만 결코 일출의 태양은 아니다……

"선생님…… 이제 눈을 떠도 돼요……" 장례미용사가 말했다. 그런데 그 순간 나는 왜 눈을 뜨지 않았을까? 아주 오랜 세월이 흐른 뒤에도 물리교사는 이 질문의 답을 찾아헤맸다. 왜 나는 눈을 뜨고 싶어 하지 않고 꾸물댄 걸까? 눈을 뜨는 순간 뭔가 잃어버릴까봐 두려웠던 걸까? 그래, 아무리 눈부시게 빛나는 엉덩이라 해도 인간의 얼굴을 대체할 수는 없을 것이다. 옛 얼굴에 대한 기억을 희석시킬 수는 있겠지만 역시 대체할 수는 없는 것이다.

"성공한 것…… 같아요…… 제발…… 그 눈 좀 떠봐요……" 장례미용사가 애원했다. "뭐가 두려워요? 오랫동안 눈을 가렸던 사람이 밝은 빛을 두려워한다는 것쯤은 나도 이해할 수 있어요. 하지만 그런 말도 있잖아요. 두부를 만들면 쉬기 전에 내다 팔아야 하고, 자식이 태어나면 먹여 살려야 하고, 며느리가 시댁에 들어오면 시어머니를 만나야 하고, 연을 만들면 하늘에 날려야 하는 것 아니겠어요? 어서 눈 좀 떠봐요!"

내가 눈을 뜨지 말아야 할 이유는 없어. 아주 익숙한 동시에 낯선 여인의 울음소리가 벽을 뚫고 들려와 너의 고막을 뒤흔들었다. 그래,

장례미용사가 늘 입에 달고 다니는 속담처럼 '복이 되지 않으면 화가 되는 법, 화가 된다고 해서 피할 도리는 없는 법.' 모 아니면 도겠지!

물리교사는 영웅이나 위인의 유해 앞에 선 조문객들이 천천히 걸음을 옮기는 것처럼 아주 천천히 눈을 떴다. 이 천천히 진행되는 과정에서, 그는 미세하지만 뭔가 변화했다는 느낌을 받았다. 먼저 처졌던 눈꺼풀이 짧아지고 눈이 커졌다는 느낌이 들었다. 눈꺼풀에 줄곧 가려져 있던 부분이 이제 공기와 빛의 자극을 느끼고 있었다. 속담에 '눈알은 동상에 걸리지 않는다'고 했지만 이제 눈이 냉기를 느낄 수 있게 된 것이다.

장례미용사의 몸에서 강한 빛이 뿜어져나왔다. 그녀의 생기발랄하고 파르스름한 콧수염에서 은근히 짓궂은 장난기가 보였다. 그녀는 여전히 티끌 하나 없이 새하얀 가운을 걸치고 있었다. 앞가슴에 커다란 붉은색 글자가 찍혀 있었다. 아름다운 세상. 그녀가 한 발 뒤로 물러섰다. 파르스름한 콧수염 밑에서 날카로운 음파가 방출되었다. 그 음파를 글자로 옮기면 '아!' 또는 '헉!'쯤 될 것이다. 그것은 엄청난 성공을 거두고 격한 감정을 누르지 못해 쏟아낸 광희의 부르짖음이었다. 그녀는 손등으로 입술을 훔쳤다. 침이 손등의 뼈마디를 적셨다. 그녀가 손등을 물자마자 눈물이 흘러나와 손등으로 떨어졌다.

"성공이에요…… 팡 선생님…… 아니…… 얼굴은 내 남편이지만 몸은 팡 선생님이니 나는 선생님을 어떻게 불러야 할까요?" 그녀는 기뻐서 어쩔 줄 몰라하며 횡설수설했다. 그녀는 너를 부엌에서 데리고 나와 오랜 세월 벽에 붙여놓았던 윤이 나는 검은색 커다란 장롱 앞으로 갔다. 장롱 중앙에는 향수를 불러일으키는 낡은 타원형 거울이 있었다. 거울 오른쪽 위에는 봉황 한 마리가 튀어나와 있었는데, 거울이 제 기능을 하는 데는 방해가 되지 않았다. 원래는 선홍색이었지만 지금은 암홍빛으로 변한 실타래도 매달려 있었다. 실타래에는 벼루 크기의 작은 액자가 하나 걸려 있었다. 액자에는 장례미용사의 결혼 사진이 끼워져 있었다. 장례미용사는 아름다웠다. 하지만 근심에 싸여 우울한 표정이었다. 결혼할 당시 그녀의 머릿속은 강물에 뛰어들어 자살하려던 장면, 석류꽃, 사내의 중지와 무명지 사이에 낀 붉은 젖꼭지 같은 야한 이미지로 꽉 차 있었던 것이다. 물리교사의 모습도 멋졌다. 머리는 가운데 가르마를 타서 빗어넘기고, 살결은 매끄러웠으며, 쫑긋 선 두 귀는 꼭 포수의 총소리에 놀란 산토끼나 작은 짐승의 귀 같았다. 그녀는 너를 거울 앞에 세워놓고 감동한 듯 말했다. "보세요! 정말 멋지지 않아요?"

물리교사는 겁먹은 기색으로 거울을 흘낏 쳐다보았다. 머리를 한 대 얻어맞은 것처럼 눈앞에 별이 번득이고, 두 귀에서는 종과 북이 한꺼번에 울리는 것 같았다. 잠시 후 온몸에 오한이 났다. 그리고 거울에 얼굴을 비춰보기 전에 느꼈던 감각이 계속되었다. 아랫배가 묵직해졌다. 신경성 설사의 조짐이었다.

물리교사는 거울 앞에서 무엇을 본 것일까? 그가 말하지 않아도 우리는 알고 있다. 우리의 마음은 평온했다. 우리는 서술자와 서술자가 묘사한 남녀들이 모두 결점을 지니고 있다고 느꼈다. 그 결점은 바로 하찮은 일에도 호들갑을 떤다는 것이었다. 팡푸구이는 자기 얼굴을 장츠추의 얼굴로 바꾸겠다고 자원했고, 이제 그렇게 되었다는 사실을 잘 알고 있었다. 우리 역시 큰 눈이 작은 눈보다 아름답다는 것, 흉터가 있는 콧날이 흉터가 없는 콧날보다 더 이목을 끌고 불완전함의 아름다움을 표현한다는 사실을 잘 알고 있었다. 게다가 성형을 통해 팡 푸구이는 떳떳한 권리마저 얻었다. '생명은 진실로 값진 것'이라는 속담대로, 너는 못생긴 얼굴을 포기하고 아름다운 얼굴로 환골탈태했을 뿐 아니라 값진 새 생명까지 획득했다. '사랑의 값어치는 보다 높은 것'이라는 속담처럼, 너는 추함을 희생하고 여인과 사랑을 속삭일 수 있는 기회까지 얻었다―금상첨화―장가가는 길에 황금 줍기―겹경사―겹경사에 또 경사―좋은 일이 떼를 지어 물리교사의 정수리 위에 떨어지는 것과 마찬가지였다. 그런데 너는 왜 일부러 비장한 척하려는 건가? 온몸에 오한이 날 건 뭐란 말인가? 아랫배가 묵직해질 건 또 뭔가? 힘들이지 않고 이익을 얻었으면서 웬 착한 척이란 말인가?

　우리는 지금 직접 이 쇼우리를 계속 만들어나갈 수 있다. 우리에 갇힌 사람은 끄덕끄덕 졸고 있다. 입술에 묻은 분필 찌꺼기는 파르스름한 콧수염 비슷하다. 타원형 거울 속에 있는, 껍데기를 벗긴 삶은 달걀 같은 새로운 얼굴을 쳐다보면서 네가 느꼈던 놀라움은 공포로 바뀌었다―공포의 경지에 이른 놀라움과 섹스는 밀접한 관계가 있다―이게 나란 말인가? 이게 그란 말인가? 나는 누구인가?―젊은 얼굴과 중늙은이의 몸이 극도의 부조화를 보여주고 있었다. 따뜻한, 심지어 무덥기까지 한 계절에 주인공은 언제든 쉽게 자신의 맨몸을 드러내어 우리에게 보여주어야 했기 때문에 물리교사는 투명한 반소매 셔츠를 입었고 첫 단추는 채우지 않았으며 두번째 단추는 그가 여기저기 돌아다니는 동안 실이 끊겨 달아나버렸다. 그러므로 타원형 거울에는 주름 하나 없이 매끄럽고 반들반들한 젊은이의 멋진 얼굴뿐 아니라, 때가 잔뜩 묻고(수술 전에 장례미용사가 그를 목욕시키긴 했지만, 사람이란 원래 때를 잘 타는 동물이니까) 울대뼈가 불거지고 시퍼런 핏줄(경동맥)이 튀어나오고 주름살이 잡힌 늙은 목도 비쳤다. 멋진 얼굴에는 쌍꺼풀진 커다란 눈 한 쌍이 생겨났고, 콧날에는 보랏빛 흉터가 길게 한 줄 나 있었다. 그리고 크기는 하지만 확실히 매력적인 입도 달려 있었다.

  물리교사는 도망치다시피 거울에서 멀어졌다. 그는 이 좁은 집 안에 갇혀 있고 싶지 않았다. 풍류미인의 굴속으로 들어갈 수도 없었다—수면제가 그녀를 잠재울 수는 있었지만, 그녀의 잠꼬대와 이 가는 소리는 어쩌지 못했다—다추와 샤오추의 벽장 속으로 밀고 들어갈 수도 없었다—그곳은 졸업을 앞둔 고등학생과 중학 2학년생의 영토였다. 대학입시는 신성불가침한 거야. 길거리로 뛰쳐나갈까? 아니면 학교로? 아직은 그럴 용기가 나지 않아 그는 비좁은 부엌으로 도망치다시피 돌아가 잠깐 숨을 돌릴 수밖에 없었다. 그의 얼굴에서 풀려나온 붕대가 부엌에서 타원형 거울 앞까지 길게 길을 내고 있었다. 조금 전 장례미용사가 그것을 질질 끌고 나가 부엌과 침실 사이에 하얀 통로를 만든 것이다. 그날, 꿈결에 본 모습인 듯 하얀 법랑 쟁반, 알코올, 푸르스름한 알코올에 담갔던 황금빛 메스, 가위, 겸자, 핀셋, 그리고 마취제를 넣었던 유리 주사기들이 흔적도 없이 사라졌다. 부엌은 언제 수술실로 쓰였나 싶었다. 고기 써는 도마에는 커다란 식칼 두 자루가 찍혀 있고, 밀가루 자루에는 밀가루가, 쌀자루에는 쌀이 담겼으며, 알탄을 때는 풍로는 불구멍이 닫혀 있었다. 다만 널판으로 만든 간이침대만은 그대로였다. 널판의 삐거덕거리는 소리는 꿈결에 나누었던 대화와 연결되어 있었다. 너의 머리 위쪽에서 따사롭고 부드러운 음성이 너에게 이야기했다.

"소리가 나지 않는 침대는 없으니 무서워할 것 없어요. 이 침대는 두 사람의 몸무게도 너끈히 감당할 수 있으니까요."

장례미용사가 붕대를 되감으며 부엌으로 돌아왔다. 개 목줄을 따라가면 개가 나타나는 것처럼. 그녀가 얼굴이 발그레해지며 말했다. 정말 기뻐요! 정말 흥분했어요!

그녀는 붕대 한 뭉치를 들고 네 앞에 서서 흐뭇하고 흥분된 기색으로 말했다.

"정말 기뻐! 정말 흥분돼요!"

잠시 후 그녀는 또다시 너에게 이야기했다. 이런 열악한 여건에서 이렇게 큰 성공을 거둘 줄은 생각도 못했어요. 모든 게 상상했던 것보다 나아요. 다만 얼굴 피부가 아직 약한 게 좀 불만스러워요. 바람이나 햇볕에 노출되면 견뎌내지 못할 거예요. 하지만 그 정도는 사소한 문제죠. '허물을 벗은 매미는 바람을 맞으면 단단해진다'는 속담도 있잖아요.

"그런데 오늘부터 선생님을 어떻게 불러야 하나?" 장례미용사가 손바닥을 비비며 난처한 듯 말했다. "팡 선생님이라고 부르자니 얼굴이 분명 팡 선생님이 아니고, 장츠추라고 부르자니, 몸이 분명 장츠추가 아니잖아요."

너도 사정이 난감하다는 것을 깨달았다. 모든 것이 꿈결인 듯 어렴풋하고 흐릿했다. 어느 해인가 들판에서 겪었던 포화와 매캐한 화약 냄새, 대학 도서관에서 투샤오잉에게 달려든 일, 교단에서 수업 도중 거꾸러지며 이마가 깨진 일, 장의사 냉동고에 처박힌 일, 생석회 구덩이에 빠져 허우적거린 일, 장례미용사의 눈부신 엉덩이를 보았을 때의 충격, 아직도 안면 근육에 남아 있는 마취제…… 이런 황당무계한 일이 정말 일어날 수 있단 말인가? 일개 물리교사가 죽어서 장의사로 실려갔다가 살아서 냉동고에서 뛰쳐나오고, 집으로 돌아오는 도중 공사장에 파놓은 생석회 구덩이에 빠졌다가 가까스로 기어나와 허둥지둥 뛰어든 곳이 동료 교사의 집이고, 타고난 얼굴을 이도저도 아닌 모습으로 뜯어고치게 되다니, 세상에 이런 기막힌 일이 또 있단 말인가?

물리교사는 이로 혀끝을 깨물어보았다. 혀끝이 그에게 말해주었다. 꿈이 아니라고! 손으로 가슴을 더듬어보았다. 심장이 그에게 말했다. 현실이라고! 갑자기 너는 사회의 윤리에 위배되는 시험 방법을 하나 생각해냈다. 눈앞에 있는 장례미용사에게 입을 맞춰보면 어떨까? 만일 내가 쾌락을 느낀다면 그것은 팡푸구이라고 불리는 물리교사가 확실히 존재한다는, 그저 용모만 바뀌었을 뿐 팡푸구이로서 여전히 존재한다는 증거가 아니겠는가.

그가 앞으로 한 발 내디뎠다. 난생처음으로 도둑질하는 사람처럼. 너는 등뒤에서 거대한 위협이 다가오는 느낌을 받았다.

그녀의 입술 위에 파르스름하게 난 콧수염이 매력적으로 움직이면서 나를 유혹했지.

그는 다짜고짜 장례미용사의 허리를 껴안았다. 장례미용사가 입술을 비죽거리며 한마디 했다.

"투샤오잉이 왔어요!"

너는 쏜살같이 제자리로 돌아왔다. 이루 말할 수 없는 부끄러움을 느꼈다. 순간 너는 얼굴이 바뀌었다는 사실을 까맣게 잊고, 도덕 법정을 열어 자신을 재판하기 시작했다. 말이나 되는 소리인가? 이렇게 사악한 생각을 품다니. 지금껏 함께 고생해온 조강지처를 볼 면목이나 있는가? 너와 한 교무실에서 일해온 장 선생을 볼 낯이 서겠느냔 말이다! 속담에 '친구의 아내는 욕보이지 말라'고 했는데.

고지식한 윤리에 얽매인 나머지, 그는 새로 얻은 얼굴 위로 땀을 줄줄 흘렸다. 장례미용사가 다가오더니 미소를 흘리며 말했다. "내 남편의 얼굴을 하고서 마음은 투샤오잉에게 가 있군요." 그녀는 손끝으로 너의 얼굴을 받치고 찬찬히 살펴보았다. 아름다운 옥을 감상하듯. "흥분하면 안 돼요. 안정을 취해야 한다고요. 감정이 격해져 울거나 웃거나 큰 소리로 말하면 형태가 변할 수도 있거든요." 그녀의 눈빛에는 중년 여인이 열여덟 살 난 청년에게 느낄 법한 연민과 사랑 같은 것이 어려 있었다. "'만사형통하라고' 입맞춤 한번 해드리죠!" 너는 그녀의 비현실적으로 보드라운 입술이 너의 두 눈썹 사이를 가볍게 핥는 걸 느꼈다. 너의 왼쪽 눈에도 살짝 닿고, 오른쪽 눈에도 살짝 닿았다. 그 입술은 너의 코끝을 가볍게 핥은 다음 마지막으로 다시 너의 입술을 가볍게 눌렀다.

그녀의 입에서 사람의 마음을 뒤흔들고 식욕을 자극하는 갓 요리한 라조기 냄새가 났다. 성형수술로 커진 물리교사의 큼지막한 입이 매콤한 라조기 냄새를 허겁지겁 빨아들이려는 순간, 양쪽 입꼬리와 연결된 안면근육이 아파왔다. 마취가 풀리고 있었던 것이다.

이 절(節)도 거의 끝나가고 있는 이 순간, 장례미용사는 다시 한번 물리교사를 타원형 거울 앞으로 데려갔다. 그리고 그에게 엄숙하고 진지하게 새 얼굴을 살펴보라고 당부했다. 그가 타원형 거울 위쪽에 걸린 결혼사진 속 얼굴과 성형된 얼굴의 차이를 자세히 살펴 찾아내주기를 바랐다. 차이점이 발견되면 곧바로 재수술해서 고쳐놓아야 했으니까.

너는 현실을 직시할 수밖에 없었다. 쌍꺼풀지고 커다란 두 눈, 흉터가 생긴 콧등과 부드럽고 큰 입을 가진 새로운 얼굴이 만들어지자, 과거의 낡은 기억 가운데 어떤 것은 이미 매장되었고, 어떤 것은 매장되는 중이라는 것을, 그리고 운 좋게 남아 있는 것들도 지금은 꽃병에 꽂힌 꽃처럼 잠시 싱싱하겠지만 곧 시들고 말라버릴 거라는 것을.

벽 너머에서 투샤오잉이 다시 흐느끼고 있었다. 후회 비슷한 감정이 너의 목구멍 아래 몸속에서 꿈틀거리기 시작했다.

"후회돼요?" 장례미용사가 소곤소곤 물었다. 그녀는 미소를 짓고 있었는데, 너는 그 미소 뒤에 숨은 약간의 질투심과 악의 없는 조롱을 읽을 수 있었다. 그녀가 말했다. "속담에 '남쪽 나라를 그리워하면서 몸은 북쪽 땅에 매여 있으면 안 된다' '한 마음을 둘로 나누어 쓰면 안 된다'고 했어요. 안 그래요?"

물리교사는 갑자기 자신이 철저히 바보가 된 기분이 들었다. 하지만 이제 와 후회한들 아무 소용 없었다.

4

물리교사가 속았다는 느낌을 받게 된 까닭은 이러했다. 내가 얼굴을 바꾼 건 처자식과 단란하게 모여 살 권리를 얻기 위해서였어. 그런데 얼굴이 바뀌고 나니 그 권리가 위태로워지고 말았어.

네가 저항할 새도 없이 장례미용사는 너의 옷을 모조리 벗겼다―서술자의 이런 묘사는 경우에 따라 오해를 불러일으킬 수도 있다. 남자의 옷을 벗기기 좋아하는 여자라니, 도대체 어떤 여자인가? 남자의 옷을 벗겨 무슨 짓을 하려는 걸까? 하지만 우리는 장례미용사에게 다른 사심이 없었다는 걸 알고 있다―장례미용사는 장롱을 뒤져 그 시각 제8중학 교실에서 물리 수업을 하고 있을 장츠추가 입은 옷과 똑같은 초록색 제복을 한 벌 꺼냈다. 너는 몸부림치며 반항했다. 죽음을 앞두고 발악하듯, 패잔병이 최후의 진지를 사수하듯. 장례미용사는 의심의 여지 없이 투샤오잉의 영역을 침범하고 있었다. 침략자는 생기 있고 활기찬데, 피침략자는 연약하고 무기력하니 자연스럽게 그런 결과가 나올 수밖에 없었다. 결국 물리교사의 몸에는 두툼한 초록색 제복이 입혀졌다. 입고 보니 영락없이 모자만 벗은 우편배달부였다.

세번째로 거울 앞에 섰을 때 물리교사는 정신이 아찔하고 머리가 빙빙 돌아 아무 말도 못했다.

장례미용사는 부엌 안의 간이침대에 그를 앉힌 다음 눈을 감고 휴식을 취하라고 말했다. 만일을 위해 그녀는 분명하게 설명해주었다. 그녀가 주는 알약은 바로 효과가 나타나는 안정제로, 이 안정제를 복용하면 삼 분 만에 깊은 잠에 빠져든다고 했다. 물리교사는 그녀의 말에 저항하지 못하고 고분고분 입을 벌렸다.

오후는 짧다. 온 도시가 한꺼번에 불을 밝히는 저녁 무렵, 장츠추와 다추, 샤오추가 거의 동시에 집에 들어섰다. 그들이 문 안으로 들어섰을 때(부자지간이지만 서로 인사도 하지 않았다) 효과가 바로 나타나는 안정제 두 알을 복용한 사람과 수면제를 무려 세 알이나 먹은 사람이 함께 깨어났다. 부엌과 풍류미인의 굴은 하나로 트여 있고, 3밀리미터 두께의 얇은 판지로 분리해놓았을 뿐이다. 판지에는 전부 '탕수이마티'라는 글자가 인쇄되어 있었다. 원래 '탕수이마티' 통조림을 담았던 종이상자였기 때문이다. 물리교사가 몸을 뒤채더니 슬금슬금 일어나 고개를 숙인 채 실눈을 떴다. 그는 자기가 누구인지, 지금 어디에 있는지 분간하지 못했다. 그때 그의 귀에 풍류미인이 분노에 차 으르렁대는 소리가 들렸다. 그리고 다추와 샤오추가 배고프다고 악쓰는 소리도 들렸다. 그는 잠들기 전에 있었던 일을 기억해냈다. 하지만 너는 여전히 그 모든 것이 꿈인지 현실인지 알 수 없어하며 의혹 속에서 헤어나오지 못하고 있었다.

"아빠, 아빠는 부엌으로 들어가야지! 우리한테 밥을 해줘야 할 거 아냐!"

밉살맞은 다추와 샤오추가 기분이 나쁜지 아버지에게 악을 썼다.

"요 녀석들." 장츠추가 말했다. "네 엄마를 기다리는 게 최선이야. 오늘은 토요일이니 엄마가 쇠고기나 돼지고기, 아니면 양고기나 닭고기를 가져올 거 아니냐. 돼지 창자를 가져올지도 모르고."

"숙제가 많단 말이에요."

"우선 벽장에 들어가 숙제나 하고 있어. 너희 엄마가 돌아와 밥을 지으면 냄새가 날 테니 그때 나오고."

풍류미인의 끊임없는 울부짖음 속에서 너는 시련을 견디고 있었다. 초록색 제복이 엄동설한에 전쟁에 나선 병사의 차가운 갑옷으로 변하면서 아직은 팡푸구이라고 할 수 있는 반쪽짜리 몸을 압박하기 시작했다. 너를 정말로 불안하게 만든 것은 얼굴이었다. 그 얼굴의 주인이 지금 부엌 밖에 있었다. 그는 되는대로 걸으면서 땅이 꺼지게 한숨을 쉬고 있었다(팡푸구이는 장츠추가 이미 그를 까맣게 잊었다는 사실도, 장츠추가 땅이 꺼지도록 한숨을 쉬는 이유는 제8중학 물리 수업 때문이라는 사실도 몰랐다). 너는 얼굴의 주인이 집안 대대로 내려온 귀중한 가보를 잃어버리고 탄식한다고 생각했다. 너는 얼굴을 뜯어내 주인에게 돌려주고 싶었다. 하지만 곧 머뭇거렸다. 이 얼굴을 뜯어내면 나는 과연 누구란 말인가?

뚜벅뚜벅 발소리가 부엌으로 다가오는 게 들리자 너의 이가 딱딱 부딪쳤다.

이윽고 장츠추가 부엌 입구에 쳐놓은 천을 걷어올렸다. 초록색 제복을 입은 두 몸뚱이, 얼굴이 똑같은 물리교사 두 사람이 마주하고 서자마자 둘 다 완벽한 바보가 되고 말았다.

"당신 누구요?"

"내가 누구냐고?"

"당신, 나처럼 생겼는데?"

"내가 당신을 닮았다고?"

바깥쪽에 서 있던 물리교사는 퍼뜩 깨달았다. 그러나 이 깨달음은 착각이었다. 그는 장례미용사가 부엌에 새 거울을 들인 줄로 알았던 것이다. 두번째 깨달음은 안경에서 비롯되었다. 안쪽에 있는 물리교사의 안경다리가 검정 테이프로 감겨 있었으니까.

그제야 장츠추가 고통스럽게 말했다. "아, 이제 생각났어, 팡 선생이었군. 자네의 변신이 이렇게 언짢을 줄은 미처 생각 못했네."

"이건 자네 생각이었어!" 너의 마음속에 뭐라 말할 수 없는 분노가 일었다. 성내며 말하다보니 입술 주위가 찢어질 듯 아파왔다. 그 통증이 새 얼굴을 몹시 불편하게 만들었다. "내가 원해서 자네 가면을 쓰고 있는 줄 아나? 원한다면 내 언제든지 자네한테 돌려주지!"

장츠추는 바로 마음이 약해졌다. 나는 나와 똑같이 생긴 그의 얼굴에서 그의 연약함과 공허함밖에 볼 수 없었어. 그가 말했다. "팡 선생, 속담에 '엎질러진 물'이라고 하지 않나. 후회해도 이미 늦었네!"

입만 열면 속담을 쏟아내는 저 부부가 쳐놓은 올가미에, 나는 내 발로 걸어들어간 것이지. 올무에 걸린 토끼가 몸부림칠수록 올무가 조여드는 것처럼, 내 눈이 튀어나올 정도로 올가미가 조여들고 있어. 얼굴이 바뀐 물리교사는 고통스러웠다. 분노가 치밀어올랐다. 나는 장츠추의 얼굴에 흉악하고 잔인한 표정, 그리고 오만한 표정이 떠오르는 것을 보았어. 자기가 주인이고 나는 종이라도 되는 것 같았지.

또각또각 발소리가 뜰 쪽에서 들려왔어. 우리는 약속이나 한 듯 더러운 문짝에 붙은 유리창을 쳐다봤어. 저 멀리 거리의 네온사인 불빛이 그녀의 그림자를 유리창에 비추었어. 그림자는 처음에는 어렴풋했고 곧 흐릿해졌어. 어렴풋함과 흐릿함이 종합되어 애매모호하다는 총체적인 인상을 만들어냈지. 그가 무슨 생각을 하고 있었는지는 모르겠어. 하지만 나는 그녀의 머리카락에서 풍기던 야릇한 냄새를 떠올렸지. 나는 그가 어떤 기분이었는지는 몰라. 그 야릇한 향기를 떠올리자마자 내 영혼의 날카롭던 모서리가 무뎌지고 둥글둥글 매끄러워졌고, 저녁 어스름이 영혼의 따뜻한 면모를 부각시켰지. 맞아, 그녀가 문을 밀어 열고 따사로운 바람처럼 집 안으로 들어서자마자 우리는 둘 다 그녀의 초췌해진 얼굴—매혹적인 초췌함—을 똑바로 쳐다보며 그녀를 맞았어. 우리 둘 다 남은 시야로는 서로를 곁눈질했지—우리는 똑같이 초록색 제복을 입고, 똑같은 얼굴을 하고 있었다—한마디로 그는 내 거울이었다—그는 내 쌍둥이 형제였다—그는 내게 위협적인 존재였다—이런 생각을 하는 순간, 나는 이 집 안에서 우리 둘의 권리가 대등하다는 사실을 깨달았지.

그녀의 초췌함이 분명 사람을 미혹시키기는 했지만, 그보다 더 사람을 미혹시킨 것은 그녀의 흐트러진 머리칼이었어. 그녀의 풍성한 담황색 머리칼은 마치 여우 꼬리 같았지.

그녀가 흠칫 놀라 멈춰 섰다. 순간 그녀의 손에 들렸던 검정 비닐 자루가 벽돌 바닥에 떨어지며 '철퍼덕' 소리를 냈다. 나는 그녀의 마음이 근심으로 무거워졌다고 느꼈지만 그도 알아챘는지는 알 수 없었어. 비닐 자루가 떨어지는 그 순간, 나는 그녀의 얼굴에서 물리경시대회의 복잡한 문제를 읽어냈지만, 그도 읽어냈는지는 알 수 없었지.

팡푸구이의 잠재의식은 팡푸구이의 과거를 알았으나, 그의 잠재의식은 못된 짓을 저지르고 싶어하는 심리, 아무 이유 없이 생겨난 보복심리 같은 것들을 억눌렀다. 따라서 나는 그가 앞으로 나갔을 때 함께 앞으로 나갔고, 그가 허리 굽혀 검정 비닐 자루를 주워들었을 때 나 역시 같이 주워들었지.

장례미용사는 근심을 숨겼어. 나는 그것을 느꼈지만, 그가 느꼈는지는 알 수 없었어. 우리는 그녀가 깔깔대며 거짓 웃음을 터뜨리는 소리를 들었지. 그녀는 내 얼굴을 한 번 쓰다듬고, 그의 얼굴도 한 번 쓰다듬었어. 그녀가 말했어. "당신들, 장난치지 마요. 난 누가 내 남편인지 알거든요."

그가 자랑스럽게 고개를 들었어. 나는 왜 그럴 수 없었을까? 어차피 우리 둘 다 옷차림도 똑같고, 생김새도 똑같으니 동등한 권리를 누려야 하는데.

장례미용사가 말했어. "둘 다 심통난 애들 같아요. 당신들 생각에는 털끝만큼도 구별되지 않을 것 같죠. 하지만 목소리가 달라요. 목소리는 바뀔 수가 없거든요."

그제야 비로소 장츠추가 말문을 열었어. 그 목소리는 고막을 찌를 정도로 날카로웠어. 일부러 날 화나게 하려는 듯 아직 남아 있는 그만의 특징들을 마음껏 뽐내며 말했지. "다추 엄마, 왜 이제 왔어? 왜 이렇게 늦은 거야? 당신, 힘들었지? 뭐 언짢은 일이라도 있었어? 보온병에 물이 아직 남아 있을 텐데, 물 한잔 따라줄까? 유감스럽게도 차는 없지만. 우리도 언젠가는 찻잎을 살 수 있겠지. 돈만 있으면 생활을 확 바꿀 수 있을 거야. 여기엔 팡 선생의 협조가 필요해. 오늘 학교에서 교사 봉급을 올린다는 이야기가 돌더라고. 다들 못 믿어했지. 국가경제가 어려운데다 모든 업종이 다 자기네가 중요하다고 주장하니 말이야. 중요성을 주장하는 게 바로 돈을 달라는 얘기지. 제7중학 고3 학생 네 명이 강물에 집단으로 투신했다더군. 그중 둘은 빠져죽었고 둘은 헤엄쳐 나왔는데, 그 학생들 부모가 고소하겠다고 했대. 학교에서 대학 진학률에 목매느라 학생들을 죽음으로 내몰았다나. 일간지에 죽은 학생들 유서가 실렸어. 교장은 신문을 보고 펄펄 뛰면서 있는 대로 욕을 퍼붓더군. '우리는 좋아서 진학률 타령인 줄 알아? 다들 진학률 타령인데 우리만 안 하면 우리 수업 질이 낮다고 인식되고, 우리가 일을 못한다고 여겨지지. 결국 교사 승급 정원수가 줄어드니 어쩌겠나? 국가교육위원회 공문서는 휴지 조각만도 못해. 왜 교육법을 제정하지 않는 거야? 어떤 놈이든 진학률 타령만 하면 법에 따라 처벌한다고 말이야!' 교장이 또 말했지. '현재 학생들은 강물에 뛰어들 정도로 지치고, 교사는 목을 매달고 싶을 정도로 지쳤어! 고1이 되자마자 분과를 해서 문과는 아예 물리 화학을 배우지 않고, 이과는 역사 지리를 배우지 않는 실정이야! 고등학교를 졸업해봤자 중학교 수준이니, 이게 어디 교육이야! 학생들은 교사를 욕하고, 교사들은 교장을 욕하는데, 교장인 나는 누굴 욕해야 하지? 개판이야!' 당 지부 서기가 교장의 어깨를 토닥이며 말했지. '교장 선생, 진정하세요! 지금이 57년이었으면 선생은 벌써 우파 반동분자로 몰렸을 거요!' 그러자 교장이 이렇게 대거리했다더군. '당시 기준으로 우파를 잡겠다면, 10억 인구 중에 3억은 잡아넣을 수 있을 거요!' 이건 전부 귀 밝은 샤오궈 선생이 주워듣고 와서 우리한테 들려준 이야기야……"

"바로 그거야, 교육의 목적과 미래가 모두 사라졌단 말일세!" 내가 근심스럽게 말했지.

장례미용사가 말했어. "팡 선생님, 그러니까 우리 모두 방법을 강구해 '자구 운동'을 벌이자는 거예요. 속담에 뭐랬죠? '팔선(八仙)이 바다를 건널 때는 각각의 능력을 발휘한다'고 했잖아요. 우리도 나름대로 방법을 강구해 잇속을 차리자는 거예요. 교사들은 실속이 없잖아요? 그러니까 이렇게 성형수술을 해서 선생님은 학교에 출근해 월급을 받고, 빨간 공은 장사를 나가 돈벌이를 하는 수밖에 없다는 거예요."

'빨간 공'은 남편 츠추(赤球)의 이름을 빗댄 말이었지.

나는 장츠추의 목소리를 모방하기로 결심했어.

그녀가 검정 비닐 자루에서 피가 뚝뚝 흐르는 쇠고기 한 덩이와 시퍼렇게 얼린 냉동 닭 두 마리를 꺼냈어.

그녀가 말했어. "우리 축하해야죠! 장, 당신은 쌀을 씻어 밥을 안쳐요. 팡, 당신은 나하고 같이 반찬을 만들어요. 쇠고기 양념볶음에 닭백숙을 만들어요. 다추, 샤오추! 나와서 할머니 기저귀 좀 갈아드려!"

까까머리 사내 녀석 둘이 벽장에서 머리통을 불쑥 내밀었어. 하나는 몸집이 크고 입술 위에 파르스름한 콧수염이 났고, 다른 하나는 몸집은 왜소한데 얼굴 생김새가 장츠추를 판에 박은 듯 빼닮았지. 세상에! 얼굴이 나하고도 판에 박은 듯 빼닮다니!

장례미용사가 아들들에게 말했어. "너희 아빠 고향에서 올라오신 형제분이야. 도시에서 장사를 하실 거라는구나. 어서 인사해야지!"

장례미용사의 손가락이 우리 둘을 함께 가리켰어. 도대체 우리 둘 중 누가 '고향에서 올라온 형제'란 말인가?

두 사내 녀석은 우리를 향해 건성으로 고개를 끄덕했어.

5

쇠고기 양념볶음과 닭백숙이 식탁 위에서 모락모락 맛있는 냄새를 피워올리고 있지만, 먹을 수는 없다. 맛있는 음식을 먹는 것은 신을 참배하는 것이나 마찬가지이기 때문에 우리는 모두 참을성을 갖고 기다려야 했다.

장례미용사는 이 가정의 태양이었다. 태양이 비춰주지 않는 한 우리는 빛을 낼 수 없었다.

그녀가 한 일 가운데 여론의 찬양을 받아 마땅한 일, 시 일간지의 도덕 칼럼을 통해 알려져야 마땅한 일이 있다면 그건 바로 밑 빠진 독 같은 풍류미인의 입에 독특한 음식을 채워넣은 일이었다.

나는 그 음식의 배합 재료를 알고 있다.

닭백숙 가슴살 두 냥에 쇠고기 양념볶음 두 냥, 그리고 흰쌀밥 석 냥, 수면제 3밀리그램.

나는 그 배합 방법도 알고 있다.

닭고기와 쇠고기를 다져서 풀처럼 만들어 쌀밥과 섞는다. 그런 다음 수면제 알약을 곱게 갈아 앞서 말한 음식에 뿌린 다음 골고루 섞일 때까지 충분히 젓는다.

우리는 풍류미인이 그 음식을 게걸스럽게 삼키는 소리를 들었다. 그녀의 이는 수시로 스테인리스 숟가락을 물고 놓지 않았고, 그럴 때마다 장례미용사는 숟가락을 당겨 빼내야 했다. 그렇듯 식욕이 왕성했기에 그로부터 한 달 후 어느 순간 갑자기 굴에서 빠져나와 모기장을 받치던 대나무를 지팡이 삼아 집 안과 뜰을 맴돌기 시작했던 것이다. 그때 나는 그다지 놀라지 않았다. 그 왕성한 식욕을 이미 알고 있었으니까.

그녀는 풍류미인에게 밥을 다 먹인 다음 식탁으로 천천히 걸어왔다. 이내 풍류미인이 감미롭게 코를 고는 소리가 그녀의 등뒤에서 울리기 시작했다. 그날따라 그녀는 옷깃이 둥근 평퍼짐한 셔츠를 입었는데, 가슴을 앞으로 쑥 내민 모습이 무척 자신만만해 보였다. 아래에는 미색 제복 반바지를 입고 있었다. 다리에 무성하게 난 노란 솜털이 부드럽고 매끄러워 보였다. 그녀의 편한 옷차림도 그녀의 매혹적인 모습을 망가뜨릴 수는 없었다.

그녀는 상자에서 빨간 술병을 하나 꺼냈다. 집 안에 병마개를 따는 도구가 없어서 그녀는 이로 병마개를 물어 열었다. 그리고 커다란 사발에 술을 따랐다. 그녀가 말했다. "내일 팡은 제8중학으로 출근하고, 장은 장사하러 나가니, 우리 동업이 시작되는 거예요. 합작을 위해 다 같이 건배!"

나는 붉은 술이 담긴 잔을 받아들었다. 심장이 두근두근 뛰기 시작했다. 맞은편 타원형 거울에 내 얼굴이 비쳐서였을까? 더이상 내 얼굴은 없었다. 나는 가면을 쓰고 연극을 시작한 것이다. 그녀의 눈빛이 나를 격려했지만, 형광등 불빛 아래서 모든 것이 다 함께 혼란에 빠져들었다. 토막낸 닭백숙의 눈이 차갑게 타오르며 쟁반 위에서 춤을 추고 있었다. 나는 술을 목구멍에 쏟아부었다. 서늘한 냉기가 배 속에서 메아리치는 동안, 그들의 얼굴에는 하나같이 간살맞은 웃음이 어렸다. 내 목에는 그들이 옭아맨 밧줄이 걸려 있었다. 나는 그들에게 끌려다니는 신세가 된 것이다. 분노하는 사람은 내가 아니었다. 나 팡푸구이, 나약한 팡푸구이는 슬픔에 사로잡힌 노래가 되어 점점 멀어져갔다.

'이때' '또 갑자기' '또 운명적으로' 등등 쥐꼬리만한 재주마저 바닥나버린 서술자들이 상투적으로 사용하는 단어들이 너희 눈앞에 밀어

다섯 걸음 245

닥쳤다. 한 무더기 마른 가지와 시든 잎처럼—투샤오잉의 넋두리 섞인 울음소리가 벽을 뚫고 이 집 방 안을 맴돌기 시작하자—이때 벌어진 일은 시영 일간지 문화면에 실릴 법했다—장롱에 끼워져 있던 타원형 거울이 쨍 하며 산산조각 나더니 와르르 땅바닥에 쏟아져내렸다.

나는 어리둥절했다. 나는 팡푸구이다. 나는 방금 아내의 통곡소리를 들었다. 그녀는 내가 죽은 걸로 오해하고 있었다. 나는 살아 있었다. 나는 즉시 돌아가 그녀를 만나서 그녀를 위로해주어야 했다.

장례미용사, 동료 교사 장츠추와 그의 두 아들 다 이상하다는 듯 깨진 거울을 바라보았다. 구식 장롱에 커다란 타원형 입이 뻥 뚫렸다. 입 속에는 옷가지들이 어지러이 박혀 있고, 수십 개의 유리 조각이 톱날처럼, 늑대 송곳니처럼 뾰족뾰족 박혀 있었다.

장츠추의 입술이 꼭 자벌레 두 마리가 아치형 다리를 세우듯 달싹달싹…… 제발 내 입술은 저렇게 추하게 움직이지 않았으면……

장례미용사가 말했다. "장츠추가 팔꿈치로 치는 바람에 유리가 박살난 거야! 속담에 '낡은 것이 떠나지 않으면 새것은 오지 않는다'고 했어. 가구들 가운데 내가 제일 싫어한 것이 바로 저 장롱이었어. 저 장롱에서 내가 가장 보기 싫었던 것이 저 타원형 거울이었고. 그런데 이제 깨져버렸으니 정말 잘됐네. 속담에 '거울이 깨지면 희소식이 온다' 했으니 이거야말로 좋은 조짐이야! 이건 재수 없던 그간의 세월이 저 거울처럼 산산조각 났다는 걸 말해주는 거라고. 또 좋은 세월이 오고 있다는 걸 예고해주는 것이기도 하고."

장츠추가 말했다. "타원은 대단한 거야. 천체의 운행 궤적은 모두 타원이거든. 이를테면 지구와 태양처럼……"

가짜 장츠추가 말했다. "어떤 일이든 그렇게 단정짓지는 말게. 끝없이 아득한 우주에 대해 인류가 아는 거라곤 망망대해에 빠진 좁쌀 한 알 정도일 걸세. 아니, 망망대해에 빠진 좁쌀 한 알만도 못할 수 있어. 아득한 우주에서 운행하는 천체 중에는 그것의 궤도가 타원형이 아닌 것도 있을 수 있는데, 어떻게 장담하는가? 천체의 운행 궤도가 어떤 것은 완벽한 원형이 아니라 반원형이나 평행사변형일 수도 있는데, 자네가 어떻게 장담할 수 있느냐고?"

"허튼소리 그만해요! 세 마디만 꺼내도 직업이 드러난다더니." 그녀가 말했다. "내일부터는 둘이 어떻게 하나 두고 볼 거예요. 해삼 요리를 먹을 수 있을지 없을지, 마오타이주를 마실 수 있을지 없을지, 하얀 밀가루와 신선한 채소를 먹을 수 있을지 없을지, 이게 다 두 사람이 돈을 벌어올 수 있느냐 없느냐에 달렸어요! 옛사람들이 말 한번 잘했지. '비루먹은 말은 갈기를 늘어뜨리고, 가난뱅이가 하는 말은 재미가 없고, 돈 있는 사람이 뀐 방귀에서는 달걀노른자 냄새에 앵무새 울음소리가 난다'고 했어요. 돈이나 벌러 가요!"

형체는 없는 그러나 묵직한 짐이 장츠추의 어깨를 짓눌렀다. 그의 입술이 또다시 빠르게, 꼭 자벌레 두 마리가 움직이듯 실룩거렸다.

"쓸데없는 소리 좀 그만해요!" 입술 위에 벌써 파르스름하게 콧수염이 나기 시작한 다추가 버럭 고함쳤다. "배고프단 말이에요!"

장례미용사는 징더전*의 도자기 제조창에서 구워낸 둥근 접시를 찾아서 꺼내왔다―제8중학 제1회 스승의 날에 교사들에게 나누어준

---

* 지금의 장시 성(省) 징더전 시. 세계적인 도자기 특산지로 유명하다.

기념품이었다. 접시 한복판에 피골이 상접한 흑마 세 필이 그려져 있었다—그것은 장례미용사처럼 쓰는 그릇이 아니라 벽걸이 장식용 그릇이었다. 그녀는 수건으로 접시를 쓱쓱 닦은 다음, 쇠고기 양념볶음 쟁반에서 고기를 일부 덜고, 닭 몸통에서 다리 두 개와 날개 한 쪽을 뜯어냈다—두 아들의 눈이 번뜩였다. 여차하면 접시에 담긴 음식을 낚아채 달아날 눈치였다.

그녀가 말했다. "이걸 투샤오잉과 팡릉, 팡후한테 가져다주세요."

나와 장츠추는 멀뚱멀뚱 서로를 바라보았다. 지금 누구한테 심부름을 시킨 거지?

그녀의 눈초리가 내게 꽂혔으니 나더러 가라는 얘기였다. 나는 겉은 장츠추지만 사실은 팡푸구이가 아닌가? 나는 둥근 접시를 두 손으로 들고 일어섰다.

투샤오잉의 울음소리가 너를 부르고 있었다. 끊이지 않는 곡성이 때로는 위선적인 느낌을 주기는 했지만 그래도 여전히 너를 끌어당겼다. 네가 문턱까지 나갔을 때 장례미용사가 너의 귓가에 입술을 바짝 붙이고 부드럽게 당부했다. "그녀를 잘 위로해주세요." 나는 그녀의 입에서 풍기는 아주 유혹적인 냄새에 마음이 흔들렸다. "당신이 오늘밤 거기서 밤을 보내도 난 질투하지 않을 거예요." 연인에게 하듯 그녀의 말투는 스스럼이 없었다. 설마 내 얼굴 앞에서 맨엉덩이를 치켜들었다고 이러는 걸까? "남편 잃은 여자를 위로해주는 가장 좋은 방법은 그녀를 안아주고 입 맞춰주고 그녀와 함께 침대에 올라 사랑을 나누는 거예요!" 섹스에 대한 그녀의 솔직 담백한 태도에 나는 놀라면서도 한편으로는 크게 감동받고 있었다. 그녀는 진심을 다해 내게 잘해주고 있었다. 그녀의 머리카락에서 나는 야릇한 향기가 그 증거였다. 너는 아무것도 잃은 것이 없으며, 너는 앞으로 더 많은 것을 얻을 수 있었다. "물론 당신 수완을 보지 않아 모르지만, 내가 비결 하나 알려줄게요. 그녀가 저항하거든 바로 바닥에 무릎을 꿇으세요!"

그는 닭다리 두 개, 닭 날개 한 쪽, 쇠고기 양념볶음 약간을 담은 접시를 두 손으로 받쳐든 채 장례미용사의 집 문턱을 나섰다. 모퉁이만 돌면 바로 생과부가 된 투샤오잉의 집 문턱이었다. 멀리서든 가까이에서든 멋진 빌딩들이 압박해오는 가운데 이 낡은 단층 가옥들은 을씨년스럽고 궁상맞아 보였다. 가로등 불빛이 멀리서 눈부시게 빛나고, 강물은 어둠 속에서 흘러가고 있었다. 온정 어린 밤하늘에 맹수들이 포효하는 소리가 메아리쳤다. 낡은 관재(棺材) 널판으로 개조한 문 두 짝이 눈앞에 나타났다. 문에는 개구쟁이들이 색분필로 그려놓은 의미심장한 기호들이 있었다. 지금 이 순간 너의 심정을 과연 누가 알 수 있을까?

사나흘 전 밤이었던가? 나는 장의사에서 도망쳐나와 강변의 은사시나무 숲에서 젊은 남녀 한 쌍과 마주쳤다. 그러고 나서 공사판 석회 구덩이에 빠지는 바람에 온몸이 석회 범벅이 되고 말았다. 그날 밤 이 문은 대충 닫혀 있었다. 지금도 문이 대충 닫혀 있길 바랐다. 문을 두드리는 고통이라면 이미 충분히 맛보았다…… 문은 잠겨 있었다. 문에는 개구쟁이들이 색분필로 그려놓은 의미심장한 기호들이 있었다.

그는 갈수록 무거워지는 둥근 접시를 한 손으로 들고, 한 손으로는 대문을 두드렸다.

그의 문 두드리는 솜씨는 사나흘 전에 연습한 것이었다…… "누구세요?" 여자아이의 맑고 여린 목소리가 문틈에서 흘러나왔다. 너는 대꾸하려 했지만 순간 만감이 교차하며 목이 메어 말을 할 수 없었다. 뜨거운 눈물이 얼굴에 흘러내렸다.

빗장이 벗겨지고 대문이 활짝 열리자 팡후가 눈앞에 나타났다. 내 사랑스럽고 귀여운 딸…… 키는 150센티미터. 일본인처럼 앞머리를 가지런하게 자른 단발머리를 했고, 둥글둥글한 얼굴에 눈매는 가늘고 길었으며, 코는 오뚝하고 입술은 깜찍할 정도로 조그마했다. 팔에는 검은색 상장을 꼈고 가슴에는 하얀 꽃 한 송이를 달고 있었다. 검은색 상장, 하얀 꽃 장식은 친상을 당한 유가족의 표지였다. 팡후가 공손히 허리를 굽히며 말했다.

"아저씨, 안녕하세요."

손에 들린 접시 무게에 너의 팔이 축 늘어지고, 목구멍에서 울컥 치미는 불덩이 같은 것이 여전히 사그라지지 않은 채 너는 팡후를 따라 안으로 들어갔다. 너의 두 발이 벽돌 깔린 익숙한 바닥을 경쾌하게 디디며 나아가는 동안, 너의 허파는 얼마 전에 밴, 지금도 내 코에 맴도는 냄새와 석회 냄새가 뒤섞인 냄새를 들이마셨다. 팡후의 매끄러운 머리카락이 너의 입술을 유혹했지만, 팡후는 너에게서 멀리 떨어져 있었다.

"엄마, 장츠추 아저씨가 오셨어!" 팡후가 큰 소리로 말했다.

투샤오잉의 울음소리가 뚝 그쳤다. 오 초쯤 뒤에 '흑!' 하는 외마디 소리가 났다. 울음의 관성에서 나오는 소리였다.

그녀는 침대에서 일어나 앉아 손을 들어 흐트러진 아맛빛 머리카락을 대충 빗어내렸다—여전히 머리를 빗어내리는 걸 보면 남편을 잃은 슬픔이 덜한 모양이었다—그녀의 눈두덩은 벌겋게 부어 있었고, 얼굴은 눈물 자국으로 뒤덮여 있었다. 그녀는 나를 위해 눈물 흘리고 있었지만, 나는 장례미용사의 머리에서 풍기던 향기에 대한 미련을 떨치지 못하고 있었고, 심지어 그녀가 내 얼굴 앞에서 치켜들었던 엉덩이에 넋이 나가 있었다. 물리교사는 엄격하게 자아비판을 했다. 그녀의 러시아인 타입 가슴은 내가 죽었어도 결코 수척해지지 않고 예전처럼 풍만했다. 그녀가 손에 닿는 대로 의자를 하나 끌어오더니, 닭털로 엮은 먼지떨이로 툭툭 털어냈다—그녀의 고통은 절대 철저하지 않았다. 그건 고등교육을 받은 사람의 특징이다. 내 침대에는 여전히 내 베개가 놓여 있고, 베개에는 여전히 내 머리카락이 달라붙어 있었으며, 침대 머리맡에는 여전히 우리 결혼사진이 걸려 있었다. 액자에는 상장이 둘러져 있었다. 크레이프페이퍼를 먹물로 물들여 만든 것이었다. 그래, 우리는 아주 가난하니까. 그때만 해도 그녀는 야윈 중국인 아가씨였고, 러시아인의 특징은 조금도 찾아볼 수 없었는데. 그녀에게서 러시아인의 특징이 나타난 건 언제부터였을까? 신혼 첫날 밤부터였을 거야…… 그녀는 내게 물었었지. 책벌레, 어서 말해봐. 날 사랑하기 전에 다른 사람을 사랑한 적 없어? ……없어…… 거짓말…… 없다니까…… 말도 안 돼…… 나는 과거를 돌이켜보았었지. 누군가에게 관심을 가진 적이 있었던가…… 몽상한 것도 치는 거야? ……물론이지. 몽상이 더 무서운 거야…… 한 소련 아가씨를 몽상한 적이 있어. 그때는 그 아가씨하고 결혼할 수만 있다면 얼마나 좋을까 했었지…… 그녀가 침대에서 발딱 일어났다. 그때 그녀의 가슴은 사내아이의 주먹처럼 작았는데…… 러시아어과 우등생은 주먹으로 날 때리면서 소련 아가씨와의 로맨스를 전부 털어놓으라고 윽박질렀었지. 진심으로 질투하는 것 같았어…… 나는 고등학교 때 쓰던 공책을 뒤져 화보에서 오려낸 사진 한 장을 찾아냈지. 아맛빛 머리카락, 달처럼 생긴 커다란 입, 매끄럽고 깨끗한 목덜미, 엄청나게 풍만한 가슴을 가진, 집단농장에서 우유를 짜고 있는 여자의 사진이었어—소련의 노동자 영웅이 우리를 향해 크게 웃고 있었지…… 이 여자가 예뻐?…… 모르겠어. 어쨌든 나는 이 여자가 좋았어…… 그녀는 몸을 홱 돌리면서 화내듯 말했지. 당신, 그 우유 짜는 여자한테나 가! 젖소가 그렇게 좋다면…… 나중에 너는 말했어. 언젠가는 내 머리도 아맛빛이 되고, 가슴도 젖소처럼 커질 거야…… 결국 너한테 그런 변화가 생겨났지. 하지만 그 변화가 우리에게 가져다준 것은 행복이 아니라 재앙이었어……

회상이 내 마음을 우울하게 만들었다. 내 앞에 있는 눈물투성이의 '젖소'를 바라보다 나는 그만 감정을 억제하지 못하고 한마디 하고 말았다. "젖소…… 난 죽지 않았어……"

그녀가 몸서리를 치더니 얼굴이 빨갛게 상기되었다—뒷날 장례미용사가 내게 자기 옛날 집 석류꽃 색깔이 어땠다느니 재잘거렸을 때처럼. 슬퍼하는 건지 기뻐하는 건지, 취한 건지 홀린 건지 알 수 없었던, 석류꽃을 향한 그녀의 감정은 지금까지도 내게 의문으로 남아 있다—나는 소스라치게 놀라며 정신을 차렸다. 팡푸구이는 이미 죽었다. 투샤오잉의 화장대 원형 거울 속에 비친 것은 장츠추였다. 그는 초록색 제복을 입고, 둥근 접시를 하나 들고 있었다. 접시에는 닭다리 두 개, 닭 날개 한 쪽, 쇠고기 양념볶음이 약간 담겨 있었다. 그는 지금 세상을 떠난 동료 교사의 미망인을 위문하러 찾아온 것이었다.
 "장 선생님, 이리 앉으세요." 그녀는 역시 고등교육을 받은 여자였다. 지금은 학교 직영 통조림 공장에서 토끼가죽을 벗기는 일을 하고 있지만 여전히 교양은 있었다. '말라죽은 낙타도 나귀보다 크다'는 속담대로였다. 그녀가 말했다. "팡후야, 아저씨한테 차 한잔 따라드리렴."
 나는 어쩔 수 없이 그 빌어먹을 둥근 접시를 내려놓고 난처해하며 말했다.
 "그 여자…… 다추 엄마가 음식 좀 가져다 아주머니와 애들한테 주라고 해서요…… 아주머니께서 견뎌내지 못할까봐…… 너무 울어 몸이라도 상하면 어쩌나 싶어 나더러 위로해드리라고 해서……"
 물리교사는 슬픔에 복받쳐 말을 잇지 못했다. 그는 황급히 얼굴을 가렸지만 눈물이 얼굴을 덮은 손가락 사이로 흘러내리고 말았다.
 너의 울음소리가 그녀의 울음소리를 끌어내고 말았다. 둘의 눈물이 팡후의 눈물을 끌어냈다. (팡룽, 그 녀석은 어디로 갔을까?) 결국에는 그녀가 먼저 울음을 그치더니(그녀는 이미 너무나 많이 울었으니까) 네 곁으로 다가왔다. (그녀가 네 곁으로 왔을 때 너는 온몸으로 느낄 수 있었다…… 러시아 젖소의 비릿한 냄새를…… 손바닥에 가려진 얼굴만이 예외적으로 그 냄새를 맡지 못했다.) 그녀가 말했다. "장 선생님, 위로하러 오셨다면서 오히려 눈물을 그치지 못하시네요……"
 그녀가 손가락 끝으로 내 어깨를 건드리며 말했다.
 "장 선생님, 사람은 죽으면 다시 살아날 수 없죠. 선생님과 제 남편이 사이좋게 지내왔다는 거 알아요. 그 사람이 죽은 것도 운명이겠죠.

그저 장 선생님만큼은 몸조심하셔서, 제 남편처럼 교단에서 과로사하시지 않기만을 바랄 따름이에요……

"푸구이, 푸구이, 당신은 날 아내로 맞은 순간부터 액운이 낀 거야. 내가 소련 스파이로 몰려 비판을 받았을 때는 당신마저 고생하고. 내가 학교에서 쫓겨나는 바람에 당신 한 사람 봉급으로 우리 식구를 먹여살려야 했고…… 평생 마오타이주 한 방울 못 마셔보고…… 쇠고기 양념볶음 한번 못 먹어보고…… 닭백숙 한번 못 먹어보고…… 애들이 커서 일을 해 돈을 벌면, 당신한테 쇠고기 양념볶음을 배불리 먹여드릴 때가 있으려나 했는데…… 그런데, 이렇게 가버리다니……"

너는 왜 아직도 얼굴을 가린 채 울고 있는가?

"장 선생님, 그만 가보세요. 아주머니한테 너무 걱정 마시라고 전해주세요." 그녀는 내게 돌아가라고 재촉했다.

그녀는 둥근 접시에 담긴 닭고기와 쇠고기를 다른 그릇에 옮겨 담았다. 잠시 뭔가 생각하더니, 둥근 접시를 내려놓고 벽 한 귀퉁이에서 밀봉된 작은 항아리 뚜껑을 열고 손을 넣어 소금에 절인 토끼 머리 세 개를 끄집어내 둥근 접시에 놓았다.

"장 선생님, 이건 통조림 공장에서 나오는 부산물이에요. 가져가서 삶아 드세요."

나는 자리에서 일어나지 않을 도리가 없었다.

6

……세심한 장례미용사가 물리교사 둘을 진지하게 뜯어보았다. 왼쪽 사람을 보고, 다시 오른쪽 사람을 보고, 앞으로 보고 뒤로 보고, 마치 군에 입대하는 아들을 떠나보내는 어머니처럼 자상하게 살펴보았다. 그녀는 장의 안경과 팡의 안경을 바꿔치기했다. 또 검정 분필, 파란 분필, 노랑 분필을 바스러뜨려 가루를 골고루 섞은 다음, 수술 후 안색이 다소 창백해진 팡의 얼굴에 몇 번 문질렀다. 집 안에 분필가루 냄새가 진동했다. 그녀는 그들에게 계획에 따라 행동을 개시하라고 명령했다.

물리교사 두 사람은 멋쩍게 악수를 나누었다. 팡은 서류철을 겨드랑이에 끼고 제8중학으로 출근했다.

출근길은 익숙했다. 풍경도 예전과 다를 바 없었다. 구멍가게 여주인이 세발자전거 페달을 밟으며 네 뒤를 쫓아왔다. 너의 곁을 지날 때 그녀는 속도를 늦추었다. 너는 세발자전거에 수북하게 쌓아 비끄러맨 박스들을 보았다. 담배 박스, 술 박스, 과자 박스. 너는 평소 그 여인과 인사를 나눠본 적이 없었고, 그녀 역시 너를 모르는 것처럼 행동해왔다. 그런데 지금 그녀가 평소와 다른 눈빛으로 쳐다보자 너는 불안해졌다.

"아침은 들고 나오셨어요?" 여주인이 친근하게 물었다.

"나한테 묻는 겁니까?"

"시치미 떼기는!" 여주인이 표독스럽게 핀잔을 주었다. "인삼 담배가 들어왔어요! 한 보루 남겨둬요?"

"난 담배 안 피워요!" 너는 다급하게 말했다.

"세상에! 죽은 사람 수염이나 깎아주는 마누라한테 이런 꼴로 밟혀 살다니! 다 큰 사내가 담배 한 대 피울 권리조차 없다면, 그놈의 불알 두 쪽은 뭣하러 차고 다니는 거야!"

"교양 있게 예의 좀 차릴 수 없습니까?"

여주인이 세발자전거에서 훌쩍 뛰어내리더니 쏘아붙였다.

"아이고, 어쩐 일이래? 당신 아픈 거 아냐? 전에 날 보았을 때만 해도 음흉하게 힐끔거리던 색골이 오늘따라 점잔을 빼네!"

너는 어쩔 수 없이 자라목을 하고 욕을 고스란히 먹어야 했다.

"여편네가 꾸며놓은 꼬락서니 좀 보게. 온몸이 초록색 일색이니 말이야. 거기다 초록색 모자* 하나만 얹으면 딱일 텐데, 아쉽네!" 그녀가 은근하게 다가오더니 이렇게 속삭였다. "여자의 적은 여자라는 거 알아? 한 가지 알려주지. 당신네 그 정숙한 마누라가 동물원에서 호랑이를 기르는 영감하고 배가 맞았어. 그 늙은이랑 당신 여편네가 감탕나무 숲 속에서 한 덩어리가 되어 껴안고 있는 걸 내 눈으로 똑똑히 봤다니까……"

물리교사는 그 이야기를 듣고도 분노하지 않았다. 단지 귀찮다는 느낌만 들었다. 마치 똥은 남이 쌌는데 밑은 네가 닦아야 하는 것처럼.

"내가 당신을 위해 '인삼' 담배 한 보루 남겨둘게. 그 영감 신경쓸 거 없어. 이미 오쟁이를 졌는데, 신경쓸 거 뭐 있겠어?" 그러고는 구멍가게 여주인은 세발자전거 페달을 밟으며 떠나갔다.

---

* '오쟁이진 남자'라는 뜻으로 쓰이는 관용구.

교직원—며칠 전 너를 메고 장의사 대문으로 돌진했던 교직원 영웅께서 손에 빗자루 하나 들고 제8중학의 '이마'를 거듭 청소하고 있었다. 알록달록한 옷차림을 한 학생들 한 패거리가 와글와글 떠들어대며 교문으로 쏟아져들어왔다. 너를 본 녀석들이 인사했다. 안녕하세요, 장 선생님! 장 선생님, 안녕하세요!

"리강, 나한테 빌려간 10위안 언제 갚을 거야?" 어느 남학생이 말했다.

"다음 달에 우리 아빠가 보너스 받으니까, 기다려." 리강이 대답했다.

"이자도 붙여줘야 해!"

"물론이지. 한 푼도 안 떼먹고 돌려줄게!"

너는 그 아이들 역시 얕잡아볼 수 없는 세대라고 생각했다. 호주머니나 필통에 피임도구를 숨겨 다닌다고 그들을 타락한 세대라고 할 수 있을까? 물리교사 사무실에서 너는 풋내기 선생 샤오궈가 목청 높여 떠드는 소리를 들었다. 도덕군자들은 왜 별것 아닌 일로 호들갑을 떠는지 모르겠어요! 도덕이라는 건 본질적으로 거짓과 위선을 강요하는 거라고요. 위대한 인물도 하루아침에 낙마하면, 그들의 스캔들을 폭로하는 자가 있기 마련이에요. 콘돔 하나 때문에 멀쩡히 공부하던 학생이 제적당하다니, 공평치 못해요! 우리나 나이 든 양반들이나 다 같은 인간이에요. 나이 든 양반들은 젊지 않으니까 젊은이들을 있는 대로 미워하는 거라고요. 그런 게 질투 아닌가요! 이를테면 맹자 어르신, 소문에 듣자니 어르신도 한창때 유명하셨던데요. 조상이신 맹가(孟軻)는 '아성(亞聖)'이라고 떠받들어졌지만, 그분 역시 젊은 시절에 공구(孔丘) 선생의 마누라를 꾀었잖습니까! 공자님으로 떠받들어지던 공구 선생은 또 어떠셨나요? 남자(南子)*를 유혹하다가 남자의 남편한테 들켜 코가 시퍼레지도록 얻어터지고 허둥지둥 도망쳐나 왔지 않습니까? 상갓집 개처럼 다급하게, 그물에서 빠져나온 물고기처럼 목숨만 챙겨 달아나기에 바쁘셨다고요. 남자가 말했죠. "안 돼요!" 그랬더니 공자님 말씀이 "나는 장차 뗏목을 타고 망망대해를 떠돌리라!" 사랑을 위해서라면, 공자님은 무인도에라도 오르려 했었죠. 성인께서도 이럴 판인데, 하물며 보통 인간들이야 더 말해서 뭣하겠어요?

맹자 어르신이 고개를 저으며 탄식했다. 부처님 머리 위에 똥물을 끼얹은 격이군! 점잖은 유학자를 모욕하다니! 정말 하룻강아지 범 무서운 줄 모르네그려!

시끌벅적한 분위기. 물리교사들 모두가 웃음을 터뜨렸다. 너는 바닷물에 다시 돌아온 물고기처럼 편안한 느낌이 들었다. 그동안의 온갖 시름과 고통을 잊은 채, 너는 네가 늘 쓰던 책상 앞에 앉았다. 익숙한 손길로 펜을 더듬어 잡는데 펜이 익숙하지 않았다. 잉크를 묻혀 쓰는데도 펜이 도무지 손에 거슬렸다. 누가 너의 어깨를 툭툭 쳤다. 그가 너의 귓가에 속삭였다. 장 선생님, 선생님 자리에 가서 앉으셔야죠!

그는 쌍둥이 중 하나였다. 너의 학생이었고, 너의 제자였으며, 너를 메고 장의사까지 돌진했던 영웅 가운데 하나인 그가 지금 너를 몰아

---

* 춘추시대 위영공의 부인.

내고 있었다.

너는 일어날 수밖에 없었다. 네 학생이었던 그가 자리에 앉는 것을 보았다. 나머지 사람들은 하나같이 책상 위에 걸터앉은 채 팔짱을 끼고 수업 직전의 휴식을 누리고 있었다. 너는 조심스레 물었다. "어느 자리가 장 선생 자리야?"

쌍둥이 중 하나가 흠칫 놀라더니 의아해하며 너를 바라보았다. "어? 장 선생님, 괜찮으세요?"

"아니, 그러니까 내 자리가 어디냐고……"

쌍둥이 중 하나가 일어서더니 네 주위를 한 바퀴 돌았다. 그가 말했다. "혹시 팡 선생님 귀신이 붙은 거 아니에요? 그 목소리하며…… 몸짓하며……"

죽음의 냄새. 물리교사들은 다들 울고 싶어졌다.

쌍둥이 중 한 명이 너를 장츠추의 자리까지 부축했다.

샤오궈가 말했다. "여러분께 뉴스 하나 전해드리죠. 왜 팡 선생님 추도회가 열리지 않을까요? 소문에 따르면 누가 팡 선생님 시신을 훔쳐갔대요!"

"터무니없는 소리!" 맹자 어르신이 반박했다. "금덩어리를 훔쳐가거나 은덩어리를 훔쳐가는 일은 있어도, 설마 남의 시체를 왜 훔치겠나?"

"도살업자가 훔쳐다가 쇠고기에 섞어 팔려고 그랬을지도!"

"말도 안 되는 소리!"

"하지만 불가능한 일은 아니지 않습니까!"

너는 비틀거리며 일어섰다가, 다시 비틀거리며 주저앉았다.

"장 선생님, 왜 그러세요?"
"얼굴빛이 별로 좋지 않은데요."
"양호선생한테 가서 좀 봐달라고 하지그래."
"됐네, 양호선생이란 작자는 기껏해야 아스피린이나 처방하겠지!"
"그놈의 아스피린을 먹느니 차라리 분필 두어 토막 먹는 게 낫지!"
 복도에서 종소리가 폭발음처럼 요란하게 울렸고 교사들이 분분히 일어섰다.
 너는 쌍둥이 형제 중 한 명에게 부탁했다. "좀 데려다주겠나…… 내 교실까지만……"
"장 선생님, 제가 대신 한 시간 맡아드릴게요."
"아니, 아니야, 그럴 것까진 없어……" 너는 불현듯 '용감한 비장함'이란 말의 뜻을 알 수 있었다. 쌍둥이 중 하나가 앞장섰고, 너는 교안을 옆구리에 낀 채 그 뒤를 따랐다.

7

 1. 팡푸구이는 비록 죽은 몸이었으나, 사방에 빛을 발하는 그 수업하는 목소리는 날마다 복도에 메아리쳤다.
 2. 시에서 실시하는 대대적인 위생 검사를 위하여 교사와 학생들이 다 같이 학교 화장실을 깨끗이 청소하고, 문에 큼지막하게 붉은 쪽지를 붙여 화장실을 봉쇄했다.
 3. 식수실에 거주하던 신혼부부가 최근 아이를 얻었다. 여자아이였

다. 신부는 결혼 전에 임신했으나, 신랑의 적극적인 태도로 보아 그가 아이의 친아버지임이 분명했다.

4. 물리교사들은 이를 악물고 모은 돈으로 커다란 판다 인형을 하나 샀다. 판다 머리에는 커다란 핀으로 붉은 쪽지 한 장을 꽂았다. 쪽지에는 다음과 같이 적었다. '식수실의 꽃'에게 증정. 제8중학 물리교사 일동.

5. 콘돔을 숨겼던 남학생은 학교에서 제적당했다.

6. 여학생 하나가 강물에 뛰어들어 자살했다.

7. 쌍둥이 형제 중 하나가 다음과 같이 제안했다. "일요일 오전에 모두 팡 선생님 부인과 아이들을 위문하러 가요. 선물을 가져갈지 말지는 형편대로 알아서 하구요. '사람이 가버리면 찻잔의 찻물도 곧 식어버린다'는 건 있을 수 없어요!"

여섯 걸음

六步

1

 교외 농가에서 기르는 수탉이 세 번이나 홰를 쳤고, 희부연 아침 햇살이 벌써 유리창에 덧칠해졌다. 꽝푸구이가 죽은 지 이미 보름이 지났는데도 액운의 냄새가 벽 구석구석, 집 안의 가구마다 여전히 배어 있었다. 한낮에는 다소 옅어졌으나, 어둠이 내리면 액운의 냄새가 밤안개처럼 서서히 깔렸다. 수탉이 세번째로 홰를 치고 밤안개가 가장 자욱해질 때, 액운의 냄새 역시 절정에 달했다.
 액운의 냄새가 절정에 달한 지금, 투샤오잉은 메마른 눈이 견딜 수 없이 아팠다. 남편이 죽으면 여자의 인생에는 엄청난 전환이 닥친다—어제의 너는 아내였으나, 오늘의 너는 과부인 것이다.
 남편의 죽음과 함께 찾아온 액운의 냄새에는 색깔이 있었다. 그것은 검은색으로, 하얀 상복과 선명한 대비를 이루었고, 붉은색과는 어울리지 않았다. 붉은색은 경사를 나타내고, 흰색은 죽음을 나타낸다. 검은색은 붉은색을 보완하고, 검은색은 백색의 공범이다. 엊그제 팡후가 불덩어리처럼 붉은 자그마한 브래지어로 복숭아만한 가슴을 가리자 투샤오잉은 매섭게 쏘아보았다.

"후야, 딴 걸로 바꿔!" 투샤오잉이 말했다.

"왜요?" 팡후가 이해할 수 없다는 듯 물었다. "왜 바꾸라는 거예요? 엄마 보기에 흉해?"

"아빠가 돌아가셨잖니."

"아빠가 돌아가신 것과 이게 무슨 상관이야?"

"지금은 아빠를 위해 상복을 입어야 하니 울긋불긋한 건 못 입어!"

"엄마, 그럴 필요가 뭐 있어요? 내가 이걸 하든 다른 걸 하든 아빠는 죽은 거잖아요!"

"그거 벗어. 후야, 최소한 네 아빠 추도회가 끝난 다음에 다시 하려무나. 그러지 않으면 하얀 블라우스 위로 다 비쳐서 사람들이 흉볼 거야."

팡후는 웃으며 고개를 저었다. 그러면서도 브래지어를 벗어 베개 밑에 넣었다.

투샤오잉은 마음이 놓였다. 팡후가 투샤오잉에게 말했다.

"엄마, 엄마도 너무 자신을 들볶지 마요. 아빠는 죽었지만 우리는 계속 살아야 하잖아요. 죽은 사람이 산 사람을 잡고 놓아주지 않는 건 말도 안 돼요! 오빠하고도 얘기해봤는데, 남은 가족의 행복을 위해서는 당연히 엄마부터 행복해져야 하고, 그러려면 엄마가 빨리 재혼을 해야 한다고요. 오빠가 며칠 있다가 카세트하고 〈리 씨네 둘째 형수재가했네〉* 테이프를 빌려와 엄마한테 들려주고 배우라고 해야겠대요. 날마다 이렇게 울기만 하는 건 우리 건강에도 안 좋단 말이에요!"
한 송이 꽃봉오리 같은 딸의 벗은 등을 바라보는데 갑자기 낯선 느낌이 밀려왔다. 뭔가 말하고 싶었지만 아무 말도 나오지 않았다. 점차 풍만해지는 딸의 몸이 네게 공포심을 불러일으켰다. 예쁜 딸이 부모에게 재앙이라는 건 말할 필요도 없다. 아버지가 죽었으니, 이제 그 모든 재앙이 너의 머리를 짓누를 것이다.
투샤오잉은 죽은 남편을 그리워하는 와중에도 틈만 나면 당시 북방의 농촌에서 떠돌던 옛날이야기를 드문드문 떠올렸다. 너는 투샤오잉의 장강대하 같은 서술적인 사유에서 이야기를 골라내고, 일관성 있게 연결시키고 군더더기를 대폭 줄인 다음, 몇 가지 이야기로 바꾸어 우리들에게 들려주었다. 케케묵은 옛날이야기였지만, 우리는 이를 악물고 두 눈을 부릅뜬 채 들을 수밖에 없었다.

옛날이야기 하나
아주 오래전, 현명한 판결로 이름 높은 어느 현관이 가마를 타고 바삐 길을 가고 있었다. 그때 홀연히 평지에서 돌개바람이 불어닥쳤다. 가마꾼들이 눈을 가렸고 좀처럼 앞으로 나아가지 못했다. 현관이 무척 이상하게 여겨 가마를 내리라고 명령했다. 현관이 가마에서 나와 사방을 둘러보았으나 밝은 태양이 하늘과 땅을 눈부시게 비추고 있을 뿐, 이상한 점이 없었다. 주변을 자세히 살펴보던 현관은 버드나무 그늘에 무덤 하나가 있는 것을 발견했다.

---

* 산둥 지방의 대표적인 희극.

무덤 곁에는 한 여인이 주저앉아 가슴을 치며 울고 있었다. 현관이 다가갔다. 별처럼 반짝이는 눈과 복사꽃처럼 붉은 뺨을 가진 아리따운 여인이었다. 소복 차림이었지만 보는 사람의 가슴을 설레게 할 만큼 자태가 아름다웠다. 현관은 여인에게 자세히 물어, 여인의 남편이 얼마 전 세상을 떴다는 것을 알아냈다. 여인은 막힘없이 대답했고, 이상한 점도 보이지 않았다. 현관은 생각했다. 그 돌개바람은 죽은 자가 원통한 사연을 고하려고 분 것이 아닌가보다 하고. 그래서 다시 떠나려는데, 돌개바람이 또다시 불어닥치면서 여인의 상복을 들추어 그 속의 붉은 치마를 드러냈다. 현관은 관노를 시켜 여인을 관아로 데려갔다. 그리고 왜 상복 안에 붉은 치마를 감춰 입고 있었는지 엄한 형벌로 문초했다. 여인은 의지가 굳고 완강했다. 형리들이 주리를 틀고 매운 고춧가루 물을 쏟아붓고, 형틀에 매달아 목구멍에 분필가루를 먹이는 등…… 온갖 혹형을 퍼부었지만 결코 입을 열지 않았다. 현관은 문득 묘책이 하나 떠올라, 관노에게 여인의 겨드랑이를 마구 '간질이게' 했다. 여인은 울다가 웃다가 정신없이 시달린 끝에 '간지럼'을 견디지 못하고 마침내 자백하고 말았다. 그녀는 다른 남자와 사통하다 들키자 남편을 독살했던 것이다. 상복을 입은 것은 남의 이목을 가리기 위해서였다.

옛날이야기 둘

아주 오래전, 어느 득도한 사람이 집으로 돌아가는 길에 한 여인을 보았다. 여인은 소복을 입고 손에는 파초선(芭蕉扇)을 든 채 소리 내어 울면서 무덤에 부채질을 하고 있었다. 이를 의아하게 여긴 그는 여인 앞으로 다가가 사연을 물었다. "아주머니, 어떤 분이 돌아가셨습니까?" 여자가 대답했다. "제 남편입니다." "돌아가신 지 며칠이나 되었는지요?" "사흘 되었습니다." "그럼 곡을 할 것이지, 무덤에 부채질은 왜 하십니까?" "지나가는 군자께선 모르십니다. 저는 무덤 속에 누운 영혼과 언약한 바가 있습니다. 남편은 자신이 죽은 후, 제가 무덤의 흙이 마를 때까지 상복을 입으면 재혼을 해도 좋다고 했습니다. 남편이 죽은 지 이미 사흘이 되었는데, 흙이 좀처럼 마르지 않아서 빨리 마르라고 부채질을 하는 중이었습니다. 그래야 하루속히 재혼할 수 있지 않겠습니까!"

득도한 사람은 이 말을 듣고 탄식해 마지않았다. 그는 집으로 돌아와 아내에게 길에서 보고 들은 바를 이야기해주었다. 아내는 부끄러운 줄 모른다며 그 여자를 큰 소리로 욕했다. 득도한 사람은 웃으면서 아내에게 물었다. "내가 죽으면 당신은 내 무덤을 며칠이나 지켜주겠소?" 아내가 정색하고 말했다. "만약 하늘이 날 저버려 영감께서 소첩보다 먼저 죽는다면, 이 몸은 결코 재혼하지 않을 겁니다. '훌륭한 말은 등에 두 안장을 얹지 않고, 훌륭한 여인은 두 사내에게 시집가지 않는다'는 말이 있잖습니까!" 득도한 사람이 "진심이오, 거짓이오?" 하자, 아내는 버럭 성을 냈다가 아양을 떨었다.

그날 밤, 득도한 사람이 죽었다. 그의 아내는 말할 수 없이 애통해했다. 망부를 염습하여 관에 담고 빈소에 안치한 후, 스님들을 모셔다 불경을 독송하고 저승 가는 길에 노잣돈으로 쓰라고 지전을 불살라 올렸다. 망자의 혼령을 제도(濟度)하고 하루속히 선계(仙界)에 다시 태어나라고 기원했다.

시끌벅적하던 한낮이 지나고, 적막한 밤이 찾아들었다. 늙은 스님들은 게으름을 피워 잠자러 절간으로 돌아가고, 젊은 스님 하나만이 밤을 새우며 영구 앞에서 목탁을 두드리고 염불했다. 그러니 여인이 어찌 잠들 수 있겠는가? 똑, 똑, 똑, 똑…… 목탁 두드리는 소리가 마치 그녀의 마음을 두드리는 것 같았다. 젊은 스님은 맑고 깨끗한 목청으로 마치 노래를 부르듯 낭랑하게 염불했다. 여인은 생각했다. 어차피 잠도 오지 않으니 젊은 스님과 얘기나 나누면서 울적한 심사나 풀어야겠다. 그리하여 자리에서 일어나 차를 한 잔 따라 두 손으로 받치고 빈소로 나아갔다. 여자가 말했다. "스님, 경을 외우시느라 힘드실 텐데, 찻물로 목이라도 축이시지요." 젊은 스님은 목탁을 내려놓고 찻잔을 받아 입술을 오므리고 차를 홀짝였다. 여인이 젊은 스님을 꼼꼼히 뜯어보니, 용모가 빼어난데다 입술은 붉고 이는 하얀 것이 당나라 삼장스님처럼 사람의 애간장을 녹이게 생겼다. 젊은 스님은 차를 마시면서도 눈으로는 여인을 뚫어져라 쳐다보았다. 여인이 말했다. "땡추, 이 몸을 노려보아 어쩌겠다는 거요?" 젊은 스님은 군소리 한마디 않고 찻잔을 던져버리더니 여인에게 달려들었다. 그러고는 영구 앞에서 한바탕 일을 치렀다.

둘쨋날 밤 두 남녀의 정분은 더욱 두터워졌다. 젊은 스님이 말했다. "누님, 그런 몸매에는 붉은 비단옷을 입고 붉은 꽃을 머리에 꽂아야 어울리지, 뭐하러 소복을 걸치고 있소?"

여인은 즉시 상복을 벗어던지고 붉은 비단옷에 붉은 꽃을 머리에 꽂은 채 젊은 스님과 밤새도록 환락을 즐겼다.

사흘째 밤, 한 차례 농탕질이 끝났을 때였다. 젊은 스님이 갑자기 두 손으로 머리를 감싸면서 비명을 질렀다. 당황한 여인은 어떻게 해야 좋을지 몰라 허둥거렸다. 젊은 스님이 말했다. "소승의 고질병이 재발했으니, 아마 죽으려나보오." 여인은 초조해져서 눈물을 흘리며 물었다. "설마하니 치료할 방법이 없단 말이오?" 젊은 스님이 말했다. "산 사람의 골수를 한 대접 먹으면 소승의 한 목숨을 구할 수 있지요." 여인이 말했다. "어딜 가서 산 사람의 골수를 찾는단 말이오?" 젊은 스님이 말했다. "막 죽은 사람의 골수로도 대신할 수 있소!" 여인은 다급한 가운데서도 꾀가 생겨, 빈소에 안치한 남편의 관을 가리키면서 말했다. "저기 죽은 자의 골수는 어떻겠소?" 젊은 스님이 말했다. "먹기 딱 좋지요!" 여인은 급히 도끼 한 자루를 찾아와 관 뚜껑을 열고 득도한 사람의 시신 머리에서 과두(裹頭)를 벗겨냈다. 그러고는 정수리를 겨냥하여 도끼를 내리쳤다!

껄껄 비웃는 소리가 들리더니, 죽은 사람이 관 속에서 훌쩍 뛰쳐나왔다.

이 옛날이야기 두 개가 실뱀처럼 투샤오잉의 생각을 헤집고 돌아다니는 통에 그녀는 심신이 불안하고 안절부절못했다. 남편의 죽음은 여인에게는 감당하기 어려운 시련이다. 만약 느닷없이 젊은 스님이 날아든다면, 나는 그 유혹을 이길 수 있을까? 그럴 수 있을 거야, 꼭! 분명 이길 수 있어! 투샤오잉은 자신이 그런 천박하고 통속적인 두 가지 옛날이야기, 글자 하나하나에 봉건적인 독소가 배어나는 이야기에 빠져들다니 정말 황당하다고 생각했다. 잘생긴 젊은 스님이 하늘에서 뚝 떨어지다니, 절대 그럴 리 없어! 더구나 내가 부채질해주기를 기다리는 무덤도 없고! 나는 명문 사범대학 러시아어과를 우수한 성적으로 졸업한 사람이야! 게다가 중국 공산주의청년단에 가입한 적도 있다고! 선전위원까지 맡았었어! 그러나 이런 비범한 내력도 '젊은 스님'과 '무덤에 부채질하기'를 가로막지는 못했다. 그것들은 물속에서 헤엄치는 물고기처럼 꼬리 치고 머리를 흔들며 그녀를 유혹했다. 이제 그녀는 그 생각에서 벗어나려고 노력하는 걸 포기하고, 파르스름하게 머리를 민 풋내기 색골과 겉은 하얗고 속은 빨간 음탕한 여자가 제멋대로 생각의 사슬과 공백을 치고 들어오게 내버려두었다. 지난 열흘 동안 매 순간이 이랬다. 앞서 말한 것처럼 팡후가 붉은 실크 브래지어를 복숭아만한 가슴에 채웠을 때, 네 머릿속에는 무덤에 부채질하는 여인의 모습이 떠올랐다. 엊그제, 아, 엊그제였지! 둥근 접시 하나를 들고(접시에는 닭의 사체와 소의 사체가 담겨 있었고, 그것을 들고 집 문턱을 넘어선 그 남자도 머리카락이 하나도 없는, 정말 새파랗고 반짝반짝 빛나는 중머리였어!).

두 가지 옛날이야기가 음악의 선율처럼 반복적으로 나타난 게 과연 우연이었을까? 음란해질 위험성이 이미 운명처럼 다가와 있었다!

눈앞에는 이제 액운의 냄새가 절정에 달해 있었다. 그중에서도 이부자리와 베갯머리에 밴 냄새는 절정 중의 절정이었다. 이건 도대체 어떤 물질로 구성된 냄새일까? 이 책에 등장하는 인물들은 냄새에는 유별나고 예민하게 반응하면서, 언어의 논리에 대해서는 왜 무감각한 것일까? 우리는 이런 골칫거리를 몽땅 분필가루에 오염된 서술자의 뇌 속으로 밀어넣었다.

터무니없는 광경, 황당무계한 냄새가 투샤오잉을 잠 못 들게 했지만 그녀는 별수 없이 습관대로 이불 속에 들어가 잠들었다. 태양이 떠오르며 기지개를 켜는 소리가 들리고, 동물원의 여우가 새벽달을 보며 우는 소리가 들렸다. 여우들의 울음소리는 여인의 울음소리와 무척 비슷했다. 투샤오잉은 여우의 울음소리가 두려웠다. 팡후의 발가락이 그녀의 종아리를 기분좋게 간질였다. 일어날 때가 된 것이다.

그녀는 침대 앞에서 서성이며 동틀녘의 온갖 소리에 귀를 기울였다. 벽 하나를 사이에 둔 이웃집의 인기척은 아주 또렷하게 들렸다—다추와 샤오추 형제가 beef, beef broth, steak 하고 영어 읽는 소리, 늙은 할망구가 으르렁대는 소리, 장례미용사가 욕설을 퍼붓는 소리,

그 남편 장츠추가 투덜대는 소리. 이런 소리들에는 예전부터 익숙했지만, 심상치 않은 것은 지난 며칠 동안 계속 그녀의 귀에 아주 익숙한 목소리가 들려왔다는 점이다. 그녀는 이것이 환청이라고, 귀가 부정을 탄 것이라고 생각했다. 하지만 이런 결론은 자신도 속이고 타인도 속이는 기만적인 냄새를 풍겼다. 죽은 남편의 목소리가 벽 너머에서 울리고 있다! 이런 얄팍한 벽으로는 사람의 목소리를 차단할 수 없을뿐더러 오히려 더 크게 들리게 했다. 한 여자의 남편이 죽었다. 죽은 남편의 시체는 장의사로 보내져 마지막 미용을 기다리고 있었다. 하지만 남편의 목소리는 날마다 장례미용사의 집에서 울려오고 있었다—어느 모로 보나 뭔가 냄새를 풍기고 있지 않은가!

2

토끼가죽 벗기기 담당인 투샤오잉은 앞서 말한 것처럼 하얼빈 출신이었다. 또한 앞서 말한 것처럼 그녀의 몸에는 러시아인의 피가 절반쯤 흘렀다. 중국 공산당과 소련 공산당이 앙숙이 되기 전까지만 해도 그런 혈통은 자랑거리였으나, 아쉽게도 당시 그녀의 몸은 수척하고 가냘팠던 탓에 혼혈의 흔적은 조금도 찾아볼 수 없었다. 당시 그녀가 자신을 러시아인 혼혈이라고 공개적으로 밝혔다면, 모두들 그녀에게 사람들 눈길을 끌려고 얼굴에 러시아 백인처럼 하얀 분필을 칠했다고 조롱했을 것이다. 그녀의 몸에 혼혈의 흔적이 나타나기 시작하자, 유감스럽게도 중소 국경에서 전쟁이 벌어졌다.

앞서 말한 것처럼, 그녀는 사범대학에서 우등생이었다. 그녀가 왜 러시아어를 전공으로 선택하고, 영어나 다른 언어를 선택하지 않았는 지는 그녀와 그녀의 어머니만 알았다. 앞서 말한 것처럼 당시 그녀의 가슴은 풋사과만한 크기밖에 되지 않았다. 팡푸구이가 그녀의 가슴에 부딪쳤을 때 그의 머리는 그녀의 가슴이 따뜻하고 보드라웠다고 느꼈다. 하지만 실제로 그때 그녀의 가슴은 단단하고 차가웠었다. 가슴은 불룩 솟아 있기 때문에 다른 신체 부위보다 체온이 낮은 게 맞다. 그럼에도 팡푸구이의 머리가 느낀 것은 옳다. 그의 머리가 그녀의 가슴보다 더 단단하고 얼음장 같았으니까.

그날 그녀는 녹두색 셔츠를 입었고, 당시 그녀의 피부는 팽팽할 정도로 탄력이 있었다.

바보 같은 남학생 하나가 자신의 가슴을 머리로 박은 건 아무리 좋게 말해도 불쾌한 일이었다. 투샤오잉은 기분이 언짢았으나, 부끄러움이 그보다 더 컸다. 불룩 튀어나온 그의 머리통은 주름살 하나 없었고, 엎어놓은 표주박처럼 매끄러웠다. 그런 머리를 타고난 남학생이었다면 십중팔구 우등생 아니면 수재였겠군―영구 앞에서 목탁을 두드리고 있는 젊은 스님이 중간에 끼어들었다―그는 단단한 두개골로 내 가슴속에 감춰져 있던 사랑의 종을 울렸어. 그는 미안하다는 말 한마디 하지 않았지. 당시만 해도 말주변이 없었는데. 그런데 지금은 주절주절 떠들고 있네―귀에 익은 목소리가 벽을 뚫고 들려왔다. "형수님, 제발……" 저 사람이 그 여자에게 뭘 간청하고 있는 거지? 왕 부시장과 남몰래 정을 통했던 여자에게 간청해서 뭘 하려는 걸까? 혓바닥이 얼얼하도록 매큼한 액체가 네 입속에서 거세게 물결치기 시작했다. 질투의 액체. 벽을 따라 쏜살같이 달리는 쥐들도 그의 액운의 냄새를 풍겼다―투샤오잉은 벽을 지나서 장례미용사의 집으로 가는 쥐를 눈빛으로 배웅했다. 애정의 서사시가 또 한 장 펼쳐진다.

앞서 말한 것처럼 책벌레가 감정을 느끼자 사나운 사자보다 용감해졌다. 도서관의 비좁은 복도에서 너와 그는 다시 이마를 부딪쳤다―이런 상황은 '머리와 가슴의 충돌' 사건 이후 거의 날마다 벌어졌다. 하지만 이번에는 그의 두 눈에서 빛이 쏟아져나왔다. 경험이 있는 여성이라면 누구나 알 수 있는 애정의 빛이었다. 투샤오잉은 경험이 없었다. 그녀는 70퍼센트쯤은 호기심 때문에 그 빛을 포착했고, 30퍼센트쯤은 놀람과 두려움 때문에 그 빛의 서슬을 피했다. 그렇게 강렬한 빛이라면 분명 다칠 수도 있었지만, 너는 호기심에 못 이겨 그 눈빛을 마주보았다. 그 순간 머리에 부딪쳤던 가슴의 체온이 돌연 급격히 상승했다. 가슴이 팽팽하게 부푸는 느낌에 너는 수치심을 느꼈다. 투샤오잉은 자신도 모르게 허리를 구부렸다.

서술자는 우리에게 말했다. 그날 저녁, 학교에서 소련 영화를 한 편 상영해 도서관에는 거의 사람이 없었다고. 그 중요한 시점에, 도서관 복도에 전기를 공급하는 회로마저 공교롭게 고장을 일으켰다고. 지난번 충돌이 우연의 산물이었던 것처럼, 이 정전 사태 역시 우연의 산물이었다. 전기가 나가자 그의 눈이 눈부실 정도로 빛났다. 마치 용광로에서 쇳물이 흘러넘치는 듯했다. 팡푸구이는 투샤오잉이 정신을 차릴 때까지 기다리지 않고, 이를 악물고(윗니와 아랫니가 부딪쳐 딱 소리가 났다) 달려들었다.

그때 너는 거의 쇼크 상태에 빠졌다. 차가운 공기가 네 생각을 얼어붙게 만들었다. 짓눌린 허리뼈가 우두둑 소리를 내고, 위장 속에서 음식물 중 일부는 아래로 내려가고 일부는 위로 솟구쳤다. 그 순간 그녀에게는 복도 바닥에 누워 있는 것이 전적으로 분별 있는 태도 같았다—만약 하느님이라도 팡푸구이한테 허리를 안겼다면 별도리가 없었을 테니까—평화로운 나날을 보내고 있는 우리는 하느님이 선량한 분으로, 커다란 가슴 두 개가 있는 중년 여성임을 굳게 믿어 의심치 않는다. 그녀의 눈동자는 보하이 만에서 출렁이는 바닷물처럼 잿빛이었고, 그녀의 머리카락은 아맛빛이었다. 아마와 색깔이 똑같다는 뜻이다(이 말은 거의 쓸모없는 말이다). 그리고 또 입에 담기가 좀 그런 게 있는데⋯⋯ 말하라니까! 우리는 너에게 속이지 않고 곧이곧대로 이야기하라고 요구했다. 좋아, 네가 말했다. 사실 이 말은 건강하고 생명력 있다는 걸 나타내는 것인데, 그녀의 성욕은 왕성했고 오래 지속되었다. 그렇지 않았다면 그녀는 황금 왕좌에서 쫓겨났을 테니까—하느님도 발광한 사내는 어쩌지 못하겠지만 아무튼 그녀의 굳센 의지력은 사내의 품에 안기자마자 즉시 가벼운 연기가 되어 훨훨 날아가고 말았다—액운의 냄새가 끝내 압력솥 밸브에서 새어나왔다. 높은 온도도 그 냄새를 소멸시킬 수 없었다—그는 지금 벽 너머에서 장례미용사와 몰래 소곤거리고 있었다. 그녀는 그와 장례미용사가 그녀 자신에 대해 의논하고 있다고 확신하고, 저도 모르게 흐느껴 울기 시작했다. 그녀는 일부러 흐느낌 소리가 벽을 건너가게 했다. 그것은 항의이고 경고였으며 저주와 다를 바 없었다. 일종의 주술과 같은 특이한 기능이었다. 짝 잃은 기러기가 길게 울거나 철창에 갇힌 이리가 보름달을 바라보면서 울부짖는 소리와도 비슷했다. 그녀의 흐느낌이 언젠가는 반드시 날림 공사로 세워진 그 벽을 무너뜨릴 날이 올 것이다―하지만 그것은 훗날의 이야기이니 잠시 접어두기로 하자.

음식물이 위로 솟구치자 시큼털털한 냄새가 투샤오잉의 목구멍을 거쳐 입안까지 올라왔다(너는 우리가 구역질을 하든 말든 상관하지 않았다). 그것은 부추 냄새였다. 입안 가득한 부추 냄새 때문에 그녀가 열등감을 느낀 순간…… 광푸구이의 입술이 이미 내 입을 꽉 막고 있었어. 나는 입을 꼭 다물었지만 오래가지 못했어. 감전당한 듯한 자극이 척추부터 대뇌까지 충격을 주었을 때, 그녀는 그만 입을 벌리고 말았다(이 순간 그녀는 민물조개를 연상했다. 민물조개는 잡히면 주둥이를 꽉 다물지만, 뜨거운 물 속에 들어가면 이내 주둥이를 벌린다. 이미 죽은 조개만이 뜨거운 물 속에서도 주둥이를 다문다).

부추 냄새를 너한테 줄게!

미칠 듯한 고함을 너의 입으로 토해내겠어!

너는 내 냄새와 내 고함을 한 방울이라도 흘려선 안 돼!

그것들은 애정의 부산물이니까!

술을 마셨다면 알코올의 독을 이겨낼 준비도 해야잖아!

그렇지만 우리가 들은 것은 너희 둘의 거친 숨소리밖에 없었다.

서술자는 우리에게 말했다. 학교 운동장에서는 유명한 소련 영화 한 편이 상영되고 있었다고―오랜 세월이 지난 후, 우리는 그 영화가 〈기러기는 남쪽으로 날아가고〉였다는 사실을 알게 되었다―파시스트 침략자들의 공군기가 도시를 폭격하여 건물 유리창이 그 진동에 깨지고, 유리 조각들이 와장창 소리를 내며 땅에 떨어져내렸다. 그 아름다운 여인은 그 남자의 뺨을 연거푸 스물여섯 대나 때렸지! 남자의 눈에서 초록빛 인광이 나왔다. 인광을 번뜩이는 사내는 때려도 물리칠 수 없는 법! 그는 형제의 여자를 덥석 끌어안았다. 그녀의 몸이 뒤로 젖혀졌다—마치 하느님처럼.

너는 유리 조각이 땅에 떨어지는 소리를 들었다. 너는 그가 일어나서 죽은 사람 앞에 서 있는 것처럼 양팔을 축 늘어뜨린 채 서 있는 것을 보았다. 너 역시 너 자신이 죽었다고 느꼈다. 눈물이 목덜미를 타고 흘러내렸다. 투샤오잉은 처녀막이 파열되었기 때문에 울었을까? 이 "?"에는 답이 없다.

그녀는 몸을 일으켰다. 마음이 헝클어진 삼 가닥처럼 혼란스러웠다. 그때의 느낌은 지금까지도 남아 있다. 그녀는 몸을 일으키기 시작했다. 두 손으로 땅바닥을 짚고 엉덩이를 지면에서 떼고, 두툼한 허벅지도 지면에서 떼고…… 동작 하나하나가 모두 수치스러운 것이었으며 더러운 것들이었다. 그의 얼굴이 가까이 다가왔을 때 너는 그의 잇몸에서 피비린내를 맡았다.

투샤오잉은 팡푸구이의 뺨을 한 대 쳤다. 그리고 손이 나가는 대로 그의 얼굴을 할퀸 다음 쏜살같이 도망쳤다.

투샤오잉은 운동장으로 달아났다. 귀신이 그녀를 운동장으로 데려갔다. 스크린 위의 전쟁은 끝났고 전사들은 고향으로 돌아갔다. 수천 수만의 여인과 아이 들이 기차역으로 물밀듯이 몰려갔다…… 여인들은 모두 싱싱한 꽃을 안고 있었다. 두 뺨은 눈물로 얼룩진 채 꽃다발을 안고 인파에 밀려다니면서도 기쁨에 벅차올라 전율하는 그녀를 보는 것만으로 너는 충분했다. 전쟁은 승리로 끝났다. 그녀는 싱싱한 꽃

송이를 마주치는 사람들에게 나누어주었다. 그녀는 착했다. 그녀는 모든 사람을 평등하게 사랑했다. 그녀는 무감각했다.

"투샤오잉, 울었어?" 한 여학생이 걱정스러운 듯 물었다. 그녀의 눈자위도 붉었다.

"아니, 안 울었어!" 너는 손수건을 꺼내 눈을 문질렀다. 두 다리 사이의 치욕 때문에 너는 뒤통수가 튀어나온 물리학과 남학생, 무책임한 행동을 저지른 녀석이 몹시 원망스러웠다.

"너 바지가 왜 이렇게 지저분해졌어?" 여대생 기숙사에서 그 여학생이 또 물었다. "어머, 너 머리 좀 봐!"

그때 너의 머리색은 중국인처럼 아직 검었다. 너는 손을 들어 흐트러진 머리칼을 그러모았다. 두 뺨은 손바닥을 델 만큼 뜨겁고 손은 몹시 차가웠다. 손가락 관절이 너무 세게 펴졌던 탓에 지금은 피로하고 뻣뻣하게 느껴졌다. 너는 변명했다. "발을 헛디뎌서 넘어졌어…… 너무 힘들어……"

투샤오잉은 그 남학생을 더는 신경쓰지 않겠다고 결심했다—그녀는 그의 이름도 몰랐고, 그와 결혼하게 될 거라고는 꿈에도 생각 못했다—나는 정조를 잃고 그 몹쓸 놈은 득을 보았는데, 나는 해를 당하고도 어디 호소할 곳조차 없구나. 아직은 정조를 목숨처럼 여기던 시대였기 때문에 투샤오잉이 잃어버린 것은 아주 심각한 것이었다.

3

그녀는 문을 두드리는 소리 전에 발소리를 먼저 들었다. 남편이 죽은 뒤 칭찬에 칭찬이 이어져 그녀는 남편을 잃은 보통의 여인처럼 처신할 수 없었다. 전장에서 희생된 영웅의 미망인처럼 속마음은 침통해도 표정은 침착해야 했다. 목이 잠겨도 말은 끊기지 않아야 했다. 품위도 유지해야 했다―남편이 몸담았던 조직에 그 어떤 요구도 제기하지 않고 곤란한 일이 생겨도 스스로 극복해야 했다. 이상(理想)은 결연했다―나는 온 힘을 다해 일해야 하고 아이들을 교육시켜야 한다. 죽은 이가 남겨놓은 책임을 짊어져야 한다.

한낮에, 너는 남편의 시신을 옮기는 토끼 운송 트럭 앞좌석에 앉아 강물의 푸른빛과 강가에 늘어선 은사시나무의 하얀 나무줄기를 바라보았다. 학교에서 직영하는 통조림 공장의 토끼 운송용 트럭이 임시 영구차였다. 교장은 트럭 뒤 화물칸에 누인 꽝푸구이의 시신 옆에 앉았고, 너는 앞좌석에 앉는 특별대우를 받았다. 너의 마음은 몹시 불안했다. 잠시 후 너는 교장과 교직원들이 꽝푸구이를 메고 장의사로 돌진하는 광경을 보았다. 교장은 끊임없이 망자의 뒤통수를 만지면서 쉬지 않고 입술을 달싹였다. 꼭 주문을 외우는 것 같았다. 그런 교장의 모습에 너는 감동했다. 그는 애석한 마음으로 그의 튀어나온 뒤통수를 어루만지고 있었다. 그 속에는 물리학 공식이 꽉 차 있었으니까. 그는 우수한 중년 교사를 잃은 걸 슬퍼하는 것이 분명했다.

"투샤오잉 동지, 너무 상심하지 마십시오……" 교장이 눈물을 글썽이며 말했다. "동지의 취업 문제는 우리가 책임지고 시 정부에 보고할 것이오. 러시아어를 전공한 재원이 토끼가죽이나 벗기러 다니다니! 이거야말로 능력의 낭비가 아니겠소! 팡 선생의 요절로 호소할 기회가 생겼으니, 이 기회에 교사들의 어려운 사정을 해결하고야 말겠소!"

그녀는 울고 싶어졌다. 죽은 남자 때문에 가슴 아파서가 아니라, 당과 조직의 따스한 정이 온몸으로 느껴져 감동받았기 때문이다. 만약 그 순간 교장이 당을 대표하여 그녀에게 인민을 위해 눈알을 뽑으라고 명령했어도 그녀는 조금도 망설이지 않았을 것이다.

"교장 선생님, 학교 일으로도 바쁘실 텐데 저희 일로 애쓰지 마세요. '사람은 한 번 죽으니 태산보다 무겁거나 깃털보다 가볍거나'라잖아요. 남편은 인민의 복지를 위해 순직했으니, 그의 죽음은 태산보다 무거운 셈입니다. 저는 학교에서 직영하는 토끼고기 통조림 공장 일이 좋습니다. 좋아요……"

팡룽이 그 말을 듣고 차갑게 비웃었다. 그도 이제는 취업을 기다리는 어엿한 청년이었다. 일반적인 생물학 이론에 따르면 그는 교잡(交雜) 2세대로 최고의 우성형질을 갖추고 있었다. 그의 나이와 과거는 자세히 알려져 있지 않고, 그가 대학입시를 쳤는지 어떤지도 우리는 모른다. 그런 그가 갑자기 우리 앞에 나타난 것이다.

서술자는 자신이 이 젊은이를 자세히 관찰했다면서 그의 생김새를 상세히 묘사했다. 키는 188센티미터, 긴 다리에 건장한 몸매, 복부는 탄탄했다. 가슴은 떡 벌어지고 어깨는 한쪽으로 살짝 기울었다. 기다란 양팔 끝에 커다란 손이 멋없이 달려 있었다. 길고 네모난 얼굴에 콧날이 유난히 오뚝했다. 얇지만 다부진 입술, 약간 파인 눈자위에 푸르스름한 잿빛 눈동자가 기민하고 생기 있게 움직이는 모습이 유쾌한 인상을 주었다. 콧수염도 황금빛, 머리카락도 황금빛이었다.

교장, 학교의 당 지부 서기, 노동조합장 모두 만면에 비통한 표정을 짓고 앉아 있었다. 그들이 때로는 비통해하고 때로는 분개하며 투샤오잉을 위로하는 동안, 너는 하룻밤새 어른이 된 아들이 문에 어깨를 기대고 서서 끊임없이 몸을 흔들고 있는 것을 보았다. 그녀는 아들의 입과 코에서 나오는 차가운 비웃음 소리를 들었다.

교장 일행은 그 냉소에서 분명 위협을 감지했다. 어느 누구도 감히 그를 똑바로 쳐다볼 용기를 내지 못했다. 땀방울이 그들의 머리카락에서 조용히 흘러내려 그들의 셔츠깃을 적셨다. 점점 들썩대는 엉덩이가 얼른 자리를 뜨고 싶어하는 그들의 욕망을 드러냈다.

"투샤오잉 동지, 그럼 그렇게 하도록 합시다. 너무 상심하지 마세요. 어떤 이가 그러더군요. '팡 선생이 죽으니 제8중학 교정에 있는 은사시나무조차 비통해한다'고…… 정말 그렇습니다……"

나이가 있어 동작이 굼뜬데다 발음이 분명하지 못한 학교 노동조합장이 말했다. "이런 얘기를 하면 미신을 믿는다고 할지도 모르겠소. 오늘은 하늘이 만 리 밖까지 청명해 구름 한 점 없고 바람도 불지 않는 날이지 않소. 그런데 화장실 옆에 있는 은사시나무 고목이 갑자기 흔들리더니 콩알만한 물방울들이 나뭇잎에서 후드득 떨어지지 뭐요. 비가 내리나 싶어 올려다보았지만 하늘에는 구름 한 점 없었소! 매미가 오줌을 쌌나 싶었지만 은사시나무에서 매미 소리는 들리지 않더군요. 한참 곰곰이 생각하다 마침내 깨달았지요. 은사시나무가 울고 있었던 거요! 내 두 눈으로 직접 보지 않았다면 나도 믿지 못했을 거요.

하지만 이건 내 눈으로 직접 목격한 거요. 그때 나는 화장실에서 소변을 보고 있었거든……"

학교의 당 지부 서기가 적절하게 노동조합장의 말을 끊었다. 그가 일어나 말했다. "투샤오잉 동지, 우리는 내일 동지와 동지의 자녀들을 초대해 팡푸구이 동지의 영결식을 거행하려고 하오. 학교 당 지부는 팡 선생에게 수여된 명예증서를 당신에게 전달할 것이오. 그러니 상심하지 말고, 상심하지 말고……"

학교 당국의 거물 인사 세 사람은 입으로 계속 '상심하지 마라'고 위로를 건네고 머리는 연신 끄덕이면서도, 몸은 슬금슬금 바깥쪽으로 움직이고 있었다. 문을 지나갈 때 그들은 하나같이 두려운 얼굴이었다. 팡룽이 문틀 오른쪽에 기대서 있었던 것이다. 그들은 문틀 왼쪽에 몸을 바짝 붙이고 빠져나갔다.

"은사시나무가 울었다고?" 팡룽이 혼잣말인 척 내뱉었다.

이미 앞뜰까지 걸어나간 학교 노동조합장이 고개를 돌리고 팡룽을 흘겨보았다. 두 뺨이 누르스름한 얼굴이 활짝 핀 해바라기 같았다. 그는 다리를 약간 절었다.

그들은 꿈처럼 나타났다 꿈처럼 사라졌다. 집으로 돌아왔을 때 그녀가 맞닥뜨린 것은 아들의 눈에서 책망하듯 내쏘는 차가운 빛이었다. 그녀는 양심의 가책을 받을 만큼 대단한 잘못이라도 저지른 것처럼 아들의 매서운 눈초리를 피했다.

아들이 바지 뒷주머니에서 빳빳한 10위안짜리 인민폐 신권을 한 뭉치 끄집어내 손가락으로 튕기더니—인민폐에서 금속성이 났다—탁자 위에 툭 던졌다. 그가 말했다. "엄마, 그 작자들 허튼소리는 듣지도 마요! 양심도 없는 작자들 같으니. 〈인터내셔널가〉에 이런 가사가 있어요. '세상에는 구세주도 없고, 신이나 황제에게 의지할 것도 없다.' 잘 먹고 잘살려면, 오로지 우리 자신의 힘만 믿어야 한다고요!"

지폐 다발을 던진 그는 양손을 바지 뒷주머니에 쿡 찔러넣고 건들거리며 밖으로 나갔다. 으스대는 모양이 벌써 한 집안의 가장 노릇을 하고 있었다.

인민폐는 탁자 위에 부챗살 모양으로 펼쳐져 있었다. 만면에 미소를 지은 노동자, 농민, 병사 들이 종잇장 위에서 고개를 빳빳이 들고 전진하고 있었다. 투샤오잉은 태어나서 지금까지 그렇게 많은 돈은 처음 보았다.

그녀는 문간까지 쫓아나갔다. 그리고 엉덩이를 가리기라도 하듯 양손을 뒷주머니에 쿡 찔러넣은 채 건들거리며 걸어가는 아들을 다시 한번 바라보았다.

그녀는 묻고 싶었다. 이 많은 돈이 어디서 났는지.

하지만 그녀는 아무 말도 하지 못했다. 꺽다리 영웅은 벌써 어둑어둑해지는 저녁 빛 속으로 사라지고 없었다.

그날 밤 그녀는 잠을 이루지 못했다. 한동안은 '아름다운 세상'에 누워 있을 팡푸구이를 멍하니 생각하고, 또 한동안은 쇠꼬챙이로 시내 인민은행 금고 자물쇠를 비틀어 여는 아들의 모습을 상상했다. 팡후는 그녀의 작은 방에 틀어박혀 무얼 하는지, 벽 너머에서 쿵쿵거리는 소리가 울렸다. 이웃집 아들 둘이 요란하게 코 고는 소리가 들렸다. 교외 농가의 수탉이 세번째로 홰를 쳤을 때, 그녀는 다급한 발소리를 들었다.

그녀는 벌떡 일어나 대문을 열었다. 가슴이 마구 뛰었다. 온몸이 피투성이가 된 아들을 맞을 마음의 준비를 했다.

석회 냄새가 그녀의 코를 찔렀다. 그녀는 도시의 불빛을 빌려 대문 앞에 온몸이 하얀 유령이 서 있는 것을 보았다. 유령이 가련하게 두 눈을 껌벅였다. 유령이 말했다.

"애들 엄마, 나 안 죽었어…… 무서워하지 마. 처음부터 죽은 게 아니었어……"

투샤오잉은 비명을 지르고 까무러쳤다.

4

돈은 추악한 것이지만, 돈 없이는 살 수 없다. 너는 아들이 탁자 위에 내던진 인민폐 다발에서 두 장을 꺼내 들고 양곡 판매점으로 가지 않을 수 없었다. 양곡 판매점으로 가는 동안 돈이 호주머니 속에서 바스락댔다. 네가 양곡 판매원 여자에게 돈을 건네자 판매원은 작은 눈으로 날카롭게 너를 몇 번 노려보았다. 너는 이 생각 저 생각을 하며 망설였다. 이게 혹시 위조지폐는 아닐까? 그렇다면 아버지를 잃어 가정교육을 제대로 받지 못한 아들이 위조지폐 범죄에 가담했다는 얘기다. 위조지폐를 만들어 사용하는 것은 중한 범죄다. 너는 대책을 강구하기 시작했다. 너는 자신이 아들을 결코 배반하지 못할 거라는 걸 알고 있었다. 너는 어수룩한 척하며 임금으로 받은 돈이라고 둘러댔다.

판매원 여자는 빨간색 매니큐어를 바른 손톱으로 새 지폐를 몇 번

퉁겼다. 탁탁탁 퉁기는 소리가 그토록 음흉하고 심통맞고 무서울 수가 없었다! 너는 판매원 여자가 다른 손을 카운터 밑으로 뻗어 무언가 작동시키는 것을 보았다. 너는 그녀가 분명 경보 버튼을 누른 거라고 짐작했다. 그리고 양곡 판매점 주변에 잠복해 있던 경찰들이 이미 양곡 판매점을 포위했을 거라고 생각했다. 스프링 경첩이 달린 판매점 문이 열리는 소리를 들었고, 서늘한 바람이 등골에 와닿았다. 시커먼 총부리가 네 허리께를 쿡 찔렀다.

판매원 여자는 머리에 밀가루를 한 겹 뒤집어쓰고 있었다. 꼭 밀가루 항아리에 빠진 생쥐 같았다. 그녀가 귀찮다는 듯이 말했다.

"멍하니 서서 뭐 하시는 거예요?"

여자는 나한테 손을 들고 경찰에게 투항하라고 했다.

"이리 내놔요!" 양곡 판매원 여자가 으르렁댔다.

너는 떨리는 손을 번쩍 들었다.

"양본(糧本)*을 달라고요!" 판매원 여자는 네 양본을 빼앗다시피 낚아챘다.

양본에는 여전히 꽝푸구이의 이름이 적혀 있었다.

너는 쌀자루를 메고 돌아오는 길에도 계속 그 지폐가 진짜인지 의심했다.

정조는 소중한 것이지만, 그것을 잃어도 살아갈 수는 있다.

투샤오잉은 물리학과의 그 경솔한 책벌레에 대해서 더이상 신경쓰

---

* 배급 양곡을 구입할 때 사용하는 통장. 양곡 판매점에서 이 통장을 보여주고 '미표(米票)' 또는 '양표(糧票)' '면표(麵票)' 같은 구입권을 제시해야 쌀이나 밀가루 등을 살 수 있다.

지 않기로 맹세했다. 하지만 그 결심은 일주일밖에 가지 못했다.

그녀는 꿈에서도 그의 그림자를 떨쳐내지 못했다. 그녀는 자신의 허벅지와 다리를 통제할 수 없었다. 그것들은 무지막지하게 그녀의 다른 신체 부분들, 저항하기 위해 안간힘을 다하는 뇌까지 전부 도서관 복도로 끌고 갔다.

그녀는 복도에 섰다. 머릿속이 우르릉우르릉 울릴 정도로 뜨거운 러시아 사랑의 언어들 한 묶음이 위장 속에서 꼬르륵꼬르륵 소리를 냈다. 동시에 양쪽 허벅지에 땀방울이 흘렀다.

그녀는 깨달았다. 그에게 시집가도록 정해진 운명이라는 것을.

하지만 그는 그녀를 보기만 하면 딴 길로 돌아갔다. 자신을 피하는 그의 태도에 그녀는 분노하고 말았다.

드디어 운동장에서 다시 소련 영화를 상영했다. 서술자는 영화의 한 장면만 기억할 뿐이었다. 검은색 말 한 마리가 사과를 먹는 장면.

그녀와 그는 또다시 도서관의 비좁은 복도에서 마주쳤다. 전기회로에는 문제가 없었고, 밝은 전등불이 두 남녀의 그림자를 복도 바닥에 드리웠다. 그 복도 바닥은 그녀의 소중한 피로 얼룩진 적이 있었다.

"왜 날 피해요?" 투샤오잉이 물었다. 그녀는 자신이 그처럼 침착할 수 있을 거라고는 생각도 못했다.

"왜냐고요? 당신을 미치도록 사랑하니까요!" 그가 대답했다.

그녀는 그에게서 이처럼 교활한 대답이 나올 줄은 생각도 못했었다.

"그럼 얘기는 끝났네요. 당신한테 시집가겠어요. 졸업하고 나서 결혼해요." 그녀가 말했다.

"나도 꿈꾸던 일이었어요." 그가 말했다.

"좋아요, 우리 영화나 보러 가요." 그녀가 말했다.

그와 그녀는 운동장으로 달려갔다. 그리고 제일 먼저 눈에 들어온 장면이 바로 검정말이 사과를 씹어먹는 장면이었다.

그것은 의심할 것 없이 하나의 상징이었다. 건강한 검정말이 파란 사과를 씹어먹었다. 한 개를 먹고 나서 또 한 개를 먹었다. 검정말은 껍질이 흰 풋사과를 두 개나 먹었다. 앞서 우리가 읽은 것처럼, 투샤오잉의 가슴은 껍질이 흰 풋사과 같았다.

말이 사과를 다 먹고 나자 스크린에는 가슴과 엉덩이가 풍만한 젊은 러시아 아낙이 등장했다. 그녀의 머릿수건 아래로 고운 아맛빛 머리카락이 보였다.

팡푸구이가 소중하게 간직해온 사진은 소련 영화의 스틸컷으로 봐도 무방할 것이다.

투샤오잉이 결혼하고 나서 바뀐 것은 혈통의 반이 러시아인이기 때문이라기보다는, 어느 면에서는 화보 사진 덕분이라고 할 수 있었다.

졸업한 뒤, 그들은 우리의 아름다운 도시에 배속되었다. 팡푸구이는 제8중학에서 물리를 가르쳤다. 투샤오잉은 제8중학에서 러시아어를 가르쳤다.

5

그녀는 학교의 간부가 찾아오기만을 기다렸다. 다시 교실로 돌아가 하느님처럼 학생들에게 위대한 러시아어를 전파하고 싶어서가 아니라, 그녀와 아이들이 '아름다운 세상'으로 가서 죽은 남편의 영결식을 할 수 있기를 바랐기 때문이었다.

그녀는 꼬박 일주일을 기다렸다.

우리는 그녀의 기다림이 헛되다는 걸 알고 있었다.

그녀가 다시 교단에 돌아갈 수 있을 거라는 희망을 버린 지는 이미 오래였다. 그해, 그녀는 러시아어와 러시아 혈통 덕분에 채찍과 주먹 맛을 충분히 맛보았다. 그녀는 나중에야, 회색, 흰색, 검은색, 파란색 토끼가죽을 벗기기 시작한 후에야 진리를 깨달았다. 어떤 색깔의 토끼든 껍질을 벗겨내면 모두 똑같다는 사실, 어떤 색깔의 토끼든 최후는 모두 똑같다는 사실이었다.

그래서 그녀는 의식적으로 잊으려 했다. 단어들을, 채찍에 맞아 생긴 상처 자국들을, 모욕적인 말들을. 심지어 자신의 얼굴 모습까지도 잊으려 했다.

투샤오잉이 토끼가죽을 벗겨내기 시작했을 때 깨달은 진리와 장례미용사가 작업대 앞에서 깨달은 진리는 놀라울 정도로 비슷했다. 장례미용사가 깨달은 진리는 이랬다. 살아 있을 때 어떤 지위에 있었든 인간은 죽은 다음에는 똑같은 냄새를 풍긴다는 것.

나는 러시아어를 오래전에 말끔히 잊었어. 게다가 이제는 중학교에서 러시아어를 가르치지도 않고. 그녀는 중얼거렸다. 마치 교장이나 다른 간부들이 그녀 앞에 앉아 그녀에게 학생을 가르치라고 말하기라도 한 것처럼.

그녀에게 교편을 맡기러 온 사람도 없었고, 그녀에게 남편과 작별을 고할 시간을 주러 온 사람도 없었다. 그녀는 다시 토끼가죽을 벗기러 갈 수 있기만을 간절히 바랐다.

그녀는 집 밖으로 나가지 않았다. 아직 남편의 영결식을 하지 않았으니까.

일요일 아침, 그녀는 침대 가장자리에 멍하니 앉아 있었다. 아들은 또 밤새 들어오지 않았고, 딸도 밥을 먹는 둥 마는 둥 하고는 나가버렸다. 그녀는 앞서 언급한 옛날이야기 두 가지를 되새기는 동시에 학교에서 직영하는 토끼고기 통조림 공장의 냄새를 그리워하고 있었다. 벽 너머 이웃집에서 죽은 남편의 목소리가 다시 들려오자 그녀는 석회 냄새, 온몸이 눈사람처럼 새하얬던 유령을 떠올렸다.

그녀가 정신을 잃고 쓰러지자 딸과 아들은 그녀를 비판했다. 엄마, 엄마 머리가 이상해진 거야! 사람이 죽으면 시체만 남지, 귀신이나 유령 같은 게 어디 있어? 유령이 석회 냄새를 풍긴다고?

유령이 냄새를 가졌다면 그것은 분명 석회 냄새일 것이다.

그녀는 이웃집 장례미용사를 찾아가 알아봐야겠다고 생각한 적도 있었다. 남편의 시신은 미용 대기 순번에서 몇 번째인지, 혹시 벌써 화장해버린 것은 아닌지.

오전이 절반 정도 지났을 때, 제8중학 물리교사들이 줄줄이 들어섰다. 그들은 줄지어 일렬로 앞뜰까지 들어왔다. 다들 울상을 짓고 있어 꼭 죄인들 같았다.

제일 먼저 그녀의 눈에 띈 것은 가장 마지막에 들어온 중머리였다. 전에 그가 닭고기, 쇠고기 요리를 가져왔기 때문은 결코 아니었다. 그는 제일 마지막에 들어오긴 했지만 누구보다도 그녀의 시선을 끌었다. 걸음걸이가 팡푸구이와 꼭 닮았던 것이다. 그녀는 하마터면 그가 변장을 하고 와서 장난을 치는 거라고 생각할 뻔했다.

앞에 선 사람은 나이가 환갑에 가까운 맹자 어르신이었다. 그의 손에는 털이 죄다 뽑혀 벌거숭이가 된 유난히 크고 살진 거위 한 마리가 들려 있었다. 마치 물고기 한 떼가 거위 모이주머니 속으로 비집고 들어가듯 교사들이 집 안으로 밀려들었다. 거위 모이주머니가 갑자기 팽창하기 시작했고, 집 안도 팽창했다. 의자가 모자라 대개 의자 하나에 두 사람씩 엉덩이를 붙이고 앉아야 했다. 젊은 풋내기 물리교사들은—팡이 생전에 그토록 아꼈던 쌍둥이 제자까지 포함해서—서 있을 수밖에 없었다. 모두가 남쪽을 보고 햇빛이 수만 갈래로 눈부시게 비쳐드는 창문 쪽으로 얼굴을 돌렸다. 창문 아래쪽에는 이인용 침대가 동서 방향으로 놓여 있었다. 그들은 침대 가장자리에 걸터앉으라는 말을 들었지만 그러지 않았다. 차라리 서 있을망정 침대에 앉으려고 하지는 않았다. 팡 선생이 살아생전에 눕던 침대였기 때문이다. 그 침대에서 팡 선생은 반은 서양 사람인 아내를 안고 잠을 잤을 것이다. 침대는 그와 그녀를 위해 삐거덕삐거덕 울부짖었을 것이다. 원래는 평범한 물건이었지만, 이제는 거룩한 자취가 되었다. 침대 가장자리에 걸터앉은 여인까지 함께 거룩한 자취가 된 것이다. 교사들이 모두 그 침대에 앉지 않았던 것은, 내가 얘기한 대로, 죽은 이의 거룩한 넋을 모독하지 않기 위해서였다. 하지만 우리가 보기에(우리 역시 사실에 근거한 이론을 토대로, 될 수 있는 대로 최대한 논리에 부합하는 결론을 도출해냈다) 그들이 투샤오잉의 권유에도 불구하고 침대에 앉고 싶어하지 않았던 것은, 첫째 상복을 입고 온몸으로 러시아인의 냄새를 발산하는 여인과 함께 앉고 싶지 않았기 때문이었고(냄새는

여섯 걸음 291

경우에 따라 욕망을 불러일으키니까), 둘째 남들이 올려다보는 자리에 앉고 싶지 않았기 때문이었다. 그리고 또 한 가지, 보다 더 은밀한 심리는 우리도 발설할 수 없다. 그저 네가 입에서 나오는 대로 지껄이는 이야기를 듣는 수밖에.

덕망이 높은 맹자 어르신은 당연히 한가운데에 앉았다. 혼자서 의자 한 개를 독차지하고. 그의 엉덩이를 밀어내고 같이 앉으려는 사람이 없었던 것은 그의 엉덩이가 커서가 아니라 그럴 정도로 뻔뻔한 자가 없었기 때문이다. 교사들은 그보다 나이가 어렸다. 거의 모두가 그의 제자나 제자의 제자뻘이었다. 이 물리교사 패거리는 마치 그가 번식해낸 새끼 원숭이들이나 다름없었다. 교사들은 머리가 희끗희끗한 맹자 어르신을 둘러싸고 서 있거나 앉았다. 말 그대로 졸개들에게 에워싸인 산적 왕초였다. 우리는 이것이 아주 황당하기 짝이 없는 비유라고 생각하지만.

맹자 어르신은 털이 뽑힌 하얗고 토실토실하고 매끈하게 잘생긴 커다란 거위 한 마리를 품에 안고 있었다. 거위의 기다란 모가지는 그의 무릎 아래로 축 늘어져 있고 목덜미에는 벌건 칼자국이 있었다.

그가 말했다. "샤오잉, 푸구이는 이제 가버렸네. 그 점은 나도 무척 안타깝네…… 원래 나 같은 늙은이가 먼저 가야 맞는 건데……" 그는 천천히 두 눈을 비벼, 눈물을 흘리는 것처럼 보이게 했다. 메마른 눈자위에 눈물 자국은 없었다. 그저 눈곱이, 하얀 눈곱만 있을 뿐이었다. 여자들이 가장 혐오하는 것이 남자의 눈가에 낀 눈곱이다. 투샤오잉은 여자였다. 그것도 육욕에 사로잡힌 여자다. 그녀가 어떻게 생각했을까? 하지만 그녀는 보지 못했고, 그녀의 관심은 잠시 살진 거위에 집중되어 있었다. 거위 주둥이와 목덜미의 칼자국에서 반투명하고 약간 노리끼리한 물이 흘러나오고 있었다. 물의 양은 어린 사내아이 소변 정도였다. 물이 거위의 연노랑 주둥이에서부터 바닥까지 길게 흘렀다. 중년의 물리교사 하나가 투샤오잉과 거의 동시에 터무니없이 흥미로운 걸 발견했지만, 그는 아무 말도 하지 않았다. 맹자 어르신께서 이제 막 제8중학 전체 물리교사를 대표해 투샤오잉에게 위로의 뜻을 전하고 있었기 때문에, 맹물을 잔뜩 퍼 먹인 거위 문제 같은 걸로 혼란을 야기할 수는 없었던 것이다. 그는 생각에 잠겼다. 물은 훌륭한 전도체다. 물을 가득 부어넣은 거위도 훌륭한 전도체다. 살진 거위를 안고 있는 맹자 어르신의 손도 전도체이고. 만약 지금 지면에 전기가 흐른다면, 그 전류는 물의 흐름을 따라 거위 몸통으로 들어갈 테고, 거위 몸통을 거쳐 맹자 어르신의 몸속으로 들어갈 것이다. 그렇다면 그의 조문사는 끊길 테고, 그는 바로 몸이 뻣뻣해지며 귀에서 누르스름한 연기까지 피워올리지 않겠는가!

 이처럼 기묘하기 짝이 없는 생각을 떠올린 그 물리교사는 새로 머리를 박박 민 사람이었다. 그는 장츠추를 사칭하고 동료 물리교사들 틈에 끼어 있었다. 그는 흥미로운 이야기를 하나 더 생각해냈다. 그건 거위 머리통에서 흐르는 물이 어린애 오줌과 비슷하다는 데서부터 시작되었다. 장난꾸러기 사내아이가 땅바닥에 전깃줄이 닿아 있는 것을 발견하고, 집으로 돌아가 절연체 성질을 띤 고무신을 신었다고 하자. 아이는 레이펑 열사의 희생정신을 본받아 좋은 일을 하고 싶었다. 전깃줄 끝에서 바지직바지직 스파크가 일었다. 물은 불을 끄는 데 쓸 수 있다. 오줌은 물이요, 전깃줄 끄트머리의 스파크는 불이다. 그래서 아이는 오줌으로 전깃줄 끄트머리를 적셨다. 그러자 아이의 온몸이 마비된 듯했다. 집으로 달려온 녀석은 울면서 전기공인 아빠에게 하소연했다. 사내아이의 아빠가 말했다. 네가 중학교에 들어가서 물리를 배우면, 감전의 원인을 알게 될 거다. 너는 아주 좋은 교훈을 하나 얻었어. 아무 데나 오줌을 싸면 안 된다는 거지!

"우리가 선생질이나 하는 가난뱅이라는 건 자네도 잘 알 걸세." 맹자 어르신이 말했다. "돈을 좀 모아 거위를 한 마리 사왔네." 그는 거위 몸통을 철썩 치다 깜짝 놀랐다. "이런! 요놈이 어째서 아직껏 물을 토하는 거지?"

거위 몸통에서 쏟아져나온 물이 마룻바닥에 흘렀다. 앉아 있던 교사들이 모두 일어나 바닥에 흐르는 물을 내려다보고 또 갑자기 빛깔이 누렇게 변하고 몸뚱이가 수척해진 거위를 바라보았다.

샤오궈가 말했다. "별것 아니니 놀랄 것 없습니다. 모든 문제에는 나름의 의미가 있다는 걸 보여주는 셈이지요."

"거위 몸통에서 물이 흐르는데, '모든 문제에 의미가 있다'니!" 맹자 어르신이 노여워하며 샤오궈한테 따져 물었다. "자네, 무슨 거위를 사온 거야?"

샤오궈가 천연덕스럽게 말했다. "이 거위에다 누군가 특대형 주사기로 맹물을 한 두어 근쯤 집어넣었다는 건 저도 압니다. 하지만 시장에서 물을 먹이지 않은 거위를 찾기는 어렵지요. 좀 있다가 그놈의 배를 갈라보면 배 속에 자갈도 한 0.5킬로그램은 들어 있을걸요. 항문으로 쑤셔넣은 거지요. 마찬가지로 시장에서 자갈을 쑤셔넣지 않은 거위는 찾아볼 수 없을 겁니다."

교사들이 쯧쯧쯧 연신 혀를 찼다. 맹자 어르신은 거위를 다른 사람에게 넘겨주고, 다른 사람은 거위를 다시 장작더미 위에 내려놓았다.

투샤오잉은 기분이 언짢았다. 이유는 간단했다. 거위에서 흘러나온 물이 장작을 적셔놓았으니까. 젖은 장작은 불이 잘 붙지 않는다.

그녀는 불쾌감을 억누르며 말했다.

"고맙습니다, 선생님들, 고맙습니다! 다들 어려우실 텐데, 정말 송구스럽습니다."

"별것도 아닌 것에 물을 먹이고 돌멩이까지 보태넣다니, 우리가 낯이 안 서네그려." 맹자 어르신이 말했다. "옛 말씀에 '천 리 머나먼 길에 거위 깃털 하나 보내노니, 예물로는 가벼우나 정리는 무겁도다!'라고 했네. 가짜를 섞긴 했어도 거위는 역시 거위니까, 푹 삶아서 아이들과 함께 맛있게 먹고, 선생질이나 하는 이 궁상바가지들의 작은 성의를 받아주시게……"

"푸구이의 넋이 하늘에 있다면, 감격해서 눈물을 흘릴 거예요. 선생님들, 고맙습니다."

감사의 뜻을 표하던 그녀는 중머리 장 선생이 어딘가 모르게 부자연스럽게 몸을 뒤트는 걸 보았다. 괴상야릇하게 일그러진 얼굴이 마치 그 얼굴 뒤에 또다른 얼굴을 감추고 있는 것 같았다. 비밀스럽고 기이한 정보 하나가 그녀의 머릿속 혈관에 충격을 가했고, 그 혈관이 부르르 떨리고 소리를 내며, 이제는 과거가 되어 사라져간 옛일을 되살렸다.

샤오궈가 눈치도 없이 얘기를 하나 꺼냈다.

"이건 내 눈으로 직접 본 건데 믿든 말든 마음대로 하세요. 그저께

시 상공업 관리소의 한 여직원이 거위를 팔던 녀석 하나를 붙잡았습니다. 여직원이 녀석에게 왜 거위 몸통에 자갈을 쑤셔넣었느냐고 물었더니, 그 녀석이 이건 내가 쑤셔넣은 게 아니라 거위 배 속에 원래부터 있던 거요, 하더군요. 자갈을 유식한 말로 '아란석(鵝卵石)'이라고 하지 않습니까. 글자 그대로 거위 몸속에 알처럼 들어앉은 돌멩이란 뜻이죠. 그러자 말문이 막힌 여직원은 화만 벌컥 내고 그대로 물러갔다니까요."

"허튼소리!" 맹자 어르신이 일어서면서 말했다. "이제 가보겠네. 무슨 일이 생기거든 우리를 찾아오시게. 장 선생, 자네는 이웃이니까 자주 찾아와 여러모로 돌봐드리고."

너는 그가 연신 고개를 끄덕이는 것을 보았다. 너는 온몸의 살갗이 근질거리는 느낌을 받았다. 중머리 장 선생이 너무 수상쩍어 너는 뭔지 모를 두려움을 느꼈다.

교사들은 올 때와 마찬가지로 줄지어 집을 나섰다. 그는 또 마지막으로 뒤처졌다. 안경알 너머에서 도깨비불 같은 인광이 번쩍이며 너를 뚫어져라 쳐다보았다. 사범대학 도서관의 그 비좁고 어두운 복도에서 있었던 일이 불현듯 네 가슴속에 되살아났다.

투샤오잉은 저도 모르게 신음을 내뱉었다. 그것은 이십여 년 전의 그 신음소리였다.

그는 마지못해 동료들의 뒤를 따랐다. 그리고 몇 걸음 만에 집 앞에 도착했다.

맹자 어르신이 말했다. "두 집이 정말 가깝군그래!"

그녀는 그의 안색이 확 바뀌는 것을 보았다. 그가 말했다. "그······

그렇습니다……"

그녀는 그에게 뭐라고 말해야 좋을지 몰라 고개만 끄덕였다. 그리고 자기 집으로 발길을 돌렸다. 이 낡은 대문을 닫아야 할까, 활짝 열어놓아야 할까? 그녀는 망설였다. 마치 무언가를 기다리기라도 하는 것처럼.

너는 대문을 활짝 열어놓고 휘청휘청 작은 뜰을 가로질렀다. 뜰에는 석류꽃이 없었다. 화장실도 없어 주변의 집들이 모두 공동화장실 하나를 사용하고 있었다. 그러니 너는 두문불출할 수도 없었다. 너는 날마다 그 귀기 어린 눈동자와 마주쳐야 했다. 그의 몸, 동작, 목소리 전부가 너를 불쾌하게 만들고 미련을 버리지 못하게 했다. 닭다리, 닭 날개와 쇠고기 양념볶음이 담긴 둥근 접시를 들고 이 집 뜰을 찾은 이후 그는 새로운 이야기 속의 인물로 바뀌었으며, 너 역시 그에게 이끌려 이야기 속으로 들어가 그와 함께 이야기를 꾸며갔다. 파르스름하게 머리를 민 젊은 스님의 이야기와 남편 무덤에 부채질하는 여인의 이야기가 이 미완성된 새로운 이야기의 유기적인 성분이 되었고, 석회 냄새를 풍기는 흰 유령과 한데 뒤섞였다. 너는 이 이야기에 논리적으로 맞설 역량이 너에게 없다는 것, 이 이야기의 결과가 이미 정해져 있다는 사실을 예감했다. 네 운명은 쇠우리에 갇힌 자의 손에 놓여 있었던 것이다.

장작더미를 흠씬 적셔놓은 거위의 벌거벗은 궁둥이를 막 바라보는데 투샤오잉의 귓등에서 헐떡이는 숨소리가 들려왔다. 그의 익숙한 숨결. 후끈 달아오른 숨결이 매끄러운 러시아식 목덜미에 와닿았다. 그의 숨결에는 독특한 비린내가 배어 있었다. 팡푸구이는 잇몸염을 앓고 있어 독특한 냄새를 풍겼다. 너는 다른 여인들한테는 배척받는 그 냄새를 맡는 데 익숙했고, 버릇이 되었다. 그 냄새는 부부간의 정을 불러일으켰다. 그의 손길은 러시아식 가슴을 보듬었고, 그는 네 귓가에 다정한 목소리로 '젖소' 하고 속삭이곤 했었다.

"젖소…… 내 젖소……"

'젖소'라는 말의 힘은 무궁했으며 그 말이 허공에 웅웅 울렸다.

서술자가 언급했다시피, '젖소'는 팡푸구이와 투샤오잉이 침대에서 나누는 밀어였다. 그는 '젖소'라는 밀어로 그녀의 성욕을 자극해 사랑을 나누곤 했다. 그리고 절정에 도달했을 때도 그는 역시 '젖소'를 외쳤다. 경우에 따라 그 단어에는 수식어가 붙어 '러시아의 커다란 젖소'로 바뀌기도 했다.

모기한테 물린 것처럼 가렵다고 해야 할지 아니면 간지럽다고 해야 할지 모를 감촉을 목덜미에 느끼는 순간, 그녀의 몸이 뜨겁게 달아오르기 시작했다. 놀랍게도 신체 부위 가운데서도 가장 은밀한(유령을 만들어낸 것만큼이나 인위적인) 곳에서 미끌미끌한 액체가 흘러나오고 있었다. 의미심장하고, 소홀히 넘길 수 없는 일이었다. 그녀는 참을 수가 없어 머리를 흔들었다. 아맛빛 머리카락이 아맛빛 파도처럼 구애자의 얼굴을 쳤다. 안경이 제일 먼저 재난을 당했다.

가장 중요한 고비에는 돌발적인 변수가 발생하기도 한다. 그녀가 머리를 흔들어대는 순간, 먹물을 들인 크레이프페이퍼를 두른 결혼사진이 그녀의 눈에 들어왔다. 한창때의 팡푸구이가 조롱을 담은 은근한 눈길로 그녀를 말없이 바라보고 있었다. 그녀는 온몸에 얼음물을 뒤집어쓴 느낌이었다. 자기 등에 기대어 있는 사람은 이웃집 남자였다. 그가 만들어낸 꿈결 같은 쾌락의 느낌이 순식간에 짜증으로 바뀌었다. 그는 상황이 어떻게 달라졌는지 모른 채 외설스러운 몸놀림을 계속했다. 반응을 얻지 못하는 이런 경박스러움은 그녀의 경멸과 혐오까지 불러일으켰다.

그럼에도 그녀는 부드러운 태도로 그를 자신의 등에서 떼어냈다. 그녀는 간청하듯 말했다.

"장 선생님, 안 돼요…… 그이가 우리를 쳐다보고 있어요."

그녀는 액자의 사진을 가리켰다.

그녀는 그의 얼굴에서 부끄러움을 찾아볼 수 없었다. 그의 얼굴에 드러난 감정은 부끄러움이 아니라 정확하게 분노였다. 그는 사진 속 팡푸구이의 눈을 노려보았다. 두 눈에서 밝고 촉촉한 빛이 뿜어져나왔다. '원수와 마주쳐 눈에서 불꽃이 튀는' 것처럼.

"선생님 마음은 알아요…… 선생님을 탓하지는 않겠어요…… 선생님도 인간이니까……" 투샤오잉이 너그럽게 말했다. "난 선생님 부인한테 미안한 짓은 할 수 없어요……"

"샤오잉……" 그가 눈물을 흘렸다. "난 죽은 게 아니야…… 나 팡푸구이야…… 당신 남편이라고……"

"무슨 소릴 하시는 거예요!" 투샤오잉은 분노가 치미는 걸 느꼈다.

"내 목소리를 못 알아듣는 거야? 당신 왼쪽 다리에는 흉터가 있어. 어릴 때 생긴 거라고 했잖아……" 그가 말했다.

투샤오잉은 뒷걸음쳤다. 이 낯설면서도 눈에 익은 사내가 그녀의 신체적 특징과 과거의 일들을 하나씩 늘어놓는 것이 꼭 그녀의 옷을 한 겹 한 겹 벗겨내는 것처럼 느껴졌다.

여섯 걸음 299

그가 앞으로 다가왔고, 그녀는 몸을 떨며 뒤로 물러났다.

"저기요…… 가까이 오지 마…… 너는 귀신이야…… 아아……"
투샤오잉은 비명을 지르기 시작했다.

그는 비명소리에 놀라 허둥지둥 달아났다.

그가 귀신이라면 사람의 비명소리에 놀라 도망칠 수 있을까?

그가 귀신이 아니라면 어떻게 이렇게 날 잘 알고 있을까?

세번째 작은 이야기가 지금도 계속 변화하는 주된 이야기 속에 끼어들었다.

세번째 작은 이야기는 귀신과 현실이 결합된 것이었다. 귀신 부분은 죽은 지 여러 해가 지난 아내가 이승의 남편을 애타게 그리워하다 관련 기관의 허가를 얻어 갓 죽은 여인의 몸을 빌려 환생한다는 이야기였다(이런 종류의 이야기는 판본만도 수십 가지다). 현실 부분은 투샤오잉이 농촌 사회주의 교육운동에 참가했을 당시 두 눈으로 직접 목격한 것이었다. 그녀가 머무르던 집 주인에게 스무 살 난 딸이 있었는데, 걸핏하면 입에 거품을 물고 정신을 잃곤 했다. 깨어난 뒤에는 집안의 죽은 사람들과 대화를 나누었다고 말했다. 어떤 때는 할머니하고, 어떤 때는 할아버지하고 얘기를 나누었다고 했다. 집주인에 따르면, 딸이 태어났을 때 할아버지 할머니는 죽은 지 이미 오래였는데, 딸의 목소리며 행동이 고인들과 아주 비슷하다고 했다. 당시 그녀는 공산주의청년단원으로 유물론의 수호자였다. 그녀는 집주인에게 말했다. 따님은 정신병을 앓는 거예요. 그러나 집주인은 인정하지 않았다. 딸이 말하는 일들은 모두 자기네 집안에서 일어난 일이 틀림없다는 것이었다.

내 마음은 미혹에 빠졌어. 하지만 나는 그 노인에게 단호히 말했지. "당신 딸은 정신병을 앓고 있어요!"

나도 정신병에 걸린 건 아닐까?

설마 장츠추가 정신병에 걸린 건 아니겠지?

밤이 되자 투샤오잉은 팡후를 자기 옆으로 불러 자게 했다. 그녀는 심신이 불안해진 것을 느꼈다. 눈만 감으면 온몸이 눈처럼 하얀 사내가 침대 앞에 서 있는 게 보였다. 그리고 친숙한 석회 냄새를 맡았다. 눈을 뜨면 아무것도 보이지 않았다.

밤이 깊도록 아들은 아직 돌아오지 않았다.

6

그는 처음부터 끝까지 제8중학이 어디에 있는지 우리에게 말해주지 않았다. 너의 이야기 속에서 제8중학은 푸른 강변에 있었다가 '아름다운 세상' 근처에 있었다가 또 인민공원 근처에 있다가 했다. 그리고 날짐승과 길짐승을 기르는 동물원 역시 인민공원 안에 있는 듯 묘사하기도 했다. 그리고 지금은 입체고가도로가 제8중학 한옆에 나 있고, 호화로운 호텔 건물이 제8중학 건물에 그림자를 드리우고 있어, 우리는 들쥐 구멍을 찾아내지 못하듯 투샤오잉과 장례미용사가 사는 집 출입구도 분명히 알지 못했다. 온통 공사장의 생석회 구덩이 천지이고, 발길 닿는 곳마다 온통 벽돌과 기왓장, 목재 더미가 널려 있고, 발길 닿는 곳마다 크레인이 거대한 팔을 벌리고 있었다. 우리 도시는 건설중이고 놀라운 속도로 변화하고 있다는 것, 그것만이 서술자가 우리에게 말해준 확실한 인상이었다.

그는 이야기를 이어나갔다. 아직 호화로운 호텔 건물의 그림자가 드리워지지 않았을 무렵(정확하게 말하면, 호화로운 호텔이 미처 건축되지 않았을 무렵), 투샤오잉은 토끼고기 통조림 공장에 다니고 있었다.

다시 일할 기회를 얻게 되자 그녀는 뛸 듯이 기뻤다. 학교에서 직영하는 공장의 공장장은 얼굴이 넓적하고 입이 큰, 머리칼이 새까만 나이 든 여인이었다. 투샤오잉이 공장에 출근하던 첫날, 노마님은 날카로운 눈빛으로 그녀를 머리끝에서 발끝까지 훑었다. 그 눈길에 투샤오잉은 자신이 실오리 하나 없이 발가벗겨진 듯한 느낌을 받았다. 마치 늙은 기생어멈이 새로 들어온 기녀에게 행하는 신체검사를 받는 듯 껄끄럽고 부끄러운 느낌이 들었다—단지 느낌이었을 뿐이다. 투샤오잉은 기녀가 아니었고, 노마님 역시 기생어멈이 아니었기 때문이다. 사회주의가 기생집을 없애버린 지 오래였으니까. 제8중학 역시 다른 중학들처럼 돈벌이를 하는 데 혈안이 돼 있긴 했지만, 그래도 사회주의 체제에서 감히 기생집을 운영할 엄두는 내지 못했다—투샤오잉은 지금 토끼고기 통조림 공장 공장장의 검사를 받고 있었다. 그녀는 공장장이 언제든 지팡이를 짚고 걸을 거라고 생각했다. 비록 지금은 갈라진 사무용 책상 뒤편에 단정한 자세로 앉아 있고, 손에도 책상 위에도 지팡이는 없었지만. 그녀는 공장장이 된장 빛깔의 약병에서 작은 분홍색 알약을 쏟아내더니 머뭇거리다 입에 털어넣는 것을 보았다. 토끼고기 통조림 공장의 최고 책임자의 매끄럽고 커다란 얼굴에는 고통스러운 표정이 가득했다. 사무실 어디에서든 지팡이 한 자루 찾아낼 수 없다 해도, 그녀는 공장장이 지팡이를 짚고 자기 앞으로 걸어올 수 있을 거라고 생각했다. 너의 옷은 이미 말끔히 벗겨졌다. 그녀의 입에서는 당의정 냄새가 풍겼다. 그녀의 손이 두꺼비처럼 두껍다 해도, 너는 두꺼비 손이 눈 깜짝할 사이에 닭 발톱으로 바뀔 수 있다고 생각했다. 공장장은 억센 닭 발톱으로 그녀의 몸에서 중국 전통에 부적합한 것을 낱낱이 지적했다.

"당신 피부는 왜 이렇게 하얗지?"—"새 차르가 보낸 백러시아 간첩이지! 어서 말해, 너, 얼마나 많은 정보를 훔쳤어?"

"젖통은 왜 이렇게 큰 거야?"—"얼마나 많은 간부를 유혹했어? 진바오 섬 사건*과는 무슨 관계가 있지?"

"머리털 색깔이 괴상하네그려!"—"네 무전기와 발신기는 어디다 감췄어? 비밀 잉크는? 권총은? 도청기는?"

그녀가 너를 몹시 싫어한다는 것은 의심할 나위가 없었다. 고위직 여성이라면, 하나같이 자기보다 젊고 예쁜 여성 부하직원을 뼈에 사무칠 정도로 미워하게 마련이다. 그런 여자들을 성전환시키거나, 남성을 유혹할 만한 모든 신체 부위와 고운 얼굴에 황산이나 염산을 뿌려 추녀로 만들지 못하는 것이 한스러울 것이다. 투샤오잉은 새로운 상사의 마음을 알지 못했다. 그녀는 있는 힘을 다해 자신의 육체와 영혼을 움츠렸다. 그녀의 마음은 경건했다. 비록 몹시 두려웠지만 그럼

---

* 진바오 섬은 중국과 러시아의 접경 지역인 우수리 강 한복판에 위치한 무인도로, 러시아에서는 다만스키 섬이라 일컫는다. 1969년 3월 2일과 15일, 두 차례에 걸쳐 양국의 국경수비대 간에 무력 충돌이 벌어졌다. 양국의 전사자가 천여 명에 달했다.

에도 그녀는 경건했다. 이런 상태는 이렇게 비유할 수 있었다. 하느님이 너와의 교합을 원한다. 너는 그의 창조물이고 네 육체와 영혼은 모두 그에게서 받은 것이다. 그가 너를 향유하고자 한다. 농부가 직접 키운 암탉을 잡아먹으려는 것처럼. 닭은 공포에 떨겠지만 저항할 권리는 없다. 너는 공포에 떨겠지만 너 역시 저항할 방법은 없었다.

왜냐하면 공장장은 신성함을 대표하고, 인민을 대표하니까.

그녀는 장작개비처럼 마른 정의의 손톱으로 계속 너의 신체적 특징을 지적했다.

너의 마음속에 두번째로 아득히 멀고 붉은 빛을 띤, 사람의 가슴을 설레게 만드는 장엄한 음악이 울려퍼지기 시작했다. 한 무리의 병사들이 그 음악을 연주하고 있었다. 피아노 한 대가 미친 듯이 울부짖고 황금빛 트럼펫 셋이 쟁쟁하게 울어댔다. 경극에서 반주용으로 쓰이는 호금 두 개가 구슬픈 선율을 빚어내고, 열 개의 날라리는 고뇌에 잠겨 있었다. 이런 악기들의 합주는 가장 원시적인 행위를 하느님에게 바치는 거룩한 음악으로 승화시켰다.

이 거룩한 음악이 연주되는 가운데, 투샤오잉은 대단한 지위를 가진 한 간부의 향락의 제물이 되었다. 그는 이와 손가락으로 너를 맛보았다. 정성들여 씻긴 너의 몸은 그의 부드러운 생식기를 증오했다.

이런 과거의 일들은 한 편의 영화처럼 휘황찬란한 주제곡도, 선명한 컬러도, 사람의 심금을 울리는 클라이맥스도 있었다.

그들은 강렬한 분노, 농도 짙은 계급 감정, 불타는 복수심으로 충만한 생식기로 차르의 냄새를 풍기는 네 생식기를 교대로 핍박했다.

그 순간 음악은 '카덴차'에 도달했다. 너의 정신적 고통은 별로 대단한 것이 아니었다. 그들이 떠나간 후 네가 할 일은 천천히 일어나 집으로 돌아오는 것뿐이었다. 육체의 고통은 언급할 가치도 없었다. 그렇기 때문에 당시 너는 팡푸구이의 오열을 그리 중요하게 생각하지 않았고, 너는 그가 다소 가식적이라고 생각했다. 혁명의 시대에는 눈물이 필요 없었다. 혁명의 시대에는 선혈이 흐르다 못해 강물을 이루었기 때문에 눈물 따위는 아무 가치도 없었다.

이후 너를 성가시게 구는 자는 더이상 없었다. 이것으로, 아무리 원죄를 가지고 태어났어도 어떤 방식을 거치면 그 원죄로부터 구원받을 수 있다는 사실이 밝혀졌다.

"문화대혁명 때 많이 박해받았다며?" 토끼고기 통조림 공장의 '여성 정치위원'(일을 시작한 지 얼마 되지 않았을 때 투샤오잉은 공장에서는 토끼가죽을 벗기는 노동자든 토끼 머리를 잘라내는 노동자든 모두 공장장을 이렇게 부른다는 얘기를 들었다)은 물을 한 모금 마신 후 유리컵(겉에 노끈으로 짠 컵싸개를 씌운, 굽이 높고 배가 볼록한 유리컵)을 내려놓으면서 음험하게 말했다.

너는 아무 말도 하지 않았다.

그녀가 엄숙하게 말했다. "당신이 박해받았든 받지 않았든 나는 상관 안 해. 당신이 박해를 받았다고 편의를 봐주지는 않을 거라고. 당신이 고통 좀 받았다고 그게 뭐 대수겠어? 나는 당신이 박해받았다는 사실을 모두 떨쳐버리고 목숨을 다해 일하기만을 요구하겠어. 당신이 일을 많이 할수록 보수도 그만큼 많아질 거야. 이치는 간단해."

그녀는 생각했다. 내가 언제 박해를 받은 적이 있었나?

"당신, 무슨 특기가 있나?" '여성 정치위원'이 묻더니, 네가 미처 대답하기도 전에 말했다. "러시아어를 배웠다며? 그리고 반은 러시아 혈통이라고? 우리 공장이 러시아 쪽과 손잡을 일이 생기면 당신을 기억해두지. 하지만 지금은 제1공정으로 가 신고해. 그들이 알려주는 대로 따르고."

'여성 정치위원'이 전화를 돌리더니 송화기에 대고 몇 마디 했다. 너는 멍하니 서서 그녀의 입술이 기묘하게 움직이는 것을 바라보았다. 그녀가 전화기를 내려놓았다. 그녀가 너에게 물었다. "아직 볼일이 남았나?"

"가봐!"

제1공정은 도살 작업이었다. 작업 주임은 잘생긴 청년으로 억양이 상당히 아름다운 표준어 푸퉁화(普通話)를 썼다. 그는 연극무대나 텔레비전에 등장해야 옳았다. 그는 그녀에게 가슴까지 덮이는 커다란 검정 가죽 앞치마와 목이 긴 새 장화를 한 켤레 던져주었다. 그러더니 너의 발 치수를 묻고는 발에 맞는 장화로 바꿔주었다.

작업장 남쪽 벽에는 네모난 구멍 하나가 자그맣게 뚫려 있었고, 구멍 옆에는 너와 나이가 비슷해 보이는 여자가 한 명 서 있었다. 너는 그 여자를 매일 본 듯하기도 했고, 처음 본 듯하기도 했다. 여자는 검정 고무를 씌운 망치를 하나 들고 구멍 옆에 서 있었다. 구멍 바깥에는 다이빙대 같은 널판이 허공에 기다랗게 걸려 있었다. 작업 주임이 너에게 작업 내용을 설명해주었다. "이것이 제1공정이오. 토끼를 때려서 기절시키는 거요. 그래서 '토끼에게 경종을 울린다'고도 하지."

주임이 망치를 들고 서 있는 여인에게 시작하라는 눈짓을 보냈다.

그녀가 바닥에 설치된 기계장치를 발로 한 번 밟자, 구멍을 가리고 있던 투명한 덧문이 천천히 올라가더니, 정확히 이 초 후에 투실투실한 갈색 집토끼 한 마리가 구멍 속에서 툭 튀어나왔다. 그녀가 발을 떼자, 투명한 덧문이 천천히 내려갔다. 집토끼는 다이빙대처럼 허공에 걸린 널판에 쪼그려 앉아 이리저리 둘러보며 주둥이를 오물거리고 앞발로 수염을 움켰다. 그녀가 굳은 표정으로 실눈을 뜬 채, 고무를 씌운 망치로 집토끼의 정수리를 민첩하고 재빠르게 한 대 후려쳤다. 집토끼가 꽥! 하고 비명을 지르더니 널판에서 작은 쇠수레 속으로 정확하게 떨어졌다. 그녀가 다시 발로 기계장치를 밟자, 수레는 바닥에 깔린 엄지 두께만한 강철 레일을 따라 토끼가죽을 벗기는 늙은 여인 앞으로 소리 없이 미끄러져갔다. 그녀는 다시 한번 똑같은 과정을 되풀이했다. 다른 점이 있다면 이번에 망치로 얻어맞고 떨어진 놈은 털이 갈색이 아니라 짙은 커피색이었다는 것이다. 그 외에는 모두—허공에 걸린 널판에서 떨어질 때 꽥! 하는 비명소리까지 포함해 모든 것이 똑같았다.

"당신이 이 작업을 원한다면, 그녀를 다른 자리로 옮길 수도 있소. 이 자리에서 당신은 매일 망치로 토끼를 팔백 마리 정도 때려 기절시켜서, 가죽 벗기기 담당자들한테 보내야 하오. 이 작업은 그리 높은 숙련도를 요구하진 않지만, 망치로 토끼의 정수리를 정확히 겨누어서 단매에 쓰러뜨려야 하오. 기절시키되 죽이면 안 되오, 딱 한 대만 때려야지 두 번은 용납되지 않소. 만일 토끼 한 마리를 잘못 때려서 죽이면, 당신 일당에서 10분의 1을 제할 거요. 만일 단매에 기절시키지 못해도 일당에서 10분의 1을 제할 거요."

이번에는 초록색 토끼 한 마리가 얻어맞고 까무러쳐 수레 속으로 떨어졌다. 손에 망치를 잡은 여자의 호흡은 아주 평온하고 침착했다. 머뭇거리지도 않았고 군동작도 없었다.

또다른 토끼, 아맛빛 털을 가진 토끼가 허공의 널판 위에 서서 망치로 얻어맞고 까무러칠 때를 기다리고 있었다.

"생각해보시오." 작업 주임이 말했다. "이 작업을 해보겠다면 토끼 백 마리를 실습용으로 내줄 수 있소. 망치질 한 대에 기절시키는 정도까지 숙련되어야 정식으로 근무하는 거요. 물론 실습 기간에는 임금이 지급되지 않소."

너는 자신이 이런 작업에 적합하지 않다고 생각했다. 너는 까맣게 반짝이는 토끼의 예쁜 눈을 마주보기가 두려웠다.

작업 주임은 그녀를 제2공정으로 데려갔다. 그가 말했다. "점잖게 표현하자면, 이 공정은 '도포와 감투 벗기기'라고 부르오. 하지만 실제로는 정신을 잃은 토끼가 아직 깨어나지 않은 틈을 타 가죽을 벗겨내는 작업이오." 그는 너를 늙은 여인 앞으로 데려갔다. 늙은 여인은 작업에만 몰두하고 있었다. 그와 너의 존재를 느끼지 못하는 듯했다.

"이 작업의 좋은 점은 앉아서 할 수 있다는 거요. 하지정맥류를 앓고 있는 사람에게 비교적 적합하오." 작업 주임이 말했다.

늙은 여인이 자기 앞으로 미끄러져온 수레에서 청회색 토끼를 한 마리 집어들더니 갈고리에 거꾸로 매달았다. 토끼는 죽지 않고 그저 기절해 있는 상태라 뱃가죽이 오르락내리락했다. 늙은 여인은 끝에 꼬챙이가 달린 막대를 토끼 뒷다리에 구멍을 하나 뚫었다. 그러더니 몇 번을 쑤셔댔다. 그런 다음 또다시 몇 번을 쑤셔댔다. 그리고 고무호스를 구멍 속에 찔러넣었다. 꼭지를 돌리자 공기가 쉭쉭 소리를 내며 흘러나오기 시작했다. 공기가 토끼가죽과 토끼 근육 사이로 주입되기 시작했다. 토끼는 급속도로 팽창하더니 눈이 깊숙이 함몰되고 털이 가닥가닥 곤두서기 시작했다. 토끼의 두 귀가 파르르 떨렸다. 그녀는 공기가 새어나가지 못하게 토끼 뒷다리를 비끄러맸다. 그런 다음 은사시나무 잎사귀처럼 생긴 작은칼로 토끼의 배 한복판을 가르고 다시 토끼의 뒷다리를 몇 번 주물렀다. 그러자 토끼가죽이 미끄러지듯 가볍게 벗겨졌다. 피는 한 방울도 나오지 않았다.

"이 작업의 난이도는 그리 높지 않소. 대신 어려운 점이 두 가지 있소. 하나는 가죽을 손상시키면 안 된다는 것이고, 둘째는 피를 내지 말아야 한다는 거요."

늙은 여인은 어느새 토끼 처리를 마치고, 토끼가죽을 곁에 있던 수레 안에 넣었다. 그리고 자신의 작업 번호가 새겨진 철패를 얹은 다음 수레를 밀었다. 작은 수레가 앞으로 나아갔다. 벌거숭이가 된 토끼는 ―여전히 부들부들 떨면서 눈에 차가운 빛을 번뜩이고 있었다― 곁에 있던 또다른 작은 철제 수레에 놓였다. 여인이 작업 번호가 새겨진 목패를 한 개 얹어 쓱 밀자, 작은 수레가 앞으로 나아갔다.

"망설일 것 없이 여기서 '도포와 감투 벗기기' 작업을 하구려. 정 힘들면 다시 자리를 바꿔주겠소." 작업 주임이 말했다.

"최선을 다해 일하겠습니다." 투샤오잉은 눈물을 글썽이며 작업 주임에게 말했다.

"오늘은 근무할 것 없소." 그가 말했다. "내가 작업 내용이 자세하게 나와 있는 교안을 한 권 줄 테니 가지고 가서 읽어보시오. 중점적인 내용은 2장에 나오는데, 당신이 하게 될 작업의 의미, 기술적인 요구, 다루는 방법, 주의사항에 관한 것들이오. 내일 아침 일곱시 전에 출근하시오. 조금이라도 지각하면 일당에서 10분의 1을 제할 거요."

단 두 시간 만에 너는 교안을 완전히 독파했다. 고등교육을 받은 지식분자로서 부끄럽지 않게.

일주일 후, 작업 주임은 사람들 앞에서 투샤오잉을 건실하고 합리적인 사고방식을 갖춘데다 작업 솜씨도 뛰어난 모범적인 노동자라며 표창했다.

7

투샤오잉은 토끼의 몸뚱이에서 가죽을 끊임없이 벗겨낼 필요가 있었다. 그래야 마음의 평정을 유지할 수 있었다. 얼음장 같던 손이 작업을 하면서 따뜻해졌다. 색색의 토끼털이 그녀의 손을 따뜻하게 덥혀주었고, 핏빛의 토끼고기가 그녀의 손을 따뜻하게 덥혀주었다. 가증스러운 계급의 적이라도 되는 듯 가죽을 벗겨냈는데도 토끼의 심장만큼은 죽지 않았다. 그녀는 벌거숭이가 된 토끼의 심장 부위를 집게손가락으로 누르는 걸 좋아했다. 그렇게 해서 강하고 빠른 속도로 뛰는 심장박동에 감동받기를 즐겼다. 이런 순간을 경험할 때마다 너는 신선한 생명력이 몸속에 흘러드는 것을 느꼈다. 너의 심장이 토끼의 심장박동에 맞춰 뛰면, 그 조화로운 박동에 너는 광희를 느꼈다. 너는 벌거숭이 토끼의 심장 부분을 아주 오랫동안 집게손가락으로 누르고 있을 수는 없었다—그렇게 하면 작업 효율에 영향을 미칠 테니까—

작업 효율의 저하는 수입에 영향을 미치는 문제였다. 더 중요한 문제는, 너 스스로도 다른 사람에게 뒤떨어지는 걸 바라지 않는다는 점이었다—계속 광희를 느끼기 위해서라도 너는 끊임없이 토끼를 벌거숭이로 만들 필요가 있었다. 너는 벌거숭이가 된 토끼의 몸뚱이를 갈고리에서 떼어내 쇠수레 속에 놓았다. 이런 필요불가결한 작업 과정에서, 너의 집게손가락은 토끼의 심장을 누르고, 너는 작업중에도 말할 수 없이 은밀한 광희를 누릴 수 있었다. 이리하여 너의 작업 효율은 배가되었다. 똑같은 작업 공정에 배치된 늙은 여인들은 토끼가죽을 벗기듯 너의 살갗을 벗겨내지 못하는 것이 한스럽지 않았을까?

어느 날, 그녀의 곁에서 일하던 어느 할멈이 우윳빛 토끼 한 마리를 갈고리에 매달았다. 그러고는 입을 비죽이며 욕설을 퍼부었다.

"요놈의 러시아 암토끼! 어서 이것 좀 봐. 내가 러시아 암토끼 한 마리를 잡았다니까!"

그리고 할멈은 입에 담지 못할 더러운 말을 쏟아냈다. 평소 악명 높은 우리의 서술자조차 전달하고 싶어하지 않을 만큼 험한 말이었다.

작업반에서 일하던 마나님들 모두 속이 후련하다는 듯 웃음보를 터뜨렸고, 전부 한마디씩 보태며 맞장구를 쳤다. 이런 마나님들 앞에서 투샤오잉은 자신이 갈고리에 꿰어 매달린 우윳빛 암토끼와 같은 신세라고 느꼈다.

그녀는 군색하고 다급해질 때마다 벌거벗은 느낌을 받았다. 꿈속에서도 여러 번 남의 손에 살갗이 벗겨지곤 했다. 사내들도 벗기고, 여자들도 벗기고, 하다못해 아이들까지 덤벼들었다.

땀방울이 맺히고 발그레한 투샤오잉의 얼굴이(작업할 때 투샤오잉의 얼굴빛은 늘 이랬다) 하얗게 질리면서 땀방울과 눈물이 한데 뒤섞였다.

작업 주임은(그날따라 유별나게 멋있었다) 팔을 내두르며 마나님들을 꾸짖었다.

"류진화, 작업중에 소란 피우면 이달 보너스 공제할 거야!"

류진화는 지시에 불복했다. 그래서 보너스가 공제되었다.

후에 유언비어가 적지 않게 나돌았다.

후에 투샤오잉은 작업 주임의 지도를 받아 류진화를 흠씬 두들겨팼다(작업 주임이 약 한 시간에 걸쳐 투샤오잉에게 두 가지 무술 동작을 가르쳐준 덕분이었다).

투샤오잉은 영결식 날을 기다리는 동안에도 매력적인 그 작업 시간을 그리워했다. 그녀는 강렬하게 갈망했다.

영결식 날짜를 애타게 기다리는 심정과 작업장으로 돌아가고 싶은 갈망의 치열한 불길이 투샤오잉의 심신을 태우다 못해 눌어붙게 만들었을 때, 학교 노동조합장이 현금 200위안과 커다란 붉은색 증서 한 장을 보내왔다. 그는 관련 기관에서 팡푸구이 선생의 순직을 처리하다 그가 생전에 써두었던 유서 한 통을 발견했다고 했다. 유서에는 이런 내용이 들어 있었다. 첫째 그가 죽은 뒤 장의사에서 장례미용을 하지 말 것, 둘째 영결식을 거행하지 말 것, 셋째 추도회를 열지 말 것, 넷째 유해를 연구용으로 의과대학에 기증할 것. 그는 200위안이 의과대학에서 지급한 돈으로(의과대학에서는 일반적으로 100위안에 시체를 매입한다) 팡 선생의 정신이 의과대학의 모든 사람을 감동시켰다고 말했다. 커다란 붉은색 증서는 의과대학에서 발급한 것이었다. 이렇게 해서 고달프고 힘들었던 기다림이 마침내 끝나게 되었다.

일곱 걸음

七步

1

장츠추는 자기 대신 옆구리에 서류철을 끼고 문을 나서는 또다른 장츠추를 눈으로 배웅했다. 그는 뒤돌아보지 않았다. 그 태도에 나는 당황했지. 그가 대문을 나서는 순간 고개를 돌려 나를 한 번이라도 쳐다보았다면, 그리고 얼굴에 분노와 체념을 모두 드러냈다면, 서술자가 말했다. 그랬다면 관찰자는 노예를 대하는 주인처럼, 피정복자를 대하는 정복자처럼, 위에서 아래를 내려다보며 군림하는 듯한 자부심과 긍지를 느낄 수 있었겠지. 그는 조금도 원망하는 기색 없이 내 교안을 들고 자유롭게, 그의 혹은 나의(?) 소유인 집 문턱을 나서고 있었다. 나 대신 제8중학으로 가서 물리 수업을 하려고…… 너는 골목에서 어느 여인이 그에게 아침 인사를 건네는 소리를 들었다. "장 선생님, 학교 가시는 길이에요?" 너는 그의 대답은 듣지 못했으나, 여인이 낮은 목소리로 악담을 퍼붓는 소리만큼은 들을 수 있었다. "분필가루나 처먹는 책벌레! 뭐가 대단하다고? 묻는 말에 대꾸도 않는 오쟁이진 놈! 무뢰배, 건달 같은 놈!"

여인의 욕설에 장츠추는 허리가 부러질 정도로 웃다 못해 문지방에 걸려 넘어지기까지 했다. 그 모습이 꼭 더 작아지려 해도 작아질 수 없고 더 마르려 해도 마를 수 없는 말의 등에 올라탄 것 같았다. 말 등의 앙상한 뼈에 그의 꼬리뼈가 아프도록 짓눌렸고, 그 고통은 정중선을 따라 상승하여 정수리의 백회혈(百會穴)에 모여들었다. 그는 중학 국어 교안에 실린 『시팡핑』 이야기를 떠올렸다. 시팡핑이 염라대왕의 궁전에 잡혀갔는데 졸개 귀신이 톱날로 그의 몸뚱이를 두 토막으로 쪼갰다가, 나중에 하얀 실로 꿰매주었다는 이야기였다. 생각은 중학 국어 교안에서 중학 물리 교안에 미치고, 다시 중학 물리 교안에서 중학 물리교사로 옮겨갔다가 결국 그 자신에 이르렀다. 그는 두 동강으로 나뉘는 고통을 잊어버리고 문지방에서 벌떡 일어났다. 한 번에 일어나지 못하고, 두 번에도 일어나지 못했다. 결국 그는 문틀을 잡고 천천히 몸을 일으켰다.

반신불수로 누워 있는 풍류미인이 먹은 음식의 효력이 사라졌다. 그녀가 맑은 정신으로 외쳐대기 시작했다. 그녀는 매일 다른 말투로 외쳐댔다. 아름다운 목소리로 노래하는 청춘의 새를 얼마나 닮았는지! 오늘 그녀의 외침은 냉랭한 폭소 같았다. '냉랭함'과 '폭소'를 한데 결합시키는 그녀의 행위는 의도적인 것이 분명했다.

아내는 출근했다(그녀는 출근하면서 우리 두 사람에게 지시를 내렸다. 우리 두 사람이 동등한 위치에 있다는 듯 나란히 세워두고! 한 사람을 둘로 나누다니! 그럼 내가 반쪽이 되었단 말인가?). 그녀가 너에게 부여한 임무(장사를 해서 돈을 벌라는 임무)가 너를 무겁게 짓눌렀다. 다추와 샤오추도 이미 등교하고 없었다. 난생처음 너는 집 안에 남아 있는 것에 대한 공포를 느꼈다. 공포의 원천은 풍류미인의 입이었다. 그녀는 병석에 누워 있으면서도 모든 걸 꿰뚫어보는 것 같았다. 이런 '냉랭한 폭소'가 지배하는 환경에서 사람은 생존하기 어렵다. 너는 도망치고 싶었다.

하지만 그는 도망치지 않았다. 그는 원래는 잿빛 담요였을 휘장을 홱 들췄다. 제일 먼저 눈에 들어온 것은 장모의 눈동자가 아니라 새하얀 생쥐 두 마리였다. 빨간 두 눈동자에 분홍빛 주둥이를 가진, 털이 새하얀 귀여운 생쥐 두 마리였다. 쥐들은 한창 장모의 두 귀를 갉아먹는 중이었다. 너는 쥐가 사람 귀를 갉아먹는 장면을 난생처음 보았다. 쥐들이 귀를 갉으면서 분홍빛 주둥이를 위아래로 옮기는 동작이 누에가 뽕잎을 갉아먹는 동작과 매우 비슷했다. 쥐는 너를 보고도 결코 놀라거나 당황하지 않았다. 새하얀 쥐는 섬세한 머리를 바짝 쳐들고 호기심에 차 너를 요모조모 뜯어보았다. 너는 쥐들이 너의 출현을 환영하지 않는다고 느꼈다. 너는 그들의 성대한 잔치를 훼방놓은 것이다. 비록 하얀 쥐들이 장모의 귀를 50분의 1도 안 되게 갉아먹었다고 하나, 토실토실하고 매끄러운 두 귀는 흉물스러우면서도 여전히 불완전함의 아름다움을 보여주고 있었다. 그녀의 귀는 밀랍으로 빚은 듯 이상하게도 피 한 방울 나지 않았다. 네가 소리를 지르고 나서야 쥐들은 앞발로 주둥이를 문지르고 천천히 벽을 따라 도망쳤다.

장모가 입을 다문 시간은 대략 일 분 정도였다. 그 일 분 동안 그녀는 초인적으로 눈을 부릅뜨고 너를 죽어라 노려보았다. 너의 첫 느낌은 그 두 눈초리가 몸을 뚫고 지나가는 듯하다는 것, 두번째 느낌은 뼈마디가 녹아내리는 듯한 처량함이었다. 아주 폭이 좁은 문짝에 누워 있는 그녀의 모습을 보고 너는 소년 시절에 목격했던 대전투—네가 우리에게 말해주었고 팡푸구이도 목격한 적이 있었던 대전투—를 떠올렸다. 가옥, 숲, 들판의 풀밭이 모조리 불타 없어지고, 포화가 번쩍이며 문짝에 누운 부상병들을 내리비추고 있었다. 그녀의 몸에서 풍기는 냄새, 부상병들의 몸에서 풍기는 냄새, 장례미용사의 머리에서 풍기는 냄새가 온 사방에서, 과거와 현재를 뒤섞으며, 일제히 너를 덮쳐왔다. 물론 돈을 벌어 늙은 장모에게 깔끔한 침대를 장만해주면, 분명 날 위해 향기로운 참죽나무 싹과 돼지고기 소를 넣고 손수 만두를 빚어주겠지. 사람이 배은망덕할 수는 없으니까. 너는 생각했다.

불현듯 너는 집 안에 쥐약이 남아 있다는 걸 떠올리고, 곧바로 세간을 샅샅이 뒤지기 시작했다. 그러나 찾지 못했다.

장츠추는 하얀 쥐들이 장모의 귀를 갉아먹지 못하게 하고 싶었지만 쥐약을 찾을 수 없었다. 그래서 그는 기지를 발휘해 장례미용사의 수면제를 찾아냈다. 그리고 마늘 찧는 절구로 빻은 다음, 잘게 찢은 배춧잎에 버무려 접시 두 개에 나눠 담아 장모의 귀 주변에 놓았다. 쥐들의 식욕을 돋우기 위해 그는 특별히 고소한 냄새가 코를 찌르는 참기름을 접시에 각각 세 방울씩 떨어뜨렸다. 그러고 나서 그는 장사를 하러 밖으로 나갈 채비를 했다.

나가서 무엇을 사고팔지? 어떻게 돈을 벌지? 모든 게 막막했다. 한 발은 대문 안쪽에, 한 발은 대문 바깥쪽에 둔 채 나아가지도 물러나지도 못했다. 그는 생각에 잠겼다. 팡푸구이는 지금 교실 안에서 나를 사칭하고 수업하느라 정신없겠지. 가짜 장츠추는 교단에서 우쭐대며 거드름을 피우는데, 진짜 장츠추는 문지방에서 진퇴양난에 빠져 있으니. 그렇다면 과연 이 거래에서 잇속은 누가 차리고 손해는 누가 보는 것일까?

눈앞은 막막하고 마음은 헝클어진 삼 가닥처럼 어지러운데, 허리가 구부정하게 휜 노인이 대충 달아놓은 낡은 대문을 밀고 집 안으로 들어왔다. 너는 이 노인이 아주 낯익었지만, 그를 언제 어디서 보았는지는 좀처럼 기억나지 않았다.

"자네가 장 선생인가?" 노인이 말했다.

"영감님은……?" 물리교사가 물었다. 이때 멀리서 맵고 차가운 바람과 함께 엄청난 굉음이 들렸다. 고개를 돌려보니 거대한 파란색 크레인 한 대가 서서히 넘어지는 것이 눈에 들어왔다. 곧이어 눈에 보이지 않는 땅 위에서 뽀얗게 피어오르는 흙먼지가 보였다.

"아!" 물리교사가 말했다.

노인은 아랑곳 않고 용건을 밝혔다. "나는 장례미용사 리위찬이 보내서 왔네. 그녀가 이 물건을 자네에게 전하라더군."

투명 접착테이프로 봉한 묵직한 크라프트지 봉투 하나가 너의 손에 털썩 떨어졌고, 노인은 몸을 돌려 대문으로 향했다.

"좀 앉았다 가시겠어요?" 물리교사가 인사치레로 말했다.

노인이 불쑥 돌아서더니 너의 말을 받았다.

"그럼 앉았다 가지 뭐."

너는 어쩔 수 없이 의자 한 개를 뜰로 내왔다. 오전 여덟아홉시의 태양이 노인의 얼굴에 따뜻한 빛을 눈부시게 흩뿌렸다. 너는 그가 실눈을 뜬 채 심호흡하는 것을 지켜보았다. 꼭 장생불사하는 거북이가 더러운 공기를 뱉어내고 신선한 공기를 들이마시는 모습 같았다.

이때 쥐가 배춧잎을 갉작거리는 소리가 희미하게 들렸다.

노인은 안정적이고 편안하게 그리고 기분좋게 앉아 있었고, 너는 곁에 서 있는 것이 불필요하게 느껴졌다.

잠시 후 노인은 떠났다.

물리교사는 봉투를 먼저 뜯어볼지 아니면 쥐들 동태부터 살펴볼지 십 분이나 갈등하다 마침내 쥐들부터 먼저 살펴보기로 했다. 그는 도둑고양이처럼 살금살금 장모의 굴로 접근했다. 잿빛 휘장에 다가가는데 심장이 쿵쿵 뛰는 소리가 들렸다. 미세하게 갉작거리는 소리가 계속되고 있었다. 하얀 쥐가 아직도 배춧잎을 갉아먹고 있다는 이야기였다. 손을 담요에 가져갔다 도로 거두었다. 그와 동시에 너는 무릎을 꿇고 담요 아랫부분에 난 동전 크기의 구멍에 눈을 가져다댔다. 너의 한쪽 눈에 한 폭의 아름답고 포근한 그림이 들어왔다.

하얀 쥐 두 마리가 서서 얼굴을 마주보고 있고, 그 사이에 장모의 붉은빛이 도는 얼굴이 있었다. 하얀 쥐들은 크기가 똑같아서 어떤 놈이 어떤 놈인지 구별하기 힘들었다. 녀석들은 제각기 접시 옆에서 꼬리를 침대에 바짝 붙이고 앉아 있었다. 쥐들은 참기름과 수면제를 넣고 버무린 배춧잎 조각을 앞발로 들고 기분 좋게 먹고 있었다. 어떻게 녀석들의 기분이 좋다는 걸 증명할 수 있느냐고? 녀석들의 꼬리가 살랑살랑 흔들리고 있었으니까.

이런 식사 장면이 어떻게 아름다운 그림이란 말인가? 녀석들은 세 입에 배춧잎 한 조각을 먹어치울 때마다(이미 십여 차례나 거듭했으니 절대 우연이 아니었다) 예외 없이 서로 마주보고 고개를 한 번 끄덕여 고마움을 표했고, 길쭉하고 자그마한 얼굴에 다이아몬드처럼 박힌 작은 진홍색 눈동자로 고운 빛을 쏟아내고 있었다. 고개를 끄덕여 고마움을 표하고 나면 동시에 팔짝 뛰어올라 장모의 얼굴을 건너뛰어 자리를 바꾸고 다시 먹는데, 자리바꿈을 하기 전의 모습과 조금도 다른 점이 없었다.

자리바꿈을 세 번 한 다음 녀석들은 나란히 풍류미인의 어깨에 올라서서 일제히 외쳤다. 찍! 찍! 찍!—찍! 찍! 찍!—구호를 외친 녀석들은 사람처럼 똑바로 서서 유치하고 우스꽝스러운 행진을 시작했다. 갈빗대 위로 걸어가서는 갈빗대 위의 가슴을 건너뛰고…… 발끝에 이르기까지 행진을 계속했다. 꼭 시소 위를 걸어가는 듯했다. 녀석들의 행진 때문에 장모의 두 다리도 위로 들렸다. 전족에서 풀려난 두 다리가 지대공 미사일처럼 45도 각도로 벽을 가리켰다.

네가 보고 싶었던 것은 하얀 쥐들이 잠든 모습이었으나, 실제로 목격한 것은 녀석들이 행진하는 모습이었다.

실망감에 너는 벌떡 일어섰다. 자연스럽게 너의 두 눈이 잿빛 담요의 구멍을 떠났다. 휘장 대용인 담요가 쥐들의 천진한 유희를 가렸다. 이제야 너는 쥐들을 위해 공들여 음식을 배합해 접시에 올려놓은 것이 얼마나 아둔한 짓이었는지 절감했다. 너는 하릴없이 뜰로 나와 조금 전 노인에게서 넘겨받은 묵직한 봉투를 열었다.

봉투에는 인민폐 100위안(모두 1위안짜리 지폐였다)과 '아름다운 세상'에서 공용으로 쓰는 편지지 한 장이 들어 있었다. 편지지에는 조잡하게 휘갈겨 쓴 글씨가 몇십 자 적혀 있었다. 그녀가 글자를 쓸 줄 알았던가? 그녀의 교육 수준은 어느 정도였지? 어느 학교에서 글을 배웠지? 이 케케묵은 문제들이 뜬금없이 떠올랐다.

편지 내용은 대략 다음과 같았다. 그녀는 장의사에 도착한 뒤에야 남편의 장사에 밑천이 필요하다는 것이 생각났다. 마침 골치 아픈 문제가 있어 직접 오지 못하고 다른 사람한테 부탁해 100위안을 보낸 것이었다. 그녀는 남편에게 두려움을 극복하고 실패를 두려워하지 말라고, 그리고 밑천 까먹는 걸 두려워하지 말라고 하면서 마지막에 속담을 덧붙였다. '자식에게 미련을 두면 사나운 늑대를 때려잡을 수 없는 법'이라고.

인민폐와 편지는 엄청난 힘을 발휘했다. 장츠추의 등을 떠밀어 대문 바깥으로 내보낸 것이다.

문을 나서는데 난생처음 도둑질을 하는 어리숙한 좀도둑처럼 그는 수십 대의 감시카메라의 번뜩이는 렌즈 아래 놓인 듯한 느낌을 받았고, 그래서 손을 한번 쳐들거나 발을 떼기도 힘들었다.

오래전 서술자가 이런 말을 한 적이 있었다. 돈만 손에 넣으면 문을 열고 나가서 동쪽으로 꺾은 다음, 일 년 내내 구정물이 고여 모기와 파리 떼가 들끓는 도랑을 건너뛸 거라고. 일 년 내내 모기와 파리 떼를 길러내는 그 시궁창 냄새가 코를 찔러 악취와 향기를 구별할 도리가 없는데도 도랑 옆에선 싱그러운 풀이 무성하게 자라고 붉은 꽃들이 아름답게 피어 있었다고. 다 썩어빠진 나무다리를 건너지 않고 도랑을 건너뛰어 요리 꺾어돌고 조리 꼬부라져 가면, 담배와 술, 설탕과 찻잎, 식초, 마늘, 간장, 기름 따위 잡화를 판매하는 구멍가게에 다다르게 된다고.

도랑 옆에 핀 붉은 꽃은 상상 속의 붉은 꽃처럼 빛깔이 산뜻하고 아름다웠다. 아름다움이 다소 지나쳐 병적으로 느껴지는 아름다움이었다. 식물학자는 아니지만 물리교사는 몇 가지 사실은 알고 있었다. 붉은 꽃이 만발한 그 식물은 줄기가 사람 머리를 훌쩍 넘을 정도로 키가 크고, 잎사귀는 부들부채만큼 컸다. 붉은 꽃은 흐드러지게 피어 있었다. 그 굵고 실한 모양새가 묵직해 보이는 게 꽤 관능적이었다. 연노란빛 줄기에는 강인한 생명력을 상징하는 흰 솜털이 나 있고, 두툼한 잎사귀는 파란색 벨벳 카펫 같았다. 아래를 향해 대칭으로 돋아난 수십 개의 잎사귀들은 시드는 기미조차 없었다…… 무슨 식물일까?

조금 전 그는 수십 대나 되는 감시카메라의 번뜩이는 렌즈가 그 자신을 에워싸고 있다고 생각했었다. 그런데 지금 진짜로 일곱 대나 되는 카메라가 나타났다. 일곱 명의 기자가 카메라를 어깨에 메고 서로 다른 각도에서 앵글을 잡고 악취가 풍기는 도랑에 피어난 아름다운 풀꽃을 촬영하고 있었다. 구정물 고인 도랑에서 풍기는 악취는 아주 자연스럽게, 물리교사가 여기서 그리 멀지 않은 제8중학 건물로 출근할 때마다 맡던 냄새를 떠올리게 했다.

서술자의 생각은 이러했다. 다행스럽게도 카메라는 냄새를 촬영할 수 없지. 그들의 촬영 결과는 영상으로 바뀌어 수많은 가정의 텔레비전 화면에 등장하거나, 사진으로 바뀌어 화보 표지를 장식하겠지.

사진가라는 작자들은 늘 눈앞에 펼쳐진 아름다운 경치만 볼 뿐, 발밑의 길은 보지 않는다. 그래서 물리교사의 눈에는 그들이 하나같이 술에 취해 비틀거리며 제멋대로 움직이는 물체처럼 보였다. 그는 상반신이 유별나게 길고 다리는 유별나게 짧은 한 기자가 실상을 아는 사람들은 결코 건너지 않는 나무다리 위로 마치 수레바퀴처럼 굴러가는 것을 보았다—다리 위에서 도랑 옆에 핀 붉은 꽃을 촬영하려는 게 분명했다. 너는 그 나무다리가 무게를 못 이겨 고통스럽게 신음하는 소리를 들었고, 다리가 푹 꺼지면서 부서지는 것을 보았다. 다리 짧은 기자는 어깨에 카메라를 멘 채 썩은 나무와 함께 구정물 속으로 추락했다. 워낙 눈 깜짝할 사이에 일어난 일이라 기자는 구정물에 빠진 뒤에야 구조를 요청할 수 있었다. 원래 너는 보고도 모른 척할 생각이었지만 습관 같은 것이 작용하여 너의 몸이 너의 생각을 배반하고 말았다. 결국 생각은 뒤로 물러나고, 몸이 앞으로 돌진했다. 물은 그리 깊어 보이지 않았지만 기자의 입까지 잠겼다. 게다가 뭔가에 발을 물린 것 같았다. 그러니 구해주지 않으면 그는 죽을지도 몰랐다.

  물리교사는 못이 박힌 널판 하나를 주워들고 도랑으로 내뻗어 기자가 잡을 수 있도록 했다. 그러고 있는 힘껏 잡아당겼다.

  물리교사는 알지 못했지만 이튿날 시 일간지 1면 왼쪽 아래에는 큼지막한 사진 한 장과 함께, '물에 빠진 사람을 구조하다'라는 제목 아래 오십여 자의 기사가 실렸다.

2

지금 물리교사는 정말로 구멍가게 계산대 앞에 서 있다. 꿈속 같은 환상적 색채라곤 하나도 없이. 썰렁하게 외떨어져 있는 이 두 칸짜리 양철집 맞은편에는 한들거리는 버드나무 수십 그루가 서 있었고, 버드나무들 사이로 쑥 덤불이 무성하게 자라나 산토끼와 버려진 개들, 고양이들이 이따금 출몰했다. 거기서 한참을 나와야만 인기척을 느낄 수 있었다. 물리교사는 손님 하나 없이 썰렁한 계산대 앞에 서서 문득 생각했다. "이 여자는 누구한테 물건을 파는 거지?"

여주인이 양철집 안쪽에서 나왔다. 손등에 값싼 조개기름을 바르지도 않았고 코를 찌를 듯한 향내도 풍기지 않았으며 얼굴 가득 미소를 머금지도 않았다. 그녀의 하얀 얼굴은 딱딱하게 굳어 있고, 눈이나 입은 꼭 얼굴에 난 상처 같았다.

"흥!" 그녀는 콧방귀를 뀌더니 이어 웃음을 터뜨렸다.

"호! 호호! 호호호!"

그는 의미심장한 그 웃음소리에 온몸이 불편해져서 말했다.

"담배 한 갑 사러 왔는데……"

"조금 전에는 담배 끊었다면서요? 날 때부터 배운 것 많고 인격이 고매하셔서 온 세상 사람에게 모범이 되는 스승이라도 되는 것처럼 거들먹거리며 지나가지 않으셨던가?" 여주인이 표독스럽게 말했다.

"담배 끊었다고 한 적 없는데……"

"아이고, 그쪽이 얘기하지 않았으면 오쟁이진 누군가가 했겠네!"

"누가 오쟁이를 졌다는 거요?"

"그쪽이 아니면, 동물원 사육사하고 배가 맞은 여편네의 바깥양반이겠군!"

"그 사람이 누구요?"

여주인은 쓴웃음을 거두고 진지하게 대꾸했다.

"바로 당신이지! 나한테 꿈수 부릴 생각 마. 담배 사러 왔다는 건 새빨간 거짓말이야. 소식을 캐러 왔겠지. 당신 그렇게 잘난 인사는 아니야. 내가 당신을 후리기로 마음먹었으면 이 분이면 끝났어. 못 믿겠으면 한번 해볼까? 그러니 이 양반아, 당신 마누라가 저지르는 일은 못 본 척, 못 들은 척하라고!"

"난 정말 담배를 사러 왔소!" 물리교사의 머릿속이 뒤죽박죽이 되었다. 그는 담배를 한 대 피우고 싶은 마음이 간절했다.

여주인이 안쪽으로 들어가더니 물리교사가 한 번도 본 적 없는, 꿈에서조차 본 적 없는, 포장지가 황궁처럼 화려하고 웅장한 담배를 한 보루 들고 나왔다.

"그거 얼마요?" 그가 물었다.

"얼마나 있는데?" 여주인이 입술 한쪽을 삐죽이며 되물었다.

1위안짜리 빳빳한 새 지폐 백 장이 네 호주머니 속에서 함성을 지르기 시작했다. 그것들은 비둘기였다. 그야말로 세계 평화를 상징하는 순결한 비둘기 백 마리였다. 그것들은 담배를 피우고 싶어 안달난 주인에게 평화를 주기 위해 호주머니에서 뛰쳐나와 짙푸른 하늘 위로 날아가고 싶어했다. 그는 무의식적으로 초록색 제복 윗도리 호주머니를 손바닥으로 지그시 눌렀다.

물리교사가 입을 열기도 전에, 매혹적일 만큼 고운 여주인이 조롱을 퍼부었다. "횡재라도 했나? 당신한테 얼마나 있는지 알아맞혀볼까?" 그녀는 실눈을 뜨고 몇 분 동안 생각하더니 단호하게 손가락을 하나 불쑥 내밀며 소리를 질렀다. "당신 호주머니에 100위안이 들어 있어!"

그는 불안해진 나머지 호주머니를 덮어 가렸다.

"1위안짜리 백 장, 크라프트지로 만든 봉투에 담겨 있지." 그녀는 확신을 가지고 말했다.

"초능력자 같군!" 물리교사가 놀라 외쳤다. 이런 반(半)신선 앞에서는 아무것도 감출 수 없기 때문에 그는 솔직히 털어놓았다. "100위안, 주인장 말대로요."

"이 담배 한 보루 값이 100위안이오. 가져가시구려. 한 손에는 돈, 한 손에는 물건을 들고 맞바꾸는 거지!"

"그렇게 비싸오?"

"당신한테 그나마 괜찮은 구석이 없었다면, 100위안에도 팔지 않았을 거야." 여주인이 정색을 하며 진지하게 말했다.

"사지 않겠소." 물리교사가 낭패한 듯 말했다.

"나도 진작 당신이 담배 사러 온 게 아니라는 건 알고 있었지!" 여주인이 담배 보루에 둘러진 금빛 비닐 끈을 뜯자 투명한 비닐이 가볍게 펼쳐졌다. 여주인이 이번에는 은색 비닐 끈을 뜯었고 그러자 또 연녹색 비닐이 벗겨졌다. 그제야 휘황찬란한 종이 포장 상자가 나타났다. 그녀는 상자를 열고 담배 한 갑을 꺼냈다. 그녀가 황금빛 비닐 끈을 뜯자 무색투명한 비닐이 또 벗겨졌다. 그녀는 담뱃갑을 열고 필터 보호용 금박지를 뜯어냈다. 그녀가 손톱으로 담뱃갑 바닥을 두어 번

톡톡 두드리자, 궐련 두 개비가 머리를 내밀었다. 조금 전 그녀가 필터 보호용 금박지를 뽑아낼 때 물리교사는 짙디짙은 담배 향을 맡았다. 매우 독특하고 기이한 향이었다. 그는 탐욕스럽게 양 콧방울을 벌름거렸다. 필터는 상아를 쪼아 만든 것 같았다. 그녀는 담배를 당신 눈앞에 내밀며 세상만사 모르는 게 없다는 듯, 호기롭게 천금을 쾌척하는 듯한 표정을 짓고 말투도 꾸며 말했다.

"돈 없이도 못 살지만, 돈이 많아도 아무 의미가 없지. 사람 사는 게 그저 피우고 싶은 것 좀 피우고, 마시고 싶은 것 좀 마시고, 먹고 싶은 것 좀 먹고, 입고 싶은 것 좀 입을 수만 있으면 다 되는 거 아니겠어요."

물리교사가 내민 손가락 두 개는 뻣뻣했다. 마치 깡마른 분필 두 토막처럼. 손가락은 필터의 차가움을, 손목은 담배 개비의 묵직함을 느꼈다. 그 최고급 담배를 쥐는 순간, 너의 가슴속에서 열기가 소용돌이 치고, 두 눈은 부풀어올라 눈꼬리가 찢어질 것처럼 아팠다. 너는 몸속에서 혈액이 순환하는 소리를 분명히 들을 수 있었다. 쇼르르— 쇼르르— 쇼르르— 거센 바람에 진홍색 깃발이 나부끼는 것처럼.

여주인은 고개를 숙여 담뱃갑에서 머리를 내민 다른 담배 한 개비도 마저 뽑아냈다. 그리고 라이터를 켰다. 불씨는 매우 밝았으나 연기는 나지 않았다. 연푸른색 가스가 투명한 플라스틱 몸체 안에서 파르르 떨었다.

그녀는 불을 너에게 건네주었다. 여주인의 불이 물리교사의 얼굴을 환하게 비추었다. 그의 가슴속에서 세상에 태어나 처음 느끼는 감정이 일렁였다. 조금은 비통하지만 그러나 포근한 감정이었다. 그의 입은 고급 담배를 빨기에는 서툴고 굼떴다. 뻐끔뻐끔 소리를 내는가 하면 입술 아래로 침을 흘리기도 했다. 그녀가 네 어깨를 토닥였다. 그 손길이 어쩌면 그렇게 가볍고 그렇게 자상하며 그렇게 함축적이고 그렇게 의미심장한지. 너는 그녀의 목구멍 깊숙한 곳에서 아주 가볍게 터져나오는 탄식을 들을 수 있었다. 그녀의 재빠르고 교묘한 입놀림에, 담배 끝이 불씨에 닿기 무섭게 그녀의 콧구멍에서 흰 구름처럼 짙은 연기가 뿜어져나왔다.

그러는 동안, 고급 담배의 기막힌 향이 일분일초도 멈추지 않고 퍼져나갔다. 계속 퍼져나갔다. 실낱처럼 가닥가닥 피어오르거나 둥글둥글 원을 그리고, 흰색으로 타오르거나 푸른색으로 타오르고, 짙거나 옅은, 변화무쌍한 온갖 형태의 담배연기가 넓게 퍼져나갔다. 사방에 퍼진 담배 냄새에 도취된 물리교사는 안개구름을 타고 훨훨 날아오르는 신선이 된 듯한 기분이었다. 안개처럼 자욱한 담배연기 속에서 그녀의 얼굴은 얇고 가벼운 망사를 걸치고 구름 속에서 모습을 감추었다 드러내는 관세음보살처럼 신비로워 보였다.

물리교사는 담배 냄새에 도취되다 못해 홀리고 말았다. 그는 그녀가 사랑과 연민이 담긴 목소리로 말하는 것을 들었다.

"가련하기도 하지…… 불쌍한 우리 아기……"

너는 자비로운 그 얼굴을 우러러보았다. 마음속에는 한점 구김살도 없었다. 물리교사의 마음은 황금빛 저녁노을이 눈부시게 빛나는 조용한 호수 같았다. 호수에는 연꽃이 활짝 피었고, 커다란 백조들이 떠 있고, 바람은 소리 없이 비단결처럼 미끄러져가고…… 마침내 너는 울음을 터뜨리고 말았다……

그녀가 손바닥으로 그의 눈물을 닦아주었다. 천천히, 천천히. 시간이 얼마나 지났을까, 어느새 그녀가 너를 양철집 안쪽으로 데려왔고, 너는 한 마리 온순한 새끼 양처럼 꽃무늬가 새겨진 나무침대 가장자리에 앉아 있었다. 담배 향기가 계속 퍼져나가는 가운데……

"당신 마음이 얼마나 고달픈지 알아요…… 가엾어라. 불쌍하기도 하지……" 그녀의 풍만한 앞가슴이 네 얼굴에서 겨우 1센티미터쯤 떨어져 있었다. 그녀의 몸에서는 장례미용사의 체취와 전혀 다른 냄새가 풍겨나와 향기로운 담배 냄새를 압도하고, 강렬하게 너를 끌어당겼다. 그녀가 처음부터 매미 날개처럼 얇디얇은 이런 파란색 미니스커트를 입고 있었던가? 손만 닿아도 망가질 듯 연약한 가슴의 감촉이 옷을 뚫고 나와 물리교사의 머리를 때렸다. 어쩌면 물리교사가 적극적으로 두 뺨을 여주인의 가슴에 갖다댄 것이 아니라, 여주인의 가슴이 저절로 물리교사의 얼굴에 와닿았는지도 모른다…… 수년간 잊고 있었던 자극이 그의 가슴을 맹렬하게 들이받았다. 너는 그녀의 허리를 끌어안았다.

"당신을 유혹하는 건 아니야……" 여주인이 거칠게 숨을 몰아쉬며 말했다. 그녀는 고개를 외로 꼬아 그의 입술을 피하며 계속 말했다. "난 그저 당신이 불쌍해…… 당신 마누라는 그짓을 저지를 때마다 당신에게 오쟁이진 사내라는 감투를 겹겹이 씌운 거야…… 당신은 모를 거야. 거긴 밤만 되면 호랑이가 으르렁대는 소리를 들을 수 있는 곳인데……"

다이아몬드가 박힌 칼로 유리를 긋듯, 조리도 없고 순서도 없는 그녀의 말이 고막을 날카롭게 베었다. 물리교사는 갑자기 정신이 번쩍 들었다. 육중한 도덕의 채찍이 철썩철썩 그의 영혼을 매섭게 후려치기 시작했다. 너는 공포를 느꼈다. 자신의 육체가 깊이를 헤아릴 수 없는 아득한 수렁 속으로 빠져드는 느낌이었다. 물리교사의 팔이 무기력하게 풀리고 말았다.

팔을 풀자마자 그는 바로 정신을 차렸다. 온몸은 땀투성이에 초록색 제복은 축축하게 젖고, 안경알에도 뿌옇게 김이 서려 있었다. 안경알을 닦은 다음 물리교사는 얼굴이 복사꽃처럼 발개진 여주인의 얼굴을 보았다. 하얀 분가루로 가려져 있던 뺨의 작은 사마귀가 격한 몸짓 탓에 자줏빛으로 변해 있었다. 이 흠이 너에게 무어라 표현하기 어려운 감정을 불러일으켰다. 그녀의 몸은 아직도 사내 품에 안겨 있는 듯 계속 요동치고 있었다. 여자는 같지 않다. 그는 처음으로 리위찬이란 여자를 안았던 때가 생각났다. 그때 그녀의 몸은 바짝 움츠러들어 있었다. 그녀의 입술은 불길에 탄 것처럼 까칠했지만 입술 사이로 반짝이는 이가 보였다.

바닥에는 하얀 바탕에 붉은 꽃이 인쇄된 비닐 천이 깔려 있었다. 침대 머리맡 쪽에는 신발 다섯 켤레가 가지런히 놓였다. 하나같이 굽이 높고 배 모양이었다. 한 켤레는 붉은색, 한 켤레는 푸른색, 한 켤레는 검은색, 한 켤레는 흰색, 한 켤레는 갈색. 침대 머리맡에는 마대처럼 생긴 커다란 베개가 하나 있었다. 베개 위쪽에는 자줏빛 나무 테두리에 꽃무늬가 조각된 커다란 타원형 거울이 걸렸다!

느닷없이 거울이 깨지던 광경이 북받쳐올랐다. 얼굴 생김새를 바꿔치기하던 일도 북받쳤다.

물리교사는 거울에 비친 얼굴을 쳐다볼 엄두가 나지 않았다. 그 얼굴은 잿빛으로 어두침침하고 흐릿했다.

"당신이 수업도 않고 나한테 달려온 게 고작 이러기 위해서였어?" 그녀가 입을 비죽 내밀며 물었다.

그는 팡푸구이가 교실에서 수업하는 목소리가 들리는 것 같았다.

"난…… 난 사직했소……" 물리교사가 떠듬떠듬 대답했다.

"뭐! 사직했다고?" 놀란 그녀가 의아해하며 자신의 허벅지를 쳤다.

"그래, 사직했다고?" 그는 상대방의 말투를 흉내내다 단정적으로 말했다. "그래, 사직했소. 사직!"

"왜 사직한 거야?"

"장사 좀 하려고." 물리교사는 맹세라도 하듯 주먹을 번쩍 들면서 말했다. "나는 돈을 많이 벌 거라고!"

"어이구!" 그녀는 다시 손톱으로 담배 한 개비를 퉁겨내 입술에 물었다. 그녀는 또 한 개비를 퉁겨내 물리교사의 입술에 꽂아주었다. 그리고 너에게 불을 붙여주고 자기 담배에도 불을 붙였다. 향기로운 담배연기가 하얀 안개가 소용돌이치듯 자욱이 깔리기 시작했다. 그녀가 말했다. "말해봐요. 무슨 장사를 하고 싶어? 돈은 벌어서 뭐하게?"

"왜 나는 돈이 없어야 해? 왜 나는 고급 담배를 못 피워? 왜 나는 고급술을 못 마시는데? 왜 나는 산해진미를 먹을 수가 없어? 왜 나는 으리으리한 집에서 살지 못해? 왜……"

"당신한테 돈이 없기 때문이야. 맞지?" 그녀가 중간에 끼어들었다. "돈이 없으면 권력이라도 있어야 하는데, 당신은 돈도 없고 권력도 없잖아. 그러니 싸구려 담배나 피우고(물론 싸구려 담배조차 못 피울 때도 있지만), 싸구려 술이나 마시고, 변변치 못한 음식이나 먹고, 다 허물어져가는 집에서 살 수밖에. 돈 없는 당신한테는 완전히 정상적인 삶이라고."

"속담하고 똑같군. '사람은 부자를 공경하고, 개는 장바구니 든 사람만 물어뜯는다.' 이건 내 마누라가 한 말이야."

"당신 마누라 얘기가 훌륭하기 짝이 없네." 담배를 입에 무는 여주인은 고상하고 범상치 않아 보였다. 그녀의 입술 위는 콧수염 하나 없이 매끄러웠다(장례미용사의 입술 위에는 콧수염이 파르스름하게 나 있었다). 그 입술 앞에서 물리교사는 자기 아내가 남보다 못하다는 생각이 들어 부끄러워졌다. 말할 때마다 열렸다 닫혔다 뼈끔거리는 그녀의 입술에서 담배가 낚싯대에 매달아놓은 부표처럼 오르락내리락했다. "사람은 돈 없이는 살 수 없는 법, 이해하기 어려울 것도 없지. 그런데 어떻게 돈을 벌 건데? 무슨 장사를 하려고?"

물리교사의 손이 무의식중에 호주머니에 든 돈다발로 갔다.

"그게 당신 밑천이야? 100위안?"

"방금 내 마누라가 보내온 거요. 난 주인장에게 가르침을 구하러 온 거고. 가르쳐주시오. 내가 뭘 해야 좋겠소?"

"알았어요." 여주인이 말했다. "우리 둘은 인연이 있으니까 나도 당신을 돕지 않을 수 없지. 당신은 장사꾼이 아니니 모를 거야. 당신은 땅바닥이 온통 황금 천지라고 생각해. 당신한테는 학교 선생질이 세상에서 가장 큰 고역이지. 장사하는 데 학문 따위는 배울 필요가 없다고 생각하고. 세상에 그 어떤 바보천치라도 돈 같은 건 마음대로 벌 수 있을 거라고 생각해. 당신은 늑대가 고기를 먹는 것만 보았지 그 늑대가 겪는 고생은 보지 못했을 거야. 좋아! 내가 당신을 도와주지!

우선 그 100위안을 나한테 넘겨. 그럼 나는 도매가로 당신한테 담배 네 보루를 넘겨줄게. 나가서 팔아봐. 비싸게, 한 갑에 3위안 5마오를 받아야 해. 이 담배를 다 팔면, 당신은 40위안을 버는 거야."

그녀는 담배 네 보루를 꺼냈다. 방금 보았던 것만큼 포장이 화려하지는 않았지만 역시 현기증 나도록 눈부신 담배가 물리교사의 품속으로 들어왔다. 그녀가 말했다. "이런 건 담배 가게에선 죽어도 못 사. 국가에서 한 보루에 25위안으로 가격을 한정했으니, 참을성 있게 팔면 50위안쯤은 받을 수 있어. 그러니까 이 네 보루면 100위안을 벌 수 있단 말씀이야. 거의 당신 한 달 봉급하고 비슷할걸. 맞지?"

물리교사는 고개만 끄덕였다. 말은 하지 않았지만 마음은 흥분 상태였다. 행복의 황금새가 머리 위로 날아오르고, 행복의 새가 머리 위에서 맴돌고, 황금새가 이제 막 너의 어깨에 내려앉으려 하고 있었다. 왼쪽 어깨일까, 오른쪽 어깨일까? 너는 새가 금빛 날개로 팔랑팔랑 부채질해 생겨난 미풍을 느낄 수 있었고, 또 새가 낭랑하게 노래하는 소리를 들을 수 있었다.

"주인장…… 주인장은 왜 나한테 이런 호의를 베푸는 거요?"

"중학 선생한테 호감이 가니까." 그녀는 조롱하는 듯하면서도 한편으로는 진지하게 말했다. "더구나 당신처럼 가계에 대한 부담이 무겁고, 아내는 부정까지 저지르는 중학 물리교사라면, 누구보다 먼저 도와주고 싶어."

물리교사는 의혹에 휩싸였고 불안했다.

여주인이 말했다. "당신이 무슨 생각을 하고 있는지 다 알아. 지금 '이 여자는 어떤 사람이지? 혹시 간첩은 아닐까? 나를 유혹해서 헤어나오지 못할 구렁텅이에 빠뜨려놓고 간첩으로 만들려는 건 아닐까? 이렇게 황량한 곳에 자리 잡은 이 양철집이 간첩들의 비밀 접선 장소는 아닐까? 이 여자는 매달 거액의 간첩 활동비를 쓰고 있는 건 아닐까……?' 지금 이런 생각 하고 있지?"

"아니, 그런 생각 안 했소." 물리교사는 입으로는 부인했지만 마음속으로는 인정했다. 순식간에 얼마나 많은 영화와 드라마의 장면이 눈앞을 스쳐갔는지, 살갗이 땀에 젖어 괴로울 정도였다.

"말해봐요." 여주인이 물리교사의 어깨를 꽉 움켜잡더니, 매혹적인 새까만 눈으로 안경 속 그의 눈을 차갑게 노려보면서(물리교사는 감히 똑바로 쳐다볼 엄두가 나지 않았다. 그는 자신이 수컷 매의 발톱에 붙잡힌 토끼 같다는 느낌이 들었다) 엄숙하게 물었다. "당신, 죽는 게 두려워?"

"아니, 두렵지 않아……"

"완전히 진심은 아니군." 그녀가 너그럽게 웃으면서 말했다. "정말로 죽음이 두려운지 두렵지 않은지 한 번도 생각해본 적 없겠지. 난 당신이 죽음을 두려워하지 않았으면 해. 그건 무슨 일이든 잘하기 위한, 그리고 유쾌하게 살기 위한 전제니까. 당신이 용기를 잃고 결단을 내리지 못한 채 망설이는 순간, 당신이 죽음을 생각하면 죽음의 문이 당신 앞에 활짝 열릴 거야—그 안에는 꽃도 있고 음악도 있어. 고통이나 번뇌는 없어. 어떻게 가든 종착역은 거기야—당신의 용기가 온몸에 가득 차 흘러넘치면, 당신에게는 행복을 쟁취할 힘이 생길 거야. 앞뒤를 두리번거리고 이리 갈까 저리 갈까 방황하느라 입에 다 들어온 맛있는 고기를 떨어뜨리지 않기만 하면 되는 거야. 내 말뜻 알아듣겠어?"

물리교사는 알 듯 모를 듯해 애매모호하게 고개를 끄덕였다. 그녀의 눈에서 흘러나온 빛이 향기로 바뀌어 그녀의 체취에 뒤섞이고 담배연기의 기이한 향내에 뒤섞였다. 그 향기는 그를 낯설고 매혹적인 세상으로 이끌었다. 어느 해였던가, 은사시나무의 가지와 꽃에서 풍기는 알싸한 냄새가 그를 진위상 13번지로 이끌어 입술 위에 파르스름한 콧수염이 난 여인과 결혼하게 만들고, 지난 몇십 년 동안 가난에 쪼들린 삶을 살게 해왔지만, 이제는 삶 전체가 갑자기 향기를 풍기고 있지 않은가! 도대체 냄새는 나를 어디로 이끌어가고 있는 걸까?

"당신은 의심이 너무 많아. 당신은 이 세상에 아름다운 감정이 아직도 존재한다는 걸 의심해. 당신은 내가 당신을 해치려고 올가미를 씌우는 거라고 생각하겠지. 사실 나는 올가미를 씌우는 데 선수야. 하지만 당신에게는 절대로 그러지 않을 거야. 사람이 반생을 살아오는 동안 진정한 인생의 재미도 맛보지 못했다니 얼마나 불쌍하고 불공평한 일이야. 당신 배짱 한번 두둑이 먹고 나하고 일해보자고. 나를 침대에 눕히고 싶으면 마음대로 해. 땅바닥이라도 괜찮아. 돈을 벌고 싶거든 이 길로 나가서 암거래로 담배를 내다 팔아. 하고 싶은 건 뭐든지 해봐. 여하튼 나는 당신을 행복한 사람으로 바꿔놓을 테니까!"

그녀는 치맛자락으로 펄럭펄럭 부채질을 몇 번 했다. 새우젓 냄새가 섞인 향기를 강하게 흩뿌렸다. 그녀가 말했다.

"이렇게 미끈한 두 다리가 있는데, 내가 여간첩이라고 해서 안 될 건 뭐야?"

물리교사는 까마득한 골짜기의 깊은 연못 앞에 서 있는 것처럼 두 다리가 마구 떨려 도무지 억제할 수가 없었다. 그녀는 지금 날 위해 치맛자락을 열어젖혔고, 나는 그녀의 아름답고 매끄러운 허벅지를 보았다(장례미용사는 허벅지에서 엉덩이에 이르기까지 온통 황금빛 솜털이 나 있는데). 깊이를 헤아릴 수 없을 정도로 으슥한 양철집 안에 전등은 꺼지고 촛불만 밝혀졌다. 바깥세상과는 완전히 격리된 그곳에는 촛불 심지 타들어가는 소리와, 한 남자와 한 여자의 심장 뛰는 소리만 있을 뿐이었다. 그녀가 내뿜는 체취의 강렬한 유혹에 너의 심장이 튀어올라 목구멍까지 아플 지경이었다. 전방에 냄새의 주요 발원지가 있었다. 그는 냄새의 원천을 찾아 더듬더듬 전진했다. 마치 한쪽 눈이 먼 강아지처럼.

숯불처럼 달아오른 여주인의 육체를 건드렸을 때, 그의 몸에는 실오리만한 기력도 남아 있지 않았다. 그저 식은땀에 머리카락이 축축해져 있을 뿐. 여주인의 부드러운 입술이 몸을 델 정도로 뜨겁게 입맞춤하고 그를 북돋웠으나, 그는 식은땀만 뻘뻘 흘렸다.

물리교사는 크나큰 고통을 느끼고 있었다. 그는 자신이 이미 절반쯤 죽어버린 듯한 느낌을 받았다. 예전에 아내 앞에서 무능함을 드러냈을 때만 해도 그는 충분한 이유가 있었고 그래서 당당했다. 그런데 지금 그는 여주인의 유감에 겨운 탄식 속에서 이루 말할 수 없는 부끄러움을 느꼈다. 전등불이 다시 켜지고, 여주인이 심통난 계집아이처럼 분홍색 팬티를 잽싸게 엉덩이 위로 끌어올리는 순간, 물리교사는 그녀 앞에 무릎을 꿇고 그녀의 둥글둥글한 무릎에 얼굴을 갖다댔다. 그는 그녀의 손가락이 자신의 머리카락을 집는 걸 느꼈다.

"당신, 아무래도 의사를 찾아가봐야겠어. 사랑스런 사람……" 그녀가 말했다. "어쩐지 마누라가 정부를 찾아가더라니, 그 여자를 탓할 일도 아니네……"

물리교사는 자신의 얼굴이 몹시 지저분해졌음을 느꼈다. 이 식은 땀, 이 눈물 모두가 지저분한 액체였다. 그것들이 여주인의 무릎을 더럽히고 있었다. 그는 그녀의 무릎에서 살그머니 얼굴을 떼어냈다.

그녀가 수건으로 무릎을 닦았다―그녀도 내 더러움을 안 것이다―그녀는 또 수건으로 물리교사의 얼굴을 닦아주었다―그녀가 내 더러움을 불쾌하게 여기지 않았다는 증거다―그녀는 수건을 한쪽 구석에 휙 던져버렸다―그녀가 나를 포기했다!

"어쩌면 영양부족이 심해서일지도 몰라." 그녀가 말했다. "약국에 가서 인삼, 로열젤리, 녹용가루, 녹편 담근 술 같은 약재로 보신 좀 해야겠어. 물론 그러려면 돈이 있어야겠지!"

촛불이 꺼졌다. 여주인은 전기도금한 쇠빗으로 폭포처럼 흐트러진 검정 머리를 찬찬히 빗어내렸다. 연뿌리 마디 같은 그녀의 팔꿈치가 너를 구박했다.

양철집 바깥에서 새들이 지저귀는 소리가 들려왔다. 새들은 버드나무 가장귀에서 울고 있었다. 물리교사의 얼굴이 완전히 일그러졌다. 새들마저 영혼을 배반하려는 것이다.

"나는 당신 고통을 이해해." 여주인이 말했다. "일단 가서 담배를 팔아보는 건 어때? 이미 용감하게 한 발 내디뎠으니 앞길이 창창할 거라 믿어."

그녀는 침대 밑에서 삼색 여행가방을 하나 찾아내더니 지퍼를 열고 담배 네 보루를 집어넣었다.

그녀는 여행가방을 당신에게 넘겨주면서 의미심장한 표정으로 입술을 비죽거리며 웃었다.

"이 담배는 당신이 가져가." 여주인은 포장을 뜯은 고급 담배를 물리교사의 호주머니에 쑤셔넣었다. "담배 장사는 당연히 고급 담배를 피워야지."

물리교사는 주머니 속에 든 100위안을 떠올렸다. 하지만 여주인의 눈치가 더 빨랐다. "그 돈은 가지고 있어. 배고프면 식사라도 해야 할 거 아냐."

"어째서, 어째서 나한테 이렇게 잘해주는 거요?" 감동한 물리교사가 물었다.

"나는 여간첩이니까!" 그녀가 당신을 툭 밀어내며 말했다. "원래 당신한테 담배 파는 기술과 방법도 알려주려 했어. 하지만 난 지금 골치가 아파. 그리고 '노래 한 곡조 가르친다고 금방 부를 수 있는 게 아니다'라고 했으니까, 당신 스스로 경험해보는 것도 괜찮을 거야."

물리교사에게 행운을 넘겨준 여주인은 그의 등을 떠밀어 양철집 밖으로 내보냈다.

햇빛이 눈을 뜨기 힘들 정도로 눈부셨다.

3

그는 미련을 떨치지 못하고 고개를 돌려, 버드나무 숲과 이름 모를 붉은 꽃들에 가려진 작은 양철집을 바라보았다. 여주인이 문턱에 서서 당신에게 손짓했다. 그녀의 얼굴은 이미 물리교사의 마음속에서 지지 않는 태양이 되어 있었다. 행운은 때로 갑작스럽게 하늘에서 뚝 떨어져내려 받는 이의 머리를 부어오르게 해 현기증을 일으킨다.

물리교사는 여행가방을 들고 목표도 정하지 않은 채 마냥 길을 걸었다. 그는 아직껏 여인의 체취와 관련된 기억에 깊이 취해 있었다. 그는 장례미용사와 여주인의 몸을 여러 번 비교해보았다. 그리고 두 육체의 공통점과 차이점을 전체적으로 정리했다. 버스가 그의 앞에서 정차하더니, 출입문이 열리고 한 무리의 사람들이 밀치락달치락 내리고 또 한 무리가 밀치락달치락 올라탔다.

"선생님, 어디 출장 가시는 길이세요?" 너의 제자였지만 지금은 이름조차 기억나지 않는 사람이 생닭 십여 마리를 손에 든 채 인도에 서서 너에게 인사했다.

원숭이를 똑 닮은 젊은이였다. 동글동글한 작은 눈이 유쾌하게 깜박이고, 부챗살 같은 두 귀가 유쾌하게 너울거리며, 아랫입술과 윗입술이 유쾌하게 열렸다 닫히면서 끊임없이 달싹였다. 네가 받은 인상은, 눈치는 빠르되 간살맞지 않고, 유쾌하되 천박하지 않다는 것이었다. 너는 이맛살을 찌푸린 채 기억 깊숙한 곳에서 그의 이름을 찾아내려 애썼다. 왜 이 친구의 이름을 찾아내지 못할까? 여인의 벌거벗은 몸이 기억을 온통 교란시켜놓았기 때문이다. 그녀들은 하나같이 가느다란 허리에 양손을 얹은 채(하나는 전신이 황금빛이고, 하나는 전신이 흰 눈처럼 하얬다) 너의 머릿속에서 왔다갔다하고 있었다. 심지어 둘은 얼굴을 맞대고 서서 상대방의 얼굴을 관찰하기까지 했다. 마치 싸울 준비를 마친 어린 수탉 두 마리처럼.

황홀경 속에서 물리교사는 보았다(전형적인 환각 증세였다). 벌거벗은 여인 둘의 엉덩이에 수탉 꽁지가 더부룩하게 돋아난 것이다.

"선생님, 돈을 많이 버셨나보네요. 선생님 밑에서 궁상떨던 학생조차 알아보지 못하시니 말입니다." 닭을 한 무더기 든 녀석이 유쾌하게 말했다.

"자네 이름이 혀끝에서 뱅뱅 돌기만 하고 영 나오질 않는군……" 물리교사는 멋쩍어하며 대꾸했다. 이때 머릿속에서는 두 여인이 서로 상대방의 육체적 결함을 짚어가며 다투기 시작했다—네 몸뚱이는 온통 역겨운 노란 털로 뒤덮였어!—네 몸뚱이는 솜털 한 오리 나지 않은 게 미끈미끈한 뱀장어 같아!—너는 노란 털이 잔뜩 난 여인과 몸이 뱀장어처럼 매끄러운 여인 가운데 누가 아름답고 누가 추한지 우열을 가릴 수 없었다. 둘은 매력이 넘치는 눈으로 너를 바라보며 공정하게 판단해줄 것을 요청했다. 그 요구가 담긴 눈을 마주하는 순간, 너의 뇌는 더이상 버티지 못하고, 된서리를 맞은 후 햇볕을 쬔 고구마 잎사귀처럼 축 늘어지고 말았다. 그는 인도에서 아이스크림 포장지와 핏덩이가 시커멓게 말라붙은 신문지 한 뭉치를 발견했다.

"저 마훙싱이에요, 선생님. 기억 안 나세요?" 그의 한쪽 어깨가 축 처져 있었다. 생닭을 한 꾸러미 들고 있었기 때문이다. 다른 어깨는 불쑥 솟아 있었다. 생닭을 들고 있지 않았기 때문이다. 닭들의 항문은 하늘을 보고, 주둥이는 땅을 보고 있다. 닭 부리에서 흘러나온 침이 시멘트 바닥을 적셨다.

제8중학 물리교사 교무실에서 쓸데없이 늘어놓는 불평불만이 울려퍼지기 시작하자, 그의 생활과 밀접한 관계가 있는 두 여인이 손사래

일곱 걸음 343

를 치면서 잠시 멀어졌고, 머릿속은 다시 맑아졌다—서로 지지 않으려고 날카롭게 대항하는 두 가지 냄새만이 남았다. 말로 표현하기 어려운 괴상한 장의사 냄새와, 정확히 형용하기 어려운 양철집 향. 이어서 동료 교사들의 시끄러운 불평불만이 재현되었고, 복도까지 풍기는 구린내도 재현되었다. 이 구린내는 초록색이었으며, 구린내의 원천은 학생들의 대변이었다. 고개를 들고 태양을 바라보며 지난 일을 곰곰이 되돌아보니, 그제야 비로소 학문을 가르치는 신성한 자리를 떠난 지 채 반나절도 되지 않았다는 데 생각이 미쳤다(태양이 정남쪽에 걸리면, 베이징 시간으로 열두시 정각—스피커에서 말해준다—오전의 마지막 수업이 끝났습니다. 나는 한참 전에 분필 토막을 분필갑에 던져버리고 손에 묻은 분필가루를 탁탁 털어내며 잔뜩 쉰 목소리로 말했다. 수업 끝! 그럼 반장이 큰 소리로 외쳤다. 기립! 오십 명이나 되는 학생들이 들쭉날쭉 일어서서 내게 경례를 했다. 그들이 기지개를 켜는 소리, 교안이 팔랑팔랑 넘어가는 소리, 걸상과 책상이 삐거덕거리는 소리들도 나의 노동에 대해 경례를 하곤 했다). 그런데 이미 아주 오래전 일이고, 오랜 세월이 흘렀다는 기분이 들었다. 흘러 사라져간 그 긴긴 시간을 마주하자, 그의 마음속에는 너무 옅어서 알아차리기도 어려운 서글픔이 떠올랐다.

"소문을 듣자니, 자네 일을 아주 잘한다면서……" 그는 사실 이렇게 말하고 싶었다. "소문을 듣자니, 자네 떼돈을 벌었다며." 말이 혀끝에서 모양새를 바꾸고 말았다.

마훙싱은 생닭을 들고 있던 손을 바꾸며 한 걸음 물러나더니, 깡마르고 빈틈없이 생긴 몸을 줄기가 굵은 하얀 은사시나무—나무줄기에는 하얀 석회가 칠해져 있었다―에 기댄 다음 영리하게 대꾸했다. "그럭저럭 해나가고 있어요. 공부한 게 쓸모가 없어서 그저 실속 있는 장사 좀 하고 있습니다. 속담에 '닭은 닭이 다니는 길이 있고, 개는 개가 다니는 길이 있는 법'이라고 하지 않습니까. 부모님도 저희한테 대학에 진학할 머리를 주지 않으셨으니, 통닭집이라도 열어서 하루하루 지낼 수밖에요."

"좋은 일이야. 그럼 좋은 일이지……"

"좋든 나쁘든 이렇게 살 수밖에 없지 않겠습니까!" 마훙싱이 말했다. "중학교 때 선생님은 저한테 잘해주셨어요. 제가 대학에 붙지 못하자 못난 놈이라고 원망하시기는 했지만…… 선생님 체면을 세워드리기 위해 대학에 갈 수야 없지 않습니까…… 선생님, 닭구이 좀 잡수시겠어요? 반값에 드릴게요…… 돈이 모자라면 말씀만 하세요. 많이 내실 것도 없습니다. 300이나 500이면 되니까요."

"돈은 모자라지 않아, 안 모자라!"

"원, 선생님도…… 사양하실 것 없다니까요. 스승과 제자는 부자지간이나 마찬가지라고 하지 않았습니까. 사양하지 마세요, 선생님."

"일이 있으면 꼭 자넬 찾아가겠네."

"식사라도 하셔야죠." 마훙싱은 손목을 처들었다. 손목에 찬 시계가 눈부시게 반짝였다. "저희 가게에 가셔서 좀 앉아 계세요. 이 제자가 스승님께 약주 한두 잔 대접할게요."

"급한 일이 있어서, 다음에, 다음에 보자고……"

마훙싱과 작별한 뒤 너의 배 속에서는 꼬르륵꼬르륵 소리가 나기 시작했다. 두 여인이 또다시 너의 머릿속에서 왔다갔다하며 서로 상대방의 흠집을 들춰냈다. 여행가방 속의 고급 담배 네 보루가 아주 무거워졌다. 도대체 이것들을 어떻게 돈으로 바꾸지? 너는 방금 만났던 마홍싱에게서 조금이라도 경험을 얻었어야 했다. 그러나 너는 다른 사람이라면 몰라도, 마홍싱에게만은 성공담을 들려달라고 간청할 수 없었다. 퇴근 시간이라 작은 도시 사람들의 거의 절반이 자전거를 타고 집으로 돌아가 저녁을 먹기 때문에(작은 도시는 그리 크지 않으니까) 큰길가의 자전거 행렬이 밀물처럼 거세게 밀려들고 썰물처럼 세차게 밀려갔다. 자전거 행렬은 인도뿐 아니라 차도까지 침략했다. 니켈 도금을 한 자전거 부품들이 저마다 햇빛을 반사하면서 길 곳곳에서 은빛 강물을 이루었다. 시장이 탄 승용차 역시 울화통을 꾹꾹 눌러 참으면서 엉금엉금 기어갔다. 교차로에 서 있는 교통경찰들은 별수 없다는 듯 담배만 피워댔다. 차량 행렬이 조수처럼 흐르고 경적 소리도 조수처럼 흘러갔다. 차에 탄 사람들은 얼굴은 제각각이어도 표정만큼은 똑같이 무표정했다. 모두들 목적지 없이 차가 가자는 대로 조수처럼 흘러가는 것 같았다. 어떻게 보면 뒤에 닥치는 파도가 앞에 밀려가는 파도의 흐름을 따르는 것 같았다.

물리교사는 파도처럼 끊임없이 밀어닥치는 자전거와 차량의 행렬에 밀려 어느 빌딩 그늘 속으로 들어갔다. 길에는 노점상들 좌판이 죽 펼쳐져 있었다. 알록달록한 상품들마다 흙먼지가 뿌옇게 앉았다. 좌판 주인들의 대다수가 금테 두른 색안경을 쓰고 있었는데, 안경알은 전부 진한 홍갈색, 안경 안쪽의 눈동자는 전부 푸른색, 안경 안쪽의 살갗은 전부 붉은색이었다. 다들 흉악해 보였다. 거기서 너는 옷감 파는 노점상을 보았고, 과일 파는 노점상을 보았으며, 기성복을 판매하는 노점상을 보았고, 안경 파는 노점상을 보았고, 신발 파는 노점상도 보았지만…… 담배 파는 노점상만큼은 보지 못했다.

담벼락에는 광고 전단이 덕지덕지 나붙어 있었다. 광고판에는 페인트와 색깔 펜으로 그려진 요염한 여자들이(남자는 하나도 없다) 저마다 손에 식품과 상품을 들고 큰길에 흘러가는 인파를 향해 미소를 던지고 있었다. 너는 어느새 기린, 알파카, 들소 우리 부근에서 가져다준 색분필 토막을 남김없이 씹어먹었다. 네 욕망을 채워주기 위해서, 네 정신을 유지시키기 위해서, 우리는 어쩔 수 없이 생명의 위험을 무릅쓰고 맹수 우리 근처로 가야 했다―호랑이 소굴에 그 고급 '먹이'를 훔치러 갔을 때, 맹수들의 표독스러운 눈빛에 우리는 모두 등에 식은땀을 흘렸고, 온갖 색깔의 분필 토막을 움켜쥔 우리 손은 마귀 발톱처럼 얼룩덜룩 물들었다. 먹게나, 먹어! 이 귀신 도깨비! 너는 목숨의 위험을 무릅쓰고 먹이를 구해온 우리의 용기와 성의에 몹시 감동받았다. 너는 말했다. 그는 보았다고. 담벼락에 그려진 뚱보 여인이 왼손에는 야구방망이만하고 샛노란 꽈배기를, 오른손에는 황금빛으로 구운 만두 한 접시를 높이 든 채 미소 짓고 있는 것을. 그리고 또 뚱보 여인보다 더 뚱뚱한 여인이 호방하게 앞가슴을 풀어헤치고 돼지족발 하나를 뜯으면서, 거품이 솟구치는 맥주 한 병을 손에 든 채 그를 향해 미소 짓고 있는 것을……

배 속에서 꼬르륵대는 소리는 줄곧 그치지 않고 있었다. 물리교사는 허기를 느꼈다. 배가 고프다면서 그는 왜 분필을 먹지 않았지? 우리가 물었다.

지금쯤 나는 식탁에 앉아서 왼손에는 학교 식당에서 가져온, 소금을 많이 쳐 지나치게 짠 노란 만두를 한 개 들고, 오른손에는 붉은 젓가락 한 벌을 쥐고 밥을 먹고 있어야 했다. 내 맞은편에는 장례미용사가, 왼편에는 다추, 오른편에는 샤오추가 앉아 있어야 했다. 장모는 약을 섞은 음식을 다 먹고 이미 코를 골고 있어야 했다. 식탁에는 쇠고기 아니면 돼지고기가 올라와 있을 테고(물리교사는 의문이 들었다. 언제부터 어떻게 식탁에 고기가 자주 올라오게 된 걸까? 돼지 창자는 말할 것도 없고).

그는 수많은 군중, 수많은 손님들로 북적대는 음식점, 레스토랑, 작은 술집 문턱을 정처 없이 서성대며 떠돌다가, 문득 이런 생각을 떠올렸다. 내가 비워놓고 나온 자리에 지금 이 시각 내 얼굴을 하고 나와 똑같은 초록색 옷을 입고 나와 똑같은 모양으로 머리를 박박 밀고 내 안경을 쓴, 나 자신인 듯싶으면서도 실제로는 내가 아닌 중학 물리교사가 앉아 있겠구나……

그자는 다추와 샤오추의 아빠를 사칭하고 내 자리에 앉아 있다!
그자는 장례미용사의 남편을 사칭하고 내 자리에 앉아 있다!
그자는 풍류미인의 사위를 사칭하고 내 자리에 앉아 있다!

풍류미인의 사위를 사칭하는 자라면 당연히 그녀의 대소변을 받아내야 하고, 그녀의 시중을 들어가며 물을 마시게 하고 밥을 먹여줘야 하지만, 그런 건 별로 대수로운 일이 아니다. 그러나 장례미용사의 남편을 사칭하고 있다면 가짜 신분으로 진짜 남편의 권리를 도둑질해 그녀와 한 침대에 누워 잠자리마저 같이할 수도 있는 게 아닌가!

물리교사는 가슴이 철렁했다. 하마터면 손에 들고 있던 여행가방마저 길바닥에 떨어뜨릴 뻔했다. 다음 순간, 그는 자신의 것이 아닌 안경의 양쪽 다리가 얼굴에 꽉 끼는 느낌을 받았다. 안경의 코걸이가 무겁게 너의 콧날을 압박하고, 식은땀이 스멀스멀 기어다니는 느낌에 온몸이 가려웠다. 마치 벌거벗은 몸에 헝클어진 머리카락을 흩뿌려놓은 것처럼. 집에 가자, 집으로 돌아가자! 집, 집, 집…… 사람을 걱정스럽게 만드는 집, 우리들이 수백 번 싫증내고 귀찮아해도 결코 벗어날 수 없는 집, 애정을 묻은 무덤 같은 집, 고통을 빚어내는 집. 하지만 없으면 완전한 인간이 될 수 없는 집, 있음으로써 삶의 무게가 생기는 집.

맑고 우렁찬 음악이 너의 배 속을 돌아다녔다. 그것은 가정과 애정, 행복과 고통에 관련된 음악이었다. 그 음악은 직업이라는 쇠사슬에 얽매여 갇혀 살아온 수십 년, 생계의 무거운 짐에 억압당한 수십 년, 격동하는 사회의 소용돌이 속에서 위태롭게 흔들리던 수십 년 이후 처음 얻은 해방이었다. 처음으로 허리에 돈주머니를 차고, 처음으로 성(性)과 사랑의 바닷가 풍경을 본 중학 물리교사는 이제 우여곡절을 끝내고 진퇴양난의 모순된 심정을 진술하고 있었다.

음악 소리가 물리교사의 배 속에서 천천히 꽃처럼 피어났다. 한 송이 또 한 송이, 상아 조각처럼, 다이아몬드처럼 굳세고 단단한 꽃잎들이 배 속에서 무수한 빛을 퍼뜨렸다. 음악은 소리가 낮고 묵직했는데, 노쇠하고 피로한 인간의 감정으로 충만했다. 이런 감정은 처연하지만 쾌적한 느낌을 주었다―처연한 쾌적감―육체적인 쾌적감―감정이 처연한 정도가 극한에 다다르면, 육체는 감정을 배반하고 자기만의 향락을 추구한다―이런 향락은 성적 쾌락의 변종이다―한편 물리교사는 배 속에서 울리는 음악의 굉음에 귀를 기울이며 음미했고, 한편으로는 붉은색 트럼펫이 불어대는 감정을 배반한 육체의 광희를 느끼고 있었다―앞서 언급한 것처럼, 극단적인 행위는 많든 적든 모두 성적인 색채를 띠게 마련이다. 음악가들이 우아하고 아름다운 악장을 온 정신을 기울여 듣거나 혹은 연주할 때, (공수대원을 포함해) 스카이다이빙 선수가 수송기 낙하 대기소를 뛰쳐나와 난생처음 까마득히 높은 만 미터 상공에서 지상을 향해 질풍같이 떨어질 때, 남자 사형수가 처형장으로 압송되어 갈 때는 때때로 성교와 관련 있는 신체적 현상이 나타난다고 했다―물리교사는 육체에서 연주되는 음악에 그리고 그 음악에 속한 모순과 갈등에 자신을 내맡긴 채, 진흙 속의 미끄러운 미꾸라지처럼 은빛이 반짝이는 자전거 바퀴와 바퀴 사이를, 불그레한 빛이 번뜩이는 사람들의 얼굴과 얼굴 사이를 빠져나갔다. 그것은 초(超)물질적인 행동이었으며 심지어 반(反)물질적인 행동이기도 했다. 마치 그 선율이 강가의 은사시나무를 휘감고 올라가는 것 같았다.

이런 감각은 일반적으로 보통 사람은 체험하기 어려운 것이었다. 살아오는 동안 이렇게 물질 밖으로 초탈하는 초자연적인 감각을 느껴보지 못했다면 그것은 헛된 삶이나 다름없을 것이다. 그렇기 때문에 우리는 서술자가 묘사한 이 기막힌 경지에 홀려버렸고, 그랬기에 물리교사 자신도 평생토록 이 순간을 잊지 못할 것이었다.

그는 계속 인파와 자전거 행렬 사이를 뚫고 빠져나갔다. 손발의 놀림이 양철집 앞에서 바람에 한들거리던 버드나무 가지처럼 유연했다. 고급 담배 네 보루가(팔면 200위안의 돈으로 바뀔 값진 상품이) 여행가방 속에 담겨 네 손에 들려 있었으며, 너는 그것이 새의 깃털만큼이나 가볍다고 느꼈다. 네가 하느작하느작 몸을 돌려 빠져나가는 동안, 여행가방도 너의 몸을 따라 하느작하느작 움직였다. 때로는 달을 쫓는 별똥별처럼, 때로는 시꺼먼 용이 꼬리를 치는 것처럼 끊임없이 너를 따랐다. 그것은 세찬 물결 같았고, 레이저광선 같았으며, 구름 같았고, 사랑 같았다. 너의 감각 안에서, 그것이 너를 이끌어갔고, 네가 그것을 이끌어갔으며, 그것은 가방과 담배의 결합물이었고, 굳센 지조와 방탕의 산물이기도 했다. 그것은 버터처럼 매끄러운 여주인의 영혼을 싣고 움직였고, 네 육체의 유기적인 구성 부분으로 바뀌었으며, 네 혈액은 그것의 섬유와 그것의 맥락 사이를 흘렀다. 따라서 그것은 어디로 가든 천하무적이었다. 그것은 자전거 바퀴, 차량의 타이어들과 인간 육체를 기울어지게 했고, 헤드라이트의 빛끼리 엇갈려 맞부딪치게 만들었고, 자전거와 자전거를 탄 사람들을 한군데로 몰고 한 덩어리로 포개놓고 한 덩어리로 짓눌러놓았다. 왼쪽도 그랬고, 오른쪽도 그랬고, 앞쪽도 그랬고, 뒤쪽도 그랬다. 타인의 안경을 낀 너의 눈에서 푸른색 빛이 번쩍이고, 그 푸른색 빛 속에서 모든 사물이 가볍고 부드럽게 나부껴 이동하면서 절반은 진실, 절반은 거짓, 절반은 환상적인 꿈, 절반은 냉혹하고 현실적인 '물질형태'에 처하기에 이르렀다.

사람의 얼굴은 모두 가면 같은 것. 불확실하게 흔들리는 입속에서 쏟아져나오는 악담과 욕설이야말로 물고기가 바닷물 밑바닥에 토해놓는 붉은색, 주황색, 노란색, 파란색 해조류와 산호 사이로 보글보글 떠오르고 끊임없이 이어지고 순식간에 파열되었다가 또다시 생성되는 온갖 색깔의 물거품을 닮았다. 어렴풋함 속에서 어떤 포말은 굳세고 단단한 색, 칼끝처럼 예리한 색을 드러내 보이기도 한다. 손 하나가, 붉은색 손 하나가 지면에 닿았다. 뼈다귀 한 개, 하얀 창끝처럼 생긴 뼈다귀 한 개가 팔뚝의 살갗을 뚫고 빠져나왔다.

뭔지 모를 무겁고 둔탁한 타격이 물리교사의 뒤통수에 닿았다. 그의 머릿속에 '철커덩!' 소리가 울리면서 환각은 사라졌고 초물질적인 상태가 끝났다. 깜짝 놀란 그는 자신이 한 무리의 사람들에게 둘러싸여 있다는 걸 깨달았다. 땀을 흘리는 그들의 얼굴마다 햇볕이 뜨겁게 내리비치는 가운데, 자동차 경적이 '빵빵, 빵빵!' 울부짖고 있었다. 휘발유 냄새와 땀내가 뒤섞였다. "그 자식 때려죽여!" 누군가가 으르렁댔다. "그놈, 분명 정신병자야!" "경찰은 어딨어? 빨리 가서 경찰 불러와! 경찰놈들, 죄다 낮잠 자고 있나?" "꼬락서니를 보아하니 아무래도 지식분자 같은걸!" "지식분자일수록 정신병에 걸리기 쉽지!" "저것 좀 봐, 가방에 뭐가 들었어!" "조심해, 폭발물이 있을지도 몰라!" "이 작자, 망루를 폭파하러 가는 거 아냐?" "어쩌면 카산드라 대교를 폭파하러 가는지도 모르지!" "아마 시 정부를 폭파하러 가는 길일지도 몰라!" "가방에 어쩌면 인민폐 십만 위안 뭉치가 들어 있을지도 몰라!" "자, 보라고! 저 작자 가방을 품속에 꼭 껴안았잖아!" "비켜! 비켜! 경찰 아저씨 왔다!"

"비켜! 비켜!" 허리에 흰색 가죽띠를 두르고 손에 경찰봉을 든 위풍당당한 경찰 두 명이 경찰봉과 팔꿈치로 사람의 장벽을 헤치고 들어왔다. 경찰들이 경찰봉을 휘두르며 고함을 질렀다. "빨리 해산해! 둘러서서 구경하지 말고!"

너는 군중 가운데 수숫대만큼 깡마르고 기다란 청년 하나가 경찰이 휘두르는 팔꿈치에 갈빗대를 얻어맞고 아픈 나머지 경찰의 손목을 홱 뿌리치다가 경찰의 손목시계를 건드리는 것을 보았다. 경찰은 고작 손목 힘만 썼을 따름인데(움직임을 알아차리지 못할 만큼 작았다), 벌써 경찰봉이 수숫대만큼 깡마른 청년의 수숫대보다 더 가느다란 손목을 내리치고 있었다. 청년은 살갗이 터진 손목을 부여잡고 비명을 질렀다. "아이고, 엄마야……" 비명소리가 긴긴 여운을 만들며, 친절하게도, 자전거를 탄 여성이 대다수인 시민들의 시선을 끌었다.

이에 앞서, 너는 담배가 든 여행가방을 가슴에 꼭 부여안았다. 조상 대대로 내려온 소중한 가보를 껴안듯이. 담배 상자의 장방형 윤곽이 네 손에 또렷하게 느껴졌다. 그것들은 마치 놀란 짐승 새끼들처럼 불안에 떨고 있었다. 바람결 따라 잘 익은 수박의 감미로운 향이 풍겨오는 가운데, 작은 집의 텔레비전 시청실 바깥에 설치된 안테나 전선 위에서 잿빛 집비둘기 한 마리가 '구구구' 하고 낮은 소리로 자신만 알아듣는 노래를 부르고 있었다. 이때, 무엇인가 반짝하더니, 멀리서 가래침이 수평으로 뻗어져 날아들었다. 너의 머릿속에 '가래침이다!'라는 생각이 번뜩 스쳤을 때는 이미 그것이 아주 정확하게 너의 콧등 위에 떨어진 뒤였다. 그의 콧날에는 자줏빛 흉터가 길게 나 있을 터, 이제 너는 고통스럽게 다시 한번 상기하지 않을 수 없었다. 콧날에 너와 똑같은 흉터가 길게 난 또다른 물리교사가 트림까지 하며 식탁에서 일어나는 광경. 식탁 위에는 바닥에 거품 몇 방울이 남아 있는 맥주병 두 개가 세워져 있었다. 정부 당국의 맥주 공급이 부족할 때 그녀가 비싼 값을 주고 사들인 맥주였다. 가짜 상표를 붙인 맥주를 비싼 값에 사들이는 게 새삼스러울 것 없는 시절이었다. 그의 트림은 맥주 트림, 시원하고 상큼한 맥주 냄새가 그의 입에서 풍겨나오고, 길가 작은 술집에서도 흘러넘쳤다. 실컷 마시고 배불리 먹었으니, 위험 가능

일곱 걸음 353

성이 높아졌다. 그는 콧등에 묻은 가래침 따위는 신경도 쓰지 않았다. 너는 장례미용사가 육체를 드러내는 걸 아무렇지 않게 여기는 여자라는 사실을 잘 알고 있었다. 배불리 밥을 먹고 났으니 이제 그녀는 팬티 한 장만 걸치고 알몸으로 진홍색 젖꼭지를 내놓은 채 온몸의 황금빛 솜털을 눈부시게 뽐내며 비좁은 집 안을 슬리퍼를 질질 끌면서 산책하고 있을 가능성이 매우 높았다. 두려운 것은 집 안이 워낙 비좁아, 그 친구가 설령 피하고 싶다 하더라도 피할 데가 없다는 점이었다— 남의 아내의 알몸 앞에서 물러설 수 있는 작자가 몇이나 되겠는가?— 그 뒤에 올 결과는 상상조차 할 수 없었다!

가정에 관한 음악이 물리교사의 배 속에서 다시 한번 힘차게 연주되기 시작했다. 그는 가방을 손에 들고 밀집한 군중을 향해 돌진했다. 집…… 집…… 집…… 인간의 두터운 사랑으로 가득하고, 인류를 길러낸 잔혹한 그릇이며 온상이기도 한 집. 그는 괴성을 질러 군중을 쫓아버렸다. 너는 결코 달아나지 않고 목에 쇠사슬을 찬 개가 사람들을 향해 분노하듯 돌진했다. 하지만 이내 비틀거리다 넘어졌고, 목에 걸린 쇠사슬은 개를 잡아당겨 되돌아가게 만들었으며, 단단한 말뚝이 쇠사슬을 고정시켰다. 경찰은 무쇠 집게처럼 커다란 손 하나로 때를 놓치지 않고 잽싸게 너의 목덜미를 비틀어잡았다.

그는 목구멍이 조여들면서 저절로 입이 딱 벌어지고, 눈알이 툭 튀어나오는 느낌을 받았다. 몸이 제멋대로 뒹굴다가 이내 땅바닥에 벌렁 나자빠졌다.

"어서 빨리 집에 돌아가 밥이나 먹어! 교통 방해하지 말고! 여러분, 어서 빨리 집에 돌아가 저녁이나 먹어요! 교통 방해하지 말고!" 경찰은 땅바닥에 나자빠진 물리교사를 발로 짓밟은 채, 군중을 향해 위엄 있게 명령했다.

이윽고 사람들이 슬금슬금 흩어졌다. 경찰은 작은 수탉 한 마리를 낚아채듯 물리교사를 번쩍 들어 길가로 데려갔다. 막혔던 차량 행렬이 다시 움직이기 시작했다. 소형 승용차의 경적 소리에서 경쾌하고 너그러운 온정이 묻어났다. 경찰은 물리교사를 파출소로 끌고 가기 시작했다. 물리교사는 여행가방 줄을 단단히 잡고 땅바닥에 질질 끌며 경찰을 따라갔다.

가정의 음악이 더욱 강렬하고 힘차게 울렸으나, 너에게는 몸부림칠 기운이 없었다. 호랑이 등에 곰 허리만큼이나 장대한 경찰 나리께서 만리장성처럼 위엄 있게 너의 눈앞에 우뚝 섰다. 너의 모든 발버둥과 몸부림은 이 만리장성에 부닥치자 아예 없던 것이 되었다. 너의 초조감과 공포감이 극한에 달했을 때, 너의 정신과 육체는 서로를 배반했을 뿐 아니라 각각 그 자신의 반역자가 되어 있었다. 육체적 자기 배반은 극한의 해이도가 극한의 긴장도로 교체된 상태에서 나타났으며, 정신의 자기 배반은 뛰어넘을 수 없는 고통스러운 앞길을 우회하게 만들었으며, 까마득히 오랜 과거를 회상하게 만들었다.

물리교사가 경찰의 손에 끌려가는 동안, 그의 생각과 의식은 쏜살같이 뒷걸음쳤다. 80년대에서 70년대로 물러나고, 70년대에서 60년대로 물러났으며, 60년대에서 다시 50년대로 물러나고…… 은사시나무 숲이 맵싸한 냄새를 발산하던 봄날에서 그의 뒷걸음질은 아교에 들러붙어 멈췄다. 시간이 아교에 들러붙어 멈춘 것이다. 너는 아교풀 속에 빠진 새끼 딱정벌레처럼, 그 시간 속에서 몸부림치고 방황했다.

알싸한 은사시나무 향기 속에서 몸부림치고 방황했다. 그 시간 속에는 불덩이처럼 붉은 석류빛이 흘러넘쳐 시간조차 불덩이처럼 붉었다. 너는 불덩이처럼 붉은 시간 속에서 몸부림치고 방황했고, 불덩이처럼 붉은 석류꽃 빛깔 속에서 몸부림치고 방황했다.

서술자가 우리에게 묘사해준 시간의 아름다운 모습은 이러했다. 시간은 마치 거세게 흐르는 큰 강의 물결처럼 쏜살같이 앞으로 흘러 사라져가는 것이고, 밤낮을 가리지 않고 망망대해로 치닫는 것이었다. 그곳은 그것의 귀착점이기도 하고 그것의 발원지이기도 하지만, 결코 마냥 앞으로 흘러 사라지기만 하는 것은 아니다. 그것은 종종 후퇴하기도 한다. 쏜살같이 후퇴하고, 완만하게 후퇴하며, 구불구불 돌아서 뒷걸음치기도 한다. 그것은 엄청나게 커다란 공처럼 둥글둥글 맴돌기도 하고, 날카로운 가시가 천만 가닥으로 돋아나 우리가 알거나 혹은 우리가 알지 못하는 모든 방향으로 뻗어나가기도 한다―평면에 나타내보자면, 그것은 사면팔방으로 흐르고, 우리 살갗 아래 뒤얽힌 혈관보다 만 배는 더 복잡하게 흐른다. 그것은 순식간에 무수하게 변화하지만, 그림자도 없고 형체도 없다. 그것은 태양빛 속에 나타나기도 하고, 혜성의 꼬리에 달라붙기도 한다. 그것은 싱그러운 꽃이 피어나게도 하고 싱싱한 꽃을 시들게도 한다…… 그것은 장례미용사가 셔츠를 벗는 모습을 보기도 하고, 접착테이프로 감은 물리교사의 안경이 땀에 젖은 콧마루에서 미끄러지는 것을 보기도 했으며, 석류꽃 색깔과 은사시나무 냄새와 한데 뒤섞이기도 한다. 그것은 하느님의 화신이다. 하느님은 특수한 재료로 만들어진 존재다. 단단해지기로 마음먹으면 다이아몬드처럼 되고, 보드라워지기로 마음먹으면 물렁물렁한 진흙처럼 되며, 고무처럼 탄력성이 높아질 수도 있다.

큰길을 가로지를 때, 네 발바닥은 강하게 내리쬐는 태양 아래 형태가 변한 아스팔트 길이 뜨겁게 달궈진 고무판처럼 흔들린다고 느꼈다. 목에 부드러운 풋사과빛 실크 스카프를 두르고 입술 위에 파르스름하게 콧수염이 난 아가씨와 손목이 부러진 아가씨가 한데 포개져 보였다. 시간이 뒤틀리고 겹쳐지는 가운데, 입술이 아름답고 (공기를 가득 채운 고무공처럼) 탄력 있는 여주인도 함께 포개졌다—마치 뒤섞여서는 안 될 세 가지 색깔처럼, 너는 나를 덧칠하고, 나는 그녀를 덧칠했으며, 그녀는 또 너를 덧칠했다. 큰길 양옆에는 녹색 껍질의 회화나무들이 서 있었는데, 나무줄기에는 새끼줄이 친친 감겨 있었다. 경찰모를 벗어버린, 머리가 희끗희끗한 늙은 경찰 하나가 높은 의자를 딛고 올라서서 양손으로 전지가위를 놀려, 담황색을 띠기 시작한 회화나무 꽃술을 잘라냈다. 파출소 정문 앞에는 회화나무 꽃향기가 진동했다. 숱 많은 검정 머리칼에 뺨이 발그레한 젊은 여경 하나가 오동통한 얼굴을 뒤로 젖히고(코끝에는 반짝거리는 땀방울 세 개가 맺혔고, 입꼬리는 사내아이처럼 생기발랄하게 실룩였다), 양손으로 경찰모를 든 채, 늙은 경찰이 가위로 잘라 떨어뜨리는 회화나무 꽃송이를 받아내고 있었다. 비누라도 씹고 있는지(?) 색색의 거품이 그 앙증맞은 입에서 보글보글 쏟아져나오더니 허공으로 떠오르면서 회화나무 가지 사이를 요리조리 지나갔다.

"장난치지 마!" 늙은 경찰이 얼굴에 와 붙은 거품 하나를 닦아내며 엄한 척 야단을 쳤다.

"장난하지 말고, 똑바로 서 있으라고!" 키가 큰 경찰이 물리교사를 유치장 쪽으로 밀며 으름장을 놓았다. 그가 흐느적흐느적 몸을 가누지 못하고 쓰러지려는 순간, 경찰의 명령 한마디에 비틀거리던 몸이 신기하게도 똑바로 섰다.

경찰은 빠른 걸음으로 화장실 쪽으로 갔다. 경찰의 등, 특히 흰색 허리띠 주변에는 땀이 말라붙어 생긴 소금꽃이 하얗게 피어 있었다. 너는 그 아름다운 소금꽃을 바라보다 저도 모르게 경찰의 수고에 대한 존경심으로 숙연해졌다. 경찰은 화장실에서 목구멍과 콧구멍 속에 응어리졌던 오물을 요란한 소리를 내며 처리했다. 동시에 급박하게 쏟아지는 물줄기가 빈 소변통을 때리는 굉음도 들렸다. 너는 그 굉음이 너의 배 속에서 울리는 굉음과 주파수가 같다는 느낌을 받았다. 그것들은 서로 호응하고 있었다. 그 굉음들은 두렵고도 외설스러운 애정, 우아하고 아름다운 시적 의미를 파괴하는 검은색 상징으로 바뀌어, 음력 10월 포근한 계절의 특징(은사시나무의 알싸한 냄새, 불덩이처럼 붉은 석류꽃 빛깔, 참죽나무 싹이 으깨진 향내 따위) 속으로 들어오고, 점심식사를 끝낸 뒤에 벌어질 일(장례미용사가 팬티 한 장만 걸친 채 비좁은 집 안을 오락가락 걸어다니는데 가짜 장츠추가 마음이 동하지 않을 턱이 없었다) 속으로도 들어오고, 강렬한 태양빛에 흐물흐물해진 아스팔트 길, 교통 체증으로 꽉 막힌 도로, 전지가위에 잘려 떨어지는 회화나무 꽃, 거품…… 이런 현실의 시간 속으로도 들어왔다. 그렇게 해서 과거의 영상과 또다른 공간의 환상들은 시무룩하게 자취를 감추고, 위풍당당한 인민의 경찰이 바지를 추어올리며 화장실에서 걸어나왔다.

앞서 언급한 또다른 경찰 한 사람도 파출소 정문으로 들어섰다. 그의 등뒤에는 한 떼의 군중이 뒤따르고 있었다. 선두에는 낙상으로 손목이 부러진 뚱뚱보 아가씨와 경찰봉에 손목을 다친 수숫대처럼 깡마른 청년이 섰다. 아가씨는 왼손으로 오른쪽 손목을 받치고, 수숫대처럼 깡마른 청년은 오른손으로 왼쪽 손목을 받치고 있었다. 뚱뚱보 아가씨와 말라깽이 사내가 한 쌍을 이루면서 좌우가 잘 배합되어, 기묘한 조화미와 웅변적인 설득력을 만들어내고 있었다.

이 경찰 나리는 호랑이 등에 곰 허리를 가지진 않았지만 네모반듯하고 시꺼먼 얼굴, 원숭이처럼 기다란 팔에 코끼리처럼 굵은 다리를 갖고 있어 섣불리 다가가기 어려운 분위기를 풍겼다. 그가 고개를 돌리고 우락부락한 표정으로 으르렁대자, 꼬리에 졸랑졸랑 따라붙던 군중이 얼른 뒷걸음쳤다. 그가 다시 얼굴을 돌리자, 몇 걸음 물러났던 군중이 다시 바짝 따라붙었다.

"꺼져!" 그는 파출소 정문 앞에 서서 인상을 찌푸리며 호통쳤다. "치안을 어지럽히다니! 꺼지란 말이야! 너희들!"

"우— 우우—" 손목을 받쳐든 젊은 남녀를 에워싸고 있던 군중이 야유하기 시작했다. "경찰 아저씨가 사람한테 욕하네! 경찰 아저씨가 사람한테 욕을 해!"

호랑이 등에 곰 허리를 가진 경찰이 문턱까지 나와 소리쳤다.
"너희들 뭐 하는 거야? 엉? 뭐 해, 엉? 대체 뭘 하려는 거야? 엉?"
뚱보 아가씨가 다친 손목을 들고 얼굴이 새빨개져 말했다.
"내 손목이 부러졌는데 어떻게 할 거예요?"
"어쩌다 부러졌는데?"
"자전거가 비틀거리다가 넘어져서 부러졌어요."

일곱 걸음

"누가 네 자전거를 떠밀었나, 아니면 너 혼자서 자전거를 타다가 넘어진 거야?"

"그건 나도 잘 모르겠어요……"

"이거야말로 순 생떼로군!" 경찰이 말했다. "자기도 확실히 모르면서 우리더러 뭘 어떻게 해달라고? 우리가 아가씨 보모라도 되나? 설마 아가씨가 내일 아침에 대문을 열다가 코를 찧어도 우리를 찾아올 거야? 오늘밤 이불에다 오줌을 지리고도 우릴 찾아올 거냐고? 이럴 수가 있나!"

군중이 폭소를 터뜨렸고, 웃음소리가 그치지 않았다.

아가씨가 말했다. "이게 모두 저 정신병자 때문이에요! 저 사람이 가방을 마구 휘둘러대다가 날 넘어뜨렸어요."

"아가씨." 경찰이 말했다. "당신 직장에서 법률 교육도 안 받았어? 정신병자가 사람을 죽여도 총살하지 않는 판에 가방을 휘두르다 넘어뜨린 일로 뭘 그래! 아가씨 얼굴에 달린 두 눈은 신선한 공기나 들이마시고 있었던 거야? 저 작자가 가방을 휘두를 때, 아가씨는 보지도 못했냐고?"

"그럼 내 손목은 괜히 부러졌단 말이에요?" 아가씨가 울음을 터뜨리며 말했다. "난 꽃수 놓는 여공인데 손목이 부러졌으니 어떻게 수를 놓아요?"

"아가씨, 손목이 부러지면 불편하다는 것쯤은 나도 알아. 부러진 손목으로는 수를 놓지도 못하고 밥 먹을 때 젓가락질도 못하지. 머리에 빗질도 못하고, 바지 허리띠도 쉽게 못 풀 거야! 안타까운 일이야…… 혹시 아가씨 왼손잡이 아냐?"

"어떻게 알았죠? 미워요!"

"하, 딱 알아봤지! 왼손잡이라서 편하겠네. 오른손이 부러졌으니까 말이야. 아가씨 오른손은 원래 장식으로 달린 거잖아. 하지만 안 쓰는 손목이라도 부러진 건 안 좋은 일이지. 그러니까 하는 말인데, 아가씨 얼른 병원에 가보는 게 좋겠어…… 집에 돌아가서 밥부터 먹지 말고…… 설사 아가씨 남편이 밥상 앞에 앉아 눈이 빠지게 기다리고 있다 해도 말이야…… 결혼은 했나 모르겠지만…… 아무튼 식탁에 산해진미를 잔뜩 차려놓고, 시원한 맥주를 한 잔 가득 따라서 맥주 거품이 술잔 밖으로 넘쳐흐른다 해도…… 아가씨는 병원부터 가야 해. 정형외과엘 가라고, 한방과 양방을 같이 보는 병원……"

"닥쳐요! 입만 살아서 번지르르하게 잘도 나불대는군!" 뚱보 아가씨가 고래고래 악을 썼다. "당신, 내 남편이 딴 계집하고 달아난 걸 알고서 비꼬는 거죠! 우물에 빠진 사람한테 돌 던지는 격이네! 어쩌면 심보가 저렇게 모질고 흉악할 수가 있담! 쇠귀에 경 읽기지! 아이고…… 나 아파 죽네……"

뚱보 아가씨가 손목을 받쳐든 채 뛰쳐나갔다. 경찰은 혀끝을 내밀어 튼 입술을 핥으면서 하얀 이를 반짝 드러내고 웃었다.

짝을 잃은, 수숫대처럼 깡마른 청년은 지레 기가 죽었다. 그는 전전긍긍하며 조심스럽게 앞으로 나왔다. "경찰 동지, 내 손목은 동지가 부러뜨렸는데……"

"당신은 패거리를 모아 소동을 벌이는 바람에 교통을 방해하고, 멀쩡히 근무하던 공안원을 구타까지 했으니, 벌금을 내든가 구류를 살든가 징역형을 살아야 해." 경찰이 말했다. "날씨가 더워서 골칫거리

일곱 걸음 361

를 만들고 싶지 않아 용서해주려 했더니, 당신은 눈치코치도 없이 되레 파출소까지 제 발로 찾아들어! 안 되겠군, 어이, 리 형! 이 말라깽이 원숭이를 잡아 가두라고!"

수숫대처럼 깡마른 청년은 이 말을 듣자마자 몸을 돌려 줄행랑을 쳤다.

군중은 호랑이 등에 곰 허리를 가졌을 뿐 아니라 말솜씨까지 뛰어난 이 경찰에게 환호성을 보냈다.

다른 경찰이 말했다. "여러분, 해산하시오! 집에 돌아가 저녁을 먹어야지! 자전거 천천히 타시고! 정지신호에 뛰어들지 마시고! 안전 주의! 삼 분을 기다릴망정 일 초를 앞질러 가려고 서두르면 못써! 기분좋게 출근했으니까, 무사히 집에 돌아가야 하잖소!"

군중은 경찰 두 명에게 휘파람을 불고, 손가락을 튕기고, 우스갯소리를 늘어놓고, 물가(物價)를 욕하느라 떠들썩하게 웅성거리면서 탁 트인 큰길로 흩어졌다.

너의 목덜미를 틀어쥐었던 경찰이 너를 한 칸짜리 유치장에 던져넣었다. 그리고 말했다. "얌전히 기다리고 있어! 실내의 공공기물 파괴하지 말고! 안 그랬다가는……" 그는 네 얼굴 앞에 말발굽만큼 커다란 주먹을 두어 번 휘둘러 보였다. "내 이 주먹으로 당신 골수가 터져나오도록 두들겨팰 테니까!"

비교적 위엄이 덜한 경찰이 문을 닫았다. 너는 자물쇠가 철커덕 잠기는 소리를 들었다. 눈앞은 온통 칠흑같이 어두워졌다.

"리 형, 우리 셴커라이에 가서 맥주나 두어 잔 마실까?"

"좋지, 자네가 사는 걸세!"

물리교사는 두 경찰이 얘기를 주고받으며 나가는 기척을 들었다. 그는 유치장 바닥에 궁둥이를 대고 털썩 주저앉았다. 머릿속은 어쩔어쩔, 눈앞은 아물아물, 귀머거리가 되었는지 아무 소리도 들리지 않고, 배 속은 경련을 일으켜 쓰리기만 했다. 가슴속에는 말할 수 없는 고통이 있었다.

여덟 걸음

八步

1

애매하고 부정확한 어느 시각, 장례미용사와 동물원 우리에 갇힌 서술자는 장의사 정문 앞에서 정면으로 맞부딪쳤다. 너는 우리에게 말했다. 나는 허둥지둥 허리 굽혀 사과했지. 그리고 몸을 한옆으로 비키고 양손을 내밀었어. 고객을 하느님으로 여기고 자기 눈을 아끼듯 사랑하고 보호하려는 예의바른 소년 도어맨이, 고급 호텔 정문에서 여성 귀빈을 맞는 것처럼. 그녀는 아무 말 없이 차가운 눈빛만 내게 던졌지. 나는 날마다 격무에 시달려 지쳤을 장례미용사의 안색이 여전히 좋다는 걸 발견했어. 그녀의 두 뺨은 홍조를 띠었고, 콧수염은 벽록색이었어. 그리고 목에는 풋사과빛 실크 스카프를 두르고 있었지.

그 실크 스카프는 내가 옛날에 어떤 이에게 품었던 감정을 끊임없이 불러일으켜 나 역시 오래전 봄날에 꽃을 피운 은사시나무가 발산하던 알싸한 냄새를 맡는 듯했지. 바로 그 냄새에 이끌려 장츠추는 장례미용사를 뒤쫓기 시작했던 거야. 앞서 말했던 것처럼, 당시 그녀는 반들반들 빛나는 자전거를 타고 작은 도시의 대로를 쏜살같이 달리고 있었어. 물리교사는 99번이 찍힌 트레이닝복을 입은 채 자전거를 쫓아 진위샹 13번지에서 '아름다운 세상'까지, 아니면 '아름다운 세상'에서 진위샹 13번지까지 쏜살같이 달렸지. 해와 달은 베틀에 북 드나들듯 뜨고 지고, 세월은 쏜살같이 흘렀는데, 그때 그 자전거는 지금 어디에 있을까?

중년을 넘기면서 심술궂고 야박해진 장례미용사가 (내가 거의 그녀의 아랫배를 들이받을 뻔했는데도) 내게 심한 욕설을 퍼붓지 않은 이유를 나는 잘 알지. 그녀는 기분이 매우 좋았거든. 요즈음 그녀는 비교적 운이 좋았지. 호의호식해 아랫배가 나오고 피둥피둥 살찐, 탐관오리의 전형이었던 왕 부시장의 몸매를 앙상하게 다듬어주고 얼굴을 인민의 충실한 공복(公僕)처럼 보이도록 수척하게 만들어준 덕분에 보너스로 100위안을 받았거든. 그리고 왕 부시장의 금니 세 개를 뽑아(덤이지) 비밀 장소에 소중히 감춰두었지. 게다가 꽝푸구이의 얼굴을 성형해 역할이 바뀐 남편 장츠추는 큰돈을 벌라고 장사판에 내보낼 수 있었지. 그녀의 마음속에서는 지금 신나고 경쾌한 음악이 연주되고 있었어. 물론 그 음악 속에서 어렴풋하게 서글픈 느낌, 어딘가 모르게 주선율과 조화를 이루지 못하는 음표를 그녀도 느끼고 있었지만, 더이상 깊이 생각하지 않고 넘겨버렸지.

알싸한 꽃향기를 따라 알싸한 봄날로 들어가고, 또 알싸한 봄날에서 불같이 뜨거운 여름철로 뛰어드는 것 같았어. 나는 제8중학 물리교사 장츠추가 날이면 날마다 자전거와 경주하느라, 두 다리가 눈에 띄게 길어지고 발바닥이 눈에 띄게 커진 것을 보았고, 두번째로 사서 신은 '후이리' 운동화 밑바닥이 닳다 못해 구멍이 나서, 솜씨 좋은 수선공이 고쳐놓은 첫번째 '후이리' 운동화로 바꿔 신은 것까지 봤지. 그의 눈 흰자위에는 거미줄 같은 핏발이 잔뜩 섰고, 입술에는 물집이 잡혔어. 그래도 포기하지 않고 줄기차게 따라붙은 끝에 그는 진위샹 13번지에 뛰어들었지. 그리고 그녀가 내온 따뜻한 찻잔을 덜덜 떨리는 손으로 받아들 수 있었어. 그리고 또 귀에 석류꽃을 꽂은 풍류미인이 손수 만든 유명한 요리도 먹을 수 있었지. 참죽나무 싹과 대하로 만든 요리였어. 이제 대하는 시장에서 사라진 지 오래라, 그에게 그 유명한 요리는 평생 잊지 못할 추억이 되어버렸지.

그녀가 총총걸음으로 '아름다운 세상' 로비를 가로질러 자신의 작업 공간으로 향하자 경화고무로 만든 구두굽이 인조대리석 바닥을 두드리는 소리가 맑게 메아리쳤다. 장의사 정문은 자동문이라 건물 입구에 들어선 장례미용사의 구두굽이 대리석 지면을 두드렸을 때는 이미 문이 스르르 닫히고 있었다. 서술자는 자신이 다갈색 유리문 밖에 남겨졌지만 장례미용사의 뒷모습은 볼 수 있었다고 했다.

그녀는 열쇠를 꺼내 작업실 문을 열었다. 그녀는 수많은 영화에서 묘사되는 장면들처럼 문을 닫은 다음 책상과 의자를 향해 달려간 것이 아니라, 문에 등을 댄 채 목이 죽 펴질 정도로 고개를 들어 턱을 치켰다. 그녀의 손에는 상징적 의미가 풍부한 풋사곽빛 실크 스카프가 들려 있었고, 그녀의 가슴은 오르락내리락했다. 조수처럼 밀려드는 감정의 기복이 늑골에 충격을 가한 탓에 가슴이 오르락내리락하는 것이었다. 두 줄기 뜨거운 눈물이 그녀의 두 뺨에 흘러내렸다.

우리는 그녀가 우는 영문을 알 수 없었다. 우리가 입수한 자료에 따르면, 장례미용사는 애수에 잠기는 감상적인 사람이 아니었다. 그녀는 왜 울고 있는 걸까?

우리가 장례미용사와 서술자 사이에서 의문을 제기하고 있을 때, 서술자는 우두커니 문밖에 서서 생각에 잠겨 있었고, 장례미용사는 문에 기대어 계속 울고 있었다.

내가 왜 눈물을 흘리고 있을까? 나는 눈물을 흘렸다. 그녀는 혼잣말을 하는 것 같기도 하고, 우리에게 하소연하는 것 같기도 했다. 사람들은 기뻐서 눈물을 흘리기도 하고, 고통 때문에 눈물을 흘리기도 한다. 나는 왜 눈물을 흘릴까? 그녀는 마지못해 문에서 몸을 뗐다. 그녀는 스카프를 두르고는 다시 하얀 커버가 덮이고 플라스틱 조화를 늘어놓은 작업대를 왼쪽으로 세 바퀴 돌아 제자리로 온 다음, 오른쪽으로 세 바퀴를 돌았다. 그런 뒤 그녀는 플라스틱 조화가 꽂힌 화분을 똑바로 쳐다보았다. 화분에는 금빛 국화가 꽂혀 있었다. 셀 수 없이 많은 국화 꽃잎들이 미인의 구불구불한 머리카락처럼 아래로 축 늘어졌다가 위로 말려올라가면서, 초록빛 잎사귀들과 홍갈색 화분 가장자리를 덮고 있었다. 그녀는 나지막이 중얼거리기 시작했다. 중얼중얼, 처음에는 무슨 소리인지 분명히 알아듣지 못했으나, 나중에는 또렷이 알아들을 수 있었다.

장례미용사가 작업대 위에 놓인 화분을 바라보며 우리에게 중얼거린 내용은 이렇다. "너, 예쁘게 생겼다고 자랑하지 마. 너는 가짜야, 가짜라고! 너는 헛되이 국화 모양을 하고는 있지만 너한테는 국화 향기가 없어. 너한테 푸른 잎은 있어도 국화의 수액은 없어. 그러니까 너는 가짜야. 너는 멋스럽고 소탈한 자태가 남다르다 여기겠지만 그래도 넌 가짜야. 하하, 하하하!" 그녀는 풋사괏빛 스카프로 황금색 국화를 후려쳤다. 꽃송이를 후려쳤다기보다는 꽃떨기에 내려앉은 먼지를 털어주었다고 하는 게 정확할 것이다. 그녀의 동작, 그녀의 표정, 그녀의 웃음소리는 모두 삼류배우의 유치하고 서투른 연기처럼 어색하게 꾸며낸 것이어서, 그 모습을 바라보던 우리는 낯이 간지러웠다. 우리는 그녀가 플라스틱 화분을 작업대 아래로 밀어버리는 것, 땅바닥에 떨어진 화분이 떼굴떼굴 몇 바퀴 구르다가 놀랍게도 발딱 서는 것을 보았다. 꽃은 여전히 황금색이고, 잎사귀들은 여전히 벽록색이었으며, 미친 듯이 웃음을 터뜨리는 여인의 머리채가 흔들리듯 무수한 꽃잎들이 전부 파르르 떨리는 걸 보았다. 의도적인 웃음소리는 그 자체가 오만한 것, 억지스러운 것, 강렬한 도전의 의미를 띤 것 아닌가!

　나는 그 장면을 본 것 같아. 너는 우리에게 말해주었다. 그녀가 엉덩이를 번쩍 들더니 왕 부국장의 네모반듯한 시꺼먼 얼굴을 겨냥해 싯누런 오줌을 갈겼어. 그것은 의심할 것 없이 부처를 능멸하고 조상을 욕보이고 거룩한 신령을 모독하는 행동이었지. 그런데 이상한 것은 왕 부국장이 결코 성내지 않았으며, 질펀하게 젖은 그의 얼굴에 오히려 천진한 웃음이 피어났다는 거야. 그는 못된 짓을 저지른 사내아이 같았고, 그녀는 못된 장난을 친 계집아이 같았지. 나는 기자처 부처장이 땀 흘리는 카메라를 두 손에 들고 부들부들 떨며 한참 동안 계속된 그 유희를 촬영하는 것을 본 것 같아. 나는 〈한 떨기 아름다운 석류꽃〉의 아름다운 악장이 그의 마음 밑바닥에 깔린 채 아주 나지막하게 맴도는 걸 들었던 것 같아. 강물 속에서도 맴돌고, 은사시나무의 젖 속에서도 맴돌고, 매끈하게 뻗은 제비 꽁지깃 속에서도 맴도는 걸 들었던 것 같아. 그것들 모두 노래를 부르고 있었지. 〈불덩이처럼 붉은 사랑〉을 부르고 있었어. 물론 불덩이처럼 붉은 시대에만 불덩이처럼 붉은 사랑이 탄생할 수 있지.

우리는 여기서 기술적인 착오 하나를 알아챈 것 같기도 하다. 너는 앞서 이렇게 말했다. 왕 부국장의 얼굴에 오줌을 갈긴 다음 몽롱한 정신으로 진위상 13번지로 돌아온 그녀가 여인의 가슴처럼 생긴 문고리를 두드리기 직전, 좋은 뉴스거리를 찾아 그곳에 잠복해 있던 기자처 부처장과 딱 마주쳤다고. 그런데 지금은 기자처 부처장이 은사시나무 숲에서 사진을 촬영했다니!

그녀는 여전히 가짜 국화꽃 화분을 심판하고 있었다. 네가 아무리 오래 꽃을 피우고 시들지 않는다지만, 너는 역시 죽은 꽃이야. 너는 진짜 국화꽃처럼 공기를 호흡하지 못하고, 꺾이고 부러져도 물 한 방울 흘릴 줄 몰라. 그녀는 입으로는 국화꽃 화분을 심판하고 있었지만, 마음은 맹수 우리 곁의 흰색 페인트를 칠한 작은 집으로 날아가고 있었다⋯⋯ 나는 누렇게 빛바랜 사진첩 커버를 어루만지며 잠시 망설이다 휙 열어젖혔다. 불한당만이 찍을 수 있는 사진이 거기 붙어 있었어⋯⋯ 내가 그의 얼굴에 오줌을 싸는 장면이었지. 엊그제 너는 이 작업대 위에 누워 있었어. 어느 해인가, 푸른 잔디밭에 누워 있었을 때처럼 젊음을 한껏 과시하며. 하지만 어제는 강철판 아래 장치된 발사기가 너를 활활 타오르는 소각로 한복판으로 포탄처럼 쏘아넣었지…… 너는 마귀야! 좀도둑! 스파이! 장례미용사는 사진첩을 휘둘러 맹수 사육사의 벗어진 이마를 후려쳤다…… 그녀가 가짜 국화꽃 화분을 냅다 걷어차자, 화분은 떼굴떼굴 작업실 벽 모퉁이로 굴러가더니, 두어 차례 흔들리다 다시 발딱 섰다. 꽃, 줄기, 잎사귀, 어느 것 하나 조금도 상하지 않았다. 그녀는 바닥에 앉아 무릎을 껴안았다. 화분에 부딪힌 발가락이 아팠다. 진짜 꽃은 벽 바깥에서 소곤소곤 귓속말을 주고받고 있었고, 노란 선인장 꽃은 창틀 위에서 미소 짓고 있었다.

우리는 원숭이 산 위에서 울려오는 왁자지껄한 소동을 들었던 것 같다. 시베리아 호랑이의 주검에서 풍기는 피비린내를 맡았던 것 같다. 그날 밤 맑고 깨끗한 달빛이 우리의 눈과 이와 손톱을 환히 비춰 주고 있었는데.

"말해봐. 너는 어째서 사랑하지도 않으면서 장츠추에게 시집을 갔지?" 맹수 사육사가 장례미용사의 손목을 꽉 붙잡고 비틀었다. 너무나 아픈 나머지 그녀의 열 손가락이 저절로 펴졌고, 오래된 사진첩은 왕 부시장의 지방으로 만든 라이거의 사료 자루 위로 떨어졌다.

그녀는 분노를 참지 못하고 그에게 침을 뱉고, 그를 걷어차고, 자유로운 손으로 그의 눈을 할퀴었다. 그가 다른 손으로 그녀의 팔꿈치 밑을 비틀자, 그녀의 몸에서 힘이 빠져나가면서 갑자기 얌전해졌다.

나는 초록색 일력(日曆)을 한 장 봤던 것 같아. 어느 토요일 해질 무렵, 눈부신 저녁노을 속에서 석류꽃이 소멸하고 붉은 석류와 푸른 석류가 탄생했다. 너는 냄새를 잘 맡는 기자처 부처장을 거들떠보지도 않고 대문을 활짝 열어젖힌 다음, 눈부신 빛줄기로 목욕하면서 어머니의 뜰 안으로 걸어들어갔어. 이제 그것은 너에게 기억 속 아련한 정경이 되었지. 어머니의 입에 수면제를 섞은 음식을 밀어넣을 때면, 등딱지 푸른 방게를 기르던 물항아리에 거꾸로 비친 석류꽃의 붉은 그림자를 어찌 그리워하지 않겠는가? 그리고 또 꽃이 피는 계절, 모녀 둘이서 벌거벗은 채 뜰을 산책하던 낭만을 어찌 그리워하지 않겠는가? 참죽나무 가지에 엷은 노란색 싹이 움트고, 턱 밑에 핏빛으로 붉은 털이 난 제비가 집으로 날아들어 들보 위에 둥지를 틀곤 했는데…… 지금은 머릿니가 당신 피를 빨아들일 대로 빨아들여 회백색 살갗만 남겨놓았지. 한평생을 허랑방탕하게 살아온 나의 어머니……
너는 이와 서캐를 죄다 쓸어버린 다음, 약을 섞은 음식에 삼 가루를 넣었다. 뜰을 산책하던 추억이 새삼 모녀간의 깊은 정을 불러일으켰다. 네가 침대에 누웠을 때 하늘은 이미 어스름해져 있었다. 너의 어머니는 자신의 풍부한 경험으로 너를 일깨워주었다. 네 몸을 너무 학대하지 마! 제비는 둥지에서 지저귀는데, 나는 침대에서 흐느끼는구나. 잠시 후 먹구름이 서서히 밀려들더니, 봄비가 쏟아지기 시작했다. 빗방울이 후드득후드득 기왓장을 두드렸다. 기왓장 하나가 후드득 울리더니, 기왓장 천 개가 후드득후드득 울렸다. 밤새 기왓장이 후드득후드득 들썩이고 나면, 아침이 그림처럼 아름답고 새로워졌다. 논과 들에 속한 바람이 우리의 작은 도시로 쏟아져들어왔다. 그 바람 속에서 회화나무 꽃이 피었고, 그 바람 속에서 잔디 싹이 돋아났고, 그 바람 속에서 개구리가 울었고, 그 바람 속에 사랑이 싹텄고, 그 바람 속에서 올챙이떼가 헤엄쳤다. 진위상에 꽃바구니를 든 시골 처녀가 나타나 감미롭고 맑은 목소리로 "싱싱한 꽃 사세요!"를 외치는 계절이었다. 작은 도시에는 밤새도록 봄비 내리는 소리가 들렸고, 깊은 골목에는 붉은 살구꽃을 파는 아가씨들의 목소리가 울렸다. 살구꽃은 오래 전에 흙이 되어버렸고, 복사꽃은 나무 아래 뭉그러졌고, 배꽃은 바람결에 이리저리 나부끼고, 시골 아가씨는 어디론지 흘러가버렸다. 5월에는 황금빛 씀바귀 꽃을 팔러 다니는 소리가 들렸다. 나는 그날 아침 풍류미인이 전족을 한 작은 발로 제8중학으로 가서 물리교사 장츠추가 근무하는 사무실 문을 두드리는 것을 본 것 같기도 해. 그는 거울 앞에 서서 수염을 깎느라 아래턱에 비누 거품을 칠하고 있었다. 그는 시골뜨기 대장장이가 벼린 머리 깎는 칼을 쓰고 있었다. 칼의 모양새는 무겁고 둔탁하기 이를 데 없었지만 그 날카로움은 무엇과도 비교할 수 없었다. 단언할 수 있는 것은 풍류미인이 도착하는 바람에 당황한 물리교사는 면도칼을 잘못 놀려 콧날에 큼지막한 상처를 냈고, 그 흉터가 그만의 표지(標識)가 되었다는 점이다. 결국 몇십 년 후 팡푸구이의 성형에 필요한 준비를 해둔 셈이다.

"나는 알아. 너는 처음부터 그자를 사랑하지 않았어. 하지만 너는 그자에게 시집을 갔지." 맹수 사육사가 그녀의 손목을 풀어주었다. 그녀는 의자에 걸터앉아, 그가 냉동실에서 호랑이, 표범, 이리, 늑대 들에게 먹일 딱딱한 검은색 육포 한 덩이를 꺼내 야만인처럼 덥석 물어뜯는 것을 서글픈 눈빛으로 바라보았다. 그가 육포를 왈살스럽게 씹는 모습을 보고 너는 그의 이가 무척 단단하다는 것을 짐작할 수 있었다. 그의 뺨이 볼록 솟은 걸 보고 너는 그의 씹는 근육이 오랜 단련을 거쳐 놀랄 만큼 발달했다고 단정했다. 그녀의 슬픈 귓속에 그의 잔혹한 목소리가 울렸다.

"너는 임신했기 때문에 마지못해 그에게 시집을 간 거야! 당시만 해도 병원에서 아이를 지우려면 골치 아프고 번거로웠으니까. 결혼증명서도 제시해야 하고, 재직증명서도 제출해야 하고, 거기다 남편의 서명까지 있어야 했으니까."

그녀의 자궁이 처음 수태했을 때의 감각을 기억해냈다. 수정란이 자궁벽에 착상했을 때처럼 희미하게 자궁이 떨리고 있었다. 원숭이 산 위에서 원숭이들이 광란의 춤을 추기 시작했다. 작은 배의 갑판에 떨어졌던 사나운 암컷 원숭이의 앞발이 너의 눈앞에서 펄떡펄떡 뛰어오르고, 너는 손바닥으로 두 눈을 가린 채 흐느끼며 떠듬떠듬 말했다.

"아냐…… 난 원하지 않았어……"

이때 비 냄새를 품고 월계화(月季花) 한 다발을 손에 들고 선혈이 낭자한 거즈로 코를 덮은 채, 무릎에 빗물과 진흙을 잔뜩 묻힌 제8중학의, 일요일에 본 그 물리교사가 허둥지둥 너의 방문을 열고 나타나 매우 난감해하며 너의 침대 앞에 섰다. 너는 그가 봄바람에 꽃 수술이 나부끼듯 온몸을 후들후들 떨고 있는 것을 보았다. 당시 너는 그렇게 떠는 것이 미칠 듯한 기쁨 때문이라는 것을 깨닫지 못했다.

그의 몸에서 밀 이삭 냄새가 났다. 또 보릿짚 속에서 갓 빠져나온 새끼 돼지 냄새도 났다. 아저씨…… 아아, 나의 '아저씨'…… 아저씨의 집에는 늙은 암퇘지 한 마리가 있었다. 암퇘지는 한 배에 여러 마리의 새끼를 낳았다. 새끼 돼지들의 검은 털 하얀 털은 비단결 같았다…… 돼지 백정이었던 아저씨는 돼지 기르는 재주가 세상에서 제일 뛰어났었는데……

그는 코맹맹이 소리로 내게 나지막하게 말했었어.

"아주머니 말씀이, 당신이 병이 났다고, 나한테 와서 당신이 어떤지 좀 보라고 하시기에…… 이 꽃들은……"

그는 축축하게 젖은 월계화 다발을 내 침대 가장자리에 놓았다. 하얀 거즈로 가린 그의 코가 창극에 등장하는 어릿광대를 어찌나 닮았던지! 구부정하게 엉거주춤 서 있는 모습은 껍질을 벗겨 말린 새우와 얼마나 닮았던지! 또 헝클어질 대로 헝클어진 그 머리는 멍청한 검정 수탉과 어찌나 닮았던지!

그가 울었다. 눈물이 거즈에까지 흘러내렸다. 그의 눈물은 노랬다. 그의 두 귀는 얇게 썰어 말린 두부와 어찌나 닮았는지, 보기에도 역겨웠다! 나는 그 귀를 잡아 비틀어버리고 싶었다!

"그래요…… 난 그 사람을 사랑한 적 없어요……" 장례미용사가 소리 내어 울면서 말했다.

나는 풍류미인의 앙증맞은 두 발에 묻은 누런 진흙을 본 적이 있는 것 같아. 당시 이 작은 도시는 황토 진흙탕 천지였으니까. 그녀는 누런 진흙탕 천지를 마다 않고 헐레벌떡 달려왔었지. 나는 그녀가 자신의 방탕했던 세월이 이제 종착점에 다다랐다는 사실을 의식하고 반은 딸을 위해, 반은 자기 자신을 위해 사윗감을 찾고 있다는 사실을 알고 있었어. 그날 이른 아침 태양은 얼굴을 내밀자마자 빗물에 삼켜졌고, 잿빛 구름만 200미터 상공을 떠돌면서 억수 같은 소나기를 한바탕 퍼부었다가 부슬부슬 가랑비를 흩뿌렸다가 했지. 풍류미인은 가장 맛있는 소를 넣고 물만두를 빚었어. 술도 샀고, 야채도 볶았지. 그녀는 오후 네시가 되자 대문을 닫아 걸고, 방문에도 바깥에서 빗장을 질러놓았지……

그녀는 한동안 가짜 국화꽃을 바라보다 할 수 없이 옷을 벗고 작업복으로 갈아입었다. 그리고 냉동고 문을 열었다. 그러고는 코에 익숙한 죽은 사람의 냄새를 맡아본 후 다시 냉동고 문을 닫았다. 오늘은 미용해야 할 시체가 없었다.

나는 빗소리 가운데 그녀가 눈을 감는 것을 봤던 것 같아. 그녀가 말했다.

"난 죽은 사람과 친한 사람인데, 당신은 꺼림칙하지도 않아요?"

그녀의 웃음은 음험하고 사악했다.

"두렵지 않소!" 물리교사는 침대 앞에 무릎을 꿇고 맹세하듯 말했다. "난 두렵지 않소!"

그녀는 홑이불을 확 걷어내고, 벌거벗은 두 허벅지를 다 드러낸 다음 산전수전 다 겪은 여인처럼 거칠게 한마디 했다. "이리 올라와요!"

2

'아름다운 세상'의 관장은 특급 장례미용사의 작업실 열쇠를 가지고 있었다. 그는 작업실 문을 열었다가 리위찬이 두 손으로 얼굴을 감싸고 멍하니 앉아 있는 것을 보았다.

"어어……" 그는 나지막한 목소리로 말을 꺼냈다. "제8중학에서 또 전화로 독촉해왔는데, 언제쯤이면 그 물리교사의 영결식을 거행할 수 있겠소?"

그녀가 의자에서 벌떡 일어섰다. 벌어진 입이 타원형 구멍처럼 보였다.

"너무 피곤하지 않거든 대충 그 친구 수염이나 좀 깎고 얼굴 좀 씻어주구려. 기껏해야 중학 선생에 지나지 않고, 그리 대단한 거물도 아니니." 그는 앞으로 다가오더니 다정하게 그녀의 머리를 어루만지고 축축한 입술로 그녀의 목덜미에 입을 맞췄다. "요 며칠 동안 그 배불뚝이 시신을 매만지느라 당신이 무척 지쳤다는 건 잘 알고 있소! 시의 간부들이 아주 만족스러워했어. 당신은 내 자랑거리야!"

관장의 손이 등뒤에서 겨드랑이로 질러와 그녀의 가슴을 주물렀다. 이것은 그의 습관이었다. 여느 때 같았으면 그런 습관적인 손길에 너는 뜨겁고 격렬하게 반응했을 것이다. 그의 열쇠는 너의 작업실 문을 열 수 있었으니까. 그의 두 손이 등뒤에서 너의 가슴을 주무르면 너는 으레 고개를 틀어 그와 입을 맞추었으니까. 두 사람은 서로 밀고 당기면서 높이 100센티미터, 너비 100센티미터, 길이 200센티미터의, 눈처럼 하얀 커버가 덮인 작업대로 가 사체가 무수하게 올랐던 작업대 위에서 하나로 뒤엉켜 마음껏 광적인 쾌락을 나누곤 했다. 관장은 잘생긴 남자였고, 마음도 따뜻하고 친절했다. 올해 그가 자진해서 헌혈한 혈액만 해도 무려 2000시시였다(시 일간지에 보도된 적이 있다). 그의 손길이 너에게 꽃사다리를 따라 작업대 위에 오르라고 재촉했다. 그러나 너는 작업대에 오르지 않았다.

장례미용사는 그의 품속에서 빙그르르 180도 돌았다. 그녀의 이마가 공교롭게도 그의 입술에 닿았다. 이마에 그의 입맞춤이 세번째로 와닿은 후에야 너는 고개를 뒤로 젖혔다. 두 눈이 두 눈을 바라보고, 호흡이 호흡을 마주했으며, 심장고동이 심장고동을 마주했다(장례미용사의 심장은 오른쪽 가슴에 있었다. 이런 사람은 천만 명 가운데 한 사람도 찾기 어렵다). 너의 마음속에는 꾸며낸 것이 아닌 엄청난 비통함이 일고 있었다. 정수리를 상사의 품속에 묻은 너는 온몸의 관절이 힘이 풀리는 것을 느꼈다. 그의 억세고 단단한 양팔이 너의 옆구리를 받쳐들자 너는 마치 누렇게 마른 느릅나무 열매처럼 가벼워졌고, 건달한테 능욕당한 소녀처럼 굴욕감을 느꼈다. 너는 웅얼웅얼 알아듣지 못할 목소리로 말했다.

"관장님…… 어떻게 해요? 말해봐요, 어쩌면 좋죠?"

"내 사랑, 뭐 어려운 문제라도 있어?" 그는 너를 단단히 끌어안고, 계속 입맞춤을 해대며 말했다. "다른 남자가 당신을 사랑하는 거야? 아니면 당신이 다른 남자한테 반했어?"

"허튼소리! 실없는 소리 마요!" 장례미용사는 관장의 귀를 비틀어 잡고 아양을 떨었다.

"그럼 뭔가 걱정거리가 있나보군."

"그…… 그 중학 선생의 시체가 보이지 않아요!"

"말도 안 되는 소리!" 관장이 말했다. "금을 훔치고 은을 훔치는 도둑은 있어도, 설마 시체를 도둑질해 가는 작자가 있으려고?"

"그 사람, 정말 안 보여요!"

"당신, 그 사람을 어디다 뒀어?"

"냉동고에 들여놓았어요."

관장이 벽에 바싹 붙여놓은 냉동고를 활짝 열었다. 냉동고 안에는 부산물 몇 가지와 검정 비닐 자루 몇 개만 있었다.

"그자를 이 냉동고에 넣어두었다고?" 관장이 다그쳤다.

"그래요, 내 손으로 직접 이 냉동고에 넣어놓고 잠갔어요." 장례미용사가 대답했다.

"설마 그 친구가 기체로 변해 날아갔다는 건 아니겠지?" 관장의 매서운 눈초리가 너를 압박하며 조여왔다.

그녀는 마음속으로 공허함을 느꼈지만 화가 난 듯 말했다.

"직접 봤잖아요? 내가 뭘 어쨌단 거예요? 설마 내가 그 사람의 시체를 도둑질해서 집으로 가져가기라도 했다는 거예요? 내가 시체를 뜯어먹고 싶었으면 살찐 것을 골라잡고, 젊은 나이에 죽은 시체를 골랐을 거예요!"

관장이 미소를 띤 채 다시 한번 냉동고를 샅샅이 살펴보았다. 그리고 다시 벽 틈새와 창문을 하나씩 살펴보더니 장례미용 작업대 밑까지 들어가 자세히 살폈다.

잠시 후 관장은 말했다. "당신은 두 번 다시 이 일을 거론하지 마. 제8중학 측에는 내가 책임지고 해명할 테니까. 하지만 어찌 된 일인지 도무지 이해할 수가 없군."

3

하루 종일 그녀의 머릿속에는 거대한 암컷 원숭이의 앞발이 끊임없이 떠올랐다. 그것은 금이 간 갑판 위(마닐라 로프 부스러기와 기름찌꺼기를 섞어서 틈을 메우기는 했다)에 놓여 있었다. 반짝이는 앞 발톱이 반짝이는 눈이 되어 푸른 하늘을 올려다보고, 하늘에 뜬 흰 구름과 배 위를 맴도는 갈매기떼를 올려다보았다. 잿빛 잔물결이 게으르게 뱃전을 두드리고, 누덕누덕 기운 돛은 다 해진 깃발처럼 처량하게 고개를 숙이고 축 늘어졌다. 온몸이 황금빛 솜털로 가득한 갓난아기(장차 장원급제할 아들)와 고목처럼 깡마르고 순식간에 몇백 살이나 늙어버린 듯싶은 아버지의 얼굴이 원숭이 앞발에 대한 생각 사이로 끼어들었다. 물 흐르듯 이어지는 암컷 원숭이의 노래가 되풀이되며, 영화 주제곡처럼 계속 메아리쳤다.

우리는 그녀의 사고 패턴이 투샤오잉의 그것과 아주 비슷하다는 사실을 발견했다. 그녀도 옛날이야기의 틈새에서 생각하고 작업했던 것이다.

그녀는 자전거를 탔을까, 아니면 버스를 탔을까? 그것도 아니면 걸어서 제8중학 교사 숙사까지 돌아갔을까? 그녀는 인민공원 철제 울타리 바깥에서 서성였던 것은 아닐까? 크고 굵은 가문비나무에서 번들번들 빛나는 송진이 흘러나왔다. 맑은 공기 속에 짙게 밴 송진 냄새를 그녀는 맡았을까? 그녀의 집이 '아름다운 세상'에서 고작 200미터밖에 안 된다고? 10킬로미터는 족히 될 것이다―서술자는 인민공원의 관목 숲 속에 몰래 숨어들었다. 관목 숲 틈새로 번뜩이는 그(그녀?)의 눈이 보였다. 우리는 그녀가 몸서리치는 것을 보았다. 곧이어 동풍이 맹수들의 울부짖음과 맹수들 아가리에서 풍기는 노린내를 실어왔다.

만약 시간을 늦은 밤으로 선택했다면, 그들의 새로운 삶의 첫날밤에서 시작했을 것이다. 서술자는 시작부터 애타는 기다림 속으로 들어갔다. 풍류미인은 약이 섞인 음식을 기다렸고, 다추와 샤오추는 저녁식사를 기다렸고, 팡푸구이는 장례미용사를 기다렸다. 그녀는 암갈색 손가방을 손에 든 채 고개를 들고 가슴을 내밀고 의기양양하게 자기 집 대문에 들어섰다.

너는 집 대문에 들어서기 전에 작은 우윳빛 알약을 하나 털어넣었다. 침을 한번 삼켜보았지만 약은 넘어가지 않았다. 우리는 알약이 네 혀끝에서 녹는 냄새를 맡을 수 있었다. 새콤달콤한 것이 먹기 어렵지 않아 보였다. 곧이어 우리는 네가 능숙하게 혀끝을 놀려 침샘에서 침이 가득 분비되도록 입안을 자극하는 것을 느낌으로 알 수 있었다. 침이 알약과 섞이면서 입안에 가득 차자 너는 그것을 수월하게 목구멍으로 넘겼다.

그는 또 우리에게 일러주었다. 네가 일 년 내내 호주머니 속에 이런 우윳빛 알약을 가지고 다닌다는 사실을. 네가 의기소침하거나 근심에 싸일 때는 그 약이 너를 극도로 흥분시키고 환희에 들뜨게 만들었으며, 너의 감정이 흥분하거나 미쳐 날뛸 때는 너를 냉정하고 부드럽게 만들어주었다는 것을.

너는 집 안에 들어서기 무섭게 기분이 몹시 좋아졌고, 입놀림은 전깃줄에 앉아 연애하는 참새들처럼 분주해졌다. 너는 구두를 벗고 슬리퍼로 갈아신고, 긴 바지를 벗어던지고 포플린 홑바지로 갈아입었다. 그러는 동안 세 쌍 여섯 개의 눈은 너에게 못 박혀 있었다.

그녀는 우선 다추와 샤오추의 등을 떠밀어 벽장 속으로 들여보냈다. 어린 두 녀석은 투덜투덜 알아듣지 못할 불평을 쏟아냈다.

늘 그렇듯 도시의 불빛이 집 안으로 흘러들었다. 그녀는 그의 눈을 흘낏 바라보며 교활하게 웃었다. 그러고는 가볍게 말했다.

"어땠어요? 당신을 알아본 사람은 없었죠?"

그의 얼굴에 겹겹으로 주름이 잡혔다. 초록색 제복에는 색분필 가루가 묻어 있었다. 우리는 그가 입이 쓴 듯 끊임없이 입맛을 다시는 소리를 들었다.

"첫날이라 익숙하지 않을 수밖에 없죠." 그녀는 앞으로 다가오더니 입술을 내밀어 그의 코끝을 톡톡 건드렸다. 그는 이 경미한 접촉이 자신에게 매우 큰 위안을 주었다는 것, 하루 종일 번뇌에 시달리고 불쾌했던 마음에 밝은 햇살을 비춰주었다는 것을 분명하게 느꼈다. "당신은 당신이 당신이라는 사실을 잊어야 해요. 당신은 매 순간 당신이 그 사람이라는 사실을 기억해야 해요. 당신의 얼굴은 그 사람 것이고, 혓바닥도 그 사람 것이고, 심장도 그 사람 것이고, 방광조차 그 사람 것이니까…… 한마디로 줄이면, 당신은 바로 그 사람이라고요!"

그는 우리에게 말했다. 장례미용사의 알아듣기 어려운 말이 물리교사의 얼굴에 겹겹이 잡혔던 주름을 점차 펴지게 하고, 입맛을 다시던 소리마저 그치게 만들었다고. 뻣뻣하게 굳었던 양팔 근육마저 조금씩 움직이게 했다고. 이윽고 그가 머뭇머뭇 손을 뻗어 장례미용사의 매끄러운 어깨를 어루만졌다. 그녀가 입은 것은 30수 면사로 만든 목선이 둥글고 헐렁한 티셔츠로, 어깨가 반쯤 드러나 있었다. 그녀의 깊고 그윽한 가슴골에 난 솜털이 바윗돌에 축축하게 붙은 이끼를 연상시켰다.

그녀는 거부 의사를 비치지 않았다. 그렇다고 그의 손이 계속 나아가도 좋다는 암시를 준 것도 아니었다. 그저 독특한 체취와 향기로운 미소만 지어 보였을 뿐이다.

우리는 그가 말하는 걸 들었다. 향기와 미소가 어우러지는 가운데,

죽은 남편을 끊임없이 그리워하는 투샤오잉의 울음소리가 들렸다고. 꿈속에서나 볼 수 있는 슬로모션으로 그의 손이 움츠러들었다고. 커다란 새가 활짝 펼쳤던 나래를 도로 접듯.

"사내들은 다 이렇군요." 그녀가 그를 꿈속에서 끌어냈다. 그러고는 말했다. "이미 얘기했잖아요. 그녀와 계속 왕래해도 좋다고, 난 질투하지 않는다고요!"

장례미용사는 입고 있는 자신의 티셔츠를 제 손으로 찢더니, 돌아서서 부엌으로 들어갔다.

물리교사의 얼굴에 또다시 주름이 빽빽하게 잡혔다. 체취와 향기의 발원지, 그리고 통곡소리의 발원지 사이에서 그는 태양과 달이 서로 끌어당기는 역장(力場) 사이에 놓인 듯한 느낌을 받았다. 그는 불변의 물리학 법칙을 어길 수가 없었다. 그는 태양을 향해 달려가고 싶었지만, 달을 잊을 수 없었다. 물리교사는 이제 행동으로 고정불변의 진리를 증명하거나, 물리학의 수수께끼를 분명하게 밝혀내야 할 상황에 봉착했다.

부엌에서 그녀가 냄비, 그릇, 바가지, 양푼을 쨍그랑쨍그랑 내동댕이치는 소리가 들렸다. 그녀는 자신이 조각가처럼 인간의 두상을 빚어 만들었다고 생각했다. 목적은 돈을 벌기 위해서였다. 하지만 그 인간의 두상을 남에게 팔아넘겨야 할 때가 되자 은밀한 고통을 느꼈다.

물리교사는 부엌으로 따라 들어갔다가 장례미용사의 속눈썹이 젖어 있는 것을 보았다. 그는 또다시 그녀의 팔을 어루만졌다. 그녀가 말했다.

"정말 열 길 물속은 알아도 한 길 사람 속은 모른다더니!"

문학하는 자가 남녀간 감정의 굴곡을 정확히 드러내 보이겠다고 시
도하는 것은 죄다 어리석은 짓이라고, 소묘만이 영원히 승자의 자리
에 있을 수 있다고, 서술자는 말했다.
서술자는 물리교사와 장례미용사가 부엌에서 함께 저녁 준비를 했
다고 말했다. 그와 그녀는 서로 호흡이 잘 맞고 말하지 않아도 상대방
의 의중을 알아채어, 오랜 훈련을 통해 손발이 척척 맞는 파트너 같았
다고 했다. 그녀가 식칼을 필요로 하면 식칼이 작은 새처럼 그녀의 손
에 쪼르르 날아들었다. 그가 접시를 필요로 하면 접시가 나비처럼 그
의 눈앞에 사뿐히 내려앉았다. 그사이 샤오추가 두 번씩이나 휘장을
들추고 둥글둥글한 머리통을 들이밀고 말했다.
"아빠 엄마, 저녁밥 아직 안 됐어? 형이 벽을 뜯고 있단 말이야!"
휘장이 갑자기 원래대로 내려졌다. 그와 그녀는 서로 얼굴을 마주
보았다. 부엌은 맛있는 냄새로 가득했다. 솥에서는 기름이 지글지글
비명을 지르고, 아궁이에서는 밝게 타오르는 석탄 불꽃이 솥 바닥을
핥았다. 조급하고 난폭한 작은 짐승이 새빨간 혓바닥으로 희생양의
백골을 핥듯.
그녀가 느닷없이 다가와 물리교사에게 입을 맞추었다. 그러면서 정
신 나간 사람처럼 중얼거렸다.
"내 남편…… 내 사랑하는 남편……"
나는 그의 입이 탐욕스러워지고, 나를 껴안은 그의 팔뚝이 긴장하
면서 힘이 들어가는 걸 느꼈지. 장례미용사가 말했다. 내 마음속에는
증오가 차올랐고, 욕망이 차올랐고, 짓궂은 장난을 쳐보고 싶다는 생
각도 차올랐어. 하지만 가장 중요한 건 뭐랄까 남자에 대한 갈망이었

지. 아주 오래전, 나는 그런 감정에 떠밀려 그 사람의 품에 뛰어들었고, 나중에는 그의 이를 뽑아냈고, 그의 가슴을 칼로 가르기까지 했어. 나는 내가 음탕한 여자라고 생각하지 않아. 기본적으로 남자들은 음탕한 여인을 좋아하지. 그것은 고양이와 쥐의 유희를 닮은 거야. 그 사람은 장사하러 바깥에 나가 지금껏 돌아오지 않아. 나도 사실은 걱정스러워. 하지만 나는 그가 돌아오지 않기를 바라고 있어…… 아니, 아니야, 나는 그를 걱정하고 있어. 나는 그의 얼굴을 가졌지만 결코 그가 아닌 이 남자를 사랑하게 된 걸까? 나는 네가 제기한 이 문제에 답변할 수가 없어. 그의 모습을 바꾸기로 결정했을 때부터 나는 그와 한침대 한이부자리에 들어가려고 생각했던 것은 아닐까? 나는 이 문제에 대해 답변할 수가 없다고 이미 말했어. 모든 것이 공교롭기만 해. 공교롭게도 그가 죽었고, 공교롭게도 그가 내게 장례미용을 받도록 결정되었고, 공교롭게도 그가 왕 부시장에게 순서가 밀려 냉동고에 처박혔고…… 내가 의도적으로 그를 유혹하는 것은 아닐까? 그가 너의 몸에서 풍기는 냄새에 홀린 것을 네가 알아차린 걸까?

"당신…… 정말 향기로워……" 그가 홀린 듯 말했다.

이 얼굴을 한 또다른 남자는 내 몸에서 시체 냄새가 난다고 벌써 여러 번 투덜댔지. 그는 내 잇새에서도 시체 냄새가 난다고 했어. 그의 찬미에 내 마음이 도취되었다는 건 더 말할 필요도 없지. 하지만 서술자, 너는 여자가 남자보다 더 찬미를 갈망한다는 사실을 알지 못할 가능성이 있어. 또 여인이 남자보다 자비롭다는 사실도 모를 수 있고. 그가 내 체취, 내 독특한 냄새에 반한 이상, 내가 왜 인색해야 해? 아마 너는 모를 거야. 여인의 진정한 체취는 남자가 안고 만져줘야만 발산되는 것이라는 걸. 맛 좋은 술도 병 속에서 흔들려야 비로소 향기가 넘치고, 꽃송이도 비벼지고 짓이겨져야 비로소 향수의 원료가 될 수 있는 것처럼. 내 말이 앞뒤가 맞지 않는다고 트집잡지 마. 이러한 문제를 논할 때는 일국의 대통령도 두서없이 얘기하고 말의 갈피를 잡지 못하는 경우가 있는데, 나는 한낱 평범한 여자에 지나지 않잖아? 기껏해야 중등교육만 좀 받았을 뿐이야. 그가 나를 꽉 껴안았을 때 내 마음은 차갑게 비웃고 있었어. 그의 하체가 뜨겁게 달아올랐을 때 나 역시 뜨겁게 달아올랐지만, 내 마음은 여전히 냉소하고 있었지. 투샤오잉의 울음소리가 내 머리에서 풍기는 냄새를 당해내지 못했으니까. 투샤오잉이 눈치를 챈 것처럼 갑자기 더 크게 울기 시작했어. 마치 벽에 구멍이 뻥 뚫려 소리가 거침없이 넘나드는 길이 생긴 것 같았지. 내 혀끝을 빨던 그의 입이 돌연 나른하게 풀리고, 양팔의 힘도 슬며시 빠지고, 뜨겁게 달아오르던 체온마저 내려가기 시작했어. 나는 울음소리가 의기양양한 비웃음으로 바뀐 것을 들었어. 그녀는 내 눈앞에 서서, 그의 등뒤에 서서, 러시아 젖소 같은 커다란 가슴을 내밀고 가짜 서양인 같은 아맛빛 머리카락을 과시하면서 내게 도발해왔어. 나는 이대로 물러설 수 없다고 생각했어. 지금 내가 껴안고 있는 사람은 내 남편이야! 이 얼굴은 내 남편의 얼굴이라고! 그녀가 염치없게 말했어. 이 사람의 몸은 내 남편의 몸이야. 그녀가 집안 대대로 전해내려온 가보를 하나하나 세듯 그의 신체적인 특징을 낱낱이 죽 늘어놓았어. 그녀가 그를 잡아당기고 그를 끌어가기 시작했어. 그의 체온은 계속 내려갔고, 체온이 내려가면서 몸도 식었지. 나는 그녀에게 으르렁대며 고함쳤어. 교장한테 가보자! 초등학생들도 네 남편이 죽었다는 걸 알고 있다고! 그의 시신은 벌써 의과대학으로 옮겨져 학생들이 메스로 가르고 갈기갈기 찢어발겼단 말이야! 학교 안에서 그 사람 생식기에 까만 점이 달렸다는 걸 아는 사람은 없어. 너 같은 게 교장을 찾아갈 수나 있겠어? 그녀는 울음을 그쳤어. 그녀는 가련하게도 부들부들 떨기 시작했지. 러시아식 젖가슴이 묵직하게 그녀의 허리께로 늘어졌어. 나한테 어쩌면 그렇게 모질고 표독스러울 수 있느냐고 따지지 마. 여자가 여자한테 곰살궂게 대해주는 법은 없으니까. 동성애? 난 동성애자들의 심리 같은 건 몰라. 너는 날 원망하지 말아야 해. 나는 그를 애무해주었어. 그녀에게도 연민을 느끼기 시작했어. 검은 옷을 입은 미망인. 사람들의 존경을 받는 미망인은 결국 한을 품고 떠났어. 나는 여인의 고통을 남자보다 더 깊이 이해할 줄 아는 사람이야. 그가 또 미치기 시작하면서 체온이 계속 올라갔어. 그의 체온이 높아질수록 나도 그만큼 침대 위에 엎어져 이불자락을 잘근잘근 씹으며 울음소리를 억누르는 투샤오잉을 동정할 가치가 있다고 느꼈어. 내가 그녀의 남자를 빼앗기라도 한 것처럼. 나는 거짓말을 할 줄 몰라. 당시 나는 이런 생각을 했어. 내가 아무리 미쳐 날뛰는 감정으로 그의 미쳐 날뛰는 몸놀림에 응하고, 아무리 내가 높은 체온으로 그의 높은 체온에 응한다 해도……

휘장이 또 한 차례 들춰지더니 샤오추의 동글동글한 머리통이 불쑥 나타났다. 녀석이 말했다.

"아빠 엄마, 둘이서 그렇게 껴안고만 있고 우리 배가 고픈지 안 고픈지는 신경쓰지 않는 거야? 아빠 엄마한테 말해줄 게 있어요. 지금 형이 벽에 구멍을 뻥 뚫어놓았다니까!"

그와 그녀는 샤오추의 훼방 때문에 서로 떨어지지 않을 수 없었다. 그저 서로의 입 냄새를 각자 음미하며 서둘러 저녁밥을 차릴 수밖에 없었다.

그녀는 다추와 샤오추를 부르고, 풍류미인에게 먹일 음식도 배합해 놓았다.

그녀는 물리교사와 함께 풍류미인의 입에 약을 섞은 음식을 채워넣었다. 풍류미인은 늘 그랬던 것처럼 숟가락을 꽉 물고 놓지 않았다. 그녀는 그가 풍류미인과 눈이 마주칠까 두려워 비지땀을 흘리면서 눈길을 피하는 것을 보았다.

다추와 샤오추는 식탁에서 마파람에 게 눈 감추듯 밥을 먹어치웠다. 그 꼴을 본 장례미용사가 말했다.

"너희들, 예의라곤 전혀 없구나. 아빠가 아직 돌아오시지도 않았는데, 너희들끼리 맛있는 반찬을 다 먹어치웠잖아!"

다추의 얼굴에는 벽 틈에 쌓였던 흙먼지가 묻어 있었다. 녀석이 얼굴을 훔치면서 대꾸했다.

"엄마, 아빠는 아까 돌아오셨잖아?"

샤오추가 말했다. "엄마는 부엌에서 아빠한테 물어뜯겨 정신이 나간 모양이야."

형제 둘이서 짓궂은 표정을 지어 보이더니 벽장 안으로 들어가버렸다.

나는 그를 자리에 앉혔어. 그의 얼굴에 주름이 더 늘어나 있었어. 다리에 접착테이프를 감은 안경이 미끄러져내리는 통에 그는 걸핏하면 안경을 고쳐 썼어. 그의 눈빛이 말해주었어. 그의 마음이 또다시 그의 몸에서 벗어나 벽을 관통해 이웃집 천장에서 그의 여자를 살펴보고 있다고.

그녀는 티셔츠를 벗어 가슴을 드러낸 다음 수건으로 가슴골에 맺힌 땀을 닦았다. 그리고 말했다.

"억지로 말리지 않을 테니, 가서 만나요."

그가 일어섰어. 하지만 고개를 숙이고만 있을 뿐, 감히 내 가슴을 쳐다보진 못했어. 부끄러워하는 기색이 역력했어. 나는 물론, 내 가슴에 미련이 있으면서도 그 미련을 떨쳐버리려 하는 그의 태도를 무시할 수 없었어. 그가 슬며시 나갔어. 도시의 하늘에서 밤빛이 쏟아져내렸어. 앞뜰 문과 방문은 모두 활짝 열려 있었고, 그가 한바탕 횡재를 하고 돌아올 수도 있겠지. 이웃집에서 문전박대를 당하고 돌아올 수도 있겠지. 장사 밑천을 다 까먹고 의기소침해서 돌아와 내게 장사하기 어렵다고 하소연하더라도 내가 격려도 질책도 하지 않을지도 모르고. 그의 아름다운 바람대로 포근한 예전 침대에서 하룻밤 자느라 돌아오지 않을 수도 있겠지. 그것이 남들 보기에는 이웃집 여인과 간통하는 것 같겠지만, 실제로는 잃어버렸던 물건이 제 주인에게 돌아가는 것이지. 그 어떤 결말이 나더라도—설사 두 남자가 동시에 돌아오고, 동시에 내 침대 위로 비집고 올라온다 해도—나는 자연스럽게 흘러가는 대로 따르겠어.

이웃집 소리가 은밀하고 낯간지러웠다. 서술자는 장례미용사가 탈지면으로 귀를 틀어막았다고 했다. 그리고 나서 그녀는 등을 드러낸 채 밥을 먹었다고 했다. 다 식어버린 국 위에 우윳빛 기름이 대장을 씻어낸 오물처럼 둥둥 떠 있었다. 그녀는 국을 밥그릇에 붓고 또 거기에 술을 조금 붓고, 간장도 조금, 식초도 조금씩 쳐서 젓가락으로 한 번 저은 다음 밥그릇을 들고 후룩후룩 들이마시기 시작했다.

우리도 들어서 아는 것인데, 그녀는 국물을 마시는 동안 밥그릇에 눈물을 뚝뚝 흘렸다고 한다. 너는 왜 우는 거지? 그녀는 울다 웃음을 터뜨리며 우리에게 말했다.

"이 문제가 얼마나 유치한지 알기나 해!"

4

시 일간지 기사: 시베리아 호랑이, 참혹하게 피살

(본보 소식) 우리 시의 인민공원 맹수 사육장에서 아홉 살 난 시베리아 호랑이가 괴한의 손에 피살되고 가죽이 벗겨졌다. 전문가의 분석에 따르면, 호랑이는 먼저 독성이 매우 강한 농약을 묻힌 쇠고기로 독살당한 후 가죽이 벗겨진 것이라고 한다. 전문가들은 범인이 낮 동안 동물원 관람 시간을 틈타 동물원에 잠입한 후 야간에 범행을 저질렀을 것이라고 분석했다. 시 당위원회와 시 정부는 이 사건에 지대한 관심을 보이고 있다. 정신문명 건설에 박차를 가하는 이 시기에 누군가가 사리사욕에 눈이 멀어 이런 흉악한 일을 저질렀다는 것은 우리 도시의 치욕이라 할 것이다. 시 당위원회와 시 정부의 영도 아래, 공안 당국은 호랑이 가죽을 벗겨 달아난 범인을 색출하고 검거하기 위해 적극적으로 나섰다.

시 일간지 기사: 시베리아 호랑이의 원통한 죽음을 풀지 못해, 사육사 목매고 자살

(본보 소식) 얼마 전 본보는 시 인민공원 맹수 사육장에서 아홉 살 난 시베리아 호랑이가 피살되었다는 소식을 전했다. 이 소식에 크게 분노한 시민들이 대적적으로 신문사에 편지를 보내, 범인의 파렴치한 소행을 강렬히 규탄하는 동시에 공안이 적극적인 노력을 기울여 조속히 범인을 검거하고 사건을 종결지어 사회 기풍을 바로잡고 불같은 공분을 진정시켜줄 것을 강력히 요구했다. 오늘 아침 본보 기자는 맹수 사육사가 가죽이 사라진 호랑이를 발견하고 그 자리에서 기절했었다는 걸 알게 되었다. 그는 정신을 차린 뒤 덩실덩실 춤을 추더니 헛소리를 늘어놓았다고 한다. 공원 책임자는 그의 건강을 위해 그를 조용한 실내로 옮기고 의사를 불러 정성껏 치료하도록 조치했다. 이틀 전 그는 정신을 되찾았고, 간호사는 그의 병이 나은 것을 보고 공원 책임자의 승인을 받아 그가 다시 업무에 종사하도록 내보냈다. 그런데 오늘 아침 다른 사육사가 맹수들에게 먹이를 주기 위해 맹수 사육장으로 갔다가, 그가 시베리아 호랑이의 우리 안에서 목을 매 자살한 것을 발견했다.

시 일간지의 논평: 맹호의 가죽이 벗겨진 후……

본보가 인민공원 맹수 사육장에서 위엄 있고 사나운 시베리아 호랑이가 괴한의 손에 가죽이 벗겨지고 죽음에 이르렀다는 뉴스를 보도한 이후, 시의 80만 온 인민들이 분노했다. 그리고 모두가 고통스러워하며 반성했다.

1. 어린이들의 눈물

기자는 초등학생들이 본사에 보낸 편지를 들고, 시내의 위훙 초등학교를 방문했다. 교장과 교도주임은 친절하게 기자를 맞이한 다음 상황을 알려주었다.

교장이 말했다. "위훙 초등학교는 우리 시에서 가장 유구한 역사를 지녔으며, 교육 수준이 최고인 중요한 초등학교입니다. 현재 성(省) 당위원회 부서기인 류창징, 생물연구소 소장 쑤징원, 저명한 아동문학가 뉴화후 동지들이 모두 위훙 초등학교 졸업생입니다."

교장은 이 초등학교의 주요 운영 방침을 이렇게 설명했다. 위훙 초등학교는 결코 진학률만 중시하지 않으며, 절대로 학생들을 교실에 가두어 기형적인 책벌레로 만들지 않는다. 교도주임은 그들이 어린이들의 생리적 특징과 심리적 특징에 주의를 기울여 학생들이 과외활동에 참가하도록 해왔다고 설명하며 소풍, 등산, 인민공원 견학과 같은 활동을 예로 들었다. 인민공원 내에 있는 원숭이 산과 맹수 사육장은 모두 위훙 초등학교 교사와 학생들에게 익숙한 곳이다. 학생들은 맹수들의 이름을 모두 말할 수 있다. 그래서 시베리아 호랑이가 가죽이 벗겨져 죽었다는 소식이 전해지자 대다수의 학생들이 울음을 터뜨렸다고 한다.

교장은 직접 손가락으로 교정 안의 커다란 칠판을 가리켰다. 기자가 보니, 칠판에는 얼룩무늬 호랑이가 색분필로 그려져 있고, 그 위에 어린이가 붉은색으로 크게 쓴 글이 있었다. 캉캉아, 편히 쉬렴. 교도주임은 기자에게 캉캉은 어린이들이 시베리아 호랑이에게 붙여준 이름이라고 알려주었다. 칠판 아래에는 버들가지로 엮은 꽃바구니가 놓여 있었다. 꽃바구니에는 시든 꽃다발 하나와 바삭하게 구운 닭다리 일곱 개, 갈치조림 세 개, 동물 모양 비스킷 한 무더기, 색색의 사탕 한 무더기가 담겨 있었다……

교장이 말했다. "아이들이 자기가 먹을 것을 남겨와서 캉캉의 영혼을 위로해줬죠."

교도주임이 말했다. "흉포한 자의 악행이 어린이들의 순결한 마음과 영혼에 상처를 입혔습니다. 만일 그자에게 아직 양심이 남아 있다면 스스로 가책을 느낄 겁니다."

교장이 말했다. "우리는 후세를 인도주의 정신이 충만하고 동정심과 연민의 정이 풍부한 인간으로 길러내야 합니다. 인간과 대자연은 하납니다. 하지만 사람은 원시림을 마구 베어내고, 야생동물을 남획하고, 심지어 동물원의 호랑이마저 산 채로 가죽을 벗기다니…… 야만적이지요, 야만적!"

기자는 교장에게 어린이들과 직접 대화할 수 있도록 주선해달라고 요청했다. 교장은 수업 사이의 쉬는 시간에 기자와 어린이들이 만날 수 있도록 준비하겠다고 대답했다.

쉬는 시간을 알리는 종이 울렸다. 교도주임은 목에 붉은 삼각건을 두른 1학년 학생 십여 명을 데리고 교무실로 들어왔다. 소년(소녀)들의 앙증맞은 얼굴이 모두 긴장으로 굳어 있었다.

통통한 얼굴에 눈이 까맣고 커다란 여자아이 하나가 입을 열기도 전에 울음을 터뜨렸다. 교도주임이 아이의 머리를 쓰다듬으며 한참을 달래고 나서야 아이는 울음을 그쳤다. 아이가 목멘 소리로 말했다.

"기자 아저씨…… 위안위안과 팡팡이 불쌍해요…… 그애들 엄마가 죽었잖아요……"

(위안위안과 팡팡은 시베리아 호랑이와 아프리카 수사자의 교잡종으로, 본보에서도 그것들의 사진을 게재한 적이 있다.)

어린 남자아이가 물었다. "기자 아저씨, 그 나쁜 놈, 그 나쁜 놈은 잡았나요?"

기자는 피살된 호랑이와 똑같은 캉캉이란 이름을 가진 남자아이에게 그 악당은 너무 교활해서 아직 잡지 못했으며, 그래서 사건을 종결시키지 못했노라고 일러주었다. 아울러 경찰 아저씨들이 반드시 악당을 붙잡을 거라 믿어야 한다고 일러주었다. 어린 남자아이가 끼어들었다. "왜 검정고양이 경장*님을 출동시키지 않으세요? 검정고양이 경장님을 출동시키면 일 분도 안 되어 사건을 해결할 텐데!"

기자가 "만일 악당을 잡으면 어떻게 처벌해야 하느냐"고 묻자, 캉캉이 이를 악물고 말했다.

"그런 악당은 잘게 다져서 위안위안과 팡팡의 사료에 섞어줘야 해요!"

물론 범인이 체포되고 사건이 종결되면 사법부에서 형법에 따라 처벌할 것이다. 그러나 기자가 아이들에게 질문한 것은, 소중한 동물을 살해한 이 범죄에 대해 아이들이 느끼는 증오와 혐오를 더욱 잘 보여주기 위해서였다.

2. 호랑이 사체 곁에 무릎 꿇은 노인

기자는 캉캉이 가죽이 벗겨진 채 피살되었다는 소식을 접한 후, 차를 몰고 현장으로 달려가 사진을 찍었다. 그러나 지면과 미적인 문제로 인해 사진은 계속 실리지 않았다. 며칠간의 논의를 거친 끝에 모두들 스스로를 위해서라도 추악한 면모를 감출 필요가 없다는 결론에 도달했고, 따라서 오늘 이 기사와 함께 당시 현장에서 찍은 사진도 실었다(2면 참조). 기자가 현장에 도착

---

* 중국 아동만화에 나오는 명탐정.

한 것과 거의 동시에 한 무리의 공안요원들이 도착했다. 캉캉이 지내던 우리는 멀리 떨어져 있었지만, 기자는 짙은 피비린내를 맡을 수 있었다. 쇠우리 주변에는 흰색 작업복에 목이 긴 장화를 신은 인부들이 서 있었다. 그들이 무슨 생각을 하고 있는지 그들의 얼굴에서는 아무것도 읽을 수 없었다. 가죽이 벗겨진 캉캉의 사체는 쇠우리 바닥에 가로뉘어 있었다. 꼬리마저 끊어간 탓에 몸통이 매우 짧아 보였다. 과거 화려한 털을 자랑하며 꼬리를 높이 쳐든 채 산천이 뒤흔들리도록 포효하던 산중호걸이 피투성이가 된 채 죽은 쥐로 전락해 있었다. 호랑이 사체 곁에는 얼굴이 칠흑같이 시꺼먼 노인 하나가 무릎을 꿇고 있었다. 양팔을 늘어뜨린 채 목은 꼿꼿이 세우고 얼굴만 살짝 든 자세였다. 흐릿한 눈빛으로 허공을 바라보고 있었지만, 그가 무엇을 보고 있는지 아니면 무슨 소리를 듣고 있는지는 알 수 없었다. 공안요원 한 명이 조심스럽게 쇠우리로 들어가 비교적 깨끗한 바닥 쪽의 검붉은 핏자국을 찍었다. 다른 공안요원 역시 조심스럽게 쇠우리로 들어가더니 새하얀 장갑을 낀 손으로 물러터지도록 씹다 남긴 고기(쇠고기)를 한 덩어리 주워 흰색 통에 넣었다. 파리떼가 몰려들었다. 엄청나게 많은 파리떼가 먹구름처럼 내려앉았다. 온 시내의 파리가 소식을 듣고 만찬을 즐기러 몰려든 것 같았다. 파리는 호랑이 사체에 달라붙고, 땅바닥에 달라붙고, 쇠우리에도 달라붙었다. 호랑이의 시뻘건 몸통은 시커멓게 변했고, 금방이라도 꿈틀거릴 것 같은 괴물이 되었다. 호랑이 사체 곁에 꿇어앉은 노인 역시 파리떼에 둘러싸였지만, 그는 석상처럼 꼼짝도 하지 않았다. 기자는 파리떼의 움직임을 통해 범인의 도주 경로 역시 알아낼 수 있었다. 그자는(범인이 여성일 수도 있다는 점은 배제하지 않고 있다) 시멘트로 포장된 오솔길을 따라 감탕나무와 황백나무 울타리를 뛰어넘었고, 판다 전시관을 돌아 철제 울타리를 뛰어넘은 다음 그길로

'삼십육계 줄행랑'을 놓은 것이 분명하다. 범인의 도주 경로를 추적하다보니 공교롭게도 '아름다운 세상'의 높다란 소각로 굴뚝이 보였다.

그후 인민공원의 당 지부 서기 류 아무개가 몇몇 젊은 일꾼들에게 커다란 흰색 천으로 호랑이 사체를 덮도록 지시했고, 기자들에게 사무실로 가서 차 한잔 하자고 제안했다. 기자들이 그에게 질문을 던졌지만 그가 대답해준 것은 얼마 되지 않았다. 호랑이 사체에 하얀 천을 덮어주었던 젊은이가 범포로 된 들것 하나를 들고 왔다. 호랑이 피에 더럽혀지지 않도록 들것에는 비닐이 씌워져 있었다. 기자들이 호랑이 사체를 어떻게 처리할 것인지 묻자, 류 아무개는 관련 기관의 책임자에게 지시를 받아야 결정할 수 있다고 답변했다.

기자는 창고 건물이 늘어서 있는 쪽으로 호랑이의 사체를 옮겨가는 것을 보았다. 한 여성 일꾼이 그곳에 동물원의 냉동고가 있다고 알려주면서, 매일 맹수들 먹이로 쓰이는 고기만 해도 무려 900여 근이라고 이야기했다.

노인은 계속 그 자리에 꼼짝 않고 꿇어앉아 있었다. 먹이를 잃은 파리떼는 초조하게 날아다녔다. 온몸을 방호복으로 감싼 채 커다란 마스크와 선글라스를 낀 몇몇 사람이 '청개구리' 상표가 붙은 분무기를 등에 짊어지고 호랑이 우리에 살충제를 뿌렸다. 일꾼 하나가 노인을 부축해 일으키려 했다. 그러자 그는 갑자기 울음을 터뜨리더니 사내아이가 떼를 쓰는 것처럼 바닥을 마구 뒹굴기 시작했다. 그의 온몸이 호랑이 피, 호랑이 똥오줌으로 범벅이 되었다. 류 아무개는 어쩔 수 없이 그를 떠메고 나오도록 명령을 내려야 했다.

기자는 류 아무개에게서 호랑이 사체 곁에 무릎 꿇고 있던 그 노인이 맹수 사육사라는 사실을 알아냈다. 그가 이곳에서 일한 지는 이십여 년이 지났고 그의 본명은 잊힌 지 이미 오래였다. 그는 항상 원숭이 산 밑에서 원숭이들의 동작과 목소리를 흉내냈기 때문에(그것도 아주 훌륭하게), 젊은 사람들은 그에게 '원숭이 영감'이란 별명을 붙여주었다고 한다.

'원숭이 영감'의 정치적 면모, 개인사에 대해서는 류 아무개도 분명히 말해주지 못했다. 아는 것은 오직 그에게 아주 잘난 아들이 하나 있었는데, 자동차에 치여 죽었다는 사실뿐이었다.

3. '원숭이 영감'은 어떤 사람인가?

기자는 호랑이를 친자식처럼 사랑한 '원숭이 영감'의 정신에 감동받아, 그를 심도 깊게 인터뷰하고 싶었다. 그러나 불행히도 그는 이미 정신착란을 일으킨 상태였다. 젊은이가 그를 호랑이 우리에서 끌어낸 직후부터 그는 고함을 지르며 자신이 시베리아 호랑이라고 울부짖었다. 그는 가죽을 벗기고 꼬리를 자른 건 혹형의 시작일 뿐, 살덩어리에서 뼈다귀를 발라내는 것이 더 큰 혹형이라고 했다. 호랑이 뼈는 황금처럼 값지고 귀중한 약재로 류머티즘, 요통, 관절염 등에 신비한 치료 효과를 나타내기 때문이었다. 그는 횡설수설하며 바닥에 넙죽 엎드려 호랑이처럼 달리고 뛰어오르고 머리를 흔들고 꼬리치는 흉내를 내는가 하면, 쉰 목소리로 으르렁대기까지 했다. 그가 울부짖는 소리가 두 마리 라이거(위안위안과 팡팡)를 자극했는지 놈들마저 우리에서 사납게 울부짖기 시작했다. 두 마리는 호랑이 같으면서도 사자를 닮은 거대한 맹수로, 저들이 갇힌 우리에서 미친 듯이 날뛰고 있었다. 놈들의 머리가 강철로 된 우리에 부딪힐 때마다 들려오는 굉음에 구경꾼들은 간담이 서늘해졌다. 공안요원 두 명이 권총을 뽑아들었다. 무기를 뽑아들지 않은 공안요원들 역시 언제든지 뽑을 수 있게끔 손을 총자루에 얹었다. 노인은 라이거의 우리 바깥에 웅크리고 앉아 놈들에게 말했다. "위안위안아, 팡팡아, 내 새끼들…… 너희들이 복수해야지……" 라이거들은 머리통을 철망에 들이대고 처랑한 목소리로 포효했다. 비통과 분노가 뒤섞여 놈들의 눈에서 녹색 눈물이 흘러나오는 것만 같았다.

"어이, '원숭이 영감'! 웬 소란이야?" 인민공원 당 지부 서기가 고함치는 소리가 들렸다. "이게 무슨 추태야? 돌아가!"

그가 땅바닥에서 일어났다. 가뜩이나 굽은 허리가 곱사등이처럼 휘고, 두 눈은 도깨비불처럼 기이하게 번뜩였다.

기자는 카메라를 들어 그의 얼굴에 초점을 맞추었다. 갑자기 그가 똑바로 서더니 머리를 바짝 치켜들었다. 초점을 잃고 번들거리던 눈빛이 고집스럽고 환해졌다. 사람을 현혹시킬 만큼 눈부신 눈빛이었다. 뜨거운 사랑에 빠진 젊은이들에게서나 볼 수 있는 눈빛이었다. 그의 입술이 실룩거리는데 울음을 터뜨리려는 것인지 웃음을 터뜨리려는 것인지 분명하지 않았다. 옻칠한 듯 시꺼먼 얼굴에도 점점 발그레한 기운이 번지기 시작했다. 기자는 그가 혼잣말하는 소리를 들을 수 있었다. "좋은 기계…… 좋은 기계야…… 아주 멋진 기계, 멋있는 기계!"

갑자기 그가 먹이를 사냥하는 사나운 호랑이처럼 달려들었다. 곱사등이처럼 구부정하고 쇠약한 몸에 이런 민첩성이 있을 줄이야…… 기자가 미처 셔터를 누르기도 전에 그는 카메라를 낚아챘다. 그는 기계를 쥐고 날아갈 듯이 도망치기 시작했다. 그는 숲을 뛰어넘고, 인공으로 쌓은 원숭이 산을 넘으면서 즐거운 듯 웃음을 터뜨렸다. 그 몸놀림, 그 목소리는 정말 미쳐 날뛰는 늙은 원숭이와 무척 닮아 있었다. 기자들, 공안요원들, 인민공원 인부들이 한꺼번에 뒤쫓아가 에워싸고 가로막아선 끝에야 가까스로 그를 붙잡아 카메라를 빼앗을 수 있었다.

류 아무개는 그를 빈방에 가둬두라고 지시를 내렸다. 그가 양철문을 두드릴 때마다 울려나오는 쾅쾅 소리에 기자는 두려움을 느꼈다. 그는 이렇게 소리 지르고 있었다.

"내 기계를 돌려줘! 내 무기를 돌려줘! 다시는 너희가 놀아나는 장면을 찍지 않을게! 아니, 난 너희의…… 폭로하고 말 테야……"

공원 일꾼들의 보고에 따르면, 이 맹수 사육사는 사진 촬영에 빠져 있었다고 한다. 그에게도 낡은 구식 카메라가 한 대 있었는데, 원숭이 산의 원숭이들이 빼앗아 내던지는 통에 박살났다고 한다.

기자는 의문을 해결하기 위해 인민공원 책임자를 만나 그 사육사에 대해 물었다. 당 지부 서기 류 아무개는 불과 삼 년 전 시외 어느 향에서 전근해온 사람이었다. 그는 지난 삼 년간 이 맹수 사육사가 말없이 일에만 몰두하여, 탁월한 실적을 올렸다고 말했다. 그는 호랑이와 사자의 교배에 성공했고, 위안위안과 팡팡은 시의 온 인민들에게 사랑받는 보배가 되었다고 했다. 류 아무개는 교배를 통해 라이거가 태어난 것은 중국에서는 처음 있는 일로, 세계적으로도 드문 쾌거라고 했다(아프리카 어느 나라의 국립 동물원이 모 대학 생물학과 연구진과 합동으로 교배실험을 한 적이 있었지만, 라이거 한 마리만 태어났고, 또 그것마저 태어난 지 삼 일 만에 죽었다고 했다). 그가 해낸 일은 인민공원에 영예를 가져다주었고, 경제적인 효과와 이익도 가져다주었다(라이거를 보러 오는 관람객이 끊이지 않았기 때문이다). 류 아무개는 호랑이를 죽이고 가죽을 벗겨 달아난 자를 논리 정연하게 질책했다. 그는 범인이 호랑이 한 마리만 해친 게 아니라, 우수한 인재마저 해쳐 정신이상자로 만들었다고 지적했다. 호랑이는 가격이 붙어 있다면 돈으로 살 수 있겠지만, 우수한 인재는 값을 매길 수 없는 보배로 아무리 많은 돈으로도 살 수 없다고 말했다.

기자는 공원 인사과에서 맹수 사육사의 신상기록부를 찾아 열람했다. 문서보관을 담당한 여직원은 먼지가 뽀얗게 내려앉은 궤짝에서 '원숭이 영감'의 신상기록부를 끄집어냈다. 놀랍게도 서류봉투 겉면의 성명란에는 '맹수 사육사' 다섯 글자만 적혀 있었다. 마치 그 다섯 글자가 그의 이름인 것처럼. 더 놀라운 것은 맹수 사육사의 신상기록이 들어 있어야 할 봉투 속에 누렇게 바랜 낡은 신문 몇 장만 담겨 있을 뿐, 그 외에는 아무것도 없었다는 것이다.

기자는 담당 여직원에게 이 점에 대해 의문을 제기했으나, 그녀는 눈썹을 치켜세우며 불쾌한 표정으로 이렇게 말했다. "난 전근해온 지 얼마 안 돼요!"

다시 의문을 제기하자 그녀는 작은 가위로 손톱을 톡톡 깎는 것으로 답을 대신했다.

4. 호랑이 뼈는 어디로 갔을까?

기자는 인터뷰 과정에서 불행히도 호랑이 뼈 문제에 얽혀들었다. 어느 일꾼의 보고에 따르면 다음과 같다.

며칠 동안 사무실에 전화가 끊이지 않고 걸려왔다. 범인이 잡혔는지에 관심이 있는 열성적인 사람들이 걸어온 전화(겨우 10분의 1을 차지했다) 외에 나머지 전화는 전부 호랑이 뼈에 관한 것이었다.

기자는 즉시 당 지부 서기 류 아무개를 인터뷰하려 했으나 방문할 때마다 번번이 허탕을 쳤고, 류 아무개의 행방을 물어도 관계자들은 고개를 젓거나 모른다고 했다.

소문의 진실을 증명하기 위해 기자는 냉동고 열쇠를 보관하는 한 직원을 설득하여 냉동고를 열게 했다. 기자는 호랑이 사체를 덮었던 흰 천을 들춰보았으나, 들것에는 너덜너덜해진 호랑이의 살점 한 덩어리만 남아 있을 뿐 호랑이 뼈라고는 찾아볼 수 없었다. 기자는 열쇠를 보관하고 있던 직원에게 호랑이 뼈의 행방을 물었지만, 직원은 자신은 알지 못하고 냉동고에 몇 벌의 열쇠가 있는지도 알지 못한다고 했다. 그는 또 이렇게 말했다. "기자님은 왜 그렇게 참견하시는 겁니까? 우리 공원의 책임자 동지께서 호랑이 뼈를 횡령하지 않았다는 걸 믿으세요. 그분들은 호랑이 뼈를 당연히 보내야 할 곳으로 보냈을 겁니다."

기자가 물었다. "한약방으로요?"

그는 기분 나쁘다는 듯 말했다. "내가 바보 멍청이라고 놀리는 겁니까?"

기자가 다시 물었다. "그 호랑이는 맹독성 농약에 독살되었으니 분명 뼈에 독이 스며들었을 텐데, 그런 게 무섭진 않나요?"

"벌써 화학 실험을 해봤소. 맹독성 농약이 아니라 일종의 마취제랍디다."

"사람들이 마취되는 건 겁나지 않는단 말입니까?"

"참 말도 많군요!"

기자는 사전을 들춰보았다. 거기에는 이렇게 쓰여 있었다. 호골(虎骨), 한의학의 약명으로 호랑이의 골격을 일컫는다. 성질은 약간 따뜻하고 매운 맛을 지녔으며 류머티즘을 없애고 근육과 골격을 강화시킨다. 주로 근골을 굽혔다 폈다 할 때 힘이 들어가지 않거나 보행할 때 통증을 느끼거나 발목과 무릎이 허약해졌을 때 처방한다. 인산칼슘, 단백질 등의 성분이 포함되어 있다.

너는 호랑이 뼈를 별로 대단치 않게 생각할지도 모른다.

허나 아니다, 그것은 아주 대단한 물건이다.

5. 그는 왜 목을 매 자살했을까?

맹수 사육사를 감시하는 샤오왕의 보고는 이러하다. '원숭이 영감'은 정신이 오락가락할 때 늘 악을 썼습니다. "아이고, 아파 죽겠네! 그놈들이 내 뼈다귀를 발라냈어! 그놈들이 내 뼈다귀를 발라냈단 말이야! 위안위안아, 팡팡아, 잊지 말고 내 원수를 갚아다오!" 그럴 때마다 나는 일부러 그를 놀려주었습니다. "'원숭이 영감', 누가 당신 뼈다귀를 발라냈다는 거야?" 그랬더니 영감이 몸을 잔뜩 웅크렸습니다. 정말 누가 자기 뼈다귀를 발라낸 것처럼 말입니다. "그놈들, 그놈들이야, 그놈들이 소 잡는 칼을 들고 와서……" 영감은 기를 쓰고 침대 밑으로 기어들어갔고, 아무리 끌어내려 해도 끌어낼 수가 없었습니다. 제가 말했죠. "됐네, '원숭이 영감'. 괜히 헛소리하지 말라고! 사람들한테 필요한 건 호랑이 뼈야. 호랑이 뼈는 병을 고칠 수 있으니까. 당신 같은 원숭이 뼈다귀를 가져다 무얼 하겠어? 설마 원숭이 뼈다귀로도 병을 고칠 수 있다는 건 아니겠지?" 영감이 말했습니다. "그놈들이 원숭이를 세 마리나 죽였어. 원숭이 뼈를 호랑이 뼈에 섞어서 선물로 보냈단 말이야. 그놈들은 또 원숭이 골수도 뽑아 마셨어……" "그놈들이 누군데?" "그놈들…… 그놈들은……" 나중에 의사가 영감한테 주사를 놓자 영감은 그대로 잠들었죠. 자면서도 꿈속에서 누가 자기 뼈다귀를 발라내기라도 하는 것처럼 온몸을 부들부들 떨더군요……

다시 기자는 '원숭이 영감'을 간호하던 다른 일꾼을 인터뷰했다. 그는 이렇게 말했다. "엊그제 아침에 '원숭이 영감'의 정신이 정상으로 돌아왔습니다. 그리고 이제 몸이 좋아졌으니 자신이 일을 할 수 있도록 책임자 동지에게 말해달라고 했습니다. 책임자 동지께서 허락해 영감은 풀려나왔습니다. 그런데 이 늙다리 영감이 목을 맬 줄 누가 알았겠습니까? 허, 그놈의 '원숭이 영감'……!"

기자가 사고 현장으로 달려갔을 때, '늙은 원숭이 영감'의 시신은 풀려 내려와 있었다. 범포로 엮은 들것에 웅크려 있는 그의 모습에 가슴이 조금 아팠다. 그는 호랑이 우리 철창에 허리띠를 비끄러맨 다음 목을 매달았다.

맹수 사육장 일꾼들은 하나같이 침울한 기색이었다. 맹수 사육장 안의 맹수들도 울부짖고 있었다. 위안위안과 팡팡은 우리 안에 서서 이쪽을 바라보았다. 그것들의 목구멍에서도 나지막하게 으르렁대는 소리가 났다. 마치 먼 하늘에서 천둥소리가 들끓는 것 같았다.

마침내 기자는 당 지부 서기 류 아무개를 찾아냈다. 그의 손가락 사이에는 담배가 끼워져 있었다. 그는 나를 보자 아무 말 없이 쪽지 한 장을 내밀었다. 쪽지에는 꾸불꾸불한 글씨로 큼지막하게 다음과 같이 쓰여 있었다. '내 시체를 위안위안과 팡팡에게 먹여주시오!!!'

"유서인가요?"

류 아무개가 고개를 끄덕였다.

"어떻게 할 작정입니까?"

"이렇게 엄청난 일은 우리도 함부로 처리할 수가 없소." 류 아무개는 다시 새 담배 한 개비에 불을 붙이더니, 듣기에 따라서는 조롱하는 듯한 말투로 중얼거렸다. "정신 하나만큼은 정말 갸륵하단 말이야."

기자는 '원숭이 영감'이 생전에 거처하던 작은 집에도 직접 가보았다. 집은 맹수 사육장 곁에 지어진 흰색 독채로 집 안에는 공구와 사료가 널려 있었다. 작은 침대 하나, 비누를 담는 데 쓰였던 낡아빠진 나무궤짝 하나가 살림의 전부였다. 나무궤짝에는 종이를 태운 재가 반쯤 들어 있었다. 타다 남은 사진첩의 실크 커버가 잿더미 속에 파묻혀 있었다.

그는 이렇게 죽었다.

사랑하는 친구들, 우리가 이 아름다운 소도시에서 생활하면서 깊은 밤에 맹수들이 울부짖는 소리를 늘 들어왔으면서도 우리는 그의 수고로움을 모르고 있었다. 우리는 늘 여자 친구와 팔짱을 끼고, 또는 애인의 어깨를 감싸안고, 또는 처자식과 함께 동물원 맹수 전시관으로 놀러가 사나운 호랑이의 늠름한 자태를 구경했고, 수사자의 위엄 어린 풍채를 감상했고, 라이거들의 기이한 생김새를 꼼꼼히 들여다보고, 사나운 이리의 음험함을 조롱했고(그것들은 어두운 굴속에 틀어박혀 좀처럼 모습을 드러내는 법이 없었으니까), 표범들이 보여주는 게으름에 의아해했다…… 하지만 우리는 여기에 성도 이름도 모두 잃어버린 노인이 있었다는 사실은 몰랐다.

기사는 여기서 끝나야 한다. 그러나 사건은 아직 마무리되지 않았다.

호랑이 가죽, 그리고 호랑이 가죽을 벗긴 범인은 어디에 있는가?

호랑이 뼈(어쩌면 진짜 원숭이 뼈가 세 마리분쯤 섞여 있을지도 모른다)는 어디에 있는가?

'원숭이 영감', 당신의 이름은 무엇인가?

5

물리교사가 비틀거리며 돌아왔다. 장례미용사는 밥그릇을 내려놓고 헐렁한 티셔츠를 어깨 위로 끌어올렸다. 그녀는 꼼짝 않고 앉아 실패자의 숨소리가 자신의 귓가에 차츰 가까워지는 소리를 들었다.

그녀는 고개도 돌리지 않고 쌩하게 물었다.

"어땠어요? 왜 그녀의 침대에서 밤을 보내지 않았죠?"

그는 그녀의 등뒤에 서서 솔직히 말했다.

"그녀…… 그녀가 날 욕했소……"

"당신한테 뭐라고 욕했는데요?"

"내게 욕했는데……"

"뭐라고 욕했느냐고요?" 장례미용사는 약을 올렸다. "건달이라고? 무뢰배라고? 과부를 희롱한다고? 친구한테 미안하지 않느냐고?"

"나한테 '제 밥그릇에 든 밥이나 먹지, 남의 밥그릇까지 넘보느냐고……"

장례미용사가 몸을 획 돌리더니, 두 다리를 의자의 양옆으로 벌리면서 턱을 의자 등받이에 걸쳤다. 앞니가 반짝반짝 빛나고, 파르스름한 콧수염이 떨렸다. 그녀는 조롱기 섞인 어조로 상대방의 자존심을 건드렸다.

"하지만 당신은 당신 밥그릇에 든 것도 먹어보지 못했잖아요. 고작 밥그릇 주위나 핥았을 뿐이지."

그는 고개를 돌려 활짝 열려 있는 대문을 바라보았다. 그리고 그녀의 경멸 섞인 말을 들었다.

"설마 중학 물리교사는 하나같이 발기불능은 아니겠죠?"

그는 방문을 닫았다가 잠시 생각해본 다음 다시 방문을 열고 발소리를 죽여 살금살금 뜰로 나가 거의 소리가 나지 않게 대문을 닫아걸고 다시 살금살금 조용히 돌아와 거의 소리 나지 않게 방문까지 닫았다.

"제법 전문가 같네!"

"아니, 아니오, 난 풋내기라……"

여덟 걸음 407

그가 바짝 다가왔어. 그는 내 눈앞까지 달려들어 나를 의자 등받이와 함께 통째로 껴안았지. 그가 얼마나 힘을 주었는지 의자 등받이가 가슴살을 짓눌러서 아팠어. 하지만 내 마음은 아프지도 가렵지도 않았어. 감각이 있는 것은 내 살뿐이니까. 만일 그가 이때 돌아와서 문을 두드린다면 어쩌지? 몰라. 좋을 대로 하라지 뭐.

그가 나를 의자에서 일으켜세우고, 그의 마른 뼈마디로 껴안았어. 몸이 허공에 매달린 듯 붕 떠오른 기분이었어. 그는 나를 껴안고 부엌으로 들어갔어. 좋을 대로 하라지 뭐. 그리고 나를 그 삐거덕거리는 간이침대, 금세라도 떨어질 것처럼 위태로운 널판 위에 뉘었지. 좋을 대로 하라지 뭐. 그는 판지를 대놓은 구석에서 뭔가 부스럭부스럭 소리를 냈어. 좋을 대로 하라지 뭐. 그는 뛰어나가더니 바깥에 달린 외등도 껐어. 좋으실 대로.

침대 요동치는 소리가 이렇게 크다니, 좋을 대로 하라지 뭐. 그가 나지막하게 흐느꼈어. 좋을 대로 하라지 뭐. 만일 그 사람이 돌아와 대문을 두드리는데 문이 열리지 않는다면, 복수를 하겠다고 이웃집으로 달려간다면…… 장례미용사는 고개를 저으며 그런 상념들을 모조리 떨쳐버렸다. 될 대로 되라지.

서술자는 말했다. 그것은 고통과 쾌락이 교차하는 간통 행위였다고. 팡푸구이 입장에서도 그랬고, 장례미용사의 입장에서도 그랬다. 우렁차고 처절한 나팔 소리가 뼛속까지 스며든 뒤, 그들은 거의 동시에 침대에서 정신을 잃고 말았다. 기절한 뒤에도 그들은 서로를 안고 있었다. 서로를 꽉 껴안은 두 심장이 어수선하게 뛰었다. 이제 막 정수리에 뿔이 돋아나기 시작한 두 마리 송아지가 가려움을 견디지 못하고 서로 들이받은 것처럼.

그들은 그렇게 껴안은 채 꿈을 꾸었다. 그들의 꿈은 일반적인 꿈과 비교해, 아주 큰 차이가 있었다. 일반적인 꿈이 보통의 기술로 촬영한 흑백사진이라면, 그들의 꿈은 특수 기술로 촬영한 홀로그램이었다.

우리는 서술자가 우리 안의 그늘진 구석에 서서 물리교사와 장례미용사의 홀로그램 꿈을 훔쳐보는 것을 보았다. 아울러 그가 엿본 장면을 난잡한 말로 두서없이 우리에게 전달하는 소리를 들었다. 그 언어의 탁류 속에서—그의 주둥이와 우리의 귀 사이에는 늘 그랬듯 늙은 여인의 모습이 하나쯤 끼어들곤 했다. 지저분하게 흐트러진 백발, 똥오줌으로 범벅이 된 몸, 몸을 움직이는 대로 떼 지어 다니는 머릿니들. 그녀는 바로 다중 서술 기법을 총괄하는 중추로서, 모든 이의 목소리, 냄새, 색깔, 몸짓 등이 그녀의 상자 속에 담긴 사유물이었다. 그녀는 대작 영화의 총감독이었고, 방대한 오케스트라의 총지휘자였으며, 삼군을 통솔하는 총사령관이기도 했다.

장례미용사의 꿈

그녀가 인민은행의 높다란 카운터 앞에 서 있는데(카운터와 천장 사이에는 굵기가 연필만한 강철로 엮은 쇠창살이 드리워져 있었다) 머리의 무게가 사라져버렸다. 그녀는 주눅든 기색으로 쇠창살 안쪽에 갇힌 두 은행원을 훔쳐보았다. 그녀는 자기 머리가 수소를 가득 채운 애드벌룬이 되고, 목덜미가 애드벌룬을 잡아끄는 로프가 된 것 같은 느낌을 받았다. 허공으로 상승하려는 애드벌룬, 아래로 무겁게 내려앉으려는 몸뚱이, 이러지도 저러지도 못한 결과 목이 점점 길게 늘어나기 시작했다. 남자 직원 하나는 새하얀 셔츠를 입고 장밋빛 넥타이를 매고 있었다. 넥타이에는 황금빛 넥타이핀이 꽂혀 있었다. 여직원은 검정 블라우스를 입고 하얀 넥타이를 매고 있었는데, 그 넥타이에도 황금빛 넥타이핀이 꽂혀 있다. 계속 목이 길게 뽑히는 고통을 참으며 그녀는 쇠창살 아래 네모반듯하게 뚫린 창구에 몸을 기댔다. 쇠창살 안의 젊은 남녀가 서로 마주 바라보더니 회심에 찬 미소를 주고받았다. 그녀는 온몸이 차가워지는 느낌을 받았다. 웃고 있는 남녀의 몸에서 동물원의 맹수 냄새가 풍기는 것 같았기 때문이다. 순간, 그녀는 애드벌룬으로 변한 머리가 멈추지 않고 천장을 들이받는 느낌, 그리고 펑펑, 펑펑, 아무것도 없는 텅 빈 밀폐된 공간에 메아리치는 소리마저 나는 듯한 느낌을 받았다. 그녀의 손이 손가방 끈을 꽉 쥐고 있었다. 어느 결에 배어나왔는지, 식은땀이 금빛 솜털을 따라 줄줄 흘러내리다가 신발 속으로 들어가 고이기 시작했다. 이때 그녀의 귀에 쇠창살 안쪽에 있는 사람들의 대화가 들려왔다. 이게 무슨 냄새죠?—여자 냄새로군!—시체 썩은 냄샌데요?—꽃 냄새가 특이한데!—아냐, 이건 시체에서 풍기는 악취예요!—그녀는 한껏 몸을 움츠렸다. 두 은행 직원의 얼굴을 보기가 두려웠다. 초록색 솜털이 나고 손가락이 구부러지고, 손톱이 깨진 커다란 손이 불쑥 뻗어나오더니 큰 소리로 말했다. "이리 내요!" 그녀는 순순히 손가방을 열고 배니싱 크림이 담겼던 자그마한 흰색 자기 병을 꺼내 그 커다란 손바닥에 올려놓았다. 그녀는 그 커다란 손이 자기 병을 바스러뜨리고 부서진 자기 파편 속에서 금니 세 개를 골라내는 것을 보았다. 금니의 눈부신 광채가 노랑나비떼가 실내에서 훨훨 날아다니듯 사방으로 나부꼈다. 순간 그녀는 등골이 서늘해졌다. 얼른 고개를 돌렸을 때, 유별나게 커다란 안경을 쓴 여직원이 두 손으로 시커먼 권총을 들고, 구불구불한 총신으로 그녀의 아랫배를 쿡 찔렀다. 여직원이 말했다. "솔직히 자백하시지, 이 금니 어디서 난 거야?!" 그녀는 총신이 자신의 자궁 속으로 깊숙이 파고드는 느낌을 받았다. 총구 끝 바로 위에 튀어나와 있는 가늠쇠가 수탉 대가리가 모이를 쪼아 먹듯 자궁 속에서 이리 비틀 저리 미끌 하며 움직이는 것 같았다. 공포에 질린 그녀는 불안한 나머지 엉덩이를 들썩이며 구불구불한 총신이 자궁 속에서 일으키는 고통스러운 소란을 견뎌냈다. 그녀가 말했다. "내 아저씨가 남겨준 거예요……" 여직원이 총구를 무지막지하게 비틀어대기 시작했다. 그리고 이를 악물고 욕설을 퍼부었다. "거짓말! 너는 시체에서 이빨을 뽑아낸 요물이야!" 그녀는 난폭한 강간을 참듯이 여직원의 난폭한 움직임을 참고 견뎌냈다. 억울함에 눈물이 주르르 쏟아졌다. 그가 커다란 배를 불룩 내밀고 천장에서 내려왔다. 장례미용사는 생명의 은인이라도 만난 것처럼 그에게 손을 뻗었다. 그가 여직원의 어깨를 툭툭 쳤다. 그러자 여직원은 즉시 허리를 굽히고 한옆으로 물러났다. 구불구불한 총신도 움츠러들며 물러나더니 바닥에 툭 떨어졌다. 죽은 뱀 한 마리였다. 뱀이 얼음장 같은 외눈을 음험하게 부릅떴다. 그가 커다란 입을 벌리고 이가 빠진 자리를 가리켰다. "그건 내 이야. 내가 저 여자한테 선물로 준 거지. 저 여자는 내 조카라니까!" 여직원이 굽실거리며 물러났다. 그가 윗옷을 벗어던지더니 두 젖꼭지 사이에서부터 은밀한 부위에 이르기까지 지퍼가 달린 배를 가리키며 말했다. "비닐 자루를 가져와 담아!" 그러고 나서 그는 뱃가죽의 지퍼를 열었다. 그러자 장어떼가 뒤죽박죽 섞인 것처럼, 은회색 지방과 푸르스름하고 번들거리는 내장이 꿈틀거리고 울부짖으며 쏟아져나오기 시작했다. 그녀는 뜨뜻하고 역겨운 비린내에 구역질이 났다. 그것들은 끊임없이 솟구쳐나와 주인의 몸뚱이를 덮어버렸다. 그녀는 지방과 내장이 겹겹으로 휘감고 에워싼 복판에 빠져들고 말았다. 온통 진득거리고, 사방에 뾰족한 것들이 떼 지어 다녔다. 그녀는 자신의 몸에 난 모든 구멍이 굴욕적인 위협이나 모욕을 견뎌내고 있다고 느꼈다. 그녀는 땅바닥을 기고, 꺼이꺼이 목 놓아 울었다. 두 손으로는 극도로 혐오스러운 그것을 잡아야 했으며, 극도로 혐오스러운데도 그것을 피할 수가 없었다. 하지만 무엇보다 두려웠던 건 그것들이 구멍만 보면 파고들어오는 것이었다. 그녀는 그것들의 침입을 허용할 수 없었다. 그래서 입을 꽉 다물고, 한 손으로 하체의 구멍을 막고, 다른 한 손의 엄지손가락으로 항문을 단단히 막았다.

물리교사의 꿈

그는 불현듯 따사로운 손길 하나가 자기 등에 살포시 내려앉는 것을 느꼈다. 그런 다음 무겁게 압박하는 것을 느꼈다. 고개를 숙이자 장례미용사의 발그레하니 상기된 두 뺨, 길게 벌어진 입, 그리고 팽팽하게 부풀어오른 입술이 눈에 들어왔다. 그의 몸이 굳어지면서 장례미용사의 두 눈에 불만족과 조롱이 나타났다. 그 순간 허공에서 웃음소리가 들렸다. 손이 등살을 꼭 집더니, 그를 가볍게 들어올렸다. 그는 자기 몸의 무게가 닭털만큼도 안 된다는 사실을 처음으로 느꼈고, 아울러 구름 위로 날아가는 재미도 체험할 수 있었다. 바람이 불어닥칠 때마다 귓가에 '쏴아, 쏴아!' 하고 흔들리는 솔잎소리, 그리고 아득히 먼 데서 실려오는 종소리가 있었다. 아래로 버섯 모양의 먹구름이 끝없이 펼쳐졌다. 석양이 만 갈래 광선이 되어 먹구름을 비췄다. 두 먹구름 사이에 꼼짝 않고 있는 둥실 떠오른 찬란한 태양이 황금빛 눈동자처럼, 내가 꿈속에서 천만 번은 그리워했던 아름답고 풍요로우며, 품위 있고 엄숙하면서도 황량하기 이를 데 없는 러시아 대지를 비춰주고 있었다. 감격에 겨워 너의 눈에 눈물이 맺혔다. 그녀는 통조림 같은 젖가슴을 늘어뜨린 젖소떼 한가운데 서서 너를 향해 손짓했다. 그녀는 한없이 부드러운 눈, 푸른 하늘의 빛깔을 띤 눈을 가지고 있었다. 그녀는 윤기 흐르는 머리카락, 아맛빛 머리카락을 가지고 있었고, 그녀는 풍만한 가슴, 러시아의 탐스러운 가슴을 가지고 있었다…… 붉은색 '콤바인'이 끝이 보이지 않는 들판에서 호밀을 거두어들이는 가운데, 볼륨을 최대한 높인 스피커에서는 〈모스크바 교외의 저녁〉과 〈동팡훙〉이 번갈아가며 고막이 울릴 정도로 우렁차게 쏟아져나오고 있었다. 너는 생이별했다 우연히 다시 만난 연인이라도 되는 듯 그녀를 바라보았다. 저녁 노을은 새빨간색으로 그려놓은 눈썹 같았고, 그녀의 눈썹은 새빨간 저녁노을 같았다. 그녀는 막 나래를 펼치는 흰 비둘기처럼 양팔을 벌리고 나를 향해 날아왔다. 그녀의 하얀 치마폭이 바람에 잔뜩 부풀었고, 그녀의 고운 머리칼이 바람결에 나부꼈다. 드디어 그녀가 내 품에 뛰어들었다. 그녀가 눈물을 흘리며 말했다. "꼬박 이십 년 동안 당신을 기다렸어요." "당신은 아직도 홀몸이었군요!" "그래요, 당신은요? 결혼했나요?" "아니…… 안 했소……" 물리교사는 떠듬떠듬 말했다. "안 했소……" 그의 심장이 바늘 끝에 찔린 것처럼 아파오고, 서글픔이 끊임없이 밀려드는 파도처럼 솟구쳤다. 그녀가 눈물을 흘렸다. "지난 이십 년간 당신한테 편지를 오천 통이나 써보냈어요. 하지만 당신은 한 번도 답장하지 않았죠. 날마다 산에 올라가 당신이 계신 쪽을 바라보았지만, 자욱이 낀 안개와 불빛밖에 보이지 않았어요. 때로는 당신이 죽은 꿈을 꾸기도 했어요. 꿈결에 울다 깨어나면 베개가 눈물에 젖어 있곤 했죠. 그럴 때마다 난 엄청난 괴로움을 견뎌내야 했어요……" 물리교사는 러시아인 애인을 품에 꼭 안았다…… 두 사람은 결혼 예복을 입고 성당으로 걸어갔다. 성당 입구에는 붉은 수술이 달린 총을 손에 들고 허리에 붉은 가죽띠를 두른 단발머리 여인이 좌우로 한 명씩 서 있었다. 왼쪽에 선 사람은 투샤오잉, 오른쪽에 선 사람은 장례미용사였다.

장례미용사의 꿈

나는 길을 걷고 있었다. 처음에는 스커트를 입었던 것 같은데, 나중에는 또 작업복을 입은 것 같았다. 나는 검정 비닐 자루를 하나 들고 길을 걸었다. 자루는 묵직하고 미끄러워 손가락이 얼얼했다. 누군가가 나에게 '부산물'이 담긴 그 비닐 자루를 시 정부에 갖다주라고 명령한 것 같았다. 나는 녹듯빛 작은 빌딩을 보았다. 빌딩 꼭대기에는 안테나들이 반짝이는 거미줄처럼 얽히고설킨 십여 개의 전신주가 있었다. 안테나 중앙에는 깃대 하나가 높게 솟아 있었고, 깃대에는 커다란 붉은 깃발이 높이 게양되어 있었다. 시 정부의 커다란 철문 양옆에는 초록색 제복을 입은 남자 두 명이 서 있었다. 그들은 둘 다 머리를 박박 밀었고, 둘 다 안경을 쓰고 있었다. 그리고 둘 다 허리춤에는 붉은 가죽띠를 두르고 손에는 붉은 수술이 달린 창을 거머쥐고 팔뚝에는 붉은 완장을 두르고…… 그 둘은 똑같았다. 나는 갑자기 그들의 정체가 생각나 그들이 주의를 기울이지 않는 틈을 타 고개를 숙이고 얼른 문 안으로 들어가려 했다. 그러나 붉은 수술이 달린 창 두 자루가 거의 동시에 내 가슴팍을 찌르고 들어왔다. 왼쪽 창끝은 내 오른쪽 가슴을, 오른쪽 창끝은 내 왼쪽 가슴을 겨냥했고, 두 자루의 창에 달린 붉은 수술이 서로 엇갈렸다. 나는 겁이 나서 뒷걸음쳐 나왔다. 고개를 숙이자 양쪽 가슴이 모두 창끝에 찔려 수세미 속살 같은 구조가 드러나 있었다. 피는 한 방울도 흐르지 않았고, 흘러나온 것은 모두 젖이었다. 나는 묵직한 비닐 자루를 쥔 채 시 정부 앞길을 배회했다. 붉은 나사(羅紗)로 지은 작업복과 몸에 꼭 끼는 검정 나일론 바지를 입은 한 무리의 아름다운 아가씨들이 흰 테이블보를 덮은 식탁과 전기도금한 접이식 의자를 하나씩 옮겨다 큰길가와 시 정부 앞 너른 광장에 늘어놓기 시작했다. 하얀 옷을 입은 사내들이 맛있는 냄새가 코를 찌르는 닭, 오리, 생선, 고기 요리가 담긴 접시를 들고 바삐 오갔다. 끝이 보이지 않는 식탁, 귀가 먹먹할 정도로 시끄러운 건배 소리, 사람들은 하나같이 필사적으로 먹고, 마시고, 떼 지어 허리를 숙이고 토해내고, 토하면서도 한편으로는 음식을 입속에 가득 채웠다. 나는 누더기를 걸친 사람들 틈에 섞여 그들과 함께 맛난 음식들을 게걸스럽게 바라보았다. 용등(龍燈)놀이를 하는 사당패도 왔고, 뱃놀이를 연기하는 배우들도 왔다. 원숭이를 데리고 마술을 부리는 패거리도 왔다. 소녀 하나가 앙증맞은 댕기머리를 소나무에 묶은 채 매달려 있었다. 누군가가 그녀의 다리를 밀어 그네를 태우기 시작했다. 그녀의 몸이 흔들흔들, 높이 아주 높이 올라갔다…… 누군가가 고함을 질렀다. "만두 왔어요! 만두가 나왔어요! 호랑이고기로 소를 넣은 만두가 나왔어요! 호랑이고기 만두요!" 붉은 김이 모락모락 나는 작은 호랑이 모양의 만두가 한 쟁반 가득 식탁 위에 놓였다. 군중이 몰려와 밀고 밀리면서…… 누군가 고함을 쳤다. "라이거가 왔다! 위안위안과 팡팡이 나타났어!" 나는 인민공원 쪽에서 날듯이 달려오는 짐승 두 마리를 보았다. 털이 얼룩덜룩하고 눈빛이 사나운 두 마리의 맹수—한 마리는 사자 머리에 호랑이 몸통—한 마리는 호랑이 머리에 사자 몸통—그것들이 포효하면서 달려오더니 훌쩍 뛰어올랐다. 속도는 말보다 빠르지 않았다. 탐욕스럽게 실컷 먹고 마셔대던 사람들이 영문을 몰라 어리둥절해한 것은 아주 잠깐이었다. 잔치판이 폭탄 테러라도 당한 듯 깨지더니, 식탁 위에서 떨어지는 국물과 땅바닥의 더러운 토사물도 아랑곳하지 않고 사람들이 식탁 밑으로 들어갔다. 또 누구는 무작정 앞으로 내달리고, 누구는 뒷걸음질로 물러나고, 누구는 그 자리에 선 채 벌벌 떨고만 있었다. 라이거가 동물원에서 탈출했다! 라이거들이 우리에서 빠져나왔어! 길가의 사람들이 모두 큰 소리로 악을 쓰고 아우성쳤다. 온 도시 사람들이 이리 뛰고 저리 뛰어 도망치느라 정신이 없었다. 강물에 뛰어드는 이가 있는가 하면, 나무 위로 기어올라가는 이도 있었다. 소형 승용차는 고양이에게 쫓기는 생쥐처럼 구멍만 보이면 파고들었다. 소형 승용차 두 대가 정면으로 충돌하더니, 천천히 뱃가죽을 마주 대고 일어서다가 천천히 뱃가죽을 하늘을 향한 채 길 위에 벌렁 뒤집혔다. 자동차 타이어 여덟 개가 허공을 향한 채 빙글빙글 돌아가고, 자동차의 뱃가죽에서 시커먼 매연이 뿜어져나왔다. 그러더니 노란 화염이 솟구쳤다. 대형 트럭 한 대가 2층 건물을 들이받고 뒤집혔다. 나는 군중에 휩쓸려 달아났다. 하지만 별로 두렵지 않았다. 어렴풋하게나마 나는 라이거들이 나한테는 악의를 품지 않았다는 것을 느낄 수 있었다. 눈 깜짝할 사이에 큰길이 텅 비어버렸다. 오직 나와 길바닥에 질펀하게 쏟아진 술 그리고 주먹만큼 큰 색색의 기름 덩어리가 둥둥 뜬 국물뿐이었다. 라이거 두 마리가 어슬렁어슬렁 다가왔다. 꼬리로 거리의 오물들을 쓸며 온 탓에 끈적끈적 젖은 꼬리는 보기만 해도 구역질이 났다. 녀석들은 나를 에워싸고 빙글빙글 맴돌았다. 나 역시 덩달아 맴돌았다. 나는 녀석들의 시선을 놓칠까봐 겁이 났다. 하지만 나는 내가 맴돌든 맴돌지 않든 마찬가지라는 사실을 깨달았다—한 마리는 결국 내 등뒤를 위협하고 있었으니까. 나는 담장 구석까지 물러났다. 등을 대고 힘을 한껏 주었더니 담벼락이 와르르 무너졌다. 라이거 두 마리가 또다시 나를 에워싸고 빙글빙글 맴돌기 시작했다. 나는 눈앞이 캄캄해졌다. 냉기가 등뒤에서 덮쳐왔다. 맹수 사육장에서 맡았던 그 익숙한 냄새가 냉기에 섞여 나를 덮쳤다. 끝났구나, 저 녀석들이 덤벼들 거야. 저 녀석들은 나를 산 채로 갈가리 찢어발겨놓고 한 입 한 입 먹어치우겠지. 뼈마저 깨물어 삼켜버릴 거야…… 귀에 익은 목소리가 하늘에서 고함쳤다. "네 손에 들린 비닐 자루를 어서 내려놔!"

물리교사의 꿈

나는 처음에 강변 은사시나무 숲 속을 걷고 있었다. 나무 한 그루를 돌고, 또 한 그루를 돌고, 다시 한 그루를 돌아 걸었다…… 줄기에 눈처럼 하얀 살갗이 돋아난 나무도 있고, 황금빛 솜털이 돋은 나무도 있었다…… 나무에는 전부 유방 한 쌍이 솟아 있었다…… 내가 그것들을 향해 걸어간 것이 아니라 그것들이 내 앞으로 다가들고 있었다…… 나는 그것들을 피하느라 급급했다…… 아름다운 강물이 보였다. 강가에는 작업복으로 빈틈없이 온몸을 가린 청소부 여자가 서 있었다. 그녀는 콘돔을 한가득 쓸어담은 쓰레받기를 들고 내게 말을 하는 것인지 아니면 혼잣말을 하는 것인지 중얼거렸다. "요새 젊은 것들은 정말 뻔뻔하기 짝이 없어! 품위를 몰라!" "품위를 몰라!" 나는 혼잣말하듯 그리고 그녀에게 대꾸하듯 중얼거렸다. 내 등뒤에서 은사시나무 두 그루가 비웃었고, 나는 무척 부끄러웠다. 강에는 작은 배들이 많이 떠 있었다. 모든 배에는 머리를 박박 민 맨발의 어부들이 서 있었다. 어부들은 모두 손에 검정 노끈으로 엮은 큼지막한 그물을 들고 있었다. 그들은 그물을 활짝 펼쳐 던졌다가 배 위로 끌어올렸다. 그물 속에 걸린 것은 모두 얼굴빛이 창백한 중학생들이었다. 안경잡이도 있었고, 안경을 쓰지 않은 학생도 있었다. 머리카락은 모두 젖어 찰싹 달라붙어 있었다. 나는 어부에게 큰 소리로 외쳤다. "내 학생들을 놓아주시오! 학생들을 그물로 잡지 마시오!" 어부들은 모두 귀머거리인 양 내 말에 아무 반응을 보이지 않았다. 내 학생들은 그물 속에서 몸을 웅크리고 있었다. 머리를 숙인 녀석도 있고 머리를 들고 있는 녀석도 있었고, 남쪽을 바라보는 녀석도 있고 북쪽을 바라보는 녀석도 있었다…… 학생들의 머리는 입체기하학이 제시한 모든 방향의 가능성을 향해 있었다. 아이들은 물고기처럼 희끄무레한 눈을 부릅뜨고 있었다. 나는 아이들이 나를 보고 있는지 그렇지 않은지 알 수 없었다…… 나중에 강물이 말라붙고, 강바닥 진흙이 햇볕에 바싹 마르더니 몹시 불규칙한 무늬로 갈라지기 시작했다. 시의 온 인민들이 모두 말라붙은 강바닥에서 고개를 숙이고 허리를 구부린 채 무언가를 찾는 것 같았다. 저들은 무엇을 찾고 있는 걸까? 그들은 물고기를 찾고 있었다. 가위 모양으로 갈라진 물고기 꼬리가 허공을 향해서 그리고 내 얼굴을 향해서 파닥거렸다. 진흙이 물고기 몸통에 말라붙어 있었다. 나는 무릎을 꿇고 손가락으로 물고기 꼬리에 들러붙은 진흙을 긁어냈다. 진흙 덩어리가 아주 딱딱해서 손톱이 닳았다. 나는 마른 나뭇가지를 하나 찾아내 끝을 이로 물어뜯어 뾰족하게 만들었다. 그리고 조심스럽게 진흙 덩어리를 후볐다. 차츰 물고기의 몸통이 드러나기 시작했다. 바닥의 흙덩어리도 차츰 축축해지기 시작해 차츰차츰 검은색 진흙으로 바뀌어갔고, 진흙 속에서 끈적거리는 거품이 솟아나기 시작했다. 비린내가 나는 거품 속에서 누런 새끼 미꾸라지들이 교활하게 요리조리 달아났다…… 나는 나뭇가지를 내던지고 두 손으로 진흙을 파헤치기 시작했다. 나는 조만간 그 물고기를 파낼 수 있을 것이다. 어쩌면 그것은 몸통이 붉은 잉어일지도 모른다.

장례미용사의 꿈

투샤오잉이 감언이설로 나를 꾀어 제8중학에서 운영하는 토끼고기 통조림 공장으로 데려갔다. 엄청나게 큰 작업장은 텅 비어 있고 너희 두 사람만 있었다. 너희의 목소리가 쩌렁쩌렁 울려 거대한 파도처럼 물결쳤다. 바닥에 나뒹구는 십여 개의 파이프에서 뜨거운 증기가 규칙적으로 뿜어져나왔다. 그녀가 외설스럽게 말했다. "우리 둘 다 옷을 몽땅 벗어버리는 게 어때? 난 그 사람과 함께 있을 때면 늘 옷을 다 벗었거든." 네가 까르르 웃었다. 너는 생각했다. 옷을 죄다 벗는 걸로 따진다면 그녀는 고작 견습생밖에 안 될걸. 그녀는 내가 어렸을 때부터 태양 아래 발가벗은 채 산책하길 좋아했다는 것도 모를 거야. 너는 별말 없이 허리를 숙이고 바지를 단숨에 발밑으로 내렸다. 너는 그녀와 옷 벗기 시합을 벌였지만 결과적으로 승부는 가릴 수 없었다. 그러니까 네가 실오리 하나 걸치지 않은 채 작업장에 서 있었을 때, 그녀 역시 실오리 하나 걸치지 않은 채 너의 맞은편에 서 있었던 것이다. 너는 그녀의 몸매가 이상할 정도로 풍만하고 예쁘다는 걸 발견하고 흠칫 놀라지 않을 수 없었다. 어쩌면 이렇게 저항하기 어려운 매력을 가졌을까!―남성만 유혹하는 게 아니라 여성도 유혹하다니―너는 손을 내밀어 그녀의 육체를 만져보고 싶은 생각을 누를 수 없었다―아름다운 꽃을 발견했을 때 코를 대어 냄새를 맡아보고 싶어지는 것처럼. 하지만 너는 너의 욕망을 억눌렀다. 심호흡을 하고 침을 한 모금 꿀꺽 삼켜 욕망을 억제할 수 있었다. 너는 냉랭하게 말했다. 그리고 손가락 하나를 권총처럼 들고 그녀의 가슴을 겨눈 다음, 차가운 목소리로 그녀의 풍만한 육체에 사형을 선고했다. "네 피부색은 너무 역겨워. 돼지 창자처럼 하얗잖아! 네 가슴은 너무 커. 꼭 물통 같다고!" 그녀의 얼굴이 삽시간에 발갛게 달아올랐다. 그녀가 얼굴을 붉히며 말했다. "이건 사람의 의지로 바꿀 수 있는 게 아니야. 나도 너처럼 온몸에 솜털이 났으면 하고 얼마나 바랐는지 몰라, 원숭이처럼. 네 입술 위에는 남자들처럼 콧수염도 났잖아!" 그녀의 말에서 조롱기가 묻어나와 너는 언짢아졌다. 네가 좀더 모진 말을 골라 그녀의 몸에 공격을 가하려는 순간, 그녀는 다투지 않고 서로 잘 지내고 싶다는 듯 너의 팔에 살며시 팔짱을 끼었다. 그녀가 말했다. "우리 다투지 말자. 여자는 여자를 공정하게 평가할 수 없는 법이니까. 여인의 몸매가 아름다우냐 아름답지 않으냐는, 오직 남자만 아는 거니까." 너는 보복의 쾌감 같은 것을 느꼈다. 그리고 의미심장하게 그녀의 말을 되풀이했다. "옳은 말이네! 남자만이 알 수 있지!" 그녀는 너에게 작업장 설비를 보여주었다. 제1공정부터 시작해 마지막 공정까지 소개해주었다. 그런 다음 다시 제1공정의 기계 옆으로 돌아와 멈춰 섰다. 그녀는 기계를 조종하는 틀 위에 올라서더니, 실눈을 뜨고 빙그레 웃어가며 네모반듯한 작은 창구 아래 허공에 뻗어나와 있는 널판, 다이빙대처럼 생긴 널판을 가리켰다. 널판 위에는 토끼털이 묻어 있었다. 어느새 그녀의 손에는 끝에 고무를 씌운 동글동글한 망치 한 개가 들려 있었다. 얼굴에는 정말 진지하고 매혹적인 미소를 띠고 있었다. 그녀가 말했다. "너, 이 널판에 얼굴을 대보지 않을래? 아니, 이 널판에 반드시 얼굴을 갖다대야 해! 얼굴을 이 널판에 갖다대지 않아야 할 이유가 없으니까!" 너는 널판에 얼굴을 갖다대고 두 눈을 치켜뜨며 그녀의 웃는 얼굴을 바라보았다. 그녀가 물었다. "무슨 소리 안 들려?" 너는 사랑의 노래를 들을 수 있었다. 그녀가 다시 말했다. "사랑의 노래가 들린다면, 두 눈을 감아봐." 너는 눈을 감았다. 그녀가 말했다. "지금부터 숫자를 세기 시작할 거야. 열셋까지 세었을 때, 너는 아주 달콤한 잠에 빠져들 거야!" 음악이 우렁차게 들리는 가운데, 그녀가 숫자를 세는 소리가 또렷하게 들렸다. "하나, 둘, 셋, 넷, 다섯, 여섯, 일곱, 여덟, 아홉, 열, 열하나, 열둘……" 여기서 그녀가 잠깐 뜸을 들였다. 너는 그녀가 이미 열둘까지 센 숫자들을 보았다. 그것은 열두 개의 또렷한 발자국, 금빛 모래밭에 찍힌 발자국 같았다. "열셋!" 그녀의 입에서 터져나온 이 숫자가 사나운 짐승의 포효처럼 크게 울렸다. 너는 그 울부짖음에 뒤이어 귓가에 거센 바람이 몰아치는 걸 느꼈고, 곧이어 네 관자놀이에 엄청난 충격이 가해지는 걸 느꼈다. 너는 정신을 잃었지만 머릿속만은 맑다는 것, 그리고 그 충격에 운동과 언어를 지배하는 능력을 잃었다는 걸 알았다.

너는 네 몸이 비스듬히 땅바닥에 널브러지고 머리만 널판 위로 불쑥 올려져 있는 것을 보았다. 너는 고무 망치가 관자놀이를 내리치는 순간 터져나온 울음소리, 암수 토끼 두 마리가 교미할 때 뱉어내는 축축하고 고통스러운 비명소리를 들었다. 길게 터져나온 비명소리가 구불구불 기어가는 뱀처럼 작업장에 피어오르기 시작했다. 그녀는 고무 망치를 든 채 허리를 숙이더니, 뺨을 너의 왼쪽 가슴에 대고 심장 뛰는 소리에 귀를 기울였다. 만일 너의 심장이 계속 뛰고 있었다면, 그녀는 고무 망치로 계속 너의 관자놀이를 때렸을 것이다. 너는 소리 없이 비웃었다. 그녀가 네 왼쪽 가슴에 귀를 댔기 때문에 비웃었고, 네 아랫배에 비스듬히 와닿은 그녀의 묵직한 유방의 무게에 비웃었다. 네 심장은 자랑스럽게도 오른쪽 가슴에서 뛰고 있었던 것이다. 그녀가 일어서더니 고무 망치를 툭 떨어뜨리고 풀죽은 목소리로 중얼거렸다. "토끼만도 못하다니!" 그녀는 너의 두 다리를 잡고 작업장 깊숙한 곳으로 질질 끌고 들어갔다…… 그녀는 펄펄 끓는 물을 끼얹어 너의 몸에 난 황금빛 솜털을 모조리 뽑았다…… 그녀는 너의 심장을 꺼내고…… 그녀는 너의 머리를 잘라 바구니에 던져넣었다. 바구니에는 수십 개의 토끼 머리가 담겨 있었다…… 그녀는 너를 끓는 물에 푹 삶은 다음, 잘게 저며 토끼고기와 한데 섞어 통조림 병에 담았다…… 너는 바구니 안에서 그녀가 하는 일을 지켜보았다…… 너는 수백 개의 투명한 유리병 속에서 그녀를 바라보았다……

물리교사의 꿈

그는 황금빛 솜털 모양의 이끼가 낀 은사시나무 아래 앉아서, 처량한 표정으로 너에게 꿈 이야기를 들려주었다. 그의 얼굴은 너의 얼굴과 완전히 비슷했고 그는 너와 똑같은 초록색 제복을 입고 있었고, 말하는 억양조차 너와 완전히 똑같았다. 너는 의혹을 품고 이렇게 생각했다. 그가 나란 말인가, 아니면 내가 그란 말인가? 그가 말했다. "이 친구야, 자넨 벌써 내 얼굴을 꼴도 아니게 짓뭉개버렸어! 자넨 내가 집에 없는 틈을 타서 나를 오쟁이진 남자로 만들었어! 허어, 그것 참! '친구 마누라는 능욕하지 않는다!'더니, 뭐가 어쩌고 어째? 하기야 남녀지간의 일이라는 게 원래 터무니없기 마련이지. 어쨌든 자네한테 내 꿈 얘기를 들려줘야겠네. 속담에 뭐랬나? '꿈속에 황금이 있다'고 했잖나. 내가 잔디밭에 누워 잠이 들었는데, 머리카락이 아맛빛이고, 가슴이 아주 크고 아름다운 여자가 온몸에서 신선한 우유 냄새를 풍기며 나타나더니 내게 이러더군. '아주 오래된 아름다운 전설이 하나 있어요. 참새가 한 걸음씩 내딛는 것을 본 사람이 있었대요—참새는 원래 두 발을 모아 종종 뛰어가는 짐승이잖아요. 병아리처럼 왼발을 내디딘 다음에 오른발을 딛고, 그런 다음 다시 왼발을 내딛고, 다시 오른발로 디뎌가며 걸을 줄 몰라요. 병아리의 걸음걸이는 사람의 걸음걸이와 똑같지만, 참새는 그저 두 발로 폴짝폴짝 뛸 줄만 알죠……' 그녀는 참새가 병아리처럼 한 발 한 발 걸어가는 걸 보면 하늘에서 행운이 뚝 떨어진다고 했지. 참새가 한 걸음 내디디면 자네한테 횡재수를 안겨주고, 두 걸음을 내디디면 관운을 안겨주고, 세 걸음을 내디디면 여복을 안겨주고, 네 걸음을 내디디면 건강운을 안겨주고, 다섯 걸음을 내디디면 자네의 기분이 늘 유쾌한 상태를 누리게 되고, 여섯 걸음을 내디디면 자네 사업이 순조로워지지. 일곱 걸음을 내디디면 자네의 지혜가 곱절로 늘어나고, 여덟 걸음을 내디디면 아내가 자네한테 잘하고, 아홉 걸음을 내디디면 이름을 온 세상에 떨치게 되며, 열 걸음을 내디디면 자네 생김새가 멋지게 바뀌고, 열한 걸음을 내디디면 자네 아내가 아름다워지며, 열두 걸음을 내디디면 자네 아내와 자네 애인이 화목하게 어울려 자매처럼 친한 사이가 된다는 거야. 하지만 절대로 열세번째 걸음을 보아선 안 된다네. 만일 참새가 열세번째 걸음을 내딛는 걸 보았다가는 앞서의 모든 행운이 죄다 곱절의 악운으로 바뀌어 자네 머리 위로 뚝 떨어져내린다지 뭔가! 이런 얘기를 한 다음 그녀는 휑하니 가버렸네."

그는 손가락으로 진흙을 후벼파더니, 작은 새끼 미꾸라지 한 마리를 꺼냈다. 반쯤 죽어가고 있던 새끼 미꾸라지는 꼬리만 팔딱팔딱 움직이며, 죽음을 앞두고 발악하듯 아가미를 벌름거렸다.

"자네, 참새가 한 발씩 걷는 걸 봤나?" 너는 그에게 물었다.

그의 눈에 눈물이 맺혔고, 그가 울음 섞인 목소리로 말했다. "보았네……그녀가 막 떠났을 때, 참새 한 마리가 내 눈앞에 떨어졌어."

"그것이 몇 걸음이나 걷던가?"

"열세 걸음……"

"열세 걸음이나 걸었다고?"

"그래, 열세 걸음이었어. 그리고 두 날개를 활짝 펴더니 푸드득 나무 위로 날아가버렸네."

"그럼 이제 어쩔 셈인가?"

그가 고개를 들고 은사시나무 줄기에서 길게 뻗어나온 팔뚝만큼 굵은 가장귀를 쳐다보며 말했다. "난 아무래도 저기에 목을 매는 게 좋겠어…… 내가 살아온 반평생 동안 행운이라곤 반 톨도 받아본 적이 없는데, 더는 악운에 시달릴 수 없네. 악운에 시달려 고통받느니 차라리 나 스스로 목을 매고 죽어버리는 게 낫지. 소문을 듣자니, 인민공원에서 일하던 맹수 사육사도 참새가 열세 걸음을 걷는 꼴을 보고 목을 매 자살했다더군."

너는 물끄러미 그의 얼굴을 바라보았다. 자기 얼굴을 들여다보는 것처럼.

"이 친구야, 우리 둘은 오래전부터 잘 아는 사이였으니 말인데, 죽기 전에 자네한테 부탁할 일이 하나 있네."

너는 먹구름 두 조각이 태양을 서로 밀어붙이는 가운데 그 사이로 금빛 찬란한 빛줄기가 장엄한 대지의 숲과 엄숙한 강물을 내리비추는 광경을 보았다. 그가 말을 이었다. "부탁하네, 자네가 내 옷을 가지고 돌아가주게. 천국에서는 제복 입은 사람을 들여보내지 않으니."

그는 옷을 모조리 벗은 다음, 땅바닥에서 낡은 삼밧줄을 주워 올가미를 만들고는 나무 가장귀에 걸었다. 그런 다음 위로 뛰어올라 머리를 올가미 속에 넣고 허공에 대롱대롱 매달렸다. 삼밧줄이 그의 목을 바짝 조여들자 이내 목뼈가 바스러지면서 혓바닥이 길게 나오고 두 눈알도 튀어나왔다. 양팔은 주인의 뜻에 순종하듯 허벅지 옆으로 축 늘어졌다. 아주 편안하게.

장례미용사와 물리교사의 같은 꿈

이 꿈이 나를 아주 화나게 만들었어! 그는 횃대에서 훌쩍 뛰어내리더니 우리 바닥에 책상다리를 하고 앉아 두 손바닥으로 바닥에 떨어진 색분필 가루를 긁어모아 작은 봉분을 하나 만들었다. 그리고 손가락에 침을 묻힌 후 소중하게 분필가루를 찍어 입에 넣고, 꼭 벌꿀이 묻은 손가락을 빨며 음미하듯 빨아먹었다. 그가 말했다. "그녀도 그도 꿈속에서 보았지. 장츠추가 머나먼 지방에서 장사가 잘되어 떼돈을 번 것을. 그는 엄청난 현금을 모아서 곧바로 맛있는 음식을 잔뜩 샀어. 신선한 고기도 있고, 통닭구이도 있고, 해삼도 있었지…… 그와 그녀는 꿈속에서 입맛을 다시느라 침이 볼 위로 흘러내렸어. 벼락부자가 되어 콧대가 높아진 장츠추는 허리에서 교편을 뽑아들고, 중학생을 위협하듯 그걸 머리 위로 높이 들었어. 너희 연놈들, 잘하는 짓이다! 그와 그녀는 엄한 교사의 교편 아래서 벌벌 떨었지. 그녀는 자신이 말하는 것을 꿈꾸었고, 그는 그녀가 말하는 것을 꿈꾸었어. 너는 투샤오잉의 남편이야! 그녀는 자신이 시시비비를 뒤죽박죽 섞어놓고 있다는 사실을 알았고, 그 역시 그녀가 시시비비를 헷갈리게 만들었다는 사실을 알고 있었어. 그와 그녀는 뒤이어 정의의 교편을 높이 치켜든 사내, 부자가 되었으면서도 흑심을 품은 사내가 냉소를 지으며 이웃집으로 가는 것을 보았어. 그와 그녀는 그가 돈의 힘으로 그녀의 굳게 닫힌 문을 두드려 열려 한다는 걸 알았어. 그리고 복수의 급행열차를 휘몰아 파죽지세로 거침없이 그녀의 품속으로 뛰어들려 한다는 것까지도. 죽은 사람의 관을 짜던 널판 조각을 고쳐 만든 낡아빠진 대문 두 짝은 아이들이 색분필로 마구 그려놓은 신비스러운 기호투성이였어. 그녀와 그가 동시에 벌떡 일어났지. 그녀와 그, 둘 다 질투를 느낀 거야. 둘 다 오래 묵은 식초라도 마신 것처럼 마음속이 시큼털털했어. 그리고 그와 그녀는 칠판 밑에 쭈그려 앉아 알록달록한 색분필 가루를 주워 먹었지……

도대체 누가 분필 먹는 데 최고라는 거지?

……

서술자가 분필가루 두 줌을 움켜쥐더니 한번에 입속으로 털어넣었다. 미처 들어가지 못한 분필가루가 연기처럼 이리저리 흩날렸다. 그는 말했다. 물리교사와 장례미용사가 서로 꼭 껴안고 한 덩어리가 되어, 저마다 자기만의 홀로그램 꿈에 빠져들어 스스로 헤어나오지 못했다고. 그리고 그와 그녀의 꿈은 성교하듯 처음부터 서로 깊숙이 스며들어 두 육체뿐 아니라 두 영혼마저 긴밀하게 맺어놓았다고. 그와 그녀는 종이박스 칸막이로 분리된 부엌의 다른 쪽 구석에서 부스럭거리는 기척을 들었다. 그들은 풍류미인이 오랜 세월 누워 있던 침대에서 일어나는 것 같은 느낌을 받았다—그것은 죽었다가 다시 살아난, 위대하다고 할 만한 또다른 기적이었다—그들은 기적이 쏟아내는 선명한 빛을 목격했으므로 즉시 침대에서 일어나 그 기적의 원인을 분석하고 기적의 탄생을 경축해야 한다고 생각했다. 하지만 그들의 육체와 정신은 다시 한번 강렬하게 반대 방향으로 치닫고 말았다. 그들이 침대에서 일어나야겠다고 생각할수록 두 사람의 육체는 그만큼 더욱 단단히 들러붙었다. 상대방이 자기 몸속으로 혹은 자신이 상대방의 몸속을 뚫고 들어가지 못하는 것이 원망스러울 정도였다.

서술자가 쏟아내는 언어의 탁류 속에서 우리는 풍류미인이 비틀거리며 일어서는 걸 보았다. 처음에는 벽에 기대어 걸음을 뗐지만, 금세 벽을 짚지 않고 걸었다. 그녀의 걸음걸이는 서툴렀지만 귀엽고 천진했다. 우리는 그녀가 걷는 모습을 보면서 하나밖에 없는 자식이 우리 앞으로 아장아장 걸어오는 것 같은 느낌을 받았다. 우리의 마음은 너그러워졌고, 기쁘고 안심이 되었다. 우리의 정신은 선(善)의 그윽한 숨결을 쏟아냈으며, 우리의 마음속은 사랑으로 가득 차고 온통 따사로운 햇빛으로 충만했다.

6

워싱진을 입고 커다랗고 네모난 안경을 쓴 시 일간지 기자가 '아름다운 세상'의 안내원과 함께 장례미용사의 집으로 들이닥쳤다. 깊은 가을 어느 밤, 도시의 모든 나뭇잎들이 늦가을 추위에 사락사락 떨고 있을 때였다.

앞서 언급한 것처럼, 그들은 도덕의 새로운 조류를 이끌어가는 한 쌍의 연인으로, 실패 확률이 만에 하나도 안 되는 피임 기술로 안전하게 보험을 들어놓았기 때문에 거리낌 없이 사랑을 나누었다. 기자는 작가 지망생이었다. 앞서 언급한 것처럼, 장의사 안내원은 제8중학 아마추어 배구팀의 주공격수로, 별명이 '이랑신'이었다.

그녀가 먼저 말했다. "리 선생님, 댁에 계세요?"

면 담요를 걸치고 삐거덕거리는 의자에 앉아 있던 장례미용사가 대문 안으로 들이닥치는 두 젊은이를 멍하니 바라보았다. 풍류미인은 허리를 숙이고 뭔가 나지막이 중얼대며 집 안을 왔다갔다하고 있었다.

안내원이 남자친구를 잡아끌고 들어오며 말했다.

"리 선생님, 이 사람은 시 일간지 기자예요…… 죽음과 애정에 관한 기사를 전문적으로 쓰고 있죠…… 우리 '아름다운 세상'에 온 적도 있어요…… 저는 안내원으로 있는 샤오우예요. 리 선생님과 같은 회사에서 일하고 있어요…… 저는 제8중학을 졸업했는데, 장츠추 선생님한테 물리를 배웠어요. 신체만 발달하고 머리는 단순해서 장 선생님이 열심히 가르쳐주셨는데 제대로 배우지 못해 늘 죄송했어요…… 리 선생님, 우리는 매일 보는 사이예요…… 장 선생님이 목을 매셨다니, 저도 정말 가슴이 아파요. 선생님의 목소리와 웃는 모습이 지금도 제 머릿속에서 영화필름처럼 돌아가는데…… 선생님이 얼마나 가슴 아프실지 알아요, 저도 정말 슬퍼요…… 이 사람은 샤오화라고 하는데, 여자 이름 같지 않아요? 제 성격이 워낙 남자 같아서 이 사람을 샤오화라고 부른다니까요. 옛날에 우리 할머니 집에서 작은 암캐를 한 마리 키웠는데, 개 이름이 샤오화였어요. 얼마나 귀엽고 사랑스러웠는지 몰라요. 남자아이만 보면 꼬리를 치고 벙어리가 됐는지 짖지도 않았다니까요. 개한테 버릇이 하나 있었는데, 남자아이의 신발이나 양말만 보면 물어다가 제 집에 갖다놓고 지키는 거예요. 남자아이 신발이나 양말을 앞에 놓고 쭈그려 앉아 눈물을 글썽이는데, 도대체 무슨 생각을 하고 있는지 알 수 없었죠……"

샤오화라고 불린 기자가 '이랑신'을 한옆으로 잡아끌더니 허리를 숙이며 자기소개를 했다.

"리 선생님, 저는 시 일간지 기잡니다." 그는 파란 비닐 커버로 된 수첩을 하나 꺼내 자기 눈앞에 흔들어 보였다. "얼마 전 우리 신문에서 제8중학 물리교사 팡푸구이 선생이 수업중 과로사로 순직한 사실을 보도했습니다. 또 중년에 접어든 중학 교사를 돕기 위해 운동을 전개하기도 했고요. 들리는 이야기로는, 시 당국이 현재 교사 숙사를 새로 짓고, 교사들의 임금을 인상하는 데 예산을 투입해 대학입시라는 생사가 걸린 전쟁터에서 고생하는 교사들과 학생들의 목숨을 구할 계획이라고 합니다. 하지만 이런 파문이 잦아들기도 전에 장츠추 선생이 교실에서 목을 매어 죽었다는 파문까지 더해지자 온 사회가 동요하고 있습니다. 우리 언론계도 만감이 교차하고 말할 수 없을 정도로 우려하고 있습니다. 우리 신문사 지도자 동지께서는 제2차 지원 캠페인이 정점에 이를 때까지 여론을 대대적으로 조성할 준비를 하고 있습니다. 이를 위해 제가 특별 인터뷰를 하러 온 겁니다. 저도 지금 리 선생님 심정이 얼마나 비통하실지 잘 알고 있습니다. 그러나 빈사 상태인 중학 교사들을 위해서라도, 비통한 심정을 억누르시고 부디 제 인터뷰에 응해주시기를 부탁드립니다."

그가 녹음기를 꺼내 빨간 버튼을 누르자, 녹음기에 빨간 불이 들어오고 테이프가 스르르 돌아가기 시작했다. 장례미용사는 똑바로 앉아 꼼짝도 하지 않았다. 안색이 무척 창백했다. 그는 녹음기를 끄고 취재 수첩에 빠른 속도로 써내려갔다. "……기자는 스스로 목을 매어 죽은 장츠추 선생의 아내가 낡은 담요를 뒤집어쓰고 의자에 앉아 떨고 있는 모습을 보았다. 그녀의 눈에서는 끊임없이 눈물이 흐르고 있었다…… 고인의 늙은 장모는 너무나 비통한 나머지 정신착란 증세를 일으켰다. 그녀는 사람한테 얻어맞을까봐 겁내는 강아지처럼 구부정한 몸을 담벼락에 찰싹 붙인 채 걸으면서 계속 중얼거리고 있었다. '츠추야, 츠추…… 멀쩡하던 자네가 지쳐 죽다니…… 자네가 멀쩡하게 말라죽다니…… 개놈의 학교 간부들…… 자네한테 일 년 열두 달 숨 돌릴 기회마저 주지 않더니……' 또 기자는 삼대 다섯 식구가 겨우 한 칸 반짜리 집에서 거처하고 있는 것을 목격했다. 노인은 부엌을 반으로 나눠 한쪽 공간에 거처하고, 두 아들은 벽장에서 잠을 자고 있었다……"

그는 녹음기가 꺼져 있는 상태에서 '이랑신'과 눈짓을 주고받았다. '이랑신'이 엉덩이를 툭툭 털면서 말했다.

"시 정부의 배불뚝이 작자들은 하나같이 입만 나불댈 줄 아는 모양이네. 저들이 하는 이야기는 노랫소리보다 더 감동적이라니까. 하지만 그들은 모두 아담한 양옥집에 살면서 호의호식하잖아. 심지어 똥을 싸도 뒤를 닦아주는 사람까지 있다고."

그래도 장례미용사는 담요를 걸치고 의자에 똑바로 앉은 채 꼼짝도 하지 않았다. 흙으로 빚은 부처가 침묵에 잠겨 있는 것처럼.

기자가 물었다. "리 선생님, 당신은 중학 교사의 미망인으로서 진학률만 따지는 이 풍조에 대해 어떻게 생각하시는지 말씀해주시겠습니까?"

장례미용사는 아예 돌부처가 되어 있었다. 기자가 취재 수첩에 질풍같이 써내려갔다. "⋯⋯ 장의사에서 수십 년간 일해온 시 일급 모범 노동자는 학교 당국의 일방적인 진학률 추구에 대해 분개한 어조로 이렇게 말했다. '내 남편이 죽은 마당에 무슨 말을 하겠습니까. 지난 몇 해 그 사람은 줄곧 졸업반을 맡아왔습니다. 졸업반 담당 교사는 한 달에 겨우 하루, 그것도 일요일에만 '대휴가(大休暇)'라는 명분으로 쉴 수 있었습니다. 교장 동지는 교사들에게 매일 저녁 교실을 지키도록 명령했습니다. 국가에서 규정한 여름방학, 겨울방학에도 거의 쉬지 못합니다. 최근 학생들도 죽고 선생들도 죽어나갔습니다. 나는 수백 명의 교사와 학생들이 집단으로 자살하는 꼴을 보기 전까지는 학교의 고위 인사들이 근본적인 문제에 관심을 갖지 않을 거라고 생각합니다. 그들이 교육을 어떻게 망쳐놓을지 두고 보세요!' ⋯⋯기자는 죽은 이의 유가족이 분노한 나머지 토해낸 극단적인 말에 완전히 찬성할 수는 없었지만, 그녀가 제기한 문제점은 분명 놀라운 것이었다. 이야기에 따르면, 우리 시의 고등학교는 1학년부터 '문과' '이과'로 나뉘기 시작하여, '문과'에 배치된 학생은 아예 고등학교 과정 물리와 화학을 배우지 않으며, '이과'에 배치된 학생은 아예 지리와 역사를 배우지 않는다고 한다. 즉 대학입시와 무관한 과목을 일절 배우지 않는다는 것이다. 기자는 학교 관계자와 이런 문제점을 심도 있게 토론해본 바 있었다. 중앙에서는 사전에 분과하는 행위와 진학률만 추구하는 행위를 두 번 세 번 거듭하여 불허했고, 사회 여론도 끊임없이 비판해왔다. 그런데 어째서 학교에서는 아무 변화가 없는가? 학교 책임자는 난처해하며 답변했다. 진학률만 추구하는 현 풍토의 위험과 해악을 우리도 모르는 바는 아니다. 하지만 달리 무슨 방법이 있겠는가? 대학 진학률이 학교 운영의 우수성을 가늠하는 기준이 된 마당에 우리에게 무슨 방법이 있겠는가? 우리도 교사와 학생 들의 부담을 덜어주고는 싶지만, 섣불리 손을 대지 못한다……"

여기까지 단숨에 써내려간 기자가 다시 장례미용사에게 물었다. "리 선생님, 장 선생님이 목을 매어 죽은 이 사건에 대해 한 말씀 해주시지요. 물론 이런 질문이 아픈 상처에 소금을 뿌리는 거나 마찬가지라는 건 압니다만……"

장례미용사는 담요를 두른 채 전혀 움직이지 않았다. 눈동자조차 움직이지 않았다. 마치 나무를 깎아 만든 부처처럼.

기자의 펜이 취재 수첩 위를 질풍같이 내달렸다. "망자의 미망인은 분개한 어조로 이렇게 말했다. '나는 시 정부 앞 광장에 가서 분신자살할 준비가 되어 있어요! 알코올에 찌들어 흐리멍덩해진 고위 관리들이 정신 좀 차리게요. 그들이 단 일 분만 정신을 차리고 만다 해도요!'……"

기자는 일어서더니 취재 수첩을 덮고 녹음기를 챙겨 넣었다.

"리 선생님, 협조에 감사드립니다. 지금 인터뷰한 내용은 초고 형태로 미리 보여드리고 동의를 얻은 다음 신문에 싣도록 하겠습니다."

그는 장례미용사와 악수하고 싶었다. 하지만 장례미용사가 담요를 단단히 두르고 몸을 움츠리고 있으니 어디에서 그녀의 손을 찾을 수 있었겠는가?

아홉 걸음

九步

1

 경찰 둘이 파출소 유치장 안으로 등을 떠미는 바람에 그는 머리로 벽을 들이받고 아프다 못해 그 자리에서 반죽음이 되고 말았다. "아야야, 아야!" 그는 애처롭게 비명을 지르며 두 손으로 머리를 감싸안았다. 그러지 않으면 머릿속에서 들끓는 뇌수가 정수리를 뚫고 쏟아져 나오기라도 할 것처럼. 그는 유치장 밖에서 큰 소리로 경고하는 경찰의 목소리를 들었다. "허튼짓 말고 있어! 기물 깨뜨리지 말고! 안 그러면 네 골을 다 파낼 거야!" 그는 경찰의 발소리가 점점 멀어져가는 것을 듣고 비로소 머리를 감싸안았던 손을 풀었다.
 안은 어두웠다. 앞뒤로 창문이 있었지만 아주 작은데다 높이 나 있었고, 양 뒷다리만큼 굵은 철창살이 끼워져 있었다. 어둠에 눈이 익자 방 안에 인조가죽을 씌운 다 낡은 소파가 하나 놓여 있는 것이 보였다. 얼마나 많은 엉덩이가 비벼댔는지 소파의 담황색 인조가죽 표면에는 시꺼먼 때가 덕지덕지 묻었고, 실밥이 터진 틈새로 소파에 채워 넣은 낡은 솜뭉치가 드러나 있었다.

그는 엉금엉금 일어나 소파에 앉았다. 그리고 양팔을 소파 팔걸이에 얹었다. 지칠 대로 지친 몸이라 이루 말할 수 없는 위안이 되었다. 그는 소파에 앉을 수 있게 된 행복감을 찬찬히 음미했다.

위장이 꼬르륵꼬르륵 울부짖었다. 그는 시장기를 느꼈다. 경찰의 우악스러운 손길에 끊겼던 환각이 다시 계속되었다. 장례미용사는 반투명한 팬티 하나만 걸친 채, 여전히 비좁은 집 안을 걷고 있었다. 나와 똑같은 얼굴에 나와 똑같은 초록색 제복을 입고 내 안경까지 쓴 작자가, 내가 앉아 있어야 할 자리에 앉아서 나 자신이면서도 내가 아닌 작자의 눈망울 속에 탐욕의 불씨를 태우며, 그녀의 흔들리는 가슴과 온몸에 가득 덮인 황금빛 솜털을 한입에 물어뜯기라도 할 듯 노려보고 있었다……

날카로운 맹수의 발톱이 그의 심장을 사납게 할퀴고 지나간 것 같았다. 나는 엄청난 고통을 느꼈다. 목 쉰 절규와 끈적끈적한 눈물이 입과 두 눈에서 동시에 터져나왔다. 집에 돌아가고 싶어. 집에 돌아가고 싶다고!—가정의 음악이 물리교사의 가슴속에서 우렁차게 울리기 시작했다—내가 지금 여기서 뭘 하는 거지? 물리교사는 용수철이 튕겨오르듯 소파에서 벌떡 일어섰다. 그리고 문으로 달려가 주먹으로 철문을 두드리기 시작했다. 날 내보내줘! 집에 돌아가고 싶어!—이런 바보 같으니! 그래, 나는 바보 멍텅구리다!—철문이 텅, 텅, 텅 울리면서, 문밖 시내의 소리들이 유유히 나부껴 들어왔다. 기진맥진한 너는 밭장다리 걸음으로 소파로 돌아와 털썩 주저앉았다. 그러고는 두 눈을 감았다.

물리교사는 이중의 고통에 시달렸다. 먼저 그녀와 그에게 생각이 미쳤다. 아! 침대에 올라갔구나…… 무뢰배, 창녀!—그는 두 손으로 자기 머리를 쥐어뜯었다—이것은 정신적 고통이다. 위장이 꼬르륵꼬르륵 비명을 지르고, 눈앞이 캄캄해지면서 입안이 구린내로 가득 차고, 팔다리가 저리다 못해 나른하게 풀리고, 손가락이 마구 떨려왔다—이것은 육체적 고통이다.

그는 예상치도 않게 경찰 유치장에 갇혀 하룻낮 하룻밤을 지새웠다. 육체적 고통이 정신적 고통과 싸워 이김으로써 다시 한번 마르크스주의의 진실성을 웅변적으로 실증했다. 물리교사는 '물질 으뜸, 정신은 둘째'라는 황금빛 글자가 커다랗게 수놓인 커다랗고 긴 붉은 깃발이 자기 머리 위에서 펄럭펄럭 나부끼는 것을 보았다. 이튿날 황혼이 가까워질 무렵, 그의 머릿속 스크린에서 팔랑팔랑 춤추는 것은 죄다 맛있는 식품 광고였고, 금빛 솜털로 덮인 여인의 나체와 장츠추를 사칭한 가짜의 간통 행위를 주요 내용으로 하는 텔레비전 연속극은 잠시 중단되었다. 무수한 식품 광고 가운데 노출 빈도가 제일 높고 그의 마음을 가장 크게 사로잡은 것은 뜨거운 김이 모락모락 피어오르는 쇠고기 국수였다.

핏빛처럼 붉은 노을빛이 창살 틈으로 쏟아져들었을 때, 그는 세심하지 못한 두 경찰이 이미 자기 존재를 까맣게 잊어버렸다는 사실을 알아차렸다. 창자와 위장도 이제는 비명을 지르지 않았다. 아우성쳐 봤자 소용없었기 때문이다. 너는 그것들이 뱃가죽 안에서 정신을 잃고 널브러졌음을 느낄 수 있었다. 어쩌다 한 번쯤 찌르륵 울렸지만, 그건 어쩔 수 없는 신음에 불과했다. 외설적인 텔레비전 연속극도 다시 방영되지 않았다. 맛있는 식품 광고도 다시는 도발적으로 나타나지 않았고, 내키지 않는다는 듯 꿈지럭거리며 나타나 두 광고 사이에 기나긴 여백을 남겼다. 그 공백을 메운 것은 불안정하게 날뛰는, 바늘 끝만큼 작은 무수한 흰 점들이었다. 너의 눈이 기운 없이 유치장 안을 살피기 시작했다. 얼핏 보아서는 아무런 목적이 없는 것 같았지만, 사실 목적은 분명했다. 너는 무엇보다 먼저 먹을 수 있는 것부터 찾아야 했다. 너의 두 눈이 벽을 타고 움직였다. 하지만 석회와 모래흙, 페인트칠한 벽을 먹을 수야 없는 노릇 아닌가? 그나마 옛날 기근이 들었을 때 백성들이 굶주리다 못해 파먹었다는 찰흙이나 백토였다면 먹을 수도 있었겠지만. 너의 눈이 천장 위를 훑었다. 하지만 플라스틱 폼으로 만들어진 천장을 뜯어먹을 수는 없지 않은가? 너의 눈이 땅 위를 미끄러지듯 훑어갔다. 하지만 철근콘크리트 바닥을 파먹을 수는 없지 않은가? 나무 창틀을 뽑아먹겠는가? 쇠창살을 뽑아먹겠는가? 인조가죽을 먹을 수 있다면 소파를 통째로 먹어치울 수도 있었을 것이다. 어스름한 벽 모퉁이에서 너는 너의 여행가방을 발견했다. 여행가방 속에는 담배가 들어 있을 것이다. 담배라면 먹을 수 있을까? 옳은 말씀, 담배는 먹을 수 있지! 속담에 뭐랬더라? "담배 한 개비는 고기만두 한 개와 맞먹는다!" 지금 나한텐 담배가 네 보루나 있어! 무려 팔백 개비야……! 그럼 고기만두 팔백 개가 아닌가! 광희. 너는 나뭇가지 끝에 달린 마지막 낙엽이 삭풍에 파르르 떨듯, 온몸을 와들와들 떨기 시작했다. 광희에 따르는 생리적 반응이었다.

그는 뛰어갈 생각이었지만, 실제로는 기어서 갔다. 물리교사는 손을 덜덜 떨며 여행가방을 열고 네 보루나 되는 고급 담배를 하나씩 끄집어냈다. 빠르게 움켜쥐고 터지지 않게 이로 물어서 비닐 포장지를 한 겹 뜯어내고, 보루 뚜껑을 벗겨내고, 담뱃갑을 하나 후벼내고, 은빛 끈을 돌려 뜯어 열고, 은박지를 벗기고, 담배 네 개비를 한꺼번에 뽑아내는 데 성공했다. 노란 살담배를 본 너의 눈에는 번쩍 생기가 돌고, 고귀한 향내에 자극받은 코에서는 두 줄기 말간 콧물까지 흘러나왔다.

그러고 난 뒤, 너는 절망하며 생각해냈다. 불이 없는 것이다.

절망한 물리교사는 소파에 주저앉았다. 창밖에서 비쳐드는 저녁노을이 황금빛을 띤 붉은색에서 진홍색으로 바뀌고 있었다. 창살 사이로 내다보니, 수십 그루나 되는 나무숲의 달걀 모양으로 반들거리는 잎사귀들 사이로 이른 별 하나가 떠 있었다. 별이 불씨처럼 반짝였다. 너의 머릿속 스크린에 떠올라 반짝반짝 빛났다. 가정의 음악은 이제 단편적인 잡음으로 바뀌고, 불의 음악만이 갈수록 뜨겁게 타올랐다. 음악이 커다란 불길처럼 활활 타오르고 있었다. 옛 조상님들은 모닥불을 에워싸고 춤추며 노래했다던데…… 나무를 마찰시켜 불을 얻었지!…… 이런 바보 멍텅구리! 이래 가지고 내가 무슨 물리교사란 말이냐? 나는 바보 멍텅구리야!

그는 정신을 차리고 작업을 개시했다. 낡아빠진 소파에서 솜뭉치를 약간 뜯어내어 심지를 가느다랗게 몇 가닥 비벼 만들고, 신발 한 짝을 벗어 손바닥에 끼었다. 솜으로 만든 심지를 시멘트 바닥에 늘어놓고, 손에 낀 신발을 심지에 얹어놓았다. 준비가 끝나자, 그는 바닥에 무릎을 꿇고 숨을 참은 채 까마득한 옛날 옛적 원시인들이 피워놓았던 모닥불을 바라보며 묵묵히 기도를 드렸다. 그런 다음 몸을 숙이고 두 눈을 감은 뒤 온몸의 힘을 모조리 팔에 모아 닳아빠진 운동화를 낀 손끝에 집중시켰다. 그의 팔이 미친 듯이 밀고 당기는 대로, 손바닥에 낀 신발도 빠른 속도로 힘차게, 신발 바닥과 시멘트 바닥 사이에 낀 면화 심지를 비벼댔다. 마찰열은 신발 바닥을 뚫고 그의 손바닥마저 아프게 할 정도였다. 너는 고무가 타서 눌어붙는 냄새를 맡았고, 신발 바닥에 밀려나온 검은 연기가 눈에 확 끼쳐드는 것을 느낄 수 있었다. 너는 신발을 떼어내고 면화 심지를 하나 주워든 다음 끄트머리를 조심스럽게 불기 시작했다. 창밖 하늘 위에서 별들이 유쾌하게 반짝거렸다. 후우, 후우, 몇 번 불다보니 좁쌀만큼 작디작은 불티 하나가 심지 한가운데서 노란 불빛을 반짝이더니 점점 퍼져나갔다. 너는 부리나케 솜 한 뭉치로 그 귀한 불씨를 감싼 다음, 세게 입김을 불기 시작했다…… 파르스름한 작은 불씨가 개구쟁이처럼 솜뭉치 가장자리에 피어오르더니, 진땀으로 범벅이 된 물리교사의 얼굴과 두 눈에 가득 고인 눈물, 그리고 창백하게 떨리는 입술을 환히 비춰주었다.

그는 소파에 벌렁 누워 강렬한 향을 피우는 연기를 한 모금씩 빨아들였다. 창자와 위장이 환희의 노래를 부르고, 염통과 허파가 광란의 춤을 추는가 하면, 간장과 비장까지 소리 높여 노래 불렀다. 행복을 주는 연기가 온몸 구석구석을 관통했다. 물리교사는 도취 상태에 빠져들고, 그의 머릿속 스크린에는 중고등학생을 가르치는 데 자못 효과적인 경구가 거듭해서 나타났다. 천재는 근면함에서 나오며, 지식은 곧 힘이다…… 그는 예전에 불씨를 얻는 방법을 수십 가지나 강구한 적이 있었다. 그 절반은 주로 마찰로 열을 발생시키는 방법이었고, 절반은 광학적인 집광 원리를 이용하는 것이었다. 그런데 진짜 사용하게 될 거라고는 생각도 못했다.

불씨를 얻는 힘든 노동을 다시 하지 않기 위해 그는 담배를 한 개비 또 한 개비 연달아 피워대기 시작했다. 지나치게 흡수한 니코틴 때문에 그는 입맛이 쓰고 헛구역질이 났으며 머리가 부어올랐다.

이튿날 오후까지 그는 십여 차례나 토악질을 했다. 처음 몇 번은 누르스름한 위액을 토했으나, 나중에는 녹색 담즙을 토해냈다. 이제는 자기 자신마저도 유치장 안의 담배 냄새를 견디기 힘들 정도였다. 그는 버둥거리며 문가로 기어가 주둥이를 문과 문틀 사이 틈바구니에 대고 바깥의 신선한 공기를 탐욕스럽게 빨아들여야 했다.

죽는구나 하는 생각이 한 마리 호랑나비처럼 그의 눈앞에서 나풀나풀 춤추며 날아다니기 시작했다. 호랑나비가 유치장 안에서 나풀나풀 춤추며 날아다녔다. 어둠 속에 반짝이는 담뱃불 같은 나비의 새빨간 눈이 그를 향해 윙크하는 것 같았다. 나비는 한 번, 다시 한 번 그의 어깨에 내려앉았다. 그리고 둥그렇게 곡선을 그린 육감적인 수염으로 너의 귀를 간지럽혔다.

그 귀는 장례미용사의 모진 손길에 벌써 몇 차례나 비틀렸는지 모르는 귀였고…… 한번은 풍류미인의 손에 비틀린 적도 있는 귀였다…… 그녀는 내 귓불을 잡고 비틀어대면서 나를 안뜰 양지쪽 빨랫줄에 널어놓은 침대보 앞까지 끌고 갔다. 그리고 기고만장하게 떠들어댔다. "요 잡놈의 자식, 눈이 달렸거든 똑바로 뜨고 봐라! 이게 도대체 뭐야!"…… 침대보에는 모란꽃이 군데군데 수놓여 있었다. 산뜻하게 절반쯤 피어난 아름다운 꽃봉오리 옆에는 진홍색 얼룩 한 덩어리가 번져 있었다. 풍류미인이 손가락으로 진홍색 얼룩덩어리를 가리켰다. "똑똑히 잘 봐, 이게 뭐냐고!"……빨간 잉크인가요? "젠장. 그래도 빨간 잉크 파란 잉크는 잊지 않는구나! 이 책벌레야, 내가 말해주마. 이건 우리 집 귀한 딸의 피야! 네놈이 우리 집 귀한 딸의 피를 흘리게 했다고! 진짜 값을 매기지도 못할 만큼 소중한 숫처녀였는데! 그 아이를 데리고 놀다 차버리기만 해봐라! 내 당장 이 침대보를 가지고 네놈의 학교 교장 동지한테 찾아갈 테니까!"……침대 위에서 그녀가 보여준 행동에 나는 겁을 먹고 벌벌 떨었다…… 그녀는 홑이불 자락을 들춰가면서 그악스럽게 말했다. "또 한번 해보지그래!" 그녀의 입에서 나온 음탕한 말에 나는 너무 부끄러워 얼굴이 새빨개졌다…… 그때부터 그녀의 몸에서 풍겨나오고, 머리카락에서도 풍겨나오고, 심지어 잇새에서까지 풍겨나오는 장의사의 시체 냄새를 맡아야 했다……

문밖에서 철커덕하는 금속성이 울리자, 그는 자신이 환청을 들은 거라고 생각했다. 사납게 열리는 철문에 머리가 끼었을 때만 해도 그는 환각으로 여겼다. 신선한 바깥 공기가 밀물처럼 한꺼번에 쏟아져 들어오고, 바깥의 빛줄기가 한꺼번에 쏟아져들어왔을 때에도 그는 여전히 환각인 줄로만 알았다.

엊그제 알게 된 위풍당당한 경찰이 타조 궁둥이처럼 들려 있던 너의 엉덩이를 걷어차며 냅다 욕설을 퍼부었다.

"이 반혁명분자! 방화라도 할 작정이냐?"

유치장에 안개처럼 자욱이 퍼진 매캐한 연기에 경찰이 콜록콜록 기침을 하더니, 문 곁으로 물러나 한 손으로는 얼굴이 허연 말라깽이 청년의 목덜미를 움켜쥐고, 나머지 손으로는 코앞까지 퍼져나온 탁한 공기를 부채질했다. 그가 큰 소리로 악을 썼다.
"스 형! 스 형! 그저께 붙잡았던 정신병자를 왜 지금까지 가둬둔 거야?"
덜 위풍당당한 엊그제의 그 경찰이 물에 젖은 손수건을 한 장 들고 문턱에 나타났다―양손에는 비누 거품을 잔뜩 묻힌 채―얼굴에는 온통 어수룩한 웃음을 머금은 채―그가 웃으며 대꾸했다.
"난 또 자네가 벌써 그 친구를 처리한 줄 알았지!"
"밑구멍에서 불이 날 정도로 바쁜 몸인데, 어느 세월에 처리해?" 위풍당당한 경찰이 부루퉁한 표정으로 말했다. "난 또 자네가 진작 이 친구를 처리한 줄 알았지!"
"됐네, 됐어. 우리가 잡은 녀석이니까 처리도 우리 둘이서 하자고." 별로 위풍당당하지 못한 경찰이 말했다. "삼 분만 기다려, 이 손수건 좀 빨고 나올 테니."
위풍당당한 경찰이 깡마른 청년을 나무에 비끄러매더니 경고를 날렸다.
"이 좀도둑 녀석, 얌전히 있어! 까불면 네놈의 다리몽둥이를 분질러놓고 말 테다!"
경찰은 너를 심문실로 끌고 갔다. 너는 세 보루하고도 다섯 갑 남은 담배를 여행가방에 쓸어담고 심문실로 끌려갔다.
"너, 정신병자야?"
"난 정신병자가 아니오."

"그럼 교통질서를 방해해 손해를 끼치면 어떤 벌을 받는지 알아?"
"고의로 한 게 아니오…… 난 집에 돌아가고 싶소……"
"아래와 같이 판결한다. 벌금 100위안, 구류 사흘!"
"당신 직장에 통지해서 벌금을 보내라고 할까, 아니면 당신이 지금 이 자리에서 납부할 거야?"

물리교사는 조금도 망설이지 않고 빳빳한 1위안짜리 신권 100장이 든 크라프트지 봉투를 꺼내 위풍당당한 경찰에게 넘겨주었다. 그러자 덜 위풍당당한 경찰이 너에게 벌금 영수증을 끊어주며 유머러스하게 말했다.

"영수증 가져가쇼. 어쩌면 공금에서 정산할 수 있을지도 모르니."

위풍당당한 경찰이 손사래를 치며 짜증을 냈다.

"더 볼일 없으니, 어서 가봐. 기억해둬. 찻길을 건널 때는 신호등을 보고 횡단보도로 다니라고!"

너는 고급 담배가 든 여행가방을 들고 기분좋게 파출소 정문을 나섰다. 너는 머리가 띵하고 두 다리가 가뿐한 것이 마치 흰 구름 위를 날아가는 작은 새가 된 듯한 느낌이었다. 이미 너는 돈벌이하러 나섰다는 생각, 심지어 아내가 자신과 몸뚱이를 바꿔치기한 녀석과 간통하고 있을지도 모른다는 가능성마저 말끔히 잊은 상태였다. 너는 오로지 마음속에서 울려나오는 환호성에만 귀 기울이고 있었다.

"자유 만세!"

2

　니코틴의 마비 효과가 절반 정도 사라지자, 작은 새는 흰 구름 위에서 지상으로 뚝 떨어졌다. 너의 오장육부에서는 연기가 날 지경이었다. 너는 신선한 강물 냄새를 맡으며 걸었다. 도시의 불빛이 일제히 화려한 빛을 쏟아내면서 은사시나무 껍질이 은빛으로 반짝였다. 발밑에 닿는 것은 시멘트 바닥, 그 위에 또 자갈을 박아놓은 우리 도시의 감미로운 '사랑의 길'이 바로 여기다. 너는 답답해 견딜 수가 없었다. 내가 어떻게 여기까지 왔지? 은사시나무의 알싸한 냄새가 여러 해 동안 먼지에 뒤덮여 있던 감각을 다시 일깨웠다. 그러나 곧이어 입이 마르고 혀가 아파왔으며, 위장에서 가스가 올라왔는데 그 냄새는 죽은 사람의 냄새와 아주 흡사했다. 위에 서술한 여러 가지 증상 탓에 신선한 강물 냄새는 더욱 강렬해졌고, 강물의 유혹에 나는 촛불에 뛰어드는 부나방 같아졌다. 그는 은사시나무 숲 속을 가로질러 강물 쪽으로 줄달음질치기 시작했다. 착시현상 때문에 머리로 나무줄기를 들이받기도 했다. 초록빛 개똥벌레가 나무와 나무 사이에서 우아한 음표처럼 은사시나무의 음악을 엮어내고 있었다. 사내와 여인의 몸뚱이가 나무줄기에 달라붙어 있었는가 하면, 잔디밭과 하나로 포개져 있기도 했다. 그들이 부르는 노랫소리와 신음소리가 파일 박는 기계의 쿵쿵 울리는 굉음, 촬촬촬 흘러가는 강물 소리와 하나로 합쳐져 들려왔다.
　물리교사는 강물 쪽으로 뛰어갔다. 광대한 사막 깊숙한 곳에서 빠져나온 낙타처럼. 그는 여행가방을 내동댕이치고는 강가에 무릎을 꿇고 엎드려 주둥이를 강물 속에 집어넣고 쭈룩쭈룩 소리가 나도록 빨아들였다. 송사리, 민물새우 새끼들이 너의 배 속으로 빨려들어갔다. 갈증이 사라져서가 아니라 너무도 지친 탓에 너는 물속에 처박았던 머리를 다시 치켜들었다. 지면을 짚은 무릎과 두 손바닥이 강변 진흙 속에 깊게 빠져들었다. 오동통하게 살찐 청개구리 한 마리가 너와 비슷한 자세를 취했다. 호기심 많은 개구리는 네가 엎드린 자리 오른쪽의 더부룩하게 자란 물풀 위에 엎드린 채 너의 자세를 관찰했다. 너는 위장 속에서 헤엄치는 송사리, 심장 부근쯤에 부딪히는 새우를 감각으로 알 수 있었다. 비린내가 밀려오는 수면 위에 금덩어리 같은 별의 그림자가 출렁이고 있었다. 너는 견디기 힘든 현기증을 느꼈다. 혼탁한 강물이 목구멍 위로 치밀어올라 너의 콧구멍과 입으로 용솟음치더니 설사처럼 쏴르르 쏴르르 강물 위로 쏟아져내렸다. 송사리와 민물새우 새끼들이 다시 고향으로 돌아갔다. 콧구멍으로 뿜어져나온 물에서 살짝 피비린내가 풍겼다. 물리교사는 고통 때문에 두 눈으로 눈물을 흘린 것이 아니었다. 너는 마셔댄 물을 토해냈다. 그제야 창자와 위장이 상쾌해지고, 목구멍도 상쾌해졌으며, 콧구멍에서 허파로 통하는 숨길마저 상쾌해졌다. 그 순간 더할 나위 없이 홀가분해진 느낌이 들면서, 물결이 찰랑찰랑 부딪치는 소리, 물풀이 쑥쑥 자라는 소리, 땅강아지가 축축하게 젖은 진흙에서 우는 소리, 청개구리가 총알처럼 강물에 퐁! 뛰어드는 소리 등이 들려왔다. 별들이 일렁였다.

  그는 힘을 좀 쓰고 나서야 진흙 속에 묻힌 양손과 두 무릎을 빼낼 수 있었다. 도저히 잊기 어려운 여행가방은 청개구리떼 옆에 누워 있었다. 너는 그것을 집어들면서 청개구리떼를 강물 속으로 휩쓸어버렸다. 등뒤에서 들려온 물보라 소리에 너는 펄쩍 뛰다시피 놀랐다.

너는 이 은사시나무 숲에 호감을 느껴본 적이 없었다. 공포와 두려움, 적대감, 질투 따위의 악감정만이 있을 뿐이었다. 너는 오장육부가 말끔해진 몸을 이끌고 은사시나무 숲을 가로질러, 이따금 밤하늘을 날아가는 새들이 나뭇가지 끝이 가리키는 허공에서 우짖는 소리를 들었다. 그리고 또 여기저기 곳곳에서 울리는 섹스와 사랑의 소리를 들었다.

물리교사는 집으로 돌아가는 길을 잃어버렸다. 나는 돌아갈 집이 없다. 집이 있어도 돌아가지 못한다. 그는 분개했다. 이거야말로 치밀하게 짜놓은 올가미가 분명해⋯⋯ 불빛이 눈부시게 비치는 영화관 앞에 자전거들이 줄지어 서 있다. 온 천지가 밝은 빛으로 뒤덮여 있는 가운데, 몇천 대인지 몇만 대인지 수를 헤아릴 수 없을 정도로 많은 자전거들이 늘어서 있다. 영화관 안의 목소리가 비교적 고요한 광장까지 들려나와 우렁차게 메아리쳤다—거기 서!—손들어!—이 파렴치한 것들!—와장창, 쨍그랑!—식탁을 뒤엎는 모양이다—여인의 비명소리—빵, 빵!—두 발의 총소리—도대체 무슨 영화일까? 물리교사는 영화관 앞 광장을 배회하다 영화관 정문 앞에 앉아 있는 검표원 두 명과 정문 위쪽의 거대한 영화 광고판을 바라보았다. 여자 검표원들은 카키색 천*으로 지은 작업복을 입고 무료한 듯 과쯔**를 까먹고 있었고, 광고판의 복면을 한 젊은 여자는 금빛 소형 권총으로 양팔을 번쩍 치켜든 뚱뚱보 사내를 겨냥하고 있었다. 여인의 가슴은 과장스

---
* 코튼, 울, 리넨 등을 사용해 능직으로 짠 카키색의 천. 군복이나 승마복 등으로 널리 쓰인다.
** 해바라기씨, 호박씨 등에 소금이나 향료를 넣어 볶은 것.

러울 정도로 크게 그려져 있었는데, 블라우스 옷깃이 벌어질 만큼 팽팽하게 앞으로 나온 것이 두 자루 창끝처럼 보였다. 광장 주변에는 적지 않은 노점상이 좌판을 벌이고 있었다. 과일 장수, 과쯔 장수, 담배 장수, 그리고 또 즉석 물만두 장수가 있었다. 간이 화로에는 장작불을 지펴 밝고 따뜻한 불꽃이 잿빛으로 질린 내 위장을 포근하게 비춰주었다. 도마 위에는 사기그릇이 두 개 놓여 있었고, 각각의 사기그릇에는 녹색 법랑 숟가락 한 개, 소금 약간, 잘게 썬 고수 줄기 십여 토막, 말린 붉은 새우 두세 마리, 김 부스러기가 수북이 담겨 있었다. 너는 이 물만두 좌판에 관심이 가는 것을 막을 도리가 없었다. 그래서 그 앞에 덜렁덜렁 다가섰다가 한바탕 지저분한 욕설을 얻어듣고 말았다. 또 하마터면 어깨가 떡 벌어지고 허리가 굵은, 팔뚝에 흑룡 문신을 한 청년 영웅에게 얻어터져 묵사발이 될 뻔했다.

사정은 이랬다. 물리교사는 물만두 좌판 앞으로 달려들다 손을 허우적거리면서(그것도 나중에야 알아차렸지만) 눈처럼 하얀 면 스커트를 입은 날씬한 아가씨의 엉덩이를 건드리고 말았던 것이다. 아가씨와 검은색 옷을 입은 남자친구는 각각 물만두를 한 그릇씩 들고 먹던 참이었다. 여인의 엉덩이에 경보기가 달렸는지 너의 손길이 닿기가 무섭게 그녀는 비명을 질렀다. 아가씨가 날카롭게 비명을 지르면서 발딱 일어섰다. 눈처럼 하얀 그녀의 스커트에 시커멓게 손자국이 하나 찍혔다. 물리교사는 작은 좌판을 뚫어져라 쳐다보며 값을 물어보려다가 느닷없이 다리뼈에 통증을 느꼈다. 아가씨가 나무샌들 굽으로 걷어찬 것이다. "이런 건달 같으니, 어딜 함부로 만져?" 아가씨가 따져 물었다. 남자친구가 여자친구의 엉덩이를 흘끗 보더니 물만두 그릇을 도마 위에 팽개치고 버럭 악을 썼다. "이 자식이!" 헐렁한 소맷자락을 걷어붙이자, 입을 벌리고 앞 발톱을 세운 흑룡 두 마리가 팔뚝에 새겨져 있는 게 눈에 들어왔다. 말발굽만한 주먹이 물리교사의 어깻죽지를 툭 건드리기가 무섭게 물리교사는 그만 땅바닥으로 나동그라지고 말았다. "이 자식, 묵사발로 만들어주마!" 청년이 사납게 으르렁댔다. 아가씨가 청년을 잡아당기며 말렸다. "됐어, 룽 오빠. 사내대장부는 이런 비루먹은 개를 때리지 않는 법이야!" "아냐, 이런 엄청난 모욕을 참을 순 없어!" 청년이 말했다. 키가 185센티미터는 되어 보였고, 입술 위에 금빛 작은 콧수염까지 길렀다. 아가씨가 주먹으로 청년을 쿡 찔렀다. "바보 같으니! 룽 오빠, 저 사람 죽어가는 거 안 보여?" 그러더니 아가씨가 청년을 끌고 갔다. 자리를 뜨기 전 그녀는 물리교사의 머리에 침을 퉤 뱉었다. 청년도 한마디 보탰다. "이 어르신께서 네놈의 개 같은 목숨을 한번 봐준 거야!"

너는 몹시 부끄러워 땅바닥에 엎드린 채 무얼 어떻게 해야 좋을지 궁리했다. 이리저리 생각해보았지만 역시 낯 두껍게 일어나는 수밖에 없었다. 늙은 물만두 장수가 안쓰러운 표정으로 너를 쳐다보았다. 너는 숨 가쁘게 헐떡거리며 말했다.

"아저씨, 적선하는 셈치고 물만두 두어 그릇만 주세요……"

늙은이가 너한테 물만두를 담아주고 나서 말했다.

"손님, 우리처럼 작은 가게에서 외상은 안 돼. 먼저 돈부터 내시구려. 한 그릇에 3마오, 두 그릇에 6마오요."

물리교사는 온몸을 다 뒤졌지만 땡전 한 푼 찾아내지 못했다.

늙은이가 말했다. "손님, 이 늙은이도 야박하게 굴고 싶지는 않아요…… 이삼 년 전만 해도 물만두 두어 그릇쯤이야 그냥 자시게 해드릴 수 있었지…… 하지만 우리도 사정이 넉넉하지 않으니 양해 좀 해주시구려."

너는 그제야 여행가방 안의 담배를 떠올렸다. 죽을 고비에서 다시 살아난 격이었다. 너는 가방을 열고 담배 한 갑을 꺼내 덜덜 떨리는 손으로 건네주었다. 그제야 너는 강가의 녹색 진흙이 손에 잔뜩 묻어 있는 것을 발견했다. 손은 더러울 뿐만 아니라 비린내도 풍겼다―고급스럽고, 값비싸고, 포장지가 화려한 담배가 이런 지저분한 손에 들려 있다니, 정말 어울리지 않았다―영감님, 내 이 담배를 드릴 테니 물만두와 바꿉시다―늙은이가 의심에 가득 찬 눈초리로 물리교사의 행색을 뜯어보기 시작했다. 머리에서 발끝까지 훑어보고, 다시 발끝에서 머리끝까지 훑어보았다. 그러고는 단호하게 말했다.

"안 바꿔!"

그는 이 노인의 눈빛에서 자신의 처지를 읽어내고, 이루 말할 수 없는 처량함을 느꼈다. 어쩔 수 없으니 가방을 들고 한 걸음 한 걸음 떠나갈 수밖에. 물만두 냄새가 악랄하게 비웃고, 이득에 눈이 벌게진 좌판 행상들의 조롱기가 이제 화살로 바뀌어 물리교사의 등에 잇달아 꽂혔다.

너는 아내가 늘 입에 달고 다니던 속담 한 구절을 떠올렸다. "개는 장바구니 든 주인을 따르고, 인간은 돈 가진 부자를 공경한다." 나한테는 고급 담배가 세 보루하고도 다섯 갑이나 있으니, 팔기만 하면 돈으로 바꿀 수 있어. 그럼 저 도마 위에 쭉 놓인 물만두를 전부 사먹고 말겠어!

그는 영화관에서 그리 멀지 않은 네거리에 좌판을 벌이기로 했다
—그곳에는 하릴없이 빈둥거리는 사람들이 많았다. 그들 중 한 패거
리는 부들로 엮은 큼지막한 부채를 들고 장기를 두거나, 아니면 남
의 장기판을 구경하고 있었다. 한 여인은 다리 높은 의자에 앉아서
유모차를 개조해 만든 수레 위에 담뱃갑을 늘어놓고 팔았다. 쭈글쭈
글 주름진 늙은 여인이 부채질을 하며 그녀와 한가롭게 수다를 떨고
있었다.

물리교사는 장기 두는 남자들과 담배 파는 여자 사이에 쭈그리고
앉아 여행가방을 열고 세 보루와 다섯 갑의 담배를 늘어놓은 후 손님
을 기다렸다.

하얀 부나방 한 마리가 가로등 빛 안으로 뛰어들었다. 땅바닥은 부
나방들의 주검으로 하얗게 뒤덮여 있었다. 너는 자전거를 타고 다리
를 위아래로 힘차게 움직이는 아가씨를 보는 순간, 장례미용사와 구
멍가게 여주인의 다리를 떠올렸다. 그리고 손을 맞잡고 산책하는 부
부를 보았을 때는, 집 안의 정경이 머릿속에 번뜩 스쳐 지나갔다. 모
든 것들이 번뜩 스쳤다 사라지고, 너는 모든 힘을 담배 파는 데에만
쏟아부었다. 사람들이 드문드문 네 앞을 지나쳐 갔다. 너는 그들을 관
찰하고 연구하며 잠재 고객을 찾았다.

난생처음 그는 행인들을 관찰하는 것이 매우 재미있다는 사실을 깨
달았다. 배 속이 굶주림에 시달리지 않고 마음속에 번뇌만 없었다면
더욱 재미있었을 것이다. 사람들은 체격도 제각각, 옷차림새도 가지
각색이었으며, 얼굴 생김새도 잘생겼는가 하면 못생기기도 했고, 또
잘생겼는지 못생겼는지 분명히 말하기 어려운 사람들도 있었다. 나이

도 많은 사람이 있는가 하면 적은 사람도 있었고, 걸음걸이가 둔한 사람이 있는가 하면 잰 사람도 있었고, 빨리 걷는 사람이 있는가 하면 천천히 걷는 사람도 있었고, 얼굴 표정도 저마다 달라 웃는 사람, 근심이 가득한 사람, 무표정한 사람도 있었다. 그 가운데 가장 많은 것은 무표정한 사람들이었다.

너는 행인들이 여자 담배 장수의 담뱃갑 손수레 곁을 지나쳐 갈 때마다 그녀가 예외 없이 묻는 소리를 들었다. "담배 사시겠어요?" 과연 몇 사람이 그녀의 담배를 샀다. 너는 입을 다물고 있다가는 담배를 팔 수 없으리라는 것을 깨달았다.

그렇다. 나는 고함을 질러야 한다. 오랜 세월 훈련을 거쳐 단련한 내 목구멍으로 외쳐야 한다. 담배 사려! 담배 사려! 고급 담배 팝니다! 고급 담배를 싸게 팔아요! 나는 목소리를 높여야 할 필요가 있었다. 저 구레나룻을 기른 중년이 내 앞까지 오길 기다렸다가 외쳐야 한다. 그가 내 앞으로 걸어온다…… 한 걸음 한 걸음, 그가 걸어오고 있다…… 그는 이미 나를 주목했다…… 큰 소리로 외쳐야지…… 악을 써야 해…… 중년의 텁석부리가 '어흠!' 소리를 내더니, 가래침을 찻길 가장자리에 퉤 뱉었다. 그러더니 헛기침을 하며 지나쳐 갔다.

물리교사는 수줍어 망설였던 것이 너무도 화가 나 손가락으로 허벅지 살을 꼬집었다. 이상하게도 허벅지에 감각이 하나도 없었다. 네 다리가 아니라 남의 다리인 듯. 뭐가 두려운 거야? 교단에 서서 손에 교편을 들고 몇십 쌍이나 되는 총알구멍만한 눈동자들을 상대로 소리 높여 강의해왔고, 너의 목소리가 교실 안을 쩌렁쩌렁 울렸는데. 그러면서 망설이고 겁먹어본 적이 있었단 말인가? 너는 이날 이때껏 학생들에게 가르쳐오지 않았던가. 혁명 공작에는 빈부와 귀천, 계급의 고하에 구분이 없고, 무슨 일을 하든 모두 인민을 위해 봉사하는 것이며, 모두가 인민에게 봉사하는 공복이라고. 담배 판매도 인민을 위한 봉사인 만큼 담배를 파는 사람 역시 인민에게 봉사하는 공복이다. 인민에게 품질이 우수한 니코틴을 제공해서 담배중독에 걸린 무산계급 형제들에게 행복과 쾌락을 안겨주는 것, 이것이야말로 영광스러운 사업인데 뭘 망설이고 뭘 두려워한단 말인가?

반드시 외쳐야 해! 너는 너에게 명령했다. 고함치라고!

물리교사는 모가지를 길게 늘여 빼고, 수탉이 홰를 치듯 한마디 내질렀다.

"담배 사려……!"

장기 두던 사람들이 고개를 돌려 네 쪽을 쳐다보고, 지나치던 행인들도 네 쪽을 바라보았으며, 담배 파는 여자와 수다를 떨던 여인까지 네 쪽을 바라보았다. 담배 장수 여자가 발딱 일어섰다가 도로 주저앉았다.

입에서 한 번 소리가 나오자 용기가 배로 늘어났다. 너는 생각했다. 또 뭐가 있겠어? 일이 이 지경에 이르렀는데, 또 뭐가 있겠어? 외쳐대라고! 너는 계속해서 외쳐대기 시작했다. "담배 사려! 고급 담배요! 고급 담배 싸게 팔아요! 일류 상표 고급 담배 싸게 팔아요! 진품이지만 값싼 유명 상표 고급 담배 싸게 팔아요……!" 그렇게 외치자 지난 며칠 동안 느꼈던 억울함을 보상받는 것 같았다. 너는 확실히 지쳐 있었고 굶주려 있었다.

먼저 장기판의 훈수꾼 하나가 어슬렁어슬렁 걸어오더니—장기를 두던 사람이 너의 고함소리에 짜증이 난 게 분명했다—네 앞에 쭈그려 앉아 담배 한 갑을 집어들고 물었다.

"가짜 담배요?"

물리교사는 몇 분 만에 혓바닥이 능수능란해진 담배 장수처럼 행동했다(만약 굶주림이 견디기 어려울 정도가 아니었다면, 더 훌륭하게 표현했을 것이다). 그는 두 손가락으로 다른 담뱃갑을 하나 집어들고, 매끄러운 비닐 포장지를 전등불 아래 비춰 보여주었다.

"여보쇼, 함부로 아무 말이나 하면 혓바닥이 끊기는 법이오! '선비는 죽일지언정 욕을 보여서는 안 된다'는 말도 못 들어봤소? 누가 가짜 담배를 판다는 거야? 당신 눈썰미가 고 정도밖에 안 되는 게 정말 유감이군! 이게 가짜 담배면, 당신 손으로 내 눈알을 후벼내 짓뭉개버리고, 내 머리통을 끊어서 축구공으로 쓰시구려!"

그가 말했다. "됐소, 형씨! '장사꾼 열 놈 가운데 아홉은 간상배라, 주둥이 사납고 심보 고약하다'더니 정말이로군! 담배는 좋은 담밴데, 값이 얼마요?"

"한 갑에 4위안! 흥정할 것도 없이 사려면 사고, 안 사려거든 냉큼 가시구려!" 물리교사가 딱 잘라 말했다.

"하! 당신 정말 모질군!" 그가 담뱃갑을 들고 놀다가 장기판 패거리들에게 고함을 질렀다. "어이, 이리 와 담배들 사! 아주 좋은 담배야!"

패거리가 우르르 몰려왔다. 길가에 있던 사람들도 한꺼번에 몰려와 들여다보았다.

담배 팔던 여자가 끼어들어 담배 한 갑을 집어들더니 두 눈을 반짝였다. 그녀는 쪼그려 앉자마자 앞뒤좌우 사람들의 손에서 담배를 빼앗아 여행가방에 넣고 양팔로 품으며 물었다.

"한 갑에 얼마요?"

"4위안!"

"좋아요, 내가 몽땅 사겠어요!" 담배 장수 여자가 여행가방을 움켜쥐고는 들고 가려 했다.

주변에 둘러서 있던 사람들이 떠들어대기 시작했다. "당신 지금 뭐 해? 뭐 하는 짓이냐고? 당신 뭘 믿고 이러는 거야? 똥을 싸는데도 번호표를 받아야 해? 당신 혼자서 독식할 작정이야? 비싼 값에 되팔려고? 저 여자한테 팔아선 안 돼! 여봐, 담배 장수, 저 여자한테 팔지 마, 우리가 몽땅 살 테니까!"

하지만 담배 장수 여자는 가방을 움켜쥔 손을 놓지 않았다.

"한 갑에 5위안! 내가 전부 산다니까요!"

물리교사가 말했다. "군자가 일단 입 밖에 낸 말은 네 마리 말이 끄는 수레도 따라잡지 못한다고 했소. 당신한테는 팔지 않겠소. 한 갑에 4위안을 받더라도 저 사람들한테 팔겠소."

담배 장수 여자는 그래도 따지고 들다 움켜쥐고 있던 가방을 몇 사람에게 빼앗겼다. 누군가가 그녀의 발끝을 냅다 짓밟았다. 화가 난 여자가 말했다.

"당신, 영업허가증 내놔봐요!"

"이 사나운 암범 같으니, 당신이 도대체 뭔데? 당신 사위가 상공업 관리소에 있다는 걸 믿고 길에서 행패를 부릴 작정이야? 여보게들, 저 여자 상대할 것 없네!"

장기 두던 사람, 훈수 두던 사람 들이 고급 담배 세 보루하고 다섯 갑을 나눠 가졌다. 수중에 있던 돈으로 당장 값을 치렀다. 돈이 없는 사람은 집으로 돌아가 돈을 가져왔다. 물리교사는 자신과 이들 평범한 시민들 사이에 거래를 통해 친밀한 우호 관계가 맺어졌음을 느끼고, 마음이 푸근해졌다.

이때 누군가가 고함을 질렀다. "담배 장수! 어서 내뛰어! 저 암범이 상공업 관리소 단속원을 불러왔어!"

물리교사는 인파에 휩쓸려 어느 골목으로 뛰어들었다. 그는 담배 장수 여인이 고함치는 소리를 들었다. 그의 팔을 잡고 있던 사람이 말했다.

"어서 달아나구려, 저놈들한테 붙잡혔다가는 당신 피똥을 싸도록 재수 옴 붙을 테니까!"

그들은 손으로 네 겨드랑이를 떠받들고 등을 떠밀었다. 발바닥이 땅에 닿지 않고 안개구름을 타고 훨훨 날아가는 느낌이었다. 이 골목을 꺾어 돌아 또 저 골목으로 접어들고, 길거리를 가로지르는가 하면 또다른 길을 건넜다. 하지만 뒤편에서 들려오는 고함소리는 멀어지기는커녕 갈수록 죄어들고 가까워졌다. 무거운 발소리뿐만 아니라 모터사이클 엔진의 굉음마저 따라붙었다.

"큰길로는 가지 마!" 누군가가 고함쳤다.

너는 밭 사이로 난 오솔길로 끌려갔다. 너는 네 발이 어디에 있는지도 알지 못했다. 너는 네가 남의 손에 끌려가는 죽은 개 신세나 다름없다고 생각했다. 당신들 가자는 대로 따라가면 되겠지! 너는 상반신이 옥수수 밭으로 쑤셔넣어지는 느낌을 받았다. 끝이 날카로운 옥수수 잎사귀가 너의 얼굴을 톱질하고, 너의 안경알까지 톱질해서 긁어놓는 소리가 우지직우지직 울렸다.

"여봐요, 형씨. 이제는 그놈들이 당신을 못 쫓아올 거야. 혼자서 천천히 도망치라고!" 너를 부축하고 있던 사람은 이렇게 말한 다음 이내 손을 풀고는 허리를 굽히고 옥수수 밭을 헤치며 달아났다. 다시 한 번 몸이 무척 가벼워진 느낌이 들었다. 마치 작은 우산처럼 생긴 민들레꽃 홀씨들이 훨훨 날고 또 훨훨 날아다니다가 비옥한 토지 위에 사뿐히 내려앉은 것 같았다.

3

머릿속이 맑아진 뒤에도 너는 네가 지금 어디에 있는지 알지 못했다. 한참을 생각해보고 나서야 모터사이클 엔진 소리와 단속원들의 발소리를 기억해냈다. 호주머니를 더듬어보자 구겨진 인민폐 몇 장이 손에 잡혔다. 그것은 네가 현실의 품에 안겨 있으며, 허황된 꿈속에 있는 게 아니라는 사실을 증명해주고 있었다.

하늘에는 별들이 콩알처럼 박혀 활기차게 반짝였는데, 얼마나 많은지 수를 헤아릴 수 없었고, 말로 다하지 못할 만큼 북적댔다. 은하수는 가장자리가 짙은 파란색인 기다란 은빛 길 같았다. 별들은 검정에 가까운 푸른 융단에 박힌 진주알 같았다. 진주알 같은 이슬방울이 옥수수 잎 가장자리, 뾰족뾰족한 끄트머리에 아슬아슬하게 매달려 있었다. 철써기란 놈이 갓 돋아나기 시작한 옥수수수염 위에 오뚝 서서 우짖는데, 그 분명한 리듬이 눈금을 또렷하게 새긴 유리 자를 연상시켰다. 멀리서 개가 '컹컹!' 짖어대는 소리, 강아지가 '낑낑' 우는 소리가 뒤섞여 들려왔다. 옥수수 잎사귀와 수염은 꼼짝달싹하지 않았다. 바람 한 점 없었다. 밤이 얼마나 깊었는지 그는 알지 못했다. 주변의 기척, 특히 철써기의 입체적인 울음소리가 한밤의 정적을 더욱 깊게 만들었다. 너는 철써기의 울음소리가 네 골수 깊숙이 파고드는 느낌을 받았다.

너는 일어섰다. 하지만 허리도 아프고 두 다리도 나른하게 풀려 너는 비틀거렸고, 그럴 때마다 옥수숫대에 부딪혀 와삭와삭 흔들리는 소리가 났다. 두세 번 휘청거리던 몸이 이유를 알 수 없이 도로 땅에 쓰러졌다. 너는 축축이 젖은 흙에 얼굴을 갖다댔다. 비릿하면서도 감미로운 대지의 흙냄새가 풍겼다. 너는 네 얼굴이 대지의 흙보다 더 차갑다고 느꼈다.

얼마 후 그는 옥수숫대 한 그루를 움켜잡고 일어났다. 뼛속까지 차가워진 몸에 열량을 보충하기 위해 그는 양심을 어기고 작은 옥수수를 몇 자루 따 껍질을 벗겼다. 그리고 알이 엄지손톱만하고 즙이 달고 부드러운 옥수수를 뜯어먹기 시작했다. 한 자루를 다 먹고 나서도, 너는 엉덩이걸음으로 좀더 멀리까지 간 다음 위장의 통증이 그칠 때까지 계속 먹어댔다.

위장은 쥐어짜는 듯 아팠지만 너는 몸에 뼈가 생기고, 근육이 단단해지고, 머릿속에 윤활유가 도는 느낌을 받았다. 이제 옥수숫대를 붙잡지 않고도 일어설 수 있었다. 걷는데도 길이 흔들거리지 않았다! 현기증도 나지 않았다! 눈앞에 별똥별도 튀지 않았다! 귓속에 윙윙거리던 이명도 들리지 않았다! 철써기란 놈도 더이상 우짖지 않았다! 옥수수 잎사귀들이 와삭와삭 흔들리는 소리에 너는 갑자기 공포를 느꼈지만 자신을 격려했다. "뭐가 무서워? 죽음도 두렵지 않았는데, 뭐가 무섭고 겁이 난단 말야?" 너는 흔들림없이 옥수수 밭도랑을 따라 앞으로 나아갔다. 좌우에 늘어선 옥수숫대 두 줄이 너를 부축해주었다. 옥수수들은 춤추듯 바람에 너울너울 흔들리는 잎사귀로 너의 두 뺨, 양쪽 어깨, 두 귀를 어루만졌다. 하늘과 땅 사이에 바람소리가 울렸다. 춤추는 검은 잎들은 바람의 존재를 알려주고 있었다. 바람은 마을 소식과 함께 비 소식을 보내왔다.

그가 우리에게 말했다. 나는 책 속에 등장하는 사람이 일부러 물리교사를 괴롭힌다는 얘기를 하자는 게 절대 아니야. 대자연이 그를 괴롭힌다고 말하는 거지. 유난히 반짝이는 별이 큰비가 내릴 조짐이긴 하지만, 이렇듯 빠르게 들이닥칠 줄은 몰랐다. 지금 별들은 모두 놀라고 당황하며 불안에 떨고, 은하수에는 검은 구름이 자욱했는데 마치 검은 물이 제방 위로 흘러넘치듯이 빠른 속도로 퍼져나갔다. 어둠은 얼마나 될까? 어둠은 얼마나 알까? 물리교사는 미처 옥수수밭을 빠져나오지 못했는데, 먹구름은 벌써 하늘을 가리고 옥수수 잎사귀들은 전부 칠흑 같은 채찍으로 바뀌었으며, 남아 있는 공간은 모조리 희뿌연 잿빛이었다. 칠흑 같은 채찍들이 잿빛 공간 속에서 휘리릭휘리릭 소리 내며 때리기 시작했다. 그것들은 너의 육체에 연민을 갖지 않았다. 다행히 너는 안경을 쓰고 있었다. 안경은 이제 두 다리로 너의 얼굴을 조여오지 않았다. 그것은 지난 며칠 동안 너의 얼굴이 야위었다는 사실을 말해주고 있었다. 바람이 거세게 불었다. 하지만 거세게 밀어닥쳤다가 밀려나가는 조수처럼, 바람과 바람 사이에는 간격이 있었다. 바람이 잠시 잠잠해진 사이 멀리서 또는 가까이서 사르르사르르 마찰음이 울리고, 얼음같이 차가운 공기가 뼛속까지 스며들었다. 그리고 또 맷돌이 돌아가듯 으르렁대는 소리가 하늘 끝에서 울리는 것 같았다. 이윽고 하늘가에 금빛 섬광이 번쩍하더니 온 세상 만물이 제 모습을 드러냈다. 번개는 오랫동안 요동쳤다. 옥수수 한 그루 한 그루의 모습이 사납게 바뀌어 식물이 아니라 꼭 동물 같았다. 번갯불이 지나간 다음에도 고막을 울리는 천둥소리는 없었다. 그저 퉁퉁대는 소리, 마치 빈 석유 초롱을 두드리듯(물론 그것보다 몇 배인지 알 수 없을 만큼 큰 소리이긴 하지만) 떨리는 소리가 울렸을 뿐이다. 나중에는 번갯불과 천둥소리가 하늘과 땅 사이에서 온통 뒤섞여 나왔다. 세찬 바람이 지나갈 때, 너는 옥수숫대가 모두 허리 굽혀 땅바닥에 엎드린 듯한 느낌을 받았다. 바람이 지나간 후 순간적으로 엄숙한 정적이 깔렸다. 그 정적 속에서, 어디 있는지 알 수 없는 새 한 마리가 처절하게 울어댔다. 마치 총탄에 맞아 죽기 직전에 터뜨리는 마지막 비명 같았다. 단말마의 비명은 너의 뇌수에 스며들었을 뿐 아니라 너의 온몸의 골수에까지 배어들어 너를 죽음의 감각 속에 침잠시켰다. 이때쯤 되자, 너의 비틀걸음은 이제 무감각하고 기계적인 운동이 되고 말았다. 너의 눈앞에는 나아갈 길이 없었고, 너의 행위에는 목적이 없었다. 너는 하늘과 대지가 일으킨 폭동에서 몸부림치며 살아남은 유령일 뿐이었다.

   막 내리기 시작한 비는 빗방울이 크고 드문드문 내렸다. 색깔은 전부 은회색이었다. 손으로 잡을 수 있을 것 같은 속도로 빗방울이 떨어지고 있었다. 빗방울은 암흑의 공간에 무수한 가닥으로 생채기를 남겼고, 따다닥따다닥 소리가 날 정도로 옥수수 잎사귀를 두드렸다. 소리는 드문드문 들렸고, 크기는 했으나 무기력했다. 두번째 퍼붓기 시작한 비는 빠른 속도로 많은 양이 쏟아졌다. 그리고 간간이 우박 알갱이가 섞여 있었다. 옥수수 잎사귀들을 따다닥따다닥 울리는 소리가 쏴아아 쏴아아 흔들리는 옥수수 잎사귀들의 울림 속에서 두드러졌다. 우박 알갱이 몇 개가 이제 겨우 0.5센티미터쯤 머리카락이 자란 그의 맨머리를 두드렸다. 그는 공기를 조금 들이쉬다 아픔을 느꼈다. 눈앞은 온통 얼음처럼 차가운 물의 세상이었으며, 귓속 밖은 온통 소음의 세상이었다. 옷은 살갗에 달라붙은 지 오래이고 두 발은 수렁 속에 빠져들었지만, 그는 여전히 앞으로 나아가고 있었다.

세번째 들이닥친 비는 두번째 비의 끝없는 연장이었다. 그것은 빗발인지 천만 갈래로 뒤얽힌 실타래인지 분간할 수 없을 만큼 억수로 퍼부었다. 그것은 물기둥이었고, 그것은 물의 흐름이었고, 그것은 물을 낳아준 어머니였다. 내리렴, 나는 앞으로 나아갈 테니까!

열 걸음

十步

1

투샤오잉은 팔에 검은 상장을 두르고, 아맛빛 머리는 통통한 연뿌리 모양으로 굵게 땋아내리고 그 끝에 검정 나비 장식을 하나 꽂았다. 통이 좁은 검정 바지에 굽이 높은 신발을 신고 있었다. 그리고 위에는 헐렁한 검정 셔츠를 걸친 채 거울 앞에 서 있었다. 그녀는 자기 얼굴에 징더전 도요지에서 구워낸 백자에 바른 유약 같은 빛이 피어나는 것을 발견했다. 상복을 입는 기간 동안 그녀의 얼굴은 파리하게 여위었고, 눈언저리에는 그늘이 졌는데 살짝 불그스름했다. 팡후가 말했다. "엄마, 엄만 정말 젊고 예뻐. 나도 샘이 날 정도야!"

그녀는 손으로 머리를 만지며 말했다. "후야, 이 머리, 가위로 잘라 버릴까?"

"그럴 필요 없어." 팡후가 말했다. "그럴 필요 없다니까, 엄마!"

"이런 모습이 남들 입방아에 오르지 않을까?" 사실 그녀는 자기 머리를 매우 아꼈다.

"됐어, 엄마." 팡후는 분필갑에 든 하얀 생쥐 두 마리를 가지고 놀면서 전혀 개의치 않는다는 듯 말했다. "아빤 죽었고, 엄마는 아직 젊어. 오빠 말대로 엄마는 나가서 연애도 하고 결혼도 해야 돼."

"얘들 봐, 너희 아빠 시신이 아직 차가워지지도 않았는데. 나는 너희가 그런 말 하는 거 싫다."

"그거야 엄마 자유지." 팡후는 연필 자루로 하얀 생쥐의 분홍빛 코끝을 콕 찌르며 말했다.

그녀는 자기 얼굴을 쓰다듬었다. 상복을 입은 몸이라는 걸 의식하면서도, 속으로는 자신이 여전히 아름답기를 바랐다.

이것은 팡푸구이가 세상을 떠난 지 보름이 지났을 때 집에서 있었던 일이다. 투샤오잉은 상복을 입고 토끼고기 통조림 공장에 출근할 준비를 하고 있었고, 그녀의 딸은 이웃집 형제들이 비밀 통로로 선물한 애완동물을 데리고 놀고 있었다.

2

골목에서 너는 우연히 장례미용사와 마주쳤다. 그녀는 너를 위아래로 훑어보더니 큰 소리로 말했다.

"아이고, 팡 부인. 옷차림이 어쩌면 이렇게 멋져요! 한 떨기 검은 모란꽃 같네요! 결혼 예복보다 그 상복이 더 잘 어울려요. 이러다 내

일부터 길거리에 상복이 유행할지도 모르겠네!"

너는 남에게 은밀한 속내를 들키기라도 한 것처럼 얼굴이 붉어지고 귓불마저 화끈 달아올랐다. 너는 장례미용사가 너를 비꼬고 조롱한다는 것을 알아차렸다. 부끄러우면서도 화가 치밀었다.

"장담하지만, 당신은 젊고 멋진 총각을 찾아낼 수 있을 거예요!" 그녀가 얼굴을 바짝 들이밀며 외설스럽게 말했다. "요새 젊은이들은 숫처녀한테 별 관심이 없거든. 그들은 서양 냄새가 풍기는 여자를 좋아한단 말씀이야. 당신 분명 인기 많을 거야. 잘 팔릴 거라고!"

너는 그녀가 에둘러서 호된 욕설을 퍼붓고 있다는 것을 알아차렸다.

"우리 남편이 엊저녁에도 당신 얘기를 합디다. 당신이 아주 예쁘장하게 생긴데다 마음씨도 착하고 성격도 온순하고, 그리고 몸에서 언제나 신선한 우유 냄새가 난다고요……" 그녀는 묘하게 눈을 깜박거리며 말했다. "당신 몸에서 진짜 신선한 우유 냄새가 나요? 어디 나도 한번 맡아봅시다……" 장례미용사는 그녀를 놀리기라도 하듯 괴상망측한 표정을 짓고 바짝 다가오더니 과장되게 코를 킁킁거리며 냄새 맡는 시늉을 했다. "어떻게 내 코에는 토끼고기 통조림 냄새밖에 안 나는 걸까?" 그녀가 한쪽 다리를 반짝 쳐들었다—신발 속에 뭔가 걸리적거리는 게 있어 털어내려는 모습처럼 보이기도 했다—하지만 너의 눈에는 떠돌이 수캐가 오줌 싸는 모습으로 보였다—그녀가 계속 말했다. "사내들은 어떻게 된 게 제 밥그릇을 들고서도 남의 밥그릇을 넘본단 말씀이야. 사내들은 우리 몸뚱이에서 풍기는 이상야릇한 냄새만 맡으려고 하거든. 그렇다고 당신이 내 남편을 유혹하면 안 되지,

이 사람아!" 그녀는 똑바로 서서 근엄하게 말했다. "난 항상 당신이 머리카락을 염색한 건 아닐까 의심해왔지. 당신은 왜 머리를 염색했을까? 요 이틀 동안 내 남편은 내 몸에 올라타고도 입으로는 당신 이름만 불러댔어." 그녀가 음흉한 표정을 지으며 네 눈을 들여다보았다. "당신이 원한다면, 기꺼이 그 사람을 당신한테 넘기지! 듣자하니 당신 같은 여자는…… 사내 없이는 견디지 못한다던데. 불처럼 활활 타올라서 사내만 보면 고양이가 쥐새끼 잡듯 한다고. 진짜 그래?"

투샤오잉의 얼굴이 하얗게 질렸다가 시뻘게지고, 시뻘게졌다가는 자줏빛으로 바뀌고, 자줏빛이 시퍼레졌나 싶으면 시퍼런 가운데 다시 하얘졌다. 너는 울고 싶고 웃고 싶고 욕하고 싶고 소리 지르고 싶고 때리고 싶고 소란 피우고 싶고 펄쩍 뛰고 싶고 담장을 들이받고 싶고 목을 매고 싶었다. 그녀는 한 손으로 옷깃과 살을 단단히 움켜잡은 채 두 눈을 똑바로 뜨고, 사내와 함께 누워 있을 때에만 낼 수 있는 신음 소리를 쏟아냈다. 너는 다른 손으로 표독스레 장례미용사의 얼굴을 할퀴려고 손을 뻗었다. 하지만 표독스럽게 뻗었던 그 손은 일 초도 못되어 다시 부드러운 손길로 바뀌었다―너의 손은 무기력하게 장례미용사의 얼굴에서 미끄러져내리다가 그녀의 가슴에 닿는 순간 잠시 멈칫했다. 그러고 나서 아래로 쭉 미끄러져내렸다. 장례미용사가 깔깔대는 가운데, 너의 몸이 앞으로 기울어졌다. 장례미용사가 손을 내밀어 너를 부축했다. 너는 두 눈을 감은 채 그녀가 하는 말을 들었다.

"팡 부인, 내가 농담으로 지껄여본 소리니 진담으로 생각하면 안 돼요!"

너는 머리가 핑 돌았다. 너는 너를 부축하고 있는 그 팔이 혐오스러웠지만 그 팔을 떼어낼 수가 없었다. 눈을 떠보니 너는 어느 결에 담을 타고 오르는 작은 회화나무 줄기를 꽉 붙잡고 있었다. 장례미용사는 꿈처럼 나타났다 사라지고 없었다. 너는 너의 모든 신체기관에 의심을 품었다.

우리는 이것이 서술자가 장난삼아 쳐놓은 올가미는 아닐까 의심했다. 분필이나 먹는 작자인데 믿을 만한 구석이 있겠는가? 그가 말했다. 내 너희에게 얘기해주지. 이게 모두 확실히 발생했다는 건 아니야. 그렇긴 하지만 발생할 가능성도 있고, 반드시 발생해야 하는 일이기도 하지. 그것은 팡푸구이가 세상을 떠난 지 보름이 지난 어느 이른 아침에 일어났을 수도 있고, 다른 때에 일어났을 수도 있어. 나는 너희에게 투샤오잉이 작은 회화나무 줄기를 놓고 벽에 바싹 붙어서 집으로 되돌아가 침대에 엎드렸다고 말하겠어. 침대에 엎드린 투샤오잉은 만감이 교차하면서 뜨거운 눈물을 베개에 떨어뜨렸어. 베갯머리에는 아직도 물리교사의 재수 없는 머리 냄새가 남아 있었지. 너희도 내가 해준 얘기를 들어 여러 가지 냄새에 대해 잘 알겠지만, 그것들은 서로 다른 물리적 화학적 구조를 지니고 서로 다른 사람들에게 작용하고, 아울러 확연하게 다른 반응을 발생시킨단 말씀이야. 이런 반응들은 살아 숨 쉬는 사람 개개인의 심정 변화에 따라서 바뀌기도 하지.

나는 투샤오잉이 장례미용사에게 모욕을 받고 베갯머리에서 팡푸구이의 재수 없는 머리 냄새를 맡았던 그 순간, 그녀가 간직하고 있던 남편에 대한 추억이 되살아났다고 가정했어. 그녀는 너무나 억울한 나머지 하소연할 데가 필요했지만, 산 사람이 산 사람에게 하소연할 수야 없는 노릇, 산 사람은 그저 죽은 사람에게 하소연할 수밖에 없었지. 그것은 영화에서 자주 볼 수 있는 상황 같은 거야. 어느 아름답고 다정다감한 미망인이 벽에 걸린 결혼사진을 떼어들고 손바닥으로 액자 유리에 덮인 먼지를 정성스럽게 닦아낸다. 그리고 나서 얼굴을 유리에 갖다댄다. 그리고 차가운 유리에 뜨겁게 달아오른 자기 얼굴을 붙인 채 침대 위에 무릎을 꿇는다. 이윽고 귓가에 소곤소곤 속삭이는 그의 음성과 장난기 섞인 짓궂은 웃음소리가 들려온다. 내 젖소……러시아 젖소…… 내가 보고 싶어?

"아…… 아……!" 너는 그럴듯한 성대모사로 그녀가 죽은 남편의 은밀한 속삭임에 자극받아 터뜨린 미움과 사랑이 뒤섞인 통곡소리를 우리에게 들려주었다. 너는 그녀가 정신병자처럼 이렇게 중얼거렸다고 말했다. "이 죽일 놈아! 왜 죽은 거야! 아아…… 당신은 모질게도 우리 식구를 고아로, 과부로 만들어놓고, 혼자 '아름다운 세상'에 들어가 편하게 지내다니…… 아아…… 노란 털 난 요사스러운 계집이 나한테 온갖 조롱과 비웃음이 담긴 혓바닥을 함부로 놀리게 만들다니……! 아아……! 당신이 살아 있을 때는 당신이 얼마나 소중한 존재인지 알지 못했어! 아아…… 당신이 죽고 나서야 비로소 당신이 얼마나 소중한 존재인지 알게 되었어. 아아……! 당신은 우리한테 땔감, 쌀, 기름, 간장, 소금 양념처럼 뗄 수 없는 존재였어. 아아……! 여보! 그자는 날이면 날마다 아무 이유도 없이 찾아와서 치근덕댄다구! 그자는 당신 목소리를 흉내내고 당신 체취마저 풍겨. 아아, 그! 그! 그! 그! 그자가 날 뭐라고 불렀는지 알아? 아아…… 그자는 우리 둘만의 비밀까지 알고 있어…… 당신은 어쩌자고 그런 일을 남한테 얘기한 거야? 당신이…… 당신, 이 매정한 귀신 같으니!……"

그녀가 울음을 뚝 그쳤다. 팡푸구이의 목소리를 빼닮은 통곡소리가 자기 목덜미 뒤에서 들려왔기 때문이다. 여인이 죽은 남편을 위해 통곡할 때는 100퍼센트 눈을 감게 마련이다. 투샤오잉도 예외는 아니었다. 그녀는 그의 손길이 자신의 어깨를 어루만지는 느낌을 받았고, 그의 이마가 자신의 뒤통수에 닿은 느낌마저 들었다. 섬뜩할 정도로 차가운 눈물이 자신의 숱 많은 머리카락을 뚫고 두피에 닿는 걸로 보아 매우 많은 눈물을 흘리고 있는 게 분명했다. 그가 말했다. "샤오잉…… 애들 엄마…… 난 죽지 않았어……"

너는 우리에게 일러주었다. 그녀는 소스라쳐 정신을 차렸지만 눈은 뜨지 않았다고. 그녀는 또 이웃집 사내가 찾아와 농간을 부리는 걸 알았기 때문에 분노의 불길이 가슴속에서 타오르기 시작했지만, 그 분노는 장례미용사에게 향한 것일 뿐, 결코 그에게 향한 것이 아니라는 사실을 알았다고. 그에게는 팡푸구이의 목소리가 있었고, 팡푸구이의 체취와 팡푸구이의 손길과 다정함이 있었다. 그리고 또 그 사람만의 진실함이 있었다. 그의 얼굴은 온통 눈물범벅이 되어 있었다. 어리둥절한 가운데 그는 어느새 너를 침대 위에 누이고 있었다.

너는 결혼사진을 품은 채 똑바로 침대 위에 누웠다. 그리고 그의 메마른 입술이 너의 입술을 누르고, 그의 익숙한 손길이 네 가슴에 닿는 걸 느꼈다. 모든 것들이 지난 옛 꿈을 다시 일깨우고, '젖소'에 관련된 은밀한 속삭임마저 너의 귓가에 소곤소곤 울리기 시작했으며, 너의 아랫도리는 불덩어리처럼 뜨겁게 달아오르기 시작했다. 너는 결혼사진을 얼굴 위에 놓고 그의 몸을 끌어안았고…… 그가 서둘러 바지를 꿰어 입는 모습을 보는 순간 너의 마음은 복수의 쾌감으로 가득 찼다.

그가 서둘러 바지를 꿰어 입었을 때 너는 양심의 가책을 강렬하게 느꼈고 종잇장처럼 얇은 그의 얼굴에 강렬한 반감을 느꼈다. 너는 그 얼굴 뒤에 감춰진 또하나의 얼굴을 느끼자 대뜸 그 거짓된 얼굴을 사납게 할퀴었다. 그것은 너무나도 현실감이 있었다. 너는 '찌익!' 하는 소리를 들었으며, 너는 괴이쩍은 얼굴에 하얗고 깊은 골이 네 줄기 나타나는 것을 보았다. 그가 말했다. "어서 할퀴구려. 할퀴고 찢어내구려. 이걸 아예 벗겨내줘. 나도 이게 아주 혐오스러웠지······"

너는 우리에게 말했다. 너는 모든 흔적을 판단해 이런 인식에 도달했다고. 이 같은 희한하고 해괴망측한 간통은 투샤오잉에게 아주 강한 충격을 주었다고. 그녀는 그의 어깨를 물어뜯어 그의 피맛을 음미하는 순간, 오래전 영화에서 보았던 장면을, 러시아산 말 한 마리가 트럭에서 굴러떨어진 사과를 어석어석 깨물어 먹는 장면을 떠올렸노라고······

3

그녀가 남의 주목을 끄는 상복을 입고, 아맛빛 머리를 팔뚝만큼이나 굵게 땋아내리고, 러시아인의 풍만한 가슴과 매끄럽고 하얀 목을 꼿꼿이 세우고 토끼고기 통조림 공장 제1공정 현장에 나타났을 때, 윤기가 자르르 흐르는 새까만 토끼 한 마리가 법관처럼 공평무사한 여공의 망치에 얻어맞고 이제 막 허공 속 널판 위에서 떨어져 작은 쇠수레에 처박히고 있었다. 여공이 발로 툭 걷어차자 수레는 소리 없이 앞으로 미끄러지더니 너의 작업 위치에 딱 멈춰 섰다. 너는 네가 그 자리에서 작업해야 할 가죽 벗기기 임무를 몸매가 가냘파 보이는 낯선 어린 아가씨가 하고 있다는 것에 깜짝 놀랐다. 그녀의 가냘픈 몸매에 작업복은 한층 텅 빈 듯해 보였다.

어린 아가씨 곁으로 걸어간 너는, 곧 네 손에 호되게 얻어맞게 될 류진화가 키득거리며 비웃는 모습을 보았다. 어린 아가씨의 목이 작업복에서 쑥 올라와 있었다. 새까만 성냥골을 닮은 작은 머리는 역시 성냥개비를 닮은 목에 납땜해서 붙여놓은 것 같았다. 그녀는 작업에만 열중하고 있었을 뿐 네가 왔다는 사실은 전혀 알아차리지 못했다. 너는 그녀의 메마른 조막손이 오동통하게 살찐 검정 토끼를 손수레에서 꺼내 갈고리에 매다는 것을 보았다. 검정 토끼의 배가 불룩해지고 두 눈은 절반쯤 감겨 있었다. 어린 아가씨가 칼로 토끼의 넓적다리 살갗을 절개하는 순간, 너는 네 가슴살이 떨리는 것을 느꼈다. 토끼의 검정 털락 위에서 매끄럽게 움직이는 어린 아가씨의 손길은 연약하기 그지없었다. 이때, 피부가 울퉁불퉁하고 커다란 얼굴 한복판에 깜찍스러울 정도로 작은 딸기코가 붙어 있고 입안에는 플라스틱 어금니를 해넣은 류진화가 번들거리며 건너오더니, 쇠꼬챙이로 토끼의 항문을 푹 찌르며 한마디 했다.

"샤오만, 이건 암토끼야. 어미도 새끼도 가죽이 검지. 요것도 행실이 무척 헤프단다, 과부처럼 말이야!"

어린 아가씨가 우울해 보이는 커다란 회색빛 눈을 휘둥그레 뜨더니, 굵은 허리에 펑퍼짐한 엉덩이, 짧은 다리에 목도 짧은 류진화를 바라보았다. 헐렁한 작업복 안에서 어린 아가씨의 몸이 바들바들 떨고 있었다. 어린 아가씨의 큰 입은 초승달 모양이었다.

너는 류진화가 쇠꼬챙이로 검정 토끼의 항문을 모질게 쑤셔대는 것을 어쩔 수 없이 보고만 있었다. 꼬챙이가 쑤셔들 때마다, 너의 아랫도리에 경련이 이는 듯했다. 그녀는 암토끼를 한 번 쑤셔댈 때마다 너를 한 번씩 쳐다보았다. 네가 땅바닥에 주저앉을 때까지 줄곧.

어린 아가씨는 선혈이 낭자한 토끼가죽을 어루만지며 "으아아!" 하고 울음보를 터뜨렸다.

이때 준수하게 잘생긴 작업 주임이 걸어왔다. 그는 너를 한번 쳐다보았지만 별말 하지 않았다. 그는 더럽혀진 토끼를 자세히 살펴보았다. 그는 어린 아가씨의 머리를 툭툭 치며 말했다. "울지 마라. 네 탓이 아니니까." 그는 갈고리에 매달린 토끼를 떼어 류진화의 발치에 던졌다. 그리고 말했다.

"신이 말씀하길, '언젠가는 네가 저지른 악행에 응보를 내릴 것이다!' 하셨거든."

류진화는 작업 주임의 젊고 잘생긴 얼굴을 잡아먹을 듯 흘겨보더니, 알아듣지 못할 말로 뭐라고 투덜대며 검정 토끼를 주워 자기 자리의 갈고리에 매달았다.

작업 주임이 말했다. "투샤오잉, 당 지부 서기 동지가 자기 사무실에 한번 다녀가랍디다."

그는 네가 일어설 수 있도록 손을 잡아 부축해주었다.

류진화가 이가는 소리, 쇠꼬챙이로 검정 토끼의 아랫도리를 쑤셔대는 소리가 들려왔다.

4

투샤오잉은 떨리는 손길로 '여성 정치위원'의 사무실 문을 두드렸다. 안에서는 아무 소리도 들리지 않았는데, 문이 조용히 천천히 열렸다. '여성 정치위원'이 문틀을 짚고 서서, 코끝까지 미끄러져내린 금테 돋보기 너머에서 너를 찬찬히 훑어보았다.

투샤오잉은 노마님의 눈초리에 살가죽이 벗겨지는 느낌을 받았다. 다시 한번 아랫도리에 날카로운 통증이 느껴졌다.

'여성 정치위원'이 너에게 고갯짓으로 사무실로 들어오라고 했다. 그녀는 너의 등뒤에서 문을 닫고 위태롭게 휘청거리는 걸음걸이로 돌아가 그녀의 의자에 앉았다. 너는 그녀의 책상을 마주하고 선 채 불안감이 서린 눈망울로 그녀가 붉은 실크 손수건을 꺼내 흰색 주름이 자글자글한 입을 닦아내는 모습을 지켜보았다. 백발이 성성한 그녀의 모습은 침착하고 위엄 있어 보였다.

그녀는 쇠꼬챙이로 검정 토끼의 음문과 뱃가죽을 쑤셔댔다. 너의 식은땀이 겨드랑이에서부터 배어나왔다.

'여성 정치위원'이 안경을 추어올리면서 나지막이 말했다. "팡 선생이 세상을 떠났다니, 내 얼마나 비통스러운지 모르겠소……" 그녀는 쇠꼬챙이로 암토끼의 음문을 쿡 찔렀다. 그녀는 보온컵을 두 손으로 받들고 차를 한 모금 마셨다. 그러고 나서 하얀 실크 손수건을 끄집어내더니 촉촉이 젖은 꽃잎처럼 새빨간 입술을 조심히 닦았다. "그의 삶은 평범하면서도 위대했고, 그 죽음은 영광스러운 것이었소. 그의 죽음이 우리 학교 공장 생산품의 판매량을 대대적으로 증가시켰소. 따라서 제8중학에 소속된 전 간부, 교사, 교직원과 학생 모두 그에게 감사해야 할 거요." 그녀가 최근에 출고된 토끼고기 통조림을 너에게 한 병 건네주었다. 너는 원래 담황색이던 상표가 분홍색으로 바뀐 것을 발견했다. 상표 오른쪽 상단에는 흰색 동그라미가 찍혀 있고, 그 안에는 남편 팡푸구이의 두상이 들어 있었다. 그는 흰색 테두리 안에서 묵묵히 너를 바라보았다. 그녀는 기다란 꼬챙이로 토끼 다리 가죽을 찢어놓고, 뾰족한 공기 주입구를 상처 구멍에 꽂아넣었다. 토끼는 빠른 속도로 팽창하면서, 가죽과 고기가 분리되었다. 그녀가 말했다. "일이야 어찌 되었든 인민에게는 정의감이 있고, 인민은 교육에 관심을 가지고 있다는 사실을 굳게 믿어야 하오." 너는 상표에 커다랗게 인쇄된 황금빛 글자를 보았다. 교단에서 쓰러진 우수한 인민 교사가 당신들에게 간청합니다. 영양이 풍부하고 품질이 우수한 토끼고기 통조림을 한 병 사주십시오. 오늘도 중학에서 교육을 받는 우리 아이들을 위해서! 그녀가 검정 토끼의 복부를 단칼에 갈라내자, 검정 토끼가죽이 스르르 떨어져내렸다. 너는 그녀의 책상 가장자리를 부여잡았다. 손에 들고 있던 토끼고기 통조림 병이 시멘트 바닥에 떨어지면서 팡 하고 터졌다. 분홍색 토끼고기가 쏟아져나와 분홍색 상표를 뒤덮었다. 팡푸구이의 머리가 토끼고기를 먹기 시작했다. 분홍색 토끼고기 국물이 바닥에 흐르고, 팡푸구이의 머리가 토끼고기 국물을 마시고 있었다.

'여성 정치위원'이 못마땅한 표정을 지었다. 그녀가 벨을 누르자, 얼굴이 얽고 눈매가 매서운 사내가 들어왔다. 그는 '여성 정치위원'에게 허리를 한 번 굽혀 인사했다. '여성 정치위원'이 손끝으로 깨진 통조림 병을 가리켰다.

사내는 청소도구를 가져와 바닥을 말끔히 치웠다.

그녀는 토끼가죽을 대바구니에 던져넣었다. 그녀가 아주 길고 가느다란 담배 한 개비에 불을 붙여 물었다. 그리고 옅은 담배연기를 한 모금 뿜어내며 말했다.

"당신의 그런 무례한 행위를 용서할 수는 없지만, 당신의 심정은 이해하겠소. 학교 당 총지부에서 특별회의를 소집해 당신 문제를 논의했소. 광푸구이 선생이 살아 있을 때, 그리고 죽은 후 학교에 이바지한 공로를 감안해, 또 당신이 공장에서 보여준 일관된 작업 태도를 감안해, 당 총지부는 당신을 제8중학이 운영하는 토끼고기 가공 공장 제1공정의 현장 부주임 겸 상품판매촉진부의 부부장직을 맡기기로 결정했소. 회의석상에서 당신을 다시 교직에 종사하게 하자는 의견도 나왔지만, 나는 교단에서 출세한 이는 없다고 생각하오. 나라 형편이 어려운 지금, 교육 사업을 계속해나가려면 학교마다 생산성 있는 사업으로 자구책을 마련하지 않으면 안 될 것이오. 그렇기 때문에 당신이 현재 일하는 자리가 열 명의 교사보다 더 중요한 거요." 그녀는 말을 멈추고 당신의 반응을 살폈다. 그녀가 주제넘게도 토끼 머리, 네 다리를 토막내더니 가슴을 갈라 토끼 내장을 모조리 긁어냈다. 너는 토끼의 심장이 몸 밖에 매달린 채 떨리고 있는 것을 보았다.

너의 심장이 마구 떨려왔다. 체내의 분비물을 쏟아낼 수 있는 모든 신체기관들이 활발하게 움직이기 시작했다. 불현듯 너의 머릿속에 십여 년 전 '펑레이지' 전투대원들에게 윤간당했던 때의 장면이 떠올랐다.

"무척 흥분되지 않소?" 그녀가 말했다. "격해지는 마음은 어쩔 수 없겠지만, 그래도 냉정한 성격이 보다 값지고 귀한 거요. 이 조치는 당신에 대한 당의 관심이고 신임이오. 오늘 이후, 당신 임금은 두 부분으로 계산될 거요. 한 부분은 제1공정 현장에서 지급될 것이고, 두 번째 부분은 판매촉진부에서 지급될 거요. 이 둘을 합치면 당신이 과거에 받았던 임금의 세 배는 될 거요. 물론 당신을 시샘하는 자가 여럿 있겠지만, 남에게 질투와 시기를 받는 것도 일종의 행복이란 점을 명심해야 하오."

너는 멍하니 서 있었다. 수없이 많은 그가 토끼고기 통조림에서 너를 향해 쓴웃음을 짓고 있었다.

"다른 요구 사항이 없으면, 이 서류를 가지고 제1공정 현장에 당신을 위해 마련해놓은 사무실로 가서 써넣고, 수요일 출근길에 나한테 제출하시오." '여성 정치위원'이 입당신청서 한 장을 너의 손에 쥐여주었다.

5

너의 책상은 그의 책상 맞은편에 놓여 있었다. 그가 네 얼굴을 쳐다보았다. 그 입술 언저리에 야릇한 미소가 피어났다. 너는 불안한 기색으로 말했다.

"주임님…… 아무래도 안 되겠어요. 날 토끼가죽 벗기는 데로 보내주세요……"

그가 너의 어깨를 토닥였다. 그리고 말했다.

"이건 내가 결정할 수 있는 일이 아니오. 거기 앉으시구려. 투 부주임, 앉아 있다보면 이내 익숙해질 거요."

"내가 무슨 일을 해야 하나요?"

"당 입당신청서의 빈칸부터 채워넣구려."

"난 지금껏 입당신청서를 써본 적이 없는데요."

"상관없소." 그가 말했다. "빈칸에 써넣기만 하면 되니까."

네가 책상 앞에 앉자, 그가 포도주를 한 컵 따라 네 앞에 놓았다……

그는 너의 입당신청서를 받아들고 대충 한번 훑어보더니 서랍에 쑤셔넣었다.

그가 크라프트지 서류봉투를 한 장 건네주면서 말했다.

"이건 당신 몫의 지난달 상여금이오."

그가 말했다. "난 류진화가 지금까지 당신을 여러 차례 모욕해왔다는 걸 잘 알고 있소. 이제는 그녀가 당신의 눈치를 봐야 할 거요. 당신이 그녀를 확실히 때려눕힐 수 있게 내가 두어 수 알려주리다."

작업 주임 사무실에서 젊고 멋진 주임은 그동안 매끈한 양복으로 가려왔던 튼튼하고 다부진 몸매를 드러냈다. 그가 말했다.

"첫번째 타격은 그녀가 전혀 예상하지 못했을 때 이루어져야 하오. 당신도 어느 부위를 때려야 하는지는 알겠지? 그녀의 가슴 사이의 바로 아래쪽을 때리는 거요. 주먹은 신속하고 힘차고 정확하게 뻗어야 하오. 처음 한 방으로 반드시 그녀를 거꾸러뜨려야 하오. 고무를 씌운 망치로 토끼를 때려잡듯이 말이오!"

느닷없이 그가 불의의 일격을 가해왔다. 주먹으로 너의 가슴 사이 바로 아래쪽을 가볍게 내지르기만 했는데도, 너는 숨이 막혀 외마디 소리를 지르고는 천천히 허리를 숙이고 누런 위액이 섞인 침을 한 모금 토해야 했다.

그가 말했다. "바로 이렇게 하는 거요. 내일부터 벽에 걸린 모래주머니를 끊임없이 때리는 연습을 하시오. 연타로 이백 번을 때려도 손목이 풀리지 않고 심장박동 수도 변하지 않을 때까지 단련하는 거요."

그가 커튼 줄을 당기자 벽에 매달린 모래주머니가 드러났다.

"두번째 타격은 그녀의 반격에 대처할 때 필요한 거요. 당신도 소련 소설 『강철은 어떻게 단련되었는가』를 본 적이 있을 거요. 볼셰비키 주허라이 선생이 파벨 코르차긴에게 가르쳐주었던 그 한 수를 기억하겠지? 나중에 그는 호숫가에서 낚시할 때, 삼림 감독관의 딸 토냐가 보는 앞에서 멋지게 솜씨를 과시했소. 무릎을 구부린 채 두 주먹을 불끈 쥐고 연적인 납작코 바람둥이 녀석을 후려쳐서 뒤로 벌렁 나자빠지게 해 호수에 빠뜨렸지. 그는 이가 혀를 깨무는 소리를 들었소. 그 동작에 필요한 건 딱 세 가지, 냉정함, 정확성, 그리고 모질게 들이치는 기세요. 무릎으로 아랫배를 들이받고, 주먹으로 아래턱을 휘갈겨야 하오. 상대방의 힘을 교묘하게 빌려야 한다는 점을 기억해두시오. 당신은 물리교사의 아내니까 잘 알 거라 믿소. 마주보는 방향으로 움직이는 두 물체끼리 맞부딪칠 때, 빠른 속도로 운동하는 물체가 받는 충격은 완만한 속도로 움직이는 물체보다 더 큰 법이지. 분사식 항공기가 초음속으로 비행할 때, 마주 날아오는 참새 한 마리와 충돌해도 비행기 동체에 구멍이 뚫리는 것처럼."

그는 벽장에서 고무인형을 하나 끌어내며 말했다.

"벽에 있는 전기 스위치만 누르면, 이 인형이 당신에게 달려들 거요. 그럼 당신은 내가 가르쳐준 요령대로 인형을 세차게 치는 거요."

"만약 연습하다 지겨우면," 그가 자그맣게 뚫린 창문 커튼을 당겨 열자 특수 기술로 가공된 작은 유리창이 나타났다. "여기서 작업 현장에서 벌어지는 상황을 전부 내다볼 수 있소."

너는 두 눈을 유리창에 대보았다. 분홍색 베일 너머로 작업실 전체가 한눈에 들어왔다. 분홍색 얇은 베일을 걸친 토끼가 한 마리 또 한 마리 구멍에서 빠져나오고, 또 한 마리씩 고무 망치에 얻어맞아 분홍색 안개로 뒤덮인 작은 손수레 안에 떨어졌다…… 류진화는 여전히 쇠꼬챙이로 암토끼의 음문을 쑤셔대고…… 너의 아랫도리는 견딜 수 없이 아팠으며, 너의 가슴속에는 분노의 불길이 치솟았다……

그녀가 한 번, 또 한 번 모래주머니를 통렬하게 후려쳤다.

그녀는 한 번, 또 한 번 고무인형을 두들겨 인형이 허공을 가로질러 벽까지 되돌아갈 때까지 쳤다.

작업 주임이 칭찬의 뜻으로 그녀의 어깨를 두드렸다.

"혼혈인답게 아주 잘했소! 지금이 바로 그때요. 나가서 그녀를 혼내주시오!"

너는 진홍색 진짜 양 가죽재킷을 입었고, 진홍색 포플린 셔츠깃을 재킷 밖으로 세웠다. 그리고 꼭 끼는 애플 브랜드의 청바지를 입고, 두 발에는 해면처럼 가벼운 갈색 사슴가죽 신을 신었다. 네가 작업 현장에 나타나자, 모든 사람들이 깜짝 놀라 입을 다물지 못했다. 토끼한테 '경종을 울리는' 무감각한 여인의 입이 쩍 벌어졌다. 경종에 얻어맞은 토끼들의 '도포와 감투를 벗기는' 깡마른 어린 아가씨의 눈도 탁구공만큼이나 커졌다. 류진화가 쇠꼬챙이로 빨간색 토끼의 음문을 쑤셔대며 욕을 퍼부었다.

"저것 좀 봐! 러시아 암토끼 꼬락서니 좀 보라고! 요 물건이 수토끼랑 섞이려면 거기가 물만두보다 더 커야겠어!"

너는 냉정하게 손으로 류진화의 두툼한 어깨를 한 대 쳤다.

"지금은 작업 시간이야. 이런 식으로 소란을 피우고 작업 규칙을 어기면 이번 달 상여금을 공제하겠어!"

"어유! 이게 어느 기생집에서 도망쳐 나온 양년이야? 제 몸뚱이 팔아 코딱지만한 벼슬 좀 얻었다고 거들먹대는 꼴이라니!" 그녀는 쇠꼬챙이로 빨간색 토끼를 푹 찔러 피를 냈다.

너는 아랫도리에 치미는 고통에 정신을 잃을 것 같았다. 가슴속에 불길이 활활 타올랐다. 너는 묵묵히 속으로 세 마디를 외웠다. 냉정할 것, 정확할 것, 모질게 들이칠 것…… 미소가 너의 얼굴에 피어올랐다. 류진화는 가슴을 내밀고 뱃가죽이 접힌 자세로 앉아 여전히 떠들어대고 있었다. 너는 작업복 아래로 밀가루 포대 같은 그녀의 가슴이 오르락내리락하는 것을 보았다. 너는 '가슴 사이 바로 아래쪽'에 해당하는 부위를 겨냥해 짧고 힘차게 일격을 가했다!

류진화가 "헉!" 하고 외마디 소리를 냈다. 그녀는 양손으로 가슴을 감싸안고 허리를 구부린 채 두어 걸음 휘청거리며 걷더니, 토끼가죽과 토끼똥 무더기 위에 나자빠졌다.

너는 두 손을 재킷 주머니에 찔러넣고 머리만 돌려 땅바닥에 나뒹구는 류진화를 내려다보았다.

그녀의 얼굴빛은 샛노랗게 질렸고, 눈에서는 녹색 물이 흘러나왔다. 그녀가 몸을 일으키더니—거의 소설에 묘사된 장면에서처럼—성난 들짐승처럼 이빨을 드러내고 앞 발톱을 세운 채 덤벼들었다. 너는 묵묵히 동작을 외우며 모든 준비를 하고 기다렸다. 구부린 자세에서 들어올린 오른쪽 무릎은 지방질이 두툼한 그녀의 아랫배를 기다렸고, 힘 있게 움켜쥔 주먹은 약간 위로 쳐들린 그녀의 살찐 아래턱을 기다렸다. 너의 무릎과 주먹이 거의 그녀의 살에 닿은 것 같았다—네가 선제공격을 한 것이 아니라, 그녀가 부딪쳐온 것이었다—그녀가 팔다리를 우스꽝스럽게 허우적대더니, 토끼 오줌 위로 벌렁 나가떨어졌다. 처참한 비명과 함께 박수 소리가 터져나왔다.

그녀는 땅바닥에 누운 채 부들부들 떨고 있었다. 너는 앞으로 다가가 희끗희끗한 그녀의 머리카락을 움켜잡고 고개를 들고는 얼굴 근육의 반쪽만 움직여 미소를 지으며 말했다.

"내가 누군지 잘 봐둬. 그래야 다시는 실수를 저지르는 일이 없을 테니까!"

그녀의 죽은 물고기 같은 눈이 훌떡 뒤집히더니, 입에서 피가 쏟아졌다. 네가 손을 놓자 그녀는 토끼가죽처럼 허리가 꺾이면서 도로 주저앉았다.

너는 붉은 포플린 손수건을 한 장 꺼내 손을 닦았다. 손을 휘두르자 붉은 포플린 손수건이 팔랑팔랑 나부끼다 나풀나풀 떨어졌다.

6

너는 어깨와 가슴을 절반쯤 드러낸 붉은 원피스를 입고 오픈카 위에 서 있었다. 오픈카 좌우 문에는 각각 커다란 토끼고기 통조림이 그려져 있었고, 세숫대야만큼이나 커다란 꽝푸구이의 두상도 통조림 병 위편에 붙어 있었다. 그는 길을 오가는 행인들과 차량의 흐름, 그리고 고층빌딩들을 눈여겨보았다. 그는 교육에 관심을 가진 주민들에게 제8중학에서 운영하는 공장의 토끼고기 통조림을 구매해달라고 간청했다. 그는 줄기차게 호소하고 있었다. 인민 여러분, 당신들에게 동정심이 있습니까? 여러분, '위훙'표 토끼고기 통조림을 사십시오! 인민 여러분, 여러분은 조국의 다음 세대에 관심을 가지고 계십니까? '위훙'표 토끼고기 통조림을 사십시오!

그녀는 차 위에 서서 판지로 만든 커다란 '위훙'표 토끼고기 통조림 모형을 높이 쳐든 채 행인과 차 들을 향해, 빌딩과 나무숲을 향해, 공기와 햇빛을 향해 정열적으로 흔들어 보였다. 너의 얼굴에는 아름다운 미소가 맺혀 있었다.

차 위에 선 너는 서늘하고 상쾌한 바람이 가슴골을 따라 들어와 온몸으로 퍼져나가는 것을 느꼈다. 아맛빛 머리카락이 바람결에 나부끼면서 너 자신마저 품위 있어지는 느낌이 들었다. 모든 차량이 제8중학 광고차를 위해 길을 비켜주고, 제8중학 광고차는 들판을 뛰어다니는 산토끼처럼 이리저리 부딪혀가며 큰길과 작은 골목 들을 누볐다. 이제 토끼고기 통조림은 모르는 집이 없고, 모르는 사람이 없었다. 판매량은 급속도로 늘어났다. 제8중학 교정의 은사시나무들마저 흥겨운 나머지 손뼉을 치고 즐겁게 웃는 것 같았다.

광고차 위에 선 너의 귀에 '여성 정치위원'의 목소리가 들려왔다. 제8중학 당 총지부의 논의와 결정에 따라 투샤오잉 동지를 학교 직영 토끼고기 통조림 공장의 부공장장 겸 상품판매촉진부의 부장으로 정식 임명하는 바요.

시 정부 초대소 귀빈실에서, 너는 소련에서 온 무역상 두 사람과 협상을 진행했다. 너는 유창한 러시아어와 출중한 매너로 소련 무역상들의 마음을 무너뜨렸고, 그들이 토끼고기 통조림 백만 병을 구매하는 계약서에 서명하게 만들었다. 그들 가운데 풍채가 당당한 소련인이 너에게 말했다.

"러시아의 품은 당신에게 활짝 열려 있습니다."

너는 결연하게 말했다.

"나의 어머니는 중국입니다!"

7

서술자가 이렇게 말했다. 앞서 너희에게 말한 것이 투샤오잉의 꿈 이야기가 아니라면, 그건 분명 내 꿈 이야기였을 거야. 우리 둘은 마음이 서로 통할 뿐 아니라, 공감대도 형성되어 있거든. 속담에 "새 꽁지가 들린 모양을 보면, 그것이 날아가려는 방향을 알 수 있다"고 했듯이 말이야.

투샤오잉과 작업 주임의 관계에 대한 소문은 대다수 사람들이 들어 알고 있었다. 그와 그녀의 나이 차가 크기 때문에 사람들은 선뜻 믿지 못했다. 이제 갓 서른을 넘긴 똑똑하고 잘생긴 젊은이가 다 큰 전남편 자식을 둘이나 둔 사십이 넘은 과부와 정말 결혼하고 싶어할까?

물리교사 장츠추가 학교 교장에게 제출했다는 이혼 신청서에 관한 소문도 널리 퍼져나갔다. 여론은 확고부동하게 부녀자와 자식들 편에 섰다.

투샤오잉은 옆집 아들 형제와 자기 딸의 비밀스러운 관계를 알게 되었다. 그들은 담에 구멍을 하나 뚫어놓고 서로 드나들고 있었다. 딸이 분필갑에 기르고 있는 눈알이 빨갛고 털이 새하얀 생쥐 두 마리는 바로 옆집 둘째 녀석 샤오추가 선물한 것이었다.

투샤오잉의 모범적인 행적은 시 일간지에 사흘간이나 연속 게재되었다. 그녀는 시 당위원회와 시 정부의 부름을 받았으며, 아울러 시 인민대회 대표로 선출되었다.

투샤오잉과 작업 주임이 사무실에서 벌인 난잡한 정사는 '여성 정치위원'에게 발각되었고, '여성 정치위원'은 정신을 잃고 쓰러졌다. 우리는 이 괴상야릇한 악몽에서 상상의 나래를 펼칠 수 있을 것이다. '여성 정치위원'도 여전히 성욕이 강할까? 젊고 잘생긴 작업 주임이 그녀의 노리개는 아니었을까? 역사적 경험에 따르면, 남자가 여자의 노리개 역할을 하는 것이 여자가 남자의 정부 노릇을 하는 것보다 백배는 더 무시무시한 일이다. 85퍼센트쯤 되는 정부(情婦)는 그래도 자신의 정부(情夫)를 사랑한다. 따라서 섹스 관계가 애정을 바탕으로 성립되기 때문에 기본적으로는 아름다운 것이라고도 할 수 있다. 하지만 거의 모든 남성 노리개는 자신의 애인을 사랑하지 않는다. 그들은 완전히 타락했고, 그래서 살아 있는 섹스 도구가 되었다. 여주인을 배반한 노리개의 말로는 모두 비참하기 짝이 없다. 일반적으로 이런 여인은 모든 사람들이 치를 떨 정도로 흉악해지고 잔인해질 수 있기 때문이다.

투샤오잉은 위조지폐 사건에 말려들어 공안당국에 체포되었다. 공안국 수사관은 그녀의 집 안 서랍에서 대량의 위조지폐를 찾아냈다. 이야기에 따르면 이 위조지폐들은 아주 정교하게 인쇄된 것으로, 진짜 인민폐와 조금도 차이가 없어 해당 전문가들조차 경탄해 마지않았다고 한다. 실수는 지폐의 일련번호에 있었다. 범인들은 액면가 10위안짜리 인민폐를 수만 장이나 찍어냈는데, 일련번호가 하나같이 12127741이었다. 시내 인민은행에 근무하는 어느 여직원 하나가 실연하여 무료하게 지내던 중 기발하게 인민폐에 찍힌 일련번호로 자기 앞날의 운명을 점쳐보려 하다 결국 그들의 실수를 발견해냈다.

투샤오잉은 시 당위원회 기율검사(紀律檢查) 서기*에게 시집을 갔다. 그는 쉰여섯으로 최근에 배우자를 잃었고, 아들딸은 모두 외지에서 일하고 있었다. 결혼한 뒤 그녀는 팡후를 데리고 시 당위원회 1호 숙사로 이사했다. (팡룽은 고집을 부려 독립해 나갔지만, 그래도 계부에게 값비싼 명품 군자란 화분 하나와 아름다운 금붕어 어항을 선물하기까지 했다.) 그곳의 생활환경은 쾌적했다. 맑고 시원한 저녁 바람

---

* 기율검사는 원래 중국공산당이 당원의 기율 준수를 엄격하게 관리할 목적으로 설치한 제도로, 법률과 기율 위반행위 등의 범죄를 적발, 검거, 기소 처분하는 역할을 맡았다. 그러나 일반적으로는 모든 인민들의 범법행위를 적발, 처벌하는 행정처분권한도 행사하고 있다. 서기는 공산당, 공산청년단과 같은 조직의 주요 책임자를 말한다.

에, 바닥까지 난 통창의 이중 실크 커튼이 흔들리고, 그녀의 꽃수 놓인 실크 파자마도 흔들렸다. 그녀는 어느 날 자신이 임신한 걸 알고 기쁘면서도 한편으로는 걱정에 휩싸였다. 배 속의 아이를 지워야 하나, 아니면 낳아야 하나? 서기는 결정을 내렸다. 공산당원 당적을 박탈당하는 한이 있어도 그 아이를 낳아야 한다고. 왜? 러시아인의 혈통을 이은 혼혈 제2세대라면 손안의 다이아몬드가 될 테니까.

투샤오잉은 아름다운 강물에 뛰어들었다. 사흘 후 그녀의 주검은 도시에서 30킬로미터 떨어진 모래사장에 걸렸다. 시골마을 개구쟁이들이 강가에서 청개구리를 잡다 그녀를 발견했을 때, 그녀는 벌거벗은 채 모래사장에 모로 누워 있었고, 귀와 코 속에는 진흙과 모래가 꽉 차 있었다. 아이들은 멀리서 그녀를 발견했을 때만 해도 커다란 하얀 물고기인 줄로만 알았다. 하지만 물고기가 아니라 죽은 사람이라는 것을 알아차리고는 놀란 나머지 꼼짝도 하지 못했다. 처음에는 그녀가 살아 있는 사람이고 햇빛 아래서 엎드려 일광욕을 하는 줄만 알고, 그들은 수줍어했다. 한 남자아이가 돌멩이를 하나 주워 그녀의 등에 던졌지만 당연히 그녀는 반응을 보이지 않았다. 다른 남자아이가 큰 소리로 불러보았다. "어! 아줌마, 누구예요? 거기 엎드려서 뭐 하는 거예요?" 물론 그녀는 조금도 움직이지 않았다. 그때 태양은 모래사장에 강렬한 빛을 내리비추고 있었다. 볼기를 다 드러낸 개구쟁이들의 몸에는 얼룩덜룩 하얀 소금꽃이 피었고, 얼굴에는 땀이 줄줄 흘러내렸다. 아이 하나가 말했다. "저 아줌마 잠든 모양이야." 또하나가 말했다. "틀렸어. 자는 거면 왜 코를 골지 않겠어?" 다른 하나가 말했다. "여자는 잘 때 코를 골지 않는다니까. 우리 엄마는 절대 코를 골지 않거든." 아이 하나가 말했다. "여자는 잘 때 코 고는 걸 제일 좋아해. 우리 엄마는 코를 골았다 하면 집 안이 떠나가는데." 그들의 입씨름은 그칠 줄 몰랐다. 어느 똑똑한 아이 하나가 그녀 앞쪽으로 돌아가 살펴보더니 단호하게 말했다. "이 아줌마, 죽었어!" 개구쟁이들이 앞쪽으로 가보니, 그녀의 눈썹에는 물풀이 붙어 있고, 두 귀와 콧구멍에는 모래와 진흙이 가득 차 있었다. 아이들은 모두 멍해졌다. 똑똑한 아이가 말했다. "마을에 가서 어른을 불러오자." 동네 어른들은 강가에 와서 보고, 외국인이 틀림없다고 결론지었다. 한 선량한 남자가 조끼를 벗어 그녀의 몸을 덮어주었다. 머리 회전이 빠른 남자 하나가 마을로 돌아가 공안국에 전화를 걸었다. 공안국은 강 여울목에 외국 여자의 시신이 있다는 이야기를 매우 심각하게 여겨 국장이 직접 팀을 이끌고 달려왔다. 조사 결과 죽은 사람이 제8중학에서 운영하는 공장의 일개 여공이라고 판명나자 그들은 크게 실망했다.

투샤오잉은 정신착란을 일으켜 산발을 하고 땟국이 흐르는 얼굴로 시 정부로 달려가 자기 남편을 찾았었다. 시 정부에서 일하는 공무원들이 그녀를 쫓아냈다. 그녀는 다시 '아름다운 세상'으로 달려가 자기 남편을 찾았다. '아름다운 세상'에서 일하는 사람들이 그녀를 내쫓았다. 그녀는 또 한번 시 정부로 달려가 자기 남편을 찾았고…… 나중에 어떤 이가 그녀를 '노란 건물'로 보냈다. '노란 건물'은 정신병을 예방하고 치료하는 우리 도시 병원의 별명이다.

투샤오잉은 세차게 타오르는 불길 속에 뛰어들어 국가 재산을 구해내려다 불행히도 희생된 걸로 처리되었다. 그녀의 시신은 '아름다운 세상'으로 보내졌으며, 그녀의 시신을 매만져준 것은 특급 장례미용사 리위찬이었다. 너는 특수한 기술로 그녀의 본래 모습을 완전히 복구시켰으며, 또 그녀의 가슴 위에 흰색 난초, 노란 국화, 초록색 모란, 그리고 또 그윽한 향기를 흩뿌리는 카네이션으로 된 커다란 꽃다발을 올려놓았다……

열한 걸음

十一步

1

……딱딱한 우박 알갱이가 섞인 폭우가 억수같이 퍼붓는 걸 무릅쓰고 물리교사는 계속 앞으로 걸어나갔다.
그의 두피는 감각을 잃은 지 오래였고, 몸은 뼛속까지 얼어붙을 지경이었다.
소나기와 우박이 퍼붓는 가운데, 이 빠진 빗 같은 옥수수 잎들이 부러진 새의 날개처럼 여기저기 축축 늘어져 있었다. 무릎까지 차오른 물은 소나기와 우박을 맞으며 사방으로 물보라를 뿌렸다. 물보라는 감각을 잃은 너의 몸과 너처럼 난감한 상황에 처한 옥수수에까지 튀었다. 우리에게 익숙한 그의 초록색 제복은 몸에 쩍 달라붙어 굵게 주름이 생긴 데도 있고 당나귀가죽처럼 매끄러운 데도 있었다. 우리는 하늘 위에서 들끓는 천둥소리를 어렴풋하게 들을 수 있었다. 천둥소리는 기관총 만 자루를 한꺼번에 쏘아대는 것처럼 요란한 빗소리와 우박 떨어지는 소리에 뒤섞여 들려왔다(빗소리와 우박 소리는 대부분 옥수수 잎을 통해 들려왔다). 네 귀에는 우박 알갱이가 네 머리를 두드릴 때 나는 낭랑한 소리만 들렸다. 세상천지가 온통 희뿌연 가운데 너는 초록색 뼈대만 앙상하게 남은 옥수숫대 줄기들이 떨고 있는 모습을 어렴풋하게 보았다. 너는 네 몸속의 오장육부로 에워싸인 황금색 재를 보았다. 우리는 희망의 빛, 생명의 불씨를 걱정스럽게 지켜보았다. 그가 우리에게 말했다. "당신들은 겨우 남은 목숨을 부지하고 있을 뿐이야." 우리는 네가 느리게 앞으로 나아가는 모습을 지켜보았다. 그가 말했다. "자네들은 물리교사의 저런 정신을 배워야 해! '생명은 쉬지 않고, 멈춤 없이 전진한다'는 정신을!"

그의 왼쪽 안경알은 억센 옥수수 잎사귀를 때리고 튕겨나온, 비둘기 알만큼이나 커다란 우박에 맞아 금이 갔고, 오른쪽 안경알은 옥수숫대 줄기에 긁혀 초점이 잘 맞지 않을 정도로 거칠어졌다. 이렇게 해서 그의 눈앞에는 온통 애매모호한 것뿐이었다. 그는 외부의 객관적인 세계보다는 자기의 주관적인 정신을 볼 수 있게 되었다. 그는 한 줄기 눈부신 황금빛 음악이 한 점 황금빛 주위를 맴도는 것을 경건하고 감격스럽게 지켜보았다. 그의 후각은 때로 예민함을 상실했다가 급작스럽게 정상으로 돌아왔다. 예민함을 잃었을 때는 모든 냄새가 사라졌으나—실명하면 온통 칠흑 같은 어둠만 남는 것처럼—청각을 잃으면 온 세상에 정적만 남는 것처럼—갑자기 정상으로 회복되었을 때는 그 모든 냄새가 일시에 밀려들곤 했다. 너의 콧속뿐 아니라 너의 귓속, 목구멍, 두 눈 속까지 침입했다. 잉어의 콧등에서 풍기는 비린내처럼 옅은 연두색 빗물의 차가운 냄새, 한 덩어리의 청개구리 알처럼 끈적거리는 옥수숫대 줄기의 짙은 초록빛을 띤 냄새, 마른 나뭇가지에 걸린 생선 창자처럼 잿빛을 띤 우박의 섬뜩한 비린내, 그리고 또 하늘에서 떨어진 잉어의 비린내와 청개구리의 비린내. 물 위에는 팔딱거리는 청개구리의 알 덩어리와 잉어 비늘이 떠다니고 있었다. 용솟음치는 비린내의 파도가 철썩철썩 소리를 냈다. 그는 빗속에서, 물속에서, 우박 속에서, 소리 속에서, 냄새 속에서 계속 앞으로 나아갔다. 냄새의 소리 속에서, 소리의 냄새 속에서. 소리와 냄새의 그림자 속에서. 소리와 냄새의 그림자의 색깔 속에서. 색의 무게와 에너지 속에서. 꿈속에서. 사랑 속에서. 어두운 자줏빛 국화꽃(꽃잎이 용의 이빨처럼 구부러진)의 옥처럼 따스한 꽃술 속에서.

시간이 얼마나 지났을까. 멀리서 반짝이는 황금색 등불이 그의 눈에 들어왔다. 엄청나게 퍼붓던 소나기는 쇠털처럼 가느다란 부슬비로 바뀌고, 등뒤에서는 물소리만 바람처럼 세차게 들려왔다. 들뜬 개구리떼가 울음소리를 그칠 줄 몰랐다. 빗발 사이로 차가워진 별이 네댓 개씩 나타나기 시작했다. 앞쪽 마을에서는 동네 개들이 선잠을 자다 깨어났는지 이상하게 짖어대는 소리가 들려오고, 길은 종아리까지 빠져드는 깊은 수렁으로 변해 있었다. 그는 길의 굳은 바닥만 디뎌가며 앞으로 나아갔다. 길가의 큰 나무들은 전부 거대한 검은 머리가 달린 괴물처럼 음산하고 으스스하게 웅크려 앉아 있었다. 무거워진 빗방울이 이따금 수관에서 떨어질 때마다 후드득후드득 울리는 소리가 마치 나무들이 비웃는 소리 같았고, 나무들의 울부짖음 같았고, 나무들이 잠결에 지리는 오줌 같았다.

멀리서 밝게 빛나는 황금색 등불이 그의 오장육부에 소중히 간직해 온 그 미약한 황금빛과 호응하면서 오장육부의 의식과 감각을 불러일으키기 시작했다. 전류가 높은 데서 낮은 데로 흐르듯, 물이 높은 데서 낮은 데로 흘러내리듯, 강렬한 광선은 고도의 빛인 동시에 약한 빛을 지향하고 또한 낮은 데를 지향하는 빛의 흐름이다. 너의 마음속 빛이 서서히 퍼져나가며 절망의 어둠을 몰아내기 시작했다. 그제야 너는 심장이 뛰는 것을 느꼈다. 허파도 부채질을 하기 시작했다. 공허는 포만으로 고통받는 위장의 윤곽을 드러내 보였다. 쥐어짜는 복통이 창자가 존재한다는 사실을 알려주었다. 온몸을 파고드는 추위가 너에게도 피부와 근육이 존재한다는 사실을 일깨워주었다. 움직일 때 느끼는 어려움은 너에게 다리가 있다는 사실을 말해주었다. 입속에서 뽀드득 갈리는 소리가 너의 이가 어디에 붙어 있는지 일러주고 있었다. 마침내 그는 인체의 기본 구조를 완전무결하게 다시 체험할 수 있었다. 가정의 음악이 다시 우렁차게 울리면서 감정이 나타났다. 갑자기 분필가루 냄새가 났다. 그 냄새가 얼마나 친근하고 고귀하게 느껴졌는지, 그의 눈언저리가 촉촉하게 젖어들었다. 너는 분필가루로 지저분해진 입술을 문질러 닦으면서, 눈물이 글썽글썽한 눈으로 우리를 바라보았다.

가정의 음악과 멀리서 비쳐오는 황금색 등불이 하나가 되었다. 그것은 어두운 밤의 등대가 되었고, 너는 세찬 폭풍우의 채찍질에 돛대가 부러진 난파선처럼 천천히 삐거덕거리며 그것을 향해 달려가고 있었다.

주변은 온통 소박한 집들의 허상인 듯도 하고 실재인 듯도 한 그림자뿐이라 너는 동화의 세계로 들어서는 느낌을 받았다. 황금색 등불은 갑자기 멀어졌다 갑자기 가까워지며 정처 없이 뛰었다. 그러나 너는 끝까지 놓치지 않고 그것에 바짝 다가갈 수 있었다.

2

물리교사는 어렴풋이 거대한 요람에 누워 있다는 느낌을 받았다. 눈을 뜨려고 해보았지만, 두 눈이 끈적거리는 설탕물에 들러붙기라도 한 것 같았다. 진정한 가정의 음악이 우렁차게 울리는 가운데, 그는 몹시 피곤한 와중에도 행복감에 취해 있었다. 눈을 감고 있으면서도 황금빛 포근함이 자신의 몸을 둘러싸고 있는 것을 볼 수 있었다.

탄력 있는 젖꼭지 하나가 내 입속에 비집고 들어오기라도 한 듯, 나는 이중의 사랑이 내 영혼을 위로해주는 느낌을 받았다. 감미롭고 따뜻한 유즙이 내 입속을 가득 채우고, 다시 내 목구멍으로 흘러들었다. 네가 강아지 새끼처럼 탐욕스럽게 빨아먹는 동안, 너의 목구멍에서 꿀꺽꿀꺽 넘어가는 소리가 울려나왔다. 그의 손가락 발가락이 꼬무락거리는 모습이 눈을 감고 젖을 먹는 갓난아기의 습관적인 동작처럼 보였다.

너는 유즙이 위장 속에서 어떤 식으로 각종 액체와 섞이는지 볼 수 있었고, 위벽이 그 액체들을 어떤 식으로 주무르는지 볼 수 있었다. 창자가 그 액체들을 흡수하는 과정도, 영양분으로 바뀐 유체가 뼈, 근육, 살갗, 모발로 빨려들어가는 과정도 볼 수 있었다…… 너는 네가 자라고 있음을 느꼈다.

"어이! 어이! 우체부, 우체부! 당신 괜찮아요?" 물리교사의 귓가에 부드러운 목소리가 울렸다.

누구한테 우체부라는 거지? 그는 멍하니 생각했다.

손가락 하나, 분명 손가락 하나가 내 코를 눌렀어. 물리교사는 생각했다. 그 검지는 그의 코끝을 눌러대기도 하고 들춰보기도 했다. 마치 전신국 여직원이 전보를 쳐 보내듯, 똑딱똑딱 하는 신호가 그의 뇌로 전해져왔다. 다시 한번 목소리가 들렸다.

"우체부! 정신 좀 차려봐요! 먹을 걸 좀 드릴게요!"

그는 두 눈을 뜨려고 애썼지만 눈앞에는 오색 안개만 돌아다녔다. 그는 습관적으로 옆머리를 더듬었다.

"아빠, 이 사람 깨어났어. 눈을 떴어요!" 햇볕을 따라 돌아가는 활짝 핀 해바라기 한 떨기가 말하고 있었다. "우체부, 뭘 찾는 거예요?"

"안경…… 내 안경……" 물리교사가 말했다.

"어, 안경이 없으면 장님인 거예요?"

안경이 너의 얼굴에 끼워졌다. 너의 왼쪽 눈은 그녀를 분명 솜털이 나스르르한 해바라기로 보았지만, 너의 오른쪽 눈에 보인 것은 그녀의 동글동글하고 붉은 얼굴이었다. 풍성한 속눈썹 아래 가늘게 째진 눈매가 금빛으로 반짝이고 있었다.

정신을 차린 물리교사는 몸을 일으키려 했지만 해바라기 아가씨가 손을 뻗어 너를 제지했다. 그녀의 순박하고 예쁜 입과 두 줄로 가지런하게 나 있는 작은 이, 풍성한 속눈썹과 사내아이처럼 짧고 굵게 난 검정 눈썹이 그녀의 얼굴에 무언가 감동적이면서도 꿈결처럼 몽롱한 모습을 드리운다고 생각했다. 폭풍우에 씻겨 더욱 예민해진 너의 후각은 그녀의 숨결에서 짙은 벌꿀 냄새를 포착해냈다. 그녀가 말했다.

"움직이지 말고 누워 있으라니까요. 우리 아빠를 불러올게요. 아빠, 여기 우체부가 깨어났어. 이리 와봐요!"

너는 방 안 저쪽에서 천천히 걸어오는 사람의 모습을 보았다. 자신감 있고 안정된 걸음걸이와 이상할 정도로 날카로운 눈빛에 나이를 가늠할 수 없었다.

그가 네 앞에 도착하기까지의 그 짧은 시간 동안 너는 네가 길고 너른 잠자리에 누워 있다는 사실을 알아차렸다. 잠자리에는 두드려 부드럽게 만든 황금빛 밀보릿짚이 두툼하게 깔려 있었다. 밀보릿짚에서 강렬한 태양 냄새, 밀보리 낱알을 볶다 태운 후의 쌉쌀한 냄새가 풍겨나왔다. 아주 따뜻하고 큰 집이었다. 길이만도 족히 20미터, 너비는 7, 8미터, 이쪽에서 저쪽 끝까지 중간에 칸막이 하나 없는 것으로 보아 창고로 쓰였던 건물 같았다. 삼나무 대들보에 램프가 하나 매달려 있는데, 램프가 쏟아내는 황금색 빛이 무척 부드러웠다. 들보에는 하얀 거미줄이 얽혀 있었다. 거미 새끼 두 마리가 불빛 아래서 오르락내리락하며 놀고 있었다. 밀보릿짚이 깔린 잠자리에서 그리 멀지 않은 벽 가장자리에 아궁이가 있고, 가마솥에서 부글부글 끓는 소리가 울려나왔다. 솥뚜껑 사이로 증기가 세차게 뿜어져나왔고, 아주 맛있는 냄새가 풍겼다. 장작을 여럿 지핀 아궁이에서 불꽃이 활활 타오르며 탁탁 소리를 내고 있었다. 방 한쪽 끄트머리에도 램프가 하나 걸려 있고, 굵은 대들보 위에 굵은 쇠갈고리 다섯 개가 나란히 매달려 있었다. 벽은 핏자국으로 얼룩져 있었다. 바닥에는 네 발굽을 하나로 묶은 황소 한 마리가 누워 있었다. 구부러진 쇠뿔, 푸르스름한 눈. 황소는 푸우 푸우 거친 숨을 몰아쉬었다. 아궁이 곁 보드라운 풀더미 위에는 검둥개 한 마리가 엎드려 있었다. 검둥개 눈 밑에는 정확하게 대칭을 이룬 황금빛 반점 두 개가 찍혀 있었다. 아궁이의 불꽃에 반사돼 검둥이의 털이 고급 실크처럼 윤이 났다. 개의 커다란 머리가 앞발 위에 가지런히 놓여 있었다. 개는 실눈을 뜨고 있었지만 여전히 꿈을 꾸는 듯, 사람을 홀리면서도 공포감을 안겨주는 강렬한 빛을 쏟아내고 있었다. 황소와 검둥개 사이에는 버들가지로 엮은 기다란 광주리 하나가 가로 놓여 있었고, 높이가 낮은 광주리 언저리에는 핏자국이 시커멓게 엉겨 붙어 있었다. 광주리 속에는 여러 가지 도구들이 어수선하게 놓여 있었다. 우이첨도 한 자루, 두툼하고 묵직한데다 칼등은 시커먼 반면 칼날은 서슬 퍼런 대감도 한 자루, 해바라기 잎사귀처럼 생긴 칼 한 자루, 버들잎처럼 얇고 기다란 유엽장도 한 자루, 엄청나게 큰 쇠망치 한 자루, 그리고 축축하게 젖은 검정 삼밧줄 몇 가닥이었다.

아궁이 옆 장작더미 위에는 너의 초록색 제복을 올려놓고 말리는 중이었고, 커다랗고 넓적한 장작 몇 개비에는 액면가가 다른 인민폐 십여 장이 붙어 있었다.

이윽고 사내가 다가오더니 허리를 구부린 채 탐색하듯 너를 바라보았다. 너는 그가 너의 내력을 물어볼 거라 예상했으나, 그는 엉뚱한 질문을 했다.

"술 한잔 하겠소?"

너는 얼른 일어섰다. 고개를 숙여 내려다보니, 너는 무명으로 거칠게 짠 헐렁한 옷을 입고 있었다. 투박한 옷의 꺼칠꺼칠한 감촉이 살갗을 스치는 가운데 너는 쾌적함과 평온함을 느꼈다. 여자애가—열여덟 혹은 열아홉쯤으로 보였다—갓난아이용 젖병을 들고 장난스럽게 말했다. "젖 좀 더 먹을래요?" 그녀는 붉은 체크무늬 상의를 입고 있었다. 머리카락이 마구 헝클어진 것이 꼭 까마귀 둥지 같았다.

"그 사람한테 술 한 대접 따라주렴." 사내가 말했다. 그의 딸을 보았을 때 틀림없이 나이가 오십이 넘은 노인일 것이다.

노인이 거적자리에 털썩 앉더니, 반들반들 윤이 날 정도로 닳은 소가죽 담배쌈지를 꺼냈다. 그리고 물부리는 놋쇠, 담뱃대는 적동, 곰방대는 청동으로 만든, 그러니까 전부 구리 합금으로 만들어진 담뱃대를 소가죽 쌈지에 밀어넣고 잘게 썬 황금색 담배를 퍼냈다. 그는 니코틴에 찌들어 시꺼메진 이빨로 물부리를 문 다음 두꺼비 손으로 자루가 긴 강철 집게를 집어 아궁이에 밀어넣고, 타닥타닥 맑은 소리가 가늘게 울리며 벌겋게 타오르는 숯불 한 덩어리를 집어 곰방대에 불을 댕겼다. 이 일련의 동작들이 자연스럽게 연결되어 절대적인 가장의 기품을 드러내 보였다.

이때 여자애가 맨발로 거적자리 위에서 깡충 뛰어나갔다. 물리교사는 약간의 사심도 없이, 그녀가 활기차게 움직일 때마다 두 갈래로 길게 땋아 내린 머리 사이로 실룩거리는 그녀의 실팍한 엉덩이를 눈여겨보았다. 너는 그녀가 걸어가는 뒷모습을 눈여겨보았고, 또 그녀가 돌아오는 앞모습을 눈여겨보았다. 그녀는 검정 유약을 칠한 오래된 오지항아리 두 개를 양팔에 안고 나타났다. 얼굴에 온통 짓궂은 표정, 유쾌한 기색이 흘러넘치고 있었다.

노인이 엄지손가락으로 곰방대 속 불붙은 담배를 꾹꾹 눌렀다. 너는 뜨거움을 견뎌내는 그의 손가락을 경이로운 눈으로 지켜보았다. 그가 오지항아리를 안고 돌아오는 딸을 실눈으로 바라보았다. 가늘게 뜬 눈 사이에서 쏟아져나오는 빛줄기가 검둥개의 반쯤 내리감은 눈 사이에서 쏟아지는 빛줄기와 비슷해 보였다. 하나같이 미몽처럼 아련하면서도 비밀스러워, 사람의 마음을 끌어당기는 매력과 함께 두려움마저 느끼게 만들었다.

여자애는 물리교사와 노인 사이에 꿇어앉더니 굼뜨게 몸을 숙이고 오지항아리를 내려놓았다. 그녀는 오지항아리에 덮어두었던 검정 대접 두 개를 거적자리에 놓았다. 짚으로 짠 거적 바닥이 울퉁불퉁해 대접이 비스듬히 기울어졌다. 그녀가 오지항아리 아가리를 틀어막은 나무마개를 뽑아내자, '펑!' 하는 소리와 함께 짙고 독한 술 향내가 사방으로 흘러넘쳤다. 평생 술과 인연을 맺지 못해왔던 물리교사는 술 향내에 깊이 빠져들고 말았다. 그는 모락모락 피어오르는 푸르스름한 술 냄새를 홀린 듯 바라보다가 돌연 삶이 비할 데 없이 아름답다는 사실을 느꼈다. 여자애가 오지항아리를 들어 대접 두 개에 술을 따랐다.

그녀는 또다른 오지항아리의 마개를 뽑으며 물었다.

"아빠, 꿀 좀 타드려요?"

노인이 가라앉은 목소리로 말했다. "조금 타거라!" 쉰 듯 갈라진 목소리에서 위엄마저 느껴졌다.

여자애는 가느다란 장작개비를 하나 집어 오지항아리에서 벌꿀을 찍어냈다. 벌꿀은 황금색, 집 안의 기본색과 똑같았다. 벌꿀의 황금색은 좀더 빛나고 윤기가 돌았다. 꿀은 무척 끈적했고 장작개비와 항아리 입구 사이에 가늘고 기다란 반투명한 황금색 실을 늘어뜨리고 있었다.

그녀가 벌꿀을 대접에 찍어넣고 천천히 휘젓기 시작했다. 벌꿀이 녹으면서 들국화 악내가 섞인 향기가 퍼져나갔다. 차츰 술 빛깔도 변했다. 그녀는 술대접 두 개에 모두 벌꿀을 탄 다음 혀끝을 내밀어 장작개비에 달라붙은 벌꿀을 핥았다. 그녀의 목이 뒤로 넘어가면서 예쁘장한 입이 벌어졌다. 그녀에게는 벌꿀 같은 빛깔, 벌꿀 같은 향기가 있었다. 그녀는 벌꿀처럼 아리따웠다. 물리교사는 행복에 겨운 나머지 목을 놓아 울고 싶어졌다. 그는 삶이 가늠할 수 없을 정도로 아름답다고 느꼈다.

"뭐 하는 짓이야!" 노인이 날카로운 눈초리로 딸을 보았다.

여자애는 꿀을 떠낼 때 썼던 장작개비를 아궁이 곁에 누운 개한테 던져주면서 솔직하게 말했다.

"검둥아, 깨끗이 핥으렴."

검둥개가 눈을 뜨더니 내키지 않는다는 듯 앞 발톱을 내뻗어 꿀이 묻은 장작개비를 주둥이 앞에서 뒤집더니 혀끝으로 두어 번 핥다가 이내 멈췄다. 장작개비에 묻은 벌꿀 따위에는 아무런 흥미가 없고, 장작개비를 핥은 것은 그저 주인 아가씨의 명령을 따르기 위해서였을 뿐이라는 표정이었다.

여자애는 두 손으로 술대접을 떠받들고 먼저 물리교사에게 건네주었다.

"우체부, 술 드세요."

물리교사는 과분한 대접에 몸 둘 바를 몰라하며 술을 받았다. 그녀가 말했다.

"누구한테 전보를 전해주러 가다가 길을 잃은 거예요?"

그녀는 술 한 대접을 들어 노인에게 넘겨주었다. 노인이 담뱃대를 내려놓고 술을 받았다. 그가 말했다.

"마시구려, 한기를 좀 몰아내야지."

물리교사는 한 모금을 살짝 마셔보았다. 황금빛 술은 향기롭고 달콤하고 독하고 끈적거렸다. 그의 두 눈이 촉촉하게 젖어들었다.

노인이 말했다. "우리 먹게 고기 두어 점만 건져주려무나."

여자애는 또 맨발로 거적자리 위를 깡충깡충 뛰어가더니 아궁이로 가서 솥뚜껑을 열었다. 버섯처럼 생긴 뜨거운 김이 사납게 풀썩 치솟더니, 들보에 대롱대롱 매달려 있던 램프에서 나오던 빛을 뒤덮어 램프의 빛이 짧고 두툼해졌다. 솥에는 큰 물결이 일지 않았다. 그저 설설 끓는 자잘한 물보라만이 황금빛으로 익은 쇠고기 몇 덩어리를 둘러싸고 있을 뿐이었다. 검둥이란 녀석이 혀끝을 길게 내밀더니 여자애의 발뒤꿈치를 핥았다. 그녀가 발꿈치를 살짝 들어 검둥이의 머리통을 툭 건드렸다. 그리고 한마디 했다.

"너도 먹고 싶어? 좀 기다려, 보채지 말고."

여자애는 아궁이 뒤에서 널판을 하나 끌어다 솥이 걸린 부뚜막에 놓았다. 그리고 또 이빨이 두 개 달린 쇠갈고리를 하나 찾아 들고 솥에서 목침만큼이나 커다란 쇠고기 한 덩어리를 집어 널판 위에 올려놓았다. 그녀가 검둥이에게 말했다.

"칼 가져와."

검둥이는 슬그머니 일어나 기지개를 한 번 늘어지게 켜더니, 버들

가지로 엮은 광주리로 걸어가 해바라기 잎사귀처럼 생긴 칼을 물고 돌아왔다. 그리고 나서 칼을 입에 문 채 머리를 쳐들고 여자애가 그것을 가져가기를 기다렸다.

그녀는 해바라기 잎사귀처럼 생긴 칼을 들고 쇠고기를 주먹만한 크기로 한 덩어리 자른 다음, 그것을 짚더미 위에 던졌다. 그리고 검둥이에게 말했다.

"너무 급하게 먹으면 안 돼. 뜨거워서 이빨 빠진단 말이야."

검둥이는 짚더미 위로 돌아가더니, 두 앞발로 고깃덩어리를 떠받치고 앉아 가끔씩 혓바닥을 내밀었다. 고기가 뜨겁지는 않은지 살피는 모양이었다.

여자애는 다시 고기를 주먹만한 크기로 두 덩어리 썰어놓고 젓가락 두 짝을 꽂았다. 그리고 한 덩어리는 물리교사에게, 또 한 덩어리는 노인에게 넘겨주었다. 그녀는 고운 소금도 한 접시 들고 와서 물리교사와 노인 사이에 놓았다. 그녀가 말했다.

"우체부, 어서 먹어요. 다 먹은 다음 또 한 덩어리 썰어드릴게."

노인은 말없이 술대접을 들더니, 너의 술대접에 한 번 부딪고 나서 목젖이 드러나도록 고개를 젖히고 세 모금을 연거푸 들이켜 잔을 비웠다. 너는 술이 그의 목구멍으로 꿀꺽꿀꺽 미끄러져내려가는 것을 보았다. 노인이 말했다. "마시구려!"

그는 고깃덩어리를 쳐들어 한 입 뜯어먹고, 너는 목을 뒤로 젖혀 술 한 모금을 시원하게 마신 다음 황금빛 쇠고기를 한 입 물어뜯었다. 쇠고기는 결이 또렷했고 독특한 냄새를 풍겼다. 술을 마시고 고기 한 덩어리를 씹어 삼키는 동안, 너는 삶이 한없이 아름답다는 것을 뼈저리게 느꼈다.

물리교사는 술을 반 대접 마시고 주먹 크기의 쇠고기를 세 덩어리나 먹었다. 이제 술도 넉넉히 마시고 배도 충분히 채웠다. 그는 지난 며칠 동안 쌓였던 피로가 안개 흩어지듯 사라지고 정신도 번쩍 드는 느낌이었다. 노인은 술 한 대접에 고기 한 덩어리만 먹고 마셨을 뿐이다. 그는 담배를 한 대 피우며 이렇게 말했다.

"자네 편할 대로 하시게. 자고 싶거든 자고, 떠나고 싶거든 떠나시게. 뉴아야, 신발 신으렴. 아비하고 일하러 가자꾸나."

노인이 담뱃대를 챙겨 주머니에 넣고 거적자리에서 일어나 벽 쪽으로 걸어갔다. 그리고 벽에 걸린 비옷을 내려 걸쳤다. 기름 먹인 천으로 지은 것으로, 위쪽의 헝겊단추는 목에 채우고, 아래쪽의 헝겊단추는 허리에 채웠다. 여자애는 목이 긴 분홍색 장화를 신고, 역시 기름 먹인 천으로 지은 황금빛 비옷을 입었다. 그녀가 말했다. "우체부, 아빠 말씀 듣지 마세요. 아무래도 날이 밝을 때까지 기다렸다 가시는 게 좋을 것 같아요." 그녀는 장작더미 위에 널린 초록색 제복과 지폐를 가리켰다. "아저씨 물건이 아직 덜 말랐거든요."

그들 부녀가 방 서쪽 끄트머리로 걸어가자, 바닥에 누워 있던 황소가 나지막이 울부짖기 시작했다.

너는 여자애가 어느 벽 모퉁이에서 네모난 탁자를 끌어왔는지 알지 못했다. 네모난 붉은색 탁자 위에는 굵직한 붉은 초 한 쌍이 놓여 있었고, 초에는 금색 글자가 쓰여 있었다. 두 촛대 사이에는 황토로 구워 만든 향로가 한 개 놓여 있었고, 향로에는 밀알이 소복하게 담겨 있었다. 여자애가 불을 가져와 초에 불을 붙인 다음, 다시 촛불로 향세 대에 불을 댕겨 하나씩 향로에 꽂았다. 촛불이 점점 밝아지면서 불꽃이 신비롭고 불안하게 흔들리기 시작했다. 그것은 신비롭고도 불안하게 흔들리면서 방의 모든 물체들을 비춰주었다. 황소 눈알이 떨리고, 개의 눈알도 떨리고, 들보의 거미도 떨렸다.

노인이 촛불과 향을 사른 탁자 앞에 꿇어앉아 머리를 세 번 조아렸다. 여자애는 탁자 위에 황금빛 띠풀 한 묶음을 바쳤다. 촛불 속에서, 모락모락 감돌아 피어오르는 향불 속에서, 벽면에 칠해진 황금색 속에서 노인은 버들가지로 엮은 광주리가 놓인 곳까지 느릿느릿 걸어가더니, 커다란 쇠망치 자루를 쥐었다. 그리고 한 걸음 물러서서 황소의 눈망울을 똑바로 바라보았다.

너는 황소의 부리부리한 눈망울이 푸르스름한 보석처럼 번쩍번쩍 광채를 발하는 것을 보았다. 황소의 눈망울에서 쏟아져나온 푸르스름한 광채는 촛불의 광채, 아궁이 장작불의 광채, 램프가 쏟아내는 광채보다 몇 곱절 더 강렬했다. 노인은 한숨을 내쉬었다. 그런 다음 갑자기 네가 도저히 믿지 못할 만큼 재빠르고 사나운 동작으로 엄청나게 커다란 쇠망치를 휘둘러 황소의 넓적한 이마 한복판을 정통으로 후려쳤다. 너는 아주 무겁고 끈적거리는 외마디 소리를 들었다. 노인이 쇠망치를 툭 던져버리더니 한옆에 쭈그려 앉았다. 황소의 눈에서 발산되던 광채는 번개같이 스러졌다. 밝은 촛불 빛이 비춰줄 때만 잠깐 푸르스름한 빛을 희미하게 반짝였을 뿐이었다.

여자애는 우이첨도를 꺼내 잡더니, 재빠른 솜씨로 쇠다리를 묶었던 노끈들을 툭툭 끊어버렸다. 억눌렸던 스프링이 압력을 떨쳐버린 것처럼 쇠다리 넷이 '파다닥파다닥' 소리를 내며 튕겨올랐다. 그녀가 굵은 통나무를 황소 몸뚱이 쪽으로 걷어찼다. 이제 황소의 뱃가죽은 하늘을 향했고, 포신처럼 꼿꼿이 뻗은 네 다리는 비스듬히 땅을 가리키고 있었다. 쇠다리는 아직도 푸들푸들 경련을 일으키고 있었다. 여자애가 우이첨도로 쇠다리 근육을 끊어냈다. 그리고 유엽장도로 바꿔 잡고 황소의 가슴 한복판 가죽을 갈라낸 다음, 대감도로 바꿔 잡고 황소의 가슴뼈를 탁, 탁, 탁, 몇 번 쪼개냈다. 이윽고 타원형 참외처럼 생긴 황소의 붉은색 염통이 드러났다. 쪼개진 가슴 안쪽에서는 더운 김이 무럭무럭 일고, 아직도 염통이 펄떡펄떡 뛰고 있었다. 그녀가 펄떡펄떡 뛰는 황소의 심장에 우이첨도를 푹 찔러넣자, 선지피가 화르르 소리를 내며 사방으로 튀었다. 선지피가 뚝뚝 떨어져 흐르는데도 그들은 개의치 않았다. 여자애는 벽 어느 구석에서인가 과수원에 농약을 칠 때 쓰는 고압 분무기를 한 대 밀고 나와 대들보 밑까지 밀어다 놓았다. 고압 분무기에는 빨간색 고무호스가 두 개 달려 있었다. 그중 하나는 물을 여섯 통이나 담을 수 있는 커다란 항아리에 꽂고, 다른 하나는 노인이 손에 들었다. 여자애가 고압 분무기 뒤에 서서 한 발로 디딜판을 딛고 양손으로는 공기를 압축시켜 밀어넣는 풀무의 손잡이를 잡은 채, 긴장된 표정으로 노인의 지시를 기다렸다.

너는 소의 염통에서 흘러나오던 피의 양이 줄어든 것을 보았다. 노인은 빨간색 고무호스 끄트머리에 연결된 뾰족한 철제 주입구를 소의 심장 대동맥에 꽂아넣었다.

손잡이를 밀고 당기는 동작에 따라 여자애의 몸이 앞으로 갔다 뒤로 가기를 반복했다. 그녀가 밀대를 뒤로 당길 때마다 독에 담긴 물이 빨간색 고무호스를 거쳐 고압 분무기 펌프로 쏟아져들어갔다. 그녀의 몸이 앞으로 숙여질 때마다 펌프 속에 든 물은 황소의 심장으로 들어갔다. 너는 그녀의 어깨에서 배어나온 땀이 붉은 체크무늬 조끼를 두 군데 적셔놓은 것을 보았다.

고압 분무기가 쩔꺼덕쩔꺼덕 울릴 때마다 물리교사는 연달아 딸꾹질을 했다. 쇠고기와 꿀을 탄 술의 혼합물이 끊이지 않고 목구멍 위로 넘어왔다. 물항아리에 담긴 물이 공기의 압력에 밀려 황소 염통으로 들어가는 게 아니라 자신의 염통으로 들어오는 것 같았다.

너는 그녀가 물 한 항아리를 모조리 황소의 심장으로 밀어넣는 광경을 멀뚱멀뚱 지켜보았다. 물은 심장을 거쳐 대혈관, 소혈관, 모세혈관으로 들어가고, 모세혈관을 거쳐 근육으로 배어들고, 뼛속으로 배어들었으며, 세포조직 하나하나에 골고루 배어들고 있었다.

노인이 소의 염통에서 철제 주입구를 뽑아내더니, 누더기 헝겊 조각으로 상처를 틀어막았다.

그녀는 물항아리 옆으로 걸어가 빨간색 고무호스를 뽑아 둘둘 감기 시작했다. 노인도 손에 들고 있던 빨간색 고무호스를 둘둘 감기 시작했다. 그녀는 고압 분무기를 어느 구석인지 안 보이는 쪽으로 밀고 갔다. 촛불이 밝게 빛나면서 불꽃 속에 흑점 두 개가 드러났다. 그것은 촛불 심지 끝 촉화(燭花)로, 농사꾼들은 촉화 모양에 따라 그해 작황이 풍년인지 흉년인지를 점치기도 하고, 시집가는 딸이 행복하게 살 것인지 불행하게 살 것인지 예측하기도 했다.

그들은 이 모든 일을 하는 동안 곁에 아무도 없는 것처럼 일에만 집중했다.

"됐다, 좀 쉬자꾸나!" 노인이 말했다. "날이 밝기 삼십 분 전쯤에 소가죽을 벗겨야겠다. 일찍 벗기면 고기 근량이 덜 나오니."

두 사람은 거적자리로 돌아와 신발을 벗고 몸에 걸쳤던 비옷 단추를 풀었다. 여자애가 놀란 듯 말했다.

"우체부, 왜 잠자지 않았어요?"

물리교사는 남의 사사로운 비밀을 엿보다 들킨 것 같아 난처했다. 그는 떠듬떠듬 얼버무렸다.

"난…… 난 자고 싶지 않아서……"

"잠을 자고 싶지 않았다고요?" 그녀는 교활하게 웃으며 맨발로 거적자리에서 팔짝 뛰더니, 내가 남겨두었던 술 반 대접을 꼴깍꼴깍 마셔 비웠다. 삽시간에 그 입술에 윤기가 자르르 돌았다. 아마 그 윗입술에는 벌꿀 냄새가 남았을 테고, 술 냄새도 남았을 것이다. 그녀가 다시 혀끝으로 윤기가 도는 입술에 침을 묻히는 순간, 윤기 위로 붉은색이 드러났다. 반짝반짝하고 촉촉한 붉은색이 소의 피를 바른 듯했다.

노인이 경계하는 눈빛으로 나를 흘깃 바라보더니, 손바닥으로 담뱃대를 문지르고, 곰방대에 눌어붙은 담뱃진을 후벼내고, 물부리를 문지른 다음, 담배 한 대 피우라며 나에게 넘겨주었다.

나는 전전긍긍하며 그 담뱃대를 넘겨받았다. 그가 부집게로 숯불을 한 덩어리 집어 불을 붙여주었다. 허파 두 쪽을 꽉 메운 지독하고 매운 연기 냄새에 네 보루의 고급 담배가 떠올랐다. 유치장에서 니코틴에 중독되었을 때의 느낌이 되살아나 현기증이 일면서 구역질이 치밀었다. 그 순간 이미 드문드문 떨어져 내리는 빗방울이 기왓장을 두드리는 소리, 처마 끝 물방울이 물통에 떨어지는 소리가 들려왔다. 좁은 문틈으로 건물 바깥의 차고 맑은 공기와 진흙 비린내가 한꺼번에 쏟아져들어왔다.

노인은 신발을 벗고, 잘 개켜놓은 기름때가 반질반질한 이부자리에 비스듬히 기대더니 눈을 감고 조용히 침묵을 지켰다. 여자애가 내게 물었다.

"우체부, 시내에서 왔어요?"

"그래, 난 시내에서 왔어."

"시내가 좋아요, 아니면 시골이 좋아요? 어디 말해봐요."

나는 이 질문에 대답하지 못했다.

"날이 밝으면, 내 생일이에요." 그녀가 서글픈 듯 말했다. "내가 몇 살인지 알아맞힐 수 있어요? 열아홉 살이라고요!"

노인이 그녀를 흘겨보았다. 그때 문을 두드리는 소리가 들렸다.

여자애는 발딱 일어나 문을 열러 갔다.

서늘한 공기가 엄습해 들어왔다. 깡마른 몸매, 얄팍한 입술, 날카로운 콧날에 눈동자가 검은 젊은이가 하나가 빛 속에 나타났다. 그는 불룩한 커다란 보따리를 하나 등에 지고 있었다.

"올빼미가 왔네!" 그녀가 문빗장을 지르더니 문짝에 등을 기대고 서서 말했다.

"넷째 어르신!" 젊은이가 노인을 향해 공손히 허리를 굽히고, 가슴 앞에 두 손을 모아 인사를 올렸다.

"오, 테뉴 왔구나!" 노인이 말했다. "이리 앉게. 애야, 테뉴 오라비한테 술 한 대접 따라주려무나."

"자기는 손이 없나? 지가 뭔데 나한테 술을 따르라는 거야?" 그녀가 발끈 성을 내며 말했다.

"저런 자식을 봤나, 커갈수록 버르장머리가 없구먼!" 노인이 말했다.

톄뉴라고 불린 젊은이가 살짝 미소를 지으며 보따리를 내려놓았다. 그리고 제 손으로 술 한 대접을 따라 들고 벌컥벌컥 마셨다.

"요즘 장사는 어떤가?" 노인이 물었다.

톄뉴란 젊은이가 물리교사에게 눈길을 던졌다.

"조난을 당한 우체부야." 노인이 말했다.

"아닙니다, 저는 시내 제8중학의 물리교사입니다."

"옳아, 선생이셨군그래." 노인이 말했다. "글을 가르치는 선생이라면 다 좋은 사람이지."

"넷째 어르신, 올해 제 일은 뜻대로 풀리지 않았습니다. 강남으로 옛 친구를 몇몇 찾아가보았지요. 그 친구들과 함께 양광 일대에서 큰 일 한번 일으켜볼 생각이었습니다만, 누구는 재수 옴 붙고, 누구는 봉투를 받아먹고 있고, 누구는 마누라를 얻어 자식까지 낳았지 뭡니까. 지난날 품었던 패기는 모두 비바람에 몽땅 사그라지고 없었습니다." 그는 다시 술 한 대접을 따르며 탄식했다. "모든 일이 순조로워 천하를 휩쓸고 다니던 때의 영광이 지금은 일장춘몽이 되어버렸습니다."

두 눈에 서글픈 기색이 가득 서린 노인이 침통하게 말했다.

"세상 천하에 끝나지 않는 잔치란 없는 법이지. 바로 그와 같은 이치지. 세상을 뒤덮을 만한 기개를 지닌 영웅호걸은 수도 없었지만, 끝에 가서는 하나같이 목이 잘리고 비명에 죽지 않았던가. 나도 속으로 실망한 지 이미 오래라네. 자네도 더는 억지로 버틸 것 없어. 날이 밝는 대로 우리 뉴아하고 혼례를 올리고, 우리와 함께 소나 잡으며 살아가세."

"난 저 사람하고 결혼 안 할 거야!" 뉴아가 얼굴이 온통 새빨개지면서 투덜거렸다. "저 사람, 나한테 갖다준다고 약속한 것도 안 줬다고!"

젊은이가 품속에서 붉은 천으로 싼 것을 꺼내더니, 겹겹으로 싼 보자기를 풀어놓았다. 이윽고 마지막 보자기를 풀자 눈부신 금팔찌 한 쌍이 드러났다. 그가 두 손으로 팔찌를 여자애에게 건네주며 말했다.

"내일은 누이동생한테 좋은 날이라 오라비가 생일선물로 주려고 가져온 거야."

그녀가 금팔찌를 받아 손목에 끼웠다. 그리고 노인에게 자랑스레 들어 보였다.

"아빠, 어때요. 예쁘죠?"

젊은이가 지고 왔던 보따리를 끄르기 시작했다. 절반쯤 끌렀을 때, 물리교사는 머리카락이 곤두설 정도로 섬뜩한 냄새를 맡았다. 그는 검둥이가 터럭을 곤두세우고 일어서더니 나지막이 으르렁대며 울부짖는 것을 보았다—보따리에서 꺼낸 것은 엄청나게 큰 호랑이 가죽이었다. 나지막이 울부짖던 검둥이가 온몸을 부들부들 떨며 치통이라도 앓는 것처럼 끙끙대더니 장작더미 위에 몸을 잔뜩 웅크린 채 오줌을 철철 쌌다.

젊은이가 호랑이가죽을 거적자리 위에 펼쳐 깔았다.

"넷째 어르신, 이 톄뉴가 그동안 어르신께 여러 번 은혜를 입고도 보답하지 못했습니다. 이제야 가죽 한 장 마련해 어르신께서 편히 깔고 주무시도록 해 조금이나마 보답을 할 수 있게 되었습니다."

물리교사는 멍하니 서서 비단 폭에 수놓은 듯 알록달록 눈부신 호랑이가죽을 바라보았다. 그리고 지금 자신이 악몽을 꾸고 있는 것은 아닌지 의심했다.

노인이 굵은 호랑이 꼬리를 어루만지며 물었다.

"자네, 이걸 어디서 마련했나?"

호랑이를 때려잡은 영웅은 아무 말도 하지 않았다.

노인이 다시 말했다. "불장난하다 제 몸 태우지나 않을까 두렵네!"

젊은이가 말했다. "어르신, 걱정하실 것 없습니다. 그런 녀석들은 하나같이 밥통에 술이나 퍼먹는 등신이라……"

호랑이를 때려잡은 영웅의 말이 미처 다 끝나기도 전에 문짝을 걷어차는 굉음이 요란하게 울리더니, 빗장이 부러지면서 문짝이 둘로 쪼개지고 찬바람이 집 안으로 불어닥쳤다. 곧이어 '69년식' 연발권총을 든 공안경찰 넷이 한꺼번에 뛰어들었다.

그들이 위엄 있게 말했다. "꼼짝 마라! 손들어!"

다시 경찰 네 명이 뛰어들었다. 경찰들은 각각 한 개씩 수입품 스테인리스 강철 수갑을 꺼내들고 날쌔게 그들의 손목에 채웠다.

물리교사도 예외는 아니었다. 그는 해명하려 했지만 입을 벌리자마자 뺨을 한 대 얻어맞았다. 주먹질 한 번에 그는 입에서 피를 쏟아내며 호랑이가죽 위에 벌렁 나자빠지고 말았다. 그는 호랑이의 털가죽이 부드럽지 않다고 생각했다. 경찰 하나가 말했다.

"어서 일어나! 너는 호랑이를 죽이고 호랑이가죽을 벗겨 훔쳐간 도둑놈이야! 우리를 밤낮없이 고생시킨 반혁명분자란 말이다!"

3

반복된 심문 과정을 거친 끝에 물리교사는 무죄로 석방되었다.

가을철 큰길을 걸으며 그는 고운 가을 햇빛 아래 황금빛으로 물든 나뭇잎들이 맴돌며 떨어지는 광경을 보았다. 낙엽들은 길바닥에도 강물에도 흩날려 떨어졌다.

몸이 근질근질 가려웠다. 첫번째 가능성은 이가 생겼을 거라는 것이고, 두번째 가능성은 부스럼이 난 것이었다.

악취 풍기는 도랑 곁 구멍가게를 다시 찾았을 때, 그는 양철문에 봉인이 한 장 붙어 있는 것을 발견했다. 상공업관리소 직인이 큼지막하게 찍혀 있었다. 돌아서서 막 떠나려는데, 버드나무 숲에서 사복경찰 둘이 돌아 나왔다.

"당신, 여기 왜 왔어?" 사복경찰이 위압적으로 물었다.

물리교사는 그들의 허리춤에 불룩 나온 것을 보고 그들이 어떤 사람인지 알아차릴 수 있었다.

그가 대답했다. "저는 제8중학 물리교사인데, 담배나 한 갑 사려고……"

"선생이야?" 사복경찰이 의심스럽다는 듯 그를 위아래로 훑어보았다.

사복경찰 하나가 그의 두 손을 잡아당기더니 손목의 수갑 자국을 보고 씨익 웃었다. "아주 훌륭하신 중학 선생님이로군! 바른대로 말해, 너 언제 도망쳐 나온 놈이야!"

물리교사는 변명할 방법이 없어 순순히 사복경찰을 따라나섰다. 파출소에 들어서자 그는 얼마 전에 알게 된 위풍당당한 경찰을 한눈에 알아보았다. 그도 너를 알아보았다. 그 경찰이 사복경찰에게 말했다.

"저 친구는 정신병자야, 풀어주지그래!"

물리교사는 자신에게 주어진 행운을 남몰래 자축하며 파출소에서 나왔다. 그리고 오직 집에 돌아갈 생각만 했다. 집에 돌아가서 제일 먼저 하고 싶은 일은 딱 하나였다. 팡푸구이를 불러 얼굴을 내게 돌려달라고 해야지. 그 친구는 죽든 살든 자기 좋을 대로 하라지. 내 자리는 제8중학 고3 교실 벽돌 교단이야.

길 가장자리를 따라 걷던 그는 옷가게 앞에 내걸린 커다란 거울 앞에서 불행히도 자신의 모습을 보았다. 그는 온통 핏자국이 묻은 헐렁한 도살장 작업복을 걸치고 있었고, 눈처럼 하얗게 세어버린 머리카락은 마구 흐트러지고, 얼굴은 온통 울긋불긋했다. 그는 자기 자신이 누군지 알아볼 수 없었다.

그는 옛 제자인 마훙싱을 찾아갔다. 돈을 좀 빌려서라도 자신을 제대로 가다듬고 싶었다. 마훙싱은 거듭해서 따져 물으면서도 그가 자신의 스승이라는 걸 선뜻 받아들이지 않았다. 그가 말했다. "어떻게 말씀드려야 할지요? 말씀하시는 목소리와 설명하시는 정황을 들어보건대, 장 선생님 같기는 합니다. 하지만 겉모습이 장 선생님과는 너무나 달라서요."

"이 사람아!" 그는 울면서 말했다. "스승이 엄청난 곤경에 처했단 말일세! 그렇지 않고서야 자네한테 도움을 청하러 올 리 있겠나. 정 못 믿겠으면 거지한테 적선하는 셈 치라고! 제발 스승이 이 난관을 넘길 수 있게 좀 도와주게!"

그는 말하고 또 말하다가 자기도 모르게 무릎을 꿇고 말았다. 마훙싱이 황망히 그를 부축해 일으켰다.

마훙싱이 말했다. "선생님, 제자 된 몸으로 선생님의 개인사를 여쭙기는 뭣하지만 확실히 선생님의 모습이 예전과는 다르네요. 제가 200위안을 드릴 테니, 우선 몸에 맞는 옷부터 사 입으시고, 이발 좀 하시고, 목욕도 하시고, 안경알이나 갈아 끼우세요. 그다음 일은 천천히 방법을 생각해보기로 하고……"

물리교사는 그가 준 200위안을 꽉 움켜쥐었다. 행복의 대문을 열 수 있는 열쇠라도 잡은 것처럼 꽉 쥐었다. 그는 상점 한 군데를 지나고 다시 한 군데를 지나쳤다. 물론 그를 문전박대해서 내쫓을 사람은 아무도 없겠지만, 으리으리한 가게 앞에 설 때마다 그는 아가리를 쩍 벌린 무덤을 마주한 느낌이었다. 그는 무덤에 들어가고 싶지 않았다. 그래서 그는 큰길에서 서성이기 시작했다. 행인이 뜸한 어느 시각, 그는 황금빛으로 물들어가는 은사시나무 잎들이 바람에 나부껴 떨어지는 과정에서 공기와 마찰하고, 떨어지는 순간 지면과 맞부딪고, 지면에서 겨우 남았던 수분마저 증발시켜버리는 소리를 들었다. 그것 역시 끊이지 않고 휘감아 돌아가는 황금빛 음악이었다. 그가 '자유 연상'이나 하며 놀려는 것은 아니었다. 그는 진실하고 간절한 마음으로 피하고 싶지만 도저히 피할 수 없는 은사시나무 꽃이 피는 계절을 떠올렸다. 그 계절이 그의 운명의 매운맛을 결정해놓은 듯했기에.

그는 시멘트 바닥에 고요히 누운 황금빛 낙엽들을 차마 밟고 지나갈 수 없었다. 하지만 그 황금빛 낙엽들을 밟고 지나가야 했다. 왜냐하면 발걸음을 돌릴 수도, 길을 선택할 수도 없었기 때문이다.

강가의 은사시나무 숲에서 황금빛 음악의 아름다운 선율이 이집트 피라미드처럼 장엄하게 그리고 휘황찬란한 빛을 발하며 울려퍼졌다. 황금빛 햇살이 나뭇가지가 무성히 자란 수관으로 내리쬐어 온 땅에 황금빛을 비춰주었다.

목에 붉은 삼각건을 두른 한 무리의 초등학생이 그의 앞길을 가로막았다.

아이들은 풀로 붙여 만든 커다란 종이 깃발을 높이 쳐들고 있었다. 종이 깃발의 한쪽에는 큼지막한 안경을 쓰고 오뚝 솟은 콧마루 위에 흉터가 있는 사내의 두상이 색연필로 그려져 있었다(두상에는 검정 테두리가 둘려 있었다). 다른 쪽에는 이런 글들이 적혀 있었다.

죽음의 기로에서 몸부림치는 중년의 중학 선생님들을 위한 의연금 모집

우두머리쯤 되어 보이는 아이가 너에게 분홍색 유인물을 한 장 건네주었다. 유인물에는 이런 내용이 커다란 검정 고딕체로 인쇄되어 있었다.

주민 여러분!
당신에게는 동정심이 있습니까?
당신은 연민의 정을 품고 계십니까?
당신은 우리 도시 중년의 중학 교사들이 처한 곤경을 알고 계십니까?
그분들은 교단에서 과로사하고 있습니다!
그분들은 교실에서 목을 매어 죽고 있습니다!

당신에게는 대학입시를 준비하는 자녀들이 있습니까?
당신은 중학교에서 공부한 경험이 있습니까?
그분들을 위해 당신의 주머니를 열어주십시오…….
만 위안도 마다하지 않겠습니다.
일 위안도 적다 하지 않겠습니다.

너는 고개를 들어 눈부시게 비추는 황금빛 태양 아래 활짝 피어난 해바라기처럼 사랑스러운 아이들의 얼굴을 바라보았다. 눈물이 왈칵 쏟아져나왔다. 그들이 한꺼번에 큰 소리로 외쳐댔다.
"할아버지, 주머니 좀 여세요!"
너는 단단히 움켜쥐고 있던 손아귀를 활짝 펼쳤다. 그리고 땀에 축축하게 젖은 인민폐를 말려 있는 상태 그대로 붉은 종이로 접어 만든 모금함의 시꺼멓게 떡 벌어진 아가리에 서슴없이 던져넣었다.
소년선봉대*는 한목소리로 환호성을 질렀다.
어린 소녀 하나가 종이로 큼지막하게 오려 만든 붉은 꽃 한 송이를 너의 앞가슴에 달아주었다. 종이꽃에는 종이리본이 붙어 있고, 리본에는 하얀 분필로 이렇게 쓰여 있었다.

영예의 기부자

---

* 중국소년선봉대의 약칭. 만 7세에서 14세까지의 소년소녀를 대상으로 조직하는 소년단. 목에 붉은 삼각건을 두른다.

열두 걸음

十二步

1

 팔에 검은색 상장을 두른 시 당위원회와 시 정부 고위 간부들이 왕부시장의 유해를 에워싸고 둥그렇게 원을 그리며 돌았다. 관련 기관의 인물들도 시 당위원회와 시 정부 고위 간부들의 뒤를 따라 둥그렇게 원을 그리며 한 바퀴 돌았다. 고목처럼 야윈 가무잡잡한 여인이 그녀의 아들과 딸의 부축을 받으며 남편의 시신이 안치된 영구 받침대를 한 바퀴씩 도는 사람들을 지켜보았다. 시영 TV 방송국 기자들이 조명등과 비디오카메라를 높이 쳐들고 조문객들보다 더 큰 원을 그려가며 돌고 있었다. 장례미용사는 원 바깥에 섰다.
 그녀는 조명등 불빛이 유가족의 얼굴을 비추는 순간, 이제는 뼈만 남은 여인이 눈을 감는 것을 보았다. 그 사람의 아들은 키가 훤칠하게 자랐고 얼굴은 온통 여드름투성이에 머리는 어깨까지 덮인 것이, 마치 50년대 중학 물리 교안에 인쇄된 위대한 물리학자 뉴턴이나 로모노소프*와 비슷해 보였다. 그는 아랫니로 윗입술을 악물고, 고리눈을 부릅뜬 채, 빛과 맞서 싸우기라도 하려는 듯 조명등을 똑바로 노려보았다. 그가 아랫니로 윗입술을 악무는 순간, 장례미용사는 인민공원 안쪽의 원숭이 산에서 철제 울타리를 잡고 인류를 노려보던 그 지혜로운 동물을 떠올렸다. 그의 딸은 커다란 배를 내밀고 있었고, 얼굴에는 콩알만한 반점이 가득했다.

왕 부시장의 시신은 싱그러운 생화로 둘러싸여 있었다. 모직물로 짠 인민복이 숫돌처럼 평평한 복부를 가리고 있고, 수척해진 얼굴에는 그가 살아생전에 지나칠 정도로 열심히 일한 자취만 남아 있을 뿐이었다.

영결식이 끝나자 장의사 로비는 텅 비어버렸다. 장례미용사는 잡일을 처리하는 인부 몇몇과 함께 시신을 소각로까지 밀고 갔다—그것은 월권행위였으나, 그녀는 이것이 신성한 행위라고 생각했다. 그 사람의 마지막 길에 동행해야 할 책임이 자신에게 있다고, 이것이야말로 신성한 책임이라고 느꼈던 것이다—원래는 유가족이 망자의 시신을 소각로 앞까지 호송해야 했다. 그것은 전가할 수 없는 책임이었다. 하지만 그의 아들딸은 영결식을 마치기가 무섭게 어머니를 부축하고 잠시도 지체할 수 없다는 듯 정문을 빠져나갔던 것이다. 마치 장의사 건물이 언제 무너져내릴지 모른다는 듯이.

앞서 언급한 것처럼, 장례미용사는 아주 순조롭게 망자의 시신을

---

* 18세기 러시아의 시인, 교육가, 물리학자.

소각로 바로 앞에 있는 발사 기구가 장착된 평평하고 매끄러운 스테인리스 강철판 위에 올려놓을 수 있었다.

그는 난감하기 짝이 없는 몰골로 스테인리스 강판 위에 누워 있었다. 싱그러운 생화와 푸른 풀 장식은 모조리 소각로 옆 쓰레기통으로 던져졌다. 두 귀만 내놓고 전신을 가린 시체 소각 담당자가 그의 쩍 벌어진 두 다리를 쇠갈고리로 인정사정없이 움켜잡았다. 그러고 나서 전기 스위치를 한 번 눌렀다. 왕 부시장은 윙 소리와 함께 푸른 소각로 속으로 빨려들어갔다. 소각로 문이 자동으로 닫혔다. 문이 서서히 닫히는 사이, 장례미용사는 수천수백 갈래의 푸른 불길의 혓바닥이 그의 몸뚱이를 덮치는 것을 보았다. 태연자약하던 그의 얼굴이 갑자기 경련을 일으키는가 싶더니 몸뚱이마저 활등처럼 오그라들기 시작했다.

마지막으로 본 이 광경은 장례미용사에게 평생 잊지 못할 깊은 인상을 남겼다. 그리고 그 광경이 떠오를 때마다 그녀의 가슴은 팽팽하게 긴장되곤 했다. 마치 그 사람의 형체 없는 커다란 두 손이 그것들을 단단히 움켜쥐기라도 한 것처럼.

2

큰비가 내린 후에는 작은 비가 내리는 법. 집 안에 세숫대야, 화분, 항아리, 깡통, 냄비, 솥, 사발, 바가지, 국자 등등 물을 담을 수 있는 용기는 모조리 늘어놓아 지붕에서 흘러내리는 빗물을 반갑게 맞았다.

장례미용사는 아직 돌아오지 않았고, 온 집 안을 돌아다니던 풍류미인도 웬일인지 오늘은 잠잠했다. 그녀는 대문 뒤편에 쌓아놓은 조개탄 무더기 위에 웅크려 앉은 채 부들부들 떨고 있었다. 용기를 다 늘어놓은 물리교사는 무료하게 빗방울과 그릇 들이 연주하는 음악에 귀를 기울이고 있었다. 날이 아직 어두워질 시간이 아닌데, 집 안은 벌써 꽤 컴컴해졌다. 빗방울 사이로 모기떼가 앵앵 날아다니고, 쥐들은 들보 위에서 싸우고 있었다. 그는 담장 너머에서 들려오는 울음소리를 들었다.

그는 분명히 다추와 샤오추가 벽장 속으로 들어가는 것을 보았다. 그가 벽장 앞에 쳐놓은 휘장을 들췄을 때, 두 녀석은 보이지 않았다. 하얀 생쥐를 담아 기르던 분필갑은 어수선하게 어질러져 있는 스펀지 위에 놓여 있고 고양이 한 마리가 분필갑 옆에 쪼그려 앉아 혀끝에 묻은 핏자국만 핥고 있었다. 이웃집 담장의 밝은 빛줄기가 벽장 속으로 뚫고 들어왔다. 그는 마침내 눈에 익은 다리를 발견했다.

그는 벽장 속으로 들어갈지 말지 결정을 내리지 못하고 망설였다.

그가 이웃집 담장에 난 구멍에 상반신을 밀어넣자마자 뒤통수에 호된 몽둥이찜질이 쏟아졌다.

정신을 차린 그는 자신의 상반신이 투샤오잉의 집 안에 엎어져 있는 걸 발견했다. 얼굴 주변에는 깨진 분필 토막과 부서진 분필갑들이 어지럽게 흩어져 있었다. 하반신은 장례미용사의 집 안에 남아 있었다. 파헤쳐진 벽이 마치 번쩍 치켜들린 작두날처럼 금방이라도 무너져내려 그의 허리께를 두 동강 내버릴 것만 같았다.

그는 투샤오잉이 나지막하게 저주하는 소리를 들었다.

"짐승 같은 놈! 못된 개자식! 네가 내 남편을 사칭해 날 속여 넘긴 것은 그렇다 치자!…… 그것도 모자라 네 아들을 부추겨…… 내 딸마저 꾀어내다니…… 푸구이! 눈을 뜨고 당신 친구란 작자가 저지른 짓 좀 봐!……"

그는 이것저것 돌아볼 겨를도 없이 무작정 그녀 쪽으로 기어나왔다. 투샤오잉은 밀방망이를 휘둘러가며 자기네 진지를 수호하고 있었다. 머리를 보호하기 위해 그는 할 수 없이 양손을 눈앞에 들어 휘저어야 했다. 양손이 방망이와 맞부딪칠 때마다, 따닥따닥 말간 소리가 울렸다.

그녀는 한 번 때릴 때마다 바락바락 고함을 질렀다.

"내 딸 돌려줘! 내 딸을 돌려달란 말이야!"

견디다 못한 물리교사가 몽둥이를 쳐내고 그녀의 허리를 껴안고는 그녀를 침대 위에 찍어눌렀다. 그녀의 손길이 침대 가장자리를 더듬자마자, 날카로운 왕 곰보네 가위 날이 번뜩 빛을 발했다.

투샤오잉의 손에 들린 가위를 보는 순간 그는 일단 살고 봐야겠다는 본능에 펄쩍 뛰어 일어났다. 그녀의 아맛빛 머리카락이 아맛빛 불꽃 같았다―검은 머리였다면 검은 불꽃이었으리라. 우유 맛을 풍기는 그녀의 입에서 엄정하기 이를 데 없는 통렬한 질책이 흘러나왔다. 물리교사는 고개를 들어 침대 머리맡에 걸린 결혼사진을 보았다. 한창 젊은 나이의 물리교사가 사진 속에서 빙그레 미소 짓고 있었다. 투샤오잉이 한 손에 가위를 들고 한 손으로는 가슴을 가린 채 살기등등하게 다가오고 있었다. 사진액자 아래에서.

물리교사가 천천히 양손을 쳐들면서 중얼거렸다.

"샤오잉, 내 아내…… 난 장츠추가 아니야…… 나는 당신 남편이라고……"

그는 투샤오잉의 발치에 무릎을 꿇었다. 귀신이 들리기라도 한 듯 그는 분필 토막을 한 줌 쥐어 입속에 털어넣고 뽀드득뽀드득 소리나게 씹어먹기 시작했다.

문득 그는 누군가가 자신의 머리를 어루만지는 느낌이 들었다.

그녀가 말하는 소리도 들렸다. "장 선생님, 제발 부탁이에요, 나한테 치근대지 마세요…… 난 정말 이런 좀도둑질 같은 짓은 하고 싶지 않아요…… 설마 '과부 집 문전에는 시비가 많다'는 얘기를 못 들어본 건 아니죠? 제발 부탁이에요! 이렇게 싹싹 빌게요. 당신 아들들한테 내 딸 좀 꾀어내지 말라고 가르치세요……!"

"딸이라니?" 그는 분필가루를 와락 토해내고 되물었다.

"당신 아들들이 데리고 달아났단 말이에요…… 푸구이, 당신이 죽으니 우리 집안이 패가망신하는구려!"

그는 허둥지둥 바깥으로 달려갔다.

투샤오잉이 등뒤에서 그를 잡아당겼다.

"제발, 제발 대문으로 나가지 마세요! 사방에 보는 눈들이 있다고요! 벽에 난 구멍으로 되돌아가는 게 낫겠어요!"

3

장례미용사는 안절부절못하며 시내 인민은행의 높다란 카운터 앞에 서서 옛 애인의 입에서 뽑아내 철기로 두드려 납작하게 만든 금니 세 개를 디밀었다.

굵은 쇠창살 안쪽에는 양복을 입고 넥타이를 맨 젊은 직원이 단정한 자세로 앉아 있었다. 그는 금니를 받아들더니 바깥쪽을 한 번 흘낏 쳐다보았다. 장례미용사는 카운터 가장자리를 꽉 잡았지만, 몸이 도리어 둥실 떠오르는 것 같았다. 그녀는 전전긍긍하면서도 침착한 태도를 가장하고 기다렸다.

젊은 직원이 시금석을 꺼내 금조각을 그어 시험해보았다. 그리고 입술을 비죽거리며 웃더니 고개도 가볍게 몇 번이나 가로저었다.

"왕 형!" 너는 젊은 직원이 부르는 소리를 들었다.

"무슨 일이야?" 한 자리 건너에 있던 왕 형이 일어났다.

"이리 좀 와봐." 젊은 직원이 말했다.

장례미용사는 금방이라도 까무러칠 것 같았다.

왕 형이 금조각을 받아 손바닥에 올려놓고 몇 차례 달아보았다.

"자네, 이게 황금이라고 생각한 거야?" 왕 형이 말했다. "황금이 아니라 구리 조각이군."

젊은 직원이 왕 부시장의 금니를 카운터에 툭 던졌다.

"잘 기억해둬요. 이런 금속을 팔려거든 은행에 올 것 없이," 젊은 직원이 말했다. "폐품을 수집하는 고물상이나 찾아가라고!"

4

　벽장을 빠져나오다가 장례미용사의 의기소침한 눈빛과 딱 마주친 물리교사는, 그녀를 거들떠보지도 않고 문을 활짝 열어젖힌 뒤 그물처럼 휘감겨오는 비바람 속으로 뛰어들었다. 그는 도시의 큰길과 작은 골목길을 허둥지둥 뛰다가 걷다가 했다. 자동차가 지나가면서 길가에 흥건히 고인 빗물을 그의 초록색 제복에 흩뿌렸다. 그는 골목의 물웅덩이를 밟고 지나갔다. 폭우에 말끔히 씻긴 공기가 깨끗했다. 폭우에 말끔히 씻긴 도시가 더할 나위 없이 아름다웠다. 그의 두 다리는 급하게 달리고 있었고, 그의 가슴은 부르짖고 있었다. 돌아오거라, 얘야! 돌아가렴, 돌아가서 너희 엄마 곁에 있어줘야지. 어서 돌아가, 얘들아! 난 곧 죽을 거야!
　도시의 등불이 빗속에서 밝아졌다. 불안정하게 드문드문 흩뿌리는 빗발, 빗발은 바람이 어느 방향으로 얼마큼 세게 부는지를 보여주며 오색 네온사인의 무지개 빛깔 속에서 반짝였다. 길은 수천수만 개의 알록달록한 우산의 물결로 넘실거렸다. 도시를 가득 메운 색색의 버섯이 움직이는 듯, 색색의 버섯이 거리를 흘러가는 듯했다.
　너는 우산 속에서 포옹하고 있는 남녀가 의심스러웠다. 그들이 입을 맞추는 소리가 말로 형용하기 어려운 착잡한 감정을 불러일으켰다.
　남녀가 입을 맞추는 소리가 너의 귀에는 굉음처럼 들렸다.
　"뭐 하는 거야? 뒈지고 싶어?" 화장이 짙은 한 여자의 얼굴이 우산 속에서 나왔다. 너의 얼굴에 담뱃진 냄새가 섞인 남자의 가래침이 들러붙었다.

이런 일도 스스로 자초한 것이라는 걸 그도 잘 안다. 가래침을 문질러 닦아내는데, 눈앞에 빗속의 은사시나무 숲이 나타났다. 흰색 가로등 불빛이 자갈로 아름다운 무늬를 만들어놓은 숲가의 달콤한 사랑의 길을 따라 늘어섰다. 그 불빛들은 하늘을 향해 핀 꽃봉오리 같았다. 강물은 금빛 은빛으로 반짝이고, 은사시나무 껍질도 하얬다. 빗속에 은사시나무의 알싸한 냄새가 풍겨나고, 숲속 잔디밭의 들쩍지근한 비린내도 풍겨났다. 등줄기에 붉은 무늬가 있는 잉어들이 출렁거리는 강물 속에서 펄떡펄떡 뛰어올랐다. 반 토막 난 무지개 같은 잉어들이 수증기가 자욱한 강물 위 허공을 갈라놓으면서 수면에 세찬 물보라 소리가 메아리쳤다.

너에게는 아름다운 경치를 감상할 마음의 여유가 없었다. 너의 마음은 오로지 외쳐 부르고 있었다. 너는 기름 먹인 종이우산이나 나일론 우산을 들고 강가에서 아름다운 경치를 감상하는 사람들을 살피느라 바빴다. 그것은 서글픔에 사로잡힌 우울한 사랑의 밤이었으며, 연인들이 빗물에 씻겨 드러날지도 모를 다이아몬드나 오래된 금화를 찾으려는 듯 배회하는 밤이기도 했다. 달팽이가 머리의 촉수를 내밀고 나무껍질 위에서 꾸물꾸물 움직였다. 그것들의 보드라운 입술이 차가운 나무껍질에 입을 맞추고 있었다. 입 맞추는 소리에는 연기처럼, 자욱하게 번진 가로등 불빛처럼, 조금도 꾸밈이 없었다. 너는 나의 목을 부여잡고 나는 그대의 허리를 껴안고, 그녀는 너의 귀를 잡아당기고, 너는 그녀의 가슴을 꼬집었다. 광풍 폭우가 휘몰아쳐도 두렵지 않은데, 부슬부슬 내리는 가랑비쯤 뭐가 두렵겠는가? 길게 늘어뜨린 아름다운 머리카락은 온통 빗물에 젖었다. 축축하게 젖은 옷들도 하나같이 몸에 찰싹 달라붙어 있었다.

돌연 물리교사는 팔에 흑룡 문신을 새겨넣은 청년이 아가씨의 품속으로 손을 집어넣는 것을 보았다. 팔뚝에 흑룡 문신만 없다면 그 청년은 바로 아들 팡룽이 분명했고, 그 아가씨는 바로 꼭 끼는 청바지를 끌어내리고 은사시나무 줄기를 겨냥해 오줌줄기를 내갈겼던 올빼미였을 것이다.

그는 자기도 모르는 사이에 그들이 앉아 있는 돌 벤치 앞으로 걸어갔다. 가슴속에 분노와 부끄러움이 치솟았다. 그는 진리라는 것이 잔혹하기 이를 데 없다고 생각했다. 우리는 부모의 성교로 태어난 산물이다. 하지만 우리는 감히 그런 장면을 상상하지 못한다. 그런 장면을 보았다면, 아마 우리는 목을 매고 죽어야 했을 것이다. 우리는 아들딸이 어른으로 자라면 성교하리라는 사실을 잘 알고 있지만, 우리는 여전히 그런 장면을 감히 상상하지 못한다. 그런데 그런 장면이 너의 눈앞에 현실로 나타난 것이다. 녀석의 손이 그녀의 스커트를 들춰올리자, 빗방울이 그녀의 허벅지에 떨어져 흐르기 시작했다. 그들의 눈에는 아무것도 보이지 않았다.

너는 그들 앞으로 달려들어 고함을 질렀다.

"이 짐승 같은 것들! 부끄러운 줄도 모르고, 염치도 없단 말이냐!"

녀석이 고개를 들더니 냉랭한 눈길로 너를 쳐다보았다. 곱슬머리가 그의 혈통을 증명해주었다.

"어어, 장 씨 아저씨!" 녀석이 고개를 끄덕였다.

"짐승 같은 놈! 함부로 이런 짓 하지 마! 길거리에는 에이즈가 유행하고 있단 말이다! 어서 집으로 돌아가지 못해!"

"당신이 뭔데?" 녀석이 말했다. "저리 꺼져요!"

"난 네 애비다!"

녀석이 아가씨를 놓아주고 슬그머니 일어서더니 물리교사의 아랫배를 겨냥해 냅다 주먹을 한 대 내질렀다.

"내 아버지를 사칭하다니!"

그는 허리를 구부리며 물구덩이에 엉덩방아를 찧고 주저앉았다.

물리교사는 주춤주춤 일어나 손으로 가슴을 부여안은 채 말없이 그 자리를 떠났다.

가슴속에서 외쳐대던 부르짖음이 뚝 그쳤다.

길 모퉁이에서 그는 다추가 팡후를 껴안고 빗속에서 춤을 추는 것을 보았다. 둘은 옷을 전부 벗은 채 춤을 추고 있었다. 샤오추는 둘의 옷을 안아들고 한옆에 우두커니 서서 지켜보고 있었다.

그는 부끄러움에 겨운 나머지 두 눈을 감아버렸다. 양손이 호주머니 속을 더듬기 시작했다. 그는 초록색 분필 한 개를 찾아냈다. 그는 얼른 분필을 입에 넣고 씹었다. 두 눈에서 맵고 씁쓸한 눈물이 누르스름하게 흘러나왔다. 그는 자신이 진작 죽어버린 사람이란 것을 기억해냈다. 죽은 사람이라면 자신의 자리로 돌아가야 하는 법. 살아 있는 자들에게 폐를 끼쳐서는 안 되는 것이다.

5

"날 알아보시겠소?" 그가 뉴턴 스타일의 머리를 흔들며 말했다.

장례미용사는 집 안에 뛰어든 옛 정부의 아들을 경악한 눈빛으로 바라보았다. 그녀가 제일 먼저 느낀 것은 제 집에 있다고 팬티 하나만 걸치고 있는 자기 모습이 그다지 아름답지는 않다는 점이었다. 그녀가 침대 가장자리에 널린 옷가지를 입으러 가려는 순간, 얼굴에 온통 여드름투성이인 녀석이 그녀의 앞을 가로막았다.

녀석은 왕 부시장을 닮아 크고 우람했다.

"금니 세 개, 나한테 넘겨주시지!" 그가 말했다.

장례미용사는 양팔로 가슴을 가렸다—그녀는 그의 눈초리가 두려웠다—수십 년 전부터 그녀는 그 눈초리에 두려움을 느껴왔다.

"그건…… 금니가 아니라…… 구리 이인데……"

"이리 내놔요!"

그녀는 돌아서서 도망치려 했다. 등뒤에서 젊은 직원이 크게 웃는 소리, 고함치는 소리가 들려왔다.

"어이, 황금에 미친 여자! 돌아와서 당신 금덩어리를 가져가야지!"

"잃어버렸어, 난 그것들을 잃어버렸다고!"

"그럼 어쩐다? 잃어버렸다고 그냥 넘어갈 수야 있나?" 그가 말했다. "난 다 알아, 당신이 죽은 사람의 이빨을 뽑아내고, 죽은 사람의 지방까지 팔아먹었다는 사실을."

장례미용사는 뒷걸음질쳤다.

"십몇 년 전인가, 당신이 자살하려고 강에 투신했을 때부터 난 몰래 당신을 사랑해왔거든……"

"아아…… 너는 몰라…… 너는 아직 어린애였으니까……"

그가 옷을 벗더니 침대에 누우면서 조용히 말했다.

"빨리 이 닦고 와. 내가 기다리고 있잖아. 난 당신을 그리워했다니까……"

6

물리교사들의 사무실 문이 굳게 닫혔다.
쌍둥이 형제가 너의 팔을 하나씩 비틀어 쥐고 너의 머리를 연거푸 벽에 들이박았다.
"짐승 같은 놈! 두 번 다시 우리 사모님을 욕보였단 봐라!" 쌍둥이 형제가 말했다. "우리 둘이서 네놈의 불알을 까버릴 테니까!"
맹자 어르신도 침통한 기색으로 한마디 거들었다. "금수만도 못한 짓이야! 금수만도 못한 짓이라고!"
"이런 맹랑한 자식! 과부네 문짝을 뜯고 기어들다니, 제 집 무덤까지 파헤치고 벙어리 계집하고나 붙어먹을 놈! 목을 매달아 죽여도 싸지!" 샤오궈가 말했다.
"벌로 분필 열 갑쯤 처먹여야 해!"

7

그는 화가 나서 장례미용사에게 말했다. "나를 수술해주시오! 내 얼굴을 돌려줘요!"

장례미용사는 멍하니 앉아 있기만 할 뿐, 한마디도 하지 않았다.

물리교사가 애걸했다. "나를 수술해주시오, 내 얼굴 좀 돌려주시구려."

장례미용사는 멍하니 앉아 있기만 할 뿐, 한마디도 하지 않았다.

물리교사가 눈물을 철철 흘리며 말했다.

"제발 부탁이니…… 수술 좀 해주시오…… 돌려주시오…… 내 얼굴을……"

장례미용사는 멍하니 앉아 있기만 할 뿐, 한마디도 하지 않았다.

열세 걸음

十三步

1

너는 우리에게 말했다. 이 모든 것이 일어날 수 있는 일이지. 그는 책상에 앉아 학생들의 숙제를 채점하고 있었어. '물 저장고의 꽃'의 울음소리가 들려오는 대로 연필 끝에서도 사각사각 소리가 뒤따랐지. 과거에는 교실에 들어서서 숙제에 채점을 시작했다 하면, 그는 기본적으로 잡념을 떨쳐낼 수 있었지. 그러나 오늘만큼은 잡념을 떨칠 수가 없었어. 왜냐하면 교사들이 투샤오잉과 통조림 공장 작업 주임이 사무실에서 섹스를 하다가 들킨 사건을 이야기하고 있었으니까.

"여자란 정말 믿을 게 못 돼. 『홍루몽』에 뭐라고 쓰였는지 아나? '세상 사람들 모두 신선이 좋은 걸 알지만 아리따운 아내만은 잊질 못하고, 낭군이 살아 있을 때는 매일 깊은 은혜를 말하지만 낭군이 죽으면 또다른 사람을 따라간다' 했지." 맹자 어르신이 말했다.

샤오궈가 반박하고 나섰다. "맹자 어르신, 눈 좀 제대로 뜨고 세상을 보세요! 투샤오잉이 손가락질받을 일이 뭐 있습니까? 팡 선생은 죽었습니다. 그러니 그녀도 마땅히 자기 행복을 찾아가야 할 게 아닙니까! 산 사람이 죽은 사람 때문에 고통받아야 할 필요는 없습니다. 죽은 사람이 산 사람을 붙잡아둘 수야 없는 노릇 아니겠습니까!"

붉은 잉크 한 방울이 학생의 숙제에 떨어지더니 번져나가기 시작했다. 크게, 아주 크게⋯⋯

"장 선생, 소문에 듣자니 당신이 매일같이 투샤오잉의 집에 간다던데, 무슨 낌새라도 챈 거 없었소?" 대머리인 리 선생이 고개를 숙이며 물었다.

그는 책상 뒤에서 일어났다. 입을 벌리기는 했으나 도로 다물었다.

"소문을 듣자니 투샤오잉이 벌써 오래전부터 그 젊은 녀석과 배가 맞았답디다. 팡 선생 그 책벌레만 감쪽같이 모르고 있었던 거지."

"됐네, 됐어. 당신 마누라는 지금 애인하고 입을 맞추고 있을지도 모르는데!" 샤오궈가 말했다. "중국인들은 대부분 남의 은밀한 사생활을 엿보는 데 쓸데없이 힘을 낭비한다니까. 사실 어느 누구도 심보는 깨끗하지 못하잖나! 자네들은 아름다운 여인을 보면 마음이 동하지 않을 것 같아? 그 누가 '여자를 품에 안고도 마음이 흐트러지지' 않을 수 있겠느냐고? 특히 고위 간부 중 어떤 사람들은 날 때부터 도덕 감독관이었던 것처럼 행세하는데, 예를 들어 '여성 정치위원'이 얼마나 많은 사내들과 그짓을 해봤는지 누가 알아?"

그가 슬그머니 일어나더니 사무실 문을 열고 복도로 나갔다. 그러고는 똥오줌의 악취를 뚫고 쏜살같이 집으로 돌아갔다.

난 반드시 사건의 진상을 이야기할 거야. 나는 죽지 않았어. 나는 살아 있다고. 그녀에게 내 얼굴을 돌려달라고 요구할 거야. 당신이 딴 남자에게 시집가지 못하게 할 거야. 당신이 딴 남자와 사랑을 나누는 걸 차마 볼 수 없어. 물론 나도 지은 죄가 있긴 하지만.

그는 부지런히 뛰면서 학생들이 체육교사의 호루라기에 맞춰 착, 착, 착, 구보하는 발소리를 들었고, 레미콘 트럭의 믹서가 우르릉우르릉 돌아가는 소리, 레미콘 트럭이 우르릉우르릉 돌아가며 힘차게 쏟아낸 시멘트 반죽에 의해 교사들의 새로운 보금자리가 착착 올라가는 소리를 들었다.

그는 자기 집까지 뛰어갔다. 투샤오잉은 집에 없었다. 벽에 걸린 결혼사진만이 다추가 팡후를 침대 위에서 껴안고 있는 모습을 지켜보고 있었다. 그는 피를 한 모금 토했다. 그리고 손을 번쩍 들어 팡후의 따귀를 갈겼다. 다추가 그의 손목을 움켜잡았고, 팡후는 얼굴을 감쌌다.

"잡놈의 영감! 당신이 뭔데 날 때려? 우리 아빠도 생전에 나한테 손찌검한 적이 없는데……"

그녀가 데굴데굴 구르며 울기 시작했다.

다추가 너를 문턱까지 콱 밀어붙였다.

"아빠, 이게 무슨 개 같은 짓이야!"

너는 우리에게 말했다. 만일 투샤오잉이 시 당 기율위원회 서기에게 시집갔다면, 물리교사는 맹자 어르신이 분개해서 하는 말을 들었을 거야. "이런 여자를 봤나. 죽은 남편의 시신이 식지도 않았는데, 더 지위 높은 남자를 찾아가다니!"

그는 학생들의 숙제를 채점하는 데 도무지 정신을 집중할 수가 없었다. 그는 창문을 활짝 열어놓고 운동장을 바라보았다. 운동장에는 붉은 비단을 두른 고급 승용차 십여 대가 주차돼 있었고, 줄줄이 엮은 폭죽이 은사시나무 가지에 매달려 파다닥파다닥 폭음을 내며 터지고 있었다. 신부 들러리 두 명이 붉은 실크 옷을 입고, 러시아 전통 복장을 한 신부 투샤오잉을 부축해 데려나왔다. 매끈하게 다림질한 인민복을 걸친 신랑이 얼룩덜룩 검버섯이 난 손을 내밀어 신부의 팔짱을 끼었다…… 그녀는 한들거리는 하얀 원피스를 입었다. 앞가슴에는 커다란 붉은 꽃 한 송이가 달려 있었다……

그는 선혈을 한 모금 토해내며 책상 위에 엎어지고 말았다. 선혈이 학생들의 숙제장을 더럽혔다……

너는 우리에게 샤오궈가 한 말을 전했다. "얘기 들었소? 팡 선생의 아내가 투신자살했답니다!"

"허어, 진정 열녀일세그려!" 맹자 어르신이 감탄했다.

"그래 봬도 명문대학 졸업생이었는데!" 리 선생이 말했다.

"죽는 것도 괜찮겠지. 살아서 그 고생을 당하는 것보다는 나을 테니." 쑹 선생이 말했다.

"말이야 그렇게 할 수 있지만, 진짜 죽음이 눈앞에 닥치면 또 살고 싶었을 거야." 리 선생이 말했다.

"그게 바로 인간들의 약점이죠." 샤오궈가 말했다. "우리 모두 철저하지 못해요. 나도 마찬가집니다. 예를 들어보죠. 중학 선생 노릇이 천하에서 가장 재수 옴 붙은 일인 줄 뻔히 알면서도 우리는 가르치고 있지 않습니까. 욕지거리를 하면서 가르치고, 불평불만을 늘어놓으면서 가르치죠. 지금 무슨 일을 하는지 뻔히 알면서도…… 고물 줍는 일이 교사 노릇보다야 실속 있다는 것을 알면서도 우리는 역시 교직을 떠나지 못하고, 매달 쥐꼬리만도 못한 월급 90위안 5마오라는 더러운 돈을 아쉬워하고 있지 않습니까!"

"류 서기 동지가 왔네!" 쑹 선생이 목소리를 낮춰 알려주었다.

"맹자 어르신, 어르신이 우리한테 학생들에게 아인슈타인의 상대성이론을 간단하게 설명해줄 필요가 있느냐고 하셨죠?" 샤오궈가 큰 소리로 말했다.

너는 시내에서 30킬로미터 떨어진 강가의 모래사장에서, 모래흙에 절반쯤 파묻힌 투샤오잉의 시체를 보았다. 강바닥 진흙에 산 채로 반쯤 묻혀 있던 그 물고기가 떠올랐다. 공안당국은 조사 결과 그 익사체가 외국 여자가 아니라 중학 교사의 마누라로 판명되자 실망스러워하며 차를 몰고 돌아갔다. 그녀는 외로이 여기 누워 있었던 셈이다. 온몸에서 악취를 풍기며 수억 마리나 되는 개미들을 불러들여 허연 몸을 뒤덮게 만들었고, 수백 마리에 이르는 까마귀떼를 불러들여 시체 위 허공에서 맴돌게 만들었고, 수십 마리나 되는 들개떼를 불러들여 자신의 주변을 맴돌게 만들었다. 네가 들개 무리를 쫓자, 그것들은 벌건 눈에 불을 켜고 너에게서 그리 멀리 떨어지지 않은 곳에 웅크리고 앉아 으르렁거렸다. 까마귀들도 까악까악 시끄럽게 울어대며 네 몸에 희끄무레한 똥을 내갈겼다. 까마귀똥 냄새는 제비똥 냄새와 별로 다르지 않았다. 개미들이 죽은 사람의 몸뚱이에서 자리다툼하다 밀리자, 이번에는 산 사람을 공격하기 시작했다. 너의 몸, 발등 위에 개미들이 올라타면서 가렵기 시작했다. 너는 도망치지 않았다. 너는 모래 위에 천천히 무릎을 꿇었다. 투샤오잉의 시신 앞에 무릎을 꿇고 앉아

들개들이 너의 목을 물어뜯기를 기다렸고, 까마귀들이 네 속의 오장육부를 끌어내기를 기다렸고, 개미떼가 너를 깨물어 백골로 만들어주기를 기다렸다.

너는 우리에게 말했다. 그는 이제 막 걸음마를 배우는 어린애 하나가 은사시나무 숲 속에서 아장아장 걸어나오는 것을 보았다고. 아주 귀엽게 생긴 사내아이가 멜빵 달린 청바지와 타월 소재의 윗도리를 입은 채 맨발로 걸어나왔지. 그 사내아이는 부드럽고 가는 아맛빛 머리카락과 파란 눈동자를 지니고 있었어. 키가 크고 풍만한 귀부인 하나가 화려한 옷차림에 머리태를 구름처럼 높이 땋아올리고 은사시나무 숲 속에서 뒤쫓아 나왔어. 달리느라 그녀의 러시아식 가슴이 묵직하게 흔들렸지…… 그는 가슴을 머리로 들이받았던 그 뜻밖의 만남을 떠올리지 않았을까? 또 검은색 서양 말 한 마리가 하얀 껍질의 풋사과를 씹어먹던 소련 영화 속의 장면을 떠올리지 않았을까? 너는 불덩어리처럼 붉은 칸나 한 다발을 높이 들고 그녀 앞으로 마주 걸어갔다. 아름다운 혼혈 아이가 두 사람 사이에 있었다……

너는 우리에게 말했다. 어떤 사람이 동물원 쇠우리에 갇혀 분필을 먹고 있었는데…… 그는 얘기를 늘어놓으면서 분필을 하나 들어 입가로 가져갔다. 우리는 그것의 향기를 맡았고, 그것의 광채를 보았다. 너는 우리에게 말했다. 그가 분필에도 껍질과 소가 있다고, 향기로운 냄새를 풍기는 것이 마치 정성을 다해 만든 소시지 같다고……

우리는 네가 어떤 사람이 쇠우리에서 분필을 먹고 있다고 말하는 것을 듣는다……

너와 우리 주위에서 기린 외의 모든 날짐승, 길짐승 들이 있는 힘을 다해 울부짖고 있었다.

2

가령―왜 불가능하겠는가―그가 가축의 기름 자국으로 번들거리는 도살장 작업복을 입고, 모든 사람들이 장츠추라고 여기지만 사실은 팡푸구이인 물리교사의 추도회가 열리는 자리에 나타났다고 치자.

추도회는 학교 운동장에서 거행되었다. 수천 명이나 되는 학생들이 우글우글 시꺼멓게 모여 있었다. 승용차는 왜 없었을까? 교장이 임시 강단에 올라섰다. 눈부시게 내리쬐는 햇빛에 그는 실눈을 떴다. 강단 한옆에는 리웨이찬이 서 있었다. 그녀는 검은색 말뚝 같았다. 그리고 다추와 샤오추도 있었다. 그들은 앞뒤 좌우로 두리번거리고 있었다.

교장이 침통한 목소리로 말했다. "학생 여러분, 오늘 우리는 이 자리에서 경애하는 장츠추 선생을 추모하려 합니다……"

장츠추는 학생들을 헤쳐가며 앞으로 나아갔다. 빽빽하게 모여 있는 학생들의 몸에서 하나같이 매끄러운 은사시나무 같은 시큼털털한 냄새와 석류꽃 냄새가 풍겼다.

교장이 말했다. "장츠추 선생은 중국인으로 오래전에 사범대학 물리학과를 졸업한 우등생이었습니다. 졸업 후 우리 학교에 배속되어 교편을 잡은 지 올해로 벌써 이십여 년이 되었습니다."

파란 하늘에는 흰 구름이 떠다니고 있었다. 한 덩어리, 한 덩어리 천천히 기어가는 거대한 그림자가 제8중학 운동장에 드리워져 추도

회장을 억눌렀으며, 선생과 학생 들의 머리통을 짓누르고 있었다. 학생들의 몸뚱이는 은사시나무 같았다. 나무껍질마다 매끄럽게 윤기가 돌고 알싸한 냄새를 풍겼다. 학생들의 둥글둥글한 두상은 불덩어리처럼 붉은 석류꽃 같았고, 전부 석류꽃 냄새를 풍겼다.

교장의 연설이 계속되었다. "지난 이십여 년 동안, 장츠추 선생은 열심히 근무했고, 온갖 어려움을 극복하며 노력해왔습니다. 동지들과 사이가 좋고 사교성이 좋았습니다. 그 어떤 수고도 마다하지 않았고 남에게 원망을 듣더라도 두려워하지 않았으며, 불평불만을 내비치지도 않았습니다. 마르크스주의를 착실히 학습하여, 뼈를 깎는 노력으로 세계관을 개조하였으며, 붉은 공산주의 사상에 붉은빛을 한층 짙게 보탰습니다. 업무상의 장점도 더욱 훌륭히 발전시켰습니다. 목숨이 다할 때까지 줄곧 투쟁하여……"

장츠추는 겹겹으로 싸인 학생들 사이를 헤쳐가며 단상까지 나아갔다. 학생들은 모두 호랑이가죽 외투를 입고 있었다. 얼룩덜룩한 무늬가 위풍당당했다. 너는 사나운 호랑이들의 숲속을 뚫고 나아가는 느낌이었다.

교장이 말했다. "장츠추 동지는 불행히도 세상을 떠났습니다. 얼마 전 세상을 떠난 팡푸구이 동지처럼 그의 죽음은 우리 제8중학에 있어 막대한 손실입니다. 일찍이 마오쩌둥 동지께서 말씀하셨습니다. '중국의 옛 시절에 사마천이 이렇게 말했다. 사람은 어차피 한 번 죽게 마련이나 그 죽음은 태산만큼 무거울 수도, 새의 깃털처럼 가벼울 수도 있다고. 인민의 이익을 위해 죽었다면 태산보다 더 무겁다. 반동분자 일파나 파시스트를 위해 목숨 바쳐 일했다면 새의 깃털처럼 가벼울 것이다.' 장츠추 선생은 인민의 이익을 위해 죽었습니다. 따라서 그의 죽음은 태산보다 더 무겁다 할 것입니다!"

장츠추는 학생들의 매끄러운 몸뚱이를 헤쳐가며 강단을 향해 걸어갔지만, 학생들의 대열은 첩첩산중, 끝이 없었다. 그것들은 벌떼처럼 몰려드는 양의 무리들이었다. 우주선이 우듬지를 스치며 지나가고, 전투는 성 바깥에서 치러졌다. 어느 술 취한 장교 하나가 원자폭탄 발사 스위치를 눌렀다……

교장이 말했다. "비록 장츠추 선생은 죽었지만, 그는 영원히 살아 있습니다!"

장츠추는 학생들의 몸뚱이를 헤치고 추도회가 진행되는 강단을 향해 걸어나갔다. 그래, 난 죽지 않았어, 난 살아 있단 말이야! 학생들의 몸뚱이는 겹겹이 포개지고, 쌓이고, 이리 구불 저리 구불, 마치 강물 위에 도도히 흘러가는 음악 같았다. 웅장한 음악, 부드러운 음악, 혁명의 음악, 시끄러운 음악 들이 그의 귓가에 맴돌았다……

교장이 말했다. "학생 여러분, 우리는 이 비통한 심정을 역량으로 승화시키기 위해 일분일초도 긴장을 풀지 말고, 교안을 외우고 연습 문제를 풀 것이며, 시험 기술을 깊이 탐구하는 데 힘써야 할 것입니다. 그리하여 가장 우수한 대학입시 성적을 거둬 장츠추 선생의 영혼을 위로해드려야 할 것입니다……"

장츠추는 교장이 흘리는 눈물 콧물을 똑똑히 보았고, 갈라진 그의 목소리를 들었다.

교장은 굳게 움켜쥔 주먹을 번쩍 들고 학생들의 다짐을 이끌어나갔다. "맹세코 쟁취하자!"

학생들이 너를 에워싸고 한목소리로 외쳤다. "목숨—걸고—싸우자!"
교장이 선창했다. "대학 합격!"
"대—학—합—격!"
교장이 선창했다. "대입 실패는 살아도 죽느니만 못한 것!"
"대입 실패는—살아도—죽느니만—못한 것—!"
선서하느라 치켜든 주먹들이 숲처럼 빽빽하고, 구호를 외치는 목소리가 산골짜기에 메아리치는 산울림, 바다에 휘몰아치는 해일 같았다.
장츠추가 강단 위까지 밀려올라갔을 때는 이미 거대한 함성에 뒤흔들려 의식을 잃기 직전이었다. 그가 말했다. "교장 선생…… 난 학생들을 가르치고 싶소……"
한마디 하고 나서 그는 정신을 잃고 쓰러졌다.
노동조합장이 한마디 했다. "학생 여러분, 장 선생의 부친께서 오신 모양입니다. 그분도 아드님이 남긴 뜻을 이어받아 우리와 함께 분투노력하기 위해……"

3

마지막 분필가루를 삼키고 나서 너는 우리에게 말했다. 마지막 물리수업 시간에 물리교사가 또 한 차례 원자폭탄의 원리와 제조 방법에 대해 설명했다고. 그는 말의 고저장단, 열변을 토하던 기개를 잃고, 무기력함과 반죽음의 상태를 얻었다. 학생들 중에는 머리를 툭 떨어뜨리고 조는 녀석이 있는가 하면, 멍하니 사방을 두리번거리는 녀석도 있었다. 교실 안은 온통 늦가을 된서리 맞은 듯 처량한 풍경이었다.

수업시간 종료를 알리는 종이 울렸지만, 그는 수업 종료 명령을 내리지 않았다. 처음에 학생들은 다소 조바심을 느꼈다. 왜냐하면 오전 수업이 끝나는 대로 앞다투어 줄지어 서서 식사를 해야 하기 때문이었다. 식당 쪽에서는 벌써 솥뚜껑, 밥그릇, 국자, 접시들끼리 왱그랑 달그랑 부딪쳐 요란한 교향악이 들려오고 있었다. 나중에는 모두 의혹을 품기 시작했다. 그들은 교단 위의 선생님이 어딘가 이상하다는 걸 발견했다. 그는 미련을 버리지 못하는 듯 학생들을 물끄러미 쳐다보고 있었다. 학생들의 얼굴이 그의 눈앞에서 하나씩 미끄러져가고, 그의 마음속에서 하나씩 미끄러져갔다. 제법 배짱이 좋은 학생 하나가 조심스럽게 일어나더니 허리를 숙인 채 슬그머니 문을 빠져나갔다. 그는 아무 반응도 보이지 않았다. 몇몇 학생이 그 학생을 따라 잇달아 빠져나갔다. 하지만 그는 아무 반응도 보이지 않았다. 학생들은 조심스럽게 하나하나 빠져나갔다.

마지막 학생을 떠나보낸 교실 안은 정적으로 가득했다. 그는 출입구 쪽으로 가 문을 닫았다.

그는 교단에서 가까운 유리창을 열었다. 유리창은 검은 담장 벽에 붙어 있어 창유리가 거울의 역할을 하고 있었다. 그는 유리창에 비친 얼굴을 바라보았다. 이마에는 온통 시퍼렇게 멍이 들고, 콧날에는 길게 흉터가 나 있었다.

너는 우리에게 말했다. 그는 어느 여학생의 필통에서 연필깎이 칼을 하나 찾아내어 유리창에 비친 자기 얼굴을 보며 깎아내기 시작했다고. 동작이 워낙 둔하고 서툴러 마치 러시아의 부엌데기 할멈이 썩어 문드러진 감자껍질을 벗겨내는 것 같았다고. 어떤 때는 거울 때문에 방향이 헷갈려 연필깎이 칼날이 우스꽝스럽게 헛나가기도 했다고. 그의 얼굴은 피와 살점이 뒤범벅되어 보기 흉하게 변했다.

너는 우리에게 일러주었다. 낯가죽을 모조리 깎아낸 후 그가 서쪽으로 뉘엿뉘엿 저물어가는 석양을 보며 멍하니 서 있었노라고. 창밖에는 텅 빈 대지에 은사시나무들만 자라고 있었다고. 창문과 수관이 같은 수평선상에 놓여 있었고, 나뭇가지에는 참새들이 떼 지어 재잘재잘 지저귀고 있었다고.

그는 허리띠를 풀어 칠판 위쪽의 견고한 쇠못에 얽어맸다. 그는 더러워진 초록색 제복을 벗어 교단 위에 늘어놓았다. 그는 러닝셔츠 한 벌에 바지 하나만 입었다. 그는 고개를 숙이고 바라보았다. 교단 위, 칠판의 홈, 어디를 둘러보나 소시지처럼 생긴 분필과 분필처럼 생긴 소시지들이 춤추며 날아다녔다. 그것들이 팔딱팔딱 뛰고 있었다. 노래 부르며 춤추는 모습들이 사랑스러운 어린 정령들 같았다. 그것들은 노래를 불렀다.

    우리에겐 껍질이 있고
    우리에겐 과육이 있지
    우리는 아름답고
    우리는 향기롭지
    네가 우릴 먹으면
    우리는 너를 먹지
    노래 부르고 춤추며

춤추며 노래 부르지
향기로운 우리들
우리들은 향기롭지
아름다운 우리들
우리들은 아름답지
빛나는 우리 앞길
우리 앞길은 빛나지
......

갑자기 감격에 벅차 그의 두 눈에 눈물이 차올랐다. 나중에 그는 천천히 얼굴을 들고, 잎사귀마다 황금빛으로 물든 창밖의 은사시나무들을 바라보았고, 참새들마저 금빛으로 바뀐 것을 보았다.

너는 우리에게 말했다. 그가 이제 막 허리띠로 엮은 올가미에 목을 길게 늘여 집어넣었을 때, 은사시나무 잎사귀 사이로 맑고 깨끗한 외마디가 울리는 것을 들었다고. 그는 올가미에 걸었던 목을 빼고 다시 한번 창문으로 걸어갔다. 그리고 땅바닥에 떨어진 참새 한 마리를 보았다. 그는 피로 얼룩진 얼굴을 창밖으로 내밀었다. 아래를 내려다보니 수천 개나 되는 학생들의 발에 짓밟혀 허여멀쑥해진 땅바닥이 보였다. 나무숲의 보랏빛 그늘 속에서 상처 입은 참새가 날개에서 피를 흘리고 있었다. 그것은 일어서려고 몸부림쳤고, 결국 일어섰다. 참새의 작은 눈동자는 반짝이는 작은 별 같았다.

너는 우리에게 이런 말을 했었다. 그가 꿈속에서 어떤 사람이 이야기하는 것을 들은 적이 있노라고. 내가 잔디밭에 누워 잠이 들었는데,

머리카락이 아맛빛이고, 가슴이 아주 크고 아름다운 여자가 온몸에서 신선한 우유 냄새를 풍기며 나타나더니 내게 이러더군.

"아주 오래된 아름다운 전설이 하나 있어요. 참새가 한 걸음씩 내딛는 것을 본 사람이 있었대요. 참새가 병아리처럼 한 발 한 발 걸어가는 걸 보면 하늘에서 행운이 뚝 떨어진대요. 참새가 한 걸음 내디디면 횡재수를 안겨주고, 두 걸음을 내디디면 관운을 안겨주고, 세 걸음을 내디디면 여복을 안겨주고, 네 걸음을 내디디면 건강운을 안겨주고, 다섯 걸음을 내디디면 기분이 늘 유쾌한 상태를 누리게 되고, 여섯 걸음을 내디디면 사업이 순조로워진대요. 일곱 걸음을 내디디면 지혜가 곱절로 늘어나고, 여덟 걸음을 내디디면 아내가 잘하고, 아홉 걸음을 내디디면 이름을 온 세상에 떨치게 되며, 열 걸음을 내디디면 생김새가 멋지게 바뀌고, 열한 걸음을 내디디면 아내가 아름다워지며, 열두 걸음을 내디디면 아내와 애인이 화목하게 어울려 자매처럼 친한 사이가 된다는 거죠. 하지만 절대로 열세번째 걸음을 보아선 안 된대요. 만일 참새가 열세번째 걸음을 내딛는 걸 보았다가는 앞서의 모든 행운이 죄다 곱절의 악운으로 바뀌어 당신 머리 위에 뚝 떨어져 내린다지 뭐예요!"

그것은 피가 흐르는 날개를 끌며 일어섰다. 참새의 피가 너의 눈에 홍채를 한 겹 덧씌웠다. 햇빛은 핏빛으로 붉고, 참새는 황금 같았다.

피를 흘리고 금빛으로 반짝이고, 비둘기만큼이나 커다란 참새 한 마리가 너를 향해 한 걸음씩 걸어오기 시작했다. 걸음마를 배우는 갓난아기처럼 걸음걸이가 휘청휘청 흔들렸다.

그것은 너를 향해 오고 있었다.

우리를 향해, 그리고 너희를 향해 오고 있었다.

우리를 향해 오고 있다는 것을, 우리는 인정하지 않을 수 없었다.

우리는 인정하지 않을 수 없었다. 기린을 제외한 우리 주변의 모든 날짐승, 길짐승 들이 있는 힘을 다해 울어대기 시작했다. 우리는 분필을 먹고 싶은 강렬한 욕망을 느꼈다. 우리는 너를 이해해. 네가 부럽기도 하고, 너를 시샘하다 못해 밉기까지 해. 너 역시 오래전부터 얼마나 많은 분필을 먹어왔는지 깨달았을 거야. 이때 너는 괴상야릇한 미소를 지으며 쇠우리 안에서 우리를 손짓해 불렀다…… 우리는 마침내, 우리가 처음부터 너와 함께 한우리 속에서 살고 있었다는 사실을 깨달았다. 이때 서쪽 하늘에서 아름다운 노을이 우리를 환하게 비추었다. 우리는 온갖 모양과 온갖 색깔의 분필을 먹으면서, 그놈이 우리를 향해 걸어오는 모습을 지켜보았다.

우리는 묵묵히 그것의 걸음 수를 세기 시작했다.

1——2——3
         4——5——6
                  7——8——9
10
   11
      12

1987년 12월~1988년 3월, 가오미에서 초고를 쓰고
2000년 10월, 베이징에서 수정하다

열세 걸음

해설

억압적 현실에 내몰린 인간들의 비극적 변형기

　모옌의 작품을 대할 때면 독자들은 소설을 읽는 것이 아니라 이야기를 듣는 듯한 느낌을 받는다. 독자라기보다는 차라리 이야기를 듣는 청자로서 모옌의 입담 속으로, 소설 속으로 이끌려들어가는 것이다. 모옌은 탁월한 입심을 바탕으로 끊임없이 이야기를 늘어놓는 이야기꾼이다. 그가 작품에서 쏟아내는 이야기는 기이하고 황당하고, 어찌 보면 엽기적이기도 하고, 마치 신화나 전설, 민담 같기도 하다. 그만큼 모옌 소설에 나오는 이야기는 기발한 상상력과 빼어난 입담을 배경으로 하고 있다. 이야기는 본래 신기할수록, 예전에 듣거나 접해보지 못한 것일수록 재미있고 들을 만한 법인데, 모옌 소설 속 이야기가 바로 그러하다. 아득한 환상의 세계, 독자가 모르거나 이 세상에 존재하지 않을 것 같은 다른 세계의 이야기 같다. 예컨대 어린아이를 잡아서 인육 파티를 여는 세계, 머리를 자르면 피가 나오는 인물, 항문에서부터 입까지 박달나무를 꽂는 형벌, 사람이 돼지와 나귀로 환생하는 이야기 등은 신화나 전설 속 이야기와 다를 바 없다.

모옌 소설에 흔히 등장하는 이러한 기이하고 엽기적인 이야기는 모두 구체적인 현실에 바탕을 둔 것이다. 20세기 중국과 지금 중국의 현실을 배경으로 등장한 이야기들이다. 20세기 중국은 제국과 식민의 시대를 겪었다. 그리고 사회주의 혁명을 거쳤고, 극단적인 이념의 시대, 계급투쟁의 시대에서 극단적인 시장의 시대, 돈의 시대로 변화해 왔다. 모옌은 이러한 중국 역사와 현실을 배경으로 역사와 환상, 현실과 상상을 결합시켜서 기이하고 황당하고 신기한 이야기를 끊임없이 늘어놓는다. 모옌의 이야기가 갖는 독특한 개성이 여기에 있다. 그의 소설에 숱하게 등장하는 기이하고, 황당하고, 엽기적인 이야기는 그저 단순한 흥밋거리가 아니라 역사의 광기와 억압된 현실의 상징이자 증거이다. 사실, 어찌 보면 파란의 중국 역사와 현실 자체가 더없이 기이하고 신기한 이야기의 연속이고 무궁한 이야기의 세계 그 자체이다. 모옌 자신의 말처럼, 그에게 중국 역사와 현실은 기이한 이야기일 뿐이다. 그런 까닭에 모옌 소설에 나오는 기이하고 엽기적인 이야기를 따라가다보면 어느새 중국 역사와 현실의 비극과 만나게 되고, 그것이 종국에는 중국과 중국인들의 삶에만 국한되는 것이 아니라 인간 세상의 한 양상이자 인간 삶의 보편적 초상이라는 것을 절감하게 된다.

모옌의 『열세 걸음』은 모옌 문학의 이러한 개성을 여실히 담고 있는 작품이다. 중국의 소도시에서 한 중학교 선생이 과로로 쓰러진 것을 계기로 일어난 에피소드를 다룬 이 소설은, 신화나 민담을 이야기하듯 당시 중국에서 실제로 일어난 기이하고 엽기적인 일들을 이야기하면서 왜곡된 인간군상과 비극적 현실을 여실히 해부하고 있다. 소설은 어느 중학교에서 물리를 가르치는 팡푸구이와 장츠추라는 두 교사 집안을 중심으로 진행된다. 어느 날 팡푸구이가 수업을 하다 쓰러진다. 학교 측과 언론, 그리고 도시 사람들은 그가 박봉과 열악한 근무 여건, 그리고 대학 진학을 위한 입시 위주의 교육 풍토 속에서 과로사한 것으로 판정한다. 그의 죽음이 언론에 보도되면서 교사 봉급을 인상하고 교사 처우를 개선해야 한다는 여론이 불같이 일어난다. 팡푸구이는 자신의 "영예로운 죽음"으로 그가 근무하던 중학교와 그 도시의 교사들에게 '동정'과 '영광'을 안겨주게 된다. "팡푸구이의 죽음은 팡푸구이의 삶보다 더욱 값진 것"이 된 것이다. 하지만 그는 사실 죽은 게 아니다. 실신했지만 죽은 것은 아니었고, 동료들이 그를 장례식장으로 이송할 때쯤엔 이미 깨어나 있었다. 하지만 그는 다시 살아날 수가 없다. 자신이 죽지 않았다고, 살아 있다고 외칠 수가 없다. 교장의 말대로 그는 마땅히 죽어야 한다. "그 도시 교사들의 생활 조건을 개선해 그들이 오래 살게" 하기 위해서 그는 의롭게 죽어야 한다. 그의 죽음은 교사들의 열악한 처지를 고발한 죽음이 되어야 하는 것이다. 이는 "작은 비인도주의와 큰 인도주의를 맞바꾸"는 일이다. 그렇지 않고 "팡푸구이가 다시 살아난다면 그건 반동"이 된다. 큰 인도주의를 실천하기 위해 그는 다시 살아나서는 안 되고, 죽어야 한다. 그것이 전 교사와 전 인민의 뜻이다. 도시 전체의 의지에 따라 그는 다시 살아날 수 없다. 목숨은 분명 자신의 것이지만 개인의 선택이란 없다. 분명 죽지 않았는데도 대의를 위해 사회적으로는 이미 죽은 것으로 처리되고 존재가 박탈되는 상황은 충분히 엽기적이고, 이런 엽기적인 상황은 억압적인 전체주의 사회에 대한 상징과 다름없다. 개인은 더이상 자기 삶의 주재자가 아니고, 주체란 없다.

살아 있는 게 분명한 팡푸구이는 자기 집을 다시 찾아가지만 그의 아내는 귀신이라고 받아주지 않는다. 다시 죽을 수도 없고 그렇다고 살길도 없는 어처구니없는 상황에서 그에게 해결책을 마련해준 사람은 그의 이웃이자 동료 물리교사인 장츠추의 아내 리위찬이다. 죽은 사람을 미용하거나 성형하는 일을 하는 리위찬이 팡푸구이를 자기 남편과 똑같은 얼굴로 성형한 것이다. 자신의 뜻이 아니라 사회의, 전체의 의지에 따라 죽었듯이, 이번에도 팡푸구이는 다시 한번 이웃집 동료 부인의 뜻에 따라 남의 얼굴을 하고 남의 삶을 살게 된다. 그의 시신은 사라진 것으로 처리된다. 리위찬에게는 똑같이 생긴 남편이 하나 더 생긴 셈이다. 그녀는 돈을 벌기 위해 새로운 남편에게는 원래의 남편을 대신해 학교에서 수업을 하게 하고, 진짜 남편에게는 장사를 시킨다. 리위찬으로서는 더할 나위 없이 좋은 선택이다. 하지만 그 선택이 결국 모두를 불행으로 내몬다. 팡푸구이의 부인인 투샤오잉은 사범대학에서 러시아어를 전공한 엘리트다. 그러나 투샤오잉은 토끼고기 통조림 공장에서 토끼가죽 벗기는 일을 한다. 이제 과부가 된 그녀는 공장에서 승진도 하지만 공장 작업 주임과 밀애를 나누다 들켜서 결국에는 자살한다. 그런가 하면 죽었다가 다시 살아난 팡푸구이는 장츠추 대신 물리교사 일을 하지만, 자신을 둘러싼 비극적 상황을 더는 견디지 못하고 결국 자살한다. 자기 얼굴로 성형한 동료에게 물리교사 일을 시키고 자신은 장삿길에 나선 장츠추는 돈도 벌지 못한 채 유치장에 갇히기도 하고 범죄자로 몰리기도 하는 등 온갖 고초를 겪으며 귀신처럼 변해 떠돈다. 팡푸구이에게서 자신의 얼굴을 돌려받아 교단으로 돌아가려 하지만, 끝내 그 꿈을 이루지 못한다. 다들 본래의 자신을 잃은 채, 자신이 아닌 남이 되어 비극을 향해 한 걸음 한 걸음 걸어가면서 파국을 맞는 것이다.

소설에는 참새에 관한 러시아 민담이 나온다. 두 발로 종종 뛰지 않고 한 발 한 발 걷는 참새를 본 사람에게는 행운이 온다는 민담이다. 참새의 첫 걸음은 재물운, 두번째 걸음은 관운, 이런 식으로 열두 걸음까지 각기 다른 운을 가져다준다는 것이다. 그러나 행운은 열두 걸음까지다. 열세번째 걸음은 절대 보지 말아야 한다. 열세번째 걸음을 보게 되면 앞서의 모든 행운이 죄다 곱절의 악운으로 바뀐다는 것이다. 이 소설의 제목이기도 한 '열세 걸음' 이야기다. 이 이야기처럼 소설 속 인물들은 운명처럼 열세번째 걸음까지, 예정된 비극적 파국으로 한 걸음 한 걸음 다가간다.

그 비극적 파국은, 사실 표면적으로 보자면 팡푸구이의 죽음과 그 이후 일어난 일련의 어처구니없는 사건들 때문이지만, 근본적으로 보자면 억압적이고 기형적인 사회 자체에 기인한다. 소설 속 인물들은 너나없이 기형적으로 일그러진 채 온전한 삶을 살지 못하고 타락해 있다. 거의 모두가 왕성한 성욕을 보이고, 성욕에 불타서 불륜과 일탈적 성관계에 빠지는데, 이것은 기실 억압적 현실에 저항하거나 혹은 그것에 조응하여 타락하는 것에 대한 상징이다. 그런 가운데 모두가 자신을 잃고 자신의 삶과 생명에 대한 통제력을 잃고 다른 사람이 되어간다. 팡푸구이가 교육을 생각하는 스승이 아니라 입시만 생각하는 선생으로 살아야 하고, 죽음 소동을 거친 뒤 성형을 통해 타인으로 살고. 그의 아내 투샤오잉은 러시아어 선생으로 살지 못하고 통조림 공장 노동자로 살며, 장츠추가 교단을 버리고 행상으로 떠도는 것은 표면적으로 보자면 개인의 선택일 수 있다. 하지만 그것은 사회에 강요당한 선택, 현실에 내몰린 나머지 어쩔 수 없이 하는 선택이다. 심지어 팡푸구이는 자신의 이름으로 죽는 것이 아니라 그의 친구 장츠추의 이름으로 죽고, 사람들은 장츠추의 이름으로 그를 추모한다. 팡푸구이는 이미 없다. 이런 의미에서 보자면 이 소설은 억압적 현실에 내몰려 주체를 상실해가는 인간들의 비극적인 변형기이다.

그런데 변형기이기는 하지만, 교사를 중심으로 한 지식인들의 변형기이다. 모옌은 이 소설을 원래 1988년에 발표하였다. 중국 지식인들, 특히 교사는 마오쩌둥 시대는 물론이고 개혁개방이 진행되던 1980년대 중후반과 1990년대 초반에 각기 다른 방식으로 사회의 변방으로 내몰렸다. 마오쩌둥 시대에 지식인들은 반동계급, '더러운 아홉번째 계급' 취급을 받았고, 개혁개방이 추진되던 1980년대 중후반에는 돈과 상업주의 조류 속에서 주변으로 내몰렸다. 소설에서 다섯 식구가 한 칸 반짜리 집에서 살고 아이들은 방이 없어 벽장에 사는 곤궁한 처지는 교사로 상징되는 중국 지식인의 처지를 압축하여 보여준다. 소설 속 교사의 처지는 이념과 돈이라는 두 극단의 시대에 주변으로 내몰린 중국 지식인 계층을 상징하는 것이다. 이 소설에서 장츠추가 변신한 동료에게 교사직을 넘긴 채 행상을 나서며 고초를 겪는 것은 그런 당대 중국 현실에 대한 여실한 묘파다. 물론 1990년대 이후, 특히 2000년대 들어서서 교사의 열악한 상황이 많이 개선되기는 했지만 여전히 지역적 편차가 크다. 그리고 소설 속 입시 지옥의 교실, 오직 대학입시만을 생각하는 교육 현실은 지금 중국에서 점점 더 심해지고 있다는 점에서, 이 소설을 처음 쓰던 1988년 당시의 현실은 2000년 모옌이 이 소설을 개작할 당시와 큰 차이가 없다.

『열세 걸음』은 형식에서도 모옌 문학의 개성을 다시 한번 확인시켜 준다. 이 소설은 우리에 갇힌 화자가 분필을 먹으면서 말하는 이야기를 '나'와 '우리'가 듣기도 하고, 다른 한편으로는 듣는 '나'가 말하는 '너'에게 다시 이야기하는 형식으로 되어 있다. 소설에서 '나'는 일방적으로 듣는 청자가 아니라 이야기하는 '너'의 틀린 부분을 바로잡아주기도 하고, '나' 나름의 기억을 이야기하기도 한다. 소설에서 우리에 갇힌 화자는 모든 인물과 사건을 손에 쥔 채 통제하고, 모든 것을 다 알고 모든 것을 다 본 사람처럼 이야기하지만, 그의 이야기는 '나'에 의해 수정되기도 하고, '나' 역시 청중이자 화자로서 '나'의 시각에서 내가 본 것을 이야기한다. 소설에서 두 개의 '나'는 이야기를 서술하는 주체이기도 하지만 이야기를 듣는 청자로서의 '너'이기도 하다. 화자와 청자가 수시로 주객의 위치를 바꾸면서 이야기를 구술하는 것이다. 이 과정에서 시간이 뒤엉키고 여러 개의 서술 시점이 교차된다. 모옌의 관심은 현실을 얼마만큼 진실하게 재현하느냐에 있기보다는 각자의 시각과 이야기를 통해 현실을 어떻게 구성하느냐에 있다. 이 사건 혹은 이 현실과 역사의 진실은 이것이라고 말하는 것이 아니라 서로 다른 여러 시각과 관점을 교차시키면서 현실을 전시하고 각각의 방식으로 구성하는 것이다. 그의 소설에서는 하나의 시점, 하나의 화자가 인물의 운명과 사건을 전적으로 지배하고 통제하면서 진행되는 경우가 거의 없고, 한 편의 소설 세계가 마치 다양한 언어와 시간, 관점이 교차하는 광장처럼 구성되는 경우가 많은데,『열세 걸음』역시 '나'와 '너'라는 화자와 청자의 교차를 통해 모옌 문학의 그러한 개성을 여실히 드러내고 있다.

2012년 노벨문학상 수상작가인 모옌은 중국 역사와 현실을 환상과 기발한 상상력, 독특한 형식을 통해 표현하는 작가이다. 그의 문학에서 억압적이고 기형적이고 기이한 중국 현실과 새로운 문학 형식은 하나로 결합되어 있다.『열세 걸음』은 모옌의 다른 소설에 비해 작은 에피소드를 다루고 있지만, 신화적 분위기를 배경으로 독특한 형식과 다양한 시각을 교차시키면서 그 작은 에피소드를 이야기함으로써 모옌의 문학적 개성을 매우 효과적이고 유감없이 보여준다.

이욱연(서강대 중국문화과 교수)

모옌 연보

1955년	본명 관모예(管謨業). 2월 17일, 중국 산둥 성(山東省) 가오미(高密)에서 출생.
1961년	초등학교에 입학.
1966년	문화대혁명이 일어나자 학업을 접고 수년간 농사일을 거듦. 군에 입대할 때까지 가난한 농촌의 풍경 속에서 유년기를 보냄.
1973년	면화가공 공장에서 일함.
1976년	2월 16일, 인민해방군에 입대.
1978년	소설 창작 시작.
1979년	결혼.
1981년	가을, 〈연지〉에 첫 단편 「봄밤에 내리는 소나기(春夜雨霏霏)」를 발표하면서 등단. 글로만 뜻을 표할 뿐 '입으로 말하지 않는다'는 뜻의 '모옌(莫言)'을 필명으로 쓰기 시작.
1984년	가을, 해방군예술학원 문학과에 입학. 겨울, 「황금색 홍당무(金色的紅蘿葡)」 발표.
1985년	봄, 「황금색 홍당무」를 개작한 작품 「투명한 홍당무(透明的紅蘿葡)」로 문단의 주목을 받기 시작.
1986년	해방군예술학원 문학과 졸업. 봄, 〈인민문학〉에 중편 「붉은 수수(紅高粱)」 발표.
1987년	봄, 장편 『홍까오량 가족(紅高粱家族)』 출간. 봄, 중편 「환락(歡樂)」을 〈인민문학〉에 두 차례로 나누어 연재.

1988년	봄,「붉은 수수」를 각색한 영화 〈붉은 수수밭〉이 베를린국제영화제에서 황금곰상 수상. 모옌의 작품이 외국에 소개되는 계기가 됨.
봄, 장편『티엔탕 마을 마늘종 노래(天堂蒜薹之歌)』를 문예지 〈시월〉에 발표, 작가출판사에서 출간.
9월, 베이징사범대학교 루쉰문학원 입학.
9월, 소설집『폭발하다(爆炸)』출간.
1989년	3월,『백구 그네 대(白狗秋千架)』로 타이완 롄허보도상 수상.
4월,『열세 걸음(十三步)』출간.
4월, 중단편 소설집『환락 13장(歡樂十三章)』출간.
1991년	베이징사범대학교 루쉰문학원 졸업, 문학 석사학위 취득.
가을, 중단편 소설집『흰 목화(白棉花)』출간.
1993년	2월, 장편『술의 나라(酒國)』출간. 프랑스, 독일, 일본 등에 소개되어 크게 호평받음.
3월, 중편 소설집『신선한 꽃을 안고 있는 여인(懷抱鮮花的女人)』출간.
12월,『풀 먹는 가족(食草家族)』출간.
12월, 단편 소설집『신의 한담(神聊)』출간.
1995년	가을,『모옌문집(莫言文集)』다섯번째 권 출간.
겨울,『풍유비둔(豊乳肥臀)』을 문예지 〈다자〉에 연재, 이 작품으로 다자문학상 수상.
1996년	봄,『풍유비둔』을 각색한 영화 〈태양은 귀가 있다(太陽有耳)〉가 베를린국제영화제에서 은곰상 수상.
1997년	창작 희곡「패왕별희(覇王別姬)」발표.
10월, 〈검찰일보〉에 입사.
1998년	12월, 산문집『노래를 부르는 벽(會唱歌的牆)』출간.

1999년	봄, 중편「사부님은 갈수록 유머러스해진다(師傅越來越幽默)」를〈수확〉제2기에 발표.
	3월, 중편『맹그로브 숲(紅樹林)』출간.
	12월, 소설집『장안대로 위에서 당나귀에 올라탄 미인(長安大道上的騎驢美人)』출간.
2000년	「사부님은 갈수록 유머러스해진다」가 장이머우 감독의 영화〈행복한 날들〉로 제작됨.
	『홍까오량 가족』이〈아주주간〉이 선정한 '20세기 100대 중국어 소설'에 오름.
	10월,『모옌정단소설(莫言精短小說)』3권 출간.
	10월,『모옌산문(莫言散文)』출간.
	11월, 희곡「패왕별희」가 무대에 올려져 베이징에서 40회 연속 공연됨. 우수 희곡으로 선정되어 세계희곡박람회에 출품.
2001년	3월, 장편『탄샹싱(檀香刑)』출간.
	3월,『술의 나라』로 프랑스 루얼 파타이아 문학상 수상.
	4월, 스웨덴 정부 초청으로 스웨덴에서 문학 강연.
2002년	10월, 고향에 있는 산둥대학교의 교수로 위촉.
2003년	7월,『사십일포(四十一炮)』출간.
2004년	새 장편소설 집필을 위해 6개월간 귀향.
	3월, 프랑스 예술문화훈장을 받음.
2005년	1월, 이탈리아 노니노 문학상 수상.
	5월, 한국 대산문화재단 주최 세계문학포럼 참석.
	12월, 홍콩공개대학교 영예문학박사 학위 취득.
2006년	후쿠오카 아시아 문화상 대상 수상.
	1월,『달빛을 베다(月光斬)』출간.
	『인생은 고달파(生死疲勞)』출간.

2007년	중국 문학평론가 10인이 뽑은 '중국 최고의 작가' 1위에 선정.
	7월, 산문집『말해봐, 모옌(說吧, 莫言)』출간.
	10월, 한·중 교류 15주년 기념 '한·중문학인대회'에 참석하기 위해 한국 방문.
2008년	『인생은 고달파』로 홍루몽상 최고상 수상.
2009년	12월, 『개구리(蛙)』출간.
2011년	8월, 『개구리』로 마오둔 문학상 수상.
	11월, 청도과학기술대학교 객원교수로 초빙.
	11월, 중국작가협회 제8회 전국위원회 제1차 전체회의에서 부주석에 당선.
2012년	5월, 화동사범대학교 중국어학부 교수 초빙.
	10월 11일, 노벨문학상 수상.
	10월 17일, 『우리의 징커(我們的荊軻)』출간.

문학동네 세계문학전집 발간에 부쳐

세계문학은 국민문학 혹은 지역문학을 떠나 존재하는 문학이 아니지만 그것들의 총합도 아니다. 세계문학이라는 용어에는 그 나름의 언어와 전통을 갖고 있는 국민문학이나 지역문학의 존재를 인정하면서 그것을 넘어서는 문학의 보편적 질서에 대한 관념이 새겨져 있다. 그 용어를 처음 고안한 19세기 유럽인들은 유럽문학을 중심으로 그 질서를 구축했지만 풍부한 국민문학의 전통을 가지고 있는 현대의 문학 강국들은 나름의 방식으로 세계문학을 이해하면서 정전(正典)의 목록을 작성하고 또 수정한다.

한국에서도 세계문학 관념은 우리 사회와 문화의 변화 속에서 거듭 수정돼왔다. 어느 시기에는 제국 일본의 교양주의를 반영한 세계문학 관념이, 어느 시기에는 제3세계 민족주의에 동조한 세계문학 관념이 출현했고, 그러한 관념을 실천한 전집물이 출판됐다. 21세기 한국에 새로운 세계문학전집이 필요하다는 것은 명백하다. 우리의 지성과 감성의 기준에 부합하는 세계문학을 다시 구상할 때가 되었다.

문학동네 세계문학전집은 범세계적으로 통용되는 고전에 대한 상식을 존중하면서도 지난 반세기 동안 해외 주요 언어권에서 창작과 연구의 진전에 따라 일어난 정전의 변동을 고려하여 편성되었다. 그래서 불멸의 명작은 물론 동시대 세계의 중요한 정치·문화적 실천에 영감을 준 새로운 작품들을 두루 포함시켰다.

창립 이후 지금까지 한국문학 및 번역문학 출판에서 가장 전문적이고 생산적인 그룹을 대표해온 문학동네가 그간 축적한 문학 출판 경험을 바탕으로 새로운 세계문학전집을 펴낸다. 인류가 무지와 몽매의 어둠 속을 방황하면서도 끝내 길을 잃지 않은 것은 세계문학사의 하늘에 떠 있는 빛나는 별들이 길잡이가 되어주었기 때문이다. 우리가 자부심과 사명감 속에서 그리게 될 이 새로운 별자리가 독자들의 관심과 애정에 힘입어 우리 모두의 뿌듯한 자산이 되기를 소망한다.

문학동네 세계문학전집 편집위원
민은경, 박유하, 변현태, 송병선, 이재룡, 홍길표, 남진우, 황종연

지은이 모옌
중국의 윌리엄 포크너, 프란츠 카프카로 불리는 중국 현대문학의 거장. 1955년 산둥 성 가오미에서 태어났다. 1981년 단편 「봄밤에 내리는 소나기」로 등단했고, 주요 작품으로 『사부님은 갈수록 유머러스해진다』 『달빛을 베다』 『훙까오량 가족』 『개구리』 등이 있다. 중국 다자문학상, 이탈리아 노니노 문학상, 홍콩 아시아문학상, 일본 후쿠오카 아시아 문화대상, 프랑스 예술문화훈장을 받았고, 2007년 중국 문학평론가 10명이 선정한 '중국 최고의 작가' 1위에 이름을 올렸다. 2012년 중국 대륙 최초로 노벨문학상을 수상했다.

옮긴이 임홍빈
1940년 인천에서 태어났다. 한국외국어대학교 중국어과를 졸업하고 민족문화추진회 국역연구부 전문위원을 거쳐 국방부 전사편찬위원회 민족군사실 책임편찬위원과 국방군사연구소 지역연구부 선임연구원을 역임했다. 1992년부터 중국의 군사사와 전쟁사 연구, 중국 고전 및 현대문학 작품 번역에 전념하고 있다. 주요 역서로 『사부님은 갈수록 유머러스해진다』 『달빛을 베다』 『손자병법 교양강의』 『수호별전』 『서유기』 『현실+꿈+유머: 린위탕 일대기』 『의천도룡기』 등이 있다.

세계문학전집 100
열세 걸음

1판 1쇄 2012년 11월 15일
1판 6쇄 2022년 3월 25일

지은이 모옌 | 옮긴이 임홍빈

책임편집 김경미 | 편집 김나리 윤정민 김두리 이원주 이현자 오영나 염현숙
디자인 김현우 최미영 | 저작권 박지영 형소진 이영은 김하림
마케팅 정민호 이숙재 박보람 한민아 김혜연 이가을 안남영 김수현 정경주 이소정
브랜딩 함유지 함근아 김희숙 정승민
제작 강신은 김동욱 임현식 | 제작처 영신사

펴낸곳 (주)문학동네 | 펴낸이 김소영
출판등록 1993년 10월 22일 제2003-000045호
주소 10881 경기도 파주시 회동길 210
전자우편 editor@munhak.com | 대표전화 031)955-8888 | 팩스 031)955-8855
문의전화 031)955-8895(마케팅), 031)955-2699(편집)
문학동네카페 http://cafe.naver.com/mhdn
문학동네트위터 http://twitter.com/munhakdongne
북클럽문학동네 http://bookclubmunhak.com

ISBN 978-89-546-1955-4 04820
      978-89-546-0901-2 (세트)

잘못된 책은 구입하신 서점에서 교환해드립니다.
기타 교환 문의 031) 955-2661, 3580

www.munhak.com

문학동네 세계문학전집

1, 2, 3 안나 카레니나 레프 톨스토이 | 박형규 옮김
4 판탈레온과 특별봉사대 마리오 바르가스 요사 | 송병선 옮김
5 황금 물고기 르 클레지오 | 최수철 옮김
6 템페스트 윌리엄 셰익스피어 | 이경식 옮김
7 위대한 개츠비 F. 스콧 피츠제럴드 | 김영하 옮김
8 아름다운 애너벨 리 싸늘하게 죽다 오에 겐자부로 | 박유하 옮김
9, 10 파우스트 요한 볼프강 폰 괴테 | 이인웅 옮김
11 가면의 고백 미시마 유키오 | 양윤옥 옮김
12 킴 러디어드 키플링 | 하창수 옮김
13 나귀 가죽 오노레 드 발자크 | 이철의 옮김
14 피아노 치는 여자 엘프리데 옐리네크 | 이병애 옮김
15 1984 조지 오웰 | 김기혁 옮김
16 벤야멘타 하인학교─야콥 폰 군텐 이야기 로베르트 발저 | 홍길표 옮김
17, 18 적과 흑 스탕달 | 이규식 옮김
19, 20 휴먼 스테인 필립 로스 | 박범수 옮김
21 체스 이야기·낯선 여인의 편지 슈테판 츠바이크 | 김연수 옮김
22 왼손잡이 니콜라이 레스코프 | 이상훈 옮김
23 소송 프란츠 카프카 | 권혁준 옮김
24 마크롤 가비에로의 모험 알바로 무티스 | 송병선 옮김
25 파계 시마자키 도손 | 노영희 옮김
26 내 생명 앗아가주오 앙헬레스 마스트레타 | 강성식 옮김
27 여명 시도니가브리엘 콜레트 | 송기정 옮김
28 한때 흑인이었던 남자의 자서전 제임스 웰든 존슨 | 천승걸 옮김
29 슬픈 짐승 모니카 마론 | 김미선 옮김
30 피로 물든 방 앤절라 카터 | 이귀우 옮김
31 숨그네 헤르타 뮐러 | 박경희 옮김
32 우리 시대의 영웅 미하일 레르몬토프 | 김연경 옮김
33, 34 실낙원 존 밀턴 | 조신권 옮김
35 복낙원 존 밀턴 | 조신권 옮김
36 포로기 오오카 쇼헤이 | 허호 옮김
37 동물농장·파리와 런던의 따라지 인생 조지 오웰 | 김기혁 옮김
38 루이 랑베르 오노레 드 발자크 | 송기정 옮김
39 코틀로반 안드레이 플라토노프 | 김철균 옮김
40 어두운 상점들의 거리 파트릭 모디아노 | 김화영 옮김
41 순교자 김은국 | 도정일 옮김
42 젊은 베르테르의 슬픔 요한 볼프강 폰 괴테 | 안장혁 옮김
43 더블린 사람들 제임스 조이스 | 진선주 옮김
44 설득 제인 오스틴 | 원영선, 전신화 옮김
45 인공호흡 리카르도 피글리아 | 엄지영 옮김
46 정글북 러디어드 키플링 | 손향숙 옮김
47 외로운 남자 외젠 이오네스코 | 이재룡 옮김
48 에피 브리스트 테오도어 폰타네 | 한미희 옮김
49 둔황 이노우에 야스시 | 임용택 옮김
50 미크로메가스·캉디드 혹은 낙관주의 볼테르 | 이병애 옮김
51, 52 염소의 축제 마리오 바르가스 요사 | 송병선 옮김
53 고야산 스님·초롱불 노래 이즈미 교카 | 임태균 옮김

54 다니엘서 E. L. 닥터로 | 정상준 옮김
55 이날을 위한 우산 빌헬름 게나치노 | 박교진 옮김
56 톰 소여의 모험 마크 트웨인 | 강미경 옮김
57 카사노바의 귀향·꿈의 노벨레 아르투어 슈니츨러 | 모명숙 옮김
58 바보들을 위한 학교 사샤 소콜로프 | 권정임 옮김
59 어느 어릿광대의 견해 하인리히 뵐 | 신동도 옮김
60 웃는 늑대 쓰시마 유코 | 김훈아 옮김
61 팔코너 존 치버 | 박영원 옮김
62 한눈팔기 나쓰메 소세키 | 조영석 옮김
63, 64 톰 아저씨의 오두막 해리엇 비처 스토 | 이종인 옮김
65 아버지와 아들 이반 투르게네프 | 이항재 옮김
66 베니스의 상인 윌리엄 셰익스피어 | 이경식 옮김
67 해부학자 페데리코 안다아시 | 조구호 옮김
68 긴 이별을 위한 짧은 편지 페터 한트케 | 안장혁 옮김
69 호텔 뒤락 애니타 브루크너 | 김정 옮김
70 잔해 쥘리앵 그린 | 김종우 옮김
71 절망 블라디미르 나보코프 | 최종술 옮김
72 더버빌가의 테스 토머스 하디 | 유명숙 옮김
73 감상소설 미하일 조셴코 | 백용식 옮김
74 빙하와 어둠의 공포 크리스토프 란스마이어 | 진일상 옮김
75 쓰가루·석별·옛날이야기 다자이 오사무 | 서재곤 옮김
76 이인 알베르 카뮈 | 이기언 옮김
77 달려라, 토끼 존 업다이크 | 정영목 옮김
78 몰락하는 자 토마스 베른하르트 | 박인원 옮김
79, 80 한밤의 아이들 살만 루슈디 | 김진준 옮김
81 죽은 군대의 장군 이스마일 카다레 | 이창실 옮김
82 페레이라가 주장하다 안토니오 타부키 | 이승수 옮김
83, 84 목로주점 에밀 졸라 | 박명숙 옮김
85 아베 일족 모리 오가이 | 권태민 옮김
86 폭풍의 언덕 에밀리 브론테 | 김정아 옮김
87, 88 늦여름 아달베르트 슈티프터 | 박종대 옮김
89 클레브 공작부인 라파예트 부인 | 류재화 옮김
90 P세대 빅토르 펠레빈 | 박혜경 옮김
91 노인과 바다 어니스트 헤밍웨이 | 이인규 옮김
92 물방울 메도루마 슌 | 유은경 옮김
93 도깨비불 피에르 드리외라로셸 | 이재룡 옮김
94 프랑켄슈타인 메리 셸리 | 김선형 옮김
95 래그타임 E. L. 닥터로 | 최용준 옮김
96 캔터빌의 유령 오스카 와일드 | 김미나 옮김
97 만(卍)·시게모토 소장의 어머니 다니자키 준이치로 | 김춘미, 이호철 옮김
98 맨해튼 트랜스퍼 존 더스패서스 | 박경희 옮김
99 단순한 열정 아니 에르노 | 최정수 옮김
100 열세 걸음 모옌 | 임홍빈 옮김
101 데미안 헤르만 헤세 | 안인희 옮김
102 수레바퀴 아래서 헤르만 헤세 | 한미희 옮김
103 소리와 분노 윌리엄 포크너 | 공진호 옮김

104 곰 윌리엄 포크너 | 민은영 옮김
105 롤리타 블라디미르 나보코프 | 김진준 옮김
106, 107 부활 레프 톨스토이 | 백승무 옮김
108, 109 모래그릇 마쓰모토 세이초 | 이병진 옮김
110 은둔자 막심 고리키 | 이강은 옮김
111 불타버린 지도 아베 고보 | 이영미 옮김
112 말라볼리아가의 사람들 조반니 베르가 | 김운찬 옮김
113 디어 라이프 앨리스 먼로 | 정연희 옮김
114 돈 카를로스 프리드리히 실러 | 안인희 옮김
115 인간 짐승 에밀 졸라 | 이철의 옮김
116 빌러비드 토니 모리슨 | 최인자 옮김
117, 118 미국의 목가 필립 로스 | 정영목 옮김
119 대성당 레이먼드 카버 | 김연수 옮김
120 나나 에밀 졸라 | 김치수 옮김
121, 122 제르미날 에밀 졸라 | 박명숙 옮김
123 현기증. 감정들 W. G. 제발트 | 배수아 옮김
124 강 동쪽의 기담 나가이 가후 | 정병호 옮김
125 붉은 밤의 도시들 윌리엄 버로스 | 박인찬 옮김
126 수고양이 무어의 인생관 E. T. A. 호프만 | 박은경 옮김
127 맘브루 R. H. 모레노 두란 | 송병선 옮김
128 익사 오에 겐자부로 | 박유하 옮김
129 땅의 혜택 크누트 함순 | 안미란 옮김
130 불안의 책 페르난두 페소아 | 오진영 옮김
131, 132 사랑과 어둠의 이야기 아모스 오즈 | 최창모 옮김
133 페스트 알베르 카뮈 | 유호식 옮김
134 다마세누 몬테이루의 잃어버린 머리 안토니오 타부키 | 이현경 옮김
135 작은 것들의 신 아룬다티 로이 | 박찬원 옮김
136 시스터 캐리 시어도어 드라이저 | 송은주 옮김
137 고독한 산책자의 몽상 장자크 루소 | 문경자 옮김
138 용의자의 야간열차 다와다 요코 | 이영미 옮김
139 세기아의 고백 알프레드 드 뮈세 | 김미성 옮김
140 햄릿 윌리엄 셰익스피어 | 이경식 옮김
141 카산드라 크리스타 볼프 | 한미희 옮김
142 이 글을 읽는 사람에게 영원한 저주를 마누엘 푸익 | 송병선 옮김
143 마음 나쓰메 소세키 | 유은경 옮김
144 바다 존 밴빌 | 정영목 옮김
145, 146, 147, 148 전쟁과 평화 레프 톨스토이 | 박형규 옮김
149 세 가지 이야기 귀스타브 플로베르 | 고봉만 옮김
150 제5도살장 커트 보니것 | 정영목 옮김
151 알렉시·은총의 일격 마르그리트 유르스나르 | 윤진 옮김
152 말라 온다 알베르토 푸겟 | 엄지영 옮김
153 아르세니예프의 인생 이반 부닌 | 이항재 옮김
154 오만과 편견 제인 오스틴 | 류경희 옮김
155 돈 에밀 졸라 | 유기환 옮김
156 젊은 예술가의 초상 제임스 조이스 | 진선주 옮김
157, 158, 159 카라마조프가의 형제들 표도르 도스토옙스키 | 김희숙 옮김

160 진 브로디 선생의 전성기 뮤리얼 스파크 | 서정은 옮김
161 13인당 이야기 오노레 드 발자크 | 송기정 옮김
162 하지 무라트 레프 톨스토이 | 박형규 옮김
163 희망 앙드레 말로 | 김웅권 옮김
164 임멘 호수·백마의 기사·프시케 테오도어 슈토름 | 배정희 옮김
165 밤은 부드러워라 F. 스콧 피츠제럴드 | 정영목 옮김
166 야간비행 앙투안 드 생텍쥐페리 | 용경식 옮김
167 나이트우드 주나 반스 | 이예원 옮김
168 소년들 앙리 드 몽테를랑 | 유정애 옮김
169, 170 독립기념일 리처드 포드 | 박영원 옮김
171, 172 닥터 지바고 보리스 파스테르나크 | 박형규 옮김
173 싯다르타 헤르만 헤세 | 권혁준 옮김
174 야만인을 기다리며 J. M. 쿳시 | 왕은철 옮김
175 철학편지 볼테르 | 이봉지 옮김
176 거지 소녀 앨리스 먼로 | 민은영 옮김
177 창백한 불꽃 블라디미르 나보코프 | 김윤하 옮김
178 슈틸러 막스 프리슈 | 김인순 옮김
179 시핑 뉴스 애니 프루 | 민승남 옮김
180 이 세상의 왕국 알레호 카르펜티에르 | 조구호 옮김
181 철의 시대 J. M. 쿳시 | 왕은철 옮김
182 카시지 조이스 캐럴 오츠 | 공경희 옮김
183, 184 모비 딕 허먼 멜빌 | 황유원 옮김
185 솔로몬의 노래 토니 모리슨 | 김선형 옮김
186 무기여 잘 있거라 어니스트 헤밍웨이 | 권진아 옮김
187 컬러 퍼플 앨리스 워커 | 고정아 옮김
188, 189 죄와 벌 표도르 도스토옙스키 | 이문영 옮김
190 사랑 광기 그리고 죽음의 이야기 오라시오 키로가 | 엄지영 옮김
191 빅 슬립 레이먼드 챈들러 | 김진준 옮김
192 시간은 밤 류드밀라 페트루솁스카야 | 김혜란 옮김
193 타타르인의 사막 디노 부차티 | 한리나 옮김
194 고양이와 쥐 귄터 그라스 | 박경희 옮김
195 펠리시아의 여정 윌리엄 트레버 | 박찬원 옮김
196 마이클 K의 삶과 시대 J. M. 쿳시 | 왕은철 옮김
197, 198 오스카와 루신다 피터 케리 | 김시현 옮김
199 패싱 넬라 라슨 | 박경희 옮김
200 마담 보바리 귀스타브 플로베르 | 김남주 옮김
201 패주 에밀 졸라 | 유기환 옮김
202 도시와 개들 마리오 바르가스 요사 | 송병선 옮김
203 루시 저메이카 킨케이드 | 정소영 옮김
204 대지 에밀 졸라 | 조성애 옮김
205, 206 백치 표도르 도스토옙스키 | 김희숙 옮김
207 백야 표도르 도스토옙스키 | 박은정 옮김
208 순수의 시대 이디스 워턴 | 손영미 옮김

● 문학동네 세계문학전집은 계속 출간됩니다